«i grandi» tea

Marcos Chicot

L'assassinio di Pitagora

Romanzo

Traduzione di
Andrea Carlo Cappi

TEA

Per informazioni sulle novità
del Gruppo editoriale Mauri Spagnol visita:
www.illibraio.it

TEA - Tascabili degli Editori Associati S.r.l., Milano
Gruppo editoriale Mauri Spagnol
www.tealibri.it

In copertina: © Cameron Smith 2013
Grafica Meccano Floreal

Titolo originale
El Asesinato de Pitágoras

Prima edizione «I Grandi» TEA settembre 2016
Edizione speciale TEA Tandem aprile 2017
Prima ristampa «I Grandi» TEA maggio 2017

Per Lara e per tutte
le persone che nel corso della vita
mi hanno fatto sentire il loro affetto.
Grazie.

MAGNA GRECIA E DINTORNI

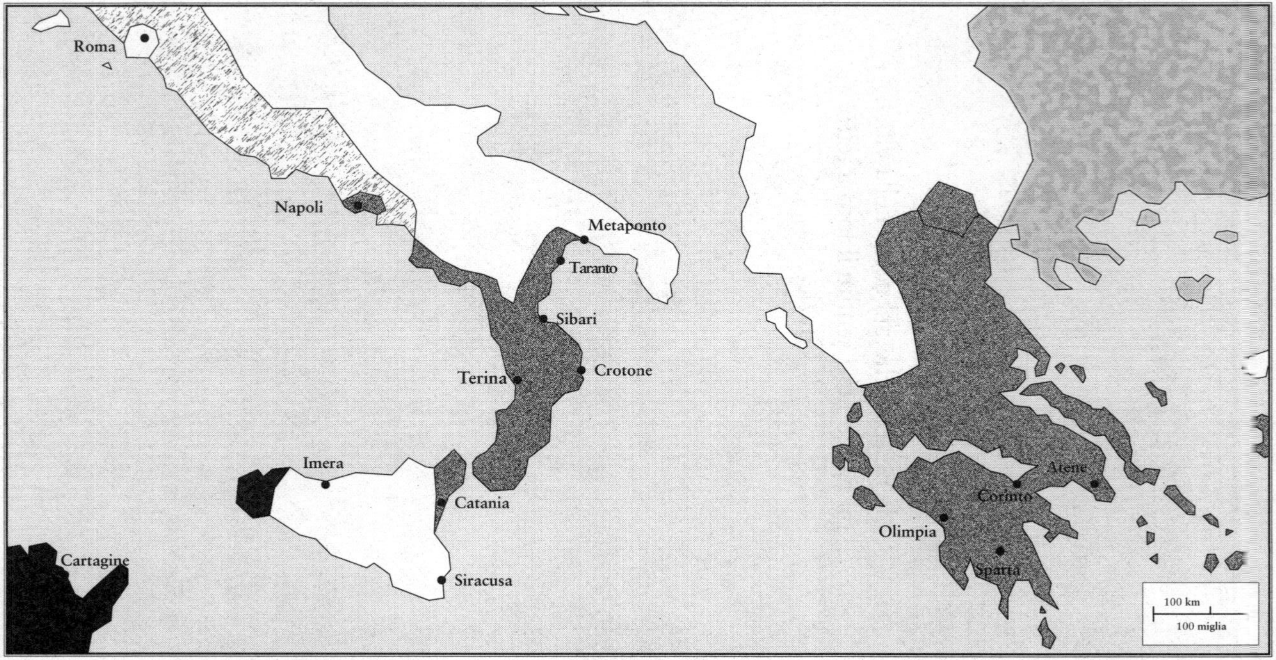

MEDITERRANEO, 510 a.C.

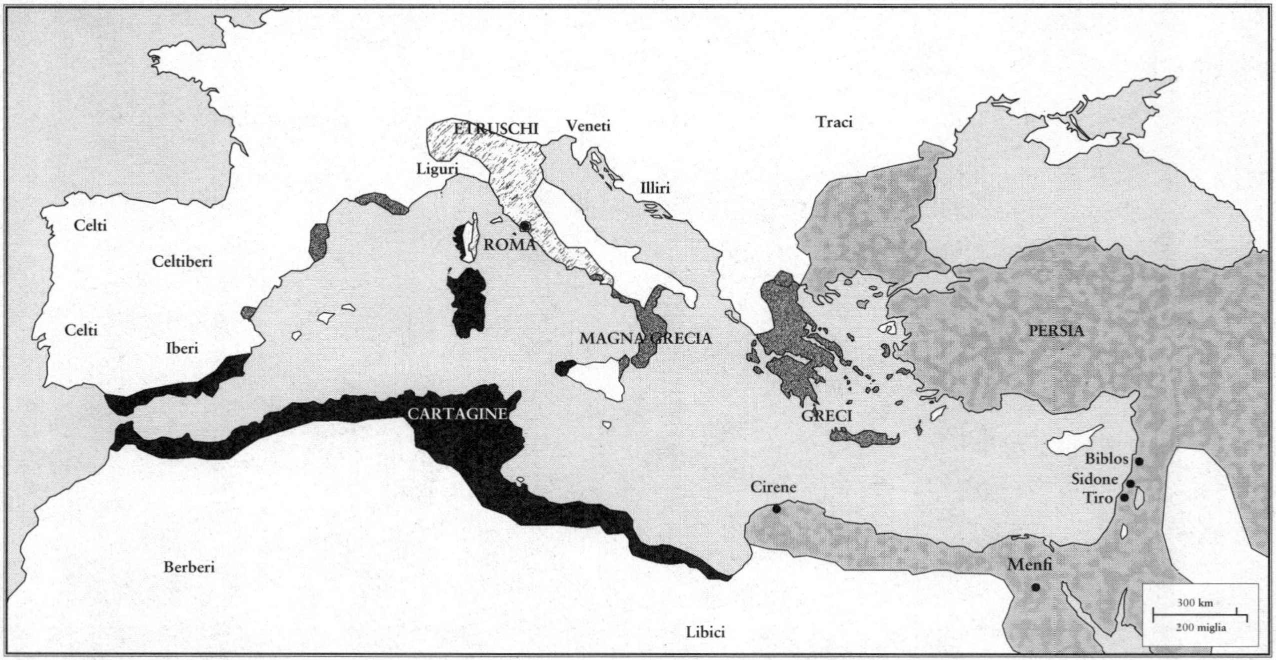

Saprai anche che i mali che affliggono gli uomini
da loro stessi sono generati.
Nella loro piccolezza, essi non capiscono
di avere a portata di mano i beni maggiori.

Pitagora, *Versi aurei*

Innanzitutto, rispetta te stesso

Pitagora, *Versi aurei*

Pitagora

Fu uno degli uomini più potenti della sua epoca e uno dei più misteriosi di tutti i tempi. Grazie al suo carisma irresistibile e a un intelletto prodigioso, trascorse la prima parte della sua vita viaggiando in cerca di nuove conoscenze. Studiò presso i migliori maestri della Grecia, Anassimandro e Talete di Mileto. Quindi passò lunghi anni ad assimilare i saperi dei più grandi esperti di matematica e geometria del suo tempo – gli egizi – prima di incontrare i maghi caldei e i matematici babilonesi, dai quali apprese le loro conoscenze di aritmetica, astrologia e astronomia. La sua mente privilegiata fuse la sapienza d'Oriente con quella d'Occidente in una sintesi unica. E da questo punto di partenza poté compiere rivoluzionari passi avanti per l'umanità.

Con le conoscenze scientifiche, studiò le religioni di tutte le culture, i rituali sacri e le pratiche di elevazione spirituale. Alcuni suoi contemporanei affermavano che fosse in grado di guarire con l'imposizione delle mani, e che più di una volta lo si sia visto controllare le forze della natura ed esercitare il dono della predizione.

Nella seconda metà del VI secolo a.C. fondò un movimento filosofico, matematico e politico che si diffuse rapidamente nella Magna Grecia, le colonie elleniche della penisola italica e della Sicilia. A partire da Crotone, formò un'élite politico-intellettuale che assunse in modo pacifico il potere tanto in quella città quanto a Sibari, Taranto e altre, indipendenti tra loro, i cui governi consideravano tuttavia Pitagora, più che un leader, un semidio.

Enciclopedia matematica, Socram Ofisis, 1926

Prologo

25 marzo 510 a.C.

Tra costoro c'è il mio successore.
Pitagora era seduto a terra con le gambe incrociate, il capo chino e gli occhi chiusi, in uno stato di concentrazione profonda. Davanti a lui erano in attesa sei uomini.

Aveva oltrepassato limiti inimmaginabili, era arrivato a dominare lo spirito umano e le leggi del cosmo. Ora il suo obiettivo principale era un altro: far sì che la confraternita che aveva fondato continuasse a sviluppare le proprie capacità anche quando lui non fosse stato più alla sua guida.

Inspirò a fondo l'aria del tempio. Era fresca, con un lieve profumo di mirto, ginepro e rosmarino, le erbe purificatrici bruciate all'apertura di quella riunione straordinaria. Senza preavviso alcuno, la fermezza del suo animo vacillò. Il cuore perse un paio di battiti. Fu solo grazie a uno sforzo titanico che riuscì a evitare qualsiasi alterazione del viso e nessuno se ne accorse. Di fronte a lui, i discepoli di più lunga data restavano pazienti in attesa che emergesse dalla meditazione e rivolgesse loro la parola.

Non si devono accorgere di nulla, si disse Pitagora, allarmato.

Aveva diviso con loro la maggior parte delle sue premonizioni, ma non questa. Il presagio era troppo tenebroso. Erano settimane che lo perseguitava, senza tuttavia che gli si rivelasse alcun dettaglio.

Espirò lentamente. La forza oscura del presentimento si era

moltiplicata, una volta entrato nel tempio. Eppure non c'era niente che facesse pensare a un pericolo immediato.

I sei uomini, disposti a semicerchio davanti a lui, vestiti con semplici tuniche di lino, appartenevano al grado più alto dell'ordine, quello di grande maestro. Nel corso del tempo, Pitagora aveva maturato nei loro confronti un affetto solido e un orgoglio profondo. Le loro menti erano tra le più capaci ed evolute dell'epoca e ognuno avrebbe apportato i propri contributi al sistema. Tuttavia, solo colui che fosse stato nominato suo successore avrebbe ricevuto gli ultimi insegnamenti, salendo così un altro gradino sulla scala tra l'uomo e la divinità.

Ma, oltre a quello spirituale, il suo erede avrebbe acquisito un potere terreno unico nella storia. Sarebbe stato a capo delle ristrette cerchie pitagoriche che, sulla base dei princìpi etici che il fondatore dell'ordine aveva stabilito, governavano un territorio sempre più vasto. La confraternita si era estesa ormai ben oltre la Magna Grecia: governava città della Grecia continentale e qualche villaggio etrusco, e si stava persino introducendo nella fiorente Roma. Poi sarebbero venute Cartagine, la Persia...

Benché non si debba dimenticare che il potere terreno è solo uno strumento.

Pitagora alzò piano la testa e sollevò le palpebre. I discepoli sobbalzarono. Negli occhi dorati del maestro ardeva un fuoco più intenso del solito. I capelli, bianchi come la neve, ricadevano fluenti sulle spalle e sembravano risplendere, al pari della barba folta. Aveva superato i settant'anni, eppure manteneva pressoché intatto il vigore della gioventù.

« Osservate la *tetraktys*, chiave dell'universo ». La voce di Pitagora, soave e profonda, risuonò nello spazio solenne del tempio circolare. Nella mano destra teneva una bacchetta di frassino, con la quale indicò il pavimento di marmo in mezzo a loro, su cui aveva dispiegato una piccola pergamena. In essa era visibile un disegno semplice, una figura triangolare formata da quattro file di punti: quattro alla base, sopra altri tre, poi ancora due, fino alla cuspide di un unico punto. I dieci punti disposti a triangolo erano uno dei simboli fondamentali dell'ordine.

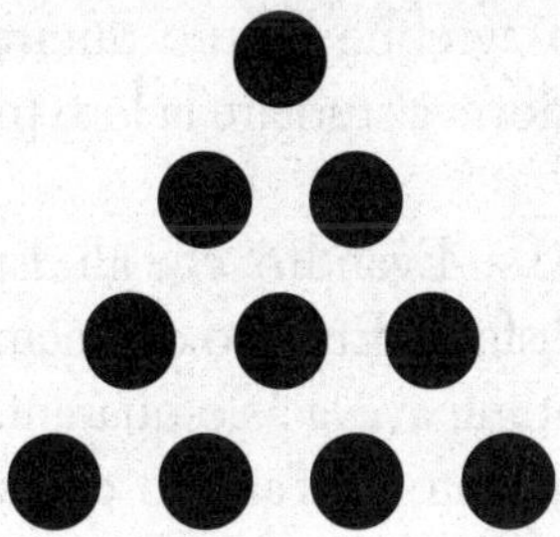

Pitagora continuò a parlare con la sua maestosa autorità. « Nei prossimi giorni dedicheremo l'ultima ora ad analizzare il numero che li contiene tutti: il dieci ». Tracciò un cerchio intorno alla *tetraktys* con la bacchetta. « Il dieci contiene anche la somma delle dimensioni geometriche ». Sfiorò con la bacchetta i diversi livelli segnati sulla pergamena. « Uno, il punto; due, la linea; tre, il piano; e quattro, lo spazio ». Si protese in avanti e aguzzò la vista. Quando riprese la parola, la sua voce si era fatta più grave. « Il dieci, come sapete, simboleggia anche la piena chiusura di un ciclo ».

Aveva pronunciato l'ultima frase guardando Cleomenide, il discepolo seduto alla sua destra. Questi deglutì, provando un moto di orgoglio. Era chiaro che Pitagora stava parlando del proprio ritiro e di chi sarebbe stato il suo successore. Cleomenide, che aveva cinquantasei anni, sapeva di essere uno dei candidati principali. Matematico di vaglia, anche se forse non il più brillante, spiccava soprattutto per la sua ferrea dedizione alle regole morali dell'ordine. Oltre che per il suo peso politico, dal momento che proveniva da una delle maggiori famiglie aristocratiche di Crotone e gestiva con abile diplomazia le questioni di governo.

Il volto di Pitagora si addolcì, seppur senza arrivare a un sorriso. Cleomenide era il primo candidato, ma non era opportuno precipitarsi a una decisione finale. Innanzitutto occorreva analizzare il comportamento di ciascuno dei grandi maestri, una volta saputo che lui stava pensando di scegliere il proprio successore. Il processo avrebbe potuto durare mesi. Ma in quel momento Pitagora doveva studiare la loro prima reazione, quella più rivelatrice.

Spostò lo sguardo su Evandro, che gli rispose con un'espressione sincera e soddisfatta. Era uno dei membri più giovani della cerchia dei più intimi: aveva solo quarantacinque anni. Il padre era un commerciante di Taranto che si recava a Crotone con regolarità. Evandro, il secondo dei suoi figli, era solito accompagnarlo per imparare il mestiere; ma un giorno di venticinque anni prima aveva assistito a un discorso di Pitagora e aveva deciso senza indugio di entrare a far parte dell'ordine. Il padre si era presentato al maestro per protestare con vigore; ma nel volgere di mezz'ora aveva lasciato la comunità felice di lasciarvi suo figlio, per poi diventare a sua volta un iniziato e un assiduo frequentatore della confraternita, sino alla fine dei suoi giorni. Da allora Evandro aveva mantenuto intatto il proprio fervore, così come qualche bagliore dell'impulsività che gli era naturale, per quanto temperata dalla sapienza raggiunta.

Ma gli occorre ancora qualche anno di pratica per raggiungere un dominio completo di se stesso.

Come dieci erano i punti della *tetraktys*, così dieci statue di marmo contemplavano il maestro e i suoi discepoli. Alle spalle di Pitagora, la dea Estia teneva ai propri piedi il fuoco sacro che non si spegneva mai. Formava un cerchio perfetto con le altre statue, che rappresentavano le nove muse cui era dedicato il tempio.

Di fronte a Pitagora, seduto ai piedi della musa Calliope, Ipocreonte guardava il maestro con sobria deferenza. I suoi sessantadue anni ne facevano l'allievo di grado massimo e di età superiore. Nativo di Crotone, si era allontanato fin da giovane dalle occupazioni della famiglia – la politica e il commercio –

per dedicarsi alla filosofia. Aveva una vocazione da eremita e lasciava di rado la comunità, benché quelle rare volte facesse buon uso del suo particolare carisma per ottenere preziose conversioni. I suoi rapporti con la famiglia erano di notevole interesse per l'ordine: i tre fratelli di Ipocreonte facevano parte del Consiglio dei Trecento, l'organo supremo del governo di Crotone, e lui stesso li aveva iniziati all'ordine. Di tanto in tanto si presentavano nella comunità, della quale seguivano molti precetti, oltre a essere nel novero dei consiglieri pitagorici.

Se per natura Ipocreonte non provasse repulsione per la politica come i gatti per l'acqua, potrebbe essere il candidato principale.

In pochi anni, il loro movimento avrebbe potuto trasformarsi in un impero: il primo impero filosofico e morale della storia. Colui che ne fosse stato a capo avrebbe dovuto avere grande attitudine alla politica.

Pitagora dovette trattenersi prima di passare al candidato successivo. Chinò il capo sulla *tetraktys* e chiuse gli occhi. Provò una sensazione strana alla schiena e sentì i peli rizzarsi sulle braccia. Annullò i propri pensieri per consentire al presagio di prendere forma. In un attimo, visualizzò lo stesso manto di oscurità delle volte precedenti. Di lì a poco desistette, non essendo riuscito a distinguere nulla. Riprese il controllo di sé e alzò lo sguardo.

Sotto le magnifiche statue di Polimnia e Melpomene, Oreste si mosse inquieto appena vide su di sé gli occhi penetranti del maestro.

Non riesci a perdonare a te stesso ciò che da tempo hai espiato, si dolse Pitagora, che dai caldei aveva appreso l'arte di interpretare l'interiorità delle persone attraverso i loro gesti, la fisionomia, lo sguardo o la risata. In Oreste aveva percepito sin dall'inizio il rimorso e il pentimento.

Da giovane politico, questi aveva rubato dell'oro, approfittando del suo incarico pubblico. Aveva pagato per le sue colpe e in seguito si era deciso a entrare nella comunità. Pitagora lo aveva esaminato con scetticismo, ma con stupore aveva compreso immediatamente che Oreste non avrebbe mai più commesso atti immorali. Ancora prima di sottoporsi al processo di purificazione insegnato dal maestro, aveva cancellato dal proprio animo qualsiasi propensione all'egoismo o all'inganno. Una volta completati i tre anni da uditore, asceso al grado di matematico, aveva dimostrato doti eccezionali per i concetti numerici.

Chissà che non sia tu a unire meglio di chiunque altro le capacità matematiche a quelle morali. Tuttavia, se ti toccasse il potere, la macchia del tuo passato sarebbe una pericolosa arma politica contro di te.

Il discepolo successivo era Daaruk, nativo di Kosala, uno dei sedici Mahajanapad, i Grandi Regni intorno ai fiumi Indo e Gange. Il colore della sua pelle, più scuro di quello dei greci, era l'unico dettaglio che rivelasse le sue origini lontane. Si era stabilito con il padre a Crotone quando aveva undici anni e parlava greco senza accento. Ora aveva quarantatré anni, due meno di Evandro, il che faceva di lui il membro più giovane della cerchia. Fin dal principio si era fatto notare per le sue doti intellettuali.

Nondimeno è improbabile che nomini lui mio successore.

Non era solo perché assegnare quel titolo a uno straniero avrebbe potuto creare attrito nell'ordine. Daaruk era dotato di una mente brillante e seguiva fedele le norme etiche, ma, forse per la sua giovane età, più di una volta si era mostrato alquanto vanitoso. E negli ultimi anni aveva sviluppato una tendenza alla pigrizia.

L'ultimo del gruppo guardava il maestro con intensità.

Aristomaco aveva cinquant'anni ed era con lui da trenta. Era un matematico straordinario e la sua devozione all'ordine era fuor di dubbio.

Non esiterebbe a dare la vita per la causa.

Pitagora non aveva mai conosciuto nessuno con una simile

ansia di sapere, nessuno che avesse tanta necessità dei suoi insegnamenti. Aristomaco aveva assorbito ogni concetto della dottrina come se fosse l'ultima goccia d'acqua prima della siccità, cominciando ben presto ad apportarvi i propri notevoli contributi.

Se fosse dotato di una personalità forte, sarebbe il candidato perfetto.

Purtroppo ne era sprovvisto. Aveva cinquant'anni, ma era insicuro e nervoso come un ragazzino di dieci. Cercava di non uscire mai dalla comunità e ormai da tempo Pitagora stesso non gli chiedeva di tenere discorsi in pubblico.

Il fondatore dell'ordine sospirò e ripercorse il gruppo con lo sguardo in senso opposto, senza soffermarsi su nessuno dei grandi maestri: Aristomaco, Daaruk, Oreste, Ipocreonte, Evandro, Cleomenide. Poi chinò la testa.

È probabile che la scelta cada su Cleomenide. Ma prenderò la decisione solo tra qualche mese. Fece un vigoroso cenno di assenso, pensando ai propri piani per il futuro. *Il prescelto cambierà il mondo.*

Raccolse da terra con entrambe le mani l'ampia coppa che teneva davanti. Conteneva un mosto chiaro, attraverso il quale poteva vedere la figura intagliata sul fondo: il pentacolo, la stella a cinque punte inscritta in un pentagono. Un altro dei simboli sacri dell'ordine, che celava grandi segreti della natura. In questo caso, com'era uso frequente fra i pitagorici, su ciascuna delle punte era stata aggiunta una lettera della parola «salute».

Pitagora guardò davanti a sé. Le ombre dei suoi discepoli ondeggiavano sulla parete al ritmo del fuoco sacro. Tra esse risplendevano le muse, che la luce delle fiamme tingeva di un colore aranciato.

«Leviamo le coppe a Estia, dea della casa; alle muse che ci ispirano; e alla *tetraktys* che tanto ci rivela».

I sei discepoli presero le coppe e le levarono con deferenza all'altezza degli occhi. Le tennero a mezz'aria per qualche istante, poi bevvero tutti contemporaneamente.

Pitagora mise a terra il recipiente di ceramica e si passò una mano sulla barba. Alla sua destra qualcuno depose la propria coppa con un movimento brusco. Il maestro si voltò, seguendo il rumore.

Cleomenide lo stava fissando con gli occhi spalancati che sembravano sul punto di uscire dalle orbite.

Ma cosa...?

Prima che Pitagora potesse completare il suo pensiero, il discepolo prediletto si protese verso di lui, cercando di prenderlo per un braccio. La mano, rigida, si fermò a metà strada. Cleomenide cercò di parlare, ma riuscì solo a emettere un gorgoglio che gli riempì la bocca di schiuma. Sul collo, rosso e gonfio, si era formato un grottesco disegno di vene sporgenti.

Nel mezzo del Tempio sacro delle Muse, Cleomenide stramazzò privo di vita.

Capitolo 1

16 aprile 510 a.C.

Akenon, senza distogliere lo sguardo dalla piccola coppa di ceramica che conteneva il suo vino, osservò l'oste con la coda dell'occhio: l'uomo si avvicinò al tavolo, si fermò a due passi, esitò e si allontanò di nuovo. Non gli andava a genio che un avventore si trattenesse così a lungo senza neppure finire di bere la prima coppa, ma non osava disturbare lo straniero – di certo un egizio – che, oltre a sovrastarlo di tutta la testa, era armato di una spada ricurva e di un pugnale che non si curava di nascondere.

Akenon tornò a chiudersi nei propri pensieri, isolandosi dall'ambiente lugubre della taverna. Era lì dentro da due ore e vi sarebbe rimasto ancora più a lungo. Ma dopo il tramonto sarebbe stato in compagnia di una persona che mai vi sarebbe entrata di propria volontà.

Accarezzò distratto la coppa e bevve un breve sorso. A sorpresa, il vino si rivelò più che degno. Senza sollevare la testa, percorse l'intera sala con lo sguardo.

Entro stanotte sarà tutto finito.

La maggior parte delle leggende si ingigantivano nel tempo, fino ad allontanarsi del tutto dalla realtà. *Ma nel caso dei sibariti è quasi tutto vero*, pensò Akenon.

Sibari era una delle città più popolose che avesse conosciuto nella sua vita movimentata. Si diceva che contasse trecentocinquantamila anime e poteva darsi che non fosse un'esagerazione.

Nondimeno, gli altri miti trovavano conferma solo nella zona prossima all'importante porto cittadino. Era qui che risiedeva la maggioranza degli aristocratici, proprietari di quasi tutta la fertile pianura su cui sorgeva la città e padroni di una flotta commerciale oscurata solo da quella dei fenici. L'aristocrazia di Sibari era proprio come veniva descritta: viveva per il piacere, il lusso e la raffinatezza. Esigeva la comodità al punto da proibire nei propri quartieri la presenza di fabbri, calderai e coniatori. Benché fuggisse il lavoro come la peste, non disdegnava il controllo sul potere, che esercitava in modo diretto, e sul commercio, che manteneva attraverso dipendenti di fiducia. Erano due secoli che i sibariti accumulavano ricchezze, cosa di cui Akenon era più che soddisfatto: grazie a queste gli era stata affidata l'indagine meglio remunerata di tutta la sua vita.

Era scesa da un po' la sera quando una figura apparve sulla soglia della taverna, avvistò Akenon e, dopo avergli rivolto un cenno di saluto, uscì di nuovo. Un minuto più tardi, entrarono alcuni servi, seguiti da un personaggio incappucciato. Ma a poco gli serviva nascondere il volto. Non era difficile immaginare chi fosse, con le sue lussuose vesti di raso e velluto e un fisico doppio del normale.

Uno schiavo si affrettò a sistemare di fronte ad Akenon un ampio sgabello di strisce di cuoio intrecciate, su cui collocò uno spesso cuscino di piume. L'incappucciato vi prese posto, con l'aria di sentirsi scomodo. I servi lo circondarono, alcuni pronti a obbedire a qualsiasi suo desiderio, altri invece intenti a guardargli le spalle. L'oste fece per avvicinarsi, ma la scorta glielo impedì.

Akenon levò la coppa al nuovo arrivato. «Ti raccomando il vino, Glauco. È piuttosto buono».

L'altro fece un gesto sprezzante, mentre si tirava indietro il cappuccio. Beveva solo il miglior vino di Sidone.

Akenon osservò inquieto il suo commensale, che si torceva le mani tozze e umidicce. Dalle pieghe carnose della pappagorgia, dove un tempo si trovava la gola, gli cadevano gocce di sudore. Gli occhi, ingannevolmente benevoli, saettavano a destra e a manca, come se non fossero capaci di soffermarsi da qualsiasi parte.

Temo che stasera scoprirò un nuovo Glauco.

Akenon fu assalito da un vecchio ricordo sgradevole di quando viveva nel natio Egitto, venticinque anni prima. Si era messo in luce portando a termine un'indagine in modo brillante, tanto che era stato assunto dallo stesso faraone Amosi II. In teoria, avrebbe dovuto entrare a far parte della guardia privata del sovrano. In pratica, il compito affidatogli era stato di investigare su alcuni nobili e membri della corte dalle ambizioni eccessive. Nel volgere di pochi mesi, Akenon aveva portato allo scoperto un complotto ordito da un cugino del faraone. Amosi II si era profuso in congratulazioni e il giovane Akenon si era riempito di orgoglio.

Il giorno seguente era andato ad assistere all'interrogatorio del cugino cospiratore; dopo le domande e le minacce di rigore, erano cominciate le percosse. Quindi erano apparsi certi malefici strumenti metallici e l'interrogatorio si era trasformato in una brutale tortura. Akenon stava così male che aveva lasciato che fossero gli altri a interrogare il prigioniero. Mezz'ora più tardi, nessuno si preoccupava più di fare domande. Akenon non poteva abbandonare la stanza, perché avrebbe dato un inaccettabile segno di debolezza, ma aveva distolto lo sguardo dal cospiratore. Sperava di evitare che quelle immagini da macelleria gli si imprimessero nella memoria. Tuttavia non aveva potuto fare a meno di sentire le grida del prigioniero. Dopo tanto tempo, a volte ancora si svegliava madido di sudore, con l'eco di quelle urla spaventose nella testa. Non aveva mai più voluto assistere a un interrogatorio, nemmeno se glielo chiedevano, ma quello di rivivere un'esperienza simile era uno dei suoi terrori più profondi.

Glauco lo richiamò al presente. «Quanto tempo bisogna attendere?» Il volto del sibarita tradiva una disperazione febbrile.

«Ci vogliono dalle quattro alle sei ore perché abbia effetto con il calore della pelle. Dal momento che fa piuttosto freddo, può darsi che occorrano un paio d'ore in più».

Glauco gemette e si coprì il volto con le mani. Doveva ancora aspettare ore quando ogni minuto era per lui un tormento insopportabile.

Capitolo 2

16 aprile 510 a.C.

A un paio d'ore di distanza da Sibari, Arianna cenava in silenzio con i suoi due accompagnatori. Si trovavano in una locanda tranquilla, seduti in un angolo. La donna sceglieva sempre una posizione che non le lasciasse nulla alle spalle.

Appena entrata, aveva dato un'occhiata rapida alla sala. I presenti avevano tutti un'aria inoffensiva, a parte i due uomini che ora sedevano sei o sette metri davanti a lei. Le loro voci ebbre e chiassose si alzavano sopra le altre nella sala. Di tanto in tanto, i due si guardavano intorno con aria di sfida e sotto le loro vesti si indovinavano i pugnali. Arianna mangiava con sussiego, in apparenza senza degnarli di uno sguardo, di fatto prestando attenzione a ogni loro movimento.

I due avventori l'avevano notata a loro volta, specie il più piccolo dei due, Periandro, che stentava a distogliere gli occhi dalla giovane che vedeva seduta di fronte. I capelli chiari della donna non passavano inosservati e sotto la tunica bianca i seni si intuivano sodi e generosi. L'uomo bevve un altro sorso di vino. Stava celebrando con il suo compagno la buona riuscita di un affare: avevano appena trasportato un lotto di merce rubata – l'attività cui si dedicavano abitualmente – ricavandone quanto bastava a sprecare soldi per qualche settimana. O forse una sola, dipendeva da quanto denaro scialacquavano. Il giorno prima, per esempio, ne avevano speso parecchio in un postribolo di Sibari. Periandro si leccò le labbra, ripensando alla schiava egizia che aveva posseduto con violenza a quattro zampe.

Non gli sarebbe spiaciuto fare lo stesso alla donna dai capelli chiari.

Arianna, senza alzare gli occhi dalla cena, avvertì che uno dei due uomini rivolgeva su di lei la propria repellente lussuria. Strinse i denti, sopraffatta dal disgusto. Serrò le palpebre e in un attimo ritrovò la calma. I suoi due silenziosi accompagnatori erano uomini di pace, non rappresentavano la sua unica protezione.

Periandro si protese verso il compagno, lo sguardo fisso su Arianna. «Antioco, guarda quella donna». La indicò con un cenno del capo. «Mi sta facendo impazzire. Sembra Afrodite in persona».

«È bella a vedersi», convenne l'altro, sottovoce.

«Fai caso ai due ometti che l'accompagnano». Periandro li guardò aggressivo e sprezzante. «Potremmo metterli fuori combattimento con una mano legata dietro la schiena. Se preparassimo per bene l'imboscata, non gli daremmo neanche il tempo di gridare. Che te ne pare?» Vide che Arianna si succhiava le dita con le labbra carnose e sentì crescere il desiderio. «Dimmi di sì, perché io quella femmina me la prendo, dovessi arrangiarmi da solo».

Antioco ebbe un sussulto e afferrò l'amico per la tunica. «Taci, pazzo!» bisbigliò. «Ma non lo sai chi è?»

Periandro guardò sorpreso il suo robusto compare. Antioco gli si avvicinò per sussurrargli all'orecchio l'identità dell'affascinante giovane.

Periandro impallidì. Guardò Arianna di sottecchi, chinò il capo e si portò una mano alla fronte, nascondendo la faccia. «Andiamocene», mormorò.

E senza aspettare la risposta di Antioco, si alzò, attento a non far rumore, e uscì dalla locanda in tutta fretta.

Arianna continuò a mangiare, senza disturbarsi ad alzare lo sguardo.

Capitolo 3

16 aprile 510 a.C.

Un mese prima, Akenon si era incontrato con Eshdek, il miglior amico che avesse a Cartagine.

Erano seduti su seggiole di legno ricoperte di cuscini imbottiti di piume, in una stanza ampia e calda della villa principale del cartaginese. Eshdek, uno dei tre commercianti più abbienti della città, sorrideva malizioso. « Ho un nuovo incarico per te », annunciò, con gli occhi brillanti. « Ti piacerà ».

Akenon lo guardò con interesse e attese il resto, mentre sorseggiava un vino dolce della Mesopotamia in una coppa di avorio. Il manico, che si adattava perfettamente alla forma della sua mano, aveva la forma di un cavallo rampante. Un lavoro squisito.

« Stavolta non è per me, bensì per Glauco, uno dei miei clienti. Il migliore, per dirla tutta ». Eshdek alzò la mano con l'indice teso, per sottolineare l'affermazione, facendo ondeggiare la manica della sua tunica colorata.

Akenon corrugò lievemente la fronte. Lavorava in città da quindici anni. Al principio aveva svolto indagini per conto del miglior offerente, ma ormai da tredici anni accettava incarichi solo da Eshdek, grazie al quale guadagnava a sufficienza per vivere. Inoltre, apprezzava la fiducia e la sicurezza che gli dava il rapporto professionale con il mercante. Non aveva alcuna voglia di investigare per conto terzi... ma, d'altra parte, non poteva dire di no sui due piedi al potente cartaginese.

«In questo lavoro ci sono un bene e un male». Eshdek fece una pausa retorica. «Il male è che devi andare a Sibari».

Akenon non dissimulò una smorfia. I viaggi in nave gli procuravano il mal di mare. Oltretutto, per raggiungere Sibari da Cartagine occorreva arrivare in Sicilia e costeggiarla fino alla penisola italica. Il che implicava una settimana di navigazione prima di inoltrarsi per il mar Jonio e infine addentrarsi nel golfo di Taranto. In tutto, quasi due settimane di nave, se il tempo era ragionevolmente buono.

«Non fare quella faccia. I vantaggi compensano d'avanzo la tua ridicola avversione per i viaggi per mare». Eshdek bevve un sorso dalla sua coppa. «Il primo è che si tratta di un lavoro semplice, senza alcun pericolo...» Rifletté per un momento. «Anche se devo avvisarti che Glauco è fatto a modo suo».

Akenon inarcò le sopracciglia.

«È come se in lui convivessero due persone diverse», spiegò il cartaginese. «Certe volte l'ho visto condurre una vita quasi ascetica, circondato da eruditi cui pagava fortune affinché gli trasmettessero complesse conoscenze. In altre occasioni l'ho visto abbandonarsi con ferocia alla gola e alla lussuria».

«Vuoi dire forse che potrebbe avere un moto di violenza e assalirmi?»

«No, non arriva a tanto. È solo per dire che è un uomo imprevedibile e va trattato con cautela». Scosse una mano, come per mettere da parte l'argomento. «Si dà il caso che Glauco abbia uno schiavetto del quale si è perdutamente innamorato. Ne ha fatto il proprio amante e ne ha goduto con gioia fino a qualche settimana fa. Da allora, sospetta che il suo giovinetto abbia anche un altro amante ed è tormentato da una gelosia folle. Non è riuscito a scoprire chi possa essere l'altro uomo e, dato che ha perso la testa, non ha neppure la certezza del tradimento. Quindi non si decide a strappargli una confessione con la tortura. Il tuo compito sarà di verificare, senza usare la forza né destare sospetti, se il ragazzino tradisca Glauco oppure no. In caso affermativo, s'intende, dovrai scoprire anche con chi».

Eshdek si appoggiò allo schienale. Aspettava che Akenon gli chiedesse qual era il secondo vantaggio. Ma l'amico egizio si limitava a sorridere. Il cartaginese amava dominare le conversazioni, provocando domande e repliche a proprio piacimento. Ma l'egizio, dal canto suo, si divertiva a infastidirlo, evitando di seguirne il gioco.

«Oh, andiamo, per Astarte!» Eshdek alzò le mani, fingendosi disperato. «Fammi la domanda, maledetta sfinge!»

Il sorriso di Akenon si allargò. «D'accordo. Quanto?» Sospettava che il compenso sarebbe stato adeguato.

«Ascolta con attenzione». Il cartaginese prolungò l'attesa in modo teatrale, bevendo un altro sorso di vino. Quindi si piegò in avanti e aspettò che l'interlocutore lo imitasse. «La paga sarà in argento. Una quantità... pari al peso dello schiavo!»

«Il peso dello schiavo in argento!» Akenon era impressionato, ma riuscì a dissimularlo. Alzò un sopracciglio. «È grasso?»

«Per Baal, sia come sia!»

Scoppiarono entrambi a ridere. Per quanto magro potesse essere il giovinetto, la quantità di argento sarebbe stata dieci volte superiore a quanto Akenon avesse mai incassato per un'indagine. Avrebbe guadagnato una piccola fortuna... a patto di risolvere il caso.

Glauco era in lacrime.

Era da un po' che teneva il capo chino sul tavolo, poggiato sulle braccia incrociate. Non lo si vedeva in faccia, ma le spalle sussultavano a intervalli regolari.

Un po' mi fa pena, pensò Akenon, con un'espressione malinconica. *È patetico che si faccia vedere così dalla servitù.*

Mezz'ora prima aveva ordinato una seconda coppa di vino, pagando l'oste con una moneta d'argento per compensarlo del fatto che né Glauco né la decina di schiavi che lo accompagnavano avessero consumato nulla in tutto quel tempo.

Mi auguro che la trappola funzioni, dopodiché ne avrò in abbondanza, di monete d'argento.

D'un tratto Glauco sollevò la testa e gli rivolse uno sguardo supplice, con il viso umido di lacrime e sudore. «Possiamo andare, adesso?» implorò con voce rotta.

«Non avrà effetto prima di altre tre o quattro ore».

Glauco si fece rosso in viso. Batté un pugno sul tavolo e si levò in piedi. «Non intendo concedere altro tempo a quei porci maledetti!» Si voltò verso i suoi uomini. «Andiamocene!» E abbandonò la taverna senza risollevare il cappuccio.

Akenon bevve un ultimo sorso e lo seguì.

Per la strada c'erano una decina di guardie di Glauco che vegliavano su un carro a due ruote dal sedile coperto di cuscini. Alcuni schiavi aiutarono il padrone a prendervi posto. Poi il sibarita fece un gesto con la mano. «Ci stiamo tutti e due».

Akenon esitò. Al carro non era legato alcun cavallo. In luogo delle bestie, sei schiavi si stavano apprestando a trainarlo per le sbarre orizzontali. Nella parte nobile di Sibari era proibito il transito ai cavalli tanto dopo pranzo quanto la notte. L'egizio avrebbe preferito camminare accanto al carro, ma supponeva che Glauco avrebbe fatto correre i suoi schiavi, sicché salì agilmente e si accomodò al fianco dell'obeso sibarita.

«Al palazzo, presto!» ordinò questi.

I sei schiavi tirarono il carro e il resto della servitù prese a correre insieme a loro: in totale una ventina di uomini, metà dei quali con le spade sguainate. Le strade di quell'umile quartiere erano pressoché deserte e l'unica illuminazione veniva dalle torce degli uomini di Glauco. In qualche angolo si scorgevano ombre accovacciate, ladruncoli o accattoni che si affrettavano a lasciar loro libero il cammino. Akenon smise di guardare le strade sporche e anguste che percorrevano e osservò invece il sibarita, senza far nulla per nasconderlo. Benché il volto pasciuto apparisse inespressivo, lo sguardo perso aveva qualcosa di inquietante.

Giunsero presto al quartiere dell'aristocrazia, dove a terra erano stese stoffe grezze che trasformavano lo scalpiccìo della corsa in un mormorio sordo, silenzioso come il passo di un assassino. Non tardarono ad arrivare al palazzo di Glauco, cui le alte mura rossicce conferivano l'aspetto di una fortezza, rispecchiando il potere e la ricchezza del suo padrone. Imboccato il corridoio d'ingresso, entrarono in cortile, dove Glauco scese, malfermo sulle gambe, sbraitando ordini. « Svegliate tutti quanti! Tutti subito nella sala dei banchetti! »

E, senza por tempo in mezzo, si diresse a una figura nascosta nella penombra accanto al corridoio d'ingresso. La sagoma fece un passo avanti. Alla luce delle torce si rivelò per un uomo di proporzioni fuori dal comune. Akenon non poté fare a meno di trasalire. Non riusciva ad abituarsi a quell'individuo spaventoso, anche se dal suo arrivo a Sibari lo aveva visto tutti i giorni. Boreas era lo schiavo di fiducia e la guardia del corpo di Glauco. Era rimasto di guardia all'ingresso, per controllare che nessuno uscisse dal palazzo in assenza del suo signore.

Glauco domandò qualcosa a Boreas, che fece cenno di no con la testa. Non aveva altro modo di esprimersi, perché sin da bambino, nella sua terra natale, la Tracia, gli era stata strappata la lingua con le tenaglie, in modo da farne un servo affidabile che non avrebbe rivelato i segreti dei suoi padroni nemmeno sotto tortura.

Glauco e Boreas attraversarono il cortile e Akenon li seguì, mantenendosi a distanza di qualche metro dal gigante della Tracia. Preferiva stare alla larga dalle sue mani immense. Malgrado l'egizio fosse piuttosto alto, non arrivava neppure alle spalle di Boreas. Inoltre lo schiavo, per quanto non fosse grasso, doveva pesare almeno il doppio di lui. La testa, calva, era grande come quella di un toro; le braccia e le gambe erano grosse come tronchi d'albero e sotto la pelle scura si vedevano muscoli formidabili. L'immane torace terminava in un collo corto e più largo della testa, a rinforzare l'aspetto massiccio.

Akenon camminava inquieto dietro di lui, senza togliergli gli occhi di dosso: gli era capitato di vederlo muoversi con la rapidità di un gatto. Ma a metterlo in allarme più di ogni altra cosa era lo sguardo del gigante, che sembrava sempre scrutare chiunque avesse intorno. Uno sguardo terribile, innaturale...

... freddo come quello di un morto.

Capitolo 4

16 aprile 510 a.C.

Cinque minuti più tardi, Akenon stava guardando l'ultimo uomo che accorreva nella sala dei banchetti. Dopodiché si chiusero le porte.

Ci saranno almeno duecento persone.

L'egizio era colpito dalla moltitudine che si era radunata senza ancora conoscerne il motivo. Quasi tutti erano lavoratori – schiavi o inservienti che fossero – oltre a qualche parente di Glauco che abitava in pianta stabile nel suo palazzo. Due guardie armate bloccavano una delle uscite. Davanti all'altra porta si ergeva l'immane figura di Boreas.

Glauco aveva ordinato che si spingessero al centro della sala i triclini, le panche e i tavoli che si usavano per i banchetti, dimodoché tutt'intorno si creasse un vasto spazio tra i mobili e le pareti. «E adesso abbiamo il nostro piccolo stadio», disse con amara ironia il grasso sibarita.

Comandò che si ravvivassero le braci dell'enorme focolare e che lo si riempisse di rami secchi. Di lì a poco, le fiamme avvilupparono la legna e la temperatura della sala aumentò rapidamente.

Poche ore prima, Akenon aveva consegnato al padrone di casa una fiala di cristallo sigillata con la cera. «Mantienilo al fresco e ben chiuso, finché non sarà il momento di usarlo».

Il sibarita prese la fiala, rivolgendo un'occhiata diffidente all'egizio. Era abituato a vedere tutti che si facevano in quattro per compiacerlo e lo infastidiva l'atteggiamento di Akenon, troppo sicuro di sé e indipendente per i suoi gusti. Specie in quel momento così spaventosamente trascendentale per Glauco. Ma, dopo una breve vampata di collera, l'attenzione del ricco signore tornò al recipiente che aveva in mano. Se lo mise davanti agli occhi per osservarne il contenuto: un liquido denso, di un colore tra il bianchiccio e il giallognolo. «Sicuro che non si accorgerà di nulla?»

«È del tutto inodore, finché non si scompone», rispose Akenon. «E quando lo si mescola con l'olio ne acquisisce la consistenza. È impossibile che se ne accorga».

Glauco esalò un sospiro stanco e mise la fiala in una tasca della sua ampia tunica.

Mezz'ora più tardi, si rinchiuse con Yaco – lo schiavo adolescente – nelle sue stanze private. «Oggi sarò io a massaggiare te».

Yaco sorrise, malizioso. Un lungo ciuffo biondo gli copriva uno degli occhi azzurro cielo. Lasciò che la tunica gli scivolasse fino alla vita, esibendo il fisico magro e flessuoso, del colore dell'alabastro. «Mio signore», si avvicinò a Glauco con movenze sensuali, «volete ungermi tutto il corpo?»

Il padrone gli rivolse un sorriso triste. Di sicuro era colpa sua se il giovinetto era così lussurioso. «Sarai lucido dalla punta dei tuoi bei capelli sino alle dita dei tuoi adorabili piedi».

«E scivoloso», mugolò lo schiavo, umettandosi le labbra e lasciandole dischiuse.

Poi distese il corpo snello sul letto. Glauco prese ad accarezzarne la pelle liscia. Accanto a loro c'era una scodella d'olio in cui immergeva le mani di frequente. Al consueto unguento profumato il sibarita aveva aggiunto il contenuto della fiala di Akenon.

Le carezze furono più intense e prolungate del solito. Per tutto il tempo, Glauco pianse sopra il suo giovane amante. Avrebbe voluto che non finisse mai, perché quello poteva essere il loro ultimo incontro intimo.

«Devo andare. Mi attendono questioni politiche. Torno domani pomeriggio», mentì, alla fine. Mentre si allontanava, a capo chino, con le spalle curve, sentì lo sguardo dell'efebo fisso sulla propria schiena.

Spero che stanotte si dimostri la tua innocenza, mio amato Yaco. Per il bene di tutti.

«Avanti, Yaco».

Lo schiavo adolescente era in fondo alla sala, in mezzo al gruppo dei servi più fidati. Sul suo viso si mescolavano il timore e lo sconcerto. Perché il padrone aveva fatto ritorno in piena notte e li aveva buttati tutti quanti giù dal letto, per riunirli nella sala dei banchetti? Per quale motivo si comportava in modo così strano?

Fece due passi avanti, poi si fermò, incerto. Tutti gli astanti erano immobili e silenziosi come statue; non osavano neppure sussurrare. Si udiva solo il crepitio sempre più forte del fuoco.

«Avvicinati, Yaco», insistette Glauco, in tono soave. Sulle sue labbra tumide si disegnò un amabile sorriso. «AVVICINATI!!!»

All'urlo del sibarita tutti trattennero il fiato. Quando l'eco svanì nella sala rimase solo il rumore dei singhiozzi del giovinetto. Lo schiavo, atterrito, si avvicinò a passi brevi, con la testa bassa.

Povero ragazzo.

Akenon non si pentiva di avere svolto il proprio lavoro, ma provava pietà per la giovinezza e il timore di Yaco.

Sotto duecento paia di occhi attenti e preoccupati, Glauco passò un braccio sulle spalle dello schiavo e lo condusse al caminetto. Le fiamme danzavano furiose.

«Fa molto caldo», protestò debolmente Yaco.

Glauco non fece caso alla sua lamentela. «Resta qui». Si voltò verso tutti gli altri. «Voialtri, correte intorno alla sala. In questa direzione». Tracciò cerchi nell'aria con una mano, per indicare il verso da seguire.

Molti dei presenti si scambiarono occhiate dubbiose. Poi si misero a correre piano, con passo incerto.

«Correeete!!!» gridò Glauco, facendo vibrare le sue carni flaccide, fino a restare senza aria nel petto.

I duecento tra uomini e donne si misero a correre lungo le pareti della sala. Lo spazio tra i mobili e i muri era troppo stretto e finivano per urtarsi tra loro. A volte, qualcuno dei più deboli cadeva e coloro che lo seguivano cercavano di scavalcarlo, ma era inevitabile che quelli a terra finissero calpestati. Nessuno aveva il coraggio di chinarsi per aiutarli a rimettersi in piedi.

Le pareti erano rivestite di pannelli d'argento lucido, i cui riflessi moltiplicavano il numero degli spaventati corridori. La scena era impressionante. Akenon rimase a contemplarla per un po' di tempo, poi si accostò a Glauco e Yaco. Con il calore che si stava generando, entro pochi minuti il mistero sarebbe stato risolto... a meno che l'unguento non funzionasse o che lo schiavo e il suo amante avessero fatto un bagno dopo essere stati insieme.

In questo caso, è possibile che la furia di Glauco si rivolga contro di me, pensò l'egizio, occhieggiando il colossale Boreas. Per quanto si sentisse in forma e fosse abile con la spada, sarebbe riuscito a sfuggire a un paio di guardie, ma non avrebbe potuto cavarsela contro il gigante.

«Che succede? Cos'è questo odore?» Yaco guardava a destra e a sinistra, nervoso, rendendosi conto un po' per volta che il fetore proveniva da lui stesso.

Glauco, che si era allontanato di qualche passo dall'intenso calore emanato dal fuoco, tornò ad avvicinarsi allo schiavo. Annusò più volte l'odore intenso che si levava dalla pelle dell'adolescente, una miscela di zolfo e di verdure putrefatte. «Bene, ora so di cosa sa. Puoi allontanarti dal fuoco. Mettiti da parte, lì, in quell'angolo».

Yaco, che ancora non capiva cosa stesse succedendo, si allontanò dal focolare con grande sollievo. Era rosso in viso e dai suoi vestiti si levavano tenui volute di fumo: si stava bruciando, ma dopo gli strepiti di Glauco non aveva osato allontanarsi dalle fiamme.

Il suo sollievo tuttavia fu di breve durata, nella tensione del momento. Glauco si mise a camminare per la sala, osservando i volti accaldati dei corridori. Procedeva in modo erratico, con i pugni stretti e il respiro non meno affannoso di quello degli altri, come se anche lui avesse corso per la sala a perdifiato.

« Fermi! » ordinò all'improvviso. « Ora camminate piano ».

Si mise in mezzo alla corrente umana. Tutti lo guardavano spaventati, madidi di sudore, che fossero schiavi, inservienti liberi o parenti. Glauco chinò la testa all'indietro, chiuse gli occhi e dilatò le narici, raccogliendo tutta l'aria che poteva.

Per un paio di minuti si udì soltanto il lieve scalpiccio di duecento persone che camminavano quasi in punta di piedi, cercando di passare inosservate in mezzo a quel tanfo di sudore e putrefazione. Akenon pensava che ormai fossero passati tutti davanti al sibarita. Poteva darsi che Yaco non lo avesse tradito.

« Fermi ».

L'ordine di Glauco fu appena un sussurro. Raddrizzò la testa e rimase per qualche secondo a occhi chiusi. Da dove si trovava, Akenon vide sfuggire qualche lacrima dalle palpebre serrate del padrone di casa.

Restarono tutti immobili, in attesa, con gli occhi fissi al pavimento. Glauco girò su se stesso e andò verso le persone che gli erano appena passate davanti, osservandole con un'espressione di stanchezza profonda sul viso. Poi fece qualche passo indietro.

« Camiro, vieni qui », disse con voce roca.

Un uomo giovane e di bell'aspetto si separò dal gruppo e avanzò reticente verso il suo signore, che si mise ad annusargli intorno.

« Vai. Tu ». Fece un cenno a una donna anziana. « Avvicinati ».

Per qualche istante annusò intorno a lei.

«Vai».

La donna si allontanò rapida.

«Tesalo, avvicinati».

L'interpellato si separò dagli altri. Aveva una trentina d'anni e un volto gentile, abituato al sorriso, che ora tradiva solo timore.

Glauco gli annusò il collo, poi il petto. Senza mutare espressione, si inginocchiò, con un certo sforzo, e lo annusò tra le gambe, come se fosse un cane.

«Aiutami a rialzarmi».

Tesalo era alto e forte, ma faticò a sollevare Glauco da terra. Quando fu di nuovo in piedi, il sibarita sospirò. Sembrava tranquillo. Poi, d'improvviso e con una forza inaspettata, diede all'uomo uno schiaffo che lo fece cadere a terra.

«Maledetto figlio di una cagna, ti ho concesso tutta la mia fiducia, ti ho tirato fuori dal fango ed è in questo modo che mi ripaghi?»

Tesalo rimase a terra, con una mano sull'orecchio. Tra le dita apparve un filo sottile di sangue. Le labbra gli tremavano, ma non osò muoversi, né tantomeno replicare.

Glauco era di nuovo fuori di sé, congestionato come se fosse sul punto di scoppiare.

Akenon si domandò quale sarebbe stato il castigo per quei due disgraziati. Di sicuro ancora non lo sapeva neppure Glauco. A dispetto delle parole di Eshdek, fino a quella sera il sibarita era sembrato una persona più o meno equilibrata. Nei giorni trascorsi al suo palazzo, l'egizio lo aveva visto mangiare per ore in squisiti banchetti, ma anche commuoversi di fronte alla delicatezza degli spettacoli di musica e di danza che organizzava quotidianamente. Il cartaginese lo aveva definito un uomo incline alle passioni e alquanto imprevedibile, ma in quel momento l'atmosfera che si respirava era di violenza e odio allo stato puro.

Glauco indurì la sua espressione e si voltò verso una delle porte. «Boreas!»

Nella sala calò un silenzio così profondo che si faceva fatica a respirare. Nell'aria surriscaldata, satura dell'odore dell'unguento, si udiva solo una supplica. «No, no, per favore, no». Dal pavimento, Tesalo scuoteva la testa, terrorizzato al solo udire il nome del gigante.

L'enorme tracio si mosse. La gente gli faceva largo, immaginando con raccapriccio cosa sarebbe accaduto a colui che finora era stato il coppiere del palazzo, un uomo di fiducia, sempre al fianco del suo signore con la brocca di vino di Sidone, attento a ogni suo cenno per versargli da bere.

«Prendilo!»

Tesalo strisciò a terra di schiena, in un ridicolo tentativo di allontanarsi. Boreas lo raggiunse in un lampo e lo sollevò con una mano, come se fosse un topo. Il pugno enorme avvolgeva l'intero avambraccio del coppiere.

«Nooo!»

Il grido disperato di Yaco colse tutti di sorpresa.

Il giovinetto attraversò di corsa la sala, fermandosi di fronte a Glauco. «Lasciatelo stare, vi prego. Fate a me tutto quel che volete, ma risparmiatelo». Si gettò ai piedi del suo signore, che lo guardò con improvvisa tenerezza.

«Lo ami, non è vero?»

Yaco alzò i suoi occhi azzurri, incoraggiato dal tono di voce di Glauco, che prese ad accarezzargli una guancia con il dorso di una mano.

«Sì», confessò lo schiavetto, ingenuo.

Il padrone continuò ad accarezzarlo per qualche istante, prima di rivolgersi a Boreas senza distogliere lo sguardo dal ragazzo. «Uccidilo».

Il gigante strinse al petto Tesalo e lo stritolò fra le braccia.

Yaco strillò disperato, abbracciando una gamba di Glauco.

Boreas si trattenne e guardò il signore in attesa di una conferma.

Akenon si sentiva come paralizzato. D'un tratto era come se

fosse di nuovo nella sala delle torture del faraone. Ma questa volta non riusciva a voltare la faccia da un'altra parte.

«Uccidilo», ribadì Glauco.

Boreas strinse a poco a poco il torace di Tesalo, prolungando di propria iniziativa l'agonia del malcapitato. Sulle labbra del gigante apparve un sorriso quando Yaco lasciò le gambe del padrone e si precipitò verso le sue.

È un mostro. Akenon, d'istinto, afferrò l'impugnatura della spada.

Gli occhi di Tesalo sembravano sul punto di schizzare fuori dalle orbite. Il viso da rosso gli divenne violaceo. Si udì un primo scricchiolio, seguito a breve da un secondo e da un terzo. Il disgraziato distorse la bocca in un grido silenzioso e cercò di scalciare, ma Boreas nemmeno se ne accorse. Quando Tesalo fu sul punto di morire, il gigante allentò un poco la morsa, inspirò, strinse i denti e serrò di nuovo le braccia con violenza.

Il petto del coppiere collassò come una ciliegia calpestata, producendo uno schiocco terrificante.

Tutti i presenti sussultarono, spaventati.

Boreas diede un'altra stretta e dalla bocca di Tesalo fuoriuscì un fluido sanguinolento che colò sopra Yaco. Il gigante aprì quindi le braccia, lasciando che il cadavere crollasse addosso al giovinetto.

Glauco aveva contemplato la scena con la bocca socchiusa. «Tesalo è stato il tuo ultimo amante, te lo garantisco».

Il bello schiavetto singhiozzava, con la faccia sul pavimento, senza osare rivolgere lo sguardo alle spoglie del coppiere.

«Passerai il resto della tua miserabile vita incatenato a un remo. Non durerai un mese, abituato come sei alla vita privilegiata che ti ho sempre concesso». Glauco fece una pausa. «Ma prima Boreas si occuperà di te».

Yaco, inzuppato del sangue del suo amante, si rannicchiò a terra, tremebondo.

Il padrone continuò a rivolgersi al gigante. «Voglio che gli marchi il viso con un ferro al calor rosso, finché il suo aspetto risulterà abominevole. Che svanisca ogni traccia della sua bellezza traditrice». La voce gli si spezzò sull'ultima parola.

Boreas annuì. Con una mano sollevò Yaco da terra e se lo mise in spalla. L'adolescente strillò, dimenandosi come un maiale al momento della mattanza. Akenon vide un sorriso crudele disegnarsi sul volto del gigante, mentre usciva.

Il vivace crepitio del fuoco si impadronì della sala. Tutti attendevano timorosi la prossima decisione di Glauco. Il sibarita era livido, concentrato sull'eco sempre più tenue delle urla di Yaco. Quando cessarono, lanciò a sua volta uno strillo acuto e crollò a terra, carponi.

«Fuori», balbettò dal pavimento. «Fuori tutti!»

Capitolo 5

17 aprile 510 a.C.

Sibari era immersa in un tetro silenzio.

Si direbbe una città abbandonata.

Arianna procedeva a dorso di mulo per una strada ampia, tra eleganti palazzi di pietra che sfoggiavano grandi colonne all'ingresso, come templi consacrati alle principali divinità. Dietro di lei venivano gli asini su cui cavalcavano i suoi due compagni. Di tanto in tanto, la donna doveva voltarsi per essere sicura che la seguissero: il terreno era ricoperto di una tela spessa e gli zoccoli degli animali non facevano alcun rumore. Né, d'altra parte, i due accompagnatori avevano proferito una sola parola per tutto il viaggio.

Non era loro permesso.

Anche se il sole era sorto da due ore, le strade erano del tutto deserte.

È sorprendente che molti sibariti si considerino pitagorici, pensò Arianna, contemplando i palazzi, i cui proprietari dovevano essere ancora a letto.

Tra l'aristocrazia locale era diffuso l'interesse nei confronti del pitagorismo, anche se solo verso una parte della dottrina e pochi dei suoi precetti. La disciplina osservata nella comunità di Crotone, centro della confraternita e luogo di residenza di Pitagora, sarebbe stata troppo rigorosa per loro, sotto molti aspetti. Si poteva dire che il governo di Sibari fosse controllato dagli adepti di una sua versione assai tiepida.

La giovane donna trattenne la propria cavalcatura davanti a

un ampio portico dalle colonne sottili. Oltre quelle vide una pesante porta di legno e metallo, chiusa. Alzò lo sguardo: nel fregio, sotto il frontone, spiccavano bassorilievi di Ade e Dioniso, gli dei della ricchezza e del vino.

Dev'essere qui. Spero che non se ne sia andato.

Akenon tuffò le mani nel sacco del metallo prezioso, ricolmo di monete, bracciali, lingotti... Afferrò un oggetto semisepolto e lo estrasse: era un vassoio di medie dimensioni, dai manici a foggia di aquile, goffamente raffigurate con le ali aperte. Lo soppesò compiaciuto, prima di rimetterlo nel sacco con il resto dell'argento. Una visione affascinante. Rimase per un poco ad assaporare il momento, nella quiete della stalla, inginocchiato sulla sabbia e la paglia. L'unico rumore che si udiva era il respiro degli animali. Lì non sarebbe entrato nessuno.

È incredibile che questo tesoro sia mio.

D'un tratto il sorriso gli svanì. Ritirò le mani come se si fosse macchiato. Gli era appena tornata in mente la selvaggia esecuzione di Tesalo.

Chiuse il sacco con una smorfia di disgusto e lo mise a fianco dell'altro, delle stesse dimensioni. Li legò l'uno all'altro e li caricò sulla sua mula, insieme al resto del suo bagaglio.

Gli tornavano alla memoria gli ultimi momenti della notte prima. Quando Glauco aveva ordinato a tutti di uscire dalla sala dei banchetti, i presenti si erano precipitati alle porte e nella calca qualcuno era rimasto ferito, tale era il desiderio di sfuggire alla follia omicida del padrone di casa. Akenon era rimasto accanto al sibarita gemente, che se ne stava a quattro zampe, come un animale ferito.

Poi Glauco aveva rivolto verso di lui il viso alterato. «Dammi qualcosa che mi faccia dormire». Piagnucolava, con la saliva che gli colava sul mento e gocciolava a fili viscosi sul marmo. «Ho bisogno di restare incosciente finché la nave di Yaco non sarà salpata».

Akenon assentì, senza dire una parola. Non aveva bisogno del padrone di casa per incassare la sua ricompensa: tutte le condizioni erano state stabilite in presenza di un segretario, che aveva l'incarico di pagarlo.

Uscito dalla sala dei banchetti, si sentì esausto. Non vide né udì nessuno mentre attraversava il palazzo, che sembrava deserto anziché ospitare duecento persone. Le torce nel cortile illuminavano l'aria fredda e immobile della notte. Quando fu nella sua stanza, si sedette sul bordo del letto e si prese la testa fra le mani. Dopo qualche secondo infilò una mano sotto il letto per estrarre il grosso sacco in cui teneva la maggior parte del suo bagaglio. Sul fondo trovò una borsa di cuoio contenente numerose fiale, ben avvolte nella pelle fine, e alcune piccole sacche. Tanto in Egitto quanto in Libia e a Cartagine aveva dedicato molti anni a studiare l'impiego e i poteri di piante, minerali e varie sostanze animali. La borsa di cuoio era la parte più preziosa del suo bagaglio. Estrasse una fiala di cristallo di rocca, contrassegnata da un simbolo che solo lui sapeva interpretare.

Se eccedessi con la dose, Glauco non si sveglierebbe mai più.

Rifletté per qualche secondo. Ai suoi occhi, Glauco si era comportato da criminale.

In molte culture era consentita l'esecuzione di schiavi. Nella maggior parte delle comunità elleniche si castigava con la morte solo l'assassinio di un cittadino. Naturalmente, se l'assassino era un aristocratico e la vittima uno schiavo, nessuno si preoccupava di indagare. Nondimeno, Akenon si considerava un apolide che giudicava e agiva secondo le proprie regole. Ma doveva essere pragmatico: la prima conseguenza, se avesse ucciso Glauco, sarebbe stata quella di rimetterci la testa. Inoltre, lui non era un assassino. Finora aveva ucciso solo per autodifesa e non aveva intenzione di cambiare abitudini.

Versata un po' d'acqua in una coppa, vi aggiunse con molta cautela due piccole misure della polvere marroncina contenuta nella fiala. Mescolò la soluzione mentre attraversava di nuovo il palazzo, alla volta della sala dei banchetti. Glauco si era disteso su uno dei triclini e piangeva debolmente. Il cadavere di Tesalo giaceva ancora a terra, in una pozza di sangue.

Il padrone di casa alzò la testa all'arrivo dell'egizio. Gli strappò la coppa di mano, per berne il contenuto in un'unica sorsata. Poi buttò a terra il recipiente e guardò Akenon, prima di voltarsi dall'altra parte per dormire. Era stato uno sguardo carico di risentimento. Non gli aveva detto grazie, né lo avrebbe mai fatto.

La mula si mosse, riportando Akenon al presente. Le batté una mano sulla groppa e scosse la testa nel tentativo di cancellare dalla memoria gli eventi della notte precedente.

Non aveva più rivisto il giovane Yaco, che ora doveva avere un volto da efebo sfigurato e trovarsi incatenato su una delle navi commerciali di Glauco.

Scosse di nuovo il capo e si riempì i polmoni con l'aria fredda della mattina. Prese la mula per le redini, varcò le porte della stalla e uscì nel cortile interno.

L'immagine che apparve ai suoi occhi lo fece bloccare. Un attimo dopo il suo cuore prese a battere come se fosse lì lì per scoppiare.

Capitolo 6

17 aprile 510 a.C.

Il mar Jonio risplendeva sotto il sole di un nuovo giorno.

Di ritorno dalla sua passeggiata mattutina, Pitagora si trattenne all'ingresso della comunità, vicino a una statua del dio Hermes. Con una mano appoggiata sul piedistallo, contemplò l'unione tra il mare e la costa, verso nord.

Domani saranno di ritorno.

Sentiva ancora un peso sull'anima per la morte di Cleomenide, avvenuta tre settimane prima. Era stato difficile riuscire a mantenere il ritmo delle attività della confraternita. Oltre a essere un discepolo di spicco, il defunto era di origini aristocratiche e la famiglia aveva richiesto un'indagine accurata, che aveva comportato l'interrogatorio di tutti i membri dell'ordine presenti in quella sera fatale.

Non si era trovata la minima pista.

Dato che per la maggior parte i parenti di Cleomenide erano iniziati della confraternita, il maestro era riuscito a convincerli a lasciare ogni indagine nelle sue mani.

Anche se non so come andare avanti, proprio come con la successione.

Alla sua morte, le virtù di Cleomenide erano risaltate più che mai agli occhi della comunità. Ipocreonte, Oreste e Aristomaco, benché per ragioni diverse, erano inutili sul piano politico. Daaruk mancava di diplomazia e a Evandro occorrevano altri anni di maturazione.

Il maestro inspirò a fondo e rivolse un ultimo sguardo verso nord.

Dei, illuminatemi.

Akenon guardò pietrificato ciò che aveva davanti. Lo scenario risultava tanto raffinato quanto inoffensivo, eccetto per un dettaglio che procurava i brividi.

Nel cortile del palazzo di Glauco le colonne sostenevano un portico che seguiva l'intero perimetro. Due di esse reggevano un frontone, formando un portale che dava accesso al cortile più ampio annesso alla residenza privata del sibarita. Di fronte al portico, sul lato opposto del cortile in cui si trovava ora l'egizio, c'era il corridoio che portava alla strada. Un obiettivo che, d'un tratto, sembrava lontanissimo.

A qualche passo da Akenon si ergeva una statua del dio Apollo a grandezza naturale, poggiata su un piedistallo. Sei metri più in là se ne innalzava una di Dioniso. Tra l'una e l'altra, come una sfinge a guardia di un passaggio, era in attesa Boreas.

Il gigantesco schiavo era scalzo e aveva indosso solo un perizoma. Non sembrava importargli che facesse freddo. Aveva le braccia incrociate sopra l'immenso torace e gli occhi chiusi, come se stesse dormendo in piedi.

Akenon rimase immobile. Alla sua sinistra, anche la mula si era fermata, a testa bassa. Gli unici segni di vita in tutto il palazzo provenivano dalle bestie nelle stalle.

L'egizio si mosse piano, più silenzioso che poté, fino a trovarsi sull'altro fianco dell'animale. Senza dubbio era una buona idea interporla tra sé e il gigante che la sera prima aveva stritolato un uomo come se fosse un guscio d'uovo.

Che cosa ci faceva lì Boreas? Glauco gli aveva forse ordinato di recuperare l'argento? Era anche possibile che il tracio agisse di propria volontà. Akenon pensò a Eshdek, il suo potente amico cartaginese, il cui nome avrebbe dovuto essere sufficiente a proteggerlo. *Dagli uomini*, si disse, *non dalle belve.*

Fece un passo verso l'uscita, senza distogliere gli occhi dal gigante, che non si mosse. Trattenne il respiro e avanzò con lentezza. Se Boreas lo avesse attaccato, la cosa più importante da fare era raggiungere la strada, anche se ciò significava lasciare indietro la mula e la sua ricompensa. Avrebbe dovuto cercare di recuperarla in un secondo tempo, con l'aiuto di Eshdek.

Riuscì ad arrivare a soli due passi dal corridoio che portava alla strada. In quel momento Boreas aprì gli occhi e li fissò su di lui.

Sul viso del mostro cominciò a dipingersi un sorriso.

Capitolo 7

17 aprile 510 a.C.

I colpi alla porta allontanarono le immagini dalla mente di Alessandro. Il giovane, membro della guardia personale di Glauco, ripensava con amarezza alla notte precedente nella sala dei banchetti. Era uno di coloro che dovevano impedire a chiunque di uscirne, mentre il padrone smascherava il povero Tesalo.

Grazie all'aiuto di Akenon, quel maledetto egizio.

Alessandro aveva condiviso numerose partite ai dadi con il coppiere, un brav'uomo tranquillo, simpatico, sempre con il sorriso sulle labbra. Non avrebbe mai dimenticato la morte orribile che gli era stata inflitta.

I colpi si ripeterono e Alessandro si avvicinò al portone a due ante che dava sulla strada. Il suo compagno rimase vicino alla porta sul cortile, all'altro capo del corridoio.

Attraverso lo spioncino metallico, la guardia vide una donna sui trent'anni, in piedi vicino alla porta. Dietro di lei stavano due uomini dall'aria pacifica. Tutti e tre indossavano semplici tuniche bianche, senza fermagli o altre decorazioni. Nessuno sembrava armato.

Fece scorrere il chiavistello e aprì una delle ante.

« È questa la residenza di Glauco? » chiese la donna, prima che la guardia potesse aprire bocca.

Chi è questa donna, che si comporta come se fosse un uomo?, si disse Alessandro, sentendosi un po' offeso. « Chi lo domanda? » ribatté, brusco.

«Sono Arianna di Crotone. Cerchiamo Akenon. Mi è giunta notizia che possiamo trovarlo qui».

Il maledetto egizio! La guardia sentì il rancore che gli attanagliava lo stomaco e strinse la lancia nella mano. Rivolse alla donna un'occhiata ostile ed ebbe l'impulso di risponderle in modo volgare, o quantomeno di raccontarle che la persona che cercava non c'era. Nondimeno, da quanto aveva visto sino a quel momento, l'egizio era un ospite cui il signore dava molta importanza, quindi forse conveniva soffocare il risentimento. «Vado ad avvisare perché lo chiamino», disse controvoglia.

Chiuse la porta in faccia alla donna. Era l'unica soddisfazione che si poteva concedere, almeno in quel momento.

Arianna sorrise. *Non sembra che Akenon stia andando in giro a farsi amici.* Era curiosa di conoscerlo.

Voltò le spalle al portone, uscì dal colonnato e si mise ad aspettare accanto ai suoi compagni di viaggio. Si rese conto di essere nervosa. Finora aveva presunto che l'egizio avrebbe risposto di sì, ma in verità non ne aveva alcuna garanzia.

Voglia Apollo che accetti il nostro invito.

Incrociò le braccia e si voltò a guardare le grandi porte.

Boreas e Akenon sostenevano l'uno lo sguardo dell'altro, in silenzio. Il sole cadeva sulla pelle del gigante tracio, facendone risaltare le sfumature rossicce. Restavano entrambi immobili, come se il tempo si fosse congelato.

Infine l'egizio tirò le redini della sua mula, muovendosi verso l'uscita. Continuava a fissare Boreas, ma con la coda dell'occhio vedeva che la porta era chiusa. Avrebbe dovuto bussare e sperare che qualcuno l'aprisse.

La mula si avviò. Il rumore degli zoccoli parve incitare Boreas, che sciolse le enormi braccia. Akenon si sentì gelare il sangue nelle vene e cominciò a sfoderare la spada.

Capitolo 8

17 aprile 510 a.C.

« Akenon! »

L'egizio si voltò bruscamente, sguainando la spada. La porta si era aperta e una guardia lo stava chiamando dalla soglia.

Provò un improvviso sollievo, che si trasformò subito in un'ondata di apprensione. Forse la guardia e lo schiavo avevano in mente la stessa cosa: recuperare l'argento di Glauco dal carico della mula. Tese i muscoli e aspettò con la spada sollevata, attento a quanto succedeva davanti e dietro di lui.

« Vi cercano alla porta », disse la guardia, in tono svogliato. « Una donna... Arianna di Crotone ».

Akenon corrugò la fronte. « Non conosco nessuna Arianna ».

La guardia e il suo compagno spalancarono le porte, quella sul cortile e quella sulla strada, facendosi da parte per lasciarlo passare con la mula.

L'egizio esitò, ma non tardò a decidere che qualsiasi rischio fosse preferibile a un confronto con Boreas. Con una mano alle redini e un'altra stretta intorno all'impugnatura della spada, si incamminò lungo il corridoio, senza perdere di vista il gigante.

Ma guarda! Nessuno mi aveva detto che era così attraente, pensò Arianna.

Non lasciò trasparire nulla dalla propria espressione, ma osservò compiaciuta l'uomo che varcava la soglia del palazzo, tirandosi dietro una mula con due grossi sacchi in groppa. L'egizio doveva avere dieci o quindici anni più di lei, ma a prima vista si teneva in buona forma. Indossava una tunica scura e corta, che aderiva al corpo senza sottolineare la curvatura della pancia, tipica invece degli uomini della sua età.

Akenon si avvicinò, osservandola con occhi penetranti e vagamente sospettosi. Arianna ricambiò lo sguardo e intuì nell'espressione dell'uomo una parvenza di interesse. Il volto bronzeo dell'egizio era quadrato, con la bocca larga e gli occhi scuri; i capelli erano neri, piuttosto lunghi, e, a differenza della maggior parte dei greci, aveva il viso rasato. Con le braccia muscolose e la sua notevole altezza, non appariva certo un uomo comune.

Una volta fuori dal portico, Akenon si guardò indietro. Le guardie stavano chiudendo il portone. Con questo, tanto loro quanto Boreas smettevano di essere una minaccia incombente. Rimise la spada nel fodero e osservò in silenzio le uniche persone che si vedevano in strada: una donna che non passava inosservata e due uomini accanto a tre bestie dal carico leggero.

« Mi cercavate? » domandò, rivolto agli uomini.

Uno dei due accennò alla donna, che rispose con voce calma e decisa. « Mi chiamo Arianna. Loro sono Braurone e Telefonte. Veniamo da Crotone. Pitagora desidera invitarti nella sua comunità, per offrirti un incarico. Mi ha chiesto di trasmetterti il suo saluto più affettuoso e il suo desiderio di rivederti ».

Akenon distolse lo sguardo, prendendosi qualche secondo prima di rispondere. In effetti, era sua intenzione far visita a Pitagora, una volta concluso il suo impegno a Sibari. Lo aveva conosciuto più di trent'anni prima, quando era poco più di un ragazzino.

Un tempo Pitagora aveva vissuto a Menfi, dov'era nato Akenon, il cui padre era un apprezzato geometra e funzionario cittadino; si dedicava all'istruzione di nuovi geometri, che avrebbero avuto il compito di ridistribuire in modo corretto le terre dopo le piene del Nilo. Il faraone in persona aveva chiesto al padre di Akenon di illustrare a Pitagora la scienza che gli egizi coltivavano da secoli. Il carismatico greco aveva trascorso molte giornate con il geometra e suo figlio; la madre del ragazzo, ateniese di origine, era morta l'anno prima e Akenon e suo padre costituivano l'intera famiglia. Avevano diviso molte volte la tavola con Pitagora, che in più di un'occasione aveva dormito a casa loro, quando una conversazione animata si prolungava inavvertitamente fino alle prime ore del mattino.

Akenon sorrise, senza accorgersene. Ricordava Pitagora come un uomo affascinante, che con lui era molto gentile. Gli diceva sempre che aveva grandi doti e il ragazzo si riempiva di orgoglio quando riceveva gli elogi dell'illustre amico del genitore e del faraone. All'epoca, Akenon studiava con il padre e a tredici anni già si intendeva a sufficienza di geometria. Ne avrebbe potuto seguire la strada, se la vita non lo avesse condotto in altre direzioni.

Con il passare degli anni, il nome di Pitagora era divenuto famoso in tutto il mondo. Di tanto in tanto se ne sentiva parlare, così come della sua crescente influenza e dei suoi prodigi. Erano passati ormai tre decenni dall'ultima volta che lo aveva visto e lo rallegrava che il maestro ancora si ricordasse di lui. Lo preoccupava invece il fatto che avesse bisogno dei suoi servigi. Con l'argento del compenso di Glauco, Akenon aveva accarezzato il sogno di abbandonare l'investigazione e i crimini, almeno per qualche anno.

Fece un lieve cenno di assenso e alzò gli occhi verso Arianna. « Verrò con voi. Ho molta voglia di rivedere Pitagora. Tuttavia credo che non potrò trattenermi per svolgere incarichi di sorta. È mia intenzione imbarcarmi tra pochi giorni ».

« Ti sono grata se ci accompagni », rispose Arianna. « Quanto al resto, sarà meglio che ne parli con Pitagora ».

E dubito che gli dirai di no, pensò. *Non lo fa nessuno.*

*

In quel momento, a ottanta chilometri da Arianna e Akenon, Pitagora passeggiava solitario in un bosco vicino alla comunità. Camminava a passo lento, assorto nei propri pensieri, scuotendo di tanto in tanto il capo. Il peso che portava sulle spalle incurvava la sua figura, d'abitudine dritta e maestosa.

Alle sue spalle, nascosto fra i pini, qualcuno teneva d'occhio il grande maestro. Lo seguiva già da un po'. Al pari di Pitagora, anche questi stava considerando la morte di Cleomenide, ma con una differenza. Ci pensava con grande soddisfazione.

Capitolo 9

17 aprile 510 a.C.

Akenon provò una certa euforia appena si lasciarono alle spalle le ultime case di Sibari.

Era una sensazione così intensa e gradita che quasi lo stordiva, un misto di allegria e di energia dovuto all'aver concluso il lavoro con successo, all'aver superato indenne una situazione in cui aveva temuto per la sua vita e al portare con sé due pesanti sacchi pieni di argento, un autentico tesoro. A tutto questo si sommava l'emozione di essere in viaggio – un viaggio di piacere, poteva quasi dire – verso una regione sconosciuta e in compagnia di una donna che, più la si guardava, più risultava attraente.

Erano in marcia da tre ore lungo la costa. Il sole era asceso in un cielo senza nubi e la temperatura si era fatta gradevole. Il terreno diventava più impervio man mano che si allontanavano da Sibari. In quel momento, Arianna era proprio dietro di lui. I due accompagnatori, che non aprivano mai bocca, si mantenevano a una certa distanza, in apparenza dediti alla meditazione, sopra le loro cavalcature.

Akenon aveva scambiato qualche frase con Arianna, anche se non abbastanza da poterla definire una conversazione. Benché lei rispondesse alle sue domande, lo rimandava a Pitagora per qualsiasi cosa riguardasse le ragioni dell'invito a Crotone. La donna non era molto loquace, tuttavia dai suoi silenzi e dagli sguardi all'egizio parve di non esserle del tutto indifferente. A Cartagine aveva un certo successo tra le donne e non c'era ragione di pensare che con le greche potesse essere diverso. Non che lui fosse un donnaiolo, tutt'altro. Di fatto, da giovane, era passato attraverso una lunga fase di ascetismo che aveva lasciato tracce nei suoi costumi. Anche se non era dall'ascetismo che intendeva farsi guidare in quel momento.

Senza farsi notare, rallentò il passo della mula e seguì con lo sguardo Arianna che lo superava. La giovane aveva capelli di colore castano chiaro, raccolti in una coda di cavallo. Il viso era intelligente e tanto gli occhi verdi quanto la bocca sensuale emanavano una stimolante aria di sfida. Era decisamente più bassa di lui, doveva arrivargli alle spalle, e non sfigurava quanto a curve, più voluttuosa che rotondetta. L'egizio osservò il vistoso movimento del seno sotto la tunica: il tessuto fine aderiva al corpo in modo assai rivelatore. Schiuse le labbra, cominciando a respirare dalla bocca. Lei voltò la testa per guardarlo e sorrise, procurandogli una vampata di calore. Era quasi sicuro che... chissà...

Spronò la mula per raggiungere Arianna. «Suppongo che faremo una tappa, prima di giungere a Crotone», le disse.

«Certo, dovremo fermarci a metà strada per la notte. Non si può viaggiare veloci, lungo questi sentieri. Saremo a una locanda prima del tramonto». La donna sfoggiò di nuovo il suo sorriso ambiguo, quasi allusivo. «Per mangiare, potremo fermarci in una spianata, di là da quel piccolo promontorio».

Akenon si voltò. Braurone e Telefonte erano diversi metri dietro di loro. Non li potevano sentire. «Forse potremmo fermarci anche prima. Voglio dire...» La fissò, con un sorriso inequivocabile. In circostanze normali non si sarebbe mai comportato in quel modo, ma si stava lasciando ubriacare dall'euforia e dal fascino particolare di Arianna. Oltretutto, chi sapeva se avrebbero potuto avere un'altra occasione favorevole per restare da soli, in mezzo al nulla, con solo un paio di accompagnatori che si mantenevano a distanza, assorti nel loro mondo interiore?

Lei lo guardò con un'espressione perplessa, di sorprendente ingenuità.

Mi vuole rendere le cose difficili, oppure non capisce sul serio? Akenon provò a insistere. « Voglio dire... in un luogo in cui ci si possa nascondere tra gli alberi, senza essere visti ». Accennò con la testa ai due accompagnatori.

« Capisco ». Arianna sorrise. « Scusami se prima non avevo compreso ». Alzò una mano per fare un segnale ai due uomini, che si fermarono. Poi tirò le redini. « Non ti immaginavo così timido. Ma non ti preoccupare, sono abituata. Anche il mio anziano padre deve fermarsi con una certa frequenza per orinare. Sono i piccoli fastidi dell'età ».

Akenon fissò la donna a bocca aperta. Ora la giovane sfoggiava un'espressione di burla. Aveva capito benissimo che cosa intendeva, prima ancora che lui aprisse bocca. Saltò a terra e si inoltrò fra gli alberi, imprecando in cuor suo.

I piccoli fastidi dell'età...

Attese un minuto prima di fare ritorno, il tempo sufficiente per smettere di sentirsi offeso e beffato, e ridere di se stesso. Risalì in groppa alla mula e si rimise in marcia con un sorriso sulle labbra, accettando di buon grado l'aria divertita di Arianna.

Cavalcarono in silenzio per un certo tempo, poi Akenon si voltò verso la donna e fece un nuovo commento dalla calcolata ambiguità. Lei, senza cambiare espressione, rispose con la stessa apparente ingenuità, ribaltandone il significato. L'egizio chinò il capo per nascondere il sorriso. Poco dopo fece un apprezzamento sul paesaggio, in termini che potevano alludere all'ingannevole candore di Arianna. Lei assentì e rispose pronta, accennando all'aridità del territorio circostante; ma le stesse parole potevano alludere a chi per troppa presunzione si ritrovava a bocca asciutta.

Quel gioco di equivoci e doppi sensi si prolungò per il resto della giornata, mentre continuavano a seguire la costa. Era tanto che l'egizio non si divertiva così. L'acume e l'ironia di Arianna avevano il curioso effetto di farlo sentire ancora più attratto da lei.

A sera, nella solitudine della sua stanza alla locanda, Akenon rifletté sugli eventi del giorno. Prima di addormentarsi, fece una promessa a se stesso: a Crotone sarebbe riuscito a farsi accogliere da Arianna nel suo letto.

Giunsero a destinazione il giorno successivo, al crepuscolo.

La strada, che seguiva il contorno della costa, in prossimità di Crotone si faceva meno impervia. Akenon osservò con interesse il paesaggio, mentre la sua mula percorreva stancamente l'ultimo tratto. La città, orientata verso il mare, era incentrata sul porto. Con il passare del tempo era cresciuta verso l'entroterra, risalendo lungo le falde delle colline che ne proteggevano le spalle. Non era grande quanto Sibari, ma Akenon rimase altrettanto impressionato dalla sua estensione, così come dalle dimensioni e dalla magnificenza dei suoi edifici principali. Non a caso era la seconda città più popolosa della Magna Grecia.

Anziché entrare a Crotone, vi girarono intorno, in silenzio, dirigendosi alla collina più prossima. A un chilometro dal confine cittadino, alle pendici del rilievo, una semplice palizzata tracciava un rettangolo di trecento metri per duecento. All'interno si concentravano vari edifici, qualche tempio e un giardino oltre a una profusione di statue. Sembrava un piccolo villaggio nell'orbita di Crotone, unito a questa per un sentiero che faceva pensare a un lungo cordone ombelicale. Come se la grande città e il piccolo villaggio formassero una simbiosi mistica.

La strada che percorrevano incrociò il sentiero e Arianna condusse il gruppetto in direzione del singolare agglomerato di costruzioni: erano quelle della comunità, erette dalla città di Crotone perché Pitagora ne facesse il centro della sua potente illuminazione. In tre decenni, la confraternita, da modesta istituzione con qualche decina di membri, era diventata l'ordine più importante e influente dei suoi tempi: seicento discepoli abitavano negli edifici della comunità crotonese e migliaia di seguaci della dottrina vivevano in diverse città, controllando decine di governi.

Anche se Akenon lo ignorava, c'era una ragione per cui il prestigio di Pitagora non era ancora superiore: tra i principali mandati dell'ordine vigeva il silenzio su molti aspetti della confraternita, in particolare riguardo al nucleo della sua sapienza. Il voto di segretezza era così severo che le scoperte principali non potevano neppure essere messe per iscritto. Pitagora era conosciuto per il suo potere politico e il suo immenso prestigio di maestro e spirito superiore; ciononostante, l'unico modo per accedere alle sue conoscenze era riuscire ad avvicinarsi a lui ed essere accettato.

Non era facile essere ammessi all'ordine. Raggiungerne i gradi più elevati era quasi impossibile. Tutti erano testimoni dell'intenso splendore del maestro, ma ben pochi arrivavano a contemplare la luce da vicino. Nei trent'anni di esistenza della confraternita, solo sei grandi maestri erano riusciti a entrare nella cerchia più interna di Pitagora. Uno di loro, Cleomenide, era stato assassinato. Dei cinque rimanenti, solo colui che fosse stato nominato successore avrebbe ricevuto la potente illuminazione nella sua totalità.

Mentre si avvicinavano, Akenon sentì un brivido lungo la spina dorsale. Era impossibile sottrarsi all'aura di spiritualità che avvolgeva l'intero villaggio. Si scordò della sua attraente accompagnatrice, con la quale non aveva più scambiato parola da quando avevano avvistato la comunità. La sua mente era concentrata su quell'uomo energico ed enigmatico che aveva conosciuto in Egitto. Stava per rivederlo, dopo tanto tempo... ma ora Pitagora non era più solo una persona interessante.

Si era trasformato nel maestro dei maestri.

Alle porte della comunità li attendeva un piccolo comitato di ricevimento, alla testa del quale c'era il grande Pitagora in persona.

Akenon, attratto dal suo irresistibile magnetismo, non poteva distogliere gli occhi. Il maestro spiccava per la sua altezza imponente, ma soprattutto perché sembrava irradiare una luce particolare, come se il sole illuminasse con maggiore intensità rispetto agli altri il bianco della sua tunica e dei capelli.

Smontarono dalle cavalcature e percorsero a piedi gli ultimi metri. Arianna camminava a fianco dell'egizio con un'espressione indecifrabile.

Pitagora si fece avanti, appoggiò entrambe le mani sulle spalle dell'ospite e parlò con voce ferma e sincera. «Akenon, che grande gioia rivederti».

Sotto il suo sguardo penetrante, l'egizio provò uno strano senso di vergogna, come se all'improvviso sentisse uscire allo scoperto tutto ciò che di buono o cattivo avesse fatto nel corso della sua vita. Nel contempo, malgrado la sua determinazione a non lasciarsi coinvolgere in alcuna indagine, ebbe la certezza che sarebbe stato molto difficile negare qualcosa a Pitagora.

Poi il maestro rivolse il suo sguardo profondo su Arianna.

E le sue parole fecero impallidire Akenon.

Capitolo 10

18 aprile 510 a.C.

« Perché dobbiamo lasciare che sia uno straniero a fare il lavoro della nostra polizia? »

Cilone agitava le braccia mentre parlava, per sottolineare ancora di più la propria indignazione. Stava arringando i membri del Consiglio dei Mille dal podio della sala in cui erano soliti riunirsi, lo spazio più ampio e solenne di Crotone. Il migliaio di uomini di maggior potere della città ascoltava dalle gradinate il suo discorso appassionato, qualcuno con interesse, i più con diffidenza. Il grasso viso di Cilone era così congestionato da rivaleggiare con il porpora delle sue vesti lussuose. L'oratore dovette fare uno sforzo per controllare la respirazione e riprendere a declamare.

« Sono appena stato informato che è giunto alla comunità l'uomo convocato da Pitagora. Un egizio! » esclamò, scandalizzato. Si voltò alla propria destra e fece un cenno a un gruppo di consiglieri. « Cleomenide era vostro fratello, vostro cugino... tuo figlio, Iperione! Come potete consentire che Pitagora passi una volta di più sopra le nostre leggi e si arroghi le funzioni della polizia? »

L'anziano Iperione cambiò posizione sul suo scranno, scomodo e dolente. Le parole di Cilone avevano un fondo di verità. La polizia aveva indagato sull'assassinio di suo figlio Cleomenide senza scoprire alcuna pista e Pitagora aveva richiesto di poter proseguire l'indagine con i propri mezzi. La polizia poteva continuare a investigare, ma di certo non aveva indizi da seguire e ormai non dedicava più molto tempo all'assassinio di suo figlio. D'altro canto, era innegabile che lui avrebbe potuto fare pressioni sin dal principio perché fosse svolta un'inchiesta più efficace, con un maggior numero di agenti impegnati sul caso giorno e notte, e che ribaltassero fino all'ultima pietra della comunità... Ma non sarebbe mai andato contro la volontà di Pitagora.

Cilone continuava a fissare i parenti di Cleomenide, uno dopo l'altro. Tutti abbassarono gli occhi, in silenzio. Erano membri del Consiglio dei Trecento, pertanto non si sarebbero mai opposti a Pitagora. Tuttavia Cilone non aveva la pretesa che si mettessero contro il loro maestro. Ciò che desiderava era minarne l'autorità morale, perché il Consiglio dei Mille si ribellasse una buona volta alla tirannia dei pitagorici.

Il governo aristocratico di Crotone, per tradizione, spettava al Consiglio dei Mille, in cui erano rappresentate le famiglie principali e i maggiori gruppi di influenza della città. Dall'arrivo di Pitagora, molti dei mille consiglieri erano stati iniziati all'ordine. Superate le dure prove morali e intellettuali, avevano abbracciato con fervore la dottrina che ora ne regolava ogni azione. Tanto che Pitagora aveva convinto la città – e ancora Cilone non sapeva come – a creare una nuova istituzione costituita unicamente da iniziati, il Consiglio dei Trecento, una sottosezione del Consiglio dei Mille che tuttavia si collocava gerarchicamente al di sopra di questo.

In definitiva, la città era soggetta ai trecento consiglieri pitagorici, una situazione che Cilone voleva cambiare con ogni mezzo. Lo faceva impazzire che tutti seguissero Pitagora come pecore. L'assassinio di Cleomenide e l'arrivo di quell'egizio potevano rappresentare l'occasione che aspettava da tempo.

Si rivolse verso la fazione meno incline a Pitagora, alzò i pugni e riprese l'arringa con ancora maggiore intensità.

Capitolo 11

18 aprile 510 a.C.

« Temo che ti farò venire il mal di testa presentandoti così tante persone tutte in una volta », disse Pitagora. « Perlomeno, già conosci Arianna, la maggiore delle mie figlie ».

Arianna è figlia di Pitagora!

Akenon dovette fare uno sforzo per continuare a sorridere. Aveva la sensazione che lo sguardo intenso del maestro potesse leggergli nella mente. Non poteva scordare che, non più tardi del giorno prima, aveva proposto ad Arianna un amplesso in mezzo al bosco.

Ma come facevo a saperlo? Lei non mi ha detto niente.

L'attraente giovane salutò il padre, rivolse all'egizio un ultimo sorriso ironico e si inoltrò nella comunità. Akenon la seguì con lo sguardo, finché Pitagora non riprese a parlare con la sua voce profonda.

« Seguimi. Ti abbiamo preparato una stanza in cui troverai acqua fresca. Se lo desideri, possiamo portarti qualcosa da mangiare. Oppure puoi aspettare la cena, che sarà tra un paio d'ore ».

« L'acqua va bene, grazie. Per ora preferisco riposare ».

Un ragazzo sui vent'anni si avvicinò, offrendosi di prendere le redini della mula che l'ospite ancora stringeva in mano. Memore del piccolo tesoro in argento, Akenon sentì l'impulso di rifiutare, ma si trattenne per tempo. « D'accordo ». Passò le briglie al giovane. « Grazie ».

Il ragazzo sorrise, senza dire una parola.

« Non può parlare, a meno che non gli sia richiesto », spiegò

Pitagora. «Così come i due uomini che vi hanno accompagnato sin qui da Sibari, Braurone e Telefonte. Sono discepoli con il grado di uditori. Devono ascoltare e meditare. Se completano questa fase e superano le prove necessarie, raggiungeranno il grado di matematico. Allora avranno accesso a insegnamenti più elevati e potranno discuterne con i loro maestri».

Attraversarono il portico che fungeva da ingresso alla comunità. Per quanto fossero sempre all'aria aperta, Akenon ebbe la sensazione di varcare la soglia di un tempio. Si trovavano alle pendici di una collina e il terreno saliva dolcemente verso gli edifici. L'egizio notò alla propria destra una statua di Dioniso e a sinistra una di Hermes. Più in là, sul lato sinistro, si ergevano tre templi di pietra chiara, quasi bianca. Il più grande era dedicato ad Apollo. Gli altri erano un enigma, soprattutto quello a pianta circolare, come lui non ne aveva mai visti.

«È il Tempio delle Muse», indicò Pitagora, seguendo la direzione del suo sguardo.

Akenon annuì in silenzio, mentre camminava. Il sentiero che portava ai templi era lastricato, mentre le altre strade della comunità erano solo piste tra la vegetazione, generate dal transito frequente degli abitanti; collegavano tra loro edifici destinati all'abitazione, una scuola, le stalle e un grazioso giardino con un laghetto, per il quale passeggiavano vari discepoli. Akenon poteva vederne un paio di centinaia, quasi tutti uomini. La tunica bianca sembrava essere la regola, quantomeno per gli uomini, dato che alcune donne portavano vesti color zafferano.

«Ho seguito la tua carriera nel corso degli anni».

Akenon sobbalzò alle parole di Pitagora e si accorse che l'atmosfera del luogo lo sopraffaceva. Guardò il grande maestro e lo vide sorridere sotto la folta barba bianca. Davvero era al corrente del percorso che aveva seguito la sua vita? Era opportuno essere cauti e non lasciarsi trasportare dalla vanità. E non dimenticare che Pitagora lo aveva convocato per questioni di lavoro, malgrado lui non intendesse accettare alcun incarico.

« Ho sempre avuto grande stima per la tua famiglia », proseguì il maestro, in tono cordiale e sincero. « Tuo padre era un uomo eccezionale e mi è dispiaciuto moltissimo quando ho saputo della sua morte ».

« È stato assassinato », replicò Akenon, con lo sguardo cupo.

« Lo so. Un delitto che ti ha indotto ad abbandonare lo studio della geometria e dedicarti alle indagini, affinché i colpevoli non sfuggissero al castigo ».

Akenon provò una stretta al cuore. Era proprio quello il motivo per cui era entrato in polizia. Ma non ne aveva mai fatto parola con nessuno. Come poteva Pitagora sapere tante cose sul suo conto?

« Non li ho mai scoperti », ammise, con amarezza.

« Forse lui avrebbe preferito così », disse il maestro, benevolo. « E anche tua madre. Forse è stato meglio per te ».

L'egizio rivolse lo sguardo al Tempio delle Muse e proseguì in silenzio. Pitagora aveva sollevato una questione essenziale. Sua madre era morta quando lui aveva dodici anni e, dopo l'assassinio del padre, se la immaginava guardarlo preoccupata dall'aldilà. All'epoca, il giovane avrebbe voluto uccidere di propria mano gli assassini del genitore, anziché consegnarli alla giustizia. A costo di disobbedire agli insegnamenti più profondamente radicati in lui. Ora si rallegrava di non averlo fatto. In quel caso, forse la sua vita sarebbe stata molto più oscura.

« Come hai fatto a trovarmi? » domandò con curiosità, ma anche per cambiare argomento.

« Sono venuto a sapere che lavoravi per Amosi II. Dopo la sua morte, ho perso le tue tracce, ma qualche anno fa mi è giunta alle orecchie la notizia di un investigatore di Cartagine che aveva risolto un caso in modo eccezionalmente brillante. E che si chiamava Akenon. Ho capito subito che eri tu ».

L'egizio fece una smorfia. *Mi sta adulando di nuovo.*

« Da allora ho sentito parlare varie volte di te. L'ultima non più tardi di due settimane fa, quando ho saputo che eri giunto a

Sibari. Proprio quando stavo per inviarti un messaggio a Cartagine. Una coincidenza straordinaria». Sembrava quasi che Pitagora fosse sul punto di rivelare il motivo per cui lo aveva convocato. Invece si fermò davanti a un edificio. «È qui».

Akenon si ricordò in cosa consistesse il suo bagaglio. Il discepolo silenzioso li seguiva, qualche passo indietro, con la mula.

«Pitagora», disse l'egizio, abbassando la voce, «nei sacchi ho una grande quantità di argento».

Il maestro annuì e rispose senza cambiare espressione. «Ho dato ordine di portare nella tua stanza un grosso baule con una serratura. Sarai l'unico a disporre della chiave. In ogni caso, nella comunità non si è mai verificato un furto». In quel momento, un'ombra gli passò sul volto. «Né, d'altra parte, finora, era mai stato commesso un omicidio».

Akenon inarcò le sopracciglia. «Un omicidio... È per questo che mi volevi qui?»

«È così, purtroppo. Ma, se non ti dispiace, di questo parleremo più tardi, quando ti sarai riposato. Verrò a cercarti prima di cena e faremo due passi, così potrò spiegarti la questione nel dettaglio. Quanto al tuo bagaglio, sarà al sicuro nella tua stanza. Ma, se può farti sentire più tranquillo, posso tenerlo a casa mia». Il maestro rifletté per un istante. «Oppure puoi affidarlo a Eritrio, il curatore che lavora per l'ordine».

Akenon gli rivolse un'occhiata interrogativa.

«Nell'ordine abbiamo sia iniziati che risiedono fuori dalla comunità sia discepoli residenti», spiegò Pitagora. «Gli iniziati ricevono la parte più semplice degli insegnamenti, mentre continuano a condurre la loro abituale vita all'esterno. Mentre i discepoli che entrano a far parte della comunità, fintanto che vivono con noi, consegnano i loro beni al curatore, Eritrio, il quale si incarica di custodirli o amministrarli».

Akenon rifletté per qualche secondo. A fare da recinto alla comunità era una palizzata facile da superare, ma al suo interno c'erano solo discepoli di Pitagora: diverse centinaia di uomini e alcune decine di donne che avrebbero dato l'allarme, qualora si fosse presentato un intruso. Per quanto, anche fra loro, poteva nascondersi un assassino...

«Per ora lascerò tutto nel baule della mia stanza», stabilì. «Più avanti magari affiderò l'argento al curatore».

Pitagora annuì e fece un cenno al discepolo perché li aiutasse a togliere i sacchi dalla groppa della mula. Akenon si sorprese a vedere l'anziano maestro che aiutava il giovane. Lo stupore aumentò quando lo vide caricarsi in spalla un peso che avrebbe messo in ginocchio uomini assai più giovani. Quando ebbero finito, il discepolo si avviò alle stalle con la bestia.

Una volta soli nella stanza, Akenon si decise a parlare con franchezza. «Pitagora, non era mia intenzione andarmene dalla Magna Grecia senza salutarti. Rivederti per me è una grande gioia...»

Il maestro fece un cenno di assenso, senza rispondere, supponendo che l'ospite avesse altro da dire.

«Tuttavia ho bisogno di prendermi del tempo libero. Sono molti anni che lavoro senza posa, vedendo più delitti, sofferenze e ingiustizie di quanto desiderassi». Akenon scosse la testa, con un'espressione di disgusto. «Devo dire che non ne posso più e non ho né la voglia né la forza di indagare su altri crimini. Mi spiace, ma così stanno le cose».

Pitagora leggeva la ferma risolutezza sul volto dell'ospite, ma intuiva che fosse alimentata da episodi recenti. Nella sua grande conoscenza della natura umana, sapeva che l'influsso di ciò che era successo da poco decadeva con rapidità. «Se me lo permetti», appoggiò una mano su una spalla di Akenon, «affronteremo l'argomento più avanti. Ti spiegherò che cosa voglio chiederti, così come le implicazioni del nostro problema. Poi potrai decidere in assoluta libertà. Per il momento, considerati nostro ospite, senza alcun impegno. Non occorre che ne parliamo oggi. Possiamo approfittare della nostra passeggiata per fare due semplici chiacchiere».

Akenon replicò con un silenzioso cenno di assenso, prima di rispondere: « D'accordo ». Non aveva altra scelta che accettare le gentili parole del maestro, anche se si trattava di un'evidente manovra per cercare di coinvolgerlo.

Rimasto solo, si distese sul letto, rilassò il corpo e vagò con lo sguardo fra le travi del soffitto. Non aveva la sensazione di essere un semplice ospite. Allungò un braccio e appoggiò una mano sul grande baule di legno in cui aveva riposto il suo tesoro.

Quando si addormentò, nei suoi sogni si insinuò Arianna di Crotone, figlia di Pitagora.

Capitolo 12

18 aprile 510 a.C.

Mentre Akenon si assopiva, Arianna si trovava a pochi passi da lui, seduta sul proprio letto, con la schiena appoggiata alla parete. Teneva in grembo una tavoletta di legno cosparsa di uno strato di cera. Con un punteruolo aveva disegnato alcune figure geometriche che ora osservava con occhi sognanti. Le disegnava di frequente, sempre le stesse. Risvegliavano in lei ricordi gradevoli.

Un decennio prima, quando aveva vent'anni, passava sempre tutto il giorno a studiare. Il suo unico maestro era il padre, che ogni volta le dava la medesima risposta frustrante: «Non posso insegnarti di più in questa materia. Quel che segue è riservato ai grandi maestri della confraternita».

Arianna chinava gli occhi e taceva, obbediente, ma accettare quelle parole le costava ogni volta di più. «Padre», rispose un giorno, «che cosa devo fare perché tu mi permetta di approfondire la materia?»

«Arianna, mia cara figliola», la voce di Pitagora, benché come sempre grave e risonante, si faceva più dolce quando parlava con lei, «perché io ti possa insegnare ciò che mi chiedi, dovresti soddisfare tutte le condizioni richieste a qualsiasi grande maestro. È necessaria una lunga permanenza nell'ordine...»

«Sono tua figlia e ho vent'anni», lo interruppe Arianna, «dunque è questo il mio tempo di permanenza nell'ordine».

Pitagora annuì di fronte all'ostinazione della figlia prediletta. E decise di non fare menzione delle regole morali, alquanto severe, cui si doveva sottoporre un grande maestro. Arianna gli avrebbe assicurato che lei si era già sottoposta a tutte. Sicché era meglio sottolineare un punto imprescindibile. «Bisogna anche avere superato gli studi da maestro in tutte le altre discipline dei nostri insegnamenti. E il tuo interesse è fondato quasi solo sulla geometria. Devi prima fare passi avanti nell'astronomia, nella musica...»

Tacque quando Arianna, a braccia conserte, dimostrò sbuffando la propria frustrazione.

«Vuoi che smettiamo, per oggi?» le propose.

«No. Quello che voglio è...» Arianna tacque a sua volta. Le era appena venuta in mente una cosa. «D'accordo, capisco che non merito di accedere al grado di grande maestro, ma non ti andrebbe di sottopormi alla sola prova di geometria da superare per diventarlo?»

Pitagora sospirò. L'espediente era ingegnoso. La prova stessa avrebbe permesso ad Arianna di accedere a una delle conoscenze cui tanto aspirava. Ciononostante, doveva di nuovo opporsi al volere della figlia.

«Arianna, non posso fare nemmeno questo. Devi compiere un passo alla volta. Quando arriverà il momento, sarò io a sottoporti alle prove per accedere al grado di maestro. Dopodiché, con il passare degli anni, e tra le altre cose, se riuscirai a dare i tuoi contributi, potrai confrontarti con le prove necessarie per diventare grande maestro».

Arianna chinò la testa. «Io non voglio essere un grande maestro, voglio solo imparare di più nella geometria... e dimostrare che in questo posso essere all'altezza dei maestri migliori». Non si rassegnava ad accettare le condizioni poste dal padre, ma al tempo stesso non aveva senso discutere con lui.

Doveva cercare di raggiungere il proprio obiettivo in un altro modo.

A partire dal giorno seguente si offrì volontaria per riordinare la scuola tra una lezione e l'altra. Una delle sue funzioni era lisciare le tavolette di cera al termine della giornata. Con grande delusione, scoprì che ai livelli più alti erano molto attenti, al riguardo. Non per niente facevano tutti un giuramento di segretezza che proteggeva gli insegnamenti più elevati. Malgrado ciò, di tanto in tanto, le riusciva di scoprire qualche traccia su una tavoletta. Le esaminava con attenzione e prendeva nota di tutto ciò che trovava su una pergamena, che poi nascondeva sotto la tunica.

Un giorno si rese conto che, osservando le tavolette alla luce del sole, a volte si potevano distinguere le tracce più profonde: quando non si premeva a fondo per cancellare, si appiattiva solo la cera in superficie. Pertanto, anche ciò che scopriva da quelle tavolette veniva subito ricopiato sul rotolo che Arianna portava sempre con sé.

Dopo qualche settimana, aveva riempito la pergamena e trascorso giorni a cercare di analizzare quei brandelli di conoscenza. Per la maggior parte, non riusciva a dare loro un senso. Ma a qualcuno sì. Unendo ciò che vedeva alle proprie nozioni, si accorse di poterne ricavare lo schema di costruzione di un tetraedro.* Ricopiò tutto su una pergamena nuova. Poteva dire a suo padre che lo aveva scoperto per proprio conto e quello era il contributo che poteva valerle ulteriori insegnamenti. Avrebbe potuto farlo, ma sarebbe stata una menzogna. Per questo continuò ad analizzare la nuova trascrizione, finché un giorno, come se la sua vista fosse migliorata all'improvviso, giunse a una conclusione del tutto nuova.

Non era una grande scoperta, non poteva essere sicura che fosse qualcosa di sconosciuto, ma lo era per lei. Corse a cercare il padre e, ansimante, gli consegnò il proprio contributo.

* Il tetraedro regolare è l'oggetto tridimensionale le cui quattro facce sono triangoli equilateri. I pitagorici lo consideravano molto significativo per la comprensione dello schema geometrico della costruzione del mondo.

Pitagora, imperturbabile, vi diede un'occhiata. Immaginava cosa lei avesse in mente dal momento in cui si era offerta volontaria per lavorare alla scuola, e una volta l'aveva scorta mentre osservava le tavolette incerate controluce. Ora si aspettava che la ragazza gli presentasse qualcosa che aveva ricopiato da una tavoletta. Ma dopo pochi secondi inarcò un sopracciglio, sorpreso. Era il metodo di costruzione del tetraedro, tuttavia c'era qualcosa in più. Lo osservò con maggiore attenzione. C'era una lieve variante nei passaggi, un'approssimazione diversa che risultava una novità. Non comportava alcuna applicazione, ma era qualcosa di inedito.

Alzò gli occhi sulla figlia. Lo sguardo di Arianna, carico di aspettative, era lo stesso di quando aveva dieci anni. Ma ormai era una donna adulta e una brillante discepola che lo riempiva di orgoglio.

« Vieni a vedermi al tramonto. Ti sottoporrò alla prova ».

La ragazza lanciò un gridolino di gioia.

Alcune ore dopo, mentre il sole calava, Pitagora le ripeté una raccomandazione che le aveva già fatto varie volte. « Ricorda che nessuno deve sapere che cosa stai imparando. Io devo essere il primo a dare l'esempio e con te ho già disobbedito a troppe regole ». Si fece scuro in volto. « E ora sto per violarne un'altra molto importante ».

Arianna annuì, serissima.

Suo padre era inflessibile su tutte le norme che regolavano la comunità, anche se con lei non poteva evitare di fare un'eccezione. Sua figlia, più di chiunque altro, aveva *bisogno* di tenere la mente occupata dalla dottrina. « Ti metto nelle stesse condizioni di tutti coloro che hanno affrontato questa prova. Devi risolvere in ventiquattr'ore il problema qui esposto. Non puoi parlare con nessuno e nessuno deve vedere su cosa stai lavorando. Il tempo comincia a scorrere da adesso », le consegnò una pergamena, «e scadrà domani, nel momento in cui il sole tramonterà».

Arianna aprì il documento, lo esaminò con apprensione e corse a chiudersi nella propria stanza senza dire una parola.

Quella notte non dormì. Alla luce di due lampade a olio analizzò il contenuto della pergamena fino a impararlo a memoria. Doveva risolvere il problema geometrico della costruzione di un dodecaedro* inscritto in una sfera. Quando le figure cominciarono a danzarle davanti agli occhi, chiuse le palpebre ma continuò a lavorare con la mente. Era il problema più difficile che avesse mai affrontato. Cercò di utilizzare le proprie nozioni sul tetraedro, ma senza risultato. Il dodecaedro era una figura molto più complessa.

Al mattino, si sentiva stanca e scoraggiata. Non uscì dalla camera nemmeno per mangiare, tuttavia verso metà giornata si rese conto che la fatica e la fame stavano gravando sulla sua capacità di concentrarsi. Fece una rapida incursione nelle cucine per procurarsi un po' di frutta. Nonostante che il cibo le avesse ridato energia, non riusciva a fare passi avanti. Metà dello spazio sulla pergamena era in bianco, a sua disposizione per risolvere il problema, ma fino a quel momento Arianna aveva scritto solo qualche breve appunto. Cominciava a considerare l'eventualità di non riuscire a risolverlo. Come avrebbe potuto arrivare dove era giunto solo un pugno di uomini, i più capaci fra tutti i maestri? Quel pensiero continuò a crescerle nella mente, sino a bloccarla. D'un tratto si accorse che le immagini avevano cessato di fluire e che si trovava da sola di fronte a una pergamena piena di figure piane che non le dicevano nulla. Il panico la raggelò. Il sole era allo zenit e di lì a poco avrebbe cominciato la sua discesa verso l'orizzonte. Le restavano solo poche ore. Si

* Il dodecaedro regolare è l'oggetto tridimensionale le cui dodici facce sono pentagoni regolari. Per i pitagorici era la figura più importante di tutte, così come la più complessa.

sentiva soffocare e la sua respirazione accelerò. Finché non decise di abbandonare la pergamena e uscire.

Si diresse al Tempio delle Muse. Vide con la coda dell'occhio che il padre la osservava da lontano, ma non volle girarsi verso di lui. Si rifugiò nell'ombra quieta del tempio e rivolse lo sguardo alle statue. «Ispiratemi», pregò. Chiuse gli occhi e lasciò la mente in bianco, aspettando che le immagini arrivassero. Ma dopo poco si arrese. Non avrebbe risolto il problema sulla base di un'illuminazione. Chinò il capo e si imbevve dell'atmosfera serena del tempio. Perlomeno ora si sentiva più tranquilla. Doveva tornare nella sua stanza e rimettersi all'opera, con tutte le sue forze, fino al calar del sole.

Di nuovo seduta di fronte alla pergamena, ripassò tutto ciò che aveva fatto fino a quel momento. Decise di dividere il problema in varie parti e affrontarle separatamente. Un'ora più tardi, le sembrava di avere ottenuto qualche risultato nella parte iniziale, ma non aveva tempo per verificarlo. Proseguì con i diversi elementi, annotando ogni cosa che le passava per la testa. La luce che entrava dalla finestra era sempre più tenue.

Per ore mantenne un ritmo frenetico, senza ripensamenti, fino a giungere alla conclusione. *Adesso devo verificare che i passaggi siano corretti e affrontare quelli che non sono riuscita a risolvere.* Prima di tornare al principio del problema, diede una rapida occhiata alla finestra.

Il sole era calato.

«No!» Afferrò la pergamena e uscì come un fulmine, sentendo gli occhi che si riempivano di lacrime. Attraversò di corsa la comunità ed entrò precipitosamente nella casa del padre.

Pitagora l'aspettava seduto a un tavolo. «Il tempo è scaduto», dichiarò, con rigorosa formalità. «Il sole è appena tramontato... ma suppongo che sarà da più di un minuto che hai finito di scrivere su quella pergamena». Tese una mano.

La figlia gli consegnò il rotolo. «Non ho avuto il tempo di verificarlo», mormorò, abbattuta.

Pitagora aprì la pergamena davanti a sé e cominciò a esaminarla.

«L'ho diviso in passaggi», disse Arianna. «Comincia da qui...» Indicò un punto, «... poi prosegue...» Si mise accanto al padre, per vedere meglio cos'aveva scritto, e si accorse che era un caos. Non solo dovevano esserci errori nella maggior parte dei passaggi, se non in tutti, ma era impossibile capire se quell'imbroglio fosse qualcosa di più di un'assurda sovrapposizione di figure e simboli.

Due minuti dopo, Pitagora alzò la testa dalla pergamena e la guardò, severo. Poi cominciò un lungo discorso.

Arianna pianse tutto il tempo.

A scatenare la sua reazione fu innanzitutto sapere che aveva scoperto il segreto del dodecaedro. Tutti i passaggi del suo elaborato erano corretti.

«Hai risolto uno dei problemi matematici più importanti e complessi che l'uomo abbia mai affrontato». La voce di Pitagora era carica di solennità e rispetto. «In tutto il mondo, meno di venti persone ci sono riuscite». Fece una pausa e continuò in tono grave. «Ora sei depositaria di un segreto trascendentale, uno dei più preziosi per l'ordine, e sai che il giuramento di segretezza ti obbliga a preservarlo a costo della tua stessa vita».

Arianna annuì, serrando le labbra umide di lacrime. Poi Pitagora le disse che doveva rinnovare la promessa, promessa che si faceva sempre più restrittiva quanto maggiore era l'importanza dei segreti cui si aveva accesso. Di norma, ciò avveniva durante una cerimonia con vari membri della confraternita ma, dal momento che nessuno doveva sapere di cosa Arianna fosse venuta a conoscenza, a celebrarla sarebbero stati solo loro due.

Il padre era orgoglioso di lei e glielo disse, ma aggiunse che avrebbe dovuto lasciarsi guidare. Doveva procedere in modo più omogeneo con le diverse materie. «Credo che tra due o tre anni potrai affrontare le prove per diventare maestra dell'ordine. È chiaro che non avrai problemi per quella di geometria, ma sai che ce ne saranno molte di più».

Arianna annuiva a ogni cosa che lui le diceva.

Dal giorno successivo si dedicò alle altre materie con lo stesso impegno che aveva profuso nella geometria. Quando ebbe ventidue anni, divenne il maestro più giovane della confraternita, anche se non lo venne a sapere nessuno. Il suo grado fu reso noto solo qualche tempo dopo, quando ormai aveva superato l'età minima normalmente richiesta.

Il padre voleva che lei giungesse al grado successivo, l'ultimo, quello di grande maestro. Organizzò per lei un programma speciale di sette anni e continuò a dirigere personalmente la sua preparazione. Tuttavia, a tre anni dal conseguimento del grado di maestro, Arianna abbandonò quel progetto.

«Padre, sono dieci anni che me ne sto rinchiusa nella comunità, senza quasi parlare con nessuno, a parte te. Credo di essere pronta per reinserirmi nella società. Mi piacerebbe che ci dedicassimo a questo e mettessimo da parte gli studi, per il momento».

Pitagora la guardò, pensoso. Quando sua figlia aveva compiuto quindici anni, ne era diventato il tutore personale. All'epoca, l'aspetto accademico non era una priorità, ma la ragazza aveva dimostrato una tale capacità di apprendimento da fargli sognare che potesse seguire i suoi passi. Ciononostante, non voleva permettere ai propri desideri di interferire con le sue priorità: proteggere Arianna e fare in modo che fosse felice. «Così sarà fatto», concesse. Gli spiaceva che la figlia non intendesse proseguire gli studi, ma al tempo stesso si rallegrava per lei. «Che ne dici di cominciare a fare da maestra per i bambini della scuola?»

Arianna accettò e cominciò il giorno dopo. Prese anche a uscire dalla comunità, dapprima per svolgere qualche piccola incombenza a Crotone, poi anche in altre città, viaggiando come emissaria di Pitagora. Negli anni successivi percorse quasi tutta la Magna Grecia. Tuttavia, la missione di prendere contatto con Akenon era stata la sua prima occasione di visitare Sibari.

Abbandonati i ricordi, incrociò i piedi sul letto e si risistemò con la schiena alla parete. Poi abbassò di nuovo lo sguardo sulla tavoletta di cera su cui aveva disegnato il suo schema di costruzione del dodecaedro. Sorrise e lo cancellò, lisciando la cera con molta cura.

Mancava un'ora alla cena. Depose la tavoletta sul letto, inspirò a fondo e chiuse gli occhi. Si apprestò a mettere in pratica l'altra facoltà che, insieme alla geometria, aveva meglio sviluppato grazie al padre.

Allontanò ogni pensiero dalla mente e si concentrò sulla propria coscienza. Un po' per volta, arrivò a percepire tutto il suo spazio mentale, fino a dominarlo per intero. A quel punto, vi fece apparire, linea dopo linea, un brillante dodecaedro. Quando lo ebbe completato, lo fece ruotare, cosciente in modo simultaneo di ognuno dei suoi angoli e dei suoi lati. Dopo poco, deviò una piccola parte della sua attenzione verso il proprio corpo. Ridusse al minimo la tensione dei muscoli, la respirazione, i battiti del cuore... Man mano che diminuivano le attività del suo organismo, si ampliava l'intensità della sua coscienza nello spazio mentale. Allora si concentrò in un punto, fino a sentire che vi si riuniva tutto il suo essere, fluttuante nel luogo che lei stessa aveva creato. Si spostò lieve nel suo spazio, avvicinandosi alla grande figura geometrica che si manteneva in una rotazione lenta e silenziosa. Infine penetrò al suo interno.

Circondata dal dodecaedro, al centro esatto delle sue proporzioni perfette, si trovò del tutto isolata dal mondo esterno. Riunì ogni sua energia mentale per andare ancor più in profondità. Con uno sforzo supremo, cominciò a addentrarsi dove quasi nessun grande maestro era stato capace di arrivare.

Capitolo 13

18 aprile 510 a.C.

Se Akenon avesse potuto prevedere a che cosa sarebbe andato incontro, si sarebbe imbarcato senza indugio sulla prima nave diretta a Cartagine. Invece, quando si svegliò, si limitò a restare seduto sul letto, apprezzando la gradevole sensazione di calma. I suoi piani più immediati non andavano oltre la passeggiata in compagnia di Pitagora. Aveva intenzione di eludere qualsiasi discussione sull'assassinio... o di respingerla in modo esplicito, se si fosse reso necessario.

Si alzò e controllò di nuovo la serratura del baule. Ne fu soddisfatto, sembrava assai solida. Uscì dalla stanza e attraversò un ampio cortile circondato da altre camere simili alla sua. Nella comunità c'erano quattro edifici destinati ad alloggi, tutti a un piano solo e con le stanze disposte intorno al cortile.

Trovò Pitagora che lo aspettava fuori. Si salutarono e si incamminarono insieme verso l'ingresso della comunità, dando inizio a una conversazione tranquilla. Oltrepassarono il portico e svoltarono a destra, alla volta di un bosco vicino. Akenon chiese al maestro della sua famiglia. Sperava che gli parlasse della giovane.

« Ho tre figli, dei quali Arianna è la maggiore ». Pitagora non poteva nascondere una sfumatura di orgoglio. « È la più dotata dei tre nelle matematiche, ma anche la meno interessata al resto della dottrina. Forse a causa del suo carattere indipendente. Suppongo che, come non è facile essere al tempo stesso padre e maestro, così non lo sia neppure essere figlia e discepola». Tacque e si accarezzò il mento, con fare distratto.

Akenon intuì che nella mente del maestro passasse qualcosa di triste, in relazione ad Arianna. Represse l'impulso di continuare a indagare su di lei e lo lasciò parlare.

«Damo è più giovane di due anni. È sempre stata molto obbediente e disciplinata, oltre che brillante. Si può dire che sia lei, insieme a mia moglie Teano, a dirigere la parte femminile della comunità. Teano è un'eccellente matematica e ha grandi doti curative; al suo fianco, Damo sta facendo grandi passi avanti in ambedue i campi. Forse un giorno riuscirà persino a superare la madre. Ha già raggiunto risultati notevoli, per la sua giovane età.

«Telauge è il mio unico figlio maschio. Ha solo ventisette anni, ma da alcuni mesi dirige la piccola comunità di Catania. Ho riposto grandi speranze in lui, quando l'ho mandato laggiù, e non mi ha mai deluso. Ciononostante, malgrado i suoi progressi innegabili, è troppo inesperto per diventare un candidato alla mia successione».

Akenon alzò un sopracciglio con aria interrogativa. Era la prima volta che Pitagora accennava a una sua successione.

Il maestro non diede chiarimenti in proposito. Forse sarebbe tornato sull'argomento più avanti. «Do per scontato», riprese, con rinnovato buonumore, «che avrai sentito parlare del mio leggendario genero Milone».

Akenon corrugò la fronte sentendo la parola «genero».

Chi delle due è sposata con Milone? Damo o Arianna?

Capitolo 14

18 aprile 510 a.C.

Glauco aveva gli occhi spalancati in un'espressione di perenne sorpresa, ma chi gli stava intorno si accorgeva che non era in grado di vedere.

Dopo aver ordinato la punizione di Yaco per il suo tradimento, il sibarita aveva bevuto il preparato di Akenon ed era caduto in un sonno profondo. Il mattino seguente, un segretario di nome Partenio lo aveva trovato addormentato su un triclinio della sala dei banchetti. Ne aveva chiuso le porte e aveva dato istruzioni che il signore non fosse disturbato. Tuttavia, diverse ore più tardi, notando con inquietudine che Glauco non si svegliava, aveva ordinato ad alcuni schiavi che lo trasportassero nel letto della sua stanza.

Era un giorno e mezzo che il padrone non si alzava.

La prima sera, accortosi che Glauco cominciava ad avere la febbre, Partenio aveva richiesto un sacrificio nel tempio di Esculapio, dio della medicina. A dispetto della magnificenza dell'offerta, il dio non si era commosso e la febbre aveva continuato a salire. Partenio aveva guardato il suo signore, demoralizzato. « Che altro possiamo fare? »

Accanto al letto, due schiavi mantenevano la fronte del padrone coperta da panni freschi e gli umettavano le labbra con un'infusione di erbe fornite dal sacerdote di Esculapio.

D'un tratto Glauco, grondante sudore, si sollevò sul letto, con lo sguardo fisso su immagini che vedeva solo lui. Allungò le braccia e aprì le mani, come se cercasse di afferrare qualcosa che arrivava a sfiorare con la punta delle dita.

« Yaco, Yaco, Yaco...! » Le sue urla erano strazianti.

Partenio lo guardò preoccupato. *Per Zeus ed Eracle, ricomincia!*

Si voltò e uscì precipitosamente dalla stanza. Non riusciva più a sopportarlo. A intervalli di pochi minuti, Glauco si metteva a urlare il nome del suo amante, per poi crollare di nuovo sul letto, privo di forze.

Partenio passò vicino all'altare di Estia, attraversò il cortile e andò verso le porte, dove trovò il capo delle guardie del palazzo, un uomo severo ed efficiente. « Ci sono novità? » gli chiese il segretario, in tono brusco.

« Abbiamo appena concluso gli interrogatori. Una schiava afferma di aver visto entrare l'egizio nella sala dei banchetti quando vi era rimasto solo il nostro signore Glauco ». Lo sguardo del capo delle guardie si indurì. « Dice che aveva con sé una coppa e che ne mescolava il contenuto ».

Un'idea spaventosa irruppe nella mente di Partenio. *Il nostro signore è stato avvelenato!* « Per tutti gli dei! » esclamò, adirato. « Dobbiamo catturare quel maledetto Akenon con ogni mezzo! »

Capitolo 15

18 aprile 510 a.C.

Akenon non aveva mai sentito parlare di Milone. Lo disse a Pitagora.

« A Cartagine non conoscete il sei volte campione di lotta ai Giochi Olimpici », disse l'altro, stupito, « e sette volte campione dei Giochi Pitici? »

L'egizio si strinse nelle spalle e fece un lieve cenno negativo con la testa. Non sapeva chi fosse Milone, né aveva mai sentito parlare dei Giochi Pitici. Era invece a conoscenza dei Giochi Olimpici, un torneo della durata di un giorno in cui tutte le città-stato della Grecia competevano nell'atletica e nella lotta. Si celebravano in onore di Zeus, la loro divinità principale, e i vincitori ottenevano la gloria per sé e per le loro città, oltre al diritto di vivere per il resto delle loro esistenze a carico del tesoro pubblico. Sapeva anche che i Giochi si tenevano a Olimpia ogni quattro anni. Ciò significava che Milone conservava il primato nella lotta da oltre vent'anni. Il genero di Pitagora doveva essere un autentico colosso.

Il maestro proseguì, in tono serio, camminando con le mani intrecciate dietro la schiena. « Milone può risultare un po' rude, ma è un uomo di sani princìpi. È anche una grande figura pubblica. Fa parte del Consiglio dei Trecento e comanda l'esercito di Crotone. Non si dedica all'ordine come fa sua moglie, mia figlia Damo, tuttavia è un iniziato ».

Akenon celò un sorriso alla notizia che la sposa di Milone non era Arianna.

«È un frequentatore regolare della comunità e ha messo a disposizione permanente della confraternita una casa di campagna, dove teniamo alcune riunioni». Pitagora si fermò e si guardò intorno, chiedendosi se proseguire o tornare indietro. Erano venti minuti che percorrevano i sentieri del bosco, ma cominciava a far buio. Si voltò verso Akenon. «Credo di avere la fortuna di poter contare sulla migliore famiglia che un uomo possa desiderare. Mia moglie e i miei tre figli sono stati un dono degli dei. Oltretutto, tra noi membri della confraternita si sviluppano legami molto stretti».

Una luce balenò in fondo agli occhi dorati del maestro e Akenon provò un momentaneo senso di vertigine, come se si fosse affacciato a un abisso senza fondo.

La voce di Pitagora adottò un tono diverso. «Questo è uno dei precetti principali della dottrina: l'amicizia come vincolo sacro. Tutti i membri dell'ordine sono miei amici, miei fratelli...» Esitò un istante, come se non fosse sicuro di voler continuare. «Ma, come è logico, ci sono cerchie all'interno delle cerchie».

Vi fu un momento di silenzio. L'intero bosco sembrava pendere dalle labbra di Pitagora. Akenon guardava il maestro con attenzione, intuendo che stesse per arrivare alla radice delle sue preoccupazioni.

«La cerchia più interna nell'ambito della comunità è formata dai discepoli che non solo hanno passato più tempo con me, ma hanno anche dimostrato le maggiori capacità di assimilazione e sviluppo dei miei insegnamenti. Fino a tre settimane fa, questa cerchia era composta da sei membri. Uno di loro è stato assassinato e ora ne rimangono cinque». Pitagora alzò lo sguardo verso il cielo, vedendolo ancora più scuro. «Torniamo indietro».

Mentre ritornavano sui loro passi, Akenon distingueva appena le irregolarità del terreno e stava attento a camminare dove il maestro metteva i piedi. Pitagora aveva menzionato l'assassinio, ma poi era rimasto in silenzio, per non tradire la sua promessa di non parlare di quell'argomento. Oppure era stato un sottile tentativo di manipolarlo?

Akenon provò un vago rimorso. *Maledizione, perché devo sentirmi in colpa?* Non aveva alcun obbligo morale di occuparsi di quel caso. Oppure sì?

Gli tornarono alla mente alcune scene di quando aveva tredici anni. Rivide suo padre e Pitagora che ridevano insieme. Era innegabile che il geometra egizio apprezzasse molto l'amico venuto dalla Grecia, il quale ne ricambiava la stima.

Osservò il maestro, senza darlo a vedere. Offriva un'immagine venerabile. La barba e i lunghi capelli bianchi rilucevano nella penombra al pari della tunica di lino.

Ma non si tratta di una questione di apparenze.

Il disagio di Akenon era dovuto al fatto che *sentiva* di dover aiutare Pitagora. Per quanto... chissà? Forse il maestro aveva fatto uso delle sue misteriose capacità per influenzare i suoi sentimenti? Cercò di ragionare a freddo. No, non era quello. Doveva offrire il proprio aiuto a Pitagora perché rispettava ciò che faceva. Perché lo conosceva come un uomo generoso che lottava per instaurare la pace tra gli individui e i governi. E, d'accordo, anche in nome della memoria di suo padre, il cui assassino non era stato in grado di catturare.

«Raccontami del delitto».

Il maestro si voltò verso di lui. Akenon ne scrutò l'espressione, in cerca di una sfumatura di trionfo, ma non ve ne trovò.

«Temo che non ci sia molto da raccontare. La polizia ha indagato per diversi giorni, senza trovare una sola pista». Pitagora meditò per qualche istante con lo sguardo cupo, rammentando la tragedia. «I miei sei discepoli di maggior fiducia e io eravamo riuniti nel Tempio delle Muse. Per la prima volta, stavo affrontando con loro l'argomento della successione...» Esitò. «Akenon, tutto questo è di estrema segretezza. Se altri venissero a sapere ciò che ti sto raccontando, le conseguenze potrebbero essere catastrofiche».

L'egizio assentì. Dagli occhi di Pitagora ebbe di nuovo l'impressione che questi potesse leggergli nel pensiero.

«Bevemmo del mosto», continuò il maestro. «Ciascuno dalla sua coppa, tutti nello stesso momento. Dopo pochi secondi, Cleomenide, che era seduto alla mia destra, cadde a terra senza vita. In apparenza, era stato avvelenato. Abbiamo tenuto da parte la sua coppa, come prova. La polizia l'ha esaminata e ha stabilito che il veleno si trovava nel mosto. Si dicono sicuri che Cleomenide sia stato ucciso con la radice della mandragola».

Akenon aggrottò la fronte. Era un esperto di ogni tipo di sostanza, tanto di quelle medicinali quanto di quelle letali, e sapeva che c'erano tipi diversi di mandragola, dagli effetti assai diversi tra loro. «Avete ancora la coppa o parte del mosto che bevve Cleomenide?»

«Il mosto si è rovesciato, ma ho conservato la coppa al sicuro. Non ho lasciato che la prendesse la polizia. Avevo già in mente di ricorrere a un aiuto esterno, giacché temo che il nemico possa essere a Crotone, se non addirittura all'interno della comunità».

«Sospetti di qualcuno?»

L'anziano negò con la testa. Si stavano avvicinando al portico dell'ingresso. Malgrado intorno non ci fosse nessuno, Pitagora si avvicinò ad Akenon e abbassò la voce. «Non ho alcuna idea precisa. Pertanto devo sospettare di chiunque. Potrebbe essere qualcuno da fuori, con un complice all'interno. Devo riconoscere che i candidati alla successione, gli uomini presenti in quel momento, dovrebbero essere considerati sospetti». Fece un cenno in direzione della comunità. «Tra poco li conoscerai: ceneremo con loro. Benché siano le persone di cui più mi fido, suppongo sia importante tenere in conto che Cleomenide era il candidato principale alla successione e che la sua morte migliora in modo considerevole le possibilità degli altri. Ma devi anche tenere presente che nessuno di loro sapeva chi avrei nominato mio successore. Non ne ho parlato con nessuno, non foss'altro perché non ho ancora preso alcuna decisione».

Prima di oltrepassare il portico, Pitagora si fermò, di nuovo rivolto verso l'egizio. La sua voce divenne un sussurro profondo. «Non ho intenzione di ingannarti, Akenon. L'ordine ha nemici politici assai potenti. D'altra parte...» Tacque un istante, scegliendo con cura le parole. «Devi sapere che i gradi più elevati dei miei insegnamenti conferiscono potere sulla natura e sugli uomini. Un potere di cui ancora ignoriamo i confini».

Akenon deglutì.

L'espressione di Pitagora si fece ancora più dura, prima di concludere. «Il nemico può essere enormemente pericoloso. E so che cercherà di uccidere di nuovo».

Capitolo 16

18 aprile 510 a.C.

La bellezza dei numeri era l'eco del loro potere.

Un potere che pochi riescono appena a intuire e che io devo possedere nella sua totalità.

Collocata un'altra pergamena sul tavolo, disegnò la *tetraktys*, quindi prese a tracciare linee e triangoli. Un po' alla volta, i tratti divennero figure sempre più complesse. Notò che la sua mente si elevava sopra la materia, dando inizio a un dialogo con le forze occulte della natura.

Pitagora, stai guardando nella direzione sbagliata.

Rammentava ancora l'epoca in cui lo considerava un essere superiore. Al principio lo aveva visto come un'abbagliante apparizione, ma in pochi anni il suo fulgore era diventato un'abitudine e, senza che se ne accorgesse, l'immagine del grande maestro che la moltitudine venerava era rimasta indietro.

Schiaccerò il vostro maestro e vi soggiogherò per sempre.

La condizione di estasi non era completa, in questa occasione. Era insorto un motivo di turbamento. Pitagora stava per ricevere un aiuto esterno, da parte dell'egizio: una minaccia che occorreva valutare. Per il momento, di lui sapeva poco più del nome, ma non sarebbero mancate le occasioni per guardargli dentro e scoprirne le capacità e la natura.

Respirò a fondo.

Il suo corpo era una crisalide sul punto di schiudersi. Una

volta completata la metamorfosi, avrebbe avuto il potere di una divinità.

Il momento è vicino, molto vicino.

Capitolo 17

18 aprile 510 a.C.

Il palazzo di Glauco era su due piani. Il sibarita aborriva le scale, motivo per cui la sua camera da letto non era ubicata al piano superiore, come prevedeva l'usanza. Il primo piano era destinato più che altro all'alloggio degli schiavi. Boreas condivideva con altri la stanza più grande.

Il gigante, grande com'era, era disteso sopra varie coperte, supino e con le mani dietro la testa. Quando non aveva ordini cui obbedire era solito sdraiarsi nello spazio che gli avevano concesso gli altri nove schiavi che dividevano con lui il pavimento: le coperte di Boreas, che nessuno avrebbe osato calpestare, ne occupavano metà.

Nel palazzo erano tutti in agitazione per la malattia del signore, che continuava a delirare nel suo letto. Poiché nessuno a parte Glauco osava dare ordini a Boreas, al momento il gigante non aveva niente da fare e si era ritirato nella stanza per riposare. Era un luogo molto silenzioso, ma le grida ricorrenti di Glauco arrivavano ben distinte.

Si udì di nuovo la voce lamentosa: « Yaco, Yaco, Yaco...! »

Boreas sorrise, scoprendo i denti sporchi e distanziati l'uno dall'altro. Quelle urla gli ricordavano quanto si era divertito con l'adolescente di cui ora il padrone invocava il nome.

Quella notte, dopo aver stritolato Tesalo – e ancora provava piacere a ripensarci –, era uscito dalla sala dei banchetti con Yaco in spalla, andando dritto alle cucine. Senza lasciare per un istante il giovinetto, che continuava a gemere, aveva riempito metà di una pentola di braci al rosso vivo; poi vi aveva infilato tre spiedi di ferro, aveva preso una torcia ed era sceso in un magazzino sotterraneo.

Buttò a terra Yaco e si sedette ad aspettare che gli spiedi si arroventassero. Il giovane schiavo restava immobile a piangere. Il lungo ciuffo gli copriva parte della faccia. Poco dopo, Boreas si accorse che i gemiti erano cambiati: troppo ritmici e regolari. Il ragazzo stava macchinando qualcosa.

Molto bene, sorprendimi, pensò, divertito.

D'un tratto, Yaco scattò disperato verso la porta. Ci arrivò in un attimo, trovandosi a un passo dalle scale. Avrebbe avuto la possibilità di fuggire solo se a custodirlo fosse stato qualcun altro. Ma la rapidità di Boreas era pari alla sua forza incredibile: raggiunse Yaco sulla porta, lo afferrò per la tunica e lo ributtò all'interno del magazzino, come uno straccio.

Yaco volò per tre metri, atterrando di schiena sul pavimento. Rimase immobile a terra, boccheggiante, il respiro mozzo. Nel suo campo visivo apparve la testa enorme di Boreas che, a giudicare dall'espressione, ci stava prendendo gusto. Il gigante accennò all'altro lato del magazzino e andò a sedervisi.

Yaco si girò a pancia in giù e guardò il tracio, che appariva tranquillo, persino distratto. *Vuole che tenti di nuovo la fuga per potermi castigare*, pensò, terrorizzato. Ma, al tempo stesso, si rendeva conto di trovarsi a soli tre metri della porta, mentre il gigante era a dieci. Guardò Boreas, poi la porta, facendo finta di niente, illudendosi che le sue intenzioni non fossero intuibili. Si sollevò un poco da terra.

Boreas non si mosse.

Yaco si mise a quattro zampe. Il mostro non reagì nemmeno stavolta. Il giovane si preparò a correre, mentre il suo guardiano guardava da tutt'altra parte, come se non si fosse accorto di nulla. Uno era a pochi passi dalla porta, pronto allo scatto; l'altro a dieci metri e seduto.

Il ragazzo strinse i denti e si gettò in avanti con tutte le sue forze, dandosi slancio con i piedi e le mani. La porta era a meno di due metri. Cercò di correre più veloce di quanto avesse mai fatto in vita sua. Un passo, un altro. Sentì un rumore alle sue spalle, un rimbombo veloce, come la carica di un rinoceronte. Varcò la soglia e raggiunse la scala.

Boreas è troppo pesante, non può salire veloce quanto me.

Fece i gradini come se avesse ai piedi le ali di Hermes, il messaggero degli dei. Già intravedeva la cucina.

Ma Boreas non aveva bisogno di salire le scale. Dal basso si protese in avanti e afferrò il fuggitivo per una caviglia, trascinandolo di sotto. Yaco si sentì stretto in una morsa di ferro e un attimo dopo cadeva sui gradini, battendovi la faccia. Dal naso gli esplose un lampo di dolore che gli attraversò la testa.

Si è rotto il naso, pensò il tracio, appena udì il forte scricchiolio. A lui non importava. In fin dei conti, Glauco gli aveva ordinato di sfigurarlo.

Riprese Yaco per la tunica e la strattonò per sollevarlo da terra, ma si ritrovò con la stoffa in mano e il ragazzo nudo ai suoi piedi. Lasciò cadere la tunica sul pavimento e trascinò il fragile corpo del giovane all'interno del magazzino, nella zona meglio illuminata dalla torcia. Yaco si lamentava con voce flebile.

Capisco perché Glauco ne sia affascinato, pensò Boreas, osservando il giovane schiavo. Il corpo era snello, la pelle bianca e liscia, priva di imperfezioni. Gli si sedette accanto e lo fece sdraiare a faccia in su. Il sangue usciva copioso dal naso e dalla bocca di Yaco, ma la sensuale bellezza del viso era ancora visibile. Boreas passò un dito sul contorno del mento del ragazzo. Provava impulsi opposti. O forse complementari. La sua vittima da una parte gli risvegliava i sensi, dall'altra la voglia di farla a pezzi.

Non posso perdere tutta la notte.

Si alzò e andò alla pentola. Prese uno degli spiedi per il manico di legno e lo sfilò dalle braci. Il ferro risplendeva nella semioscurità. Tornò da Yaco, che ora sembrava incosciente. Il suo respiro suonava come un gemito. Il gigante esitò; preferiva che le sue vittime fossero ben sveglie. Ma immaginò che al primo contatto il giovane avrebbe ripreso conoscenza. Si sedette sul pavimento e immobilizzò il prigioniero, passandogli una gamba sopra il petto e le braccia. Poi gli avvicinò al viso la punta del ferro incandescente e diede un tocco rapido allo zigomo, appena sotto l'occhio. Lo sfrigolio della carne fu subito coperto dall'urlo di Yaco.

Boreas grugnì, eccitato.

Mezz'ora più tardi, un vecchio schiavo di nome Falanto attraversò timoroso il cortile, diretto alla cucina. Dopo che era fuggito dalla sala dei banchetti e dagli impulsi omicidi del padrone, si era rifugiato insieme ad altri nelle stanze al piano superiore. Temevano che Glauco ordinasse a Boreas di stritolarli tutti. Per molti di loro, la morte di Tesalo non era stato il primo omicidio commesso dal gigante della Tracia sotto i loro occhi.

Falanto aveva abbandonato la relativa sicurezza della camera perché gli restava da finire un lavoro cui si stava dedicando prima che fossero tutti convocati nella sala dei banchetti. Nonostante l'età avanzata, toccava a lui preoccuparsi che nelle cucine non mancasse mai alcun ingrediente. Per questo doveva essere sempre aggiornato su cosa ci fosse nelle dispense. Ma quella sera non aveva ancora completato l'inventario.

Entrò nelle cucine, buie come i peggiori presagi dell'oracolo di Delfi, e facendosi luce con una lampada a olio scese le scale che conducevano al magazzino sotterraneo. La scena della morte di Tesalo gli era rimasta impressa nelle retine e non si accorse che c'era luce, là sotto, finché non giunse all'ultimo gradino.

In quell'istante credette di morire di terrore.

Boreas gli volgeva le spalle. Era completamente nudo e si stava occupando di Yaco, steso sopra un tavolo. Falanto riusciva a scorgere solo la testa sanguinolenta del ragazzo. Il viso era stato sfigurato con ferri arroventati, ma per sua sventura il giovane schiavo era ancora vivo. I tormenti cui era sottoposto andavano ben oltre quelli ordinati da Glauco.

Falanto indietreggiò di un passo, senza riuscire a controllare il tremito. Se Boreas si fosse accorto della presenza di un testimone dei suoi atti, lo avrebbe ucciso sui due piedi. Retrocedette piano piano, fino a inciampare nel gradino. Il gigante non lo udì, ma Falanto dovette trovare un appoggio per non cadere e nel farlo si lasciò sfuggire la lampada, che andò in frantumi sul pavimento. Neanche questa fece molto rumore, ma alle orecchie dell'anziano fu più assordante di un tuono.

Stavolta se ne accorse anche Boreas.

Il gigante voltò la testa, senza staccarsi da Yaco. Quando vide Falanto, fece un sogghigno e si disinteressò del ragazzo, che scivolò dal tavolo insanguinato, piombando a terra con un tonfo sordo. Il tracio emetteva un suono cupo e sommesso, come di un gatto gigantesco, mentre camminava senza fretta verso Falanto.

La sua espressione di crudele compiacimento raggelò il cuore del vecchio.

Capitolo 18

18 aprile 510 a.C.

La riunione straordinaria di quella sera alterava le disciplinate consuetudini della comunità.

L'usanza era che ogni maestro di alto rango si occupasse di un gruppo di discepoli matematici. Al tramonto pregavano insieme, dopodiché si dedicavano per un po' alla meditazione individuale sulle azioni della giornata. Quindi cenavano a gruppi nelle diverse mense comuni. Quella sera, tuttavia, i discepoli non potevano contare sulla presenza dei loro maestri. In onore di Akenon, almeno ufficialmente, Pitagora aveva organizzato nella propria casa una cena cui partecipavano i membri della sua cerchia più ristretta: i cinque superstiti del gruppo selezionato di candidati alla successione.

La sala era illuminata da un paio di piccole torce che emanavano un gradevole profumo di resina. La cena era frugale, anche se meno di quanto si usava tra loro. In considerazione dell'ospite, alla presenza abituale di acqua, pane, miele e olive si era aggiunto uno stufato di maiale, cipolla e piselli. Akenon trovava piuttosto strana l'atmosfera della cena: vi aleggiava un'aura di spiritualità, una silenziosa e solenne parsimonia più consona a una celebrazione sacra. Doveva ammettere di trovarsi più a suo agio tra i vivaci banchetti di Glauco a Sibari, di cui aveva goduto negli ultimi tre giorni.

Pitagora era al centro dell'attenzione generale. Si avvertiva quasi fisicamente la deferenza con cui gli si rivolgeva ciascuno dei grandi maestri alla sua tavola.

Ma uno di loro potrebbe essere un assassino, ricordò a se stesso Akenon. Li osservò in modo discreto. Erano seduti a un tavolo rettangolare, con Pitagora a una delle estremità. Di fronte all'egizio aveva trovato posto Aristomaco, un uomo basso e scarno, sui cinquant'anni, cui restava solo una striscia di capelli crespi e grigiastri; passava la metà del tempo guardando Pitagora come un bambino che ammira suo padre e l'altra metà con gli occhi semichiusi, muovendo le labbra in silenzio, come se parlasse tra sé o fosse in preghiera. A un certo punto, perso nel suo mondo interiore, si lasciò cadere il pane di mano ed ebbe un lieve sussulto. Per un attimo parve sconcertato, ma si ricompose in fretta, raccolse il pane e tornò a socchiudere gli occhi. L'egizio prese nota delle tensioni interne di quell'uomo.

Accanto ad Aristomaco sedeva Evandro, più o meno coetaneo di Akenon. Aveva un sorriso schietto e occhi vivaci, dello stesso colore castano dei lunghi capelli. L'egizio notò la larghezza delle sue spalle. *È chiaro che non si dedicano solo alla meditazione.* Il mantenimento del corpo come ricettacolo dell'anima era un precetto della dottrina, cui Evandro si dedicava di buon grado. In effetti, non erano rari i giorni in cui trascorreva due o tre ore ad allenarsi nel ginnasio, tra corse, lanci e persino lotta, una pratica che Pitagora consentiva, seppure con certe restrizioni.

Daaruk completava la fila che l'egizio aveva di fronte a sé. Lo aveva sorpreso favorevolmente constatare che Pitagora includeva nella sua cerchia di somma fiducia anche uno straniero. I greci di solito non erano molto tolleranti con i forestieri.

Per quanto nessuno avesse ancora menzionato il motivo della presenza di Akenon nella comunità, vi fu un momento poco rassicurante in proposito.

« Puoi passarmi la ciotola delle olive? » gli chiese Daaruk.

L'egizio la prese e allungò il braccio di là dalla tavola. Quando l'altro la prese, lo ringraziò, sostenendo il suo sguardo. In quel momento, Akenon sentì che gli occhi dello straniero, neri quanto i suoi capelli, gli trasmettevano un messaggio. Il volto dalla pelle scura si limitava a sorridere con cortesia, con i denti bianchi tra le labbra grosse e immobili. Eppure all'egizio parve di percepire una voce dentro di sé: *So perché sei qui. Spero di poterti essere d'aiuto.*

Distolse lo sguardo, stupefatto. E per un attimo si domandò se fosse stato solo frutto della sua immaginazione.

In seguito, quando il suo sguardo tornò a cadere su Daaruk, l'esperienza non si ripeté. Lo straniero si limitava a parlare con gli altri commensali e l'unico aspetto singolare fu un fugace attimo di arroganza nei confronti dell'uomo che aveva di fronte a sé: Oreste.

Da quando Pitagora li aveva presentati, quest'ultimo era stato il più gentile nei confronti di Akenon. Gli altri si erano mostrati alquanto circospetti: non era facile decifrarli, dietro il loro comportamento controllato. Nondimeno, Oreste si mostrava particolarmente ossequioso. Benché non fosse seduto accanto a lui, era quello che più spesso gli aveva offerto l'acqua o passato le diverse scodelle di cibo. Ogni volta, nel suo sguardo balenava una scintilla recondita... quasi di supplica. Sapevano tutti perché Pitagora lo avesse invitato, anche se nessuno ne faceva parola. Ma Oreste pareva ansioso di proclamare la propria innocenza. Nel corso dei suoi anni di indagini, Akenon aveva imparato che quello poteva essere un segno di colpevolezza.

Eppure non credo che sia colpevole.

Era abituato a incontrare innocenti che, di fronte alle autorità, sembravano essere l'esatto contrario. La causa era un persistente senso di colpa di cui soffrivano certe persone che avevano un basso concetto di sé. Un semplice sguardo bastava a farli arrossire, o a farli balbettare mentre dichiaravano la propria estraneità. Molti erano stati giustiziati solo per quella debolezza di carattere.

Non devo però dimenticare che anche i deboli di carattere commettono delitti, si disse, guardando Oreste.

Doveva astenersi da qualsiasi giudizio precipitoso. Soprattutto in mezzo a simili esperti della natura umana. Corrugò la fronte. Si sentiva a disagio, colto da un'insicurezza che gli era insolita. Era cosciente che tutte le sue impressioni potevano essere indotte con sottigliezza, senza che lui si accorgesse di essere manipolato.

L'ultimo dei maestri, seduto alla destra dell'ospite, era Ipocreonte, colui che – dopo Pitagora – meglio si adattava al concetto che l'egizio aveva di saggio venerabile. Magro quasi quanto Aristomaco, aveva capelli radi, di un bianco appena venato di argento. Akenon non lo vide sorridere per tutta la cena e gli sentì dire non più di due o tre frasi. Quando a parlare era un altro, Ipocreonte ascoltava con attenzione, annuendo piano, come se ponderasse metodicamente tutto ciò che veniva detto.

Tra quei grandi maestri la serata trascorse senza eventi degni di nota, fin quasi alla fine.

Nella mensa comune delle donne, la giovane Elena di Siracusa finì di leggere a voce alta un passaggio del medico Eurifone. Subito dopo, Teano si alzò in piedi, attirando l'attenzione di tutte le discepole.

Dopo la cena era consuetudine che una delle più giovani leggesse un brano di un libro, che poi veniva commentato da una maestra. Quando a farlo era la sposa di Pitagora, l'attenzione era doppia, giacché il commento si trasformava in una lezione. In questa occasione più che in altre, dal momento che Teano e Damo avevano avuto la meglio sul medico Eurifone in un dibattito pubblico sullo sviluppo del feto. Tutte le donne della comunità ne andavano molto orgogliose.

Arianna, seduta un paio di metri più in là, osservò la madre con un sorriso malinconico. Trovava che invecchiasse benissimo e che fosse molto bella ed elegante senza altra decorazione a parte il nastro bianco a mo' di diadema sopra i capelli, di un tono castano chiaro simile al suo. La giovane donna le era molto affezionata, anche se non erano riuscite a evitare di distanziarsi.

Quando le era successa... *quella cosa*, sua madre aveva cercato più volte di avvicinarlesi, ma lei l'aveva sempre respinta, semplicemente perché non poteva fare altro. Teano non si rendeva conto che in realtà per la figlia era di grande consolazione sapere che lei era lì, che cercava di accorciare le distanze, per quanto non la facesse entrare nel proprio universo dissestato. Alla fine, la madre l'aveva vista isolarsi nel mondo delle idee e si era allontanata una volta per tutte. Arianna ne sentiva la mancanza con tutta l'anima, e provava una solitudine senza precedenti.

Ora Teano stava esponendo la sua idea ben nota del parallelismo tra il corpo umano e l'universo. Arianna osservò con affetto l'espressione delle discepole più giovani che ne sentivano parlare per la prima volta. Invidiava il loro candore. Forse c'era stato un tempo in cui anche lei era così e ascoltava a bocca aperta, ma non riusciva a ricordarsene. Adesso innalzava di continuo lo scudo del cinismo. Manteneva tutti gli altri a distanza di sicurezza, grazie ai suoi commenti ironici. D'altra parte, certe volte faceva comodo disporre delle risorse per mettere in riga qualcuno che si mostrava troppo sicuro di sé. Il suo sorriso si allargò e dovette nasconderlo dietro una mano. Era stato molto divertente mandare Akenon a orinare in mezzo al bosco, per fargli abbassare le arie.

Si isolò dall'ambiente circostante e cominciò a rivivere la scena nella memoria. Nei suoi occhi riluceva un allegro bagliore.

Durante la cena, Pitagora non fece alcun riferimento all'assassinio, come se l'egizio fosse un ospite che nulla avesse a che vedere con l'indagine. Si dedicò invece a illustrargli a grandi linee alcuni degli insegnamenti della confraternita.

«Ciascuno di noi possiede un'anima divina, eterna e immortale». Le sue parole sembravano scolpirsi nell'ambiente devoto della piccola sala. «Le anime sono rinchiuse nel corpo, intrappolate in questo involucro mortale». Indicò se stesso. «Ma si reincarnano ogni volta che questo si estingue. A seconda del nostro comportamento in vita, l'anima si reincarnerà in un essere superiore, avvicinandosi alla divinità, o discenderà la scala dei viventi».

Akenon aveva smesso di prestare attenzione ai discepoli di Pitagora. Le spiegazioni del maestro assorbivano tutta la sua attenzione. In Egitto, la credenza dominante era che al termine della vita il *ka*, parte della forza vitale umana, continuasse a vivere nel regno dei morti. A questo scopo era necessaria la conservazione del corpo, da cui l'uso frequente dell'imbalsamazione. A Cartagine, invece, molti consideravano la tomba la dimora eterna dei defunti; ed era diffusa la cremazione, come conseguenza pratica del non credere a una vita dopo la morte. Akenon aveva perso da tempo qualsiasi convinzione religiosa e gli restava solo un prudente rispetto. Ciò non gli impediva di trovare affascinanti le parole di Pitagora.

«Vuoi dire che uno scellerato può arrivare a reincarnarsi in un animale?»

«S'intende», affermò il maestro, con certezza assoluta. «Il transito si può realizzare in qualsiasi altro essere vivente, dalle piante agli uomini e, tra costoro, da quelli con doti minori a quelli che solo un velo sottile separa dalla divinità. Io stesso ho riconosciuto nel latrato di un cane il timbro di voce di un amico defunto».

Akenon vide con la coda dell'occhio che Evandro assentiva in silenzio, come se ne fosse stato testimone. Pitagora continuava la spiegazione con voce forte, tanto profonda quanto rassicurante.

«Le nostre anime erano libere, ma hanno commesso un grave errore. A seguito di tale colpa del passato, ora devono transitare attraverso una serie di vite, fino a dimostrarsi di nuovo pronte a unirsi all'essenza divina. Nella comunità purifichiamo il corpo e la mente, perché la nostra reincarnazione successiva permetta di ascendere nella ruota. Quando si lavora con disciplina e conoscenza, il percorso verso il divino è più rapido e si raggiungono addirittura capacità che trascendono quelle che si è soliti considerare possibili in un essere umano».

Akenon era catturato dal discorso del maestro. Bastava ascoltarlo per avere la certezza che ogni sua parola fosse la Verità. «Per esempio?» chiese in un sussurro.

«Raggiungendo un'armonia sublime tra corpo e anima, si possono ricordare eventi delle proprie vite passate e aiutare altri a rammentarsene. Leggere nelle menti degli uomini. Placare le forze della natura...»

Pitagora gli rivolse un sorriso caloroso e Akenon si accorse di essersi proteso in avanti, con la bocca spalancata e gli occhi sgranati. Si ricompose, provando un certo imbarazzo perché tutti i maestri lo stavano guardando. Ma non per questo cessò di fare domande.

«E cos'è che permette di ottenere simili capacità?» Esitò brevemente prima di proseguire. «Potrei io raggiungerne qualcuna?»

Pitagora, silenzioso per un istante, lo guardò negli occhi. «Akenon, essere ambiziosi per quanto riguarda il nostro sviluppo è positivo. Ma è anche necessario essere pazienti. Molti di coloro che bussano alla nostra porta sono respinti perché non sono mossi dalle ragioni giuste. Né consentiamo di unirsi al nostro ordine a chi non ha le capacità o la natura convenienti. Tra coloro che vengono accettati, la maggior parte sono iniziati solo alla parte esteriore della dottrina, che riguarda la cura del fisico e le regole morali. Quasi tutti risiedono fuori dalle comunità. D'altro canto, coloro che sono accettati come discepoli residenti devono trascorrere un periodo minimo di tre anni in qualità di uditori. Tre anni di silenzio, dedicati ad ascoltare i maestri, a studiare le basi dei nostri insegnamenti e a meditare».

Akenon annuì ricordando i due uomini silenziosi che accompagnavano Arianna quando era venuta a cercarlo a Sibari.

«Se superano questa tappa», continuava Pitagora, «i discepoli uditori raggiungono il grado di matematici e possono cominciare a lavorare al nucleo completo della dottrina, cercando di comprenderla con l'aiuto dei maestri. Studieranno le proprietà dei numeri e le figure geometriche, le proporzioni e le regole contenute nella musica, nel movimento delle sfere celesti e in tutti gli eventi della natura». Si protese verso l'egizio come se fosse sul punto di rivelargli un segreto. «Tutto è numero, Akenon, *tutto è numero.* Chi è davvero in grado di comprenderlo diventa un maestro della dottrina. E dunque può cominciare a trascendere i limiti inerenti alla natura umana. Comprendere è cominciare a dominare. Un uomo su mille, se vi dedica la propria intera esistenza, può raggiungere questo livello».

Si fece indietro e continuò a parlare. «L'obiettivo di ogni uomo non dev'essere arrivare a un punto, bensì avanzare rispetto a dove si trova. Fino a dove?» Era una domanda retorica. «Dipende da molti fattori. Bisogna cercare di fare un passo avanti giorno per giorno. E, quando si retrocede, sforzarsi di recuperare il terreno perduto. Molti non vogliono e molti non possono. Io mostro il cammino e fungo da guida. Ma ciascuno poi deve fare da solo i propri passi». Piantò su Akenon i suoi occhi di fuoco solido. «Vedo in te grandi qualità. Potresti essere un iniziato, ma non un discepolo interno. Almeno non in quest'epoca della tua vita. Dovresti compiere delle rinunce che non sei disposto a fare».

Akenon si domandò a cosa alludesse. Rinunciare alle donne? Arianna gli apparve nella testa per un momento e lui si affrettò ad allontanarne l'immagine. Rinunciare a mangiare e bere senza rigide limitazioni? Rinunciare alla propria libertà? Ebbene, di certo non era disposto a smettere di godersi la vita, in cambio di qualcosa in cui non credeva...

Scosse la testa, sorpreso di notare che i suoi pensieri si erano messi sulla difensiva. Doveva avere reagito all'attrazione che provava per il discorso di Pitagora come un marinaio al canto delle sirene. Diventare un essere superiore dotato di potenti facoltà era un sogno molto affascinante, specie se qualcuno mostrava il percorso teorico per riuscirci.

Alzò gli occhi, sentendosi come se si fosse appena svegliato, o fosse uscito da un incantesimo che ancora in parte lo annebbiava. « Mi spiace, credo di dovermi ritirare ».

In quel momento, l'ossuto Aristomaco si fece avanti con un atteggiamento nervoso. « Mi piacerebbe fare un unico commento. L'inventore della *tetraktys* », indicò Pitagora con un rispettoso cenno del capo, « può arrivare a essere fin troppo generoso nel suo giudizio su alcuni suoi nemici. Per questo mi sento in dovere di manifestare... »

« Non proseguire », lo rimproverò Pitagora.

Aristomaco si zittì di colpo. Abbassò lo sguardo con un'espressione tesa e i pugni chiusi. Il suo viso mostrò un dolore intenso. Riprese a parlare. « Lo deve sapere ». Si voltò di scatto verso Akenon. « Cilone giurò di vendicarsi di Pitagora, quando lui gli negò l'accesso alla comunità. Pensiamo tutti che l'indagine si dovrebbe concentrare su di lui, per quanto possa essere potente ». Chinò la testa e la sua voce si ridusse a un gemito. « Mi spiace, maestro ».

Nella sala calò un silenzio carico di tensione. Gli altri discepoli tenevano gli occhi sul tavolo, senza reagire alle parole del loro compagno.

Akenon si affrettò a esaminarli e scoprì che Daaruk stava facendo un lieve cenno di assenso. Non lo stava guardando, ma l'egizio percepì che l'attenzione di quell'uomo era rivolta a lui. Gli scrutò il viso senza cogliere alcun indizio e alzò le sopracciglia.

Daaruk vuole che sospetti di Cilone... o dello stesso Aristomaco?

Capitolo 19

18 aprile 510 a.C.

Boreas fece gli ultimi passi verso Falanto. Il corpo nudo del gigante era macchiato del sangue di Yaco, soprattutto nella zona pelvica. Il viso era deformato in un ghigno spaventoso.

L'anziano schiavo cercò di indietreggiare, ma si trovò con la schiena alla parete. Guardò verso l'alto con gli occhi spalancati dal terrore. Il mostro era una montagna di muscoli sul punto di scatenarsi su di lui. Falanto tentò di parlare, di chiedere pietà, ma dalle sue labbra tremanti non uscì alcun suono.

Boreas assaporava il momento. Non aveva fretta. Era già piuttosto soddisfatto dopo essersi sfogato su Yaco. Falanto aveva visto cose che non avrebbe dovuto vedere e sarebbe morto, senz'altro, ma non c'era ragione di eccedere con la violenza su di lui. Era un vecchio e sarebbe stato facile strangolarlo senza lasciare tracce, lasciando il suo corpo in mezzo alla cucina. Gli altri avrebbero pensato a una morte naturale.

Si sentirono rumori provenienti da sopra. Boreas alzò lo sguardo verso la sommità delle scale.

«Padre?» Era la voce di uno dei figli di Falanto.

«Padre? Sei là sotto?» si fece sentire un altro figlio.

Poi si udirono passi in avvicinamento.

Boreas fece una smorfia, si voltò di scatto e raccolse da terra la tunica di Yaco.

Falanto vide il gigante allontanarsi da lui e pensò di fuggire, ma era incapace di muovere un solo muscolo. Avrebbe anche voluto mettersi a gridare, non per invocare aiuto bensì per mettere in guardia i figli, affinché scappassero dalla bestia.

Boreas sollevò il corpo di Yaco come se fosse un pupazzo e gli mise indosso la tunica. Il ragazzo emetteva deboli lamenti a ogni movimento. Quando il tracio ebbe terminato, sembrava che la tortura si fosse limitata al viso dell'adolescente, anche se dall'interno delle cosce colava una pellicola sottile di sangue.

I due figli di Falanto apparvero nel magazzino. «Padre!»

Lo aiutarono a mantenersi in piedi e guardarono Boreas con un misto di odio e paura. I due giovani erano forti, abituati al lavoro duro, ma il gigante avrebbe potuto abbatterli con una sola manata.

Poi Boreas si rimise in spalla il corpo di Yaco e ne fece dondolare la testa sanguinolenta di fronte ai tre schiavi.

I figli di Falanto si scambiarono un'occhiata, senza capire.

Il tracio si avvicinò ancora di più e grugnì con forza, continuando ad agitare il volto sfigurato del ragazzo.

«Quello che vuole dirci», spiegò Falanto, con voce incerta, «è che siamo testimoni che ha eseguito gli ordini del padrone di Glauco. Gli è stato detto di sfigurarlo con un ferro al calor rosso e questo lui ha fatto. Questo e nient'altro».

I figli dell'anziano schiavo annuirono, presero il padre per le braccia e lo aiutarono a salire le scale.

E voleva anche dirmi, pensò Falanto, prima di perdere i sensi, *che farà lo stesso a noi, se io racconto ciò che ho visto.*

Le nuove urla di Glauco interruppero i ricordi di Boreas. Stava notando qualcosa di diverso. Il padrone non chiamava più in tono lamentoso il suo giovane schiavo. Ma non era possibile distinguere che cosa stesse gridando ora.

Il gigante si mise a sedere sulle coperte. Avrebbe voluto sgranchire le gambe, ma non poteva stare in piedi in quella stanza senza dover chinare la testa, né aveva voglia di uscire. Decise di restare dov'era ancora un po'.

Dopo aver mostrato a Falanto e ai suoi due figli il volto sfigurato di Yaco, aveva trasportato fino al porto il giovane schiavo privo di sensi. Lo accompagnavano due guardie, che lo avevano aiutato a trasmettere gli ordini di Glauco al comandante di una delle navi. Boreas aveva scelto quella che si apprestava a salpare per la destinazione più lontana. Il comandante aveva accettato senza batter ciglio di incatenare lo sventurato a uno dei remi.

Il gigante aveva approfittato di un momento di distrazione delle guardie per prendere da parte il comandante e dargli, a gesti, ulteriori indicazioni su cosa fare del nuovo rematore. Si stava assicurando che Glauco non dovesse avere problemi in futuro. Il comandante aveva garantito che avrebbe soddisfatto ogni richiesta. Tutti coloro che conoscevano Boreas, che fossero schiavi o meno, sapevano che era preferibile non contraddirlo.

Mentre ricordava tutto questo, due guardie apparvero sulla soglia. «Boreas, Glauco ti vuole vedere».

Il tracio emise un grugnito interrogativo.

«Non lo so», rispose uno dei due. «Ha ripreso conoscenza e sta parlando con molta gente. Andiamo».

Le guardie si mantennero a una distanza prudenziale mentre lo accompagnavano. Portavano con loro una torcia per illuminare la via mentre attraversavano il palazzo.

Il gigante non era tranquillo, per quanto credesse di avere tutto sotto controllo. Immaginava che Glauco avesse chiesto notizie di Yaco una volta tornato in sé. Ma era sicuro che Falanto non avesse osato aprire bocca. Il vecchio schiavo sapeva che, se avesse parlato, tutta la sua famiglia sarebbe morta. Forse anche Boreas, ma di certo non prima che lui facesse i conti con loro e portasse con sé una decina di guardie.

Giunti che furono alla camera di Glauco, i due accompagnatori si misero di sentinella ai lati della porta. Boreas chinò la testa e la schiena per poter entrare.

Trovò il padrone seduto sul letto, con la schiena appoggiata a un cumulo di grossi cuscini. Era cosciente, anche se sudava in abbondanza e dimostrava tutto il tormento dell'anima. Il gigante si guardò intorno e vide che la stanza era piuttosto affollata: sei uomini erano in posa marziale vicino alla porta, tra loro il capo delle guardie del palazzo. Accanto al letto c'erano due segretari e alcuni schiavi incaricati di prendersi cura del padrone convalescente.

Sulla destra, con il volto teso, circondato dai figli, l'anziano Falanto sfuggiva lo sguardo di Boreas.

Pitagora non fece alcun commento all'intervento inatteso di Aristomaco. Si limitò a rivolgergli un'occhiata comprensiva e a dare per conclusa la cena. I discepoli si ritirarono in silenzio nelle loro stanze a dormire.

«Akenon», disse il maestro, «permettimi di accompagnarti».

Uscirono dalla casa, che si trovava a cinquanta metri dall'edificio comune in cui era alloggiato l'ospite. Si incamminarono senza parlare, ascoltando il lieve scricchiolio del terreno sotto i loro passi. La fresca brezza notturna portava fino a loro l'odore del mare. Nel cielo limpido brillava un quarto crescente di luna, che tingeva la terra e gli edifici di una luce particolare.

«Chi è Cilone?» chiese Akenon, a metà strada.

«Sei deciso a occuparti del caso?» domandò Pitagora, anziché rispondergli.

L'egizio rifletté un istante prima di replicare. «Se non ti sembra inopportuno, dedicherò qualche giorno a svolgere interrogatori e indagini qua e là. Poi vedremo se vi potrò aiutare o starò solo perdendo tempo».

«Sei dracme al giorno ti sembrano un compenso accettabile?»

Era un'offerta adeguata, per quanto di molto inferiore a quanto aveva sborsato Glauco. «In ricordo di mio padre, per questi primi giorni lavorerò senza farmi pagare. Se dovessi trattenermi più a lungo, torneremo a parlare di una possibile remunerazione». Pitagora fece per protestare, ma lui lo trattenne alzando una mano. «Preferisco così. Mi rende felice poterti aiutare. Oltretutto, come hai potuto vedere, in questo momento non è il denaro che mi manca».

Dopo qualche istante di riflessione, Pitagora si arrese. «D'accordo. Grazie, Akenon». Sospirò prima di rispondere alla domanda iniziale. «Quanto a Cilone, è uno dei nemici politici più potenti che abbiamo. Quando sono giunto a Crotone, tre decenni fa, tenni un ciclo di discorsi grazie ai quali convinsi molti membri del governo e concedermi il terreno ed erigervi questa comunità in modo che qui potessi formare uomini, donne e bambini. Oltre alle conoscenze elementari, davo lezioni più approfondite a coloro che desideravano conoscere meglio la mia dottrina e superavano una serie di prove. Questa fu la nascita dell'ordine. Cilone, potente per ricchezza e lignaggio, si considerava il più adatto a entrarvi. Dimostrò di possedere un intelletto notevole, ma dovetti rifiutarlo dopo avere analizzato la sua fisionomia e il suo sguardo. È un uomo vanitoso, egoista e violento. Se ne andò lanciando maledizioni e so che da allora serba rancore e cerca di danneggiarci. Malgrado ciò, ormai è diventato solo un vecchio fastidio conosciuto. Mi sembrerebbe strano se intensificasse i suoi attacchi dopo trent'anni».

Si soffermarono sotto il cielo stellato, alle porte dell'edificio comune. Pitagora continuò a parlare con voce quieta. «Non voglio puntare il dito su Cilone, perché non credo abbia più probabilità di essere l'assassino di chiunque altro sia stato respinto. Potrebbe trattarsi di qualsiasi avversario politico, tanto di Crotone quanto di qualsiasi città nel cui governo sia presente la nostra confraternita. In definitiva, abbiamo migliaia di sospetti, se adottiamo come criterio un movente personale o politico. In ogni caso, solo le prove devono segnalare un individuo piuttosto che un altro. E noi non ne abbiamo a carico di nessuno. Aristomaco ha avuto qualche scontro con Cilone in passato ed è per questo che pensa a lui. Io non sono d'accordo. È chiaro che Cilone è un sospetto da non trascurare, ma è solo uno dei tanti».

«E all'interno dell'ordine?» Akenon rivolse d'istinto un'occhiata all'edificio comune. «C'è qualcuno che possa aver avuto un movente per uccidere Cleomenide?»

«Motivi personali no, per quanto ne sappia io. Cleomenide era un uomo giusto, di buon carattere».

«Hai fatto cenno alla tua successione».

Pitagora rispose senza fretta. «Sì, è un aspetto che dobbiamo tenere in conto, anche se per me risulta sconcertante. La sera dell'assassinio è stata la prima volta che ne ho parlato. La mia salute è buona e non ho mai detto di volermi ritirare. Chiunque potrebbe avere fatto elucubrazioni in proposito, ma senza fondamento. Ciononostante, era da tempo che riflettevo sul futuro dell'ordine. Qualche giorno prima del delitto, avevo deciso che sarebbe stato meglio che mi trovassi un sostituto fintanto che sono ancora in grado di aiutarlo per qualche anno. I principali candidati alla successione sono gli uomini con cui hai cenato stasera. Ma quella sera, insisto, non sapevano nulla. Non è possibile che l'omicidio sia stato perpetrato per questioni di successione, o almeno non in base a ciò che io ho detto in proposito. Considera che l'ho comunicato a tutti nello stesso momento, nel corso di quella riunione, e Cleomenide è morto nel volgere di dieci minuti. Eravamo da un'ora nel Tempio delle Muse e nessuno ne è entrato o uscito in quel lasso di tempo».

«Quindi il veleno era stato preparato nella coppa prima che vi riuniste», osservò Akenon.

«Proprio così. Prima che chiunque udisse una sola parola riguardo alla mia successione».

Dopo aver salutato Akenon, Pitagora si diresse al Tempio delle Muse. Perso nei propri pensieri, camminava a passo lento lungo il sentiero lastricato che conduceva all'ingresso del tempio. L'unico rumore che si sentiva in tutta la comunità era il leggero fruscio dei suoi calzari di cuoio sulla pietra.

Il maestro ripensava ai dieci anni che aveva trascorso a Tebe, salendo i vari livelli del clero egizio. A ogni tappa gli erano stati rivelati misteri sempre più profondi della religione e della scienza di quel popolo. Quando era giunto allo stadio più alto, era uscito dal clero per perfezionare le proprie conoscenze della geometria, il ramo del sapere da cui poteva ancora imparare qualcosa da quella gente. Il faraone gli aveva fatto un ultimo favore inviandolo a Menfi perché fosse istruito dal padre di Akenon, geometra riconosciuto che oltretutto parlava greco, dato che la sua defunta moglie era ateniese. A Menfi, Pitagora era divenuto maestro di geometria – scienza che lui stesso avrebbe fatto evolvere in modo unico negli anni a venire – e aveva conosciuto il giovane Akenon, che ora rappresentava la sua maggiore speranza di risolvere l'enigma della morte di Cleomenide e sventare la minaccia più pericolosa che aveva avvertito in vita sua.

Salì i tre gradini di pietra ed entrò nel tempio.

A quei tempi, Akenon era poco più che un ragazzino. Allegro, nonostante avesse perso da poco la madre, assai intelligente e di una purezza di sentimenti poco comune. Quando Pitagora era venuto a conoscenza dell'assassinio di suo padre e del fatto che il giovane aveva abbandonato gli studi per entrare nella polizia, aveva temuto per lui: il maestro sapeva quanto fosse difficile indirizzare un'anima che, senza un buon referente, poteva andare perduta.

Per fortuna non è stato così, pensò, ricordando l'impressione che aveva tratto quel giorno da Akenon.

Era davvero un'opportuna coincidenza che l'egizio si trovasse così vicino, quando la comunità aveva bisogno di un investigatore estraneo alla città di Crotone. Se un nemico politico aveva avuto l'ardire di commettere un omicidio sotto i loro occhi, non si poteva escludere che i suoi tentacoli si estendessero anche alla polizia e all'esercito. Occorreva qualcuno che non avesse alcuna relazione con le autorità locali.

La situazione era molto delicata poiché l'ordine aveva acquisito il peso politico di un piccolo impero. Giungeva il momento di introdursi in nazioni che potevano vederlo come una minaccia; l'obiettivo era portarle dalla sua parte, prima che queste lo attaccassero. La confraternita era riuscita a ottenere qualche conversione presso i romani e gli etruschi, ma doveva continuare a guadagnare influenza presso i loro governi, fino ad arrivare a controllarli. Il passo successivo sarebbe stato penetrare a Cartagine e, infine, nel governo dell'enorme impero persiano. Il grande sogno politico di Pitagora era una comunità di nazioni e la fine di ogni guerra. Non lo avrebbe visto realizzato nella sua vita, ma forse il suo successore sì. Erano trent'anni che gettava i semi di quel progetto.

Forse in altri trenta potrà diventare realtà.

Davanti alla statua della dea Estia danzava il fuoco sacro che tracciava ombre oscillanti sulle pareti interne del Tempio delle Muse. Lo sguardo di Pitagora si perse nelle fiamme che non si spegnevano mai e su quel fondale giallo proiettò mentalmente l'immagine della *tetraktys*. Fece ricorso alle conoscenze segrete di quella semplice figura e, un po' per volta, si collegò alle correnti più profonde e potenti della forza spirituale.

I rapporti tra l'uno e il due, il due e il tre e il tre e il quattro erano alcune delle leggi più elementari e fondamentali della natura che la *tetraktys* esemplificava. Pitagora aveva scoperto che la musica, la relazione armonica tra i suoni, obbediva alle stesse proporzioni. Si elevò da quella nozione e navigò con la mente tra le sette sfere celesti. Come una grande lira, le sfere producevano musica muovendosi nell'universo. Una musica che solo il suo spirito superiore era in grado di captare in momenti di immensa concentrazione.

E ora la stava udendo.

Dallo stato sublime che aveva raggiunto, fece un ultimo sforzo, estendendo al massimo i propri limiti, arrivando a qualcosa che avrebbe insegnato solo all'*eletto.* Allargò il dominio della propria mente oltre la frontiera naturale della conoscenza, penetrando nel territorio sconfinato dell'intelletto che registra ed elabora informazioni in modo automatico e pressoché illimitato. Ampliò il controllo fino alle sue percezioni inconsce, ai ricordi sfumati, alle conclusioni profonde e insondabili che il cervello realizza ai suoi livelli più profondi e inaccessibili, delle quali gli uomini vedevano occasionali riflessi che chiamavano «intuizioni».

Per alcuni istanti, terribilmente difficili, avrebbe avuto accesso alle percezioni più tenui e impenetrabili dei sensi, della conoscenza, della memoria. Avrebbe potuto analizzare tutto ciò che il suo cervello registrava o aveva registrato nelle aree di norma irraggiungibili dalla coscienza. Mise a fuoco quel potenziale straordinario su Akenon e ritrovò le stesse impressioni di quel giorno: sensibilità profonda, quasi eccessiva per il lavoro cui si dedicava; e una scorza indurita di pragmatismo e indifferenza, prodotta da numerose esperienze che lo avevano amareggiato. Era un uomo giusto e molto capace, concreto ma dotato di una certa spiritualità, affidabile e adatto a indagare tra le persone. Inerme di fronte a poderose forze spirituali.

Spero di poter essere al tuo fianco, se dovrai confrontarti con esse.

Pitagora prolungò lo sforzo e si concentrò sui suoi potenziali successori. Non trovò nulla che richiamasse la sua attenzione e la cosa lo inquietò. Si era impegnato a far crescere i suoi prediletti al di sopra dei comuni mortali. Aveva cercato di fare di loro grandi maestri, pastori dell'umanità disorientata, come lo era stato lui. E c'era riuscito, ma nel contempo li aveva resi impervi alla sua capacità di vedere l'interiorità delle persone. Riusciva appena a intravedere qualcosa frugando nella profondità dei loro sguardi o nelle risonanze della voce. Supponeva che, con la percezione insolita che in quei momenti gli procurava la sua mente gli fosse possibile osservare al di là dello strato che i discepoli si erano creati intorno attraverso gli insegnamenti e l'esercizio. Ma non ne era sicuro. Erano loro che non avevano nulla da nascondere, o piuttosto era lui a non essere in grado di vedere ciò che occultavano? Da tempo li aveva lasciati da soli perché si evolvessero per loro conto.

Forse qualcuno è andato più lontano di quanto immaginassi.

Si stava debilitando. Non poteva reggere quello sforzo ancora a lungo.

Concentrò il suo pensiero su Arianna. Provò verso di lei un'intensa corrente affettiva. Poi venne il senso di colpa, anche se lui non avrebbe potuto evitare quanto le era successo nell'adolescenza. Era stato quello a renderla ostile e asociale: non voleva stare con nessuno, neppure con sua madre. L'unica soluzione perché non abbandonasse gli studi era stata che se ne occupasse lui in prima persona, andando contro la regola secondo cui doveva essere Teano a istruire le donne dell'ordine. E da quel momento Arianna si era dedicata alla dottrina in modo ossessivo, come se fosse l'unica cosa che potesse placare la sua angoscia interiore.

Pitagora avrebbe voluto moderare quell'eccesso, ma aveva dovuto capitolare, affascinato dalla velocità con cui progrediva sua figlia. E aveva contravvenuto a un'altra delle regole: le aveva consentito l'accesso a saperi sempre più elevati con eccessiva rapidità, quando lei era ancora troppo giovane. Era persino arrivato a pensare che forse, un giorno, potesse diventare lei il suo successore. Ma Arianna era cambiata di nuovo. Aveva preso fiducia in se stessa ed era divenuta adulta una volta per tutte, cessando di vivere solo nel mondo delle idee. Ben presto era divenuto chiaro che non era poi così interessata alla dottrina e che, anzi, c'erano molte regole morali sulle quali non era d'accordo. Il padre aveva dovuto rassegnarsi: non sarebbe stata lei a succedergli alla testa della confraternita. Doveva rispettare la sua indipendenza. Anche se ora lavorava per la comunità, Arianna si sentiva in gabbia nei suoi confini e approfittava di ogni possibile incarico che comportasse viaggiare. Forse, a livello inconscio, stava cercando di fuggire dal passato.

Le forze cominciarono a venirgli meno e la visione mentale si fece incerta.

Un'ultima destinazione.

Stringendo i denti, Pitagora si concentrò su alcuni dei consiglieri che si opponevano all'ordine. La sua percezione gli mostrò ostilità e persino lampi di odio. Più forte di quanto avesse immaginato.

Non poté più continuare. La potenza della sua mente si ridusse ai limiti comuni della coscienza.

Aprì gli occhi, confuso. Il fuoco sacro ballava la sua inimitabile danza. Il maestro barcollò in avanti e si appoggiò al piedistallo di Estia, ansante, con la schiena curva. Nell'ultimo istante aveva visto qualcos'altro. Tutte le percezioni si erano accumulate in un lampo spaventoso.

« No! Dei, no! »

Aveva intravisto il futuro. Un'ombra di ciò che sarebbe stato se gli eventi avessero seguito il loro corso. Uno scenario di sangue e di fuoco.

Di sofferenza infinita e terribile.

Capitolo 20

18 aprile 510 a.C.

Cilone era troppo emozionato per riuscire a dormire.

La mia vendetta è molto più vicina.

Ricordò per la millesima volta l'episodio che aveva segnato la sua vita, trent'anni prima. Era giovane, ricco e uno dei membri preminenti del Consiglio dei Mille, all'epoca unico organo del governo di Crotone. Si stava avvicinando alla comunità pitagorica inaugurata di recente in groppa a un magnifico cavallo, circondato da famigliari, amici e schiavi. Voleva che tutti fossero testimoni del suo imminente momento di gloria.

Pitagora era giunto a Crotone da qualche mese, a mani vuote. Loro gli avevano concesso il terreno, i materiali e la mano d'opera per realizzare il suo progetto. Bisognava riconoscere che il maestro li aveva impressionati. Non solo per la sua apparenza divina – molti dicevano che fosse il dio Apollo in persona – ma soprattutto per le sue idee e il modo di esprimerle. Con la sua voce forte e sincera delineava proposte che stupivano i più eruditi. Se qualcuno metteva in discussione le sue parole, Pitagora rispondeva con argomentazioni così precise e approfondite da lasciare tutti a bocca aperta. Faceva sentire loro che, prima del suo arrivo, conducevano vite vacue e primitive, tanto insensate quanto appesantite di conflitti e sofferenza. Ora indicava loro una nuova strada e si impegnava a fargli da guida fin dove potevano portarli le loro capacità individuali.

Il giovane Cilone smontò da cavallo all'ingresso della comunità. A quei tempi c'erano solo alcune pietre che indicavano il luogo dove avrebbero trovato posto le colonne del portico. Lui le oltrepassò a piedi, in segno di rispetto, e avanzò verso il maestro, che assisteva alla scena insieme a un gruppo di recenti iniziati.

Presto sarò uno di voi. Il migliore di voi!, pensò Cilone, guardandoli con arroganza.

Essere ammessi alla comunità era diventato un segno di distinzione. Una moda, forse passeggera, di cui tuttavia il giovane consigliere voleva essere il principale rappresentante.

Pitagora lo salutò con un cenno del capo. Cilone controllò che la sua comitiva si radunasse alle sue spalle, perché nessuno si perdesse un dettaglio. In questo modo, dava anche il tempo a tutti i membri della comunità di accorgersi della sua nobile presenza e di prestare a loro volta attenzione al riconoscimento dei suoi molti meriti da parte del maestro. Non poteva essere altrimenti. I suoi precettori non erano mai stati parchi di elogi nei suoi confronti: *Le tue capacità sono straordinarie, Cilone. Ti distingui fra tutti. Sei acuto, ingegnoso, astuto, formidabile...* E ora Pitagora l'avrebbe ammesso in pubblico, di fronte a centinaia di crotonesi.

Si fece silenzio. Una solitaria raffica di vento attraversò la comunità, agitando la tunica di un intenso color porpora dai fermagli d'oro che indossava il consigliere. Aveva ricevuto quell'abito magnifico quella mattina stessa da una nave fenicia giunta da Tiro. Così vestito, spiccava ancora di più fra tutti i presenti.

«Accompagnami». Pitagora gli fece cenno di seguirlo.

Ma Cilone lo trattenne. «No». Si accorse che la replica era suonata più imperativa di quanto lui desiderasse, per cui moderò il tono. «Se non ti spiace, maestro, preferisco che tu dia la tua risposta davanti ai miei cari concittadini». Aprì le braccia e si guardò a destra e a sinistra, comprendendo tutti gli astanti. Era un oratore magnifico ed era abituato a adulare il pubblico nei suoi discorsi.

«Tuttavia», rispose il maestro, senza batter ciglio, «è meglio se parliamo a quattr'occhi».

Cilone si sorprese. Cosa pretendeva Pitagora? Alla fine dei conti, non era altro che uno straniero che viveva della generosità sua e dei suoi concittadini. E lo stava contraddicendo di fronte a tutti! Notò che l'atmosfera si riscaldava e squadrò il maestro.

Questi rimase imperturbabile. Il suo volto era tranquillo e trasmetteva dignità e forza d'animo. Gli occhi erano di una tonalità più scura rispetto ai lunghi capelli dorati. Era molto alto, scalzo, e indossava una semplice tunica di lino bianchissimo. L'insieme creava un'immagine di austerità e dignità che Cilone cominciò a intuire come falsa.

Rimasero in silenzio uno di fronte all'altro. La tensione non faceva che salire. Tanto i discepoli di Pitagora quanto la comitiva del potente consigliere cominciavano a inquietarsi. Ogni gruppo si manteneva alle spalle della propria guida, come due eserciti prima della battaglia.

«Parleremo qui», sentenziò Cilone. «Dammi la tua risposta, maestro Pitagora».

Perché quell'uomo faceva finta di niente? Perché voleva parlargli in privato? Per ricattarlo? Per ottenere più di quanto già gli aveva concesso la splendida Crotone? Occorreva mettere in chiaro che lui, Cilone, non era uomo da lasciarsi intimidire. Rimase a testa alta mentre aspettava che il maestro cedesse alle richieste.

«Molto bene», si arrese infine Pitagora. Si riempì i polmoni d'aria, espirò dal naso con fare rassegnato e continuò. «A seguito delle prove realizzate e nonostante i tuoi meriti innegabili, non puoi diventare un mio discepolo».

I due gruppi di spettatori trattennero il respiro. Tutti guardarono il giovane Cilone, che si fece rosso in viso. Cercò di parlare, ma non riuscì a trovare le parole e si limitò a balbettare penosamente. Dopo lo sconcerto iniziale, ebbe l'impulso di mettere mano alla spada e trapassare il cialtrone che aveva osato dirgli di no in pubblico. Poté trattenersi a stento. Socchiuse le palpebre fino a ridurre gli occhi a due fessure da cui usciva uno sguardo di odio sconfinato.

«Te ne pentirai», mormorò, rauco. «Te lo giuro».

Trent'anni erano passati da quel momento, ma ogni giorno Cilone si era rammaricato di non avere ucciso Pitagora all'istante. Il suo odio non aveva mai smesso di crescere, così come il riconoscimento e il potere di quell'individuo.

Per colpa tua ora sono solo un governante di seconda categoria, pensava, sdraiato a letto, con la gola che si riempiva di bile.

Pochi anni dopo la sua umiliazione pubblica, Pitagora aveva convinto il Consiglio dei Mille a istituire il Consiglio dei Trecento, riservato ai membri del primo che fossero stati ammessi e istruiti da Pitagora. Era incredibile che la maggioranza dei Mille, che per forza di cose non avrebbe fatto parte dei Trecento, avesse accettato, malgrado l'intensa campagna contraria alimentata da Cilone. Come avevano potuto essere così stupidi, così indegni e patetici da diventare semplici comparse, servi degli adoratori del cialtrone? Da quel momento, il Consiglio dei Mille era stato composto dai Trecento che governavano Crotone secondo la dottrina del loro maledetto messia, e dai settecento che vi prendevano parte come semplici testimoni di quell'aberrazione storica.

Ma qualcosa è cambiato. È innegabile. Oggi l'ho sentito.

Aveva sempre goduto del tiepido appoggio di alcune decine di consiglieri tra i settecento emarginati, un numero insufficiente per ottenere qualsiasi risultato, ma tale da mantenere vive le braci della ribellione, in attesa del momento opportuno.

Un'attesa lunghissima, che potrebbe essere prossima alla fine.

Cilone era sempre un oratore eccellente e nella sessione di quel giorno si era impegnato più che mai. Aveva seminato il dubbio e la discordia, e aveva fatto sì che duecento consiglieri applaudissero la sua diatriba con Pitagora. Quasi un terzo dei settecento emarginati si era apertamente schierato dalla sua parte. Fra i Trecento non vi erano state chiare manifestazioni di appoggio, ma qualche cenno di assenso sì.

Pitagora ha commesso un grave errore ad affidare a uno straniero le funzioni della polizia.

Cilone poteva contare su un sostegno superiore al passato e ciò lo rallegrava. Sapeva, nondimeno, di essere ancora lontano dalla forza politica necessaria per portare a compimento la sua vendetta. La bilancia doveva pendere ancora di più dalla sua parte.

Mi servono altre morti.

Capitolo 21

19 aprile 510 a.C.

«Arianna», disse una voce infantile, «mi pettini?»

Cassandra guardava la figlia di Pitagora con i suoi grandi occhi a mandorla. Irradiava tutta l'innocenza dei suoi sette anni compiuti da poco.

Sembra una bambolina, pensò Arianna, sorridendo. Le accarezzò una guancia vellutata e prese il pettine che le offriva la piccola. Era un oggetto semplice, di legno, con due file di denti contrapposte.

Cassandra si sedette su una pietra, con un risolino allegro, e Arianna si chinò su di lei. Fece scivolare il dorso della mano sulla lunga chioma castana ondulata e si mise a pettinarla.

Erano nel giardino della comunità, approfittando del mattino soleggiato nell'intervallo tra una lezione e l'altra dei più piccoli. Non erano suoi alunni, ma lei dava una mano a occuparsene, lieta di passare il tempo tra i bambini. Si sentiva più a suo agio con loro che con gli adulti.

Diede un altro sguardo all'estremità opposta della comunità e finalmente lo vide. «Cassandra, adesso devo andare. Torno a pettinarti nel pomeriggio, d'accordo?»

«Va bene». La piccola si alzò con un salto, riprese il pettine dalle mani della giovane e corse da una sua insegnante per chiedere a lei di pettinarla. Sembrava che non le importasse più tanto chi lo faceva. Arianna se ne rattristò, sentendosi un po' infantile per questo.

Si alzò e attraversò con passo deciso la comunità, dirigendosi verso Akenon. L'egizio stava guardando in lontananza, come se cercasse qualcosa. Risaltava come un pezzo di corteccia sopra la neve per il suo modo di vestire. Era l'unica persona in tutta la comunità, e probabilmente in tutta Crotone, a indossare pantaloni. I greci portavano solo tuniche, clamidi o mantelli, di lunghezza o spessore diversi a seconda del clima, dell'età e della condizione sociale. E di solito non usavano indumenti intimi. Inoltre utilizzavano solo tessuti di lino, lana o canapa, mentre la corta tunica di Akenon era di cuoio trattato.

«Buongiorno».

L'egizio si illuminò in volto quando la vide.

«Ho saputo che hai accettato il caso. A Sibari sembravi quasi sicuro che ti saresti rifiutato. Direi che le tue decisioni non sono molto ferme», aggiunse lei, ironica.

Ma guarda, sempre con la lingua affilata. Akenon sorrise senza rispondere. Gli venne in mente qualche battuta per dare inizio a un divertente battibecco, ma il fatto che lei fosse la figlia di Pitagora gli infondeva un insormontabile rispetto.

Arianna riprese l'iniziativa. «Sai...» Si mordicchiò un labbro, esitando a dire ciò che aveva in mente. Odiava quel genere di situazioni. «Mi piacerebbe partecipare alle indagini». Si mise a braccia conserte, in attesa di una risposta. Aveva pronti vari argomenti a proprio sostegno, ma le bastò guardare Akenon in faccia per capire che non sarebbero serviti. Si limitò a guardarlo con aria di sfida.

L'egizio non se l'aspettava e tardò un momento a reagire. «Arianna, mi spiace... Lavoro sempre da solo e...» Ammutolì di fronte all'espressione infastidita della figlia di Pitagora. Finora l'aveva conosciuta solo come una giovane donna che prendeva tutto sul ridere.

Lei annuì, a denti stretti.

Akenon aprì la bocca per addolcire il proprio rifiuto, ma Arianna gli voltò le spalle e si allontanò a grandi passi senza dire una parola.

Non importa cosa mi dici, Akenon, pensava, *prima che finisca la giornata sarai tu a implorare il mio aiuto.*

La visione infernale della sera precedente bruciava ancora le pupille di Pitagora. Era mezz'ora che passeggiava da solo per il bosco sacro, cercando tra gli alberi centenari la serenità di spirito che gli occorreva per continuare a guidare i suoi discepoli. Aveva ripreso il controllo di se stesso, ma non poteva dimenticare ciò che aveva visto.

L'oscurità, impenetrabile e crudele, gravava sopra il mondo.

Il grande maestro si sforzò di recuperare la speranza di un futuro luminoso.

Il corso del destino può essere alterato.

Dall'ingresso della comunità, Akenon osservava Pitagora. Ne rimase impressionato una volta di più, anche se erano passate solo poche ore da quando avevano parlato.

Il maestro tornava dallo stesso bosco in cui avevano passeggiato il pomeriggio precedente. Il suo passo aveva la fluidità di un giovane e la fermezza di un uomo eccezionale. Da ciò che l'egizio conosceva della mitologia greca, pensò che, se un tempo Pitagora veniva paragonato ad Apollo, ora avrebbe dovuto essere equiparato a Zeus, il sovrano degli dei dell'Olimpo.

Notò che molte delle persone intorno a lui contemplavano il maestro con adorazione. *Ha una legione di sostenitori incondizionati. L'esercito più fedele del mondo.*

Attraversò il portico e accelerò il passo per incrociare il maestro, che si stava incamminando sulla strada per Crotone. Lo raggiunse a cinquecento metri dalla comunità. «Buongiorno, Pitagora».

L'imponente anziano si voltò, abbandonando i propri pensieri. «Salve, Akenon».

Mentre si avvicinava, l'egizio aveva avuto l'impressione di cogliere una ruga di preoccupazione sul venerabile volto. Ma ora vedeva solo un sorriso caloroso che gli trasmetteva una tranquillità singolare.

« Camminiamo insieme ». Il maestro lo invitò a unirsi a lui con un gesto della mano. « Sto andando al ginnasio. A quest'ora siamo soliti passeggiare per la galleria, mentre discutiamo di vari argomenti ».

Akenon guardò verso dov'era diretto Pitagora. A un chilometro di distanza vide un edificio di grandi dimensioni, che già aveva richiamato la sua attenzione il giorno prima. Era a pianta rettangolare, con lati di circa centocinquanta metri per quaranta. In realtà il suo perimetro era stato concepito per le corse e misurava due stadi esatti. Le pareti erano circondate da un colonnato, dove si vedeva gente che passeggiava.

Pitagora seguì il suo sguardo. « A Cartagine non avete un ginnasio, vero? »

« Di fatto », ammise Akenon, « non sono molto sicuro di sapere che cosa sia un ginnasio ».

« È un recinto in cui esercitarsi o allenarsi. Di norma ha una pista di terra battuta della lunghezza di uno stadio, e un'altra che utilizza come palestra per la lotta. Vi si praticano anche il lancio del giavellotto e del disco ».

Akenon aveva visto su alcuni vasi greci rappresentazioni dei lanci, ma non vi aveva mai assistito. Era curioso di vederli.

Pitagora continuò a parlare mentre camminavano. « A Crotone ci sono altri tre ginnasi, oltre a questo che hanno concesso alla comunità. Di particolare, il nostro ha che vi si pratica una variante meno violenta del combattimento corpo a corpo e che lo utilizziamo spesso anche per le nostre riunioni e l'insegnamento. A parte questo, troverai pressappoco quello che si trova in ogni ginnasio: magazzini, bagni, spogliatoi, sale per ungersi il corpo e un lungo portico tutt'intorno ».

Mentre si avvicinavano all'enorme costruzione, Akenon si scordò di cosa avesse voluto dire a Pitagora. Trovava stupefacente – come chiunque al di fuori del mondo greco – l'importanza che in quelle terre si attribuiva all'attività fisica e a un corpo armonioso. Ne aveva un'idea grazie ai motivi con cui i greci erano soliti decorare le ceramiche e altri manufatti, ma non per questo il ginnasio gli risultava meno affascinante.

Passarono per la galleria esterna, oltrepassarono una porta ed entrarono nell'arena. Sotto il sole del mattino, decine di giovani si esercitavano su una pista spianata alla perfezione. All'ordine di un giudice di gara, quattro di loro si misero a correre con tutte le loro forze e scomparvero a un'estremità del recinto, oltre il quale la pista proseguiva di là dal muro. A pochi metri da Akenon, un uomo nudo dalla muscolatura armoniosa ripeteva di continuo lo stesso movimento: ruotava su una gamba, con il corpo raccolto e un braccio esteso, tenendo in mano un disco di bronzo; al termine della rotazione si fermava senza lanciarlo e ricominciava l'esercizio.

« È un discobolo », disse Pitagora, indicandolo.

Poco più in là, alcuni ragazzi eseguivano una strana danza. I movimenti erano piuttosto vigorosi e simulavano azioni come lottare e correre. Obbedivano al ritmo tenuto da un maestro con una cetra. Il risultato era tanto stravagante quanto armonioso.

« Che cosa fanno? » domandò l'egizio, voltandosi verso Pitagora.

« Preparano il fisico e la mente all'insegnamento. L'esercizio ben realizzato fortifica il corpo e lo rende agile e flessibile. Nel contempo, schiarisce la mente, procura equilibrio interiore e rasserena lo spirito. Forse ti ricorda qualcosa ».

Akenon osservò con maggiore attenzione. Era sicuro che fosse la prima volta che vedeva qualcosa del genere e negò con la testa.

« Quello che vedi », riprese il maestro, « è un misto di danze doriche tradizionali ed esercizi che ho appreso durante la mia formazione come sacerdote egizio. Nei vostri templi, alcuni rituali interni includono danze, ancorché diverse da questa ».

Sorrise ad Akenon. «Mentre resti con noi, puoi unirti a questi esercizi. Sono eccellenti per la salute».

L'egizio inarcò un sopracciglio, scettico. Ora i giovani si stavano esibendo in una difficile combinazione di salti e giravolte. «Ho l'impressione che, se cercassi di imitarli, gli effetti sulla mia salute non sarebbero molto eccellenti».

In quel momento rammentò di cosa voleva parlare con Pitagora e si guardò intorno con cautela. Evandro e Ipocreonte conversavano a una trentina di passi dietro di loro e si stavano avvicinando. Doveva affrettarsi.

«Stamane ho parlato con Oreste. Tra le varie cose che non ho capito, ce n'è una che ha menzionato anche Aristomaco ieri sera: la *tetraktys*. Gli ho chiesto di spiegarmi cosa fosse e mi chiarisse qualche altro termine che ha utilizzato. Mi ha risposto di non poterne parlare. Dice qualcosa in merito a un giuramento di segretezza sul nucleo della vostra dottrina. E ha aggiunto che nessuno me ne parlerà. Come puoi comprendere, è un ostacolo per la mia indagine».

Pitagora assentì gravemente e rimase a riflettere in silenzio.

Akenon si guardò indietro. Evandro e Ipocreonte erano fermi a venti metri, permettendo loro di continuare a parlare da soli.

«Non posso chiedere che ti svelino tutti i segreti», rispose Pitagora, «e temo che ti sorgeranno più dubbi di quelli che ti posso chiarire. Di solito passo metà del mio tempo lontano da Crotone, in altre comunità, e anche quando sono qui non posso sempre darti udienza. Oltre alle attività proprie dell'ordine devo occuparmi di numerose ambasciate, assistere a riunioni del Consiglio...» Si accarezzò la barba e proseguì, più per sé che per Akenon. «Capisco che per la tua indagine dovrai avere a che fare con elementi interni all'ordine. Ti occorre qualcuno che abbia raggiunto il grado di maestro e non si debba rivolgere a me ogni volta che ti serva una spiegazione. D'altra parte, nessun discepolo, per quanto mi possa essere vicino, può essere considerato libero da ogni sospetto». Fece una breve pausa. «Sì, non vedo altra soluzione».

Accennò un sorriso enigmatico e disse il nome della persona che gli assegnava.

Capitolo 22

19 aprile 510 a.C.

Boreas si nascondeva nelle stalle del palazzo.

Uno degli schiavi si presentava di quando in quando per mantenerlo informato, ma al momento non gli restava altra scelta che continuare a non farsi vedere.

Gli ordini del suo padrone erano stati molto precisi.

Il giorno prima, quando era entrato nella stanza di Glauco, questi gli si era rivolto con voce piagnucolosa. « Boreas, mio fedele Boreas, accompagnami nel mio dolore. Accompagnatemi tutti, perché la tragedia si è abbattuta impietosa su di noi ». L'obeso sibarita aveva aperto le braccia, rivolgendosi a tutti i presenti.

La stanza era grande, ma con venti persone radunate – tra guardie, segretari e schiavi – l'atmosfera si era fatta sgradevolmente calda e umida. L'aria viziata odorava di malattia.

« Siatemi amici, siatemi fratelli, ora più che mai, perché ci unisce la disgrazia ».

I presenti si scambiarono sguardi, a disagio. Di solito, Glauco era freddo e severo, ma ora gemeva come una prefica.

« Che cosa mi ha fatto perdere il senno? Che cosa mi ha condotto alla follia di ordinare il castigo del più puro degli esseri? » Non si stava rivolgendo a loro, quanto piuttosto a se stesso. « Ah! Lo so bene! » ruggì all'improvviso. I suoi occhi, ridotti a una sottile linea di odio e di rabbia, si fissarono su ciascuno degli astanti. « È stato il maledetto Akenon. Lui mi ha indotto a pensare che a ingannarmi non fosse stato solo il maledetto Tesalo, ma anche il mio amato Yaco, il mio bambino innocente».

La maggior parte dei presenti si sforzava di ostentare serenità, ma a tradirli era il pallore dei volti. Temevano che la situazione sfociasse in una nuova orgia di violenza. Benché fosse tornato cosciente, il padrone aveva la febbre molto alta e sembrava più soggetto al delirio che alla ragione.

«Boreas, hai eseguito i miei ordini, vero? Hai sfigurato il grazioso Yaco, hai rovinato il volto di colui che amavo...» Glauco tuffò il viso tra le mani e ruppe in singhiozzi sconsolati. «Lo so, lo so», riprese, dopo una breve interruzione. «So tutto, Boreas».

Il gigante si irrigidì.

Il sibarita continuò a parlare. «Me lo ha raccontato Falanto, che è stato testimone delle tue azioni».

Boreas lanciò uno sguardo assassino al vecchio schiavo, che teneva gli occhi a terra, tremante. Lui sarebbe stato il primo a essere ammazzato.

«Stupidi!» sbottò Glauco. «Siete stati tutti degli stupidi a obbedire ai miei ordini, quando non ero io a parlare, bensì uno spirito maligno che si era impossessato di me».

Boreas osservò le guardie con la coda dell'occhio, tenendosi pronto ad agire.

«Dimmi almeno...» Glauco sembrava allo stremo delle forze e la sua voce suonava affaticata, meno aggressiva, supplichevole. «Dimmi almeno che non ha sofferto». Rivolse al gigante uno sguardo lacrimoso.

Boreas fece il gesto di dare un colpo debole.

«Lo hai reso incosciente, perché non soffrisse?»

Il tracio annuì.

«Grazie. Almeno per questo, grazie». Il signore rimase in silenzio, immobile, con la testa piegata sul petto. Sembrava un enorme pupazzo flaccido che qualcuno aveva abbandonato su quelle lenzuola umide.

Dopo un po', i convenuti pensarono che si fosse addormentato.

«Ma non avresti dovuto farlo», riprese Glauco, d'un tratto, come se non ci fosse stata alcuna interruzione. «Yaco sarebbe ancora tra noi, sarebbe con me in questo momento». Si guardò a destra e a sinistra, perso nella confusione della sua mente. «*Deve* stare con me». Si rivolse ai suoi uomini con fare deciso. «Portatelo qui».

Il capo delle guardie sobbalzò. «Chi, signore?»

«Yaco. Portatelo qui». Lo diceva con la tranquillità di una richiesta ragionevole.

«Ma... ma... mio signore, ora Yaco è in alto mare. La sua nave è salpata due giorni fa».

Glauco annuì. «Molto bene. Portatemelo qui».

Il capo delle guardie deglutì. «Non possiamo farlo. La nave è una delle più veloci della flotta ed è partita per Sidone, senza tappe intermedie».

«Portatemelo!» ruggì Glauco, rosso in viso. «Maledetto imbecille, portami Yaco, se non vuoi imputridire incatenato a un remo! Comprate la nave più veloce di tutto il porto e partite subito alla sua ricerca. E se la nave ha un carico, gettatelo in mare una volta fuori dal porto. Volate come gli uccelli, se necessario, ma portatemi qui Yaco!!!»

«Sissignore!» balbettò il capo delle guardie. «Tuttavia...» Lo terrorizzava ciò che stava per dire. «Insomma... è possibile che ci voglia un mese per andare e tornare da Sidone. E forse... forse Yaco...»

Glauco lo guardava con la ferocia di un cane rabbioso.

Il capo delle guardie non osò continuare. Impettito, uscì subito dalla stanza per eseguire l'ordine. Lo accompagnò un segretario per occuparsi dell'acquisto della nave.

Glauco si voltò verso Boreas. «E tu...» grugnì, puntando un dito su di lui. «Tu, maledetto animale, come hai potuto deturpare il volto di Yaco? Come sei stato capace anche solo di toccarlo? Tu...» Strinse le labbra e sbuffò dal naso, come un toro sul punto di caricare. «Sparisci dalla mia vista, bestia schifosa e maledetta!»

Tutti si affrettarono a fare largo a Boreas, che lasciò quella stanza troppo calda e uscì nel cortile privato del palazzo. All'aperto, sentì il fresco del sudore che evaporava dalla pelle. Attraversò il cortile principale ed entrò nelle stalle, ove ordinò al mozzo di uscire a informarsi su quanto succedeva all'esterno.

Lo schiavo riapparve un'ora più tardi. «Il padrone si è alzato dal letto», disse al tracio, senza osare guardarlo negli occhi. «Sta correndo da una stanza all'altra come un pazzo, urlando, lamentandosi e spaccando tutto».

Boreas ringhiò, per far capire al mozzo di stalla che doveva andarsene di nuovo, poi si mise a pensare. Sulla sua fronte enorme si disegnarono rughe profonde.

Devo prepararmi per quando sarà di ritorno la nave partita alla ricerca di Yaco.

Capitolo 23

19 aprile 510 a.C.

Akenon tornò dal ginnasio imprecando tra sé.

Aveva pensato di chiedere a Pitagora di assegnargli uno dei due candidati alla successione che più gli avevano ispirato fiducia, Evandro o Daaruk. *Basterebbe esimerli dal voto di segretezza in merito a ciò che riguarda la mia indagine.* Ma, prima che avesse potuto formulare la proposta, Pitagora lo aveva sorpreso con la sua designazione.

Ha dunque il grado di maestro? L'egizio stentava ancora a crederci.

Superò il portico della comunità, passò tra le statue di Hermes e Dioniso e salì il lieve pendio, spostandosi verso destra, dove si trovava l'edificio adibito a scuola.

Eccola lì. In mezzo a un gruppo di bambini tra i sette e i dieci anni, che uscivano in fila per due, chiacchierando tra loro di buon umore. Le lezioni mattutine erano finite e ora si dirigevano ordinati alla mensa. Lei se ne stava accanto alle file di bambini che la salutavano con la mano al loro passaggio.

«Di nuovo salve, Arianna».

Lei si voltò, mantenendo l'espressione allegra che rivolgeva agli alunni. «Akenon». Esibì un sorrisetto. «Lasciami indovinare: hai cambiato idea?» Senza aspettare la risposta, fece cenno di no con la testa, come se rimproverasse un bambino. «Che uomo incostante».

Akenon sospirò. Già si aspettava di dover fare i conti con l'ironia di Arianna. «Tuo padre mi ha detto di rivolgermi a te. Immagino che tu sapessi come sarebbe andata».

Lei alzò le spalle, mentre gli ultimi bambini entravano nella mensa. «Potevi farlo di tua volontà, oppure essere costretto dalle circostanze. Che disillusione constatare che devi essere obbligato per passare un po' di tempo con me». La sua finta serietà lasciò il posto a una smorfietta beffarda. «Vieni, seguimi».

Entrarono nella scuola. Arianna fece strada nell'aula più vicina, occupata da un semicerchio di sgabelli intorno alla sedia del maestro. Su un lato della sala c'era un tavolo con sopra varie tavolette. La donna occupò la sedia del pedagogo e invitò l'egizio a sedersi su uno degli sgabelli.

Akenon prese posto, sentendosi un po' ridicolo: lo sgabello, adatto a un bambino di sette od otto anni, risultava minuscolo per un uomo della sua taglia. Aveva di fronte la donna, su una sedia di proporzioni normali, con l'aria della severa docente.

«Perché fai quella faccia, Akenon?» Arianna si stava divertendo da morire. Di norma si sentiva a disagio con gli adulti e non si mostrava socievole, soprattutto con gli uomini. Ma con lui era diverso. Le faceva venire voglia di scherzare.

«D'accordo, adesso basta». L'egizio si alzò. «Pitagora dice che puoi darmi qualche spiegazione su certi concetti della vostra dottrina. È così?»

«Non potevo perdere l'occasione, scusami». Arianna rimase seria per un istante, ma poi non poté trattenere una risata. «Stavi così bene, lì seduto!»

Akenon fece una faccia di circostanza. Anche se appariva leggermente offeso, aveva sempre occhi dolci e gentili. «Sono felice di vedere che ti diverti. Ma possiamo venire al punto?» disse.

Arianna provò una certa tristezza nel constatare che qualcosa era cambiato tra loro. Erano sparite le allusioni spontanee del viaggio da Sibari a Crotone. *Conseguenza del fatto che mio padre è il grande Pitagora*, pensò, rassegnata. «Che cosa vuoi sapere?»

«Non lo so con precisione». Akenon si strinse nelle spalle.

«Tutto il necessario per farmi un'idea di cosa guida la condotta dei membri della comunità. Ho visto commettere delitti sulla spinta di credenze religiose. Per risolverli occorre comprendere la mente dell'assassino, le idee che lo portano all'omicidio. Il pitagorismo mi sembra, a suo modo, una religione con seguaci molto devoti». Esitò un momento prima di esprimere ciò che aveva in mente. «Oserei dire fanatici, in effetti». Alzò una mano con fare conciliante. «Spero di non averti offeso».

«Assolutamente. Considero la sincerità una virtù», replicò lei, con un mezzo sorriso.

Akenon si prese qualche istante per raccogliere le idee. «In sintesi, ho bisogno di capire certi termini e avere una visione generale. Credo che sia importante per comprendere questo caso. Ho cominciato a fare domande ai membri dell'ordine, tra questi alcuni della cerchia interna di tuo padre. Ogni tanto nominano la *tetraktys*, che non ho idea di cosa sia, ma loro sembrano darle molta importanza. E, dal momento che tutti si appellano a uno stretto voto di segretezza, nessuno mi dà spiegazioni».

«Mio padre ti ha detto forse che io non rispetterò il giuramento di segretezza?»

«Ecco, no...» rispose Akenon, imbarazzato. «Quello che mi ha detto...»

«Scherzavo, scusami». Arianna abbassò lo sguardo per qualche secondo, prima di continuare. «Vero è che sono la persona più adatta. È una delle ragioni per cui stamane ti ho detto che volevo seguirti nell'indagine», disse, con una punta di rimprovero.

«Non sapevo che fossi una grande maestra».

«Maestra, non grande maestra. Per quanto...» Arianna si trattenne, pensando al suo processo di formazione alquanto irregolare. «È complicato. In ogni caso, potrò chiarire quasi tutti i tuoi dubbi sulla dottrina. Sono anch'io vincolata dal giuramento, ma non in modo così restrittivo: il voto si fa per proteggere il nucleo della dottrina, conoscenze di tale portata da avere effetti catastrofici se arrivassero nelle mani sbagliate. D'altra parte – e non offenderti –, la comprensione delle conoscenze primarie è alla portata di pochissima gente e solo dopo anni di intensa dedizione allo studio».

Come ho fatto io, aggiunse tra sé. Dai quindici ai venticinque anni si era immersa nello studio per dodici ore al giorno, trascorrendo un intero decennio isolata dal mondo, con l'unica eccezione di suo padre.

Allontanò i ricordi e alzò di nuovo lo sguardo. Le spiaceva che fossero riapparsi in quel momento. Non voleva che Akenon percepisse le ombre dentro di lei.

I loro occhi si incrociarono. Quelli dell'egizio erano socchiusi, in un'espressione tra la curiosità e l'inquietudine. Arianna li sfuggì. Per un attimo si era sentita vulnerabile, cosa che detestava. Prese una tavoletta e un punteruolo e inspirò a fondo, per ricomporsi.

«Cominciamo subito». Con un sorriso malizioso agitò la tavoletta di fronte a lui. «Immagino che sarai disposto a ripagare la generosità con pari generosità».

«Arianna», ribatté Akenon, «il mio dovere è informare solo Pitagora dei progressi dell'indagine».

«E il mio è di rispettare il voto di segretezza, né più né meno del resto dei discepoli. Ti chiedo solo di tenermi informata. Ti chiedo solo di rendermi *partecipe*».

L'investigatore rifletté. Fino a quel momento non aveva scoperto nulla di confidenziale e avrebbe avuto tutto il tempo di chiedere a Pitagora se fosse d'accordo che Arianna lo affiancasse nelle indagini. D'altro canto, intuiva che lei avrebbe potuto fornirgli un aiuto prezioso. «D'accordo».

Arianna si illuminò. «Molto bene. Cominciamo dalla *tetraktys*». Appoggiò la superficie di scrittura sul tavolo.

La tavoletta era in legno di pino e aveva una faccia rivestita di uno strato sottile di cera. Vi si scriveva con un punteruolo di legno, piatto a un'estremità per poter cancellare lo scritto spianando la cera. Arianna tracciò alcuni segni, cominciando a spiegare.

«Non è facile per chi non è iniziato comprendere che cosa muove un pitagorico. Dall'esterno può sembrare che sia tutto una religione, in realtà c'è molto di più. Quanto a credenze specifiche, devi ricordare che mio padre è greco, dell'isola di Samo, e pertanto crede negli dei dell'Olimpo. È anche iniziato ai misteri orfici, sicché Dioniso ha un'importanza speciale per lui. Ha avuto un maestro, Ferecide, che lo ha introdotto alla fede nella reincarnazione. E naturalmente sai che in Egitto è divenuto sacerdote. Ciò gli ha aperto la mente su molti aspetti. Ha stabilito certe peculiarità nelle varie credenze, come il parallelismo tra Amon-Ra e Zeus. Per farla breve, chiudo dicendoti che a Babilonia ha studiato con discepoli di Zoroastro e da allora anche Ahura Mazdā è importante per lui».

Akenon si era incupito e Arianna rise.

«Te l'ho detto che occorrono molti anni per comprendere il pitagorismo. Ma non avere paura. Ti basta capire che in sostanza crediamo in una divinità superiore, alla quale ci possiamo avvicinare con la disciplina fisica e mentale. Ci sono tantissimi esercizi per il corpo e l'intelletto, più avanti te ne mostrerò qualcuno». Guardò per un attimo il disegno che aveva tracciato sulla tavoletta. «Crediamo anche nella trasmigrazione delle anime. A seconda di ciò che fai in questa vita, quella successiva sarà inferiore e sofferta, oppure sarà superiore e potrà persino raggiungere la fusione con la divinità. Mio padre insegna il percorso verso la giustizia e la gioia. Mostra che cosa si deve fare – e come – per condurre una vita migliore prima e dopo la morte».

Akenon si chinò per guardare la tavoletta. Anche Arianna era china, intenta a ritoccare il disegno. Lui la osservò senza farsi notare. Aveva il viso molto vicino a quello di lei, che gli stava di profilo. Ne vedeva la bocca socchiusa e il generoso labbro inferiore, tenero e umido.

Deglutì e cercò di concentrarsi sul disegno.

Capitolo 24

19 aprile 510 a.C.

Sotto il portico del ginnasio, i cinque candidati alla successione sedevano di fronte a Pitagora. Il venerabile maestro parlava loro delle caratteristiche che doveva possedere una guida intellettuale e politica, e di come svilupparle.

Daaruk chiuse gli occhi, come se si stesse concentrando sulle parole del maestro. Tuttavia distolse la propria attenzione da Pitagora, dirigendola verso i suoi compagni. Oreste si trovava alle sue spalle; Daaruk ne aveva sentito diverse volte lo sguardo sulla schiena, proprio come in quel momento. Forse Oreste lo guardava in quel modo perché quella mattina lui lo aveva sorpreso mentre parlava di nascosto con Akenon: da allora sembrava piuttosto nervoso.

Continuò a tenere gli occhi chiusi e si concentrò con maggiore intensità sul suo compagno.

Che cosa stai macchinando, Oreste?

« È dunque questa la misteriosa *tetraktys*? » domandò Akenon, perplesso. « Un triangolo fatto di punti? »

« Questo e molto altro », rispose Arianna, deponendo la tavoletta. « Devi abituarti a guardare più in là di dove vedono i tuoi occhi, altrimenti non riuscirai mai a comprendere un pitagorico ».

Akenon sentì che era stato troppo precipitoso nel parlare e attese che lei proseguisse.

« La *tetraktys* si utilizza per riferirsi a mio padre. Lo si definisce spesso "l'inventore della *tetraktys*". È così importante da essersi convertita in uno dei simboli dell'ordine, così come il pentacolo, di cui parleremo in un altro momento.

«I numeri sono molto importanti per noi, come sai già. Soprattutto quelli rappresentati graficamente dalla *tetraktys*. Che però è sacra più che altro perché mostra le leggi di costruzione della musica». Arianna tacque, osservando Akenon per un istante. Si stava avvicinando a una parte di conoscenze che lei stessa considerava un segreto da proteggere. Dopo aver analizzato lo sguardo dell'egizio, decise di continuare. Si fece serissima. «Akenon, dovrai mantenere il silenzio, sempre e con chiunque, su qualsiasi cosa io ti riveli».

Lui riconobbe in lei la maestosità e la solennità di Pitagora. «Lo farò», promise, quasi sottovoce.

«D'accordo». Arianna raccolse le idee per qualche istante. «Immagino che tu sappia che, in uno strumento a corde, le corde più corte producono note più acute rispetto a quelle più lunghe».

«Sì, lo so», disse l'egizio, attentissimo, preparandosi a sentire concetti molto più complessi di questo.

«Ebbene, molto tempo fa mio padre costruì uno strumento musicale che permette di accorciare o allungare le corde nella misura desiderata. Con esso verificò che la relazione di bellezza o armonia tra i suoni mantiene una proporzione numerica esatta con la lunghezza della corda che li produce. Dimostrò che si ottiene l'armonia perfetta con il suono prodotto da due corde una delle quali è lunga il doppio dell'altra. Come puoi vedere, questo rapporto o proporzione tra le corde ce lo indicano le prime due righe della *tetraktys*». Arianna le indicò con il punteruolo. «È il rapporto tra l'uno e il due. Le altre proporzioni più belle ci sono date dai rapporti più semplici che possiamo formare con linee adiacenti della *tetraktys*: fra una corda lunga due unità e una lunga tre, e fra una da tre e una da quattro». Guardò Akenon, battendo con un dito sul disegno.

« L'armonia si dà sempre quando i rapporti tra le corde mantengono tali proporzioni fra loro. Questo è molto importante », riprese, con un bagliore misterioso nei suoi occhi verdi. « Non è un caso particolare che si verifica, per esempio, quando una corda misura dieci dita e un'altra venti. È una regola fissa. È la legge del funzionamento della musica, etera ed esatta! È perfetta! »

Akenon era sorpreso. Tanto da ciò che Arianna gli aveva appena rivelato – benché non fosse troppo sicuro di averlo compreso appieno – quanto dal suo ardore. La respirazione della giovane si era accelerata e la sua voce aveva assunto un'intensità particolare. D'un tratto l'egizio ebbe di lei un'impressione nuova, diversa da quando l'aveva conosciuta, meno fisica. Si sarebbe potuta definire una sorta di ammirazione.

« Ciò che ti ho detto », proseguì lei, « permette di vedere due cose più trascendentali. Una è che almeno alcuni processi dell'universo si reggono su leggi esatte, che abbiamo la possibilità di scoprire. Forse saprai della regolarità assoluta del comportamento del sole, della luna, delle maree... »

Akenon assentì. Conosceva un paio di astronomi di Cartagine che amavano parlare del loro lavoro anche quando non glielo si chiedeva.

« La seconda è che ci accorgiamo di aprire nuove porte alla conoscenza e al dominio delle leggi della natura. Il potere che tale dominio può conferire è inimmaginabile ».

Arianna lo fissò e l'egizio capì che stava per menzionare quello che considerava un elemento chiave.

« Il potere è una delle ragioni principali per cui si uccide: per conseguirlo e per eliminare chi lo detiene. E mio padre, Akenon, è l'uomo più potente », Arianna si batté un dito sulla testa, « ed è colui che decide l'accesso degli altri a questo potere ».

Calò il silenzio. Akenon, che fino a quel momento era rimasto in piedi, si sedette sul bordo del tavolo. Comprendeva che Arianna aveva solo illustrato la superficie del pitagorismo, ciononostante ci sarebbe già stato da riflettere a lungo per assimilarla. D'altra parte, ciò che aveva detto a proposito del potere...

« Stai dicendo che temi che vogliano assassinare tuo padre? » le chiese. « Pensi che la morte di Cleomenide sia la conseguenza di un attentato fallito a danno di tuo padre? »

« Non lo so. Ma ho paura per la sua vita. Ciò che ti sto dicendo è che qui la conoscenza può essere un movente fondamentale. Un aspetto che la polizia di Crotone non capisce, ma che tu devi comprendere, o non potrai mai risolvere il caso ».

Akenon ne prese mentalmente nota. Cercò di scherzare, per stemperare la drammaticità del momento. « Non sapevo che fosse così pericolosa la professione del saggio ».

« Saggio no. *Filosofo*. È un termine inventato da mio padre: filosofo. Significa amante della sapienza, che si distingue dal semplice possessore della sapienza, il saggio. Filosofo è una definizione più dinamica e più umile. Implica una ricerca che non ha fine. Molto appropriata, in relazione alla conoscenza ».

« Dunque tuo padre è il filosofo Pitagora ». Akenon sorrise.

Arianna ricambiò.

Quella notte non fu lei la sola a pensare ad Akenon.

L'egizio è pericoloso. Devo risolvere questa situazione prima possibile.

Per un momento accarezzò l'idea di insinuarsi nella sua stanza nel cuore della notte e tagliargli la gola con un coltello. Fu un piacere spaventoso immaginarselo mentre soffocava nel proprio sangue, senza poter chiedere aiuto... Ma non era un piano realizzabile.

Troppo rischioso. L'egizio è un uomo forte e ben addestrato. Non devo sottovalutarlo.

Aveva pensato a molte alternative per portare a compimento il suo proposito, nondimeno si scontravano tutte con la presenza di Akenon.

Con Cleomenide è stato semplice, ma ora non dispongo più del fattore sorpresa.

Chiuse gli occhi e si concentrò. Sul suo viso si disegnò un po' per volta un sorriso crudele e deciso.

Le difficoltà sono lo stimolo della caccia. Il mio successo è inevitabile.

Capitolo 25

22 aprile 510 a.C.

Pitagora ascoltava in silenzio le parole di Akenon.

Si trovava con lui e con Arianna in cima alla collina dietro la comunità. Avevano cominciato l'ascesa mezz'ora prima dell'alba. Cinquecento metri più in basso si potevano distinguere il perimetro rettangolare della palizzata che circondava gli edifici e i giardini comuni, e il sentiero che conduceva ai confini di Crotone. Di là dalla grande città, il mare riposava calmo fino all'orizzonte, dove il sole nascente tingeva tutto di rosso. Una coltre di nubi riempiva il cielo, come fosse sul punto di scaricare una pioggia di sangue. Sopra la collina, la luce dell'aurora faceva di Pitagora un faro che rifulgeva, con i capelli e la barba incandescenti.

« Il veleno impiegato nell'assassinio di Cleomenide è la mandragola », affermò Akenon. « Su questo la polizia aveva ragione. Per essere precisi, è un estratto concentrato di radice di mandragola bianca. Ho applicato vari reagenti ai resti del mostro nella coppa e l'identificazione non lascia spazio a dubbi ».

« Questo tipo di veleno è più comune in Egitto », intervenne Arianna, « ma chiunque disponga di certe conoscenze può prepararlo qui. Non è una rarità, per cui come pista non è molto proficua ».

Pitagora aveva chiesto all'egizio di aggiornarlo dopo i primi tre giorni di indagine. Si era sorpreso nel vederlo accompagnato da Arianna, ma da come avevano esposto le loro spiegazioni aveva constatato che sua figlia non si era limitata a dare all'ospite delucidazioni sulla comunità e la dottrina. Si era dedicata anima e corpo all'indagine, cosa che – pensò – doveva essere stata lei a volere perché di norma Akenon non glielo avrebbe permesso. Il maestro sorrise.

Arianna trova sempre il modo di ottenere ciò che vuole.

Assorbì per un ultimo istante i raggi dell'alba. Poi si voltò a guardare l'egizio. Ricreò nella memoria il momento del suo arrivo alla comunità. Nonostante avesse cercato di dissimularlo, si vedeva che era attratto da Arianna. Più di quanto lui stesso fosse cosciente.

Non so invece che cosa provi lei, pensò Pitagora, osservandola con curiosità. Era in grado di leggere gli aspetti più reconditi delle persone attraverso le sottili caratteristiche e inflessioni della voce, il riso o lo sguardo. Ma le capacità di Arianna erano quelle di un maestro di grande esperienza perciò risultava difficile vederle dentro.

« L'aspetto che riguardava il veleno è quello più chiaro », riprese Akenon. « E un altro elemento che avevi anticipato, e che, oltretutto, è una brutta notizia, è la ragionevole certezza che il fine ultimo dell'assassino non fosse uccidere Cleomenide. Nessuno, dentro o fuori dalla comunità, ha mai detto una sola parola contro di lui. Nessuno è stato in grado di nominare un possibile nemico. Ho parlato anche con Eritrio il curatore, per verificare chi avrebbe potuto trarre un beneficio materiale dalla sua morte. Possedeva una ragguardevole quantità di argento e due piccole proprietà. Il suo testamento mette in chiaro che intendeva lasciare tutti i suoi beni all'ordine ».

Pitagora annuì. I discepoli residenti senza figli erano soliti fare testamento a favore della confraternita.

Akenon assunse un tono più grave. « Se non era Cleomenide, come sembra, l'obiettivo finale, temo che la sua morte possa rappresentare solo il primo passo di un piano criminoso più ampio ».

*

Cominciarono a discendere la collina. Le lunghe tuniche di lino bianco che avvolgevano Arianna e Pitagora erano passate da una tonalità rossiccia a un arancione pallido. Akenon indossava una tunica di pelle senza maniche e si rammaricava di non avere aggiunto qualcosa che lo coprisse di più.

Arianna si voltò verso il padre per sottolineare un aspetto di cui aveva discusso con Akenon il giorno prima. «Data la libertà di movimento nell'ambito della comunità, chiunque avrebbe potuto mettere il veleno nella coppa. Non possiamo neppure scartare che per l'assassino non facesse differenza chi fosse la vittima, posto che la coppa con il veleno sia stata collocata nel Tempio delle Muse prima della vostra riunione. Chiunque tra voi avrebbe potuto bere il mosto avvelenato».

Pitagora lo aveva già considerato. «Non credo che l'assassino si sia affidato al caso. È consuetudine che le coppe siano preparate prima delle riunioni e Cleomenide sedeva sempre alla mia destra. È molto probabile che chi ha avvelenato la coppa sapesse a chi era destinata».

«Tutto sembra indicare che l'assassino conosca bene la comunità», notò Akenon. «O che si trovi all'esterno ma abbia qualcuno che collabora con lui da dentro. La mia ipotesi principale è che Cleomenide sia stato assassinato perché avresti finito per nominarlo tuo successore. Il che farebbe pensare che l'attacco sia destinato a te o all'intera confraternita».

Il volto di Pitagora si manteneva sereno, ma nel suo stomaco si andava formando un nodo spiacevole. Gli accadeva ogni volta che pensava che l'uccisione di Cleomenide potesse essere un attacco indiretto a lui.

Arianna prese la parola. «Abbiamo chiesto anche opinioni sui possibili colpevoli. Cilone è l'avversario nominato da più persone, ma ci sono molte altre ipotesi, alcune delle quali secondo noi andrebbero prese in considerazione». Guardò Akenon, incerta se proseguire.

Forse dovrei lasciare che sia lui a esporre la situazione.

Lui intuì i dubbi di Arianna e con un gesto la invitò a continuare.

«L'ambizione politica è uno dei moventi più probabili», riprese lei. «La comunità di Crotone è alla testa di tutte quelle che hai fondato negli ultimi anni nella Magna Grecia. Non bisogna scartare che il capo di una delle altre si sia lasciato trasportare e abbia deciso di emanciparsi, quando tu non ci sarai più. Eliminando i tuoi candidati, si assicurerebbe che non rimanga una figura forte che mantenga unite le comunità».

Pitagora, guardando a terra per non inciampare in pietre o radici, ripassò mentalmente i discepoli che aveva messo a capo delle varie comunità. Si soffermò per un istante sul figlio ventisettenne, Telauge, che dirigeva la piccola comunità di Catania. A suo tempo, era stato incerto se mandare lui, pensando che forse era troppo giovane per una tale responsabilità.

Sono sei mesi che non visito Catania, né da loro ho ricevuto ambasciate...

Akenon interruppe i suoi pensieri. «Come capo di tutte le comunità, raccogli su di te un potere politico considerevole. Ma quello che detieni dirigendo indirettamente il governo di tante città è immenso. Ogni giorno che passo nella Magna Grecia rimango sempre più sorpreso. I tuoi rivali sul piano politico devono essere migliaia, in tutto il territorio. Anche se sei un governante nell'ombra, rimani uno dei più influenti del mondo. A mio avviso, persino re Dario di Persia deve vederti come uno dei suoi rivali potenzialmente più pericolosi. Dai governi che tu controlli dipende più di un milione di persone!»

Pitagora scosse la testa, tormentato. Era molto tempo che si confrontava con lo stesso dilemma. Per tutti gli dei, la sua dottrina parlava di etica, di comprensione delle leggi della natura, della crescita spirituale degli individui e delle comunità. Non era suo desiderio accumulare potere. Il suo proposito era aiutare il progresso, far comprendere la verità, realizzare un mondo dominato dalla sapienza e dalla ricerca, dalla giustizia, dalla pace...

Ma è inutile che io cerchi di ingannarmi.

Era evidente che aveva accumulato un enorme potere materiale. Le sole Crotone e Sibari assommavano a mezzo milione di abitanti. E la cifra andava più che raddoppiata, se si consideravano tutte le città i cui governi gli obbedivano. E alcune di quelle città erano dotate di notevoli forze militari. Lui sapeva bene di non voler attaccare chicchessia, ma non era detto che ciò fosse altrettanto chiaro per le nazioni confinanti.

Molti devono considerarmi un vicino assai pericoloso, si disse, rattristato.

Continuò a scendere per il sentiero, pensoso. Il movente politico era molto probabile, soprattutto se qualcuno aveva previsto, come lui, quale potesse essere il destino della confraternita nei decenni a venire. Il suo successore avrebbe potuto far crescere i germogli che già cominciavano a spuntare nella Grecia continentale, così come tra gli etruschi e i romani. A quel punto, solo la Persia sarebbe stato un rivale sul piano militare e anche laggiù avrebbero potuto guadagnare conversioni, che alla lunga...

Basta, non è il momento di sognare.

Ora l'importante era che tanto la situazione attuale quanto i suoi piani per il futuro si scontravano con le ambizioni di molti mandatari.

Akenon tornò a parlare. « Un altro possibile movente è la conoscenza. Io non capisco... » Fece un gesto con le mani, mentre cercava le parole. « ... le *facoltà superiori* cui possono condurre i tuoi insegnamenti e non conosco i saperi che il vostro giuramento di segretezza protegge. Ma so che entrare nell'ordine è la massima aspirazione di molti uomini e che qualcuno tra coloro che sono stati respinti, come Cilone, ti serberà rancore per il resto della sua vita. A maggior ragione, qualcuno che abbia avuto accesso a una parte di questi saperi e coltivi l'ambizione di scoprirne altri potrebbe cercare di ottenerli con ogni mezzo, se non gli fosse possibile farlo seguendo i procedimenti che tu hai stabilito».

«Ti riferisci ai candidati alla mia successione», disse Pitagora.

«Dobbiamo considerare anche loro tra i sospetti, s'intende. Non possiamo dimenticare che sono le persone più vicine a Cleomenide, che erano tutti presenti al momento del delitto e che possono avere un movente. Troppi elementi per trascurarli. D'altro canto, Arianna mi ha convinto a non interrogarli da solo».

«Né posso farlo io», assicurò lei. «Hanno capacità molto superiori alle mie. Come possono ingannare facilmente Akenon, così possono riuscirci con me. Il poco che riuscissi a intravedere dentro di loro potrebbe essere falso».

Senza interrompere il cammino, Pitagora rifletté su quanto gli stavano chiedendo. Benché le facoltà di Arianna fossero superiori a come le descriveva lei, per modestia o perché ignorava il proprio grado di sviluppo, era vero che sua figlia non sarebbe stata capace di competere con un iniziato di livello superiore. Neppure lui avrebbe potuto leggere dentro i grandi maestri senza la loro collaborazione. Per quanto, se si fossero opposti, ne sarebbe stata visibile qualche traccia.

Si fermò e si rivolse ad Akenon. La quiete del bosco diede una risonanza speciale alle sue parole. «Stasera verrai a cena a casa mia», disse con aria grave e decisa. «Convocherò anche i candidati alla mia successione. Se qualcuno di loro nasconde un segreto oscuro... ti assicuro che questa sera verrà alla luce».

Capitolo 26

22 aprile 510 a.C.

Durante il resto della giornata, Akenon provò un'apprensione crescente che finì per occupargli lo stomaco proprio quando, al tramonto, si recò a casa di Pitagora. Sedutosi a tavola, rimase in silenzio a riflettere.

Alla corte del faraone Amosi II, i nobili ostentavano vestiti appariscenti, si comportavano come principi e vivevano circondati da un seguito che, in certe occasioni, era superiore persino a quello del sovrano. Incutevano di proposito rispetto e timore. Alcuni nemmeno si degnavano di guardare il plebeo Akenon. Il faraone gli aveva insegnato ad affrontare quel tipo di atteggiamento e il giovane investigatore aveva arrestato, interrogato, incarcerato e persino consegnato al boia alcuni di quei nobili che, superbia a parte, erano spesso propensi alla cospirazione.

Così come aveva appreso a non lasciarsi intimidire dall'aspetto esteriore e dall'atteggiamento dei nobili, ora non doveva farsi impressionare dalla presenza dei venerabili maestri che lo circondavano, con le loro austere tuniche bianche e i volti che trasmettevano una semplice dignità, cento volte superiore a quella di qualsiasi nobile egizio.

Non mi devo scordare che, in fondo, sono uomini. Come tutti, possono provare ambizioni o desideri di vendetta, si disse mentre li osservava. Né doveva dimenticare che nel corso di quella cena uno di loro avrebbe potuto rivelarsi un assassino. Benché per ora l'atmosfera fosse gradevole, Akenon si manteneva all'erta, nel caso uno di loro tentasse la fuga o un assalto.

Dalla morte di Cleomenide, Pitagora aveva ordinato a due inservienti di fiducia che controllassero i cibi destinati a lui e ai grandi maestri. In quel momento, in tavola c'erano coppe sciacquate prima della cena, tortini d'orzo e scodelle di datteri, formaggio, olive e fichi secchi.

Mangiarono in silenzio finché Pitagora non alzò il viso e guardò i presenti. Le torce davano un lucore arancione ai suoi occhi dorati. «Le indagini di Akenon stanno stringendo il cerchio intorno all'assassino. Ne parleremo durante questa cena e spero in questo modo di chiarire alcuni punti». Non aggiunse altro. Studiò i commensali per qualche secondo, poi riprese a mangiare. Nondimeno, l'eco delle sue parole aleggiò come un monito sulle teste dei presenti.

Akenon osservò attento le possibili reazioni. I candidati rimasero in attesa, nel caso Pitagora avesse altro da dire, poi si rimisero a mangiare a loro volta.

Se qualcuno di loro si è innervosito, lo nasconde benissimo, pensò inquieto l'egizio. A preoccuparlo era soprattutto Evandro, che si distingueva come il più forte tra i convenuti.

Dopo poco, Pitagora risollevò la testa e pronunciò con decisione il nome del candidato che aveva di fronte. «Evandro».

Il robusto discepolo alzò gli occhi.

Il maestro lo trafisse con un'occhiata inquisitrice. Akenon immaginò che stesse mettendo in pratica la sua misteriosa capacità di analizzare l'interiorità delle persone e si concentrò sul volto di Evandro.

Che cosa starà vedendo Pitagora?

L'egizio non era in grado di ricavarne alcuna informazione. Il volto del discepolo gli sembrava privo di espressione, come di chi stesse dormendo. Nel dubbio, infilò la mano tra le pieghe della tunica e toccò il pugnale che vi teneva nascosto, per essere certo di poterlo estrarre con rapidità. Si guardò intorno e notò che gli altri candidati rivolgevano a Evandro occhiate di soppiatto. Forse, a loro volta, cercavano di leggergli dentro, approfittando del fatto che aveva abbassato le difese per non confrontarsi con Pitagora.

È inevitabile che dubitino l'uno dell'altro.

La sala, dove aleggiava di un soave odore di incenso, era immersa in un silenzio carico di tensione. Nessuno faceva caso ad Akenon, che poteva dedicarsi a esaminarli come se fosse invisibile.

Pitagora continuava a fissare Evandro con tale intensità che l'egizio pensò che non avrebbe mai voluto dover sostenere quell'occhiata.

Poi il maestro disse: «Oreste, guardami».

Si concentrò su quest'ultimo, mentre Evandro sbatteva le palpebre come se avesse difficoltà a mettere a fuoco.

Akenon continuava a seguire quella scena singolare, chiedendosi preoccupato come sarebbe andata a finire. *Devo supporre che Pitagora abbia scartato Evandro come assassino? Oppure intende esporre ciò che ha scoperto solo dopo averli analizzati tutti?*

Oreste era fuso in una comunicazione silenziosa ed enigmatica con il maestro. Dal canto loro, Aristomaco, Daaruk e Ipocreonte mangiavano lentamente, come se non gli importasse di attendere il loro turno di essere sottoposti al penetrante sguardo del maestro.

Oreste non cela segreti dentro di sé, pensò Pitagora, mentre lo analizzava. La lettura delle persone attraverso lo sguardo e l'espressione non era un metodo infallibile. Tuttavia il maestro era quasi sicuro che lo spirito di Oreste fosse integro. *Noto anche che le sue facoltà non hanno cessato di crescere.* Pitagora stava approfittando di quello scrutinio di ciascun candidato per valutarne il potenziale come successore. L'analisi di Oreste ne confermava la nobiltà, la dedizione e le capacità. *Ha commesso un grave errore politico, ma è accaduto così tanti anni fa che ormai nessuno se ne può ricordare.* Non fosse stato per quell'unico dubbio, sarebbe stato lui il candidato principale. *Allo stesso li-*

vello di Cleomenide. E, naturalmente, non doveva avere nulla a che fare con l'assassinio.

«Ipocreonte, guardami».

Il sobrio discepolo si voltò verso Pitagora con l'espressione seria che gli era abituale. Il viso mostrava tracce di stanchezza che, unite ai pochi capelli bianchi, lo facevano sembrare più anziano del suo maestro.

Akenon rimase attento per un po', aspettandosi una reazione che non ci fu. Quindi si concentrò sugli altri due candidati ancora in attesa del proprio turno. Daaruk, seduto di fronte all'egizio, appariva molto tranquillo e mangiava il tortino a piccole porzioni. Akenon ricordò la riunione precedente, quando lo straniero lo aveva contattato in silenzio per offrirgli il proprio aiuto. Quella sera, invece, non lo aveva neppure guardato.

Si voltò verso la propria sinistra. Aristomaco aveva gli occhi bassi mentre teneva tra due dita un dattero, senza mangiarlo, come se non si accorgesse di averlo preso. D'un tratto alzò la testa di scatto e il dattero gli sfuggì dalle dita. Fissava qualcosa di fronte a sé, con gli occhi spalancati.

Akenon ne seguì lo sguardo mentre udiva un rumore soffocato: il grido di terrore che una gola strozzata non è in grado di emettere.

Gli occhi di tutti si rivolsero con orrore a Daaruk. Il volto dello straniero aveva perso il suo intenso colore naturale e si era fatto violaceo. Gli occhi strabuzzati si inchiodarono su Akenon. Le labbra annerite si mossero, come se cercassero di trasmettergli un messaggio a ogni costo. Dalla bocca gli fuoriuscì una schiuma giallognola. Cercò di alzarsi, rovesciando la sedia, ma le forze gli vennero meno e crollò sul pavimento come una marionetta. La testa produsse un tonfo sordo mentre sbatteva sul bordo del tavolo.

Akenon scattò in piedi e gli girò intorno. Si chinò accanto a Daaruk. Da un taglio profondo sul sopracciglio sinistro il sangue inondava il viso dello straniero, mescolandosi con la schiuma giallastra che gli gocciolava dalla bocca. Gli occhi neri si fissarono in quelli di Akenon, mentre la bocca emetteva un grido muto.

Chi ti ha fatto questo?, gli domandò l'egizio, senza parole. *Chi è l'assassino?*

Prese fra le mani la testa di Daaruk e gli si avvicinò fin quasi a sfiorarlo. Stavolta, tuttavia, non sentì nessuna parola dentro di sé. Nello sguardo frenetico del maestro vide solo un turbine di disperazione e panico... e infine il nulla.

Gli tenne le dita premute sul collo per qualche secondo, poi si rivolse a Pitagora.

«È morto».

Capitolo 27

22 aprile 510 a.C.

Arianna spalancò gli occhi, interrompendo la sua meditazione. Si trovava nella sua stanza e aveva appena avuto un brutto presentimento riguardo alla riunione a casa di suo padre. Allarmata, guardò verso la porta. Provò l'impulso di correre da lui, ma riuscì a reprimerlo. Si era accordata con Akenon perché dopo la cena le riferisse cos'avessero scoperto sui candidati.

Riprese il controllo della respirazione. Il presagio non se ne andò: rimase a morderle le viscere.

Si alzò e camminò scalza sul pavimento di terra battuta fino alla porta, quindi verso la parete opposta, dove si fermò. Su uno scaffale teneva una tozza lampada a olio di pietra nera con una sottile venatura bianca. Dall'orifizio laterale usciva una fiammella debole, la cui esigua luce non riuscì a placarle l'animo.

«Non ho di che preoccuparmi», sussurrò, rivolta alla fiamma.

In realtà, qual era la cosa peggiore che potesse accadere? Che uno dei grandi maestri risultasse l'assassino e facesse ricorso alla violenza nel tentativo di scappare? In quel caso sarebbe stato un uomo solo contro sei, soprattutto contro Akenon. Se anche il colpevole fosse stato armato, l'egizio lo era a sua volta, pronto a intervenire in qualsiasi momento. E poi era molto più forte di tutti gli altri.

Con l'eccezione di Evandro, ricordò.

Quello era un uomo robusto e un rivale quasi imbattibile nelle gare di lotta. D'altra parte, anche Akenon doveva essere un lottatore straordinario. E poi Arianna era certa che non fosse Evandro l'assassino. Le era sempre parso che fra tutti i grandi maestri fosse quello con il carattere più aperto e nobile.

Tornò a sedersi sul letto. Malgrado il suo brutto presentimento, era molto probabile che la riunione si svolgesse in modo pacifico. In ogni caso, aveva molta fiducia nella presenza di Akenon. L'egizio le trasmetteva uno strano senso di sicurezza, simile a quello che provava con suo padre, ma con una sfumatura diversa. Il viso e la bocca di Arianna si distesero e le labbra si atteggiarono a un sorriso. Un attimo dopo, tuttavia, tornò a farsi seria. Quanto più si sentiva vicina ad Akenon, tanto più sentiva la necessità di allontanarsene.

Tornò a guardare la porta. *Aspetterò mezz'ora.*

Si chinò in avanti e tastò sotto il letto fino a trovare un paio di ciabatte di corda. Le aveva comprate nel pomeriggio, approfittando di una visita a Crotone con Akenon per parlare con alcuni consiglieri pitagorici. Si erano divisi il lavoro e Arianna aveva incontrato Iperione, il padre di Cleomenide. Quando era uscita da casa sua le restava ancora un'ora prima dell'appuntamento con l'investigatore. Aveva bisogno di calzature nuove e si era decisa a cogliere l'occasione per andare al mercato. L'accompagnavano due discepoli di suo padre. Non potevano portare armi, ma uno di loro era stato per anni militare di professione e l'altro praticava la lotta a un livello simile a quello di Evandro.

Dopo il quartiere degli aristocratici, le strade si facevano sempre più strette e irregolari e le case più piccole. Un po' alla volta sparivano quelle a due piani e con le pareti di pietra. Nei quartieri degli artigiani e dei commercianti, le costruzioni avevano ancora fondamenta di pietra, ma le pareti erano in mattoni di terracotta. Tuttavia disponevano di un cortile interno, più grande o più piccolo a seconda delle disponibilità del proprietario.

Arianna percorse i vicoli osservando con piacere la grande

varietà di commerci. Grazie a suo padre, da tempo Crotone godeva di una notevole prosperità economica. Non solo da molti anni non vi erano conflitti di grande importanza, ma le relazioni con le città vicine erano eccellenti, in gran parte per il fatto che anch'esse erano governate dai pitagorici. Il benessere si apprezzava dalla quantità di commercianti e dall'abbondanza delle merci in esposizione. Le officine dello stesso genere tendevano a raggrupparsi, dando il nome alle vie in cui si concentravano. Con i suoi accompagnatori passò davanti ai coltellai, ai ceramisti, ai calderai con i loro prodotti in mostra a terra, su tavoli grezzi o scaffali. Un po' più in là, i vasai esibivano stoviglie, lampade, così come tegole e canalette.

All'ingresso nella via successiva, Arianna arricciò il naso. L'odore rivelava la presenza di tinture, molte delle quali erano tossiche. Proprietari e acquirenti si raccoglievano intorno alla mercanzia, discutendo della qualità dei tessuti. Scorse all'interno dei negozi operai che con sforzi ardimentosi maneggiavano i telai verticali. La maggior parte dei commercianti vendeva i prodotti nello stesso luogo in cui li fabbricava, ma c'era anche una nutrita presenza di venditori ambulanti. Era loro proibito entrare nei quartieri ricchi, ma in quelli popolari giravano per le strade annunciando a gran voce le loro merci, che vendevano tanto nei mercati quanto di casa in casa e di villaggio in villaggio. Erano rari i giorni in cui non ne passasse uno sotto le case, con lepri, galline, un assortimento di coltelli o vasellame e una buona scorta di salsicce, olio e formaggi.

Arianna guardava la gente e sorrideva compiaciuta. Apprezzava il fatto che, nei quartieri modesti, la presenza delle donne per le strade fosse maggiore. A differenza di quelle ricche, non erano circondate da nugoli di schiave, al massimo una o due perché le aiutassero nei lavori più duri. Erano diverse anche nell'abbigliamento: le tinture costavano e ai ricchi piaceva sfoggiare vestiti colorati, persino vistose tuniche rosse o di un intenso marrone dorato, o peplum color ciliegia e clamidi violetti.

Ma il colore prediletto dall'aristocrazia, seguendo la moda di Atene, era il carissimo porpora estratto dal murice, un piccolo mollusco marino: i fenici lo portavano dall'Oriente e bisognava essere molto abbienti per potersi permettere l'acquisto anche solo di un corto mantello di quel colore.

La gente comune intorno a lei vestiva tuniche semplici e pratiche, bianche o marroni. Lasciavano libero il braccio che usavano per lavorare ed era frequente che i pescatori si arrotolassero il vestito all'altezza della vita e mostrassero il torso nudo. Quasi nessuno portava decorazioni: si vedeva solo qualche fermaglio o spilla per sostenere le tuniche e non si trattava mai di gioielli appariscenti ma di rame, bronzo o legno.

Arianna proseguì, guardando ogni cosa con interesse. L'affascinava la sensazione intensa e vitale che emanava una grande città come quella. Intorno a lei c'erano circa duecentomila abitanti, contro i seicento soltanto della comunità pitagorica. A Crotone la vista, l'udito e l'olfatto ricevevano così tanti stimoli che quasi si saturavano e ciò rappresentava un gradito contrasto con i dieci anni che aveva trascorso senza uscire dai suoi ristretti confini.

Ma non potrei vivere in una città.

Benché ci fossero cose che le piacevano, non avrebbe mai potuto né voluto adattarsi alle regole e ai costumi che stabilivano i diritti e il ruolo della donna nella società. I greci la consideravano inferiore all'uomo per intelletto, carattere e morale. Una donna non doveva intervenire nelle conversazioni degli uomini né era ben visto che vi assistesse. Sotto molti aspetti, la donna era equivalente a un bambino. Il marito esercitava la propria tutela su di lei. E, se restava vedova, passava automaticamente a dipendere dal padre, o dal figlio maggiore, o dal nuovo sposo che il defunto marito le avesse indicato.

Per sua fortuna, Arianna viveva nella comunità, dove suo padre aveva stabilito regole molto diverse. Continuava a esserci qualche disuguaglianza, ma uomini e donne avevano un ruolo molto simile. In città, le sarebbe toccato imparare a essere sollecita e sarebbe stata istruita solo nei lavori domestici per potersi sposare ancora adolescente e vergine con un uomo intorno alla trentina, se non con un vedovo anziano.

Corrugò la fronte. Nella comunità talvolta si sentiva soffocare, ma al di fuori di essa non sarebbe stata accettata. Non apparteneva del tutto a nessuno dei mondi che conosceva.

D'un tratto, la via si aprì su una piazza sporca e caotica che sembrava essere stata lo scenario di una terribile battaglia. Un labirinto di tende si distendeva sopra le rovine di un grande edificio. Centinaia di persone si muovevano da una parte all'altra, tra resti di colonne abbattute e piedistalli vuoti.

Il volto di Arianna si illuminò.

Il mio mercato preferito.

In quel luogo era sorto il primo ginnasio di Crotone, un tempo fuori dalla città, che tuttavia aveva continuato a crescere fino a riempire quello spazio di vicoli angusti e abitazioni miserabili. Le autorità lo avevano poi abbandonato perché nel frattempo ne avevano eretti altri in ambienti più adeguati. Lo spoglio dei materiali aveva fatto crollare pareti e tetto, trasformando la costruzione in una grande piazza nel mezzo dei sobborghi. Rappresentava la frontiera tra i quartieri modesti ma ancora dignitosi e gli altri in cui risiedevano gli abitanti che la città aveva attratto ma non era stata in grado di assorbire.

Sull'altro lato dello spiazzo si vedeva un manto irregolare di costruzioni malridotte. Laggiù non c'erano fondamenta di pietra né cortili interni. Le casupole erano di argilla e a una sola stanza, con tetti di corde e di canne che andavano ricostruiti a ogni temporale. Benché non ci fossero officine, gli abitanti più determinati tiravano a campare con lavori manuali, seppure quasi senza materiali né attrezzi. E con i loro umili prodotti si presentavano al «mercato del vecchio ginnasio», come tutti lo conoscevano.

Arianna abbandonò la sicurezza della via che aveva percorso

sino a quel momento e si addentrò con i suoi accompagnatori in quello spazio senza legge. In quel mercato non entravano i magistrati che avevano l'incarico di far rispettare le normative commerciali. Ogni venditore si installava dove poteva e la maggior parte delle compravendite si realizzava mediante baratto.

« Signora, nobile signora, guardate che gioielli ».

Arianna si voltò verso una venditrice tozza e sdentata e rispose con un cenno che non era interessata. La donna le mise davanti al viso un paio di orecchini e uno specchio con il manico d'osso che rappresentava in modo grezzo la dea Afrodite. Gli orecchini erano semplici ma graziosi: due piccole sfere di pasta di vetro con un filo di rame.

La giovane ripeté il cenno di diniego. A volte, sua sorella Damo portava orecchini, ma lei non utilizzava come decorazioni che un nastro o un diadema per raccogliere i capelli.

Mentre si allontanava, le cadde l'occhio sulla bigiotteria esposta su un tavolaccio: c'erano vari bracciali, lisci o a forma di serpente, per la gamba o la caviglia. Alcuni oggetti erano belli, nonostante i materiali scadenti. Notò un serpente sottile che sarebbe potuto starle bene arrotolato intorno alla coscia. Si accorse che stava pensando ad Akenon, scosse la testa e proseguì.

Si lasciarono presto alle spalle i venditori di ricami e prodotti artigianali. Quando passarono vicino a un banco di pesce, Arianna fece una smorfia: c'erano così tante mosche che a stento si vedeva la merce. Infine, poco più in là, vide un rivenditore di calzature che stava servendo un paio di uomini. Ne approfittò per guardare un paio di stivali di cuoio alti e un altro a mezza gamba; poi prese in mano un paio di stivaletti chiusi con la suola chiodata, li osservò per un momento, poi li depose. *Preferisco i sandali aperti.* Ne trovò un paio di pelle poggiati su una pietra, a terra. La suola era spessa, di due o tre strati. Dall'estremità anteriore partivano varie stringhe che si riunivano in un fermaglio metallico a forma di cuore, sul collo del piede. Per allacciarle occorreva farle girare tre o quattro volte intorno al polpaccio.

«Sentite», sussurrò qualcuno alle sue spalle.

Arianna si voltò. Era una donna avvolta in una tela sporca e lacera che doveva essere tutto ciò che aveva per coprirsi. Aveva i capelli scarmigliati, la faccia piena di macchie e un'aria malata. Se ne stava curva e sembrava una vecchia, anche se non doveva avere molti più anni di lei. Dalla tela spuntò una mano.

«Ho io quello che cercate». Mostrava un paio di ciabatte di corda che non avevano un brutto aspetto.

All'improvviso, un urlo fece sobbalzare la donna. «Via di qui!» Il venditore di calzature si lanciò su di lei levando le braccia.

Arianna lo prese subito per una spalla. «Calmo».

L'uomo si voltò, incredulo. Fece una smorfia, ma non reagì. Lei lo fissava con l'intensità di un felino, senza muovere un muscolo. Il venditore distolse lo sguardo e vide i due alle spalle di quella strana giovane donna. Dall'atteggiamento e dalle tuniche capì che erano pitagorici. E lei... *Per Eracle!* Doveva essere la figlia di Pitagora! Si profuse subito in un inchino, mormorando un torrente di scuse.

Arianna lo ignorò e si avvicinò alla donna, che era indietreggiata di qualche passo. «Mostrami la tua merce», le disse, in tono rassicurante.

La donna le allungò le ciabatte, guardando cauta tanto il venditore che l'aveva minacciata quanto lei. Arianna prese le calzature e le esaminò, impressionata. Erano realizzate con materiali semplici, ma il risultato era eccellente. Sulla suola di sparto, compatta e flessibile, era finemente cucita la banda di tela che andava a coprire la parte anteriore del piede. Dal tallone usciva una cinghia di cuoio che si biforcava a forma di Y, annodandosi sul davanti. «Un ottimo lavoro».

«Mio marito era un calzolaio e mi ha insegnato il mestiere». La donna fu interrotta da un attacco di tosse aspra e profonda. «È morto e mi ha lasciata con quattro figli», aggiunse, con un filo di voce.

Arianna annuì, comprensiva. Poi provò una ciabatta e constatò che era della sua misura. «Le prendo. Quanto vuoi?»

La donna parve esitare. Arianna pensò che volesse barattarle con qualcosa da mangiare. Tra i poveri non era frequente l'uso della moneta, malgrado Pitagora avesse dato impulso al suo impiego in tutta la regione, perché considerava il baratto lento e imperfetto. «Tre oboli», disse infine la vedova del calzolaio.

Tre oboli erano mezza dracma. L'usanza era di mercanteggiare e Arianna sapeva che la donna avrebbe accettato di buon grado due oboli, persino uno. Ciononostante, per dar da mangiare alla famiglia – anche qualcosa di semplice – per un paio di giorni, le occorreva almeno mezza dracma.

Si frugò nella tasca della tunica, prese una dracma d'argento e gliela diede. La donna strinse con forza il pugno intorno alla moneta e guardò esitante la sua cliente, che fece un cenno di assenso. La vedova si allontanò frettolosa in mezzo alla folla.

Erano le ciabatte che calzò seduta sul letto. Le guardò di nuovo, poi i suoi occhi corsero da un angolo all'altro della stanza. Era riuscita a distrarsi seguendo il filo dei ricordi della giornata. Ma ora la sua mente tornava a riempirsi di visioni preoccupanti. Immaginava uno dei discepoli del padre che si lanciava su un altro con un coltello, così rapido che neppure Akenon aveva il tempo di reagire.

Maledizione, perché sono così nervosa?

Si alzò dal letto, incerta sul da farsi. Non era la prima volta che aveva intuizioni del genere, che non sempre corrispondevano al vero... Ma non ne aveva mai avuta una così forte.

L'istinto le urlava nella mente che nella stessa sala in cui si trovavano suo padre e Akenon c'era un assassino.

Capitolo 28

22 aprile 510 a.C.

Akenon depose a terra la testa insanguinata di Daaruk e passò lo sguardo su tutti i presenti. Pitagora era paralizzato, con gli occhi fissi sul discepolo caduto. Il suo volto era pietrificato dalla costernazione. Gli altri quattro candidati stavano in piedi: si erano fatti indietro d'istinto, e sembravano atterriti.

L'egizio si alzò e uscì a precipizio dalla sala. I suoi sensi erano tesi al massimo. Sfilò il pugnale ed esplorò con la vista il cortile interno della casa di Pitagora.

Non c'è nessuno.

In due lunghi passi fu dall'altra parte del cortile, uscì dal perimetro della casa e si mise a correre. Quando giunse all'edificio comune più vicino, entrò in silenzio, girò a destra e passò davanti a varie stanze. Si trattenne vicino a una porta, ascoltando per qualche secondo con tutti i muscoli in tensione. Era l'alloggio degli inservienti che si erano occupati della cena. Si udivano sussurri, ma non si riusciva a distinguere cosa si dicessero. Akenon fece un passo indietro e spalancò la porta con un calcio.

Alla luce di una lampada distinse i due inservienti, seduti sulle loro brande. Lo guardavano spaventati, come se fosse Tanatos, il genio alato della morte.

« In piedi! »

I due obbedirono all'istante, tremanti di paura di fronte a quell'egizio grosso e violento che brandiva un pugnale affilato.

Akenon li squadrò: due uomini di mezz'età, dalla costituzione scarsa, disarmati.

«Venite con me».

I due si scambiarono un'occhiata.

«Subito!»

Akenon li fece uscire dalla loro stanza e li condusse a spintoni fino alla sala in cui era stato commesso il delitto, ove ritrovò tutti in piedi, immobili e silenziosi, come se il tempo si fosse congelato alla morte di Daaruk. Sospinse i due inservienti vicino a Evandro, il cui corpo sembrava il doppio di due persone normali.

«Fai in modo che non escano dalla sala».

Evandro sbatté le palpebre, sconcertato, ma si affrettò a eseguire l'ordine. Mise una mano su una spalla di entrambi gli inservienti e li obbligò a starsene seduti tranquilli.

Akenon considerò l'opportunità di dare il proprio pugnale a Evandro. Titubò un istante e alla fine scartò l'idea. A un uomo come quello, pensò, sarebbe stata sufficiente la forza fisica a tenerli a bada. Mentre il pugnale poteva essergli strappato di mano e dar loro un vantaggio di cui al momento non disponevano.

Uscì nuovamente di corsa. Si fermò nella strada, con la mente all'erta. Era più che cosciente che nei minuti successivi a una morte violenta erano più alti i rischi di restare ferito o essere ucciso a sua volta.

La luna crescente – che di lì a tre giorni sarebbe stata piena – risplendeva sopra la sua testa. Akenon avanzò di qualche passo e si fermò di nuovo. Immobile nel cuore della notte, trattenne il respiro e si concentrò sulle informazioni che riceveva da ciò che gli stava intorno, attraverso la vista e l'udito. Alla sua destra c'era il profilo circolare del Tempio delle Muse; un po' più in basso il tempio di Era e, non lontano, quello di Apollo, Non avvertiva traccia alcuna di attività. Qua e là per il recinto si ergevano varie statue. Le scrutò, chiedendosi se dietro qualcuna di esse ci fosse qualcuno che cercava di nascondersi. Non era sicuro di ricordarsele tutte.

D'un tratto percepì un gemito sommesso alla sua sinistra. Si voltò, in allarme. Il rumore proveniva dalle stalle. Rimase immobile per qualche istante, ma il suono non si ripeté. Immaginò che fosse stato un rumore casuale.

Era un veleno. Possono averlo preparato ore fa.

Diede un'ultima occhiata intorno a sé, poi, frustrato, tornò in casa di Pitagora. Doveva raccogliere informazioni a caldo.

Gli inservienti erano rimasti seduti, con le mani di un Evandro corrucciato che continuavano a gravare sulle loro spalle. Nel vederlo entrare, in agitazione e con il pugnale in mano, i due si fecero piccoli piccoli, come se temessero di essere giustiziati sul posto.

Akenon valutò la situazione. Il cadavere di Daaruk era steso a terra, dove lui lo aveva lasciato. La profonda ferita al sopracciglio aveva smesso di sanguinare. *Si saranno serviti dello stesso veleno?* Questo lo avrebbe stabilito più tardi. Pitagora, intanto, manteneva il controllo e attendeva che fosse lui a dirgli cosa fare. Quanto a Oreste e Ipocreonte, stavano cercando di calmarsi, ma la loro respirazione restava agitata. Il più nervoso dei candidati, Aristomaco, teneva gli occhi chiusi e respirava a fondo, mentre univa e separava le mani tremanti.

« Pitagora », disse Akenon, indicando gli inservienti, « puoi... *analizzarli* mentre li interrogo, per sapere se dicono la verità? »

Il filosofo non rispose. Si mise di fronte ai due uomini. La sua mente sembrava molto lontana da lì.

« Sapete qualcosa dell'assassinio che è stato commesso qui stasera? » domandò l'egizio.

I due fecero cenno di no con la testa, con l'ansia di chi vuol essere creduto.

Akenon li osservò con attenzione e infine annuì. Non aveva bisogno della conferma di Pitagora per sapere che dicevano la verità. I due presero a dare spiegazioni confuse, ma lui li interruppe con un cenno della mano. « Uno dei tortini era avvelenato ». Lo avrebbe verificato in seguito, ma tutti gli indizi puntavano in quella direzione. « Chi avrebbe avuto la possibilità di avvelenarlo? Pensateci bene, prima di rispondere. E state tranquilli», aggiunse in tono gentile, «non vi accadrà nulla». Dalla sua esperienza negli interrogatori, sapeva che la maggior parte delle persone non era in grado di ricordare nemmeno il proprio nome quando era sotto pressione.

Uno degli inservienti si affrettò a rispondere. «Io ho preso i tortini da una delle ceste grandi della cucina. Erano usciti dal forno da mezz'ora, erano ancora caldi. In ogni caso... ne ho mangiato uno prima di servirli». Accennò con la testa al suo compagno. «Eudoro e io assaggiamo tutti gli alimenti che arrivano sulla tavola dei maestri».

Pitagora sospirò e scosse la testa. Aveva chiesto più volte ai suoi inservienti di non farlo.

«Hai preso il tortino che stava in cima agli altri?» domandò Akenon.

«Sì», rispose l'uomo, con voce incerta, timoroso di avere commesso qualche grave errore.

L'egizio si sforzava di capire cosa fosse accaduto. Era impossibile che l'assassino sapesse quale tortino sarebbe capitato a Daaruk. Nondimeno, avrebbe potuto mettere quello avvelenato in cima agli altri, così sarebbe stato sicuro che fosse destinato alla cena a casa di Pitagora. Il piano aveva tutta l'aria di puntare a uccidere uno qualsiasi dei convitati.

Compreso me, pensò, deglutendo saliva.

Si voltò verso Daaruk, steso a terra. Accanto al cadavere c'erano resti di cibo caduti insieme a lui. Se l'assassino era uno dei candidati superstiti, avrebbe dovuto lasciare un segno sul tortino avvelenato per evitare che gli capitasse nel corso della cena. Essere l'unico commensale che non ne assaggiava sarebbe risultato sospetto dopo che uno di loro fosse morto per averlo mangiato.

Andò a esaminare i resti del pasto di Daaruk. D'istinto evitò di voltare le spalle ai grandi maestri. Se avesse trovato qualche segno sul tortino avvelenato, avrebbe avuto la conferma che l'assassino si trovava in quella stanza in quel preciso momento.

Pitagora osservò Akenon chino accanto al corpo di Daaruk, intento a esaminare i resti del tortino.

Non so cosa spera di trovare.

Respirò a fondo un paio di volte, cercando di dissipare la nebbia che gli avvolgeva i pensieri. Esaminare con tanta intensità la mente di Evandro, Oreste e Ipocreonte – del quale non aveva avuto il tempo di completare l'analisi – lo aveva lasciato senza forze. E ora aveva appena visto morire un altro dei suoi discepoli più vicini.

L'impatto era stato brutale, ma si impose di riprendere il controllo vedendo quanto Oreste e Aristomaco ne fossero rimasti impressionati.

Sono il loro maestro, devo guidarli con il mio esempio.

Forse uno dei candidati era l'assassino, benché lui avesse difficoltà a crederlo. Ma in ogni caso gli altri erano vittime innocenti.

Si alzò e prese contatto con i suoi discepoli in silenzio.

In quel momento, Akenon, accovacciato vicino a Daaruk, scosse la testa con le labbra strette e si voltò verso di lui.

«Dobbiamo interrogare subito tutti coloro che lavorano in cucina e chiunque possa essere passato di lì questo pomeriggio».

Pitagora annuì. Apprezzava il fatto che l'egizio stesse prendendo in pugno la situazione.

«Mi farebbe piacere se Arianna potesse aiutarmi negli interrogatori», aggiunse Akenon. «Inoltre bisogna formare cinque gruppi di almeno tre uomini ciascuno. Il primo deve andare alle stalle ed evitare che qualcuno possa prendere una cavalcatura e cercare di fuggire. Un altro deve mettersi alle porte della comunità e bloccare il passaggio alla volta di Crotone. Quanto agli altri, devono vigilare ai lati, perché nessuno possa scavalcare la palizzata e fuggire verso i boschi. È probabile che sia tardi per intrappolare l'assassino, ma questi potrebbe avere un complice all'interno della comunità. In tal caso, può darsi che si senta in pericolo vedendo che incominciano gli interrogatori e cerchi di allontanarsi».

Pitagora rifletté per qualche istante. Formare un gruppo di pattuglie e fare una battuta per la comunità sembrava la decisione migliore. Cominciò a suddividere i compiti per mettere in atto il piano di Akenon, che a sua volta, come i suoi discepoli, si diede da fare portando con sé gli inservienti.

In un batter d'occhio la sala era vuota, avvolta in un improvviso silenzio funereo.

Pitagora, il maestro dei maestri, si lasciò cadere su una sedia. Il secondo dei suoi migliori allievi giaceva inerte ai suoi piedi.

La comunità stava cominciando a movimentarsi. Era ancora notte fonda quando Akenon entrò in un edificio e attraversò a grandi falcate il cortile interno.

Sta diventando una questione personale. Chiunque tu sia, giuro che ti prenderò.

Entrò nella sua stanza e sfilò la chiave che teneva appesa al collo con uno spago. La girò nella serratura del baule e sollevò il pesante coperchio. In cima a tutto c'era la sua spada. Si era presentato a cena armato del solo pugnale, per salvare le apparenze e anche perché lo preferiva quando doveva combattere a corta distanza. Depose a terra la spada, quindi cercò sul fondo del baule una borsa di pelle. La prese e sciolse il laccio che la chiudeva. Scelse una piccola sacca tra altre decine simili. Per ultimo estrasse un tubo metallico delle dimensioni di un dito che usava come pipetta.

Tornò all'esterno della comunità con la spada appesa alla cintola. Si vedevano torce su ogni lato.

Bene. Il perimetro è sigillato.

All'interno, vari gruppi di uomini passavano da una costruzione all'altra, tirando giù dal letto coloro che dovevano essere interrogati per radunarli nelle aule della scuola, un ambiente spazioso in cui avrebbero potuto tenerli sotto controllo.

Akenon rammentò una retata su vasta scala che aveva diretto al palazzo del faraone Amosi. Quella battuta di caccia aveva dato frutti.

Chissà se ne darà anche questa?

Osservò per qualche secondo il fervore delle attività. Gli tornarono in mente le grida di rabbia che erano risuonati nel palazzo. Quel ricordo rendeva più sconvolgente il silenzio in cui tutto si stava svolgendo ora nella comunità. Poi tornò a pensare al suo proposito più immediato e affrettò il passo verso la casa di Pitagora.

Il filosofo era solo nella sala in cui si era consumato il delitto, seduto di fronte al tavolo con un'espressione insondabile. Akenon si inginocchiò di nuovo accanto al corpo di Daaruk. Il sangue sul suo volto cominciava a rapprendersi. Gli occhi dallo sguardo vacuo erano ancora spalancati.

Che cosa cercavi di dirmi? Akenon ripensò alla prima riunione con i grandi maestri. Daaruk gli aveva fatto capire che lo avrebbe aiutato, che su di lui poteva contare. *Almeno mi avessi detto se sospettavi di qualcuno...* Forse lo straniero aveva scoperto l'assassino e questo gli era costato la vita. La smorfia dell'agonia si era attenuata sul volto del morto, lasciandovi un'espressione più di sorpresa che di sofferenza.

Mi spiace, Daaruk, pensò Akenon, chiudendogli le palpebre. Aprì la sacca e ne estrasse una coppa. Dissolse in acqua un po' di polvere scura, riempì la pipetta con il preparato e ne lasciò cadere alcune gocce sulla guancia del morto, umida di saliva e di resti di bava giallognola. Al contatto, il preparato divenne rosso.

Mandragola.

Intorno al cadavere e sulla tavola c'erano pezzetti del tortino che la vittima stava mangiando. Durante la cena, Akenon aveva notato che era quello l'unico alimento di cui si fosse cibato Daaruk. Aveva anche bevuto acqua, ma era stato diversi minuti prima di morire. L'egizio raccolse i resti del tortino e vi fece cadere sopra alcune gocce del preparato.

Il colore non cambiò.

Doveva essere solo in un punto del tortino. Un pizzico di estratto di mandragola bianca era più che sufficiente per uccidere un uomo.

Prese dal tavolo i tortini restanti e li sbriciolò. Riempì di nuovo la pipetta e fece gocciolare il preparato. Non si produsse alcuna reazione.

Perché non hanno avvelenato altri tortini?

In quel momento, un'esclamazione soffocata alle sue spalle lo fece sobbalzare. Si voltò di scatto. Arianna era sulla soglia, con le mani sulla bocca. Akenon fece un passo avanti, ma lei corse da Pitagora e lo abbracciò.

« Padre! » Si staccò da lui, guardandolo ansiosa. « Stai bene? »

Lui la guardò in silenzio per un attimo, poi annuì. Lei lo abbracciò di nuovo.

« È meglio che tu esca », le consigliò Pitagora, di lì a poco.

Arianna si scostò di un passo e guardò il cadavere. Il sangue sul volto di Daaruk rendeva la scena più violenta. Nella mente della giovane donna cominciavano ad accumularsi le domande. Ma voleva allontanarsi da quella scena e uscì dalla sala, seguita da Akenon.

Prima però questi si voltò verso Pitagora. « Per quanto mi riguarda, si può portare via il cadavere ». Indicò Daaruk. « Lo hanno avvelenato con la mandragola bianca, lo stesso veleno usato con Cleomenide. Ho verificato che non ce ne sono tracce negli altri tortini. Doveva essere solo in quello di Daaruk ».

Pitagora fece un cenno impercettibile con la testa e rimase a guardare il discepolo morto. Era la prima volta che Akenon lo vedeva dimostrare l'età che aveva.

Quando furono fuori, l'egizio aggiornò Arianna sull'accaduto. Mentre parlavano, si avvicinarono alcuni gruppi per chiedere istruzioni. La donna ne approfittò per liberare la mente dall'impressione che la vista del cadavere aveva prodotto in lei. In un primo momento aveva creduto che quel corpo insanguinato fosse quello di suo padre.

«Dobbiamo interrogare molte persone», disse Akenon, mentre l'ultimo gruppo si allontanava. «Sarà una lunga notte».

Si avviarono verso la scuola. Nell'aria aleggiava il mormorio di conversazioni concitate. D'un tratto, un prolungato urlo di dolore echeggiò nella comunità.

Arianna si voltò spaventata verso Akenon. «Viene dalla casa di mio padre!»

Si girò e prese a correre. L'egizio sguainò la spada e si precipitò dietro di lei.

Capitolo 29

23 aprile 510 a.C.

Il consigliere Cilone avanzava soddisfatto per le strade affollate di Crotone. Portava il lembo della sua lunga tunica purpurea arrotolato sul braccio sinistro, mentre il destro era scoperto. Sentiva sul viso il sole del mattino. Socchiuse gli occhi, godendosi il calore sulla pelle.

Il tempo migliora, così come la mia posizione nel Consiglio.

Sapeva che a breve qualcun altro si sarebbe unito a lui per accompagnarlo alla sessione mattutina. Da quando era tornato ad avere un certo peso politico, erano in molti a girargli intorno, cordialissimi, nella speranza di trarre qualche beneficio dalla sua rinnovata influenza.

« Buongiorno, Cilone ».

Ecco il primo. Rispose con un sorriso compiacente a Calo, un ricco commerciante curvo e segaligno, sui sessant'anni, che disponeva della più invidiata rete di informatori in tutta Crotone. Era un alleato imprescindibile, anche se al tempo stesso traditore. Un miserabile individuo senza scrupoli che poteva fare molto e al quale Pitagora non si sarebbe mai accostato.

« Ti porto una magnifica notizia che non credo sia ancora giunta alle tue orecchie ».

« Se lo dici tu, Calo, non ho alcun dubbio che sia così ».

Il vecchio commerciante si fregò le mani, compiaciuto. Cilone si rallegrò di vederlo così contento. Il Consiglio dei Trecento aveva preso più volte posizione contro di lui, dal momento che Calo non esitava a ricorrere alla pirateria per neutralizzare la concorrenza. Il fatto che fosse di buon umore non era buon segno per i pitagorici.

Calo svelò subito la sua sconcertante informazione: «Ieri sera è stato assassinato un altro degli uomini più importanti della comunità di Pitagora».

«Chi?» Per un attimo Cilone sperò che si trattasse del sommo maestro in persona.

«Uno degli uomini di fiducia di Pitagora: Daaruk».

Lo straniero, pensò Cilone, con disprezzo. La guida della comunità si permetteva la sfacciataggine di rifiutare i nobili crotonesi e di accettare invece nell'ordine stranieri, donne, addirittura schiavi. Era un oltraggio persino che si fosse ipotizzato che quel Daaruk potesse un giorno dirigere la confraternita, e pertanto governare su Crotone attraverso il Consiglio dei Trecento.

Ma ora non importa più. L'importante era che fosse morto e che Pitagora avesse perso un altro dei suoi pilastri. *Peccato che Daaruk non avesse parenti nella nobiltà crotonese. Sarebbe stato perfetto se fosse morto Ipocreonte, che ha diversi fratelli tra i consiglieri.*

In ogni caso, non si poteva lamentare. Era magnifico che ci fosse stato un nuovo assassinio nella comunità, proprio ora che Pitagora aveva assunto le funzioni della polizia. Così sarebbe stato ancora più in vista, come Akenon l'egizio, il grande investigatore che con lo spocchioso filosofo aveva la presunzione di catturare l'assassino di Cleomenide.

Cilone passò il braccio destro sulle spalle di Calo e camminò al suo fianco. «Raccontami tutti i dettagli», disse, mostrando i denti in un sorriso sinistro.

Mentre il vecchio mercante raccontava l'accaduto, Cilone socchiuse le palpebre. L'arringa che avrebbe rivolto al Consiglio quella mattina sarebbe stata travolgente. I Trecento avrebbero cominciato a tremare.

Capitolo 30

23 aprile 510 a.C.

Arianna cavalcava immersa nei ricordi della sera precedente. Akenon, al suo fianco, le lanciava occhiate di tanto in tanto, inquieto. L'asino che la trasportava procedeva per istinto, senza ricevere istruzioni, con lei che non riusciva ad allontanare la mente dalle immagini che aveva visto. Quella del gran maestro Daaruk steso a terra senza vita, con il viso sporco di sangue e di bava.

Solo il caso ha evitato che quello fosse il cadavere di mio padre.

E quella che aveva visto rientrando di corsa in casa di Pitagora, messa in allarme da quel grido spaventoso. Disteso accanto a Daaruk c'era un altro uomo, con il viso appoggiato sul petto del maestro avvelenato. Aveva i capelli cortissimi, che rivelavano la sua condizione di schiavo. Il colore della pelle era molto scuro, ancor più di quello di Daaruk. Quando aveva alzato la testa, gli si era vista una faccia stravolta dal dolore e rigata di lacrime. I suoi occhi avevano incrociato quelli di Arianna, mentre pronunciava alcune parole in una strana lingua. Poi aveva alzato le braccia al cielo e aveva lanciato di nuovo quel lamento terrificante.

Lo schiavo si chiamava Arma. Era stato comprato dai genitori di Daaruk quando aveva solo tre anni, perché lo servisse da bambino. Ciononostante lo avevano trattato come un membro della famiglia, al punto che Arma si sentiva come se in loro avesse due genitori e un fratello. Era più giovane di Daaruk di cinque anni e ne aveva sei quando il padrone, che ne aveva undici, e la sua famiglia si erano trasferiti a Crotone da Shravasti, la capitale del Kosala. Il suo compito era stato di servire e intrattenere Daaruk, fino a quando questi non era entrato nella comunità pitagorica. A quel punto era passato a servizio presso la madre del discepolo, pur facendogli visita ogni giorno e dimostrandogli che i loro rapporti andavano oltre quelli tra padrone e schiavo.

Cinque anni prima c'era stata nella regione un'epidemia di febbri che aveva mietuto le vite di infermi e anziani, e tra questi ultimi i genitori di Daaruk, che erano morti a una settimana l'uno dall'altra. Da quel momento, né ad Arma né al suo padrone era rimasta più una famiglia e i loro rapporti si erano ulteriormente rinsaldati. Per fortuna, era riuscito a superare le prove richieste per entrare nella comunità ed era diventato un uditore. Di norma, avrebbe dovuto trascorrere tre anni a quel livello e poi cercare di ascendere al grado di matematico. Ma di anni ne erano passati cinque e Arma non aveva alcun interesse a passare di livello. Il suo unico interesse era restare vicino a Daaruk.

Nella confraternita le regole sociali erano diverse rispetto all'esterno. Non c'erano distinzioni al di fuori di quelle associate al grado raggiunto nell'ambito dell'ordine. Gli schiavi restavano tali al di fuori dei confini della comunità, ma non dentro. Arma avrebbe potuto condurre come discepolo la stessa vita del resto dei residenti. Tuttavia la sua volontà era di continuare a servire Daaruk. E, dato che questi non intendeva impiegarlo come suo servitore personale, gli affidava incombenze utili per la comunità. Così che da diverso tempo Arma si occupava delle piccole riparazioni, il che comportava il recarsi al mercato di Crotone per procurarsi i materiali necessari. Nelle ore precedenti l'assassinio si trovava appunto in città per acquisti, quando era scesa la sera. Aveva fatto ritorno mezz'ora prima della morte di Daaruk, il che faceva di lui uno dei pochi membri della comunità al di sopra di ogni sospetto.

*

Al suo rientro, per prima cosa Arma scaricò la mula. Poi congedò l'inserviente che lo aveva accompagnato e si ritirò nella stanza che condivideva con altri tre discepoli. In quel momento non c'era nessuno e pensò che stessero finendo di cenare. Lui aveva mangiato qualcosa prima di lasciare Crotone e si sentiva stanco, sicché decise di sdraiarsi sul suo giaciglio. Avrebbe rinunciato alla lettura che si teneva al termine della cena.

Ma, appena messosi a letto, sentì un trambusto nelle vicinanze. Si affacciò sul cortile interno e vide Akenon che usciva frettolosa in strada. Davanti a lui camminavano due inservienti che l'egizio stava esortando a muoversi. Ad Arma parve di riconoscere Eudoro e Cabiride, ma non ne era sicuro. Nel momento in cui sparivano dal suo campo visivo, scorse un riflesso metallico tra le mani dell'egizio.

Che diavolo sta facendo?

Rimase per un po' a passeggiare avanti e indietro per la piccola stanza. Nei pochi giorni che aveva trascorso alla comunità, Akenon aveva cenato in diverse occasioni con Pitagora e talvolta con il suo padrone Daaruk.

Sarà stato con lui questa sera?

Doveva calmarsi. Si sedette sul giaciglio e controllò la respirazione e il battito cardiaco, come gli era stato insegnato nella comunità. Quando riaprì gli occhi gli parve di vedere un bagliore arancione proveniente dal cortile. Uscì dalla stanza, abbandonando ogni proposito di starsene tranquillo.

Un gruppo di uomini marciava a passo rapido, portando torce. Un altro gruppo era sulla porta di una stanza. Arma si affrettò ad avvicinarsi a questi ultimi. «Che succede?» In quanto uditore, non avrebbe dovuto parlare a meno che non fosse stato interrogato, ma in quel momento gli importava ben poco delle regole.

Gli uomini si voltarono verso di lui. Quando lo riconobbero, qualcuno si fece scuro in volto, qualcun altro abbassò lo sguardo, ma nessuno rispose.

Mentre si avvicinava, Arma aveva sentito pronunciare la parola «morto». Rimase indeciso per un momento, sentendo crescere l'apprensione. Poi si mise a correre, in cerca di Daaruk.

Per le strade si vedevano numerosi gruppi con le torce. Per un attimo la sua mente intimorita si figurò che volessero dare fuoco alla comunità. Guardò alla sua destra: a cinquanta metri da lui, Arianna e l'egizio parlavano tra loro, vicino alla porta della casa di Pitagora. Si diresse da quella parte. Prima che ci arrivasse, i due si misero in cammino, senza notare la sua presenza.

Lo schiavo entrò nella casa, attraversò il piccolo cortile e fece il suo ingresso nella sala. Le vene sul collo gli pulsavano con tale forza che ebbe paura di soffocare. Sulle prime la stanza gli sembrò vuota... ma poi distinse Pitagora, seduto a tavola, pallidissimo. Arma rimase paralizzato. Fino ad allora non aveva mai visto alcun segno di fragilità in quell'uomo imponente.

Questi lo guardò e lo schiavo provò un brivido. Negli occhi dorati del maestro si leggeva un segnale d'allarme.

E fu allora che lo vide.

Il corpo inerte di Daaruk era steso a terra, con il viso incrostato di sangue e saliva. Qualcosa si ruppe dentro Arma, che si gettò sull'amato padrone senza accorgersi che stava gridando.

Arianna era così concentrata sui propri ricordi che per un attimo perse l'equilibrio. Dovette appoggiare entrambe le mani sulla groppa dell'asino per non cadere. Il movimento brusco la fece reagire con la sensazione di risvegliarsi. Si rese conto all'improvviso che Akenon cavalcava accanto a lei, che da un po' di tempo doveva essergli sembrata una sonnambula.

Si raddrizzò sulla cavalcatura e strinse i denti. Sì, c'era stato un tempo in cui era debole, ma se l'era lasciato alle spalle. Era orgogliosa di averlo superato e di essere com'era. Rivolse all'egizio un'occhiata di sfida, dicendogli senza parole che non doveva crederla una donna fragile solo perché aveva avuto un momento di debolezza.

Akenon la guardò serio in risposta alla sua espressione quasi aggressiva, ma subito dopo sorrise, gentile e comprensivo, senza alcuna accondiscendenza.

Arianna avvertì una corrente calda dentro di sé e si voltò prima che quella sensazione le si riflettesse sul viso. Spronò il suo animale perché affrettasse il passo, portandola davanti ad Akenon.

Lui continuò a guardarla per un po'. L'aveva vista sorridere, prima che nascondesse il viso? Non ne era sicuro. Ora le vedeva solo la schiena e i capelli lunghi e ondulati, stretti da un nastro di tela nera.

Il sentiero si restrinse e Akenon dovette restarle alle spalle. Dopo un po', si eresse sulla groppa dell'asino per vedere cosa ci fosse davanti a lei.

Stavano arrivando a destinazione.

Fino alla sera prima, Akenon aveva visto Arma solo un paio di volte. Malgrado ciò, le urla dello schiavo e il suo volto sfigurato dal dolore gli erano rimasti impressi nell'anima. Era evidente che per quell'uomo Daaruk era stato molto di più che un semplice padrone.

L'egizio rabbrividì mentre sprofondava nei ricordi.

Continuavano a non avere piste per quanto riguardava l'assassino, ma la causa della morte di Daaruk era chiara. Perciò, a un'ora dalla sua morte avevano sollevato il corpo da terra e lo avevano deposto sul tavolo nella sala. Il filosofo e Arma erano rimasti a vegliarlo, mentre l'egizio andava a ispezionare la stanza del defunto. Arianna non poteva entrare nelle abitazioni riservate agli uomini, perciò si era diretta alla scuola per cominciare a interrogare le cuoche.

La stanza di Daaruk era di un'austerità estrema. Nondimeno

Akenon aveva avuto la sensazione che fosse sin troppo ordinata, come se qualcuno l'avesse pulita a fondo. Si sarebbe detta la camera di un uomo giunto da pochi giorni che pensava di andarsene in breve tempo. Si era domandato se anche quelle degli altri candidati trasmettessero la stessa sensazione.

Gli era bastato un minuto per guardarsi intorno. Non aveva trovato nulla degno di nota. Era tornato da Pitagora e aveva scoperto con sorpresa che Arma aveva più proprietà di quante ne avesse il suo padrone. Aveva preso dalla propria stanza una cassetta di legno e avorio che si chiudeva a chiave e ne aveva tirato fuori vari unguenti e alcuni teli lunghi e stretti, sui quali erano disegnati strani simboli che Akenon non era stato in grado di riconoscere. Ora se ne stava servendo per avvolgere il petto e la testa di Daaruk, mentre canticchiava a bassa voce un lamento ipnotico in una lingua ignota.

A Pitagora non andava a genio che Arma stesse praticando riti funerari estranei alla dottrina, ma non lo dava a vedere. A quanto pareva, lo schiavo aveva ricevuto dalla madre del suo padrone insegnamenti profondi riguardo alla cultura del loro paese d'origine. Il filosofo aveva deciso di permettere che, almeno fino a un certo punto, Arma ne rispettasse le tradizioni. Tuttavia non immaginava che di lì a poco le discrepanze aumentassero in modo radicale, né che lo schiavo si mostrasse sorprendentemente inflessibile in proposito.

Akenon ricordò gli infruttuosi interrogatori della lunga nottata e i turni di vigilanza che aveva stabilito ai confini della comunità. Data l'inevitabile mancanza di esperienza delle improvvisate sentinelle, gli era toccato passare da un lato all'altro per tutta la notte, assicurandosi che il perimetro fosse inespugnabile. E aveva trascorso buona parte della giornata organizzando nuovi interrogatori e controllando le pattuglie di vigilanza. Non aveva dormito un solo minuto in due giorni. Ora, nel preludio di una nuova nottata, si sentiva le palpebre pesanti come piombo mentre cercava di distinguere ciò che si trovava davanti ad Arianna.

La figlia di Pitagora si voltò verso di lui. «Siamo arrivati».

La cavalcatura di Akenon avanzò ancora di qualche metro su un pendio molto ripido. Una volta in cima, il sentiero si allargò permettendogli di riportarsi al fianco della donna, che si era fermata a osservare qualcosa con gli occhi spalancati.

Guardò nella stessa direzione. Di là da una breve pendenza il fiume scorreva rigoglioso. Sulla riva più vicina si trovava ciò che erano venuti a cercare.

Akenon trattenne il respiro.

Capitolo 31

23 aprile 510 a.C.

L'uomo balzò a cavallo, il migliore della città, e si lanciò al galoppo verso la comunità pitagorica. In pochi minuti raggiunse il ginnasio, lo costeggiò e proseguì alla volta dell'entrata principale, senza ridurre la velocità.

I tre discepoli di guardia sotto il portico si misero in allarme vendendolo avvicinarsi: un corsiero enorme volava verso di loro, sollevando una nuvola di polvere. Lo cavalcava qualcuno così grosso da far sembrare il cavallo un puledro. Aveva entrambe le braccia scoperte, mostrando muscoli grandi il doppio di quelli di un uomo normale.

Quando fu più vicino lo riconobbero. Ma ciò li rese ancora più nervosi. Lo avevano visto sempre tranquillo, spesso pronto alle risate e allo scherzo. Ora invece aveva il volto sudato e stravolto. Sembrava spaventato, il che era insolito per Milone, genero di Pitagora, sei volte campione di lotta ai Giochi Olimpici, stimato membro del Consiglio dei Trecento e generale a capo dell'esercito di Crotone.

« Dov'è Pitagora? » chiese, senza smontare da cavallo.

La bestia era irrequieta, dopo la corsa. Gli uomini fecero qualche passo indietro.

« In un'aula della scuola », rispose uno di loro. « Con i maestri ».

Milone spronò il cavallo e attraversò impetuoso il portico della comunità.

*

Pitagora non aspettava il suo arrivo in quel momento. Era circondato dai suoi discepoli principali e teneva gli occhi chiusi. Una trentina di maestri erano all'ascolto della musica eseguita da uno di essi, il più abile con la cetra.

La musica aveva per loro funzioni molto più elevate del semplice godimento estetico. Pitagora insegnava a servirsene per curare le infermità del corpo e della mente: sanare, tranquillizzare e consolare. Mediante canti, danze e melodie imparavano a modulare le emozioni e purificare l'anima. Le attività musicali erano molto frequenti nelle loro giornate. Quel pomeriggio le impiegavano per essere più uniti che mai di fronte alle avversità e risollevarsi dalla drammatica perdita di un altro dei loro confratelli.

Quando Milone varcò la soglia dell'aula, Pitagora avvertì la sua presenza e sollevò le palpebre. Con un'occhiata lo invitò ad attenderlo fuori. Voleva proteggere gli altri dall'angoscia che aveva visto negli occhi di suo genero. Lo raggiunse poco dopo e insieme si incamminarono verso il giardino, nella luce del crepuscolo.

« Maestro », disse Milone, quando furono soli, « arrivo direttamente dal Consiglio. Siamo rimasti in riunione per otto ore, durante le quali Cilone non ha smesso di lanciare accuse contro l'ordine, contro di te e contro Akenon ».

Pitagora assentì, esortandolo a continuare. Le invettive del consigliere ostile non erano una novità, ma vedere Milone preoccupato come non mai dava da pensare.

« Calo, quel fetido ratto, gli ha prestato un buon servizio con la sua rete di informatori. Cilone era l'unico di tutti i consiglieri a essere già informato dell'assassinio di Daaruk e si è servito della notizia con abilità. Devo dire, maestro, che mai ho sentito un'opposizione così forte nel Consiglio ».

« Suppongo che ti riferisca a coloro che non fanno parte dei Trecento ».

«Non solo al margine dei Trecento! Oggi Cilone è riuscito a strappare gli applausi di quasi la metà dei "settecento emarginati", come lui chiama i membri del Consiglio dei Mille che non fanno parte dei Trecento. Ma ci sono stati addirittura vari dei Trecento che hanno mostrato di essere almeno in parte d'accordo con alcune delle sue contorte argomentazioni. Ciò è insolito e può significare una breccia di cui il nostro peggior nemico è capacissimo di approfittare».

Pitagora si fermò nei pressi del laghetto e rifletté per qualche istante. «Ci troviamo in un momento politico delicato», ammise con gravità. «Ma il grado di opposizione che hai visto oggi non riflette la base dei sentimenti del Consiglio. È certo che Cilone è abile nello stimolare le emozioni negative, soprattutto quando può contare su nuove argomentazioni. Perciò, a partire da oggi, dobbiamo fare due cose. La prima è riguadagnare l'affetto del Consiglio. Non credo che ci saranno problemi con i Trecento: sono iniziati, il che li pone al riparo dell'influenza più profonda di Cilone. Domani mi presenterò al Consiglio dei Mille per rivolgermi ai settecento che lui definisce "emarginati"; non bisogna dimenticare che a suo tempo sono stati d'accordo che fossero i Trecento governare. Vedrai che, in fondo, non hanno cambiato opinione. Di questo non devi preoccuparti».

Milone annuì, molto più sereno. La presenza di Pitagora e la sicurezza dei suoi argomenti avevano sempre l'effetto di placarlo.

«La seconda cosa che dobbiamo cercare di ottenere a ogni costo», proseguì il maestro, «è evitare altri delitti. Non sono solo tragedie terribili, sono anche armi politiche molto pericolose. A questo proposito, Akenon voleva parlare con te. Vuole che tu designi quindici o venti soldati di tua completa fiducia perché vigilino sulla comunità e ai quali possano essere affidati altri incarichi rischiosi. Dalla scorsa notte abbiamo gruppi di discepoli di guardia intorno ai nostri confini. Si sono presentati anche alcuni volontari, che tuttavia sarebbero appena in grado di lanciare un allarme. Non disponiamo nemmeno di spade e questo, come ben sai, non deve cambiare tra i discepoli residenti». Sospirò prima di concludere. «Akenon ha poi bisogno di alcuni uomini assegnati in modo specifico a proteggere me e gli altri grandi maestri».

Milone lo guardò con aria interrogativa. Pitagora si era sempre opposto alla presenza di uomini armati di pattuglia nella comunità.

«So che comporterà una perturbazione dello spirito dell'ordine», ammise infatti il maestro, rispondendo alla sua occhiata. «Ma, date le circostanze, la cosa più importante è evitare che ci siano altre disgrazie e catturare l'assassino».

Milone annuì con aria marziale.

Poi Pitagora affrontò un'altra questione spiacevole. «Stamattina, tutti i residenti hanno reso omaggio a Daaruk. Era mia intenzione permettere a voi che state fuori di rendergli l'estremo saluto tra oggi pomeriggio e domattina, nondimeno... Arma si è portato via il cadavere un paio di ore fa».

Milone represse a fatica un'esclamazione di sorpresa. Le norme e i costumi prevedevano che la salma fosse lavata, ricoperta di unguenti e vestita, e quindi le si rendesse omaggio per un giorno, dopo il quale si sarebbero tenuti l'inumazione e il banchetto funebre. Che storia era quella? Arma che si portava via il cadavere? E dove? Perché? Come mai gli era stato consentito?

Pitagora sospirò con forza e scosse il capo in un'insolita manifestazione di contrarietà.

Sicché Milone non osò entrare nel merito, per non aggravare i dispiaceri del maestro. «Parlerò con Akenon. Dove posso trovarlo?»

Prima di rispondere, Pitagora guardò verso il sentiero del nord. «È partito da un'ora con Arianna. Sono andati alla ricerca di Arma».

Capitolo 32

23 aprile 510 a.C.

Arma si asciugò il sudore dalla fronte con il lembo della tunica. Poi valutò a che punto fosse arrivato con i preparativi. Ricordava vagamente l'unica volta che aveva assistito alla cerimonia: aveva cinque anni ed era sulle rive della valle del Gange. Erano stati in parecchi, tra uomini e donne, ad affannarsi per un giorno intero allo scopo di realizzare il duro lavoro che ora lo schiavo stava portando a termine senza l'aiuto di nessuno.

Non ricordava i dettagli di quell'unica osservazione infantile ma ora conosceva il cerimoniale alla perfezione, grazie agli insegnamenti accurati che gli aveva impartito e ripetuto la madre di Daaruk, che lui aveva sempre considerato come la sua. La donna non aveva mai voluto rinunciare alla propria cultura di origine e aveva fatto del proprio meglio affinché il figlio e lo schiavo la mantenessero viva dentro di loro. Quando Daaruk era entrato nella comunità pitagorica, si era concentrata su Arma, dedicando migliaia di ore a trasmettergli credenze, lingua e riti.

Ma non ho mai immaginato che avrei dovuto compiere il rito funebre, pensava costernato il giovane. *E meno che mai per il mio amato Daaruk.*

La notte precedente, dopo un po' che vegliava la salma insieme a Pitagora, si era ricordato all'improvviso di ciò che doveva fare. Era come se una voce gli parlasse dall'aldilà, strappandolo da un sonno profondo e spronandolo a muoversi. Senza dire una parola, era uscito dalla casa del filosofo ed era tornato alla sua stanza, assicurandosi che nessuno lo avesse seguito. Poi si era chiuso all'interno, aveva scostato il giaciglio e, scavando con le mani nel pavimento di terra, aveva dissepolto due documenti, che nelle ore successive per lui sarebbero stati vitali.

Sono la chiave del mio futuro.

Li guardò per un momento, prima di celarli sotto la tunica. Il contenuto era protetto da sigilli di cera, entrambi con lo stesso simbolo esoterico: un piccolo pentagono nel quale era inscritta una stella a cinque punte.

Poi Arma si diresse di buon passo verso il magazzino della comunità, situato vicino alle stalle. Era una costruzione ampia e semplice, con pareti di argilla, strette finestre e il pavimento di sabbia. Come incaricato delle riparazioni nella comunità, e dell'acquisto di materiali, sapeva con sicurezza che lì avrebbe trovato ciò che gli serviva.

La parte difficile sarà farlo uscire dalla comunità.

Si guardò intorno. Sapeva che avrebbe finito per attirare l'attenzione. Quindi doveva portarsi avanti il più possibile, prima che ciò avvenisse.

Appoggiati a una parete si trovavano i resti di una piccola barca da pesca che nessuno utilizzava più da anni. L'avevano portata in magazzino con l'idea di ripararla, presto o tardi, ma poi se ne erano dimenticati. La comunità aveva abbastanza denaro per comprare il pesce che consumava. Arma si avvicinò alla malconcia imbarcazione e la esaminò, decidendo che sarebbe servita allo scopo. Scelse poi un vaso di ceramica, alto e munito di coperchio, contenente una miscela di olii che si impiegava come combustibile per le lampade. Infine raccolse corde, tele e altri materiali, uscì dal magazzino e andò alle stalle.

Mentre ricordava tutto ciò in riva al fiume, inzuppò un panno spesso nel vaso che teneva ai suoi piedi. Poi salì sulla struttura di legno che aveva preparato. Il corpo di Daaruk vi era disteso. Arma cominciò a ungerlo con una sostanza vischiosa. Il padrone sembrava dormire e di nuovo lo schiavo pianse mentre gli accarezzava il viso.

La notte precedente nessuno aveva sollevato obiezioni quando era entrato nelle stalle. Tuttavia, quando ne era uscito con un carro agganciato a una mula, erano accorsi due gruppi di uomini.

«Fermo! Dove vai?» Accortisi che si trattava di Arma, rimasero tutti sconcertati. Ma continuarono a bloccargli il passaggio.

«Devo fare i preparativi per la cerimonia funebre di Daaruk».

«Che cerimonia?» Gli uomini lo guardavano senza capire. «Se ne occuperà Pitagora e non serve nessun carro».

«È molto sospetto», disse un altro. «Sarà meglio portarlo da Akenon o da Pitagora e che dia spiegazioni a loro».

Arma lasciò le redini. «Portatemi da Pitagora».

Camminò davanti a quel gruppo di guardie improvvisate come se fosse in arresto. Giunti che furono dal filosofo, parlò lui prima degli altri.

«Pitagora, devo fare i preparativi per la salma». Estrasse uno dei due documenti dalla tunica, ben attento a non commettere l'errore terribile di fargli vedere l'altro. «Qui puoi vedere quali siano le disposizioni di Daaruk al riguardo».

Il maestro, seduto accanto al cadavere, si alzò e prese il documento. Lo osservò perplesso. Era piegato in maniera tale che non se ne potesse leggere il contenuto senza spezzare il sigillo. «Sì, di Daaruk», mormorò, dopo avere guardato il simbolo in rilievo sulla cera. Poi guardò Arma. «Lo apro?»

Lo schiavo annuì.

Pitagora ruppe il sigillo, dispiegò il documento e si mise a leggerlo. La sua espressione passò rapidamente dalla curiosità all'incredulità. E, quando giunse alle ultime righe, fu sul punto di lasciarsi sfuggire un'imprecazione, ma riuscì a trattenersi. Si sedette di nuovo e rimase a fissare un punto indefinito del pavimento, mentre ragionava. «Arma», disse, con la voce sopraffatta dal dolore, «lasciami solo per cinque minuti». Poi si rivolse a tutti gli altri. «Uscite tutti».

Lo schiavo esitò. Il filosofo non si poteva opporre. Arma conosceva alla perfezione il contenuto del documento e sapeva che non vi era possibilità di equivoco. Ma alla fine seguì gli altri fuori dalla sala.

Pitagora era dubbioso. Nel documento Daaruk affermava che, in caso di morte, voleva che il suo corpo fosse trattato secondo i costumi della sua terra di origine e che fosse Arma a occuparsi di tutto. Il filosofo sapeva che cosa ciò comportasse: qualcosa cui la sua dottrina si opponeva in modo diretto.

Cremazione.

Scosse lentamente la testa. Non era una prativa insolita fra i greci, ma presso la confraternita si seguiva un'altra procedura, l'unica coerente con le loro credenze. Loro i morti li seppellivano. Tuttavia, nonostante le incertezze, decise di rispettare la volontà del defunto. L'unica condizione che impose fu che Arma non portasse via il corpo fino alla mattina seguente, dando loro il tempo di rendere l'estremo omaggio a Daaruk.

Arma acconsentì. *Ciò non modifica i miei piani.* Caricò il carro con tutti i materiali che gli occorrevano e uscì dalla comunità senza che nessuno glielo impedisse.

Il fiume distava due chilometri. Li percorse a piedi, con la mula che avanzava piano dietro di lui. Giunto a destinazione, scaricò il carro e utilizzò la barca come base della pira funeraria. Dedicò il resto della nottata a montare la struttura. Il cielo era limpido e la luna brillava quanto bastava per non dover accendere un fuoco.

Quando il sole apparve all'orizzonte, Arma continuò a lavorare senza posa. A metà mattina, la struttura si alzava di un metro sopra l'imbarcazione. A quel punto, lo schiavo fece ritorno alla comunità per prendere il corpo del defunto. Pregò che Pitagora non avesse cambiato idea.

Gli sguardi che ricevette quando vi arrivò erano più di stupore che di rimprovero. *Non mi importa cosa pensano.* Era ovvio che il suo futuro nella confraternita fosse segnato. Ma lui era entrato a farne parte solo per Daaruk. Ormai non aveva più senso fingersi interessato al pitagorismo. Di fatto, se tutto fosse andato come previsto, quella sarebbe stata l'ultima volta che metteva piede nella comunità.

Aveva dedicato molte ore a un lavoro pesante e cominciava ad accusare la mancanza di sonno. Perciò chiese a Pitagora che gli assegnasse un inserviente che lo aiutasse al trasporto della salma. Il filosofo, che ormai si era impegnato ad assecondare le ultime, frustranti volontà di Daaruk, affidò il compito al mozzo di stalla. Il ragazzo non ne fu affatto felice quando lo venne a sapere, ma obbedì senza protestare. Aiutò a caricare il morto sul carro e Arma approfittò dell'occasione per raccogliere altra legna. Si diressero al fiume. Appena ebbero finito di scaricare, il ragazzo volle tornare subito alla comunità.

«Accendi un fuoco, poi prendi la mula e il carro», gli disse Arma. «Io vi raggiungo a piedi quando ho finito».

Il ragazzo annuì, fece quanto gli era stato chiesto e se ne andò di buon passo. Aveva fretta di tornare alla comunità per effettuare un rituale di purificazione, dopo essere stato a contatto con la morte.

Nel pomeriggio, Arma si occupò del cadavere. Dopo averlo denudato, gli lavò ogni centimetro di pelle, poi lo vestì con la tunica, usando gli stessi nastri di tela che aveva impiegato a casa di Pitagora. Per tutta la durata del processo non smise di cantare i lamenti nella sua lingua natale. Poi collocò la salma in cima alla pira e la unse meticolosamente con la sostanza vischiosa.

Era impegnato in quel compito quando si accorse che Akenon e Arianna lo avevano trovato. Erano alle sue spalle, ai margini del bosco, e per il momento si limitavano a osservarlo.

Per gli dei, speriamo che mi lascino finire.

Sotto la tunica aveva un piccolo coltello, ma non aveva l'esperienza per usarlo e difendersi. Cercò di concludere rapidamente l'unzione del corpo. Le sue mani si fecero goffe e incerte e dovette fare una pausa per calmarsi.

Mezz'ora, pensò angustiato. *Mi basta solo mezz'ora senza che si avvicini nessuno.*

Si guardò alle spalle, trattenendo il respiro.

Akenon stava venendo verso di lui.

Capitolo 33

23 aprile 510 a.C.

I pitagorici erano soliti dedicarsi alla meditazione solitaria ogni giorno prima del tramonto. Quel giorno, il filosofo decise di farlo nella stessa sala in cui era morto Daaruk. Vi erano passati tutti i membri della comunità per rendere omaggio al maestro straniero... fino a quando Arma non si era portato via il corpo. La mente di Pitagora era piena di dolore e interrogativi. Ciò che più lo sconcertava era la coscienza che uno dei suoi discepoli più vicini, con il quale aveva avuto a che fare quasi quotidianamente per oltre vent'anni, gli si fosse rivelato uno sconosciuto sotto aspetti di grande importanza.

Daaruk sarebbe stato il primo iniziato della comunità a venire cremato anziché sepolto. A Pitagora risultava incomprensibile che le credenze e i costumi della sua terra avessero prevalso sulla dottrina. *Lo avrà fatto per rispetto verso la famiglia, o per sue convinzioni personali?*

Gli occhi del maestro percorsero la tavola e si trattennero nel punto in cui aveva visto cenare lo sventurato discepolo. Gli spiaceva di non aver avuto il tempo di analizzare Daaruk. Era la prima volta che sottoponeva a un esame così approfondito i candidati alla successione. Era un atto estremo, si sarebbe persino potuto definire aggressivo, giustificabile solo in circostanze eccezionali come quelle. L'obiettivo dell'analisi era scartare qualsiasi implicazione nell'assassinio di Cleomenide, ma lo scrutinio era così minuzioso che a Pitagora non sarebbe sfuggito un segreto della portata di quello che nascondeva Daaruk.

Nel corso della cena, il filosofo aveva completato l'esame di Evandro e Oreste. Entrambi si erano dimostrati liberi da qualsiasi sospetto. Inoltre Oreste si profilava con nitidezza come il candidato migliore alla successione. Il futuro dell'ordine sarebbe stato al sicuro nelle sue mani.

Pensare a Evandro e Oreste gli riportò alla mente un viaggio di quindici anni prima, quando aveva visitato le comunità di Taranto e Metaponto, per poi attraversare la regione della Daunia. In quei viaggi era solito farsi accompagnare da alcuni dei suoi discepoli preminenti, affinché acquisissero esperienza politica, imprescindibile per i futuri dirigenti della confraternita. In quell'occasione, ad accompagnarlo erano stati Evandro, Oreste e Daaruk. I primi due erano con lui da dieci anni ed erano maestri da quattro o cinque; Daaruk invece era entrato nell'ordine solo cinque anni prima e aveva da poco raggiunto, con insolita rapidità, il grado di maestro. Quello era il suo primo viaggio al fianco di Pitagora.

Stavano facendo una tappa di riposo sull'alto di un promontorio. I loro asini pascolavano tranquilli poco più in là. Pitagora si era seduto su una roccia e i tre discepoli gli si erano accomodati di fronte. Dietro di loro, come accadeva sempre, si erano raccolte decine di uomini e donne dei luoghi vicini.

« Maestro », disse un uomo seduto in fondo al gruppo. « Perché dici che non si devono sacrificare animali? Non ci esponiamo in questo modo all'ira degli dei? »

Pitagora rispose con la sua voce forte e pura. « Uomini e animali hanno in comune la stessa anima. Facciamo tutti parte dell'unica e divina corrente di vita che imbeve l'universo. Per quanto possibile, non dobbiamo uccidere animali, né per sacrificarli, né per mangiarli. Gli dei », disse sorridendo, « si sentono onorati da un sacrificio sincero, anche se l'offerta consiste in grano, erbe aromatiche o figure di animali fatte di pasta ».

Daaruk guardava Pitagora senza battere ciglio, assorbendo ogni parola con avidità. Evandro e Oreste avevano ascoltato spesso discorsi simili a quello, ma lo straniero non vi era abituato. Inoltre, una volta raggiunto il grado di maestro, aveva cominciato a essere istruito sulle questioni più profonde della dottrina e, quanta più conoscenza acquisiva, tanta più sentiva di necessitarne.

« Non posso dare da mangiare carne ai miei figli? » chiese preoccupata una donna.

« Non solo puoi, ma devi », rispose Pitagora con un sorriso rassicurante. « La restrizione sulla carne non deve influenzare la crescita dei tuoi figli. La sapienza si trova nel mezzo, nel punto in cui per produrre un beneficio non si causa un danno ».

Daaruk annuì tra sé. Il maestro insisteva perché non si uccidessero animali in modo gratuito, ma non era del tutto contrario a nutrirsi di loro. Era vero che ai gradi più alti dell'ordine non si mangiava quasi mai carne, ma in gran parte ciò era dovuto al fatto che questa stimolava gli istinti primari e annebbiava l'intelletto. La dieta vegetariana serviva a elevare lo spirito e a disporre di una mente più limpida e precisa.

Pitagora continuò a parlare ai presenti. Disse loro che con l'anima immortale potevano comunicare con gli animali allo stesso modo che con le persone. Poi alzò il viso al sole e chiuse gli occhi. I convenuti lo contemplavano con ammirazione, tanto per l'energia che irradiava, quanto per le sue parole. Non comprendevano tutto ciò che diceva, tuttavia sentivano che, così come si apre uno squarcio tra le nubi, quelle grandi verità oltrepassavano le tenebre dei loro spiriti confusi. Dopo un po', sentirono che il maestro fischiava una melodia guardando il cielo. Era come se imitasse le note più gravi di uno strumento a fiato. Tutti si sentirono riconfortati.

D'un tratto qualcuno lanciò un grido. Un'ombra cadde all'improvviso su Pitagora. Il maestro tese un braccio e si produsse un'esclamazione unanime di stupore. Un'aquila dalle grandi ali spiegate si posò sull'avambraccio del filosofo. Gli artigli curvi e affilati si chiusero sulla carne con la sola forza necessaria a sostenersi. Lui le sussurrò dolcemente, accarezzandole la nuca. L'animale chinò la testa, in segno di gradimento. Un minuto dopo, nel silenzio del fiato sospeso di tutti, l'aquila sfregò il becco sul braccio di Pitagora e si allontanò sbattendo le ali con forza.

La notizia che gli animali selvatici obbedivano al filosofo si sparse rapida per quelle terre.

«Si fa chiamare Pitagora», diceva la gente del luogo, «ma in realtà è l'incarnazione del dio Apollo».

Nei giorni seguenti, mentre si addentravano nella Daunia per predicare la dottrina, le persone che li seguivano lungo le strade non erano più decine, ma centinaia. Ed erano in tanti ad avvicinarlo mentre camminava con i suoi discepoli.

«Maestro Pitagora, permettete che mi prostri ai vostri piedi», disse un uomo, inginocchiandosi. Aveva una quarantina d'anni. Era magro e appariva insicuro. La tunica lacera e i piedi scalzi rivelavano la sua povertà.

Evandro fece un passo avanti e lo aiutò a rialzarsi. Era abituato a vedere gente che di fronte al maestro si comportava come fosse un dio.

«Fratello», disse Pitagora, «non devi trattarmi con una deferenza che non merito. Parlami come a un tuo pari».

«Molte grazie, maestro», replicò l'uomo, pur mantenendo gli occhi a terra. «Volevamo chiederti...» Fece un cenno verso i suoi compagni, poveri e nervosi quanto lui. «... di visitare il nostro villaggio. Non è importante né ricco, ma molti di noi che lo abitiamo ci sforziamo da anni di vivere secondo i tuoi insegnamenti. Viaggiamo ogni volta che ci è possibile fino alla comunità di Metaponto per ascoltare i maestri che vi risiedono». Tacque di colpo e rimase a capo chino.

«Fateci strada», rispose Pitagora. «Seguiremo i vostri passi».

Gli uomini del villaggio si misero in marcia tra riverenze e grandi manifestazioni di allegria. Due di loro li precedettero, per annunciare l'arrivo del filosofo. Pitagora, accortosi che Daaruk lo aveva guardato in modo strano, si rivolse a Evandro.

«Dicci, perché ci dirigiamo a questo villaggio e non a una grande città?»

«Perché il potere è solo uno strumento dell'ordine, maestro».

La rapida risposta fece sorridere Pitagora, che l'approfondì a beneficio di Daaruk. «È così. Il potere non deve mai essere un fine, bensì lo strumento con cui far sì che il maggior numero di persone viva in accordo con i princìpi in cui crediamo».

Oreste, che camminava dietro di loro, assunse un'espressione cupa e abbassò gli occhi. In gioventù, come politico a Crotone, aveva sfruttato il potere per arricchirsi. Da molto tempo era un'altra persona ma il rimorso lo seguiva ogni giorno della sua vita.

Pitagora continuava a parlare. «La confraternita controlla il governo di varie città. Per questo le autorità di tutta la regione ci trattano con rispetto e alcune di queste persone ci seguono durante il viaggio. Ma la maggior parte dei nostri adepti, come gli abitanti del villaggio a cui ci dirigiamo, cerca solo la verità nella nostra dottrina. Queste persone vengono da noi in cerca di illuminazione. Dobbiamo soddisfare la loro aspirazione a vivere secondo i nostri princìpi di giustizia e superamento».

Proseguirono il cammino riflettendo in silenzio. Inquietava Pitagora l'effetto che il potere avrebbe potuto esercitare sui suoi discepoli. La confraternita aveva acquisito un'influenza tremenda in pochi anni. Ciò significava che lui disponeva di un enorme peso politico, ma anche che i suoi discepoli guadagnavano una forte autorità a livello sociale. Alla fine dei conti, rappresentavano un'organizzazione che dirigeva varie città, compresi i loro eserciti.

Un giorno uno di loro mi succederà. Chi avesse ereditato la sua posizione, ne avrebbe ottenuto anche tutto il potere politico. *Devo formare non solo i migliori maestri, ma anche i migliori governanti.* Sorrise, mentre osservava con la coda dell'occhio i suoi giovani discepoli. *Per fortuna mancano molti anni al momento in cui mi ritirerò.*

Il ricordo di quel viaggio gli fece spuntare un sorriso, che tuttavia svanì rapidamente. *Uno dei tre discepoli che mi accompagnarono quella volta è stato appena assassinato.*

Gli altri due, Evandro e Oreste, erano proprio quelli che era riuscito ad analizzare in modo completo la sera prima, escludendoli dalla lista dei sospetti.

Chi può avere ucciso Daaruk?

Ragionò sugli altri candidati. L'analisi di Ipocreonte era stata interrotta a metà, ma l'impressione ricavata confermava le sue precedenti: si trattava di un maestro eccellente, con una spiccata avversione alla vita pubblica, anche se di assoluta devozione.

Non era riuscito invece neppure a cominciare l'esame di Aristomaco – che considerava il suo discepolo più trasparente e pertanto libero da sospetti – né quello di Daaruk, la cui morte aveva portato alla luce un aspetto che lui non si sarebbe mai immaginato. Cambiò posizione sulla sedia, irrequieto. *Qualche altro discepolo nasconderà simili segreti?* Doveva completare l'analisi di Ipocreonte e realizzare quanto prima quella di Aristomaco.

Tornò a pensare ad Arma, che in quello stesso momento doveva essere sul punto di dare fuoco alla pira funeraria. Il corpo di Daaruk si sarebbe incenerito. Chiuse gli occhi e scosse la testa. Sperava almeno di avere la possibilità di sotterrare le ceneri. Non ne aveva parlato con lo schiavo, ma su questo non intendeva fare concessioni. Il defunto poteva essere cremato, d'accordo, ma poi sepolto con la cerimonia regolamentare.

Il pensiero successivo disegnò un tracciato di rughe sulla fronte di Pitagora. Aveva chiesto ad Akenon di recuperare le ceneri di Daaruk.

Anche a costo di vedersela con Arma.

Capitolo 34

23 aprile 510 a.C.

Akenon era a pochi passi da Arma.

Si stava avvicinando a lui con la scusa di porgergli le condoglianze. Non sarebbero state sufficienti a ingannarlo, ma quantomeno avrebbero allentato la tensione generata dallo stare a qualche metro di distanza senza rivolgersi la parola. Inoltre, preferiva sondarlo prima di un possibile confronto, quando avrebbe cercato di raccogliere le ceneri di Daaruk.

Lo schiavo aveva chiuso gli occhi e muoveva le labbra in silenzio. Sembrava in un'estasi mistica. L'egizio si fermò a un passo da lui e attese, senza trovare il momento opportuno per rivolgergli la parola. Osservò la sua opera: Arma aveva montato sopra una barca una struttura di tronchi perpendicolari, che davano stabilità alla pira e avrebbero permesso all'aria di circolare attraverso il legname. Sarebbe andata avanti a bruciare per ore, dato che i tronchi alla base erano grossi quanto le braccia di Zeus. In cima era disteso il corpo di Daaruk, vestito di una tunica bianca immacolata, con la fronte e le braccia avvolte in bende piene di simboli, comprese le mani, intrecciate sul petto.

Akenon notò l'anello d'oro che portava all'anulare: vi era inciso un simbolo pitagorico che aveva visto altre volte, una stella a cinque punte inscritta in un pentagono. Rammentava che Arianna gli aveva detto che quella stella si chiamava «pentacolo». Ignorava che lo schiavo avesse con sé un documento sigillato con lo stesso simbolo.

Le bende che avvolgevano il corpo di Daaruk, così come la pelle e i capelli, erano ricoperte di una sostanza vischiosa.

Brucerà bene, pensò Akenon.

In quel momento, Arma riaprì gli occhi e lo trapassò con uno sguardo carico di tensione e recriminazioni. L'egizio sentì di aver interrotto in modo brusco una cerimonia sacra. Mormorò le sue scuse, chinò il capo in segno di rispetto e tornò accanto ad Arianna.

La donna si era seduta a terra, con le ginocchia stretta al petto per proteggersi dal notevole abbassamento della temperatura. La coltre di nubi nel cielo era passata dai toni ardenti del tramonto al grigio azzurrino e freddo della sera. Akenon si sedette al suo fianco, sulla sabbia. Osservarono la cerimonia funebre in un deferente silenzio.

Arma si avvicinò a un focherello acceso a pochi passi dalla barca. Ne ravvivò le fiamme e vi infilò la punta di un ramo, come se preparasse una torcia. Alzò gli occhi al cielo, guardandone la crescente oscurità e forse recitando le ultime preghiere per l'anima di Daaruk. Poi, dopo averne tolto il coperchio, sollevò un grosso vaso con entrambe le mani e lo accostò alla pira. Fece colare il liquido sui tronchi alla base, poi girò intorno alla barca, entrando nel fiume fino alle ginocchia per ripetere l'operazione sull'altro lato. Completato il giro, salì sulla struttura e rovesciò il resto del combustibile dall'alto.

Arianna se ne stava sempre seduta a terra, abbracciandosi le gambe, con la testa appoggiata su un ginocchio. Ma la sollevò ansiosa quando Arma prese la torcia. La notte era scesa rapida e la luna era oscurata dalle nuvole. Si vedeva solo ciò che si trovava nel cerchio di luce prodotto dalla fiaccola. Arma avanzò verso la pira e vi si trattenne per qualche secondo con il braccio levato, reggendo la torcia. Ad Arianna parve di scorgere lacrime che gli rigavano il volto dalla pelle scura.

Lo schiavo infilò la torcia in una fessura fra i tronchi dando fuoco a una base di paglia e rami secchi. Le fiamme non tardarono ad avviluppare la struttura di legno, costringendolo a retrocedere. Cercò di avvicinarsi di nuovo, ma il calore glielo impedì. Parve esitare un istante. Quindi si immerse nell'acqua fredda, bagnandosi tutto il corpo. Tornò carponi alla pira, appoggiò le mani sul bordo della barca e cominciò a spingere. Arianna gli leggeva distintamente la fatica e il dolore sul volto congestionato.

L'imbarcazione era incagliata, i tronchi e il corpo di Daaruk pesavano troppo. Arma raddoppiò gli sforzi, spingendo con i piedi nella sabbia e premendo la faccia e le spalle sul bordo della barca incendiata. Le fiamme gli lambivano la testa e le mani. Tra gemiti di sofferenza, riuscì a smuovere la pira sino a farla scivolare nell'acqua, dove cominciò a galleggiare. Continuò a spingere, immergendosi nel fiume, e finalmente riuscì ad affidare l'imbarcazione alla corrente. Con un ultimo sforzo, la spinse verso il centro del fiume.

La scena era spettacolare: sembrava che si fosse scatenato un incendio in mezzo all'acqua. Faceva impressione pensare che le fiamme stessero divorando il corpo di un uomo. Arianna e Akenon rimasero in silenzio per un po', seguendo con lo sguardo il rogo galleggiante. In contrasto con il chiarore della pira, tutto ciò che stava intorno appariva avvolto nel nero più profondo.

D'un tratto Arianna si alzò, in allarme. «Dov'è Arma?»

Akenon scrutò nell'oscurità, in tutte le direzioni.

Lo schiavo era scomparso.

Pentacolo

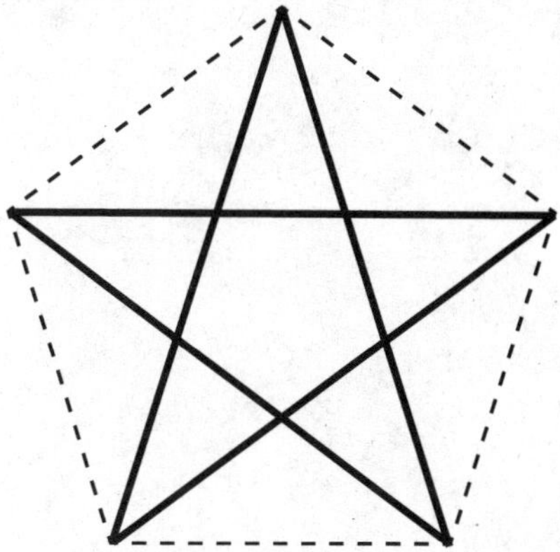

Il pentacolo è la stella a cinque punte che si ottiene unendo tra loro i vertici alterni di un pentagono.

Lo si conosce anche come pentagramma o pentalfa.

Da migliaia di anni si considera che possa nascondere grandi segreti, tra cui quelli della costruzione del mondo. È stato documentato il suo utilizzo in Mesopotamia intorno all'anno 2600 a.C. Per i babilonesi era simbolo di salute e conteneva diverse relazioni simboliche.

Nel corso della storia è stato impiegato con frequenza per indicare l'essere umano. Ed è stato anche uno dei simboli maggiormente utilizzati nella magia: con la punta verso l'alto, nella magia bianca; verso il basso invece per portare a compimento riti di magia nera.

I pitagorici a volte lo rappresentavano con una lettera della parola «salute» (in greco ὑγεῖα) su ciascuna delle punte. Se ne servivano anche come segno segreto di riconoscimento.

Enciclopedia matematica, Socram Ofisis, 1926

Capitolo 35

23 aprile 510 a.C.

La barca funeraria si spostava lenta lungo la corrente, proiettando riflessi fiammeggianti sulla superficie del fiume. Akenon la osservò per qualche secondo, poi percorse con lo sguardo tutta l'area visibile intorno a essa. Per il resto, con la luna coperta dalle nubi, non si riusciva a distinguere nulla. Tese le orecchie, ma non riuscì a cogliere niente di particolare.

Arianna, al suo fianco, era molto concentrata e teneva gli occhi chiusi. Li aprì poco dopo e fece cenno di no con la testa. «Sarà sulla strada del ritorno», disse, non troppo convinta.

Sciolsero le redini e presero a cavalcare in riva al fiume, seguendo la pigra avanzata della barca. Pitagora aveva chiesto loro di recuperare le ceneri di Daaruk per seppellirle, ma la situazione non era incoraggiante: tentare di impadronirsene poteva comportare uno scontro diretto con Arma e, considerando la sua condotta nelle ultime ore, era probabile che questi reagisse come un animale in trappola. *Come se non bastasse, l'abbiamo perso di vista, il che lo rende più pericoloso.* Akenon proseguiva lungo la riva sabbiosa, guardandosi intorno. Il buio era tale che Arma avrebbe potuto essere a un metro da loro senza che lui lo vedesse.

La brezza fluviale era rinfrescante. Malgrado ciò, dopo alcuni minuti l'egizio si accorse che gli si chiudevano gli occhi. Non aveva senso attendere che la barca si incagliasse da qualche parte: prima o poi lo avrebbe fatto, anche se non avessero continuato a seguirla. Oppure, nel volgere di un paio d'ore, sarebbe arrivata sino al mare e a quel punto nessuno avrebbe potuto sapere dove l'avrebbero portata le correnti. Era possibile tanto che fosse sospinta di nuovo a riva, quanto che sprofondasse al largo.

La comunità non era lontana. La tentazione di farvi ritorno era sempre più forte. In poco più di mezz'ora avrebbe potuto infilarsi in un letto comodo e caldo, per tornare a cercare l'imbarcazione l'indomani. La stanchezza accumulata rese quel pensiero irresistibile.

« Torniamo indietro ».

Quando arrivarono alla comunità, si accordarono per rivedersi al mattino. Arianna si diresse all'alloggio delle donne. Akenon, anziché tornare nella propria stanza, raggiunse al buio quella di Arma. Voleva parlargli prima di andare a dormire, sperando di scoprire i suoi piani per il giorno seguente.

Con un po' di fortuna potrò recuperare le ceneri di Daaruk senza dovermela vedere con lui.

I tre compagni di stanza dello schiavo erano già a letto, ma uno di essi si sollevò dal giaciglio quando lui aprì la porta.

« Sapete dov'è Arma? » domandò Akenon, indicando il posto vuoto.

L'uomo guardò il giaciglio del suo compagno, prima di rispondere. « Sono molte ore che non lo vedo. Da quando se n'è andato con il corpo di Daaruk ».

Akenon mosse piano la testa. *Dove può essere andato, in piena notte e bagnato fradicio?* Non aveva modo di saperlo. Senza contare che la sonnolenza gli intorpidiva la mente. Se non si fosse ritirato nella propria stanza, si sarebbe addormentato in piedi.

Uscì dalla costruzione e cercò di dare uno sguardo alla comunità. Era così buio che riusciva appena a distinguere le torce delle pattuglie qua e là lungo il perimetro. Trascinò i piedi sino alla stanza e si lasciò cadere sul letto. Sapeva che in pochi secondi sarebbe crollato.

Una nuova idea gli si fece largo, confusa, nella testa. *Dovrei organizzare subito una squadra di ricerca.* Ma, anziché dar retta alla propria intuizione, Akenon sprofondò nelle acque del sonno.

Se ne sarebbe pentito per il resto della sua vita.

Capitolo 36

24 aprile 510 a.C.

La vegetazione era ricoperta da un fine manto di rugiada. Il paesaggio dell'alba aveva una tinta di grigio acquoso. Nella quiete generale, un arbusto si scosse, provocando una pioggia di goccioline. Il volto di Arma spuntò fra i rami, scrutando intorno a sé. Quando decise che non c'era nessuno nelle vicinanze, abbandonò il suo rifugio. *Finalmente*, disegnarono le sue labbra, senza che ne uscisse alcun suono.

La sera precedente gli era risultato facile sfuggire ad Akenon e Arianna. Dopo avere spinto la barca in fiamme in mezzo alla corrente, era tornato a riva e si era allontanato nel buio della notte proseguendo lungo il fiume, in modo da non lasciare tracce. I due visitatori erano rimasti per un po' a guardare la pira galleggiante, prima di mettersi a cercarlo. Nel frattempo lo schiavo si era allontanato, fuori dalla portata dei loro sensi. Aveva risalito la corrente per qualche centinaio di metri e si era nascosto in mezzo a una fitta macchia di arbusti. Per un'ora era rimasto lì acquattato, attento a percepire qualsiasi suono. Poi la mancanza di sonno, il lavoro duro e le intense emozione dell'ultimo giorno avevano avuto il sopravvento ed era sprofondato nel sonno.

Si stirò, cercando di liberarsi del torpore, ma fu scosso da un brivido di freddo. Era congelato, ma ne era valsa la pena. Se avesse fatto ritorno alla comunità, era probabile che quel mattino non si sarebbe potuto muovere a suo piacimento. Ed era giunto il momento di passare alla fase successiva del piano. Infilò la mano sotto la tunica ed estrasse il secondo documento. *Non mi serve altro.*

Se lo nascose di nuovo. Il giorno precedente lo aveva sepolto a monte della pira, per proteggerlo da un'eventuale perquisizione e dall'acqua del fiume. Così era rimasto all'asciutto e adesso, oltre a servire ai suoi progetti per il futuro, lo aiutava a conservare il calore del corpo.

Ripassò gli ultimi eventi, mentre saltava ora su una gamba ora sull'altra e si sfregava le braccia. Con un brivido rivide Daaruk steso a terra come un burattino rotto, il volto inzuppato di sangue e schiuma giallastra provocata dal veleno. Quello era stato il momento peggiore.

E anche quando ho dato fuoco alla pira.

Le emozioni tornarono ad annodargli la gola. Ma qualcosa era cambiato. Cominciava a sentire che tutto ciò apparteneva al passato, mentre lui doveva concentrarsi sul futuro.

Era nel momento di transizione tra due vite molto diverse.

Il sole sarebbe sorto a breve. La cosa migliore sarebbe stata tornare al fiume a bere, poi raggiungere Crotone per confondersi tra i lavoratori del porto. Per alcune ore doveva fare il possibile per passare inosservato.

Poi mi servirò del documento e scomparirò da Crotone per sempre.

Si tastò il petto e sentì il gonfiore del sigillo di cera con il simbolo del pentacolo. Lo accarezzò da sopra la tunica e le sue labbra si curvarono in un sorriso euforico.

Era così vicino al suo obiettivo che gli veniva da scoppiare dal ridere.

Capitolo 37

24 aprile 510 a.C.

La cenere era umida di rugiada, il che indicava che si era raffreddata da tempo. Akenon volle assicurarsene e infilò un dito fra i resti del piccolo falò. Lo estrasse freddo e bagnato, mentre si guardava intorno. Si trovava nel punto in cui Arma aveva costruito la pira. Aveva deciso di cominciare la ricerca da lì. Ora sapeva che il fuoco non era stato alimentato dopo che Arianna e lui si erano allontanati.

Deve aver trascorso la notte altrove.

Il fiume procedeva verso est, dove già si intravedevano i primi raggi del sole. Akenon guardò in quella direzione mentre si chiariva le idee. Aveva lasciato la comunità prima dell'alba perché Arianna non venisse con lui. La fuga di Arma significava che aveva qualcosa da nascondere e pertanto era possibile che fosse pericoloso. O che, addirittura, fosse lui l'assassino.

Si maledisse per non averlo fermato e interrogato quando ne aveva avuto l'occasione. Benché in fondo sentisse che era inutile rimproverarsene. Arma era a Crotone quando Daaruk era morto e, soprattutto, nelle ore precedenti. Non poteva essere stato lui ad avvelenare il tortino. Non c'era stato alcun motivo per sospettare di lui... fino a quando non era scomparso.

All'egizio non piaceva trovarsi da solo in mezzo alla campagna, alla ricerca di un sospetto di omicidio che poteva persino avere dei complici. D'altra parte, non aveva alternativa. Non disponeva ancora degli opliti, i soldati di fanteria che doveva procurargli Milone. E non poteva concedere ad Arma un ulteriore vantaggio restando nella comunità fino all'arrivo dei militari. Gliene aveva già concesso fin troppo omettendo di dargli la caccia la notte prima, appena aveva scoperto che non aveva fatto ritorno dai confratelli. Ma in quel momento Akenon era troppo stanco e non sarebbe riuscito a restare all'erta. In quelle condizioni sarebbe stato un suicidio andare a cercarlo in piena notte da solo, o con l'aiuto di qualche inoffensivo pitagorico.

Spero che avere ritardato di così tante ore l'inseguimento non abbia conseguenze negative.

Dedicò qualche minuto a ispezionare il terreno sabbioso e umido tutt'intorno. Non trovò alcuna traccia da seguire. Era probabile che Arma avesse tenuto i piedi in acqua per non lasciare indizi della sua presenza fin quando non fosse risalito sulla riva. E, se aveva scelto una zona rocciosa per uscire dal fiume, sarebbe stato impossibile localizzarlo. L'egizio guardò a monte e a valle e cominciò ad avviarsi verso il mare. Se Arma si fosse addentrato nell'entroterra, sarebbe stato in ogni caso molto difficile trovarlo. Era meglio seguire il terreno dove era più facile che avesse lasciato qualche traccia.

E, già che ci sono, potrei trovare i resti della pira funeraria.

In una mano teneva le redini dell'unico cavallo della comunità, un femmina dal pelo biancastro, con la coda e la criniera grigie, un po' avanti negli anni ma ancora forte. Aveva scelto lei invece di un asino per essere più rapido a inseguire Arma, qualora ne avesse scoperto una pista.

Un paio di volte sperò che la barca si fosse fermata in un gomito del fiume, ma non ebbe fortuna. Non c'era traccia nemmeno di quella. Continuò ad avanzare mentre ripensava ai candidati alla successione. *I quattro che restano dei sei iniziali*, pensò amaramente. Mancava solo che Pitagora effettuasse l'analisi di Aristomaco e completasse quella di Ipocreonte per poterli escludere.

D'un tratto la vide.

La barca aveva deviato dalla corrente centrale, urtando alcune rocce, ed era andata a incagliarsi tra alcune radici in prossimità della riva. Akenon affrettò il passo. Non era più la struttura che la sera prima si innalzava di un metro e mezzo sulla superficie del fiume. La parte dell'imbarcazione più vicina all'acqua non era bruciata, ma i bordi erano spariti. L'interno conteneva un mucchio di ceneri ancora fumanti che, da dove si trovava l'egizio, sembrava piuttosto modesto. *Che il corpo sia finito in acqua?*

Con inquietudine crescente, Akenon si affrettò ad avvicinarsi, senza smettere di guardarsi intorno nel caso si vedesse qualche traccia di Arma. *Forse è passato di qui prima di me e si è portato via i resti di Daaruk.* Tirò la cavalla e percorse gli ultimi metri allungando il collo, nel tentativo di distinguere il contenuto dell'imbarcazione.

Arianna avvicinò preoccupata un gruppo di uomini che usciva dai giardini della comunità. « Evandro, hai visto Akenon? »

Il vigoroso maestro si fermò, asciugandosi il sudore dalla fronte con il dorso della mano. Tutte le mattine dirigeva gli esercizi di un gruppo di discepoli, con cui praticava le danze doriche che per loro avevano un carattere sacro. « No, non l'ho visto ». Si guardò intorno, poi ricordò. « Dev'essere andato a recuperare le ceneri di Daaruk. Tuo padre glielo ha chiesto ieri ».

Arianna si sforzò di sorridere. « Grazie, Evandro ».

Proseguì verso l'ingresso della comunità. Tre uomini facevano la guardia fuori dal portico. Non le parvero un ostacolo insormontabile nel caso si fossero trovati di fronte un assassino armato.

« Salve, fratelli ».

« Salve, Arianna ».

« Avete visto Akenon? »

« È partito con la cavalla sul sentiero del nord, mezz'ora prima dell'alba ».

Arianna rifletté per un momento. D'un tratto credette di capire che cosa fosse successo e cominciò ad arrabbiarsi. « Sapete se Arma è rientrato la notte scorsa? »

« Noi siamo di guardia da due ore prima dell'alba e durante il nostro turno Arma non è passato di qui ».

« D'accordo. Grazie ».

Arianna tornò sui propri passi e si diresse alla stanza dello schiavo. Era quasi certa che avrebbe scoperto che non aveva passato la notte nella comunità. Akenon doveva essersene accorto prima di lei. *Per questo se n'è andato senza avvisarmi.*

Era partito da solo, ne capiva il motivo, ma questo non le impediva di essere furiosa con lui.

Le radici tra le quali la barca si era arenata erano a un paio di metri dalla riva. Appena mise i piedi in acqua, Akenon si accorse che era più profonda di quanto si aspettasse e studiò il modo di raggiungere l'imbarcazione. Dovette fare un piccolo giro, schivando le radici.

Con l'acqua alla cintola, appoggiò una mano sul bordo bruciacchiato e si affacciò all'interno. Fu colto da una nausea improvvisa e intensa e dovette puntellarsi meglio con le gambe sul letto del fiume per non cadere. Si aggrappò al bordo della barca con entrambe le mani e appoggiò la fronte a un braccio. *Per Osiride, cosa mi succede?* Serrò le palpebre. Stava ansimando e la sua testa si riempiva di immagini in rapida successione.

Non poté fare altro che osservarle.

Erano del suo passato e risalivano a quattordici o quindici anni prima. Cartagine attraversava un lungo periodo di siccità che cominciava a creare gravi problemi alla popolazione. Nell'ultimo anno e mezzo erano morti un decimo degli abitanti e quasi la metà degli animali domestici. Come estrema risorsa per porre fine alla siccità era stato deciso di compiere il rito chiamato *molk*: un olocausto in onore del dio Moloch.

Il sacrificio di cinquanta bambini di età inferiore ai sei mesi.

Per non offendere il dio con un atto ingiusto e non sfavorire alcuni ceti della società, le piccole vittime sarebbero state scelte a caso fra tutta la popolazione. Era cominciata subito la compravendita di neonati: le famiglie ricche selezionate per consegnare i loro bambini ne acquistavano altri presso quelle povere per darli ai sacerdoti in luogo dei propri. Benché ciò fosse illegale e sacrilego, si sborsavano le somme necessarie a procurarsi un numero sufficiente di sostituti. I primi neonati venivano scambiati per piccole fortune, ma poi la voce si era diffusa e quelle famiglie che morivano di fame arrivavano a cedere i propri figli per poche monete.

Malgrado l'offerta di bambini fosse superiore alla domanda, vi furono persino diversi casi di sequestro. Alcuni piccoli furono strappati alle madri in mezzo alla strada. Akenon era stato assunto da una famiglia di piccoli commercianti perché ne ritrovasse l'unico figlio. Era nato quattro mesi prima, dopo quattordici anni di matrimonio, quando già i genitori pensavano che non sarebbero mai riusciti ad avere una discendenza. Avevano cercato di proteggerlo, tenendolo in casa tutto il tempo; ma – come scoprì Akenon interrogando la servitù – il rapimento era stato messo in atto con la complicità del cuoco di casa. Seguendo la pista, l'investigatore identificò la famiglia di aristocratici che aveva comprato il bambino. Cercò di dialogare con loro, ma questi si rifiutarono di riceverlo. Pertanto, lui raccolse ulteriori prove e si presentò a uno dei magistrati che si occupavano della selezione e del trasporto dei neonati. Mancavano poche ore all'olocausto. Il magistrato ascoltò Akenon con grande interesse e gli disse di recarsi più tardi nel luogo in cui avrebbe avuto luogo il sacrificio.

L'egizio lasciò la città sul far della sera e si avviò a piedi, insieme a centinaia di cartaginesi, verso una costruzione di grandi dimensioni, di forma rettangolare, con alte pareti di pietra e priva di tetto. Akenon non vi era mai stato prima di allora. Oltrepassò una delle porte e osservò intimorito l'interno del recinto consacrato al dio Moloch.

Da una piattaforma di marmo si innalzava la statua di bronzo della divinità. Il temibile Moloch sedeva sul piedistallo a gambe incrociate e anche così era alto cinque volte più di lui. Aveva forma umana sino al collo; la testa era quella di un ariete e tra le corna ritorte brillava una corona dorata. Le braccia erano unite al corpo e gli avambracci allungati, con i palmi delle mani verso l'alto. Il ventre aperto era un camino di proporzioni immense. Veniva alimentato da ore e conteneva uno strato di braci incandescenti profondo oltre un metro. Akenon vide che gli stessi sacerdoti si avvicinavano solo fin dove glielo consentiva quel calore infernale. Fu da lì che gettarono all'interno un paio di ceste di erbe aromatiche, sollevando un fumo denso che salì per il corpo e fuoriuscì dagli occhi e dalle fauci spalancate del dio-ariete.

Moloch aveva fame.

Di fronte alla statua si trovava l'altare principale, ricoperto di lino immacolato. Molto presto si sarebbe tinto del sangue di cinquanta bambini. Dopo averli sgozzati, i sacerdoti li avrebbero collocati nelle mani anelanti di Moloch. Dietro la schiena del dio pendevano grosse catene che passavano attraverso i gomiti articolati della statua, arrivando fino alle mani. Quando un bambino vi veniva deposto, un gruppo di sacerdoti tirava le catene in modo che il dio si portasse le mani alla bocca spalancata.

I piccoli corpi sarebbero caduti nelle viscere roventi di Moloch.

Spero di potermene andare prima che abbia inizio l'olocausto, pensò Akenon, socchiudendo le palpebre.

Cominciava ad avere difficoltà a farsi largo fra la moltitudine. Centinaia di trombe e tamburi producevano un frastuono continuo con l'intento di coprire il piano dei neonati. La maggior parte dei presenti sembrava sotto l'effetto di un incantesimo. Avevano lo sguardo fisso su Moloch e ondeggiavano al ritmo dei tamburi.

Il profumo dolce dell'incenso arrivò al naso di Akenon. Di lì a poco si sarebbe sentito un odore molto diverso.

Tra le prime file del pubblico si erano disposti i genitori che avevano consegnato i loro bambini per il bene di Cartagine. Alcuni apparivano sereni, altri avevano fatto tutto il possibile per trattenere le lacrime: manifestare dolore quando si consegnava un figlio a Moloch era considerato un affronto al dio. Era proibito e i trasgressori venivano sottoposti a punizioni severe.

Molti cartaginesi si mostravano pieni di speranza. Pregavano con fervore a mani giunte e capo chino, o tendevano le mani verso il dio, acclamandolo con le loro grida. La città aveva sofferto molto e forse Moloch si sarebbe impietosito di fronte alla devozione e al sacrificio dei suoi servi.

I magistrati erano molto impegnati a impartire istruzioni. I neonati cominciavano a passare dalle mani dei funzionari che li custodivano a quelli dei sacerdoti. I corpicini si contorcevano come se i piccoli sapessero che cosa li attendeva.

Il coltello cerimoniale risplendeva sull'altare principale.

A venti metri di distanza, appena visibile all'ombra del muro occidentale, Akenon distingueva il magistrato cui aveva esposto il caso. Lo stava guardando e gli fece un segnale appena stabilirono un contatto visivo. Subito dopo scomparve dietro una piccola gradinata di legno. L'egizio lo seguì. Nel momento in cui si addentrò fra le ombre, ricevette un forte colpo alla nuca e stramazzò a terra. Un secondo aggressore si chinò su di lui e lo pugnalò alla schiena, all'altezza del cuore.

A salvargli la vita furono due fattori: Akenon indossava una cotta di cuoio spesso e l'assassino non era un professionista. Il cuoio attutì parte della forza del colpo e il coltello scivolò sulle costole, limitandosi a incidere la carne sulla schiena.

Quando l'egizio riprese conoscenza, era fradicio e appiccicoso di sangue, e respirava a fatica. Dopo vari e sofferti tentativi, riuscì a rimettersi in piedi e a emergere da sotto le gradinate. Era sera inoltrata. Il sacrificio si era consumato e nel recinto non c'era più nessuno. Moloch, il dio vorace, stava digerendo da solo i cinquanta neonati. A uno a uno erano stati sgozzati e gettati nel ventre incandescente, dove ora fumigavano i resti carbonizzati.

Akenon avanzò nell'oscurità, trascinando i piedi. Salì sul piedistallo, lasciandosi dietro una scia di sangue. L'odore gli procurò un conato di vomito. Strinse i denti e si costrinse ad avvicinarsi ancora, ricordando che i suoi clienti erano a casa, in attesa che lui tornasse con il loro bambino.

Visto da così vicino, Moloch risultava immenso. Dalle braci si levava ancora un calore immane. Akenon guardò il contenuto dell'enorme ventre di bronzo. Era stordito e non riusciva a mettere bene a fuoco, distingueva solo un rilievo confuso circondato da irreali onde rossastre. A poco a poco la vista gli ritornò e il cumulo informe si trasformò in manine, piedini, teste...

Barcollò, sentendosi sul punto di impazzire. Una faccina era rivolta verso di lui, quasi a chiedergli aiuto.

Sarà il figlio dei miei clienti?, si domandò, mentre cadeva in ginocchio. Dal suo viso terrorizzato colavano due solchi di lacrime.

Un minuto più tardi, la perdita di sangue gli fece mancare i sensi di fronte a Moloch.

Il giorno dopo il sacrificio, Akenon si svegliò nella casa dei suoi clienti, che avevano inviato i loro servi al recinto. Questi lo avevano trovato e lo avevano portato dai loro padroni per curarlo. L'investigatore dovette dire ai clienti che non era riuscito a salvare il figlio. Anche se già lo immaginavano, quando ne ebbero conferma i due scoppiarono in un pianto straziante.

Akenon abbandonò la casa appena fu in grado di mettersi in piedi. Si presentò a Eshdek, il fenicio più potente che conoscesse e per il quale aveva lavorato a un paio di casi. Voleva vendetta.

Eshdek si sforzò di convincerlo a dimenticarsi di quella storia. Ormai il bambino era morto. Tutto ciò che poteva fare per lui era metterlo sotto la propria protezione, per evitare che il magistrato corrotto cercasse di portare a termine il lavoro.

Poche settimane più tardi, il magistrato in questione morì di morte naturale e Akenon poté rinunciare all'idea ricorrente di ucciderlo con le proprie mani. Ma non avrebbe mai scordato i corpi semicarbonizzati di quei neonati.

L'immagine sfumò e l'egizio si trovò di nuovo con l'acqua fino alla vita, curvo in avanti, con la testa appoggiata al bordo della barca. Sbatté più volte le palpebre, stordito. Poi respirò a fondo, cercando di allontanare quella sensazione amara.

Quando finalmente si affacciò di nuovo oltre il bordo, vide che tutto era nero: ceneri, qualche estremità dei tronchi non del tutto bruciata... e resti innegabili di un essere umano. Li osservò senza toccarli e d'un tratto distinse qualcosa di un altro colore.

E questo cos'è?, si domandò, allungando una mano.

Lo sfiorò superficialmente, con apprensione, e vide il luccichio dell'oro. Era l'anello di Daaruk, ancora intorno a un dito ormai quasi del tutto scarnificato. Risalì con lo sguardo, vedendo che le ossa carbonizzate della mano sparivano all'altezza del polso, sotto i resti dei tronchi. Li scostò e riconobbe quanto rimaneva del braccio, staccato dalla spalla. In apparenza, in qualche momento della notte, mentre bruciava, l'armatura di legno aveva ceduto nella parte centrale sotto il peso del cadavere; dopodiché qualche tronco doveva essere caduto sul corpo, ormai in buona parte calcinato. A quel punto era difficile distinguere i resti del legno da quelli dell'essere umano.

Uscì dall'acqua e prese una coperta che aveva lasciato in groppa alla cavalla. Prima di tornare alla barca diede un'altra occhiata al terreno.

Di qui Arma non è passato.

Tornò nel fiume, distese la coperta a poppa della barca e cominciò a trasferirvi i resti umani. Afferrò un femore e vide che dall'osso pendevano brandelli di carne bruciata.

Non è necessario essere troppo minuzioso.

Aveva cominciato dalla parte inferiore del corpo. Alle mani, si fermò un momento a pensare. Poi sfilò con cura l'anello d'oro e lo rigirò tra le dita. Si era un po' deformato a causa del calore, ma il simbolo del pentacolo era rimasto integro. Lo soppesò nel palmo della mano, guardando i resti di Daaruk che riposavano sulla coperta.

Poi si mise l'anello nella tasca interna della tunica.

All'entrata della comunità, Akenon smontò dalla cavalla e salutò con fare distratto il gruppo che la sorvegliava. Attraversò il portico tenendo l'animale per le redini. Scorse in lontananza Arianna che si stava avvicinando con espressione furibonda.

Guarda un po': reprimenda in arrivo.

Quando la giovane fu a pochi passi, Akenon si fermò e alzò la mano in un gesto conciliante. L'altra la teneva nella tasca della tunica e si accorse che stringeva l'anello di Daaruk.

L'oro è il movente più diffuso dei delitti, gli sovvenne.

Nella sua mente si formò un'associazione di idee così netta che quasi poté sentire il rumore dei pezzi che si incastravano l'uno nell'altro.

In quel momento Arianna lo raggiunse: «Si può sapere...»

Akenon la trattenne con un gesto perentorio. «Presto, monta con me a cavallo!» esclamò, mentre balzava in groppa all'animale. Tese la mano alla giovane che lo guardò da terra, sconcertata. «Dobbiamo andare subito a Crotone», la esortò lui. «Forse possiamo catturare l'assassino di Daaruk».

Arianna si afferrò all'avambraccio dell'egizio e si sistemò dietro di lui. Akenon spronò la cavalla.

All'uscita, incrociarono Evandro. L'egizio tirò le redini. «Consegna questo a Pitagora», disse, estraendo da una bisaccia un fagotto ben sigillato. «Sono i resti di Daaruk».

Evandro lo ricevette con apprensione. Prima che potesse replicare, Arianna e Akenon stavano già galoppando verso Crotone.

Capitolo 38

24 aprile 510 a.C.

Arma lasciò il lussuoso edificio di pietra e si congedò dalle due enormi guardie che custodivano l'entrata e che lo guardarono solo per un istante, senza rivolgergli la parola. Non erano pitagorici e, per loro, quello non era altro che uno schiavo.

Sarò uno schiavo, ma sono ricco.

Represse un sorriso. Non poteva considerarsi in salvo finché non avesse lasciato la città. Poi si sarebbe fatto crescere i capelli, prendendo dimora in un'altra regione, e tutti lo avrebbero considerato un cittadino rispettabile.

Stava percorrendo una delle vie principali di Crotone. Benché fosse ancora presto, c'era già molta gente in giro. Si portò una mano al petto, sentendo la mancanza del documento su cui aveva vegliato con tanta cura. Lo aveva appena consegnato, ricevendo in cambio qualcosa di meglio. Svoltò a destra e proseguì a testa bassa. Era assurdo, ma gli sembrava che tutti indovinassero il contenuto del pesante fardello che portava sulla spalla destra.

Ma nessuno può sapere che ho con me una fortuna in oro, si disse, per tranquillizzarsi. Si accorse che qualcosa gli cadeva sulla faccia e alzò gli occhi. Stava cominciando a piovere. Il colore delle nubi lasciava presagire il violento temporale che stava per scatenarsi. *Meno male che non ha piovuto ieri.* Fece un mezzo sorriso, provando una sensazione agrodolce al ricordo della pira funeraria che scivolava sulla corrente.

Arrivò a destinazione, una scuderia enorme che non solo alloggiava cavalli e bestie da soma, ma ne faceva anche commercio. Passò tra i mozzi di stalla e andò dritto dall'incaricato. In passato aveva trattato con lui l'acquisto di due asini per la comunità. «Salve, Ateocle».

L'interpellato si voltò. Aveva sempre la stessa espressione sfiduciata dietro una barba folta e non molto curata. Fece uno sforzo e, da bravo commerciante quel era, rammentò il suo nome. «Buongiorno, Arma. Sei mattiniero, oggi. Vuoi un altro somaro? Ne ho di eccellenti».

Lo schiavo cercò di apparire tranquillo. Aveva fretta di lasciare la città, ma doveva evitare a ogni costo di destare sospetti. «Questa volta farai un affare migliore».

Gli occhi di Ateocle si strinsero, avidi.

«Mi chiedono di acquistare un cavallo veloce e resistente, che possa percorrere in una giornata il doppio della distanza di un asino».

«Ah, sì? E chi ha tanta fretta?»

«Serve per accelerare lo scambio di messaggi. Cose di politica, suppongo». Arma si strinse nelle spalle con finto disinteresse e resistette all'impulso di voltarsi a guardare verso l'ingresso. Temeva che da un istante all'altro arrivasse qualcuno ad arrestarlo.

«Ottimo. Sono sicuro di avere ciò che ti serve». Ateocle si inoltrò nelle scuderie, seguito dallo schiavo. Il commerciante era indeciso: stava ragionando su come condurre la vendita. Meglio cominciare mostrando un cavallo modesto, per poi alzare il prezzo quando Arma gliene avesse chiesto uno più adatto? Oppure era preferibile fargli vedere subito il cavallo migliore, a un prezzo molto alto, per poi ricavare una somma vantaggiosa dalla vendita di un animale inferiore?

Arma non aveva tempo da perdere in trattative. «Ascolta, Ateocle. Sono venuto così presto perché poi ho molte commissione di sbrigare. Se mi fai vedere il tuo cavallo migliore e chiedi un prezzo ragionevole, te lo pago subito in oro. Altrimenti mi occupo degli altri impegni e torno più tardi... posto che non trovi l'animale adatto da un'altra parte».

Ateocle si morse il labbro inferiore. Non era abituato a condurre gli affari in quel modo. D'altra parte, non poteva lasciarsi sfuggire l'occasione di mettere le mani su una bella somma in oro. Per quanto l'atteggiamento di Arma fosse un po' sospetto. *Ma, per tutti gli dei, dice che paga subito e in oro!* Ciò toglieva importanza al fatto che lo schiavo gli si rivolgesse così.

Oltretutto, il commerciante ricordava la prima volta che quello gli aveva comprato un asino: al principio non gli aveva prestato attenzione, per il fatto che era uno schiavo, e Arma se n'era dovuto andare senza che nessuno gli desse ascolto. Qualche ora più tardi si era presentato alle scuderie un maestro pitagorico per spiegare ad Ateocle – con un misto di cortesia e fermezza – che Arma era sì uno schiavo, ma anche un iniziato e che pertanto doveva essere trattato come se fosse Pitagora in persona. Il commerciante non era un iniziato, ma sapeva che Pitagora era l'uomo più influente di tutta la città. *E basta vederlo o ascoltarlo per capire che è in rapporto diretto con gli dei, se non è egli stesso uno di loro.* Sicché Ateocle non si sarebbe permesso mai più di sottovalutare Arma.

Cinque minuti più tardi, Arma trottava per le vie di Crotone in groppa al suo nuovo cavallo. Nell'acquisto erano state incluse due bisacce, in cui ora custodiva la sua fortuna in oro da poco acquisita. La trattativa con Ateocle non era stata troppo svantaggiosa, tenendo conto della fretta con cui l'aveva condotta.

È un cavallo eccellente, pensò soddisfatto. Era un animale giovane, grosso e molto forte. Niente a che vedere con la cavalla della comunità.

La pioggia era fitta, ora, ma faceva meno freddo che all'alba. Con gli occhi socchiusi per vedere meglio tra i goccioloni, scorse a cento passi di distanza il profilo confuso della porta settentrionale di Crotone.

Sto per realizzare il mio sogno.

Senza far caso ai passanti, lanciò il cavallo a un poderoso galoppo.

Capitolo 39

24 aprile 510 a.C.

Quando la cavalla superò il ginnasio, una pioggia sottile prese a bagnare le vesti di Arianna e Akenon. Proseguirono al galoppo per tutto il tragitto sino a Crotone. Quando vi arrivarono, superarono al trotto la porta e l'egizio diresse l'animale tra le vie, seguendo le indicazioni della giovane. La pioggia era aumentata e le strade cominciavano a riempirsi di fango.

«È lì, dove ci sono le guardie», disse lei, indicando.

Akenon le aveva spiegato i propri sospetti e Arianna si era detta d'accordo con lui. «Se ci sbrighiamo, possiamo catturare l'assassino di Cleomenide e Daaruk».

L'egizio fermò la cavalla di fronte alla piccola stalla sull'angolo dell'edificio e passò subito le redini a un inserviente, che li guardò a bocca aperta mentre smontavano e correvano all'entrata principale.

Le guardie fecero per bloccarli: nessuno entrava di corsa nel palazzo di Eritrio, il curatore. Ma all'ultimo momento si accorsero che una dei due era la figlia di Pitagora e si affrettarono a indietreggiare, chinando il capo in segno di rispetto.

Quando furono nell'edificio principale, Akenon notò che lo spessore dei muri era il doppio del normale. Alzò gli occhi al soffitto e vide che era rinforzato con grosse travi di legno. *La camera del tesoro*, pensò, notando anche che non c'erano finestre.

Eritrio era seduto a un tavolo, intento a leggere un documento. Appena vide i due ospiti, si alzò e andò ad accogliere Arianna a braccia aperte. Era un uomo sui cinquantacinque anni, con un corpo magro che gli si indovinava sotto la tunica. I capelli grigi e la lunga barba erano ben curati. Il viso, franco e sorridente, ispirava fiducia. «Salve, cara Arianna. Quanto tempo che non ti vedo».

«Salve, Eritrio», disse lei, con premura. «Hai già conosciuto Akenon».

«Piacere di rivederti, Akenon». Il curatore gli rivolse uno sguardo cordiale, che ricordò all'egizio che era anche lui un iniziato. «Che cosa posso fare per voi?»

«Stiamo cercando Arma», rispose l'investigatore. «È stato qui?»

Eritrio inarcò le sopracciglia, sorpreso. Guardò Arianna, che attendeva ansiosa la risposta, poi di nuovo Akenon. «Be', sì. Era qui poco fa. Mi ha consegnato questo documento». Il curatore voltò le spalle agli ospiti e prese una pergamena dal tavolo: era quella che stava esaminando quando erano entrati. Le pieghe marcate e la tendenza a richiudersi indicavano che era stata aperta solo di recente, dopo essere rimasta sigillata a lungo. «È una sorta di testamento di Daaruk».

«Cosa dice?» lo esortò Arianna

Eritrio prese fiato e sospirò prima di rispondere. Appariva a disagio. «Be', ecco... In sintesi, che tutto ciò che apparteneva a Daaruk ora è di proprietà di Arma».

Arianna aprì la bocca per dire qualcosa, ma la richiuse subito. Era senza parole. Benché non ci fosse alcuna legge al riguardo, l'usanza era che tutti gli averi dei membri della comunità, alla loro morte, passassero all'ordine pitagorico. Nei casi in cui i defunti avessero una famiglia al di fuori, si procedeva a una ripartizione dei beni. Ma non era mai capitato che nulla fosse lasciato alla confraternita. La cosa si faceva ancora più grave, trattandosi di un grande maestro che apparteneva alla cerchia più intima di Pitagora.

«Non può trattarsi di un falso?» domandò Akenon.

«No, no». Eritrio gesticolava. «Il sigillo che lo chiudeva attesta che fu lo stesso Daaruk ad apporlo. L'ho confrontato con un altro documento analogo in mio possesso. Inoltre, in un paio di occasioni, fu lui stesso a dirmi che si fidava ciecamente di Arma».

Akenon prese la pergamena dalle mani del curatore. Da un angolo vide che pendeva il sigillo di cera, pressoché integro, e lo osservò. Poi infilò la mano nella tasca della tunica ed estrasse l'anello d'oro di Daaruk. Arianna si sorprese nel vederlo. Akenon lo tenne fra le dita e lo sovrappose al sigillo. Corrispondeva alla perfezione. Non c'era dubbio che il pentacolo fosse stato impresso nella cera usando l'anello.

In quell'istante, a cento metri da loro, Arma stava chiudendo con Ateocle l'acquisto del migliore dei suoi cavalli.

«Dobbiamo trovarlo al più presto». L'egizio depose il documento sul tavolo e si rimise in tasca l'anello. «Da quanto tempo è uscito di qui?»

«Non più di dieci minuti», rispose Eritrio. «È un caso che non l'abbiate incontrato. Le guardie vi potranno dire che direzione ha preso».

Con il curatore in testa, si affrettarono a tornare all'ingresso. Eritrio aveva la sgradevole sensazione di aver commesso un errore. In quel momento desiderava che Arma fosse rintracciato al più presto. *Che l'assassino sia lo schiavo?* In tal caso, il curatore non si sarebbe potuto perdonare di averlo aiutato inconsapevolmente a fuggire.

«Che cosa ha preso Arma?» domandò Arianna.

Eritrio si voltò, senza fermarsi. «Mi ha chiesto di dargli tutto l'oro possibile. Gli ho spiegato che una buona parte del patrimonio di Daaruk è investito in spedizioni commerciali e prestiti al tesoro pubblico. Liquidare tutto quanto richiederebbe settimane o persino mesi. Ci sono anche proprietà di famiglia delle quali potrei provvedere alla vendita, ma anche questo richiede tempo. Lui mi ha interrotto e ha insistito che voleva soltanto l'oro e lo voleva immediatamente. Gli ho anche spiegato che in qualche ora avrei potuto procurarmene dell'altro, giacché la maggior parte dell'oro e dell'argento in mia custodia è depositata al tempio di Eracle, com'è naturale».

Akenon annuì, ricordando che tale era l'usanza greca: il carattere sacro dei templi e le punizioni inflitte a chiunque li profanasse facevano sì che, in molte città, fosse in quei luoghi che si depositassero il tesoro pubblico e a volte anche quelli privati. Nel caso di Crotone, il tempio di Eracle rivestiva una grande importanza, perché il dio era considerato il fondatore della città.

«Da che parte è andato Arma?» chiese Eritrio alle sue guardie, prima ancora di raggiungerle.

Queste si voltarono di scatto. Esitarono, poi finalmente fu il più giovane a rispondere. «Prima è andato di là». Indicò verso destra. «Alle scuderie di Ateocle, immagino, perché poco dopo è passato montando un cavallo enorme, dirigendosi alla porta settentrionale».

Arianna corse alla stalla prima ancora che finisse di parlare.

«Da quanto lo avete visto a cavallo?» volle sapere Akenon.

«Da pochissimo. Un paio di minuti al massimo».

Arianna riapparve in groppa alla cavalla. La tunica bagnata di pioggia le aderiva al corpo e dal mento le gocciolava l'acqua. «Monta», incalzò.

Akenon prese le redini. «No. Vado da solo. Può essere pericoloso».

Arianna lo sorprese, sfilando una daga dalle pieghe della tunica. «Posso esserlo anch'io. Monta subito a cavallo, o vado senza di te».

Akenon la guardò negli occhi. Era chiaro che se avesse esitato un secondo di più lei sarebbe partita da sola all'inseguimento. Fece un cenno con la testa per indicarle di lasciarlo davanti e montò in groppa con un balzo.

Un attimo dopo percorrevano le vie di Crotone diretti alla porta settentrionale. Gli zoccoli della cavalla producevano un suono pastoso e attutito nel terreno fangoso. Una volta alla porta, Akenon fece per andare verso le guardie per chiedere se avessero visto lo schiavo, ma Arianna lo trattenne. « Eccolo là! »

Un punto scuro avanzava rapido lungo la strada costiera, in direzione di Sibari. Si era aperto uno squarcio tra le nubi e un raggio di sole lo illuminava. Poi le nuvole si richiusero e il fuggiasco scomparve alla vista.

Akenon lanciò la cavalla al galoppo. L'animale di Arma era più veloce, ma con la pioggia il suo cavaliere non poteva vedere che lo inseguivano.

Se si ferma un momento, saremo su di lui.

Capitolo 40

24 aprile 510 a.C.

Akenon e Arianna inseguivano Arma da due ore quando, a Crotone, Pitagora affrontò una dura prova. Stava per cominciare la seconda riunione del Consiglio dei Mille dopo la morte di Daaruk. C'era agitazione nell'assemblea, disordinata quanto la piazza del mercato. Il filosofo, ammantato di solennità, attraversò la sala in direzione del podio. I consiglieri, accortisi che stava per prendere la parola, fecero silenzio. Mille volti osservavano il venerabile maestro come un campo di girasoli segue il movimento del sole.

Il filosofo avvertiva una forte opposizione, come gli aveva anticipato Milone il giorno prima. La sua inquietudine era aumentata quando, prima di lasciare la comunità, aveva appreso della scomparsa di Arma. Rivedeva i presagi oscuri delle ultime settimane e sentiva avvicinarsi il futuro di sangue e di fuoco.

Mi occuperò di Arma più tardi. Ora devo pensare al Consiglio. Devo essere fermo e deciso, prima che la fiamma della ribellione possa attecchire. Contava ancora su un appoggio maggioritario, ma in quel momento la sua posizione era più debole di quanto fosse mai stata nei trent'anni passati in quella città.

Salì i cinque scalini del podio e scrutò gli astanti. La sala del Consiglio di Crotone era uno degli edifici più grandi dell'intera Magna Grecia. L'abilità dei suoi costruttori permetteva che mille persone vi trovassero posto quasi senza che le colonne impedissero la vista del podio. Le gradinate laterali di pietra si sviluppavano su sette livelli e lasciavano in mezzo uno spazio rettangolare di cinque metri per trenta. Al centro del pavimento risaltava il celebre mosaico dedicato a Eracle, che lo raffigurava nell'atto di fondare la città ed erigere una statua in onore di Croton, l'eroe che dava il nome all'insediamento, e che Eracle aveva ucciso involontariamente.

Pitagora teneva il lembo della tunica raccolto sul braccio sinistro. Il destro era libero, per dare enfasi al suo discorso. Lo alzò per qualche secondo, prima di cominciare a parlare con voce grave e possente. «Consiglieri di Crotone, so che la decisione di portare qui un investigatore straniero non è stata accolta bene da tutti». Doveva essere diretto e ribattere le argomentazioni dei suoi avversari prima ancora che le formulassero. «Potrebbe ora sembrare che la morte di Daaruk stia dando ragione ai detrattori».

Un mormorio circolò per la sala.

«Nondimeno», continuò il filosofo, con maggiore forza, «solo le male lingue possono trovare in questo una mancanza di rispetto nei confronti della nostra polizia o considerarlo addirittura un atto irresponsabile per la nostra sicurezza. Akenon, l'investigatore che abbiamo convocato, è oltremodo stimato e riconosciuto nella sua professione. Ha fatto parte della polizia in Egitto, dove fu chiamato dal faraone Amosi II perché lavorasse alle sue dirette dipendenze». Pitagora si voltò verso un punto da dove si levava un sommesso chiacchiericcio, come volesse spegnere un fuoco con le sue parole. «Negli ultimi sedici anni è vissuto a Cartagine, dove ha continuato a mietere successi. Se siamo riusciti a farlo venire così in fretta è perché, per puro caso, si trovava a Sibari, dove era stato assunto da Glauco».

Fece una lunga pausa, perché l'uditorio potesse assimilare le informazioni. Constatò compiaciuto che nel mormorio ora si avvertivano toni di ammirazione nei confronti di Akenon. La ricchezza di Glauco era leggendaria, molto superiore a quella di qualsiasi potentato di Crotone. Se il ricchissimo sibarita, che si poteva permettere qualsiasi cosa, aveva scelto Akenon, doveva per forza trattarsi del miglior investigatore possibile.

Ora devo addolcire coloro che si sono risentiti perché ho messo da parte la polizia. Sapeva che le critiche che trovavano maggiore appoggio erano le accuse rivolte alla confraternita di considerarsi al di sopra delle leggi di Crotone.

«Akenon...» Attese che il silenzio tornasse tra i consiglieri. «Akenon ha lavorato con le forze di sicurezza di Crotone dal momento del suo arrivo. E da questo podio illustre vi annuncio che presto aumenteremo tale collaborazione, tanto con la polizia quanto con l'esercito». Fece un'altra pausa e sondò cauto l'ambiente sulle gradinate. *Arriva il momento chiave.* Stava per tentare un colpo a effetto per garantirsi il controllo del Consiglio. Scese dal podio e attraversò la sala. I mille presenti lo guardarono ansiosi. Si fermò di fronte a Milone, in prima fila, vicino al mosaico di Eracle, e gli tese un braccio. Il colosso abbandonò il suo posto e si mise al centro del Consiglio.

«Il generale Milone mi ha suggerito di impiegare l'esercito per rafforzare la sicurezza della comunità».

Si udirono mormorii di approvazione.

«Gli opliti di Crotone ne pattuglieranno sia i dintorni sia l'interno. In questo modo proteggeranno i cittadini di Crotone, i miei discepoli e le vostre famiglie. S'intende che ho accettato con piacere e gratitudine, la proposta del generale e capo del nostro esercito».

Milone e Pitagora si strinsero la mano e i consiglieri applaudirono, dapprima tiepidi, poi con fervore. Da come era stata messa la questione e grazie ad alcune voci ambigue che erano filtrate in precedenza, poteva sembrare che Pitagora avesse accettato a denti stretti un'imposizione di Milone. I sostenitori del filosofo avrebbero pensato che l'intervento dell'esercito fosse stato deciso con il consenso del generale, i detrattori, invece, che Pitagora si fosse piegato alle esigenze della città.

Il maestro chinò il capo con umiltà e gratitudine. Era stato facile, ma lo aveva immaginato nel momento in cui, al suo arrivo, aveva saputo che Cilone non era presente. *Molto astuto da parte sua*, pensò, inquieto. Cilone evitava il confronto diretto, sapendo che non avrebbe potuto vincere. Era tanto furbo quanto contorto. Avrebbe continuato ad aspettare il momento opportuno, persistendo nelle sue infaticabili macchinazioni e approfittando del fatto che poteva assistere a tutte le sessioni del Consiglio, mentre gli impegni consentivano a Pitagora di presentarsi sì e no una volta al mese.

Il filosofo osservò un gruppo di consiglieri che non appartenevano ai Trecento. Tanto il loro atteggiamento quanto le espressioni dei loro volti erano severi, come se volessero mettere in chiaro che non erano stati convinti. Né d'altra parte Pitagora se lo aspettava: quelli erano i più irriducibili seguaci di Cilone.

E dove si è nascosto il vostro capo?, si chiese, guardandoli. *Quale sarà la sua prossima mossa?*

Capitolo 41

24 aprile 510 a.C.

Arma stava per arrivare a destinazione.

Chiuse gli occhi, poi sbatté le palpebre, cercando di scrutare l'orizzonte attraverso la pioggia. *Ancora non si vede*, pensò, nervoso, in groppa al suo cavallo.

Dopo essersi lasciato Crotone alle spalle, era passato dal galoppo al trotto, percorrendo poi al passo i tratti più scoscesi. Nell'ultima ora aveva passato più tempo a camminare che a cavalcare, per serbare le energie dell'animale. *Tra poco dovrà fare un grosso sforzo.*

Lo spesso manto oscuro che si estendeva sopra la sua testa in tutte le direzioni lasciava pensare che avrebbe continuato a piovere a lungo. *Meglio, così potrò girare incappucciato senza attirare l'attenzione.* Ci sarebbero volute settimane perché gli crescessero i capelli abbastanza per nascondere la sua condizione di schiavo. A Crotone lo conoscevano tutti e fino a quel giorno aveva potuto circolare da solo senza problemi, ma in qualsiasi altro luogo avrebbero pensato che era uno schiavo in fuga e lo avrebbero arrestato.

Si guardò indietro. Non notava nessuno nella visibilità limitata di quella mattina piovosa. Per un po' proseguì al trotto, con il capo chino per ripararsi dall'acqua. Alla sua sinistra, la vegetazione passava come una nube scura. A destra, il mare grigiastro e infuriato appariva minaccioso. Ma, a dispetto del maltempo, Arma si sentiva ogni minuto più al sicuro. Crotone era molto lontana.

La locanda si materializzò davanti ai suoi occhi come un'apparizione. Era una costruzione di pietra, alta due piani, con accanto un'ampia stalla. Arma vi si diresse, smontò dal cavallo ed entrò tirandolo per le redini. Un mozzo sui quindici anni apparve subito dall'oscurità e prese le briglie, ammirando il magnifico esemplare. Lo schiavo uscì dalla stalla, si assicurò che il cappuccio gli coprisse la fronte ed entrò nella locanda.

La locandiera uscì dalla cucina proprio in quel momento. Guardò sospettosa l'uomo che non si toglieva il cappuccio all'interno della sala. Non le piaceva chi nascondeva il proprio volto, specie quel giorno, con il marito a letto in preda alle febbri.

Gli si avvicinò con decisione, in modo da incutere rispetto. «In cosa posso aiutarvi, viandante?»

Arma la guardò. Era una donna grossa e rossa in viso, che reggeva una caraffa con il braccio destro come se fosse pronta a usarla come mazza. Sfuggì i suoi occhi. «Cerco Ippolito».

L'altro incappucciato, pensò la locandiera. Provò un brivido ripensando allo sguardo dell'uomo che alloggiava nella stanza al piano di sopra. Era tutto ciò che le era riuscito di distinguere del suo volto sempre in ombra. Ne ricordava anche la voce inquietante, appena un sussurro aspro e cupo. Dopo averle detto il suo nome, che lei presumeva falso, le aveva raccomandato di far salire subito l'uomo che sarebbe venuto a chiedere di lui.

«Ti sta aspettando», disse la donna al nuovo arrivato. «È al piano di sopra». Indicò la scala con un cenno del capo. «La prima porta a destra».

Arma chinò la testa e si diresse alla scala. Mentre saliva, si accorse che il suo nervosismo aumentava a ogni gradino. Quando fu in cima, si fermò di fronte alla porta e cercò di calmarsi, senza esito. L'imminenza dell'incontro gli produceva un'emozione troppo intensa.

Inspirò a fondo, attese ancora un istante, poi aprì.

Capitolo 42

24 aprile 510 a.C.

La pioggia era incessante, faceva freddo ed era molto tempo che cavalcavano, sottoponendo la povera cavalla a uno sforzo enorme. Non era una situazione piacevole per Akenon... tranne che per un aspetto. Arianna, che dietro di lui era in parte protetta dalla pioggia, aveva freddo anche lei e gli si teneva abbracciata con forza. Alle oscillazioni della cavalcata il voluminoso seno della donna gli premeva morbido sulla schiena, una sensazione fugace che tuttavia non sfuggiva all'egizio.

Ah, Akenon, hai trascorso troppo tempo in astinenza, si disse, cercando di non farci troppo caso.

«Ecco la locanda!» esclamò Arianna, indicando davanti a loro.

Una sagoma si faceva sempre più nitida in mezzo alla pioggia, man mano che si avvicinavano. Era quella in cui si erano fermati durante il viaggio da Sibari a Crotone. Non c'era altro luogo in cui fare una sosta per parecchie leghe ed era possibile che Arma vi si fosse fermato. Akenon tirò le briglie.

Fecero a piedi l'ultimo tratto. Quando smontarono, si accorsero che la cavalla era così esausta che non occorreva nemmeno trovare un posto cui legare le redini. Benché durante il viaggio fossero smontati un paio di volte per fermarsi a bere, il povero animale era ormai allo stremo delle forze.

Lasciarono il sentiero e percorsero gli ultimi metri, dirigendosi verso il fianco della costruzione. Le uniche due finestre su quel lato erano chiuse. Akenon fece cenno ad Arianna di restargli dietro e si affacciò sull'angolo.

Fuori non c'è nessuno.

Si voltò verso la giovane e si sorprese nel vedere che aveva sguainato la daga e la teneva di fronte a sé, in una posizione di difesa professionale. «Preferirei andare solo», le disse, sapendo già cos'avrebbe risposto lei.

Arianna si limitò a negare con la testa, facendogli cenno di sbrigarsi.

«D'accordo». Non c'era tempo per discutere. «Ma resta sempre dietro di me».

Svoltò l'angolo e si mosse rapido e silenzioso verso la porta principale. Sapeva che sull'altro lato della costruzione c'era la stalla. Avrebbe preferito controllare che all'interno ci fosse il cavallo di Arma, ma avrebbe corso il rischio di far scoprire la loro presenza. Meglio entrare subito, dando per assodato che il fuggiasco si trovasse nella locanda. *Con qualche complice, forse.*

Avrebbe voluto lasciare Arianna al sicuro, ma intuiva che, se sapeva usare la daga, il suo apporto avrebbe potuto rivelarsi vitale.

Sfoderò la spada, si voltò verso la donna e con lo sguardo le chiese se fosse pronta. A lei tremavano le labbra, di freddo o di paura, ma gli occhi mostravano la stessa decisione di una lupa che difende i suoi cuccioli.

Akenon appoggiò la mano libera sulla porta. Voleva aprirla lentamente, per dare un'occhiata all'interno prima di perdere l'elemento sorpresa. La pioggia e il vento li sferzavano con veemenza, il che lasciava pensare che nessuno li avesse sentiti avvicinarsi.

Rivolse un ultimo sguardo ad Arianna e spinse.

Capitolo 43

24 aprile 510 a.C.

Arma si soffermò sulla soglia. All'interno della stanza non riusciva a vedere nulla. L'unica fonte luminosa era una finestra aperta da cui entravano vento e pioggia.

«Chiudi la porta, Arma».

Lo schiavo sobbalzò. La voce proveniva da un lato della camera, dove qualcuno sedeva dandogli le spalle.

Entrò e chiuse la porta. Interrotta la corrente, vento e pioggia diminuirono l'intensità con cui invadevano la stanza. Arma si abbassò il cappuccio e abbozzò un sorriso incerto e timoroso. Fece due passi verso l'uomo che continuava a restare seduto, con la testa coperta, immobile, di schiena. Poi si fermò, inquieto. «Fa molto freddo qui, mio signore».

Non ebbe risposta.

Rimase in piedi ad aspettare, dietro l'uomo che aveva chiamato «signore». Nel frattempo i suoi occhi, esposti all'illuminazione della taverna del piano di sotto, si erano abituati all'oscurità. Nella camera c'erano un letto, che non sembrava essere stato usato, un vaso per i bisogni e due sgabelli, uno dei quali occupato dall'uomo incappucciato. «State bene, mio signore?» domandò, con voce tremante.

Si udì un sussurro rauco. «Arma, siediti al mio fianco».

Lo schiavo obbedì. Guardò il suo signore, cercando di trovare sul suo viso indizi del suo stato d'animo, ma l'uomo aveva la testa piegata in avanti e il cappuccio gli copriva il volto.

Dall'ombra provenne di nuovo quel mormorio cupo di parole strascicate. «Quanto oro hai raccolto?»

«Meno di quanto ci aspettavamo, mio signore», rispose lo schiavo, tremante. «Il curatore dice che la metà è investita e il resto è custodito in qualche tempio. Ma, anche così, nella stalla ho un cavallo con due bisacce piene. Più che sufficienti per cominciare una nuova vita lontano da qui».

«È un buon cavallo?»

«Eccellente», disse Arma, fattosi coraggio. «Mi è costato caro, tuttavia mi ha permesso di arrivare da Crotone senza soste ed è ancora abbastanza fresco da portarci via tutti e due».

«Bene, bene». L'incappucciato sgranava le parole con una lentezza impressionante. «Arma, hai fatto tutto ciò che dovevi».

Calò uno strano silenzio. Il vento ululava e la pioggia tamburellava sorda sul pavimento di terra della camera. Poco dopo, l'incappucciato si alzò, producendo una serie di scricchiolii. Si mise alle spalle di Arma. Lo schiavo sentì le mani che gli si appoggiavano sulle spalle, che salivano lente verso il collo, dando inizio a un massaggio delicato. Chiuse gli occhi, sentendosi meglio mentre notava che la tensione accumulata da due giorni cominciava a dissiparsi.

«Sei sicuro che nessuno ti abbia seguito?»

«Akenon e Arianna mi hanno sorvegliato mentre preparavo la pira funebre, ma non mi hanno causato problemi. Dopo aver acceso il fuoco, sono riuscito a nascondermi e ho passato la notte nel bosco. Stamane mi sono presentato subito da Eritrio, poi ho comprato il cavallo e ho lasciato Crotone senza indugio.» Il massaggio era diventato una carezza sul collo che gli procurò un brivido di piacere. «In ogni caso, mio signore, Akenon è furbo e ostinato. Appena saputo che non ho passato la notte nella comunità, si sarà messo sulle mie tracce. È pericoloso trattenerci qui».

L'incappucciato guardò dall'alto il volto calmo di Arma, che aveva le palpebre chiuse e la bocca semiaperta. Nonostante a parole incitasse a una rapida partenza, lo schiavo si stava lasciando trasportare dalle carezze. L'altro sorrise e gli avvicinò le labbra a un orecchio, sfiorandolo mentre sussurrava: «Tranquillo, Arma». La punta delle sue dita percepì le pulsazioni sul collo. «Non rivedrai più Akenon». Esercitò una pressione maggiore.

Arma si stava abbandonando e notava compiaciuto che la stanchezza si trasformava in sonnolenza. Il flusso di ossigeno che gli arrivava al cervello si ridusse lentamente. Appoggiò la testa su una mano del suo signore, che la sostenne delicato senza smettere di bloccargli la circolazione sanguigna. D'istinto, lo schiavo gliela baciò, prima di perdere i sensi. Allora l'incappucciato premette ancora più forte. In pochi istanti il corpo di Arma fu scosso dalle convulsioni, in un tentativo disperato di aggrapparsi alla vita. L'altro mantenne la presa con fermezza.

Ancora qualche secondo e il cuore dello schiavo si fermò.

L'incappucciato non allentò ancora per qualche momento, mentre pensava ai passi successivi. *Per prima cosa, mettere su una falsa pista Akenon, il maledetto egizio.* Sospettava che questi fosse riuscito a seguire lo schiavo, il che imponeva di lasciare la locanda il più presto possibile. Sorrise, pensando al cavallo e all'oro che lo attendevano nella stalla.

Depose a terra il cadavere di Arma e andò alla porta. L'aprì piano e si affacciò con cautela. La locandiera stava parlando con qualcuno. Un attimo dopo, due persone apparvero nel suo campo visivo.

Akenon e Arianna!

Loro non lo videro, ma in quel momento smisero di parlare con la locandiera e cominciarono a salire la scala.

L'incappucciato rientrò subito nella camera e sguainò la spada.

Capitolo 44

24 aprile 510 a.C.

Arianna stava salendo le scale alle spalle di Akenon, stringendo l'impugnatura della daga con tale forza da avere le nocche bianche. Più si allontanavano dal piano inferiore, più la luce si attenuava.

La locandiera aveva appena confermato che da quindici o venti minuti era entrato un uomo, da solo. Malgrado avesse il viso coperto, la sua descrizione corrispondeva a quella del fuggitivo. Aveva appuntamento con un altro uomo che si era presentato un'ora prima, anche lui con il volto nascosto da un cappuccio

Ciononostante, la locandiera rabbrividisce solo a parlarne, aveva notato Arianna.

Giunsero a un ballatoio in penombra. Sulla destra, a un passo da loro, c'era una porta chiusa. Akenon vi si accostò, facendo cenno alla donna di mettersi dall'altro lato. Ora non davano più la caccia a un nemico imprecisato, ma sapevano di doversela vedere con due uomini che, con tutta probabilità, erano gli autori dei delitti perpetrati nella comunità.

Appoggiò un orecchio alla porta, con gli occhi rivolti ad Arianna. Il respiro di lei era un po' affannato, ma il suo sguardo non dava segni di incertezza. Quell'aspetto della figlia di Pitagora era una novità inattesa. Akenon chiuse gli occhi e si concentrò su ciò che udiva all'interno della stanza. Aveva l'impressione che ci fosse una finestra aperta, ma non sentiva né voci né movimenti di persone. Aprì gli occhi e fece un cenno ad Arianna. Stavano per entrare.

Indietreggiò di un passo. La sua idea era di fare irruzione e attaccare senza por tempo in mezzo: un colpo all'uomo che si fosse trovato davanti per primo, poi via sul secondo. *Così Arianna dovrà affrontare solo un avversario ferito.* Una volta messo fuori combattimento il secondo uomo, sarebbe tornato a occuparsi del primo.

Quando stava per spingere la porta, sentì un colpo dall'altra parte. Esitò un istante, poi aprì con un calcio. Si gettò all'interno brandendo la spada, con i sensi all'erta perché la stanza era quasi al buio. Scrutò la parete della porta. Non c'era nessuno. Arianna entrò in quel momento: erano d'accordo che sarebbe intervenuta solo dopo che lui avesse lanciato il primo assalto. La vide accovacciarsi e girare rapidamente su se stessa, come un cobra pronto ad attaccare.

Akenon scorse un corpo steso a terra. Dai capelli corti, immaginò che fosse Arma. Continuarono a muoversi con rapidità. Arianna si avvicinò al corpo, mentre l'egizio correva alla finestra. Sotto di loro c'era la stalla. Avvistò un uomo che si lasciava cadere a terra dal bordo del tetto.

«È alla stalla!» gridò, precipitandosi alla porta. La finestra era troppo stretta per lui. Scese i gradini a quattro per volta e attraversò la sala della locanda con la spada sguainata.

Arianna lo seguì fuori, sotto la pioggia. Lo vide dirigersi alla stalla e gli corse dietro pronta con la daga, come una vespa con il pungiglione. Aveva constatato che Arma era morto, ma ancora non aveva capito cosa stesse succedendo. Non c'era tempo per pensare, doveva agire d'istinto per sopravvivere e aiutare Akenon.

Quando fu alla porta della stalla, ne uscì un cavallo enorme. Non ebbe il tempo di farsi da parte: urtò con la testa la spalla dell'animale e cadde all'indietro. La daga le volò via dalla mano. Stordita, Arianna non poté fare altro che assistere alla scena. Il cavallo sembrava incerto se fermarsi o darsi alla fuga. Akenon lo teneva per le briglie con il braccio sinistro, mentre il destro pendeva inerte. Una figura incappucciata stava in groppa alla bestia cercando di spronarla e, al tempo stesso, di scacciare l'egizio a pedate.

Gli zoccoli battevano furiosi sul terreno. Arianna rotolò su se stessa per evitare di esserne schiacciata e ritrovò la sua daga. L'afferrò e si rimise in piedi. In quel momento, l'incappucciato colpì Akenon con un calcio in piena faccia, buttandolo a terra. Il cavallo partì in una corsa frenetica.

Arianna si avvicinò all'investigatore, confuso e con il naso sanguinante, ma per il resto in apparenza illeso. Lo lasciò seduto a terra ed entrò nella stalla, alla ricerca di una cavalcatura con cui inseguire l'incappucciato. Scartò la cavalla, sapendo che era troppo stanca per reggere il galoppo anche per solo cinquecento metri. In un angolo vide un ragazzo rannicchiato, che si stringeva tremante le ginocchia; gli usciva sangue da uno zigomo. Doveva essere un inserviente della locanda. Disperata, guardò dappertutto, ma non c'erano che mule e somari.

Lanciò un grido rabbioso e si voltò verso la porta. Il nemico era così lontano sul sentiero che ormai lo si vedeva appena. Uscì dalla stalla, sentendo che la tensione cedeva il passo a una schiacciante frustrazione. C'erano andati così vicino... Scosse la testa. Provava una sensazione irreale, come se si stesse svegliando da un sogno. Lasciò cadere la daga e corse da Akenon che sputava sangue, seduto a terra sotto la pioggia. Il cavallo lo aveva colpito alla spalla destra con le zampe anteriori e si vedeva un brutto avvallamento all'altezza della clavicola.

L'egizio alzò la testa. Il viso era corrucciato e pallido come cera. « Quello di sopra... è Arma? » domandò a denti stretti.

« Sì. È morto ». Arianna ripensò al nemico in fuga. Non era riuscita a distinguerne il volto. « Hai visto in faccia l'incappucciato? »

Akenon fece cenno di no. Respirava in modo affannoso. Chinò di nuovo la testa. Si sentiva sul punto di svenire dal dolore.

«Resisti. Vado a cercare aiuto». Arianna gli sfiorò la guancia con una mano e si rialzò. Prima di tornare alla locanda lanciò un'ultima occhiata alla strada per Sibari.

Si vedeva solo la pioggia.

Capitolo 45

21 maggio 510 a.C.

Glauco stava per avere una rivelazione trascendentale.

Da un mese a quella parte non faceva altro che sonnecchiare e aggirarsi per il palazzo a qualsiasi ora, come se la sua mente avesse perso la facoltà di distinguere il giorno dalla notte. Quando era sveglio, girava senza posa per la sua residenza, entrando e uscendo dalle stesse stanze, come alla disperata ricerca di qualcosa. Dietro di lui zoppicava Leandro, il nuovo coppiere, uno schiavo così vecchio e brutto che mai si sarebbe frapposto nelle relazioni con giovani amanti, come aveva fatto Tesalo con il suo adorato Yaco.

Leandro eseguiva fedele le istruzioni e gli accostava il vino alle labbra ogni cinque minuti. Tale procedimento riusciva ad alleviare il dolore implacabile che gli procurava il ricordo dello schiavo perduto. Ma quando Glauco dormiva, non c'era via di fuga: malgrado non avesse assistito di persona al tormento di Yaco, ne sognava di continuo il volto delicato ed efebico contratto nel dolore, mentre implorava clemenza a Boreas che lo torturava con un ferro rovente. Ne sentiva distintamente le urla, le suppliche disperate: *Glauco, mio adorato signore, perché fai questo a chi tanto ami?* Si svegliava gridando e beveva con tanta avidità il vino di Sidone da rovesciarne metà sulla tunica e le lenzuola.

Da quell'episodio abominevole non poteva più sopportare la vista di Boreas. Lo obbligava a nascondersi, perché la sua gigantesca presenza non gli rammentasse che era stato lui a sfigurare

Yaco, per poi farlo incatenare al remo di una nave, con destinazione all'altro capo del mare. Due giorni dopo, aveva inviato una seconda nave a recuperare il giovane schiavo. Ma, quando questa aveva raggiunto la prima, non c'era stato ormai più nulla da fare: il ragazzo, troppo fragile per fare il rematore, era morto a cinque giorni dall'imbarco.

E il comandante ha ordinato che il corpo fosse gettato in mare. Quel pensiero angosciava Glauco. Immaginava il suo amato che scendeva lentamente nelle profondità abissali, con gli occhi spalancati, supplicando in silenzio che lui lo salvasse.

Benché Boreas continuasse a nascondersi, a volte il suo padrone provava il desiderio irrefrenabile di ammazzarlo. E allo stesso modo desiderava la morte di Akenon – l'egizio che gli aveva raccomandato Eshdek, il suo principale fornitore a Cartagine – per avergli dimostrato che lo schiavetto lo tradiva con il coppiere Tesalo. *L'uomo che sognavo potesse provare l'innocenza di Yaco e che invece mi ha rovinato la vita, con il suo ingegno e i suoi intrugli.*

A volte cominciava a desiderare anche la propria morte, vedendovi l'unico modo di porre fine alla sua amara sofferenza.

Tormentato ogni giorno dagli stessi pensieri, passava ore girando per il colonnato del grande cortile del suo palazzo. Davanti alle stanze degli ospiti, cambiava direzione, percorreva il lato in cui alloggiavano i servi di fiducia, quindi il portico antistante i suoi saloni privati, la sala dei bagni e dei massaggi... e infine la stanza, ora vuota, in cui aveva abitato Yaco. In quel punto, accelerava come se volesse fuggire e correva per l'ultimo tratto, lasciandosi alle spalle i suoi alloggi, la statua di Estia con il fuoco perpetuo sull'altare e l'ampio arsenale. I giri del colonnato si susseguivano senza interruzione, in modo così febbrile che Leandro non riusciva a tenergli dietro senza rovesciare il vino sul pavimento di marmo.

D'un tratto si immobilizzò. Si voltò a guardare con aria di

sfida la statua centrale di Giove. *Dei immisericordiosi, vi compiacete di giocare con noi come se fossimo volgari marionette?*

Lo sguardo di pietra mantenne la sua crudele indifferenza.

Glauco passò tra due colonne, uscendo dal portico, e si avvicinò al sovrano degli dei. Era in uno stato di tale esaltazione che non avrebbe esitato a maledire il più potente degli abitanti dell'Olimpo.

Si fermò di fronte alla statua e alzò i pugni, infuriato. In quell'istante, rimase paralizzato da un lampo dentro di sé. Come se stesse nascendo in quel momento, ebbe la certezza inequivocabile di essere in contatto con la stessa natura divina.

Una luce prodigiosa gli inondò la mente.

Quindici anni prima, Pitagora aveva fatto un viaggio a Sibari, accompagnato da Oreste e Cleomenide, i suoi discepoli più avanzati di quel periodo. La comunità di Crotone aveva raggiunto una fama tale che molti sibariti vi si recavano, nella speranza di esservi ammessi. Pochissimi ci riuscivano, dato che il loro carattere e la mondanità della società di Sibari ben poco si conciliavano con il rigore e la disciplina della confraternita.

Alla fine Pitagora aveva escogitato un modo intermedio per consentire anche a loro di seguire i suoi insegnamenti ed espose le proprie idee alla classe dirigente della città. Li avrebbe messi a parte della componente meno impegnativa della dottrina e delle regole di comportamento interno ed esterno. L'accoglienza fu eccellente. In quel modo i sibariti, senza particolari sacrifici, avrebbero potuto considerarsi seguaci di Pitagora, che ritenevano di natura divina.

«Devo fare ritorno a Crotone», annunciò il filosofo dopo alcuni giorni. «Ma Oreste e Cleomenide resteranno con voi per sei mesi».

Anche se a Sibari non sarebbe sorta una comunità, la gente del luogo avrebbe avuto l'attenzione dei maestri pitagorici. Fu concordato anche l'invio frequente di ambasciate tra la città e la comunità di Crotone, in particolare tra il filosofo e i membri del governo sibarita.

Gli anni successivi furono delicati per l'economia cittadina a causa delle minacce che gravavano sulle sue rotte commerciali e sui suoi clienti più importanti. La Persia invase l'Egitto e parve sul punto di fare lo stesso con la Grecia. Già tempo prima aveva occupato la Fenicia e il re persiano Dario aveva deviato le vie del commercio del Mediterraneo orientale verso quelle coste, a scapito di quelle greche. La Fenicia era sotto il governo di un satrapo, come semplice provincia dell'impero persiano. Da parte sua, Cartagine, in origine colonia dei fenici, si era resa indipendente dalla madrepatria, accaparrandosi le rotte commerciali del Mediterraneo occidentale. Nonostante ciò, Sibari riuscì a godere della prosperità generale della Magna Grecia e delle regioni periferiche, e soprattutto a beneficiare della stabilità politica che Pitagora aveva portato in tutto il territorio. Il governo ne divenne sempre di più un sostenitore, stringendo legami con gli altri governi a lui ispirati, un numero che non cessava di aumentare.

In quell'epoca, il giovane Glauco aveva appena ereditato l'impero mercantile del padre. La morte del genitore era stata repentina, ma l'uomo gli stava insegnando il mestiere già da diversi anni e lo faceva partecipare a tutte le riunioni. Grazie a questo e alle notevoli doti del giovane, la sua gestione fu brillante sin dal principio. Ci fu tuttavia un momento critico quando Glauco arrivò a interessarsi così tanto del pitagorismo da trascurare le proprie responsabilità negli affari. Arrivò alla decisione di cercare di entrare nella comunità di Crotone per dedicarsi alla ricerca della conoscenza.

I suoi soci si preoccuparono e alla fine lo misero alle strette. «Puoi diventare asceta finché vuoi», gli dissero, «sei anche libero di entrare nella comunità di Crotone e non lasciarla mai più. Ma prima, in memoria di tuo padre con cui abbiamo lavorato per tanti anni, ti chiediamo di cedere il comando di tutte le attività».

Glauco ci rifletté sopra per due settimane. Era un giovane di forti passioni e i due estremi della sua natura lo chiamavano con pari forza. Non avrebbe voluto scegliere, ma era costretto a farlo. Alla fine decise che non poteva rinunciare alle sue inclinazioni più antiche e radicate. *Forse la vita nella comunità risulterebbe troppo dura per me.*

Stabilì dunque di mantenere le sue attività e il modo di vivere sibarita. Lo comunicò ai soci, ma la sua passione per le matematiche non scemò. Provava un piacere squisito quando la sua mente si abbandonava ai ragionamenti più sottili e complessi. Per questo tentò persino di convincere Oreste a consentirgli l'accesso alle conoscenze più elevate dell'ordine.

«Le tue attitudini sono straordinarie», gli rispose il maestro, «ma le grandi conoscenze e scoperte di Pitagora sono svelate solo a chi dedica tutta la sua vita alla confraternita».

Glauco chinò il capo in segno di rispetto verso Oreste, in apparenza rassegnato. Ciononostante, tornò presto a pretendere più di quanto gli era concesso. Giunse per proprio conto fin dove gli fu possibile. Poi cominciò a pagare chiunque dichiarasse di possedere le conoscenze cui lui anelava. Sicché il palazzo si riempì di una schiera di savi, maghi e ciarlatani con cui conversava tutti i giorni. Istituì anche dei premi per chiunque fosse riuscito a fargli compiere passi avanti. La somma offerta era tale che la notizia si diffuse ben oltre i confini di Sibari.

Un giorno ricevette la visita di Pitagora. Il venerabile maestro stonava nell'ambiente lussuoso del palazzo. Ma attese di trovarsi da solo con Glauco per affrontare la delicata questione. «Dobbiamo anelare non solo alla verità, ma anche alla virtù», sentenziò. «La conoscenza che si ottiene mediante l'oro e non attraverso i propri meriti può allontanarci dalla retta via ed essere nefasta per noi e chi ci sta intorno».

Con l'eccezione di quel monito, il resto della visita fu cordiale. Pitagora, nelle sue vesti di uomo di stato, era interessato a mantenere buone relazioni politiche con Glauco, il cui peso nel governo di Sibari era assai rilevante.

Il mercante avrebbe preferito muoversi nei limiti e nelle regole indicati da Pitagora, ma non gli era possibile farlo. I suoi appetiti carnali avevano continuato a crescere al pari di quelli intellettuali e ormai non avrebbe potuto più concepire di abbandonare tutto per entrare nella comunità di Crotone. L'unico percorso che aveva a disposizione per giungere alla conoscenza delle più ardue verità matematiche e delle leggi più profonde della natura era offrire compensi e chiunque gliene potesse svelare i segreti. I pitagorici erano i migliori, ma non gli unici a ottenere risultati nel cammino verso la Verità.

L'esperienza mi ha insegnato a confidare nel potere dell'oro, pensava, dietro il sorriso di rassegnazione che esibiva di fronte ai maestri pitagorici. E grazie al suo oro avanzò più di quanto Pitagora avrebbe desiderato.

Malgrado ciò, ben presto si scontrò con barriere apparentemente invalicabili. Pitagora, ai gradi più alti della confraternita, insegnava che in ultima istanza tutto era formato da figure geometriche. E rivelava le proprietà e le modalità di costruzione di tali figure. La più importante era il dodecaedro, che risultava essere l'elemento costruttivo fondamentale dell'universo. Glauco dedicò mesi a studiarlo, consultò decine di savi e mise in palio vari premi al riguardo. Ma invano. I segreti del dodecaedro restavano fuori dalla sua portata.

Tuttavia c'era un mistero ancora più affascinante. Un segreto che si distingueva da tutti gli altri. Sembrava di una semplicità spaventosa, eppure resisteva a tutti gli sforzi dell'uomo. Si trattava del rapporto o quoziente tra la lunghezza di una circonferenza e il suo diametro; quello che molto tempo dopo sarebbe stato conosciuto come pi greco. La ricerca di tale rapporto occupò la sua mente per anni. Cadde in ossessioni dalle quali riusciva appena a distrarsi durante i lunghi banchetti o mentre vetificava l'andamento dei suoi affari. Glauco era un esempio eccellente di sibarita: grasso, mangione, raffinato e ricchissimo. Nondimeno, la sua mente possedeva qualità speciali degne di un maestro pitagorico. Per questo, cercare di *dimostrare* una buona approssimazione di quel quoziente lo conduceva a uno stato di goduriosa tensione mentale, una sorta di promettente avvicinamento al più grande orgasmo immaginabile.

Con il passare del tempo scoprì che nemmeno i pitagorici sapevano calcolare quel rapporto. Fu una scoperta dolce e amara al tempo stesso. Da una parte lo scoraggiava sapere che non avrebbe mai potuto sedurre con il suo oro un pitagorico perché – violando il giuramento di segretezza – gli rivelasse la soluzione di quell'enigma. Dall'altra, se fosse riuscito a scoprirlo senza l'aiuto dei pitagorici, su quel tema sarebbe arrivato a superare il grande maestro in persona. E la promessa di gloriosa catarsi che aveva sempre avvertito quando studiava lo sfuggente rapporto si sarebbe trasformata all'istante in una realtà. E ciò lo avrebbe elevato, seppure per un solo istante, alla categoria divina.

Un anno e mezzo prima la sua natura appassionata aveva sbandato di nuovo nella direzione opposta. Una mattina di sole aveva scoperto Yaco, che irradiava innocenza e sensualità tra la merce di un mercato degli schiavi. Lo aveva comprato senza mercanteggiare e lo aveva trasformato nel centro della sua vita, relegando in secondo piano i suoi interessi matematici, promesse schive e frustranti.

Con Yaco aveva vissuto una lunga estate di felicità. La vita consisteva nel navigare nel cielo dei suoi occhi e giocare a perdersi nella sua pelle di alabastro. Aveva raggiunto una gioia così perfetta da sembrargli eterna. Per questo la sua brusca conclusione lo colpì con tanta forza. E gli aveva fatto perdere la rotta. Aveva cominciato a impazzire e a poco a poco si era convinto che il suicidio sarebbe stata un'eccellente alternativa, anzi, di certo l'unica. Quell'idea, avvolta dalle nebbie del vino e dell'angustia, gli girava in testa da settimane ed era sul punto di realizzarsi.

Ma ora un semplice sguardo alla statua di Zeus aveva prodotto un nuovo cambiamento nel suo mondo. Tutta la passione perturbata che gli si era accumulata nell'animo ruppe tumultuosa gli argini e si mescolò con le sue vecchie ossessioni. Le nebbie si dissiparono, scacciate dal vento della chiaroveggenza, e Glauco comprese che la sua vita tornava ad avere senso. L'intero suo essere si impregnò di un'infinita determinazione di fronte al risorgere del suo antico obiettivo. Non aveva più dubbi. La strada sarebbe stata sublime e al suo culmine gli avrebbe portato soddisfazioni incommensurabili.

Chiuse gli occhi di fronte alla statua, abbagliato dalla chiarezza della sua visione. Provava un desiderio vitale, una necessità imperiosa di dedicare ogni secondo al suo fine.

Devo possedere a qualsiasi prezzo i segreti che sinora mi sono stati negati.

Pi

π

È il rapporto tra il perimetro di una circonferenza e il suo diametro.

Si denomina Pi dal secolo XVIII. Il nome proviene dalla lettera greca pi (Π, π), iniziale in greco di «periferia» (περιφέρεια) e «perimetro» (περίμετρον).

È un numero irrazionale, vale a dire che non può essere espresso in forma esatta come quoziente di numeri interi. Pertanto, i suoi decimali sono infiniti e non periodici. Il suo valore con cinque decimali è: 3,14159...

L'impegno a ottenerne una buona approssimazione ha occupato nel corso della storia molte delle menti più brillanti, alcune delle quali hanno dedicato una vita intera al numero Pi. Intorno all'anno 1800 a.C., lo scriba egizio Ahmes ne stimò il valore di 3,16. Nella Bibbia, il Libro dei Re narra la costruzione del Tempio di Salomone, nel secolo X a.C., menzionando una pila circo-*

* Per semplificare, i numeri si scriveranno utilizzando il nostro attuale sitema di notazione posizionale e decimale. Nell'antichità, in quasi tutte le culture, i sistemi di notazione facevano sì che il calcolo aritmetico fosse molto più laborioso rispetto a oggi. Inoltre, i decimali erano sconosciuti e al loro posto si utilizzavano le frazioni.

lare in bronzo con un rapporto fra diametro e circonferenza esattamente pari a 3. Anche in Mesopotamia gli si attribuì il valore 3 e talvolta 3,125.

Archimede, nel secolo III a.C., fu il primo a sviluppare un metodo di calcolo razionale con il quale giunse a un intervallo il cui punto intermedio è 2,14185. Il procedimento di Archimede fu utilizzato dal matematico cinese Liu Hui nel secolo III d.C. e dall'astronomo e matematico ebreo Aryabatha nel secolo V d.C. Quest'ultimo ottenne una buona approssimazione fino al quarto decimale (3,1416) mentre Liu arrivò sino al quinto (3,14159).*

All'epoca di Pitagora, secoli prima di Aryabatha, Liu Hui e Archimede, nessuno aveva sviluppato un metodo di calcolo e non si conosceva con certezza alcun decimale di Pi, ma si era coscienti della sua importanza. Il numero Pi è imprescindibile per il calcolo di circonferenze, cerchi e sfere, e per i pitagorici la figura più perfetta era il cerchio e il solido più perfetto la sfera. Inoltre, consideravano che i pianeti si muovessero tracciando orbite circolari.

Avevano bisogno di Pi, ma il suo calcolo era ancora al di fuori della loro portata.

Enciclopedia matematica, Socram Ofisis, 1926

* Archimede affermò che era fra 3 10/71 e 3 1/7.

Capitolo 46

3 giugno 510 a.C.

« Maestro! »

Aveva una decina d'anni, correva a più non posso da Oreste. Era scalzo e vestiva una tunica corta. Il terreno della comunità discendeva dolcemente dagli edifici degli alloggi fino al portico dell'ingresso. Il pendio accelerava la velocità del ragazzino, che sembrava a ogni passo sul punto di cadere.

Oreste si fermò vicino alla statua di Dioniso e alzò le mani all'altezza del petto, facendo cenno di rallentare. Non era consentito correre nel recinto della comunità, ma dall'espressione del ragazzino doveva esserci una buona ragione per violare quella regola.

« Maestro Oreste! » Dopo averlo raggiunto, il giovane messaggero dovette prendere fiato varie volte prima di riuscire a parlare. « Il maestro Pitagora ha convocato una riunione urgente. Dovete presentarvi alla scuola quanto prima ».

Oreste si irrigidì e alzò lo sguardo. Vicino alla porta della scuola c'era già un po' di gente. Deglutì. Erano trascorse sei settimane dall'assassinio di Daaruk e la calma era tornata nella comunità. Tuttavia, alla minima sorpresa, molti di loro si mettevano subito sulla difensiva, come animali spaventati. Era chiaro che quella serenità era fragile quanto una coppa di cristallo di Sidone. « Sai di che si tratta? » domandò, mettendosi in cammino.

Il ragazzino fece cenno di no. « So solo che sono arrivate notizie da fuori ».

Notizie da fuori... ripeté Oreste fra sé, perplesso. *Cosa sarà ac-*

caduto? Chiuse gli occhi per un momento, cercando di recuperare la pace di qualche minuto prima. Era appena rientrato dalla solitaria passeggiata mattutina che dedicava tutti i giorni alla meditazione. In realtà, solitaria finché non gli erano state assegnate due guardie del corpo che lo seguivano dappertutto. Se le trovava accanto da quando usciva di casa all'alba a quando si ritirava nella sua stanza per dormire; a quel punto le guardie tornavano a Crotone e nella comunità restavano le pattuglie che la percorrevano in lungo e in largo per tutta la notte. Era stato proibito di muoversi per il recinto dopo il tramonto, se non accompagnati da una pattuglia. Oreste non conosceva i soldati dei turni di notte, ma i due che lo seguivano erano sempre gli stessi.

Si voltò verso di loro senza rallentare il passo. Baio aveva venticinque anni, più o meno era di statura media ed era dotato di un corpo roccioso sotto la corazza di cuoio, coperta da lamine di bronzo. La faccia era schietta e simpatica. *Si vede che gli piace essere un oplite. Di sicuro non mette mai in discussione un ordine.* Accanto a lui marciava Crisippo, più alto e magro, ma in ottima forma per i suoi quarant'anni. Come il compagno, sembrava portare senza sforzo l'intera panoplia propria dell'oplite: corazza, elmo, schinieri, scudo, lancia e spada. Trenta chili in totale.

Gli occhi di Oreste incrociarono quelli di Crisippo, che brillavano di un acume poco abituale per un soldato. Il maestro distolse lo sguardo. Benché fosse un mese e mezzo che i due militari lo scortavano e per quanto fossero passati quasi tre decenni da quando aveva espiato le sue colpe, si sentiva sempre un po' a disagio in presenza delle forze di sicurezza. Il reato commesso a suo tempo, la vergogna e il pentimento gli avevano lasciato un segno indelebile e profondo. Eppure sapeva che quello non era un problema per Pitagora. La notte dell'assassinio di Daaruk, il filosofo lo aveva esaminato attentamente, ma in quel processo lo stesso Oreste aveva visto qualcosa nel suo maestro.

Sono riuscito a percepire la reazione suscitata in Pitagora da ciò che vedeva dentro di me.

Grazie a questo, Oreste era certo che, morto Cleomenide, fosse proprio lui il principale candidato alla successione.

Senza accorgersene, alzò la testa mentre si avvicinava a grandi passi al folto gruppo di persone che si stava radunando nei pressi della scuola. La fiducia che gli accordava Pitagora gli trasmetteva forza e sicurezza. Non poteva cambiare il passato, ma si stava liberando della zavorra interiore che rappresentava. Sapeva di essere un buon maestro. E cominciava a sentirsi in grado di guidare le comunità pitagoriche e combattere nell'arena politica, cosa quest'ultima che in gioventù, prima del suo errore, aveva fatto con notevole successo.

Ora sono molto più preparato, in tutti i sensi.

Come a sottolineare quel pensiero gli arrivò una ventata di aria calda. In quella stagione il sole brillava con forza fin dal mattino. Giunse alla porta della scuola e i discepoli convenuti si fecero da parte per lasciarlo passare. Le tuniche di lino risplendevano con la forza di Apollo. Quel chiarore era in armonia con la loro purezza filosofica.

Oreste si guardò intorno prima di varcare la soglia. Vide Akenon entrare in un edificio vicino, dov'era situata l'infermeria.

Baio e Crisippo rimasero sulla porta della scuola, insieme ai discepoli di grado inferiore. Oreste entrò e si diresse all'aula più vicina. Trovò Pitagora circondato da tutti i maestri della comunità. Alcuni si scostarono per consentire al nuovo arrivato di avvicinarsi e mettersi in prima fila, tra Evandro e Arianna. A parte la presenza dei maestri al completo, a sorprendere Oreste era l'intensità dell'atmosfera.

Dev'essere una notizia molto importante.

« Fa male? »

Akenon era seduto su uno sgabello e Damo, alle sue spalle, gli sollevava il braccio destro sopra la testa. « Un po' », rispose, reprimendo una smorfia.

« È normale, quando si forza il movimento ». Damo gli lasciò riposare il braccio. «Il dolore potrebbe scomparire entro qualche settimana, o durare tutta la vita, ma sei stato molto fortunato. Ho avuto pazienti con lesioni analoghe che hanno perso il braccio».

La figlia minore di Pitagora si mise di fronte all'egizio. Era alta e magra e i suoi capelli biondi incorniciavano un sorriso particolarmente luminoso. Indossava una tunica senza maniche che lasciava intravedere le cosce, e calzava un paio di sandali di cuoio annodati intorno alle caviglie. Tanto i suoi tratti quanto il portamento erano imponenti, il prodotto di una fortunata commistione del fisico dei genitori. La giovane fissò Akenon, che dovette alzarsi per non sentirsi in soggezione. Gli occhi chiarissimi di Damo non solo davano risalto alla sua bellezza, ma sembravano voler ricavare da quelli dell'uomo più informazioni di quante lui volesse trasmetterne.

Distolse lo sguardo e, per nascondere il disagio, fece qualche passo muovendo il braccio, come per saggiare le condizioni della spalla. Di solito era presente anche Teano, la madre di Damo, ma stavolta era impegnata nella riunione da poco cominciata nella scuola. L'egizio era molto grato a entrambe per le loro grandi conoscenze di medicina. Non solo gli avevano rimesso a posto la spalla slogata, ma avevano dimostrato notevole sapienza nella successiva fase di riabilitazione.

«Prova con gli esercizi che ti ho insegnato», suggerì Damo.

Sotto lo sguardo attento della giovane, Akenon forzò la spalla poco a poco, fino a sentire dolore. Una sensazione che gli ricordava quanto fossero stati vicini a catturare l'assassino e serviva solo ad aumentare la frustrazione.

Lui è riuscito a scappare e io mi sono ritrovato ferito e incosciente, steso nel fango, sotto la pioggia.

Per fortuna, Arianna era riuscita a riportarlo alla comunità, caricandolo su un carro preso a prestito dalla locanda. Per un paio di giorni l'investigatore era rimasto a letto in preda alla febbre. Ma poi aveva ripreso le indagini. Gli esaustivi interrogatori avevano portato alla conclusione che l'assassino fosse un elemento esterno alla comunità e che Arma dovesse essere l'unico complice. Se non altro, ora non c'erano più dubbi sull'affidabilità degli altri residenti.

Ma ci rimane ancora una grande incognita, pensò Akenon, mentre alzava il braccio, stringendo i denti.

Immaginavano che fosse stato Arma a mettere il veleno nella coppa di Cleomenide. Tuttavia il suo alibi era solido per quanto riguardava il tortino che aveva provocato la morte di Daaruk. Lo schiavo non avrebbe potuto avvelenarlo perché aveva trascorso l'intera giornata in città. L'unica spiegazione era che potesse averlo fatto qualcuno venuto da fuori, entrato nella comunità come visitatore. Akenon si domandava se fosse lui la mente dietro i due omicidi e se realmente avesse camminato in mezzo a loro, preparando la morte.

Ciò dimostrerebbe un tremendo sangue freddo, pensò, inquieto. Quanto più i criminali erano freddi, tanto meno probabile era che commettessero un errore.

Si sentiva più tranquillo da quando i soldati pattugliavano la comunità e facevano da guardie del corpo ai grandi maestri, tuttavia una voce interiore gli diceva che l'assassino stava elaborando nuovi piani per continuare a uccidere. Doveva essere rintanato nelle vicinanze, in attesa di un'occasione. Benché gli avessero complicato molto le cose, aveva già dimostrato di non lasciarsi intimidire dalle difficoltà.

Ricordò con rabbia il momento in cui era giunto a un metro dall'incappucciato e aveva cercato di farsi largo tra le zampe del cavallo per affondare la spada. L'aveva sollevata per colpirlo a una gamba quando lo zoccolo dell'animale si era abbattuto sulla sua spalla. Da quel momento non aveva potuto fare altro che afferrare le redini con il braccio sinistro, cercando di trattenere il cavallo in attesa che sopraggiungesse Arianna e attaccasse l'assassino di sorpresa.

Ripensarci non serviva a niente, ma non riusciva a evitarlo. A volte si scopriva a evocare con uno sforzo della mente le ombre che avvolgevano il volto sotto il cappuccio, come se aumentando la concentrazione gli fosse possibile squarciare i veli dell'oscurità e distinguerne i tratti, magari conosciuti.

«Stai bene?»

La dolce voce di Damo gli fece notare che era da un po' che si era perso tra i propri pensieri. «Sì, certo». Le sorrise.

La giovane lo guardava con aria interrogativa.

«Mi sono lasciato trasportare dai ricordi».

Damo annuì. «Devo andare ad assistere alla riunione».

«Ma certo! Di che si tratta?» chiese lui, incamminandosi verso la porta.

«È giunto da poco un messaggero da Sibari. Mio padre ha parlato con lui, poi ha convocato una riunione d'urgenza. Non so altro».

Uscirono insieme dall'infermeria. Akenon ringraziò Damo e la lasciò andare. Lui non era stato invitato alla riunione, dal che supponeva che non si trattasse di una questione legata alla sicurezza della comunità. In ogni caso, si avvicinò al gruppo che attendeva fuori dalla scuola.

Mente Damo spariva dentro la costruzione, l'egizio pensò che gli dispiaceva che quello fosse l'ultimo giorno di cure. Sia Teano che Damo erano state molto gentili ed erano donne di grande bellezza, soprattutto la giovane. Tuttavia la più attraente restava sempre Arianna. Rispetto alla sorella, la bellezza di Damo gli sembrava troppo ideale, immacolata eppure mancante di espressione. E la sua personalità... troppo formale e prevedibile. Arianna invece continuava a rappresentare un'incognita. Con lei c'era sempre la stimolante emozione dell'inaspettato.

Dopo un po', decise di dare un'occhiata dentro. Quando stava arrivando alla porta, Arianna apparve con un'espressione seria. Lo vide e gli fece cenno di seguirla, senza rispondere alle domande che le rivolgevano alcuni discepoli.

«Che succede?» domandò l'egizio, quando furono soli.

« Sono giunte notizie da qualcuno che conosci », rispose lei, in tono grave.

Akenon se ne sorprese. Guardò il viso di Arianna e notò che era turbata. Annuì, invitandola a proseguire, e ascoltò attento le novità.

Di lì a poco scuoteva il capo, molto preoccupato.

Capitolo 47

3 giugno 510 a.C.

La sala dei banchetti del palazzo di Glauco sembrava colpita da un terremoto.

La maggior parte dei tavoli e dei triclini era sparita. Quelli rimasti erano negli angoli, ammonticchiati in due cumuli disordinati. I pannelli di argento lucido che un tempo coprivano le pareti erano sul pavimento, sparsi come foglie d'autunno. In mezzo alla sala, perforando il pavimento di marmo, si levava una sbarra di ferro alta mezzo metro. All'estremità superiore era annodata una corda che attraversava la sala come un serpente e terminava con un acuminato punteruolo di metallo. Utilizzando quello strumento come un compasso gigantesco, era stato tracciato un cerchio perfetto il cui diametro era pari al lato maggiore della sala rettangolare: per poterlo completare, il padrone aveva ordinato di abbattere le pareti confinanti con i magazzini e la dispensa.

Leandro entrò nel caos che una volta era stata la sala dei banchetti. Non se n'erano più tenuti da molte settimane a quella parte. Il castigo di Tesalo e Yaco aveva posto fine a quella che era stata una consuetudine quotidiana. E da quindici giorni la nuova fase della follia del signore aveva stravolto la funzione di quello spazio, che ora sembrava consacrato al cerchio, come se si trattasse del nuovo dio di Glauco.

Sono cambiate anche le mie funzioni, pensò l'anziano schiavo, assai poco tranquillo. Al padrone non serviva più un coppiere. Da due settimane non beveva più un goccio di vino ed era parco anche con l'acqua e con il cibo. *È cominciato tutto in quello strano momento*, ricordò Leandro, con un brivido. *Quando il signore è rimasto paralizzato di fronte alla statua di Zeus come stesse ricevendo una rivelazione.* Da quel momento Glauco era stato ossessionato dalla costruzione di cerchi sempre più grandi, insistendo con gli artigiani perché risultassero perfetti. In quello stesso momento ce n'erano diversi, in legno, sparsi per la sala: quelli il cui diametro era meno di due metri e passavano dalla porta. Il padrone li aveva misurati più e più volte servendosi di una corda minuziosamente graduata. Poi si metteva a fare calcoli e gettava i cerchi lontano da sé, con forza, gridando che gliene servivano di più grandi. Alle colonne del cortile vicino ne era appoggiato un altro di tre metri e mezzo. Ma anche quello era stato rifiutato. Era stato a quel punto che Glauco aveva ordinato a un fabbro di trapassare una delle preziose lastre di marmo del pavimento della sala. Poi aveva richiesto la demolizione delle pareti e aveva dedicato un giorno intero a incidere il cerchio sottile che ora si estendeva per la sala e parte del magazzino. Leandro non capiva nulla, ma lo preoccupava il pensiero che il suo signore volesse tracciare un cerchio ancora più grande e arrivasse ad abbattere l'intero palazzo.

Glauco però non era più interessato a realizzare circonferenze *materiali*. Le misure effettuate gli avevano dato la certezza che il quoziente cercato era tre o poco più. Il primo decimale era uno, su questo non aveva dubbi, e il secondo era un numero intermedio tra il quattro e il cinque. Capito questo, si era convinto che solo attraverso procedimenti matematici astratti si potesse ottenere un'approssimazione che lo facesse sentire al di sopra di tutti i mortali, compresi i pitagorici.

Mi occorre un metodo per ottenere almeno quattro decimali.

L'alternativa attraverso procedimenti meccanici era inattuabile: sarebbe occorso tracciare un cerchio perfetto con un diametro di un chilometro e mezzo e misurarne con un'esattezza impossibile l'intera circonferenza.

Erano giorni che si dedicava ai procedimenti astratti, servendosi dei pannelli d'argento come di tavolette per la scrittura. Vi incideva archi e linee con il punteruolo acuminato che aveva impiegato come compasso. Graffiava la superficie morbida dell'argento cercando di risolvere il problema della quadratura del cerchio, ovverosia di ottenere con riga e compasso un cerchio la cui superficie fosse pari a quella di un quadrato di area conosciuta.

Se ci riesco, da lì potrò ottenere subito il quoziente.

La maggior parte del lavoro si svolgeva dentro la sua testa. A volte chiudeva gli occhi e passava ore perso tra le immagini mentali. Quando credeva di avvicinarsi alla soluzione, come chi ha una parola sulla punta della lingua, sollevava le palpebre e cominciava a disegnare, frenetico. Ma poco dopo doveva deporre il punteruolo. I tratti sui pannelli d'argento rifiutavano di assumere un significato. Allora richiudeva gli occhi, immergendosi nuovamente in un universo matematico di rette e curve perfette.

Clienti, fornitori e soci di Glauco erano ormai stanchi di presentarsi alle porte del palazzo senza poter essere ricevuti. Il governo di Sibari si preoccupava per l'insolito comportamento di uno dei suoi membri più importanti, ma nemmeno i suoi rappresentanti riuscivano ad avere udienza. Gli unici che venivano accolti, sui due piedi e a qualsiasi ora, erano coloro che promettevano di risolvere il problema da lui sollevato.

Il sibarita aveva stanziato un premio la cui entità aveva generato, almeno all'inizio, un enorme flusso di persone che aspiravano a vincerlo. Tuttavia ben presto si era anche diffusa la voce che Glauco non era un ingenuo, facile da imbrogliare, bensì un esperto di matematiche che faceva fustigare chiunque cercasse di ingannarlo. Così il fiume dei pretendenti si era inaridito: per il signore del palazzo, un'altra amara dimostrazione che nessuno avrebbe saputo risolvere il problema.

Glauco riaprì gli occhi e vide che sul pannello d'argento lucente che teneva in grembo non restava più spazio libero. Con un grugnito di fastidio, lo lasciò cadere a terra. Il rumore echeggiò fra le pareti mentre lui si rimetteva in piedi, con un certo sforzo. Nell'appoggiarsi su un ginocchio, notò che la sua tunica era sporca e strappata, ma non perse tempo a chiedersi da quanti giorni o settimane non si cambiasse. Barcollò invece per la sala, passando da un pannello all'altro con il punteruolo in mano. Nell'esaminarli, constatò che in molti di essi aveva tracciato lo stesso tipo di approccio al problema, senza differenze. Erano giorni che non faceva un minimo passo avanti, ma, quantomeno, navigare con la mente nell'universo delle matematiche lo manteneva a distanza dalle questioni terrene. Non aveva bisogno di bere o mangiare e sentiva appena le fitte dolorose del ricordo di Yaco.

Abbozzò un sorriso languido, muovendo solo le labbra senza alterare l'espressione del viso flaccido. Si sentiva vuoto.

Sganciò il punteruolo dalla corda e si mise a raschiare le pareti. Su di esse poteva realizzare disegni più grandi che sui pannelli d'argento. Un po' per volta, comparvero enormi cerchi, archi e segmenti, che lui trovò gratificanti. Era come se la dimensione matematica, cui la sua mente apparteneva ogni giorno di più, lo avvolgesse anche nel mondo fisico.

Continuò a tracciare segni sulle pareti, a un ritmo più vivace, producendo stridori acuti e sgradevoli. Il corpo gli tremava mentre scriveva, come se fosse scosso da spasmi febbrili. Lo sguardo però seguiva i solchi lasciati dal punteruolo con un interesse freddo, come quello degli occhi di un grosso rettile che osserva il volo di una preda in avvicinamento.

Spassionato e letale.

Capitolo 18

3 giugno 510 a.C.

Quando vide uscire Arianna, Pitagora immaginò che stesse andando a riferire ad Akenon la notizia che lui aveva appena dato a tutti i maestri. Nella sala la confusione era totale. Si erano formati vari gruppi che discutevano animatamente le possibili implicazioni. Molti gli rivolgevano domande senza riuscire a contenere l'agitazione.

«C'è qualche possibilità?»

«Ha davvero tanto oro?»

«Perché lo ha fatto?»

Pitagora li osservò paziente, poi si chiuse nelle proprie riflessioni e si mise a passeggiare sulla pedana, momentaneamente estraneo al brusio disordinato.

Un'ora prima era giunto alla comunità un messaggero proveniente da Sibari. La comunicazione che tanto scalpore aveva destato era l'annuncio di un premio matematico istituito da Glauco. *Magari fosse un semplice premio*, aveva pensato Pitagora.

Ne erano stati istituiti altri in precedenza, ma in questo c'erano novità di un certo peso. Innanzitutto, ciò che si premiava non era alla portata di chiunque, nemmeno di Pitagora in persona: trovare il rapporto tra una circonferenza e il suo diametro. Si sapeva che il quoziente era prossimo a tre. Secondo calcoli antichi raccolti da Pitagora, sembrava che il primo decimale fosse uno. *Ma Glauco esige un'approssimazione di ben quattro decimali per consegnare il suo premio.*

«Si può calcolare?» insistevano a chiedere diversi dei maestri. In realtà stavano chiedendo se poteva calcolarlo *lui*. E la risposta era no. Quel rapporto era il segreto più sfuggente che avessero inseguito per lungo tempo, per concludere che non avrebbero dovuto dedicarvi ulteriori sforzi in quanto non sarebbero mai riusciti a svelarlo. Non solo non disponevano di un valido metodo di calcolo, ma non avevano nemmeno un'approssimazione che soddisfacesse le richieste di Glauco. *Per quale motivo la vorrà così completa? E in modo così disperato, a giudicare dall'entità del premio?*

Era la somma, inimmaginabile, a far pensare che il sibarita avesse preso la questione molto sul serio. *Tanto oro può smuovere forze molto potenti.* La relativa calma delle ultime settimane nella comunità e nel Consiglio dei Mille sarebbe andata in fumo. *Potrebbe persino essere in pericolo la pace nell'intera Magna Grecia.* Il senso di minaccia che aveva cominciato a provare dopo il primo omicidio si era intensificato a quella notizia.

Alzò la testa e osservò i suoi maestri dalla pedana. Vedeva sui volti di alcuni di loro i riflessi dell'ambizione. Consideravano il premio come una grande opportunità, ma non lo era. Il filosofo lo vedeva semmai come un immenso vulcano i cui primi tremori preannunciavano un'eruzione vicina e devastante. Fece un cenno per reclamare il silenzio.

«Siete tutti maestri del nostro ordine». Passò lo sguardo su di loro. Alcuni avevano ancora le mani alzate e le abbassarono mentre lui parlava. «Ciò significa che ciascuno di voi ha una grande responsabilità su molti dei discepoli che stanno cominciando la loro formazione, menti ancora prive di disciplina sufficiente, uomini e donne che in molti casi sono ancora condizionati dalla propria natura animale. I vostri discepoli hanno bisogno che li guidiate. Poiché sarà inevitabile che il bando di questo premio arrivi alle loro orecchie, il messaggio chiaro e univoco che dovete trasmettere è questo: la pretesa di Glauco altro non è che una follia. Uno sproposito cui nessun membro della comunità deve dedicare un solo minuto». Fece una pausa e passeggiò sulla pedana, lasciando che le sue parole si fissassero sull'uditorio.

« Né io né altri faremo alcun tentativo », riprese. « Siamo qui perché conosciamo la futilità del mondo materiale. E questo non può cambiare, nemmeno per tutte le ricchezze di Ade. Inoltre, la presenza costante di soldati nella nostra comunità vi deve ricordare che siamo sottoposti a una minaccia e che la nostra sicurezza dipende dalla capacità di mantenerci uniti e sereni ».

I maestri assentirono in silenzio.

« Ora andate con i vostri discepoli e aiutate a interpretare la notizia in modo corretto. Che questa prova serva ad aumentare il nostro impegno e la nostra sapienza. Vi saluto, fratelli ». Pitagora scese dalla pedana e si diresse con passo deciso verso l'uscita. Superò i maestri senza che nessuno gli rivolgesse la parola.

Quando varcò la soglia della scuola si fece silenzio tra la folla che si era radunata all'esterno. Il filosofo si fermò e si rivolse agli astanti con la stessa affettuosa fermezza di un padre che istruisce i propri figli. « Stimati discepoli, come tutte le mattine ci dedicheremo allo studio finché il sole non raggiungerà lo zenit. Per approfittare del bel tempo, vi riunirete con i vostri maestri nei giardini, nel bosco e nel colonnato del ginnasio. In ogni gruppo, si dedicherà un massimo di dieci minuti alle notizie che ci sono giunte da Sibari. Il resto del tempo sarà destinato all'argomento che ciascun gruppo ha in programma per oggi ».

I discepoli chinarono la testa senza replicare, con il consueto sollievo che provavano quando ascoltavano la loro guida suprema. Le sue parole rappresentavano la manifestazione della Sapienza.

Il filosofo si rimise in cammino, percorrendo il sentiero di terra battuta verso il ginnasio. Due opliti imponenti lo seguivano a pochi metri. Pitagora supponeva che la minaccia fosse ancora incombente, ma la presenza dell'esercito e il tempo trascorso senza incidenti lo inducevano a occuparsi di questioni rimaste in sospeso.

È il momento di riprendere a viaggiare.

Da un mese stava rimandando il viaggio a Napoli, situata a metà strada fra Crotone e Roma. Doveva decidere se ci fossero le condizioni per fondare una comunità permanente in quella città. Inoltre desiderava procurarsi notizie fresche su Roma: le ultime ricevute erano confuse: dicevano che l'attuale re, Lucio Tarquinio, un despota conosciuto come il Superbo, si trovava in difficoltà per qualche torbida questione.

Pitagora sospettava da tempo che la città di Roma, energica e incline all'espansione, avrebbe avuto un ruolo politico importante negli anni a venire. Per mantenere buoni rapporti con essa e, chissà, guadagnarla alla sua causa in un prossimo futuro, era in contatto sia con la famiglia reale sia con membri dell'opposizione. I vincitori dei conflitti politici realizzavano notevoli riforme istituzionali. Quei momenti di ridistribuzione del potere potevano essere una buona occasione perché l'ordine pitagorico aumentasse la propria presenza.

Il trono di Roma vacilla. Dobbiamo essere più vicini che mai a quella città.

Capitolo 49

3 giugno 510 a.C.

« Sei sicura che il premio sia in oro e non in argento? » domandò Akenon, perplesso. Ciò che Arianna gli aveva raccontato gli sembrava ancora difficile da credere.

Lei annuì, dandogli il tempo di reagire. La sua incredulità iniziale era stata comprensibile, così come quella dei partecipanti alla riunione, finché Pitagora non aveva ripetuto per la terza volta l'enorme quantità.

Akenon si sforzò di concepire le proporzioni del premio messo in palio da Glauco. *Dieci volte il proprio peso in oro!* Pensò al grasso sibarita, alle sue carni flaccide e alla sua figura informe. Oltretutto, era piuttosto alto. Doveva pesare almeno centocinquanta chili. Pertanto, dieci volte il suo peso voleva dire millecinquecento chili. *Millecinquecento chili d'oro!* Era possibile che qualcuno ne possedesse così tanto?

L'egizio continuò a fare calcoli, ricorrendo alle capacità aritmetiche che il padre lo aveva indotto a sviluppare quando era un ragazzino. L'oro valeva circa quindici volte più dell'argento, sicché in quel metallo il premio di Glauco equivaleva a 22.500 chili. Incredibile... Rammentò l'enorme palazzo del sibarita e le pareti della sala dei banchetti, rivestite di pannelli d'argento. In molte occasioni, Glauco si adornava di ciondoli e pesanti bracciali d'oro. I metalli preziosi abbondavano in candelabri, tripodi e rivestimenti dei mobili. Sibari era la città più opulenta di cui Akenon avesse mai sentito parlare e Glauco ne era senz'altro l'abitante più ricco.

A quante dracme equivarrà il premio? Doveva tenere in conto che la dracma della Magna Grecia aveva adottato il sistema di Corinto. Pesava all'incirca un venti per cento meno di quella che si utilizzava a Cartagine, che a sua volta era inferiore di un venti per cento a quella ateniese. Si concentrò fino a giungere alla quantità finale. « Per Osiride, quasi otto milioni di dracme! »

Arianna sobbalzò all'improvvisa esclamazione di Akenon. Lei non aveva provato a convertire la somma in dracme e dedicò qualche momento a verificare il calcolo. « Sì, è così ». La sorprendeva che l'egizio fosse riuscito a fare un conto così complesso e con numeri così alti. Nel mese e mezzo trascorso da quando era stato ferito dall'incappucciato, avevano diviso molte conversazioni e Arianna sapeva che l'intelligenza e le conoscenze matematiche dell'investigatore erano molto sviluppate, per un non pitagorico. Nondimeno la stupiva che riuscisse a fare calcoli così rapidi a mente.

Akenon era affascinato dalle proporzioni del premio. Già il suo compenso per aver scoperto il tradimento dello schiavetto con il coppiere sarebbe stato sufficiente a ritirarsi per diversi anni. *Persino per tutta la vita, se lo amministro con misura.* E si era trattato del peso del giovinetto in argento. Glauco pesava il triplo dello schiavo e qui si parlava di oro, che valeva quindici volte l'argento. *Tre per dieci per quindici: quattrocentocinquanta volte quella che è stata la maggiore ricompensa di tutta la mia vita.*

Considerava a ragione che i suoi cinquanta chili d'argento – più o meno diciassettemila dracme – fossero un piccolo tesoro che pochi uomini avevano modo di raccogliere. Di conseguenza, un mese prima aveva affidato a Eritrio, il curatore, la maggior parte del suo argento perché lo custodisse durante la permanenza a Crotone. Era troppo per conservarlo dentro un baule di legno, in una comunità minacciata.

Cominciò a esprimere i suoi pensieri a voce alta. « Si può far lavorare un operaio per una dracma al giorno. Una casa modesta può costare tre o quattromila dracme, un buon palazzo centomila». Si voltò verso Arianna. «Otto milioni è più di quanto una famiglia ricca riesce a spendere in tutta la vita...» Si interruppe vedendo l'espressione della giovane e comprese che si stava comportando come un ragazzino. Era normale restare abbagliati quando si immaginava un tesoro così favoloso, ma bisognava restare con i piedi per terra e pensare alle implicazioni.

Arianna attese con un mezzo sorriso che Akenon smettesse di pensare a cascate d'oro e d'argento. Anche se più brevemente e con maggiore moderazione, anche lei aveva reagito allo stesso modo. E quando aveva lasciato la riunione c'erano ancora parecchi maestri con gli occhi sgranati che sognavano ricchezze inconcepibili. Separarsi dal mondo era una delle priorità dei pitagorici, ma ogni tanto la natura primaria sfuggiva all'autocontrollo.

Akenon sorrise, in lieve imbarazzo, e lei riprese a spiegargli la situazione.

«Ciò che Glauco pretende di ottenere con tutto quell'oro è un'approssimazione a un concetto che i seguaci di mio padre hanno inseguito per molto tempo, senza risultato. Tu hai studiato geometria, quindi hai conoscenze di curve e circonferenze».

Akenon annuì, incuriosito.

«Glauco vuole acquisire con straordinaria precisione il rapporto tra circonferenza e diametro». Arianna rimarcò le parole successive, per sottolineare l'assurdità delle pretese del sibarita. «Cerca un'approssimazione di quattro decimali e il metodo per calcolarla».

L'egizio tornò mentalmente agli insegnamenti di suo padre. Il rapporto in questione era una delle incognite dei geometri. Era difficile, se non impossibile, conoscere certi rapporti negli oggetti dai lati retti, come i triangoli. Ma ancora più arduo era il calcolo per gli oggetti dai lati curvi. *E non ho mai udito di un metodo di calcolo per il risultato che cerca Glauco.* «L'esperienza ci dimostra che il rapporto è leggermente superiore a tre», disse, dopo una breve riflessione.

«Sì, questo lui lo sa. Ma vuole qualcosa di diverso. Non potremo mai calcolare quattro decimali sperimentando con cerchi solidi».

«E dunque?»

«Per ottenere ciò che desidera, bisogna utilizzare un processo di astrazione e uno di dimostrazione, che sono gli strumenti più elevati che utilizza mio padre nei suoi studi matematici. Decine di maestri hanno dedicato le loro vite a questo problema senza avvicinarsi lontanamente alle pretese di Glauco. Mio padre stesso vi ha dedicato molto tempo e la sua conclusione è che sia impossibile. Da allora, data la sua autorità, nessuno se ne occupa più».

Il volto di Arianna si fece scuro, come se dentro di lei fosse scesa la notte. «Glauco è un iniziato non residente. Gli sono state insegnate la matematica e altre discipline a un livello superficiale, perché le utilizzi come strumento di meditazione e sublimazione spirituale». Sospirò, poi ricapitolò qualcosa di cui già gli aveva parlato. «La volontà di mio padre è che gli uomini e i loro governi si comportino secondo certe regole che garantiscano la temperanza e la concordia. Il fine è incrementare lo sviluppo interiore e l'armonia universale. Nel caso di Glauco e di altri uomini di enorme peso politico, a volte mio padre deve limitarsi al pragmatismo. Cerca di porre l'influenza di tali persone al servizio della dottrina, senza aspettarsi da loro grandi progressi interiori. Non è gente disposta a rinunciare alle passioni primarie della loro natura».

«Non mi sembra che Glauco sia d'accordo con i limiti indicati da Pitagora».

«Glauco è sempre stato un enigma. Io non lo conosco di persona, ma mio padre me ne ha parlato parecchio. In lui convivono passioni intense e contrastanti. Nel corso della sua vita ha oscillato da un estremo all'altro e sembra che ora gli sia accaduto di nuovo e più di altre volte. E, oltretutto, è andato contro le indicazioni che gli ha dato mio padre. Già in precedenza Glauco ha cercato di prendere scorciatoie per acquisire conoscenze riservate. Mio padre lo ha rimproverato e lui ha promesso di non offrire mai più denaro in cambio di saperi... E adesso vedi cos'è successo».

Le parole di Arianna riportarono alla mente di Akenon immagini ambigue del sibarita: il gusto e la dedizione con cui mangiava e beveva, l'acuta intelligenza dei suoi occhi penetranti durante le conversazioni sulla geometria, il misto di lussuria e adorazione con cui accarezzava la pelle del suo schiavo adolescente, la furia implacabile con cui aveva ordinato al mostruoso Boreas di stritolare Tesalo e torturare Yaco. Rammentò che a Cartagine, prima di partire alla volta di Sibari, Eshdek aveva detto che Glauco era un individuo *fatto a modo suo*. «È come se in lui convivessero due persone diverse», erano state le parole esatte. Una definizione piuttosto azzeccata, benché Eshdek si fosse sbagliato nel dire che il sibarita non era pericoloso.

Akenon si accorse che le notizie e i ricordi di Glauco lo stavano intaccando nell'animo. L'atmosfera della comunità, a dispetto del tepore primaverile e del profumo dolce dell'erba, sembrava essersi fatta tutt'a un tratto pesante, carica di minacce, paure e avidità. Stavano sorgendo più domande che risposte. Glauco aveva forse a che vedere con quanto era successo nella confraternita, forse perché era alla ricerca di qualche conoscenza? Poteva essere un complice o, chissà, la mente dietro i delitti? E il premio esagerato, sufficiente per armare un esercito, rappresentava forse una minaccia per i pitagorici?

C'era solo un modo per rispondere a quegli interrogativi. Akenon assentì, in risposta ai propri pensieri. Inspirò a fondo e indurì lo sguardo.

«Devo tornare a Sibari e affrontare Glauco».

Capitolo 50

3 giugno 510 a.C.

Due ore dopo, nella spaziosa galleria del ginnasio, Pitagora comunicò alla sua cerchia ristretta i propri piani immediati.

«Evandro, tu verrai con me a Napoli. Nel caso che si presentino le condizioni per fondare una comunità, vi resterai come guida per i primi mesi, fino a quando designerò chi occuperà il posto in modo definitivo. Potresti essere tu stesso, se quando sarà il momento preferirai rimanere a Napoli anziché tornare a Crotone».

Evandro annuì, in preda a sentimenti contrastanti. Pitagora si mostrava molto fiducioso nei suoi confronti, ma al tempo stesso era disposto a separarsi da lui in modo definitivo. In ogni caso, valutando la decisione, era d'accordo con il maestro: si sentiva preparato a dirigere una piccola comunità. Inoltre, la sua lealtà era assoluta: non si sarebbe mai opposto ai voleri di Pitagora.

Questi proseguì. «Ipocreonte, tu ci accompagnerai a Napoli».

L'interpellato sussultò e raddoppiò l'attenzione.

«So che preferisci non prendere parte a questioni politiche, ma hai parenti a Roma ed è possibile che in questo viaggio ci occuperemo anche di quella città».

«Come desideri, maestro», rispose Ipocreonte, in tono neutro.

Pitagora lo osservò per qualche istante. Il suo discepolo aborriva certi ruoli pubblici, ma sarebbe stato prezioso al momento di esercitare la propria influenza sul complesso intrico della politica romana.

Prima di continuare, guardò alle spalle dei suoi discepoli. Le guardie del corpo di ciascuno, dieci soldati in tutto, attendevano a una certa distanza.

Li porteremo a Napoli con noi. Benché Pitagora provasse avversione per le armi, in quella occasione sarebbe stato più prudente viaggiare con una protezione militare: avrebbe detto a ognuno di portare i suoi due opliti e chiesto a Milone di fornire loro una scorta addizionale.

Tornò a guardare i suoi uomini. « Aristomaco, tu resterai nella comunità. Dovrai assicurarti che gli insegnamenti seguano il corso stabilito. Conosci meglio di chiunque altro le ricerche sul rapporto tra circonferenza e diametro e sai che le pretese di Glauco sono assurde. Che nessuno ci perda tempo. Insieme a te ci sarà Oreste, che assumerà il ruolo politico sino al mio ritorno ».

Poi si rivolse a quest'ultimo, che non poté fare a meno di deglutire. « Dalla morte di Daaruk ho incrementato la mia presenza alle riunioni del Consiglio. Prima ci andavo appena una volta al mese, ora vi assisto tutte le settimane. Voglio che tu partecipi a tutte le sessioni. Abbiamo tenuto a bada Cilone, ma so che lui è ansioso di lanciare un altro attacco politico contro di noi ». Guardò tutti quanti, per dare peso alle sue parole successive. « Appena saprà che sono in viaggio, state sicuri che non lascerà passare un giorno prima di tentare di mettere contro di noi l'intero Consiglio. I Trecento si manterranno fedeli, ma da soli non possono trattenere il resto dei Mille, benché per legge si trovino su un gradino gerarchico superiore. Il tuo primo compito sarà di mostrare fermezza, altrimenti Cilone acquisirà potere e raddoppierà i suoi attacchi ».

Oreste si inorgoglì. *Sta mettendo in chiaro la sua intenzione di nominarmi suo successore!* Fino a quel momento, Pitagora non aveva mai nominato un proprio sostituto al Consiglio come rappresentante della comunità. E ora aveva designato lui, in uno dei momenti più delicati per l'ordine.

Il filosofo verificò dall'espressione del discepolo che questi gradiva l'incarico, ma anche che si sentiva a disagio per il peso delle responsabilità che comportava. *Gli servirà ad aumentare la propria fiducia in se stesso. È l'unica dote che gli manca.*

Un minuto più tardi, Pitagora si congedò dai maestri e si incamminò, pensando alle ultime istruzioni che doveva impartire prima di mettersi in viaggio. Di fronte alla confraternita aveva tolto importanza al sorprendente bando di Glauco, ma si sarebbe dovuto occupare ugualmente della questione.

Se non le controlliamo per tempo, le conseguenze potrebbero essere catastrofiche.

Dopo mangiato, si tenne una riunione a casa di Pitagora. Vi presero parte Arianna, i quattro candidati e Milone.

« È necessario partire per Sibari quanto prima », annunciò il filosofo. « Anche se abbiamo parlato con Glauco dopo la morte di Daaruk, il bando del premio matematico solleva troppe incognite. Non è soltanto un atto del tutto sproporzionato e destabilizzante, ma rappresenta un'aggressione diretta ai precetti del nostro ordine che Glauco ha giurato di rispettare ».

Arianna, seduta di fronte al padre, abbassò lo sguardo sulle pieghe della propria tunica. La menzione di Sibari le rammentò gli eventi che erano seguiti alla morte di Arma, lo schiavo di Daaruk.

Quella notte, dopo che lei era riuscita a tornare alla comunità con Akenon ferito, Milone era partito senza indugio per Sibari con venti soldati. A metà strada si erano fermati all'infausta locanda, dove si erano fatti carico del corpo dello schiavo. Poi avevano sottoposto la proprietaria e il mozzo di stalla a interrogatori che si erano rivelati infruttuosi, avevano cercato altri testimoni senza trovarne e infine avevano ripreso il viaggio verso Sibari, nella speranza di trovare qualche pista. Per alcuni giorni si erano dedicati a parlare con molti cittadini, fra i quali Glauco e altri pitagorici di rilievo. Se l'incappucciato era passato per Sibari, lo aveva fatto senza lasciare traccia.

Milone ha detto che Glauco ha destato la sua attenzione non tanto perché si comportasse in modo sospetto, quanto perché sembrava completamente impazzito. Arianna risollevò la testa quando udì la voce di Akenon, in risposta alle parole di Pitagora.

«Interrogare Glauco è proprio ciò che penso di fare. È mia intenzione partire il più presto possibile».

«Ti ringrazio per la tua disponibilità», replicò il filosofo. «Come puoi immaginare, dati i tuoi recenti rapporti con Glauco, volevo appunto chiederti di andare a Sibari. Tuttavia sarebbe preferibile che tu ritardassi la partenza»

Akenon inarcò le sopracciglia e attese che Pitagora gliene spiegasse il motivo.

«Quando questa riunione sarà finita», continuò il filosofo, con voce profonda, «Evandro, Ipocreonte e io ci metteremo in viaggio. Ho dovuto aspettare che le acque si calmassero nel Consiglio a Crotone. Ora che la situazione mi sembra sotto controllo, devo partire al più presto. Il mio impegno non si limita a questa comunità ed è troppo tempo che sto rinviando la mia visita a Napoli».

Preferì non parlare della sua idea di proseguire fino a Roma. Teneva segreto ciò che sapeva della situazione turbolenta in quella città, così come i suoi piani al riguardo. Nel caso fossero giunti alle orecchie dei suoi nemici, sarebbe stato a repentaglio il suo disegno ambizioso di espandersi insieme a Roma.

«Quanto tempo starai via?» chiese Milone, sorpreso e deluso per non averlo saputo fino a quel momento.

«Dipende da vari fattori. Come minimo tre settimane. Ma spero che i nostri progetti abbiano successo e in tal caso richiederanno la mia attenzione per un tempo maggiore. Potrei star lontano anche per tre mesi. Nell'eventualità, vi manderò un messaggio da Napoli».

«E non vuoi che vada a Sibari per tutto questo tempo?» Akenon non poté nascondere la propria contrarietà.

«Devo chiederti di non muoverti dalla comunità dopo che sarò partito, ma solo per qualche giorno. Sento che i nostri nemici potrebbero cercare di approfittare dell'occasione per tornare all'attacco. È probabile che il momento più delicato sarà quando verranno a sapere della mia assenza».

Akenon fece un cenno di assenso e si appoggiò allo schienale della sedia. «D'accordo, aspetterò qualche giorno». Distolse lo sguardo. *In effetti, con Pitagora lontano dalla comunità, mi risulterà meno difficile chiedere ad Arianna di venire con me a Sibari.*

Un'ora dopo, Pitagora si mise in viaggio sotto un sole splendente. Insieme al venerabile maestro partivano Evandro e Ipocreonte, a dorso di mulo, due inservienti con i bagagli, e una ventina di soldati scelti. Alle porte della comunità li salutò un folto gruppo di discepoli, con Oreste davanti a tutti. Si avvertiva un'atmosfera di tristezza e allegria al tempo stesso. Per un po' sarebbero stati privi della loro guida ma era grazie ai suoi viaggi che la dottrina si diffondeva tra gli uomini.

A qualche passo di distanza dal folto gruppo, dietro la statua di Hermes, Aristomaco osservava il maestro con le lacrime agli occhi. Si era nascosto perché sapeva di non riuscire a mantenere la propria compostezza nel vedere partire Pitagora.

Si passò una mano tra i capelli radi, cercando di valutare il proprio aspetto. Le dita tremanti riuscirono solo a scompigliarli di più. Appoggiò la schiena al piedistallo. La brezza gli portava un mormorio di risate e auguri ai viaggiatori. Ma lui non poteva condividere quel giubilo. Non era dotato della capacità di premonizione di Pitagora, eppure sentiva con intensità che la calma delle ultime settimane stava per andare in frantumi.

Capitolo 51

3 giugno 510 a.C.

«Soldati!»

L'uomo con il cappuccio in testa fece di tutto per passare inosservato.

Si trovava in una taverna da due soldi alla periferia di Crotone. Era seduto da parecchio nell'angolo meno illuminato, di fronte a un bicchiere di vino che non aveva assaggiato. La quiete relativa dell'ambiente era appena stata turbata dall'irruzione di un gruppo di opliti. A giudicare dalle risatacce e dall'andatura barcollante, non era il primo tugurio cui facevano visita quella sera. Esaltati dall'ebbrezza, quasi non fecero caso agli altri avventori, al contrario del misterioso personaggio che dalla penombra li squadrava a uno a uno.

Lo sguardo dell'incappucciato, penetrante e carico di disprezzo, passava da una faccia all'altra osservando con disgusto le narici arrossate dal vino, gli occhi vitrei e istupiditi, le bocche ghignanti che colavano saliva mentre ricordavano a voce alta il recente passaggio da un postribolo.

«Le ho dato mezza dracma», sbraitò un oplite di bassa statura e dagli occhi ravvicinati. «Era così pelosa che l'avrei scambiata per un orso!»

Il gruppo scoppiò a ridere.

A pochi passi, l'incappucciato chinò la testa per nascondersi meglio. Aveva con sé un coltello affilato e si divertì ad accarezzare la possibilità di sgozzare qualcuno di quei soldati. *Magari quando esce a orinare.* Avrebbe potuto giungergli alle spalle, afferrarlo per i capelli lunghi e tagliargli la gola come a un maiale. Sorrise, poi si impose di respirare a fondo, nonostante l'odore aspro di sudore e vino rovesciato. Immaginare non comportava rischi diretti, ma conduceva alla distrazione, cosa che non si poteva permettere.

Uno dei soldati si guardò intorno. Era ubriaco, ma questo non gli impedì di notare l'individuo nascosto nella penombra. *Perché quell'uomo porta il cappuccio dentro la taverna?*, si domandò con la mente vacillante. Lo guardò, stordito per qualche secondo ed ebbe una sensazione curiosa. Non gli vedeva gli occhi, ma *sapeva* che l'altro lo stava guardando. Decise di avvicinarglisi.

L'uomo incappucciato percepì la minaccia, ma conservò dentro di sé una serenità perfetta. L'oplite procedeva malfermo sulle gambe, un passo dopo l'altro. *Se cercherà di togliermi il cappuccio, dovrò ucciderlo.*

Osservò l'avanzata del nemico. Grazie alle sue facoltà eccezionali sarebbe stato in grado di catturare lo sguardo del soldato con il proprio e paralizzarlo. Così lo avrebbe potuto pugnalare con facilità. *Il problema è che tutti i suoi compagni mi salterebbero addosso un attimo dopo.*

Mosse lentamente la mano destra sotto la tunica, fino ad afferrare l'impugnatura del coltello. Si sentiva tranquillo. In un istante la sua mente precisa aveva elaborato il piano d'attacco migliore ed esaminato tutte le alternative per la fuga in base ai risultati dell'attacco iniziale. Il fattore sorpresa gli avrebbe dato un grande vantaggio. Aveva la certezza di poter uccidere due soldati e raggiungere la porta; arrivare fino al cavallo dipendeva poi dallo stato di ebbrezza degli opliti rimanenti e dal fatto che non trovasse nuovi ostacoli nella via.

Il soldato si fermò di fronte al suo tavolo. Prima di parlare, sbatté le palpebre un paio di volte nel tentativo di schiarirsi la vista.

Sarà morto prima di toccare terra. L'incappucciato visualizzò la traiettoria che avrebbe seguito il coltello. Con un colpo rapido sarebbe penetrato sotto il mento, attraversando la testa per dividere in due quel cervello impregnato di vino. Il pensiero della morte imminente dell'oplite lo soddisfaceva, ma lo disturbavano le implicazioni successive. Tutto il suo piano stava per andare in fumo a causa del suo ritorno a Crotone.

Sapevo che sarebbe potuto accadere, ma era inevitabile correre il rischio.

La mano callosa del soldato si diresse piano verso il cappuccio. Le labbra vinose farfugliarono qualcosa di inintelligibile. L'incappucciato non poteva tardare un momento di più, altrimenti avrebbe perso l'elemento sorpresa. Tese le gambe, pronto a lanciarsi, rapido come la coda di uno scorpione.

D'un tratto si sentirono delle urla.

La mano del militare si immobilizzò a pochi centimetri dal cappuccio. Poi si ritrasse. Il soldato si voltò a guardare, confuso, verso i suoi compagni, che stavano festeggiando l'arrivo delle bevande. L'oplite si scordò di ciò che stava per fare, lanciò a sua volta un grido e corse a prendere la sua coppa prima che gliela svuotasse qualcun altro.

L'incappucciato, senza distogliere lo sguardo dai militari, scivolò lungo la parete, stringendo il coltello sotto i vestiti. Uscì dalla taverna senza difficoltà e si allontanò a testa bassa. Poi si fermò per guardarsi intorno. Nelle strade sporche e tortuose di quel quartiere povero non mancavano gli angoli dietro cui nascondersi. Si accovacciò in uno di essi, come se fosse un mendicante o un ubriaco, e da lì rimase a controllare l'entrata della taverna.

Erano varie notti che veniva a Crotone con un obiettivo.

Contava di raggiungerlo quella notte stessa.

Capitolo 52

8 giugno 510 a.C.

Arianna si riempì i polmoni, gustando la sensazione di libertà. Provava la stessa emozione ogni volta che lasciava la comunità in groppa alla cavalla. Chiuse gli occhi, alzò il viso e lasciò che il sole le scaldasse la pelle mentre l'animale seguiva obbediente il resto del gruppo.

Quando passarono nei pressi del ginnasio, alcuni atleti fecero una pausa nei loro esercizi per osservarli. Il drappello di cui faceva parte Arianna era formato da altri nove cavalieri: Akenon, su un magnifico cavallo che si era comprato, sei opliti e due inservienti.

Erano trascorsi cinque giorni dalla partenza di Pitagora. *La sua nave dovrebbe approdare a Napoli tra oggi e domani*, calcolò Arianna.

Continuava a tenere gli occhi chiusi, godendosi le oscillazioni ritmiche dell'andatura. Sorrise, ripensando al momento in cui Akenon le aveva chiesto se volesse accompagnarlo a Sibari. Era stato il giorno seguente la partenza di suo padre. Stavano parlando d'altro e un po' alla volta lui aveva affrontato il tema del suo viaggio imminente.

« A parte sondare Glauco, voglio vedere se si trova qualche traccia dell'incappucciato. Potrebbe essere sfuggito qualcosa agli opliti che sono andati alla locanda e a Sibari ».

Arianna si era mostrata d'accordo, aspettando che continuasse.

L'egizio aveva avuto qualche secondo di esitazione, come se

stesse cercando le parole giuste. La sua titubanza contrastava con l'aria noncurante che cercava di adottare. «Durante gli interrogatori», aveva aggiunto finalmente, «per aiutarmi con i concetti della dottrina che non riuscissi a capire, mi sarebbe molto utile se ci fossi anche tu».

Lei aveva accettato con la stessa noncuranza che cercava di ostentare Akenon, poi si era dovuta voltare per nascondere un sorriso.

Ora cavalcava a qualche metro da lui, con una strana tensione nello stomaco. Aprì gli occhi e lo guardò. Il nervosismo non si attenuava. Spronò la cavalla e si avvicinò ad Akenon.

Poco dopo aver superato Crotone, il sentiero si restrinse e il gruppo si adeguò: tre opliti davanti, Arianna e Akenon dietro – a una distanza tale da poter conversare in libertà –, poi, a venti passi, gli inservienti e infine gli altri tre militari, di retroguardia.

A differenza dell'ultima volta che erano passati di lì, all'inseguimento di Arma, in quel momento non c'era una nube in cielo. Il sole faceva brillare la schiuma delle onde che si frangevano sugli scogli.

«Sono uscita molte volte dalla comunità», stava dicendo Arianna. «In effetti, tutte le volte che ho potuto. Quando passo un paio di mesi senza viaggiare, comincio a sentirmi confinata. Ma non sono mai andata al di fuori della Magna Grecia».

«Ciò significa che non hai mai viaggiato in nave?» Akenon doveva chinarsi verso di lei per parlarle, perché il suo cavallo era più alto di un palmo di quello di Arianna.

«Mai», rispose lei. «Cosa si prova a essere circondato dall'acqua e non vedere terra intorno?»

L'egizio guardò il mare con apprensione. «Un'angoscia e un malessere spaventosi. Darei qualsiasi cosa per poter tornare a Cartagine via terra».

Arianna lo guardò in faccia, sorpresa. Capì che stava scherzando solo a metà e scoppiò a ridere. «Oh, dei. Lo dici sul serio. Com'è crudele la sorte: io darei qualsiasi cosa per poter girare il mondo come ha fatto mio padre».

Il sorriso contagiò Akenon.

«So che sei egizio, che vivi a Cartagine e adesso sei nella Magna Grecia. Dove altro sei stato?»

«Temo di doverti deludere. Sono stato solo nei posti che hai appena nominato. Solo un'altra volta mi è toccata la sventura di navigare, perdendo di vista la terraferma, ed è stato per condurre un'indagine a Siracusa, che pure fa parte della Magna Grecia». Sospirò, poi riprese, con un leggero velo di malinconia nello sguardo. «Sono nato in Egitto e ci ho vissuto fino a ventinove anni. Quando lavoravo per il faraone, Amosi II ho viaggiato in quasi tutto il paese. Alla morte del faraone sono stato costretto ad andarmene, perché suo figlio Psametico III si è alleato con vecchi nemici di suo padre che volevano la mia testa».

Arianna lo ascoltava affascinata.

«Dall'Egitto sono andato a Cirene», proseguì lui, «la colonia greca che si trova a metà strada fra il mio paese e Cartagine. Ma dopo qualche mese i persiani, comandati da Cambise II, avanzarono verso occidente e invasero l'Egitto. Decisi di allontanarmi di più». Si chiuse in un silenzio improvviso. Preferiva tacere una delle ragioni principali per cui aveva abbandonato Cirene. Non voleva restare fra i greci perché l'invasione del suo paese era stata possibile proprio grazie al tradimento di un greco, alleato tradizionale degli egizi: il tiranno Policrate di Samo. Oltretutto, l'isola di Samo era la terra natale di Pitagora, altro motivo per non esprimere ad alta voce certi vecchi rancori.

Arianna cercò di farlo uscire dal suo mutismo. «È stato allora che ti sei trasferito a Cartagine?»

L'espressione di Akenon si fece più distesa. «Sì. Per fortuna, anni prima avevo conosciuto un influente fenicio di Cartagine, che mi ha accolto quando sono arrivato in città. Si chiama Eshdek, è un commerciante e un grand'uomo. Mi ha aiutato a stabilirmi in città in veste di investigatore e dopo qualche anno ho cominciato a lavorare esclusivamente per lui. I suoi genitori emigrarono da Tiro poco prima dell'assedio di Nabuccodonosor II di Babilonia. Eshdek ha saputo approfittare dell'inarrestabile ascesa di Cartagine, che da tempo non è più una semplice colonia di Tiro. Oggi la città è un impero fiorente e, per quanto mi riguarda, un luogo eccellente in cui vivere».

Arianna lo invidiava. Avrebbe voluto avere lei un *luogo eccellente in cui vivere.* D'un tratto ricordò qualcosa che aveva sentito dire a proposito di Cartagine e fece una smorfia, incerta se parlarne con Akenon. Si assicurò che i soldati non potessero udirli, poi si voltò verso il suo compagno di viaggio. «È vera una cosa che ho sentito dire: che i cartaginesi mangiano i cani?»

«Be', sì. Perché no?»

Arianna aveva un'altra domanda, molto più pericolosa. «Ed è vero...» Fece un'altra pausa, indecisa. «È vero che a Cartagine fanno sacrifici umani con i neonati?»

Akenon s'incupì. L'immagine di cinquanta piccole creature carbonizzate gli apparve davanti agli occhi con dolorosa nitidezza. «Sì», rispose in un sussurro. Poi continuò nello stesso tono tetro. «In occasioni eccezionali cercano di placare i loro dei sacrificando neonati».

L'aria sembrava essersi rarefatta. Arianna si pentì di aver fatto quella domanda. «Scusa. Non pensare che nelle mie parole ci sia spirito critico. Mio padre mi ha parlato dei costumi di altri popoli, molto diversi dai nostri, ma mi ha anche insegnato a non giudicare gli altri per le loro tradizioni e credenze».

«Non preoccuparti. Lo trovo raccapricciante anch'io. Il fatto che viva a Cartagine non significa che mi piacciano tutti i riti locali. Per fortuna, i sacrifici umani si sono tenuti solo una volta, da quando vivo laggiù».

«E dimmi», riprese Arianna, in tono più lieve, «quali dei nostri costumi ti è parso più strano?»

Akenon sorrise. «Di sicuro mi aspettavo di trovare un maggior numero di pratiche e regole incomprensibili. La vostra confraternita è vista come qualcosa di sconvolgente, a distanza, ma quando ci si vive all'interno tutto sembra avere più senso. Ricordo per esempio che sulla nave con cui sono partito da Cartagine c'era un ateniese che, a chiunque fosse disposto ad ascoltarlo, raccontava che Pitagora e i suoi seguaci sono dei pazzi che obbediscono a norme assurde. Diceva, tra le altre cose, che vi è proibito passare sopra una bilancia, o lasciare che le rondini facciano il nido sotto i vostri tetti».

Arianna annuì, con aria divertita. «Spesso mio padre parla per mezzo di parabole o metafore. A volte lo fa per esporre in modo semplice concetti complessi, altre volte per riservare il significato del suo insegnamento solo agli iniziati. Quando dice di non passare sopra una bilancia, intende che devi prevenirti dagli impulsi dell'ambizione e non volere più di ciò che ti spetta. Quanto alle rondini, intende raccomandare di non accogliere nella propria casa persone incapaci di trattenere la lingua».

Akenon guardava Arianna intanto che parlava. Il suo tono di voce e il suo atteggiamento avevano una sfumatura intima che le era insolita. Sorrise senza fare commenti, continuò a osservarla e si domandò cosa avesse prodotto quel cambiamento. Che fosse un effetto della lontananza dal padre e dalla comunità? In ogni caso, la preferiva così rispetto a quando era aspra e sarcastica. Da tempo aveva abbandonato la speranza che tra loro potesse esserci qualcosa, ma adesso...

Arianna si sentì arrossire sotto lo sguardo di Akenon. Il petto le si alzava e abbassava con frequenza superiore al normale. Si sforzò di rallentare la respirazione. Non le risultò facile in quel momento: l'egizio indossava una tunica corta in stile greco e la sua gamba muscolosa era solo a un palmo dalla mano di lei.

Lo osservò con la coda dell'occhio. Ciò che desiderava non era tranquillizzarsi, quanto piuttosto accarezzare quella pelle scura.

*

Mancavano ancora due ore al tramonto quando avvistarono la locanda. Akenon, a cavallo, portò una mano a una tasca e, senza accorgersene, accarezzò l'anello di Daaruk.

Lo aveva consegnato a Pitagora perché lo seppellisse con i resti del defunto maestro, ma il filosofo glielo aveva restituito. «Conservalo, Akenon. Su questo anello è inciso il simbolo del pentacolo». I suoi occhi dorati avevano luccicato per un istante. «È un talismano potente che ti darà guida e protezione».

Ricordando quelle parole, estrasse l'anello, di oro massiccio, e osservò da vicino il simbolo in rilievo. Sapeva che la stella a cinque punte era chiamata «pentacolo» e che veniva di solito rappresentata all'interno di un pentagono. Percorse con lo sguardo ogni tratto della figura.

«Stai analizzando il pentacolo?»

La voce di Arianna lo aveva colto di sorpresa. «Sì...» rispose. «Mi stavo chiedendo perché date tanto valore a questa figura. Capisco che tra voi è un segno di riconoscimento. E anche che sia interessante come figura geometrica regolare. Ma ho l'impressione che sia molto più di questo, per la confraternita».

Arianna annuì, concedendosi un po' di tempo prima di rispondere. «Come sai, ci sono elementi superiori delle conoscenze sviluppate da mio padre che sono protetti dal nostro giuramento di segretezza. Alcuni di questi segreti derivano dal pentacolo. Non posso dirti molto di più, altrimenti sai già che cosa mi succederebbe».

Benché il castigo non fosse mai stato applicato, la regola era che chiunque avesse violato il vincolo del silenzio dovesse morire. Così si diceva in modo solenne durante le cerimonia del giuramento. Quella era la misura più radicale delle molte tese a evitare che i saperi più elevati dell'ordine cadessero in mani profane.

«Preferisco restare nell'ignoranza piuttosto che ti accada

qualcosa di male». Il tono di Akenon conferì alle parole un vago tono di corteggiamento.

Arianna fece una risatina nervosa. Era abituata a replicare con durezza a chiunque le si rivolgesse in quel modo. Ma, per la prima volta nella sua vita, non voleva essere scostante. D'altra parte, se non si faceva scudo dell'asprezza e del cinismo, si sentiva vulnerabile, quasi a nudo. Il silenzio che si creò dopo le parole di Akenon incrementò la sua sensazione di insicurezza. Perciò si affrettò a riprendere il discorso.

«Dal momento che hai studiato geometria, ti posso dire qualcos'altro». Notò che stava parlando in modo un po' precipitoso e cercò di proseguire in tono più tranquillo. «Fai caso agli incroci delle linee del pentacolo».

Akenon si portò l'anello davanti agli occhi e lo esaminò di nuovo.

«Gli incroci dividono ogni linea in segmenti. E possiamo considerare che ogni segmento sia una sezione di quello immediatamente superiore».

Arianna si protese verso l'egizio, che le avvicinò l'anello. Lei indicò ciò che intendeva dire con un dito. Nel farlo gli appoggiò inavvertitamente la mano destra sulla coscia scoperta. Quando se ne accorse, deglutì. Le parve che le tremasse la mano, ma continuò con le sue spiegazioni.

«La proporzione tra questo segmento minore e quello maggiore», sfiorò con l'unghia i punti che indicava, «è esattamente la stessa tra il segmento maggiore e la somma di entrambi. E lo stesso vale per la somma e la linea completa».

Akenon annuì lentamente, affascinato. Alla morte di suo padre aveva abbandonato gli studi per entrare nella polizia, ma la geometria non aveva cessato di appassionarlo.

«I matematici babilonesi», proseguì Arianna, «hanno insegnato a mio padre alcune manifestazioni di questa proporzione in natura. Mio padre...» Si accorse di stare per sconfinare nel campo delle conoscenze sotto la protezione del giuramento.

Per quanto si fidasse di Akenon, doveva rispettare il proprio voto. «Mio padre ha scoperto che non si tratta solo di una curiosità ma di una delle leggi fondamentali dell'universo».

L'egizio comprese che la figlia di Pitagora non poteva rivelargli altro e smise di fare domande. Nella confraternita erano oltremodo riservati per quanto riguardava le loro conoscenze più complesse, quelle che potevano procurare un misterioso dominio sulla natura e sugli uomini. Il filosofo aveva stabilito che nessun pitagorico accedesse a tali conoscenze se non attraverso le vie del cimento e della purificazione fissate da lui stesso. Per questo era tanto grave che il sibarita volesse fare uso delle proprie ricchezze nel tentativo di impossessarsene.

In realtà, ciò che Glauco pretende non è conseguire in modo illecito una conoscenza segreta: dopotutto, ha bandito un premio in cambio di qualcosa che nemmeno Pitagora conosce.

Akenon vide che gli opliti in testa al drappello si fermavano e smontavano da cavallo davanti alla stalla della locanda. Rimise in fretta l'anello nella tasca, smontò a sua volta e prese a dare istruzioni ai soldati.

Non sospettava che quell'anello gli avrebbe rivelato segreti vitali.

Sezione aurea

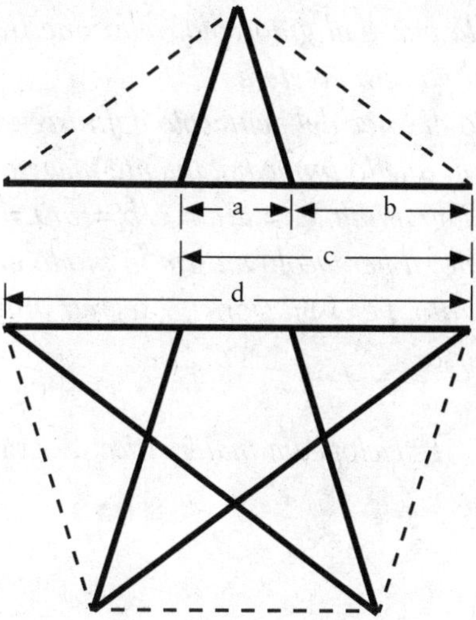

Gli antichi greci la conoscevano semplicemente come «la sezione».

Altri nomi che ha ricevuto nel corso della storia sono stati: «divina proporzione», «numero d'oro», «proporzione aurea».

È quella che fa sì che due parti di un segmento mantengano tra loro la stessa proporzione della parte grande e del segmento totale.

Il suo risultato è un numero irrazionale (1,618...) e di solito si rappresenta con la lettera greca phi (Φ,φ), che è l'iniziale di Fidia (Φειδίας), scultore greco le cui opere rappresentano la bellezza ideale e uno dei maggiori risultati estetici dell'epoca classica.

Si considera tale proporzione di grande bellezza e perfezione matematica. Allo stesso modo si attribuisce bellezza e perfezione a tutto ciò che mantiene questo rapporto nella sua composizione interna. Si crede che sia stato utilizzato profusamente nell'arte: nel Partenone, nella Grande Piramide di Giza, nelle opere di Leonardo da Vinci, Michelangelo, Beethoven, Mozart. Anche nella natura la sezione aurea è stata identificata ovunque: nelle spirali delle conchiglie di molti animali, nei petali dei fiori, nelle foglie degli steli, nella relazione dello spessore dei rami degli alberi... Ma anche nell'essere umano: relazione tra l'altezza totale e quella fino all'ombelico, alla vita e al ginocchio, relazione tra lunghezza del braccio e fino al gomito eccetera.

Ogni incrocio di linee del pentacolo definisce un segmento che è sezione aurea di quello immediatamente maggiore. Seguendo la notazione del diagramma, $\varphi = a/c = c/b = b/a = 1{,}618...$

Come vediamo, il pentacolo mostra in modo mirabile la sezione aurea e pertanto, per i pitagorici, i segreti divini della costruzione dell'universo.

Enciclopedia matematica, Socram Ofisis, 1926

Capitolo 53

8 giugno 510 a.C.

Arianna era andata a dormire.

Akenon, benché stanco, rimase nella sala della locanda a bere una coppa di vino allungato con acqua. Doveva fraternizzare con i soldati che gli aveva assegnato Milone se voleva ottenere da loro il massimo.

Ricevette una pacca sulla spalla. Uno dei militari, con il viso arrossato dalla bevuta, gli rimproverava con un gesto di aver bevuto poco. L'egizio svuotò la coppa in una sorsata e rispose con una pacca sulla schiena del soldato, che rise insieme a lui.

Era la notte ideale per rilassarsi. Era improbabile che in quella locanda in mezzo alla campagna si celasse qualche pericolo. Inoltre, il giorno seguente sarebbe stato dedicato al viaggio, per cui non era molto importante se qualcuno avesse sofferto dei postumi di una sbornia.

Alla sua tavola erano seduti cinque soldati. Il sesto era di guardia nel corridoio del piano superiore, dove si trovavano le stanze in cui avrebbero dormito. I due inservienti stavano già russando nelle stalle, vicino al bagaglio e ai preziosi animali con cui viaggiavano.

Akenon guardò la locandiera che passava tra i tavoli con un vassoio di cibo. Interrogare di nuovo lei e il marito era servito soltanto – grazie alle capacità analitiche di Arianna – per avere conferma che avevano detto la verità e non potevano fornire alcuna pista. Né era stata d'aiuto l'ispezione meticolosa della stanza in cui si era consumato il delitto e del resto della locanda.

Era prevedibile, dato che erano stati già nominati da Milone e dai suoi uomini. E dallo stesso Akenon, che aveva ripercorso decine di volte nella sua mente i brevi ma intensi ricordi del giorno in cui si era trovato di fronte all'incappucciato.

Gli riempirono di nuovo la coppa. Lui fece il gesto di bere, ma si limitò a bagnarsi le labbra, approfittando del fatto che i soldati si divertivano a ricordare vecchie serate di bisboccia. Si conoscevano tutti da anni. *Questo è bene, se c'è da combattere*, pensò Akenon mentre li osservava in silenzio, con un tiepido sorriso.

Si isolò di nuovo dall'allegria che lo circondava e rammentò alcuni degli elementi dell'indagine effettuata dopo l'assassinio di Daaruk.

In Egitto, aveva imparato ad analizzare la scrittura. A questo scopo aveva chiesto di esaminare alcuni scritti del maestro avvelenato, per confrontarli attentamente con il testamento che Arma aveva consegnato a Eritrio. Pensava che il documento potesse essere falso come era capitato in un caso che aveva risolto anni prima: in quell'occasione era stato falsificato il sigillo di un membro della famiglia del faraone Amosi II; la copia era stata impiegata su alcuni documenti commerciali fraudolenti. Akenon aveva scoperto che era stata realizzata con uno stampo di cera, ottenuto mentre il proprietario dell'anello dormiva, senza neppure il bisogno di sfilarglielo dal dito.

Tuttavia, in questo caso, l'analisi della scrittura non lasciava spazio a dubbi: era stato Daaruk a redigere il testamento. Ciò lasciava intendere che si fidasse di Arma in modo assoluto ma non svelava altro. Restavano centinaia di domande senza risposta. *E ora che sia Daaruk sia Arma sono morti, l'unico che possa darle è l'incappucciato.*

L'egizio bevve un altro sorso di vino e guardò i soldati. Erano chiassosi, ma l'unico a essere ubriaco era quello che gli aveva battuto la mano sulla spalla e cui non toccavano turni di guardia per quella notte. Sembravano validi professionisti, come aveva garantito Milone. Akenon pensò a Sibari e all'indagine che avrebbero cominciato il giorno seguente. Intuiva che, per arrivare all'assassino incappucciato, bisognava puntare su Glauco: era l'uomo più ricco e potente della città, un iniziato alla confraternita pitagorica e un fanatico delle matematiche, come aveva appena dimostrato con il bando di quel premio spropositato. *Tutto sembra indicare lui come un pezzo fondamentale del rompicapo.*

Si alzò, ricordò ai militari che sarebbero partiti all'alba, si congedò da loro e attraversò l'animata sala della locanda. Voleva riflettere con tranquillità ed essere fresco per il giorno successivo.

Mentre andava verso la scala, gli venne in mente l'immagine di Arianna che cavalcava, appoggiata alla sua coscia, mentre esaminavano l'anello. Non si era mai mostrata così gentile e intima con lui.

Arianna è un altro enigma. Corrugò la fronte e scosse lievemente la testa. *Tanto attraente quanto imprevedibile*, aggiunse tra sé, alquanto sconcertato.

D'un tratto fu conscio del fatto che giaceva in un letto a pochi metri dal suo, al piano di sopra. Si fermò per un istante ai piedi delle scale e guardò verso l'alto.

Mentre cominciava a salire, un brivido gli percorse la schiena.

Arianna era da un po' rannicchiata sotto le coperte. Ma, da quando si era ricordata di una cosa, aveva capito che non sarebbe riuscita a prendere sonno.

Non finché avrò con me i documenti.

Prima di partire da Crotone, aveva preso con sé alcune pergamene del padre che trattavano del cerchio e delle sue proprietà. Con esse sperava di convincere Glauco che le sue pretese non avevano senso. Il problema era che quei documenti non sarebbero dovuti uscire dalla comunità. Nessuno sapeva che li aveva presi lei.

Al principio aveva pensato di portarli addosso, ma durante il giorno faceva troppo caldo e il sudore avrebbe potuto rovinarli. Alla fine li aveva nascosti nel fondo di una borsa. Ora quei preziosi documenti erano nella stalla, insieme al resto del bagaglio, con l'unica protezione di due inservienti che avrebbero passato l'intera notte a dormire profondamente. Era molto improbabile che quelle carte corressero pericoli, ma non riusciva a togliersi quel pensiero dalla mente, tormentata dal senso di colpa.

Non avrei dovuto prenderli, pensò rigirandosi nel letto.

Ma non c'era più rimedio. L'unica cosa che poteva fare in quel momento era proteggerli. Doveva recuperarli dal bagaglio e tenerli con sé finché non li avesse rimessi al loro posto, al ritorno a Crotone.

Scostò la coperta con un gesto brusco. Si sedette sul letto e calzò le ciabatte di corda. Quando uscì dalla stanza vide il soldato di guardia, in piedi in fondo al ballatoio. Gli fece un cenno di saluto con la testa e lui rispose allo stesso modo.

L'unica luce era quella che proveniva dalla sala, dove risuonavano risate e conversazioni ad alta voce.

Akenon dev'essere ancora di sotto.

Provò vergogna ed esitò a scendere, imbarazzata da come si era comportata con lui durante il viaggio.

Sembravo un animale in calore, si rimproverò, arrossendo.

Si aggiustò la tunica e guardò giù. La porta che dava sulla strada era giusto vicino alla scala ed era quindi possibile che nessuno si accorgesse che stava andando alla stalla. Ma, appena mise piede sul primo gradino, si accorse che qualcuno stava cominciando a salire.

Akenon!

La testa dell'egizio era rivolta alla sala, per un ultimo sguardo. Non l'aveva ancora vista.

Arianna trattenne l'impulso di tornare indietro per nascondersi prima che Akenon la vedesse. Si costrinse a continuare a scendere come se niente fosse, preparandosi al momento in cui lui avesse alzato gli occhi. L'egizio lasciava la sala illuminata per salire nell'oscurità del piano di sopra, per cui fece un altro paio di gradini prima di accorgersi che dal buio stava scendendo lei.

Arianna affrettò il passo, pensando di rivolgergli un breve saluto quando si fossero incrociati. Vide che Akenon alzava gli occhi mentre rallentava. Fece un altro scalino, lo guardò in faccia e in quel momento l'espressione dell'egizio la bloccò.

Akenon pensò che ciò che stava vedendo in quel momento fosse un'allucinazione dovuta agli occhi non abituati all'oscurità. Stava pensando proprio in quel momento, turbato, che Arianna – così stranamente cordiale e dolce quel giorno – avrebbe dormito molto vicino a lui. Per un attimo gli parve che la sua immaginazione avesse preso corpo tra le ombre della scala... Ma non era un'illusione; era lei senza dubbio. I capelli in disordine rivelavano che si era appena alzata dal letto. La pelle sembrava emanare ancora il calore delle coperte da poco abbandonate. Irradiava una sensualità tale da paralizzarlo di stupore, incapace di fare altro che non fosse contemplarla.

Al riparo dell'intimità della penombra, con la sensazione di irrealtà conseguente a una situazione inattesa, si guardarono a vicenda, vicinissimi l'uno all'altra. Li separava un solo gradino, che quasi eliminava la differenza di altezza. Akenon, inavvertitamente, allungò la mano sinistra, sfiorando la destra di Arianna. Lei la mosse lentamente sfiorando con il dorso le dita di lui. Il contatto fu minimo, ma procurò a entrambi una sensazione così intensa che provarono un brivido. Lo sguardo di Arianna scese dagli occhi alle labbra scure, carnose, socchiuse. Nella respirazione agitata dell'uomo, riconobbe lo stesso desiderio che sentiva crescere rapido dentro di sé. In quel momento fu cosciente della nudità di entrambi sotto le tuniche sottili che coprivano i loro corpi. I capezzoli le si indurirono all'istante e anelò con tutte le sue forze a stringere il corpo muscoloso di Akenon.

Senza pensarci, gli si avvicinò aprendo le labbra. Lui chinò il capo per baciarla, chiuse gli occhi...

... e li riaprì, allarmato dai rumori provenienti dal piano di sopra. Qualcuno era appena uscito da una stanza e si stava dirigendo verso la scala.

Arianna si ritrasse subito, mormorò sorpresa qualcosa di inintelligibile e riprese a scendere frettolosamente, passando accanto ad Akenon senza guardarlo.

L'egizio esitò un istante. In cima alle scale apparve un altro ospite della locanda, corpulento e dalla faccia poco amichevole, che lo guardò sospettoso vedendolo fermo a mezza strada. Poi scese, emettendo un grugnito a mo' di saluto mentre lo incrociava.

Akenon si voltò. Lo sconosciuto scendeva i gradini con un certo sforzo. Poco più in là, la porta della locanda si stava chiudendo.

Arianna era uscita nella notte.

Capitolo 54

8 agosto 510 a.C.

È perfetto.

L'incappucciato prese il pesante specchio con entrambe le mani. Lo accostò alla torcia, l'unica fonte luminosa nella camera sotterranea. Nella parte superiore della cornice era raffigurato Cerbero, il cane con tre teste che secondo i greci vigilava alla porta del regno dei morti. Mise lo specchio di profilo ed esaminò con occhio critico la superficie di bronzo lucido. Era impeccabilmente liscio, il che garantiva un riflesso senza distorsioni.

Perfetto.

Lo appoggiò a terra e si allontanò di qualche metro, sistemandosi in modo che tutta la sua figura fosse riflessa sull'ampia superficie. Dopo qualche secondo, si avvicinò un poco. Il riflesso mostrava un mantello marrone, un cappuccio e, dove avrebbe dovuto esserci la faccia, solo oscurità.

È così che mi vedono tutti.

Avanzò fino a trovarsi a un metro dal metallo lucido. Anche se la luce della torcia raggiungeva l'interno del cappuccio, il resto era inghiottito dal buio.

Sorrise soddisfatto.

Con gli occhi fissi sulla propria immagine, scostò un po' per volta la tela. Poté così vedere i contorni del volto, rigidi e freddi come quelli di una statua, neri come la fuliggine. In corrispondenza degli occhi, regnava un'oscurità ancora più profonda.

Sorrise di nuovo, ma il suo riflesso rimase impassibile. L'espressione era sempre severa nella maschera metallica che gli nascondeva la faccia. Era fatta di argento puro, annerita alla perfezione in un bagno di zolfo. La contemplò allo specchio mentre scioglieva le cinghie di cuoio che la sostenevano. Quindi chinò la testa e la maschera si staccò lentamente dal viso, restandogli tra le mani. All'interno c'erano bande di feltro che gli permettevano di portarla con comodità, al punto che non se la toglieva quasi mai. Nemmeno quando era solo. Di fatto, quando pensava a se stesso, non gli veniva mai in mente l'immagine del suo volto, bensì quella della maschera.

La girò e guardò quell'espressione congelata. Era come una corazza non rilucente, implacabile e tenebrosa.

È questo il mio vero volto.

Senza sapere perché, avvertì l'impulso di guardarsi allo specchio senza la maschera. Meditò per qualche secondo, con lo sguardo perso sui tratti di argento annerito.

Inspirò a fondo e alzò gli occhi.

Capitolo 55

9 giugno 510 a.C.

La sera precedente, Akenon era rimasto a metà della scala ad attendere che Arianna ricomparisse. Non voleva tornare di sotto e aspettarla davanti ai soldati, né poteva farlo di sopra, dove un altro oplite faceva la guardia. Era rimasto dov'era, con le orecchie rivolte ai rumori del pianterreno, nervoso e un po' confuso.

Dopo qualche minuto vide che l'uomo grasso che li aveva interrotti stava riattraversando la sala, diretto alla scala. Se avesse visto che Akenon si trovava ancora lì, avrebbe potuto pensare che si nascondesse con cattive intenzioni. *Potrebbe mettersi persino a gridare*, pensò. L'ultima cosa che voleva in quel momento era attirare l'attenzione dei militari su Arianna e su di sé.

Salì l'ultimo tratto di scala, salutò il soldato di guardia ed entrò nella sua camera. Chiuse la porta e rimase ad ascoltare. L'uomo grasso passò nel corridoio e andò a dormire. Poco dopo, anche Arianna rientrò nella propria stanza: Akenon distinse con chiarezza i suoi passi, il rumore della porta, quello del letto che accoglieva il suo corpo. Ebbe l'impulso di andare a bussare, ma si trattenne. Non poteva uscire nel corridoio e passare davanti al soldato di guardia per infilarsi nella camera della figlia di Pitagora.

Si distese sul giaciglio, pensando a lei. Si chiese se fosse successo davvero. *Sul serio siamo stati sul punto di baciarci?* Era stato tutto così rapido e sorprendente che ora non ne era più sicuro. Ma, se la risposta era sì, per quale motivo Arianna, in quel momento, era stata disposta a lasciare che succedesse qualcosa tra loro?

Un paio d'ore più tardi entrarono i due soldati con cui l'egizio divideva la stanza. Si buttarono sui giacigli e dopo cinque minuti russavano entrambi placidamente. Akenon rimase a fissare il soffitto, senza riuscire a dormire, sorpreso dall'intensità dei sentimenti che provava per Arianna. Si erano sviluppati quasi al margine della realtà, in un luogo della sua mente in cui da tempo era sicuro che non sarebbe mai successo nulla: era certo che si sarebbero detti addio il giorno in cui lui fosse ripartito per Cartagine.

Non so che cosa aspettarmi.

Cercò di distrarsi, pensando all'indagine che li attendeva a Sibari, ma la sua mente continuava a tornare a lei. Immaginare che cosa sarebbe successo se non fossero stati interrotti gli faceva venire la pelle d'oca. Quando finalmente riuscì a addormentarsi, i sogni lo riportarono sulla scala.

Quando il mattino dopo rivide Arianna, erano presenti i soldati. Si limitarono a un semplice saluto. Poi cominciarono il viaggio camminando l'uno a fianco dell'altra, mantenendosi a una certa distanza dagli altri membri del gruppo, come avevano fatto il giorno prima. Nulla sembrava cambiato, tuttavia gli sguardi tra loro duravano più a lungo e non riuscivano a smettere di sorridere. Sapevano entrambi che nel pomeriggio sarebbero giunti a Sibari. E laggiù avrebbero avuto modo di riprendere da dove avevano interrotto.

A Sibari trovarono alloggio in una locanda nei pressi del quartiere degli aristocratici. Sicché gli opliti che mandarono al palazzo di Glauco non tardarono a tornare con la risposta. Arianna e Akenon si riunirono con loro e tutti gli altri soldati nell'ampia sala della locanda.

« Vi riceverà domani pomeriggio ». Il soldato fece una pausa, dubbioso. « Be', in realtà ha detto che manderà un messaggero per confermare se vi può ricevere o no ».

Arianna se ne stupì. Si presentavano a Glauco in nome di Pitagora ed era insolito che un iniziato si comportasse in questo modo.

« D'accordo », replicò Akenon. « Aspettiamo che si decida a darci udienza ». Si voltò verso gli altri soldati. « Ora sarà meglio andare a dormire. È tardi e domattina di buonora dobbiamo battere l'intera città in cerca di tracce dell'incappucciato ».

Gli opliti, a malincuore, si ritirarono. Interrogare Glauco aveva una sua logica, anche se non era mai opportuno infastidire un uomo così potente, per quanto si proclamasse amico dell'ordine. Ciò che ai soldati non sembrava avere senso era rimettersi alla ricerca di una pista dell'incappucciato. In ogni caso, erano militari e gli ordini di Milone erano stati chiari: obbedire ad Akenon in tutto e per tutto.

Quando l'ultimo degli opliti se ne fu andato, l'egizio si rivolse ad Arianna. *Adesso siamo soli*, pensò, con un sorriso di complicità.

Lei sfuggì il suo guardo e si affrettò ad allontanarsi.

Quando fu nella sua stanza, chiuse la porta e vi si appoggiò con la schiena. *Che cosa mi succede?*

La risposta le apparve subito chiara nella mente: *Hai paura.*

Akenon bussò delicatamente. Dopo qualche secondo, Arianna gli aprì e retrocedette di qualche passo. « Entra », lo invitò, con un sorriso incerto.

« Stai bene? » chiese lui, in tono dolce.

Lei si limitò ad annuire. Aveva la sensazione che, se avesse parlato, le sarebbe venuta meno la voce.

Akenon, esitante, allungò una mano per accarezzarle una guancia. Lei sussultò al contatto.

« Arianna, che succede? » domandò lui, preoccupato, cercando di guardarla negli occhi.

Lei li abbassò e rimase in silenzio, mordicchiandosi il labbro inferiore.

« Arianna... »

« Non parlare », lo interruppe lei, protendendosi in avanti all'improvviso per baciarlo. Le sue labbra sigillarono quelle di Akenon, che rimase come paralizzato. Quando si riprese, la circondò con le braccia, stringendola delicatamente. Si accorse che stava tremando ma prima che potesse dirle una parola, lei lo spinse con forza.

« Via! »

Lui la guardò perplesso. A stupirlo di più non era la reazione di Arianna, quanto il panico nella sua voce.

« Vattene! »

Arianna indietreggiò e si raccolse su se stessa, come se temesse di essere picchiata.

« Arian... »

« Vattene!!! » Nel suo grido vibrante risuonavano disperazione e terrore.

Akenon la guardò angosciato, senza sapere cosa fare. Infine uscì dalla stanza, chiudendo la porta.

Cos'è successo?, si domandò a metà del corridoio in penombra. Si voltò a guardare la porta chiusa. Allungò una mano, esitò e la ritirò prima di bussare.

Rimase immobile di fronte alla stanza di Arianna.

La porta si aprì lentamente.

Capitolo 56

9 giugno 510 a.C.

La figura mascherata emerse dalla sua camera sotterranea nella notte fresca e limpida. *Un nottata magnifica. La dea Nix benedice i miei piani.*

La maschera d'argento annerito nascose la sua espressione soddisfatta. Si sentiva in preda all'esaltazione e chiuse gli occhi per un istante. I battiti del cuore rallentarono e il respiro si acquietò, come se fosse in trance. La sua eccezionale capacità di dominare le emozioni era solo una delle molteplici abilità che aveva appreso grazie a Pitagora. Gli era grato soprattutto per avergli trasmesso il sapere millenario dell'Egitto che permetteva di destare immani forze latenti nella mente umana.

Ancora nascondi qualche segreto, ma devo riconoscere che ho imparato molto da te, prima di superarti.

Coprì la maschera con il cappuccio e si diresse alle stalle.

E sono grato anche ad Arma, pensò, mentre prendeva per le briglie il cavallo che lo schiavo gli aveva procurato. Lo portò fuori e chiuse la porta delle stalle. L'oscurità dava un tono cupo a ogni rumore. Prima di montare in groppa al poderoso animale, tastò la borsa con le monete d'oro e il coltello avvelenato che nascondeva sotto la cappa.

«Il prossimo colpo sarà il migliore di tutti», mormorò, con la sua voce rauca.

Montò a cavallo e si inoltrò per un sentiero nel bosco, diretto a Crotone. Si compiacque per la disgrazia che il giorno successivo si sarebbe abbattuta sui pitagorici.

Capitolo 57

9 giugno 510 a.C.

Arianna guardò Akenon in silenzio, con le lacrime agli occhi. Gli voltò le spalle, dirigendosi al letto, mentre lui entrava e chiudeva la porta. Si sedette sul giaciglio, triste ed esausta. Non sapeva da dove cominciare, ma era decisa a raccontargli tutto. Cercò di inspirare a fondo, ma a metà fu interrotta da un singhiozzo. Cominciò a parlare con gli occhi fissi sul pavimento coperto di sabbia.

«Quando avevo quindici anni... sono stata sequestrata».

La frase rimase sospesa un istante nell'aria della piccola stanza. Arianna inspirò di nuovo, strinse i denti e riprese con voce tremante.

«I rapitori mi dissero che agivano su commissione e che mi avrebbero violentata e uccisa».

Guardò Akenon, che rabbrividì nel vedere quegli occhi di ghiaccio che si scioglievano a poco a poco. Quando lei riprese a parlare, la sua voce divenne un fiume di dolore.

«Avevo quindici anni, Akenon. Non ero mai stata con un uomo». Si portò le mani al viso e il suo corpo fu scosso da un pianto profondo e silenzioso.

L'egizio le si sedette accanto e le posò con dolcezza una mano su una spalla.

Poco dopo, Arianna abbassò le mani e riprese a parlare con voce più calma. «Pensavano di uccidermi il terzo giorno, ma mio padre mosse cielo e terra e riuscì a trovarmi prima che fossero trascorse ventiquattr'ore». Si interruppe di nuovo, persa nei ricordi. Nel suo respiro agitato vibravano odio e ripugnanza. «Milone non era ancora il capo dell'esercito, ma era alla testa del gruppo di soldati che scoprì il luogo in cui era stata nascosta. I rapitori non ebbero nemmeno il tempo di prendere le armi. In pochi secondi furono trapassati dalle spade e abbandonati a terra, sanguinanti».

«Fu catturato il mandante?»

Arianna guardò nel vuoto per qualche secondo, prima di rispondere. «No. I rapitori non me ne dissero mai il nome. Dissero solo che l'avrei conosciuto il terzo giorno e che allora mi avrebbe *concesso l'onore* di una sua visita e mi avrebbe violentata lui stesso, per poi uccidermi lentamente. I sequestratori erano bestie miserabili, ma quando parlavano di quell'uomo si notava un odio immenso che non proveniva da loro, bensì dal loro istigatore. Dissero anche che la mia *punizione*, così la definivano, era una vendetta nei confronti di mio padre».

Akenon le strinse con delicatezza la spalla. Lei lo guardò e gli sorrise, con le labbra umide di lacrime. Ma l'amarezza ebbe di nuovo il sopravvento.

«Dopo di allora la mia vita cambiò. Cambiai io. Prima ero normale, come mia sorella Damo. Ma da quel momento mi chiusi in me stessa, sfiduciata, sempre impaurita. E poi morivo di vergogna per ciò che mi era successo, mi sentivo colpevole e sporca. Vedevo negli altri sguardi di rimprovero, persino negli occhi di mia madre e di mia sorella». Scosse il capo. «Riuscivo solo a tollerare la presenza di mio padre. Fu lui a impedire che la mia vita si spegnesse, grazie alla sua sapienza e al suo sostegno incondizionato. Mi avvolse in un manto protettivo e riempì con la sua dottrina tutto il mio tempo e la mia mente».

Arianna si erse inconsciamente, assumendo una posizione più decisa. «Mio padre riuscì a farmi recuperare sicurezza ed equilibrio. Richiedeva da me solo quanto bastava ad affrontare i compiti che mi venivano affidati. Stimolava il mio interesse e mi manteneva attiva. All'inizio ci concentrammo sull'aumento del mio controllo delle emozioni e dei pensieri. Ma ben presto mi aggrappai ai suoi insegnamenti quasi con disperazione ed estendemmo l'apprendistato ad altre aree. Ad alcune ero già stata iniziata, altre invece erano nuove per me». Esitò qualche istante, prima di proseguire. «Anche se nessuno conosce i dettagli, non è un segreto che mi abbia trasmesso conoscenze riservate ai grandi maestri. Nel farlo è andato contro alcune delle sue stesse regole, cosa che ha destato molte perplessità». Annuì, pensosa, poi esibì un sorriso pieno di affetto. «Fece tutto il possibile per me, e in questo modo mi salvò la vita per la seconda volta».

Si asciugò le lacrime con il dorso della mano e guardò Akenon negli occhi. «Passai dieci anni senza parlare con nessuno, a parte mio padre. Ma alla fine superai quell'esperienza. Era riuscito a rendermi di nuovo fiduciosa e a farmi diventare forte e indipendente. Inoltre, mi assegnò un ruolo nella comunità che si adattava alla persona che ero diventata. Ora mi dedico a insegnare ai bambini, ma porto anche le ambasciate ad altre comunità, il che mi permette di viaggiare con frequenza. Anche se mi piace l'ambiente in cui vivo, se ci rimango per tre o quattro mesi mi sento in gabbia. Mio padre dice che ero così già da piccola, che ho lo spirito della viaggiatrice. La verità è che i ricordi della mia infanzia mi sembrano irreali...»

Akenon la guardò, persa nel suo passato troncato dalla violenza. La luce della lampada a olio si rifletteva nei suoi occhi gonfi e arrossati. Provò un istinto di protezione nei suoi confronti, una corrente di affetto tanto forte da sorprenderlo. Represse la tentazione di abbracciarla e si limitò a prenderle la mano. Lei continuava a guardare nel vuoto e lui le strinse la mano perché si voltasse.

Arianna girò la testa e si sentì riconfortata, avvolta dal calore dello sguardo di Akenon. Non gli era mai piaciuto tanto come in quel momento. «Non ne ho mai parlato con nessuno, ma volevo raccontartelo...» Abbassò gli occhi, nervosa, ma tornò subito a rialzarli, fissandolo con decisione. Prima di riprendere a parlare, arrossì. «E dirti che voglio stare con te».

Sognava quel momento da una vita.

Il sesso era stato protagonista dei suoi incubi per molti anni, dopo il sequestro, ma poi lei aveva fatto passi avanti nel proprio dominio interiore, tanto da riuscire a superare il trauma quasi del tutto. Le paure del suo passato erano tornate a vivere come una breve fiammata quando aveva baciato Akenon – la prima volta che aveva baciato un uomo! – ma ormai si erano dissipate.

Giacevano da lungo tempo. Arianna era distesa sul corpo muscoloso dell'egizio, che si limitava a stringerla tra le braccia e a baciarla con tutta la dolcezza e l'affetto di cui lei aveva bisogno. Avevano ancora indosso i loro vestiti e lei gli era grata che non fossero andati oltre, nonostante avesse notato la sua poderosa erezione da quando avevano cominciato ad abbracciarsi.

Eccettuata la demente violenza dei suoi rapitori, non aveva alcuna esperienza sul piano sessuale. Quando si era accorta di come reagiva il corpo di Akenon sotto di lei, aveva temuto di dover fare ricorso a tutta la forza del proprio addestramento per non darsi alla fuga. Si sentiva ancora tesa, non riusciva a rilassarsi appieno, ma il comportamento dell'uomo le era di aiuto. Lui la baciava con calma, sfiorandole le labbra; la guardava negli occhi trasmettendole calore, facendola sentire sicura e unita a lui in un modo molto intimo; lasciava che fosse lei a prendere l'iniziativa e a decidere quando dovevano staccarsi o quando baciarsi in maniera più profonda.

E Arianna non poteva negare che stesse cominciando a piacerle.

Akenon si sentiva sempre più ardente di desiderio. Lei sembrava ansiosa di esplorare nuove sensazioni. In quel momento stava giocando con il suo labbro inferiore, mordicchiandolo, succhiandolo con dolcezza e percorrendolo con la lingua. Era eccitante avere così vicino il viso di Arianna, la voluttuosa, intelligente, misteriosa Arianna, con le sue labbra carnose socchiuse e umide, con la punta della lingua che lo sfiorava di nuovo e con quello sguardo inquieto e profondo, avido e sensuale.

Dopo un bacio lungo e intenso, Akenon decise di spingersi un po' più in là. Intrecciò le dita nei capelli di lei, sulla nuca, e gliel'accarezzò mentre le baciava la gola delicata. Arianna provò un brivido di piacere e si lasciò sfuggire un lieve mugolio. Lui le sollevò la tunica e le carezzò l'interno delle cosce, salendo a poco a poco e facendole venire la pelle d'oca. La giovane si lasciò trasportare, con gli occhi chiusi, respirandogli sempre più rapida nell'orecchio. La mano di Akenon si fece più avida: la punta delle dita percorse la soda rotondità delle lisce natiche, avvicinandosi sempre di più alla sua zona più intima.

Arianna gli si strinse. Akenon sollevò il bacino mentre avvolgeva con le mani quel sedere rotondo e lo spingeva a sé. Lei gli prese fra le labbra il lobo dell'orecchio e lo leccò, provocandogli un brivido. Poi gli appoggiò le mani sul petto e si sollevò, sedendoglisi sopra a cavalcioni. Aveva un'espressione selvaggia. Si affrettò a sfilarsi la tunica e Akenon trattenne il respiro. Più di una volta se l'era immaginata nuda, ma la visione superava ogni fantasia. Era così bella che per un momento non poté fare altro che ammirarla.

Arianna osservò con gli occhi che brillavano la reazione dell'uomo. Era affascinata dall'effetto che produceva in lui. Poi si inarcò, gettando all'indietro la testa e le spalle, con i capezzoli turgidi puntati verso il soffitto. La sorprendevano l'intensità del proprio desiderio e la sua mancanza di inibizioni. Akenon le afferrò i seni generosi con entrambe le mani e li accarezzò. Le mani erano calde e delicate. La bocca seguì le mani sulla pelle tersa e Arianna non poté trattenere un gemito rauco. L'egizio raggiunse prima un capezzolo, poi l'altro, ricorrendo alle labbra e alla lingua per stimolare abilmente la carne sensibile di lei. Le sembrò di impazzire.

Akenon le percorse con una mano la schiena e le spalle, mentre con l'altra continuava ad accarezzarle il seno. Lei ansimava e gli graffiava la pelle. *Ora è pronta*, pensò lui. Si sfilò con una certa difficoltà l'indumento che a differenza dei greci portava sotto la tunica. Poi si sfilò anche quella, da sopra la testa, restando nudo sotto di lei, ancora a cavalcioni. Sorrise nel vederla percorrergli il corpo con uno sguardo assetato, apprezzando i pettorali possenti, gli addominali marcati e le braccia solide. Arianna gli passò le unghie sui muscoli del petto. Lui l'afferrò per i fianchi e la penetrò, sentendo l'umido calore che gli avvolgeva il pene in erezione. Fece scendere le mani un po' alla volta, mentre faceva pressione su di lei.

Arianna sentì che il suo corpo stava sfuggendo al controllo della sua volontà e si separò bruscamente da lui.

Non posso.

Il pensiero le attraversò il cervello come un dardo di ghiaccio. Un'ondata di gelo le si rovesciò addosso, dai piedi alla testa. Il suo corpo si ritrasse con violenza e il suo timore aumentò, alimentando un circolo vizioso di paura e inibizione, inevitabile come un castigo degli dei.

Adesso Akenon mi disprezzerà, non potrò mai più guardarlo in viso. Si sarebbe dovuta nascondere in un angolo appartato della comunità, come aveva fatto per tanti anni.

Una parte dei suoi pensieri lottava contro l'assurdità di quei pensieri, ma il suo corpo non era capace di reagire. Akenon le prese la faccia tra le mani e la costrinse a confrontarsi con lui.

«Arianna, guardami». Quando lei obbedì, proseguì con un sussurro rassicurante. «Non ti preoccupare. È stato molto bello, non siamo obbligati ad andare oltre, questa notte».

Gli occhi della giovane si riempirono di lacrime. Si lasciò cadere su di lui, che la strinse con forza. Sentì che l'erezione dell'uomo svaniva e chiuse le palpebre, con il viso appoggiato sul suo petto. Akenon le passò una mano sui capelli con molta dolcezza, aiutandola a tranquillizzarsi. Dopo un po', Arianna si accorse che il proprio corpo conservava ancora una parte del calore che le carezze dell'egizio le avevano trasmesso.

Ci voglio provare.

Akenon analizzò il suo sguardo. Vide una parvenza di timore, ma anche determinazione. La guardò con affetto e le disse in silenzio che sarebbe successo solo ciò lei avesse desiderato. Ripresero a baciarsi teneramente, lasciando che fossero le reazioni dei loro corpi a stabilire il ritmo. Quando lui percepì che il respiro di Arianna tornava ad accelerare, le sfiorò il collo e il seno con le labbra, con più dolcezza di prima. Lei esitava ancora, ma un po' alla volta si lasciò trasportare. Akenon, tuttavia, presumeva che se avesse percorso la stessa strada, si sarebbe ripresentato il medesimo problema. Si staccò con gentilezza da lei e si distese sul suo lato del letto. Inumidì le dita con la saliva e gliele appoggiò delicatamente sulla vagina.

Dapprima Arianna si irrigidì, ma poi riuscì a rilassarsi sotto le carezze lente di Akenon. Notò come dentro di lei tornavano calore e umidità. Le dita facevano in modo che il suo corpo si distendesse e quando le sentì raggiungere vogliose il centro del piacere ciò che dentro di lei fino a quel momento era rimasto addormentato cominciò a gemere.

Akenon aumentò il ritmo, a poco a poco. Arianna cominciò ad ansimare di piacere, lui di pura eccitazione, contemplando la voluttuosa donna che si dimenava in preda al godimento, sciogliendosi sotto l'azione delle sue dita.

Lei mise una mano su quella che l'accarezzava così intimamente, invitandola ad accelerare, con l'altra cominciò a pizzicarsi un capezzolo.

Per Baal, Amon e tutti gli dei, nemmeno Afrodite saprebbe suscitare tanto desiderio. Akenon era stupefatto dalle proporzioni del suo stesso ardore. Vedeva che Arianna si stava avvicinando al vertice del piacere, come lo era lui stesso, a causa della smisurata passione che lo consumava.

D'un tratto, Arianna aprì gli occhi e gli rivolse uno sguardo febbrile. «Adesso», mormorò, in un sussurro mozzato dal desiderio.

Akenon si mise sopra di lei.

Arianna lo guardava con intensità. I fantasmi del passato si risvegliavano nella sua mente, ma il volto dell'egizio le dava l'affetto e la sicurezza che le occorrevano. L'aveva guidata fino a quel punto, sensibile e compiacente. E la donna sapeva che era con lui che poteva e desiderava completare il cammino che aveva creduto impossibile.

Lo abbracciò, mentre Akenon entrava in lei con una dolcezza sorprendente, appoggiandosi ai gomiti per non farla sentire imprigionata. Un minuto dopo, fu lei a stringerlo più forte, in cerca del massimo contatto fra i loro corpi. Il membro di Akenon sembrava fare magie dentro il suo corpo. Il ventre le si riscaldava oltre limiti inimmaginabili. Strinse le natiche sode di Akenon e lo tirò verso di sé, per esortarlo a intensificare il movimento. La sensazione di piacere si moltiplicò e il vulcano che era il suo corpo cominciò a eruttare. Si sentì trasformare in lava di piacere fuso. In quel momento non si accorse nemmeno di aver conficcato le unghie nel sedere di Akenon, né che l'uomo la stava inondando, ruggendo come un orso, né che lei stessa gridava con tutte le sue forze.

Capitolo 58

10 giugno 510 a.C.

Il messaggero di Glauco si allontanò dalla locanda.

Akenon, pensoso, lo seguì con lo sguardo dalla porta. Il sole era già tramontato e le nubi viravano piano dal rosso ardente del crepuscolo a un grigio sfumato. L'egizio era stato tutto il giorno in attesa della risposta di Glauco, che non era arrivata fino a poco prima.

Non promette bene.

Diede un'ultima occhiata alla schiena del messaggero ed entrò nella locanda. Due opliti attendevano istruzioni. Gli altri non avevano ancora concluso i compiti che aveva assegnato loro ed erano ancora in giro per la città.

La sensazione di pericolo lo portò a pensare ad Arianna, per la quale provava un forte istinto di protezione. Tuttavia, sino a quel momento, la giovane si era dimostrata più che capace di difendersi da sola.

Al ricordo degli eventi della notte precedente non poté fare a meno di sorridere. *Non la immaginavo ancora in grado di compiere simili prodezze*, si disse, ripensando a tutte le volte che lo avevano fatto: le prime tre quasi di seguito, diminuendo il ritmo tra l'una e l'altra pur senza smettere di baciarsi e accarezzarsi. Poi aveva dovuto sdraiarsi a faccia in su.

«Per Apollo e Afrodite!» aveva esclamato Arianna in quel momento. «Non avrei mai sognato di provare tanto piacere. Oh, cielo, cosa mi sono persa in tutti questi anni. Presto, riprenditi: dobbiamo ricominciare prima possibile». E si era rimessa a baciargli il collo e il petto.

«Aspetta, aspetta». Akenon rise e la prese per le spalle. «Se non vuoi uccidermi, lasciami riposare qualche minuto».

Arianna si fece da parte e guardò la pelle sudata che ricopriva i muscoli del suo amante egizio, cui la tenue luce della lampada a olio conferiva una tinta irreale. Pensò che avrebbe potuto essere il dio Apollo in persona, benché più scuro di carnagione e più robusto. *Forse ricorda più un titano*, si disse, baciandogli una spalla. Aveva un sapore delizioso, leggermente salato.

Akenon scoppiò a ridere all'improvviso. «E pensare che quando ci siamo conosciuti mi hai mandato a orinare nel bosco appena ti ho fatto una proposta».

«Eri volgare e presuntuoso», replicò lei, ridendo a sua volta. «Meritavi che ti facessi abbassare le arie. E di sicuro la faccia che hai fatto era buffissima».

«Non ti ho fatto un po' pena?»

«Nemmeno un po'. Sono allenata a tenere a bada chi si fa troppo avanti. So che a volte posso risultare antipatica, ma sono una donna senza marito che viaggia molto. E poi...» Si fece più seria. «Quando mi accadde *quello* mi si bloccò qualcosa dentro. Ti ho detto che mio padre riuscì a farmi riaprire al mondo, ma mi rimase il terrore dell'intimità e innalzai una barriera perché nessun uomo potesse avvicinarsi più del necessario». Si mise a sedere sul letto e gli carezzò una guancia. «Ti mi hai liberata da quel blocco. Già me ne accorgo e spero che se ne sia andato per sempre. In ogni modo», riprese, con aria divertita, «continuerò a mettere in riga tutti coloro che vedranno in me solo un possibile divertimento. Per fortuna, l'essere figlia di Pitagora mi protegge nelle città in cui viaggio, perché sono tutte nell'orbita della confraternita».

«Bella sorpresa è stata scoprirlo. Mi sono imposto da quel momento di vederti solo come la figlia di Pitagora, anziché come donna irresistibile».

Arianna sorrise, apprezzando il complimento. «E adesso cos'è accaduto?» fece, insinuante.

«Suppongo che stare insieme lontani dalla comunità abbia cambiato il modo di vedere le cose. E poi devi riconoscere che, da quando siamo partiti da Crotone, sei stata tu a provocare me».

Lei scoppiò in una fresca risata. Poi si avvicinò ad Akenon e lo baciò a lungo sulle labbra. «Mi sono accorta che mi piacevi... mi eccitavi. Non mi era mai capitato. Non potevo rinunciare all'occasione». Lo baciò, ancora più appassionata.

Lui le passò un braccio intorno alla vita e la tirò a sé. «Sei una donna molto sensuale. Temo di aver risvegliato una fiera che sarà la mia rovina».

Lei si mise sopra di lui e gli appoggiò gli avambracci sul petto. «Sono una donna diversa, quando stiamo insieme. E mi piace. Come quando stavamo inseguendo Arma: mi sono sorpresa di sentirmi in quel modo, come se avessi passato la vita a dare la caccia ai criminali».

L'espressione dell'egizio si rannuvolò al ricordo di quella giornata. Arianna si affrettò a baciarlo, sdraiandosi sopra di lui. Notò subito la reazione di Akenon e di lì a poco si inoltrarono nel quarto rapporto della nottata.

Akenon allontanò quei gradevoli pensieri e si rivolse agli opliti. «Gelo, Filacide, andiamo subito al palazzo di Glauco».

I soldati si diressero marziali verso l'uscita.

In quel momento apparve Arianna. «Che succede? È arrivata la risposta?»

L'egizio tardò un istante a rispondere. La giovane si era ritirata nella sua stanza mezz'ora prima perché aveva mal di testa, pertanto Akenon aveva esitato ad avvisarla. Da una parte, Arianna poteva essere preziosa nell'incontro con l'enigmatico sibarita; dall'altra, rammentava di quando aveva presenziato alla furia omicida di Glauco, che in preda alla follia aveva ordinato torture e omicidi. *Sarà anche un pitagorico, ma è imprevedibile e può diventare assai pericoloso.* Senza trascurare il suo schiavo Boreas, la bestia terrificante che il padrone impiegava come aguzzino. Provava ancora brividi a ripensare a quella notte di due mesi prima. Rivedeva il gigantesco tracio che stritolava il coppiere con la forza disumana delle braccia e non avrebbe mai scordato il rumore che aveva prodotto il torace del disgraziato quando le costole avevano ceduto: un terribile, sanguinolento scricchiolio pastoso.

Arianna intuì i dubbi di Akenon. Provò un'improvvisa punta di dolore e risentimento. Cercò di scacciarla prima di aprire bocca, ma non ci riuscì. «Già vedo che avevi deciso di lasciarmi indietro. Forse ti sfugge che Glauco è un pitagorico e che io non solo ho il grado di maestro, ma sono anche figlia della sua guida. Se qualcuno deve negoziare con lui e fargli pressione, sono io».

Akenon abbassò gli occhi, vergognandosi per il meritato rimprovero.

Arianna non avrebbe voluto aggiungere altro, ma la sua irritazione cresceva e non poté trattenersi. «Pensavi forse di volermi proteggere? Con quale diritto decidi per me? Sei forse mio padre... o mio marito, che per fortuna non ho?» Si trovavano vicino alla porta della locanda. La giovane aveva parlato con un tono di voce alto quanto bastava perché la udissero i soldati, in attesa un paio di metri più in là.

Akenon si accorse che uno degli opliti tratteneva a stento una risata. «D'accordo, scusami. È vero che esitavo ad avvisarti. Non avrei dovuto». Alzò le mani in un gesto di pacificazione.

Arianna gli voltò le spalle e tornò nella sua stanza per prendere le pergamene che aveva portato con sé dalla comunità. *Maledizione*, si disse, sentendo aumentare il mal di testa. Entrò nella camera e recuperò i documenti da sotto il letto. Prima di uscire di nuovo, si sedette sul giaciglio. *Che cosa mi è successo?*

Fissò lo sguardo su un punto della parete e cominciò una respirazione lenta e profonda. Sapeva di condurre un'esistenza impropria per una donna greca. Aveva moltissimi privilegi... in realtà gli stesi di qualsiasi uomo. La sua indipendenza e la libertà erano una parte essenziale di lei. Ma viveva in un mondo di uomini. Akenon non era diverso dagli altri, per quanto fosse gentile, attraente, affascinante...

Maledizione!, si ripeté. Sapeva che la comunità era diversa dal resto del mondo e che nella maggior parte delle città greche le donne erano considerate poco più che schiave, esseri senza diritti, subordinati ai desideri degli uomini. E, a quanto ne sapeva, anche nella maggior parte degli altri popoli vigevano regole simili. Perché Akenon avrebbe dovuto distinguersi dagli altri?

Nondimeno, ciò non giustificava il modo in cui si sentiva. Sì, era stata una delusione il fatto che lui avesse deciso al posto suo e che pretendesse di lasciarla da parte... *Ma una reazione così eccessiva non è da me.* Persino in quel momento, con il corpo completamente rilassato, si ostinava a calmarsi, come se in profondità, in qualche luogo di sé cui non riusciva ad accedere, fosse in corso una tempesta implacabile e devastante.

Ma era un problema che avrebbe dovuto risolvere in un altro momento. Adesso dovevano andare al palazzo di Glauco. Si alzò dal letto e uscì dalla locanda, evitando di incrociare lo sguardo di Akenon.

Capitolo 59

10 giugno 510 a.C.

A Boreas era stata tagliata la lingua quando aveva otto anni. Tuttavia, non gli serviva per essere al corrente di quanto avveniva nel palazzo del suo signore. Tutti gli schiavi e i servi si affrettavano a comunicargli qualsiasi novità. Sapevano che era ciò che voleva e si sforzavano di assecondare ogni suo desiderio. Il tracio era una montagna di muscoli che superava di mezzo metro e settanta chili il più grosso di loro. Ma non era questo, però, a garantirgli l'obbedienza di tutti. Non cercavano di soddisfare le sue richieste perché era un colosso, piuttosto per quanto era accaduto dopo che Glauco lo aveva comprato.

All'epoca doveva avere solo sedici o diciassette anni, ma aveva già raggiunto le sue temibili dimensioni. Si manteneva sempre al margine del resto della servitù, osservandoli inespressivo. Un giorno, quando tutti si erano ormai abituati a non fargli caso, cominciò a dare ordini a gesti e suoni gutturali. Esigeva privilegi che non gli spettavano né per la giovane età, né per il poco tempo che era passato dal suo arrivo al palazzo. Uno degli inservienti veterani rise di lui e lo trattò con disprezzo davanti a un nutrito gruppo di schiavi. Alcuni temettero il peggio, ma non accadde nulla. Boreas si ritirò in silenzio.

Quella sera stessa, il servo veterano si svegliò di colpo, accorgendosi che qualcuno gli strappava la coperta. La stanza comune non era buia, come di solito a quell'ora, ma illuminata da due lampade a olio. Altri intorno si stavano alzando, non meno sconcertati. Boreas torreggiava su di lui, con il capo chino per non sbatterlo contro il soffitto e, sottobraccio, uno schiavo adolescente e di fragile costituzione che aveva imbavagliato. Il ragazzo si guardava a destra e a sinistra, in preda al terrore. Quando fu certo che il veterano li vedesse, il gigante afferrò un braccio dell'adolescente e diede uno strattone, strappandolo all'altezza della spalla. Il bavaglio soffocò le urla della vittima. Boreas gettò addosso al veterano prima il braccio, poi lo schiavetto smembrato, dalla cui spaventosa ferita il sangue schizzava copiosamente. Sorridendo tranquillo, il gigante strappò poi anche l'altro braccio.

Il corpo mutilato si contorceva frenetico, mentre Boreas guardava tutti i presenti con l'arto strappato in mano. Nel suo sguardo gelido e intenso si leggeva un messaggio molto chiaro. Buttò l'arto e uscì dalla stanza senza voltarsi. Poco dopo, dormiva come se nulla fosse accaduto.

La mattina seguente, appena seppe cos'era successo, Glauco lo convocò. Come Boreas aveva calcolato, tutto si risolse in un rimprovero. Lo schiavo, morto nella notte, si chiamava Erilao e il padrone lo apprezzava così poco che pensava di rivenderlo al miglior offerente di lì a una settimana, anche solo per una dracma. Erilao era stata la scelta perfetta perché Boreas desse la sua dimostrazione agli altri. Ed era una conferma della sua intelligenza contorta, che non passò inosservata né alla servitù né a Glauco. Il gigante restava sempre uno schiavo, ma in questa categoria assumeva le proporzioni di un dio, possente, astuto e temibile.

Quanto a Glauco, pochi giorni dopo fece di Boreas il suo servo di fiducia.

Il gigante, nascosto, attendeva l'arrivo di Akenon.

Era passata un'ora da quando era stato avvisato che l'egizio si sarebbe ripresentato a palazzo. Si era subito appostato in una stanza destinata agli ospiti, le cui finestre davano sul cortile principale. Dall'altra parte si vedeva il corridoio dell'ingresso dal quale Akenon sarebbe passato da un momento all'altro.

L'imminente arrivo dell'investigatore gli rammentava l'ultima volta che aveva potuto soddisfare i suoi istinti più feroci. Uccidere gli procurava piacere, ma Glauco gli aveva proibito di farlo, a meno che non fosse lui stesso a ordinarglielo. Quella notte di due mesi prima, il gigante si era sentito libero, come un leone che avesse passato molto tempo imprigionato in una gabbia. Uccidere Tesalo gli aveva dato soddisfazione, ma il momento migliore era stato quando aveva avuto alla sua completa mercé l'amante adolescente del padrone. Glauco gli aveva dato ordine di sfigurarlo con un ferro rovente e lui aveva obbedito, coscienzioso, permettendosi poi di andare un po' più in là.

A quel ricordo, gli spuntò un ghigno malevolo. Il giovane Yaco, così bello sino a poco prima, si contorceva in preda al dolore sulla sabbia del pavimento. Era nudo, con le mani sul viso, e strillava come un animale agonizzante. Nell'aria si sentiva l'odore dolciastro della carne bruciata. A quel punto Boreas lo aveva messo a faccia in giù su un tavolaccio, schiacciandogli la schiena con una mano perché non gli sfuggisse. Infine gli aveva aperto le gambe, violentandolo selvaggiamente.

Yaco era mezzo morto, tuttavia Boreas aveva avuto l'accortezza di tenerlo in vita. Sapeva che Glauco si sarebbe pentito della propria decisione di farlo caricare su una nave e spedirlo in alto mare. Era certo anche che il sibarita avrebbe interrogato le persone che li avessero visti dopo la tortura, anche solo per mortificare se stesso. Tutti i testimoni dovevano essere concordi nel dire che Yaco era sfigurato, ma vivo e senza altre lesioni apparenti. In ogni caso, Boreas si era coperto le spalle. Aveva messo il giovinetto a bordo di una nave che non avrebbe fatto ritorno prima di un mese. E aveva corrotto il responsabile dei rematori affinché fosse così duro con lo sventurato da portarlo alla morte entro una settimana. Del resto, la mortalità era elevata tra i rematori e Yaco era troppo debole per svolgere quel compito. Nessuno avrebbe avuto sospetti.

Senza dubbio era stata una gran nottata, ma non era sempre

così. Boreas si sentiva languire a causa delle limitazioni imposte dal padrone. In quella notte magica, per esempio, aveva sperato che Glauco gli permettesse di uccidere anche Akenon. Alla fine dei conti, era stato l'egizio a portare alla luce la relazione proibita. Non era infrequente che l'ira causata da una brutta notizia ricadesse anche su chi l'aveva portata.

Le aspettative di Boreas non avevano avuto soddisfazione. Il mattino seguente, gli era toccato lasciar partire l'egizio con la sua ricompensa. Quando Akenon aveva attraversato il cortile davanti a lui, tirando per le redini la mula carica d'argento, il gigante aveva sentito l'odore della sua paura. Prima che uscisse dal palazzo, si erano scambiati un'ultima occhiata. Boreas gli aveva trasmesso un messaggio senza bisogno di parole. *I tuoi dei ti hanno protetto, Akenon. La prossima volta non avrai la stessa fortuna.*

Si aprì la pesante porta interna del palazzo, di legno, con un doppio rinforzo in bronzo. Boreas si appoggiò al davanzale della finestra e aguzzò la vista.

Akenon, ci rivediamo, pensò con soddisfazione, appena vide il volto dell'egizio.

Con lui entrarono un paio di soldati di Crotone e qualcun altro... Sulle prime il tracio non riuscì a vedere chi fosse, perché la figura era nascosta dalla statua di Apollo. Un segretario di Glauco andò a riceverli. Dopo un breve scambio di parole, i soldati rimasero al loro posto, mentre Akenon avanzava, con la persona che lo accompagnava. Boreas la vide, finalmente.

È una donna!

La fissò, digrignando i denti. Corse all'altra finestra per vedere meglio la donna dai capelli chiari. Nella sua bocca, il moncherino della lingua sussultò come un animale affamato. Da quel momento, con tutta la forza della sua mente disturbata, desiderò avere Arianna tra le mani.

Capitolo 60

10 giugno 510 a.C.

Euribate, veterano tra i maestri dell'ordine pitagorico, diede per concluso il commento alla lettura di quella sera. Mentre i presenti si ritiravano nelle loro stanze per dormire, lui uscì all'aperto. Incrociò le braccia al petto e contemplò irrequieto l'oscurità che avvolgeva la comunità di Crotone.

Dove sarà Pelias?

Era uno dei discepoli sotto la sua responsabilità. Il più dotato senza dubbio. Si distingueva nelle matematiche, era così carismatico e convincente da lasciare a bocca aperta tutti quelli dello stesso rango. Aveva appena raggiunto il grado di maestro e quella sera era andato a Crotone con un gruppo di studenti. Era stato incaricato di una missione semplice – portare un messaggio a un membro del Consiglio dei Trecento – e Pelias aveva chiesto il permesso di passeggiare poi con il gruppo per le strade di Crotone. Voleva esporre loro alcune osservazioni sulla virtù di una società pitagorica.

Euribate si rallegrava dello zelo pedagogico di Pelias e aveva accolto la richiesta alla sola condizione che fossero di ritorno per cena. Invece né lui né gli studenti si erano presentati tanto a mangiare quanto ad ascoltare la lettura.

Devo dare l'allarme, decise, dirigendosi verso la più vicina pattuglia di opliti.

A metà strada si fermò, sentendo confusione all'entrata della comunità. Poco dopo, le voci giunsero fino a lui e, tra di esse, quella alterata di Pelias. Euribate si affrettò a raggiungerlo con sollievo, dato che avevano fatto ritorno, ma anche preoccupato dal tono delle esclamazioni del suo discepolo.

«Euribate!» lo accolse Pelias appena lo vide. «Grazie agli dei ti trovo».

«Calmati, fratello», replicò l'interpellato, prendendolo per un braccio. Era infastidito dalla mancanza di moderazione esibita dal giovane, anche se negli occhi gli leggeva un orrore tale che non aggiunse altro, in attesa che questi gli spiegasse cos'era successo.

«Maestro, è terribile, terribile». La voce di Pelias rivelava la sua angoscia. Prima di continuare, guardò con sospetto i soldati che si stavano avvicinando. «Dobbiamo parlare in privato, subito!»

I sei studenti lo seguivano a breve distanza, pallidi e nervosi. In silenzio, maestro e discepolo si affrettarono a raggiungere la casa comune in cui erano alloggiati entrambi. Gli opliti pattugliavano tanto il perimetro quanto l'interno della comunità, ma avevano istruzioni di non entrare negli edifici, a meno che non gli fosse richiesto.

Una volta nel cortile interno, Pelias guardò Euribate con gli occhi spalancati. «Abbiamo scoperto un tradimento. C'è un traditore fra i grandi maestri!»

La mente di Euribate tardò qualche secondo ad afferrare il senso delle parole di Pelias. Quando fu in grado di reagire, il maestro si guardò intorno, spaventato dalle enormi implicazioni di ciò che aveva appena sentito. Il giovane discepolo e gli studenti avevano gli occhi fissi su di lui e poco più in là c'erano tre pitagorici che conversavano tra loro. Altri ancora si stavano dirigendo alle loro stanze.

Un traditore fra i grandi maestri! Era un'accusa spaventosa. Doveva esserci un equivoco. Bisognava chiarirlo al più presto, senza richiamare l'attenzione.

«Come ti è venuta in mente una follia simile?» Euribate si avvicinò a Pelias, sussurrandogli. «Spiegati.»

«Non c'è alcun dubbio, maestro. L'ho visto con i miei occhi!» Il respiro del giovane era agitato. Non riusciva a calmarsi, ma fece uno sforzo per ordinare i propri pensieri. «Questo pomeriggio siamo entrati in una taverna per rinfrescarci. Abbiamo ordinato una caraffa di mosto e quando mi accingevo a pagare ho sentito che ci chiamavano dall'angolo della sala: "Pitagorici!" Mi sono voltato, piuttosto offeso dal tono insolente di quella voce. A rivolgersi a noi in quel modo era un marinaio che pareva ubriaco. Sui quarant'anni, greco, ma non di queste parti. Parlava con un accento sconosciuto, forse corinzio. Mentre lo guardavo ci ha fatto segno di avvicinarci.

«"Venite a festeggiare con me, pitagorici", ha gridato. "Sono disposto a offrire da bere a tutti i pitagorici del mondo". Le sue parole e il suo tono hanno destato la mia curiosità. Sembrava nascondere una seconda intenzione, che ero deciso a svelare. Perciò ci siamo avvicinati a lui, accettando l'invito a sederci al suo tavolo. Mi ha detto: "Tu hai l'aria di essere un maestro, con tutti questi altri che ti vengono dietro". Ho seguito la corrente. Dalla sua voce impastata pensavo che non avrei tardato a capire che cosa gli passasse per la testa. Lui continuava a bere vino, ma lo reggeva bene. Ripeteva che era un marinaio, che stava per reimbarcarsi ed era molto grato ai pitagorici. Dopo un'ora passata ad ascoltare le sue sciocchezze da ubriaco, quando già pensavo di andar via, se n'è venuto fuori con una frase che mi ha inchiodato alla sedia.

«"Mio amico e maestro Pelias" – gli avevo detto il mio nome – "può darsi che tu e io giungiamo a un accordo favorevole per entrambi". Poi si è proteso verso di me per mostrarmi qualcosa senza farlo vedere agli altri; una pesante borsa piena di monete. E mi ha sussurrato all'orecchio: "Puoi fare ritorno alla tua comunità con una bella quantità di oro se mi racconti qualche piccolo segreto"».

Euribate ascoltava con molto interesse, ma anche con inquietudine crescente. Non solo per l'alterazione di Pelias e per il verso che stava prendendo la sua narrazione, ma anche perché c'era sempre più gente intorno a loro. L'ardore del giovane maestro faceva sì che altri si avvicinassero, incuriositi, sia chi già si trovava nel cortile quando era cominciato il racconto, sia chi stava entrando in quel momento. Dovevano essere ormai una ventina.

Pelias continuava. «Gli ho detto, prudente, che noi non abbiamo segreti per cui valga la pena di pagare e che in ogni caso occorre entrare nella confraternita per avere accesso alla nostra dottrina. Il marinaio mi ha riso in faccia, con l'alito che emanava un forte odore di vino. "Con l'oro si superano tutti gli ostacoli, mio ingenuo amico", mi ha detto sghignazzando. Mi è sembrato molto strano che un ubriaco fosse così interessato alla nostra dottrina. Ho cercato di saperne di più, ma ho dovuto aspettare un'altra mezz'ora prima che tornasse sull'argomento. Ha guardato i miei studenti, assicurandosi che non gli prestassero molta attenzione, e mi ha sussurrato: "Mi interessano i cerchi e ti pagherò bene se mi spieghi certe questioni. Io lo so..." Si è battuto un dito sul petto. "... che certe cose hanno un prezzo. E tu, Pelias, devi capire che se non le ottengo da te, le avrò da qualcun altro".

«Non riuscivo nemmeno a farmi vedere indignato. Dimostrava una sicurezza tale da gelarmi il sangue nelle vene. Mi sono limitato a rispondergli che non credevo che qualcuno gli avrebbe rivelato qualcosa. Ma lui mi ha domandato con disprezzo: "Confidi così tanto nel vostro giuramento di segretezza?" Poi mi ha guardato per qualche secondo, come se stesse prendendo una decisione, e alla fine le sue parole hanno cominciato a rivelare la terribile verità. "Adesso ti faccio vedere io", mi ha detto con insolenza da ubriaco, "quanto vale il vostro giuramento". Ha tirato fuori alcuni documenti che teneva nascosti, ne ha scelto uno e me lo ha dispiegato davanti. "Le riconosci?"

mi ha chiesto. "Riconosci in questa pergamena le chiavi segrete della costruzione del dodecaedro?"»

Le ultime parole di Pelias sollevarono un coro di esclamazioni di orrore dai venti spettatori.

Euribate, non meno spaventato degli altri, presentì in quel momento che la tragedia era inevitabile.

Pitagora aveva scoperto che nell'universo – che chiamava «cosmo», ovverosia ordine – tutto avveniva in base a leggi matematiche regolari. Dedicava la sua vita a decifrarle e aveva intuito che i movimenti e la materia potevano essere studiati mediante la geometria. Così come i pianeti si spostavano tracciando curve perfette, così la materia si componeva di pochi elementi essenziali, riconducibili in ultima istanza ai poliedri e ai solidi regolari conosciuti. Quello menzionato dal marinaio, il dodecaedro, per Pitagora era il più importante, in quanto elemento costitutivo dell'universo. Euribate sapeva bene che i segreti della sua costruzione erano noti solo ai dieci o undici membri più eminenti della comunità.

Se è vero quanto racconta Pelias, uno di loro ha rotto il sacro voto di segretezza.

Il giovane maestro continuò a voce alta la sua narrazione nel mezzo dell'esaltazione generale. Spiegò che, pur non avendo avuto accesso ai segreti più profondi del dodecaedro, ne sapeva a sufficienza per capire che questi erano contenuti nei documenti del marinaio ubriaco. Di questo era del tutto sicuro. «Dopo avermi lasciato esaminare la pergamena, ha aperto la borsa per mostrare che era piena di monete. Ne ha presa una e me l'ha messa in mano: era un darico d'oro, pesante e risplendente. Mi ha detto che a colui che gli aveva rivelato i segreti del dodecaedro aveva pagato venti monete come quella e che per i segreti del circolo me ne avrebbe date duecento. Affermava che lui, per suo conto, avrebbe moltiplicato tali quantità, senza che nessuno sapesse di me, così come nessuno avrebbe saputo di colui che gli aveva consegnato i documenti sul dodecaedro».

Le espressioni di orrore dell'uditorio lasciavano spazio all'indignazione e a una rabbia sempre maggiore, cui alcuni cominciavano a dar voce. In questo modo richiamarono l'attenzione di altri che erano già andati a dormire e che ora invece uscivano in cortile per unirsi al raduno, facendo domande.

Pelias era contento che il suo pubblico aumentasse e, al pari di questo, si andava infiammando. Si rivolgeva a Euribate, ma la metà del tempo guardava febbrile la moltitudine in aumento e la esaltava con il suo tono di voce.

Benché Euribate fosse a sua volta furioso, era pur sempre il membro di grado più alto fra i presenti e aveva la responsabilità di contenere la situazione perché non degenerasse in un tumulto che sarebbe stato impossibile frenare. «Ascoltami, Pelias!» Era stato costretto a gridare per ottenere l'attenzione del giovane maestro, a cui tutti chiedevano spiegazioni. «Sei assolutamente sicuro di ciò che dici?»

«Che io possa morire all'istante e le bestie mi divorino il corpo, se ho cambiato qualcosa di quanto è avvenuto».

«Sei riuscito a far dire al marinaio chi sia stato a rivelargli i segreti del dodecaedro?»

«È stato impossibile. Abbiamo tirato tardi a Crotone perché ho passato ore a cercare di fargli dire quel nome, o almeno a far sì che gli sfuggisse o mi desse qualche indizio. Ma lui insisteva che, tacendo il nome, dimostrava che non avrebbe mai rivelato il mio. Fino all'ultimo non ha fatto che chiedermi di parlargli delle circonferenze in cambio di oro».

Euribate si chiuse nei propri ragionamenti. *Non c'è dubbio: il voto di segretezza è stato violato.* Provò un senso di angoscia. Come lui ben sapeva, al momento dell'ammissione nella confraternita tutti giuravano sulla propria vita che mai avrebbero svelato i segreti dell'ordine, una promessa che veniva rinnovata a ogni passaggio di grado. In tutti quegli anni, aveva avuto notizia di un solo caso di tradimento: il colpevole era stato un discepolo matematico – non aveva neppure il grado di maestro – che aveva rivelato qualcosa di minima importanza. Nondimeno, era stato espulso dall'ordine e gli era stata allestita una tomba; a partire da qual momento, tutti si erano comportati come se fosse stato davvero sottoterra, non gli rivolgevano la parola né posavano gli occhi su di lui. Dicevano che era più morto dei defunti dato che a morire era stata la sua anima.

Ma questa volta non si tratta di quisquilie. Il tradimento riguarda uno dei nostri segreti basilari.

Alzò le mani per richiamare l'attenzione. Ormai si erano raccolti almeno cinquanta uomini, che si agitavano come un branco di cani da caccia in attesa dell'ordine di attacco. «Anche se condivido la vostra rabbia, non sappiamo chi sia stato. È meglio aspettare il ritorno di Pitagora e che sia lui a decidere il da farsi». Passò lo sguardo sui presenti. Sembravano incerti.

D'un tratto si udì di nuovo la voce di Pelias, affilata come un pugnale. «Mi spiace, ma non sono d'accordo. Non possiamo attendere. E anche se non conosciamo il nome, sappiamo molto bene da dove cominciare».

Quel giorno Oreste aveva assistito alla sua quarta sessione del Consiglio in veste di massimo rappresentante dei pitagorici. *Ho rimesso Cilone al suo posto*, pensò senza nascondere un sorriso di orgogliosa soddisfazione.

Alla prima sessione, l'arrogante consigliere si era sorpreso di vederlo apparire e non era intervenuto. Astuto come sempre, aveva preferito preparare con cura l'attacco che gli aveva lanciato alla riunione successiva. Con tutta la sua abilità e la sua perfidia, aveva riportato alla luce il reato che Oreste aveva commesso in gioventù, quando, approfittando del suo incarico pubblico, si era appropriato di fondi per il proprio interesse personale. Non si era trattato di una grande quantità e in ogni caso lui aveva pagato per la sua colpa. Tuttavia, Cilone era riuscito a dipingerlo in modo spaventoso. Dal canto suo, Oreste si aspettava quella mossa e contava sulla fiducia che Pitagora aveva riposto in lui, delegandolo come rappresentante. Il grande maestro si era difeso piuttosto bene e alla sessione seguente aveva saputo sollevare l'argomento ancora prima dell'intervento di Cilone, mettendolo in condizioni di non poter replicare.

Alla quarta sessione il suo avversario si era mostrato giudizioso e non aveva sprecato un intervento. Di solito era avvantaggiato dal fatto che Pitagora non assisteva a tutte le riunioni del Consiglio, il che aveva permesso al politico di migliorare la propria posizione. I drammi che di recente si erano consumati alla comunità avevano giocato a suo favore. Cilone non poteva lottare contro Pitagora, ma era superiore a tutti gli altri politici della città e aveva sperato di battere Oreste con la propria capacità retorica. Non era stato così. Il grande maestro, con la sua rinnovata stima di se stesso, si era rivelato un oratore eccezionale. Si era battuto faccia a faccia con Cilone e ne era uscito vittorioso.

È stata la mia prova del fuoco. La mia rinascita politica.

Un brusio dall'esterno interruppe i suoi pensieri. Sembrava quello di una discussione. Si alzò dal bordo del letto e andò alla porta. La sua stanza personale, minuscola e arredata solo con il giaciglio accostato alla parete, era illuminata da una piccola lampada a olio. Tirò un respiro profondo. Aveva passato metà della propria vita sentendosi insicuro, sfuggendo qualsiasi disputa che non fosse puramente teorica. Ma ora c'era un nuovo Oreste, severo, autorevole, disposto a mediare e a imporsi come avrebbe fatto Pitagora in persona.

Allungò la mano verso la porta, che in quel momento si spalancò. La sorpresa lo immobilizzò per un istante e lo stesso fu per il folto gruppo di persone che aveva davanti. I loro volti erano turbati e dubbiosi.

Il grande maestro si rivolse a colui che aveva aperto la porta in modo così impetuoso. «Pelias, fratello, posso domandarti per quale motivo irrompi così nella mia stanza, disturbando la pace della comunità in quest'ora di raccoglimento?»

Pelias sembrava a capo di quel plotone tumultuoso e Oreste gli aveva parlato come avrebbe fatto Pitagora. La ragione e la superiorità morale non si dimostravano con strepiti e imposizioni, bensì mediante un procedimento retto e misurato.

«Scusa, maestro Oreste, ma gravi questioni ci obbligano a chiederti il permesso di perquisire le tue cose e la tua camera».

Quelle parole lo stupirono, tanto che sulle prime non seppe cosa rispondere. Sentì su di sé un peso schiacciante. *Mi accusano di furto?* Le sue vecchie paure, le antiche insicurezze tornarono ad abbattersi su di lui, riempiendolo di vergogna. Tuttavia, un secondo più tardi, la sua rinata fiducia in se stesso trasformò il senso di colpa in indignazione. «E posso sapere», ribatté, imponendosi di non alzare la voce, «che cosa state cercando di preciso?»

«Oro», rispose Pelias, entrando nella stanza.

Lo seguirono vari uomini che, in silenzio, si misero a perquisire la stanza, sotto gli occhi di Oreste. Prima che questi potesse fare commenti, fu Pelias a parlare.

«Maestro, sono davvero dispiaciuto di dover fare questo, e spero di potermi scusare tra un minuto».

Oreste avvertì nel suo sguardo qualcosa che contraddiceva le parole. L'impulsivo giovane era del tutto convinto della sua colpevolezza.

«Pensi che abbia rubato oro della comunità?» chiese, mentre Pelias e un altro giovane lo perquisivano senza particolare delicatezza.

L'interpellato non rispose. Terminò il suo compito senza trovare nulla e si unì al gruppo che esaminava il contenuto di un bauletto rovesciato sul pavimento di terra. Oreste si avvicinò alla porta e guardò fuori. Tra gli uomini che si tenevano a distanza, in attesa del risultato dell'ispezione, riconobbe Euribate. Era uno dei maestri più veterani, uno dei membri di grado maggiore nell'ordine. Si conoscevano da oltre vent'anni.

«Euribate!» esclamò, sorpreso.

Questi ne sfuggì lo sguardo. Oreste fece un passo verso di lui, ma si trattenne all'udire un'esclamazione alle proprie spalle.

«La terra è stata smossa di recente!»

Si voltò e vide che il suo letto era stato ribaltato e ora due uomini stavano scavando nel pavimento. Deglutì, mentre il cuore accelerava i suoi battiti.

«Qui c'è qualcosa!»

Oreste sentì una stilettata di panico.

Fece per avvicinarsi, ma qualcuno lo afferrò per le spalle. Un giovane inginocchiato a terra disseppellì una borsa di cuoio marrone e la consegnò a Pelias. Questi disfece i lacci e se ne rovesciò il contenuto sul palmo della mano.

«Venti darici d'oro», mormorò.

La nuova moneta di Dario di Persia era inconfondibile, con la figura del re arciere su una delle facce. Ognuna di esse equivaleva a più di quaranta dracme d'argento di Crotone. Aveva cominciato a circolare da pochissimo tempo, sicché era strano vederne nella Magna Grecia.

Pelias alzò la mano, mostrando a tutti le monete, e gridò: «Venti darici d'oro!»

I presenti divennero un branco di belve, che si lanciarono su Oreste, insultandolo e scuotendolo. Avevano sentito il racconto di Pelias e sapevano che quella era la quantità che il marinaio della locanda aveva pagato in cambio del segreto del dodecaedro. Nessuno ormai ne dubitava: era stato Oreste a tradire il sacro voto e tutti sapevano che cosa ciò comportasse. Il giuramento era l'unica regola pitagorica che, in caso di violazione, obbligava i discepoli a ricorrere alla violenza.

«Non è mio!» Il grande maestro era cosciente di avere perso il controllo tanto della situazione quanto di se stesso. «Non è mio, lo giuro sulla sacra *tetraktys* e su Pitagora!»

«Risparmiati i giuramenti», gli mormorò Pelias all'orecchio, mentre lo spingeva fuori dalla stanza.

Nel cortile lo accolsero con violenza ancora maggiore. Il grande maestro si coprì la testa con le braccia, cercando di proteggersi dai pugni.

«Fermi! Calmatevi!» Ma, per quanto gridasse, era impossibile farsi sentire. Né risultava facile pensare, tra i colpi che riceveva e il panico che cresceva dentro di lui. *Che cosa sta succedendo? Perché tanta furia per un semplice furto?*

Qualcuno lo afferrò per i capelli e glieli strattonò con rabbia. Una mano gli si infilò tra le braccia e gli graffiò il volto. Oreste si sentì lacerare la tunica, che la folla finì per strappargli completamente.

Pelias gridò istruzioni. Il grande maestro non riuscì a distinguere le parole, ma la massa si placò almeno un poco. Sembrava che si stessero organizzando. D'un tratto, lo presero di peso, lo sollevarono in aria e si misero in marcia, decisi. Oreste si guardò intorno frenetico e vide che un gruppetto li precedeva alla porta dell'edificio comune.

Provò sollievo. Lo avrebbero consegnato ai soldati perché lo portassero dinnanzi alle autorità. Almeno sarebbe stato al riparo dalla violenza di quei pazzi. Com'era possibile che lo trattassero in quel modo? Soprattutto considerando che in quella masnada di selvaggi c'erano anche alcuni maestri, tra i quali Euribate. Era inconcepibile.

Auspicava di poter chiarire ogni cosa al più presto e far scontare ai responsabili le loro colpe, a cominciare da Pelias. Per quanto potessero essere sicuri che fosse un ladro, la violenza cui si erano abbandonati era eccessiva. Inoltre, nell'ambito dell'ordine, solo Pitagora avrebbe potuto giudicarlo. Forse era per questo che intendevano consegnarlo alle autorità cittadine. Avrebbe dovuto affrontare un nuovo processo, come in gioventù, con la differenza che stavolta era innocente. Ma sarebbe uscito dal carcere, a costo di attendere il ritorno di Pitagora.

Ciò che non sarebbe stato altrettanto facile evitare sarebbe stato l'impatto politico per l'ordine. Era questo che cercava chi aveva preparato la trappola? E chi era stato? Cilone, forse? Era fuori di dubbio che fosse lui a trarre il massimo vantaggio da uno scandalo nella confraternita.

Una mare di braccia lo trasportava, nudo, orizzontale, a faccia in su. Qualcuno alla sua sinistra gridava con insistenza. Oreste girò la testa da quella parte. Era Euribate. «Hai tradito il giuramento! Hai venduto i nostri segreti!»

Oreste fu investito da una nuova ondata di panico, tanto per le parole del maestro veterano quanto per l'odio immenso che gli traboccava dalla voce e dallo sguardo.

«No! Non è vero!»

Sentì che la folla cambiava direzione. Non si dirigevano più verso l'uscita. Il motivo per cui un gruppo era andato da quella parte era per impedire che entrassero gli opliti. Oreste intuì cosa ciò potesse significare e si dibatté con violenza. Le mani lo afferrarono con maggior forza.

«Aiuto!» gridò con tutta l'anima. «Sold...»

Lo afferrarono per i capelli e gli tirarono brutalmente la testa verso il basso. «Taci, maledetto assassino!» ringhiò Pelias con voce tetra. «Credevi che uccidendo Cleomenide e Daaruk ti saresti garantito la successione. Non sei mai stato degno di essere dei nostri e pretendevi di farci da guida».

Mi credono l'assassino, per questo sono così violenti! «Io... non...» Il suo tentativo di parlare si risolse in un singhiozzo rauco, a seguito di una brusca torsione del collo.

Cominciava ad annebbiarglisi la vista. Ma si rese conto ugualmente che la folla stava affrettando il passo, fino a mettersi a correre. Infine si sentì lanciare in aria.

Il volo fu breve. Lo avevano lanciato nella vasca dell'acqua, larga un metro, lunga tre e profonda uno. Oreste batté la testa contro il bordo di pietra e cadde dentro. La vasca era piena solo a metà, ma il grande maestro rimase incosciente, con la faccia sotto la superficie.

Quando sentì l'acqua entrargli nella gola, questa si contrasse. Oreste riprese di colpo conoscenza. Alzò la testa per prendere una boccata d'aria, che suonò come un rantolo di agonia. Un taglio spaventoso gli solcava la fronte e il sangue che colava sugli occhi lo accecava. Scosse il capo, cercando di liberarsi delle mani che lo cercavano come i tentacoli di una creatura marina. Si appoggiava dolorosamente a un braccio; non sentiva più l'altro, doveva esserselo rotto. Mani frenetiche fecero presa sui capelli. Gli spinsero di nuovo la testa sott'acqua, rompendogli il naso sul fondo scivoloso della vasca.

Gli arrivarono urla attutite. C'era forse qualcuno che accorreva in suo aiuto? Cercò di rilassare il corpo per resistere ancora un po' e dare tempo di intervenire ai suoi salvatori. Dopo un po' ebbe la sensazione che le mani lo spingessero con minor forza. *Ho bisogno di respirare!* Alzò la testa con un movimento improvviso, riuscendo a liberarsi di alcuni di quegli artigli assassini. Svuotò il polmoni e inspirò a fondo. L'aria entrava un po' alla volta, benefica, ma d'un tratto fu spinto di nuovo sott'acqua e la inghiottì. Tossì sotto la superficie e dovette fare uno sforzo sovrumano per non inspirare, mentre il suo volto batteva contro il fondo di pietra.

Resistette più dell'immaginabile, ma doveva respirare. Inalò acqua. Il suo corpo si ribellò, riprese a tossire, ma la necessità di aria era tale che il cervello lo obbligò di nuovo a inspirare. Aprì la bocca e ingurgitò l'acqua. Una sferzata di fuoco e di dolore gli percorse la trachea, fino ai bronchi. Il panico e la disperazione raggiunsero livelli inconcepibili. Alla sua spaventosa sofferenza si sommava l'angosciante bisogno di aria. Inspirò ancora, una, due volte, aumentando la quantità di acqua che gli riempiva i polmoni.

Quando il panico cominciò a recedere, nel suo ultimo barlume di lucidità Oreste seppe che quella calma era l'anticamera della morte.

La accettò.

Un attimo dopo il grande maestro aveva cessato di esistere.

Capitolo 61

10 giugno 510 a.C.

Mai ad Akenon era capitato di percepire il pericolo con simile intensità. Appena entrato nel palazzo, comprese che qualcosa stava andando molto male. Il segretario che li aveva accolti, di una freddezza sgradevole, ordinò che i soldati restassero in cortile. Gli inservienti avevano la tendenza ad assumere nei confronti delle persone lo stesso atteggiamento dei loro padroni, sicché già quello era un segnale d'allarme. La sensazione di disagio aumentò nel vedere, appoggiato contro una colonna, un enorme cerchio di legno alto quasi quattro metri. Un grottesco monumento alla demenza.

Il segretario svoltò a sinistra.

Dove ci sta portando?, si chiese l'egizio. Conosceva il palazzo e sapeva che non era da quella parte che si trovavano le stanze private in cui Glauco teneva le sue riunioni. Mentre avanzavano, si sentì osservato e avvertì un brivido.

Il segretario varcò la soglia della sala dei banchetti e li annunciò. Poi si voltò verso di loro con un'espressione severa, aspettando che entrassero.

Akenon precedette Arianna all'interno e si fermò, stupefatto. L'illuminazione era molto scarsa, ma poté vedere che la sala aveva un aspetto molto diverso dall'ultima volta che l'aveva vista. La parete di fondo era stata abbattuta, lasciando allo scoperto la dispensa e parte della cucina. Sul pavimento era stato inciso un cerchio che occupava il salone e la stanza adiacente. Parte del mobilio era scomparso, il resto era ammonticchiato negli angoli. L'egizio fece due passi avanti nella penombra silenziosa e calpestò qualcosa che produsse un suono metallico. Aguzzò la vista e notò che i pannelli d'argento che un tempo rivestivano le pareti erano sparsi sul pavimento, pieni di graffi.

Per Astarte, che è successo qui?

La risposta era di fronte a lui. Glauco gli dava le spalle, intento a studiare le pareti con una torcia che teneva in mano. La luce ondeggiava sui muri dove erano incise figure geometriche a perdita d'occhio.

La sala sembrava la grotta di un matematico pazzo.

Sebbene il segretario li avesse appena annunciati, Glauco non prestava loro attenzione. Arianna e Akenon si scambiarono un'occhiata dubbiosa, poi si avvicinarono al padrone di casa. Quando furono a un passo da lui, questi si voltò di scatto.

L'investigatore ebbe subito la certezza che Glauco aveva perso il senno.

Capitolo 62

10 giugno 510 a.C.

Come tutte le sere, Cilone congedò alle porte della sua residenza i notabili di Crotone con cui si era riunito e si preparò ad andare a dormire. Salì al piano superiore e attraversò con passo rapido il gineceo, la parte della casa riservata alle donne. Vi abitavano la moglie e due concubine di cui anni prima si era incapricciato, ma alle quali non faceva più visita.

Era più pratico, adesso. Si limitava alle schiave.

Entrò nella sua camera. Ai piedi del letto era inginocchiata Altea, una schiava di quindici anni per il cui acquisto, con grande gioia del venditore, non aveva mercanteggiato. Le fece cenno che quella notte ne avrebbe richiesto i servigi. La ragazza si affrettò a raggiungerlo e gli sfilò la tunica.

«Arianna», sussurrò il consigliere, mentre l'accarezzava. «Spogliati per me».

La schiava aveva ordine di rispondere al nome di Arianna. Cilone l'aveva scelta per la sua somiglianza con la figlia di Pitagora, perlomeno quando questa aveva quindici anni.

«Girati di spalle, Arianna».

Altea, nuda, si voltò obbediente. Cilone la contemplò per qualche secondo senza toccarla. Se i tratti non erano del tutto somiglianti, i lunghi capelli ondulati erano identici a quelli della superba figlia di Pitagora. Glieli scostò e le morse il collo, mentre da dietro stringeva con le mani il seno abbondante. Altea cercò di soffocare un'esclamazione di dolore, ma Cilone la udì e la sua eccitazione aumentò. Fece un passo indietro e le schiaffeggiò con forza le natiche, fino ad arrossarle la pelle. Osservò il risultato, poi si distese sul letto a faccia in su.

Niente musica, niente meditazione, Pitagora. Non c'è niente di meglio di questo, per alleviare le tensioni.

Altea si mise all'opera con la bocca in mezzo alle sue gambe. Cilone si sistemò due cuscini dietro la testa per poterla vedere meglio nonostante l'ostacolo del proprio ventre voluminoso. Da quella prospettiva, l'illusione era perfetta, con i lunghi capelli che coprivano il viso della schiava.

« Arianna, Arianna », gemette senza smettere di guardarla.

Aveva comprato quella ragazza cinque mesi prima. Da allora ne traeva godimento ogni notte.

Gli permetteva di ricordare quando era stato sul punto di soddisfare i suoi desideri con la vera Arianna.

Capitolo 63

10 giugno 510 a.C.

Glauco fissò Akenon con occhi febbricitanti. *Per colpa tua ho perso Yaco.*

La sua prima reazione alla vista dell'investigatore fu l'impulso di chiamare Boreas, ma un attimo dopo tornò a navigare per acque matematiche. Si voltò verso la parete e riprese da dove aveva lasciato.

«Glauco», lo chiamò Akenon.

Il sibarita fece un lieve cenno di assenso, come se udisse una voce lontana, ma continuò a percorrere con un dito, a un ritmo vertiginoso, i segni tracciati sulla parete. Una parte di lui sapeva che era presente l'egizio, ma non era capace di prestargli attenzione. Le sue investigazioni non lo interessavano. I soldati di Crotone lo avevano infastidito già due mesi prima, facendogli domande sul conto di un incappucciato e lui non aveva voglia di perdere altro tempo al riguardo.

«Glauco», intervenne una voce femminile. «Sono Arianna, la figlia di Pitagora».

Il sibarita si paralizzò. Dopo qualche secondo fece un mezzo girò e la guardò, aprendo e chiudendo gli occhi come se lei gli si fosse appena materializzata di fronte. «La figlia di Pitagora», mormorò.

«Siamo venuti a parlare del tuo interesse per i cerchi».

Quelle parole scossero Glauco che annuì con vigore, senza dire nulla. Le carni del collo pendevano come borse vuote, aveva perduto trenta chili negli ultimi mesi e la tunica, sporca e spiegazzata, non era più della sua taglia.

Arianna gli mostrò i documenti che aveva con sé. «Voglio farti vedere questi».

Glauco afferrò le pergamene dalla mano della giovane e si lasciò cadere sul pavimento. Li dispiegò davanti a sé, illuminandoli con movimenti frenetici della torcia. Arianna gli si sedette accanto e attese, mentre il sibarita li esaminava con gli occhi sgranati.

Per un po' nessuno aprì bocca. Akenon passeggiò nervoso per la sala dei banchetti, osservando con sempre maggiore inquietudine la follia riflessa in ogni dettaglio di quel luogo. Guardò preoccupato in direzione di Arianna. In quel momento avrebbe preferito che fosse rimasta alla comunità, circondata dai soldati e con Oreste al comando. Mentre camminava, ripensò al grande maestro che Pitagora aveva nominato proprio rappresentante: nelle ultime settimane la sua opinione sul conto di Oreste non aveva fatto che migliorare. *Sarebbe un buon successore.*

Arianna osservava Glauco con interesse. Il sibarita passava da un documento all'altro, riesaminando alla luce della torcia quelli che aveva già studiato. Giunto alla fine dell'ultima pergamena, l'afferrò e la strinse con forza.

Arianna sobbalzò.

Glauco si voltò verso di lei e la guardò con gli occhi iniettati di sangue. Agitò il pugno stritolando il documento e ruggì rabbioso: «Che diavolo è questa buffonata?»

Capitolo 64

10 giugno 510 a.C.

Il ricordo che Cilone aveva di Arianna risaliva a sedici anni prima.

Mentre tornava da una sessione del Consiglio incrociò un gruppo di pitagorici. Li guardò sprezzante e fece per continuare il cammino quando sentì il bisogno di fermarsi. In mezzo a loro camminava un'adolescente dalle curve vistose che combinava l'attrazione dell'innocenza della sua giovane età con un'espressione sveglia e sicura. Non poteva essere altri che la figlia di Pitagora.

La piccola Arianna, pensò, senza riuscire a distogliere lo sguardo. Non la vedeva da quattro o cinque anni, quando era solo una bambina e non era ancora scaturita la magnifica ragazza che ora aveva sotto gli occhi.

Tornò a casa senza riuscire a togliersela dalla testa. Non era solo per interesse carnale, che non aveva senso date le circostanze, quanto perché si trattava della figlia maggiore di Pitagora, quindi un mezzo eccellente per arrecare danno al filosofo.

Per varie settimane il consigliere si dedicò a raccogliere informazioni sul conto di Arianna, sulle persone che le stavano intorno, sulla frequenza con cui usciva dalla comunità... Quando ne ebbe abbastanza, elaborò un piano e si riunì con un gruppo di opliti che si erano abituati a guadagnare qualcosa di più della semplice paga di soldati.

«Stavolta ho per voi un lavoro dei più piacevoli. Avete visto ultimamente la figlia di Pitagora?»

«Sì, per Ares!» esclamò subito uno di loro, leccandosi i baffi.

«Bene, tanto entusiasmo mi rallegra, così ci metterete più impegno. Perché domani la dovrete rapire». Poi spiegò loro che cosa avesse in mente. Dovevano sequestrare la ragazza alla periferia di Crotone, approfittando del fatto che avrebbe avuto solo due accompagnatori, dei quali sarebbe stato facile sbarazzarsi. Quindi l'avrebbero portata in un buon nascondiglio, dove l'avrebbero tenuta prigioniera per tre giorni, finché non fosse arrivato lui per darle il meritato castigo. Infine si sarebbero dovuti disfare del cadavere.

Il piano era sembrato solido, ma Cilone non aveva considerato che Pitagora riuscisse, in poche ore soltanto, a radunare centinaia di soldati e mercenari perché si mettessero sulle tracce dei sequestratori della figlia. *Maledizione, dove li ha trovati tanti uomini?* Fra tutti, si erano messi a vigilare ogni sentiero, al punto che al consigliere era risultato impossibile inviare un messaggio ai sicari e ancor più andare di persona a occuparsi di Arianna. Se non avesse agito rapidamente, avrebbe rischiato che si innervosissero e che commettessero qualche stupidaggine. E, se fossero caduti in trappola, non aveva dubbi, avrebbero fatto subito il suo nome come mandante.

Dovette prendere l'unica decisione logica.

Convocò un gruppo degli opliti al suo servizio. Disse loro di guidare le pattuglie di cui facevano parte al luogo in cui Arianna era tenuta prigioniera: i sequestratori dovevano essere uccisi prima che potessero aprire bocca.

Se non altro, questo nuovo piano funzionò alla perfezione.

Per quanto si fosse dato da fare, Pitagora non era riuscito a trovare una pista che legasse Cilone al rapimento. L'unica traccia del suo coinvolgimento era nella testa del consigliere: la frustrazione di essere rimasto con l'acquolina in bocca si era convertita in una fantasia ossessiva sul conto di Arianna. Da quel momento, per la sua alcova, Cilone sceglieva solo schiave che la ricordassero fisicamente. Ne aveva avuto alcune la cui somiglianza era ragguardevole, ma la migliore era quella che in quello stesso istante aveva la testa in mezzo alle sue gambe.

Contemplò soddisfatto il dolce movimento della chioma castana, poi chiuse gli occhi. Se un giorno fosse riuscito a coronare il sogno di assumere il controllo politico di Crotone, non si sarebbe limitato a espellere i pitagorici, come supponevano in molti. Avrebbe razziato la comunità, giustiziato i suoi membri e schiavizzato Arianna, perché fosse lei, finalmente, a dare piacere alle sue notti.

Capitolo 65

10 giugno 510 a.C.

Glauco lasciò cadere la torcia, appallottolò tutte le pergamene e si alzò. «Questa è una burla!» disse, agitandole in aria. «Vuoi prenderti gioco di me?»

Arianna balzò in piedi e indietreggiò, sconcertata.

Il sibarita gettò i documenti sul pavimento, con un gesto di ira. Si mise a calpestarli, sbuffando come un animale infuriato.

«No!» Arianna si tuffò a terra, pronta a proteggere le pergamene con il suo stesso corpo.

Il sibarita sollevò un piede per schiacciarla, ma in quel momento Akenon lo afferrò per i polsi e lo allontanò dalla giovane. Glauco si contorse come un pazzo furioso. Nel confronto, l'egizio incrociò il suo sguardo e vide gli occhi velati da una rabbia irrazionale. Non c'era modo di placarlo. Dovevano andarsene, prima che sopraggiungessero le guardie del palazzo. Avevano due opliti ad attenderli in cortile e, se fossero arrivati alle porte, forse sarebbero riusciti a scappare.

Ma se arriva Boreas, siamo tutti morti.

«Pitagora esige il tuo rispetto, Glauco di Sibari!»

I due uomini si bloccarono di fronte alla severità di quell'ordine. Akenon si voltò e vide Arianna che puntava un dito verso l'altro, trapassandolo con uno sguardo di ghiaccio.

«Dimostra il rispetto che hai giurato al maestro di tutti noi, discepolo indegno!»

Glauco mosse varie volte le labbra, senza riuscire a profferire una parola. Sembrava confuso, come un sonnambulo che non riesce a svegliarsi.

Akenon lanciò un'occhiata alle porte della sala. Ancora non era comparso nessuno.

Arianna, in apparenza con calma, si chinò a raccogliere le pergamene e le lisciò prima di infilarsele di nuovo nella tunica. «Ti ho mostrato questi documenti, anche se non lo meritavi, per dimostrarti che le tue pretese sono vane. E, anche se non lo fossero, le tue azioni sono contrarie allo spirito di ciò cui hai promesso di rendere onore e omaggio. Su questo devi riflettere». Voltò le spalle al sibarita e camminò maestosa verso l'uscita.

Akenon, sconcertato, prima di seguirla rivolse un ultimo sguardo a Glauco, che continuava a fissare la porta da cui era uscita Arianna. Il suo volto era congelato nella tensione.

«Maledetto pazzo!» sospirò Akenon mentre uscivano dalla residenza del sibarita. Si voltò verso Arianna. «Era impressionante come lo dominavi. Anche se pensavo che ne avresti approfittato per cercare di convincerlo a ritirare il bando».

«L'ho guardato negli occhi», rispose lei, senza girarsi. «Era sul punto di ordinare di ucciderci».

A quelle parole l'egizio sobbalzò.

Arianna continuò a parlare, fredda e lenta, come se la sua mente fosse molto lontana da lì. «Sono riuscita a calmarlo per un momento, giusto il tempo perché ne uscissimo vivi. Ma ora Glauco è incontrollabile. Non si piegherà ai desideri di nessuno».

Akenon non replicò. Si era abituato alla capacità della giovane di vedere cose che a lui sfuggivano.

Arianna proseguì in silenzio. Lo sforzo di trattenere Glauco l'aveva sfiancata. E ciò che aveva percepito in lui era terrificante. La rapidità con cui aveva assimilato il contenuto degli studi sulla circonferenza era incomprensibile. Gli aveva portato i documenti con gli studi più avanzati sulla materia e il sibarita li aveva decifrati in appena mezz'ora. Nel frattempo, lei aveva esaminato alcune delle iscrizioni sulle pareti e sui pannelli d'argento: per quanto quelle ricerche non portassero da nessuna parte, rivelavano una sapienza che aveva dell'incredibile.

Più consona a un grande maestro che a un semplice iniziato.

Ma ancora più stupefacente e terribile era ciò che era riuscita a leggere dentro Glauco. Scosse la testa. Le sorprese e i timori evocati da quella serata si moltiplicavano se si consideravano le enormi risorse del sibarita.

Glauco può essere il nemico più potente che abbiamo mai avuto.

Continuarono a camminare sullo spesso strato di tela che copriva le strade del quartiere aristocratico. Era sera e non avevano potuto andare a cavallo fino al palazzo di Glauco. Akenon guardò Arianna con la coda dell'occhio. Il silenzio intorno rendeva più evidente ciò che si era instaurato fra loro. Arianna era assente e sembrava molto triste. L'egizio si sentiva stringere il cuore. Avrebbe voluto abbracciarla, ma era chiaro che lei preferiva mantenere le distanze.

«Arianna». Parlò a voce bassa, perché non li sentissero i soldati. «Mi spiace davvero quanto è successo oggi pomeriggio. Non ho alcun diritto di decidere per te. Oltretutto, forse ora sarei morto se tu non fossi venuta. Devo ringraziarti per questo».

Lei annuì, senza guardarlo.

«Quanto a noi», riprese Akenon, «hai voglia di parlarne?»

Arianna fece cenno di no. «Ora non posso». Cercò dentro di sé le parole per dirgli altro, ma era troppo confusa e stanca.

«D'accordo», replicò lui, un po' addolorato. «Quando vorrai parlarne, non hai che da dirmelo».

Lei annuì di nuovo. Gli scossoni emotivi delle ultime ore erano stati troppo. Oltretutto, continuava ad avere mal di testa. Forse la notte precedente aveva commesso un errore quando si era lasciata trasportare dai sentimenti in modo così impetuoso. Forse erano preferibili la stabilità e la serenità perché davano una maggiore sobrietà alle emozioni.

E poi di questa sono un'esperta.

Capitolo 66

11 giugno 510 a.C.

Cilone abbandonò la sua residenza e affrettò il passo sul largo viale. Aveva goduto ancora della sua schiava al mattino e aveva fatto tardi. La sessione del Consiglio stava per cominciare.

«Consigliere, sei un po' in ritardo per una riunione così importante come quella di oggi».

Cilone si voltò per vedere chi lo interpellava. Era Calo, il vecchio e astuto commerciante munito della migliore rete di informatori di Crotone. *Cosa intende dire con «così importante»?* Rallentò il passo perché l'altro potesse raggiungerlo. Quell'uomo non gli piaceva, ma era pur sempre uno dei suoi alleati più preziosi. In cambio della protezione politica e di concessioni milionarie, Calo lo manteneva al corrente di ogni passo falso dei suoi nemici e gli procurava informazioni confidenziali sulle principali istituzioni della città, sulle forze di sicurezza e persino sulla comunità pitagorica.

«Nonostante il ritardo, stimato Calo, ho la fortuna di contare sulla tua compagnia». Studiò l'espressione dell'uomo. Il subdolo commerciante sembrava felice. Significava che aveva avuto informazioni preziose prima di chiunque altro.

«Ti stai chiedendo cosa voglio dire», fece Calo. «Ebbene, ho la migliore delle notizie a proposito dell'incubo dei tuoi ultimi giorni».

Oreste! Cilone spalancò occhi e orecchie. Quel grande maestro si era rivelato una sorpresa amara, con la sua abilità nel difendersi dagli attacchi e guadagnarsi la fiducia della maggioranza del Consiglio. Bisognava ammettere che era impossibile batterlo ad armi pari. Per questo da un paio di giorni Cilone studiava altri modi per liberarsi di lui.

« Vedo nei tuoi occhi, stimato Cilone, che hai capito che sto parlando di Oreste », disse Calo, maliziosamente compiaciuto. Viveva per momenti come quello. « In effetti, proprio di Oreste ti devo parlare. E con questo ti darò la possibilità di diventare il re del Consiglio ».

« Parla, Calo, te ne prego ».

« Credo che la nostra amicizia e la mutua collaborazione, già solide, stiano risultando di grande soddisfazione per entrambi, apprezzato Cilone ».

Il consigliere annuì, desiderando che il commerciante la smettesse di girare intorno all'argomento.

« In onore della nostra alleanza, mettendo a tua disposizione le mie risorse, sono riuscito a sapere... » Calo si trattenne, sfoggiando un sorriso cui mancava la metà dei denti.

« Dillo una buona volta, per Zeus! »

« ... che il pitagorico Oreste è morto la notte scorsa ».

« Sì, per Eracle, sì! » esclamò Cilone, senza riuscire a trattenersi. Erano già nelle vicinanze del palazzo del Consiglio. Guardò in quella direzione con un sorriso trionfante.

« Come se non bastasse... » Calo tornò a reclamare la sua attenzione e il consigliere si voltò verso di lui.

« C'è dell'altro? »

L'accompagnatore continuò a raccontare. La faccia di Cilone rifletté prima sorpresa, poi incredulità e infine la gioia più assoluta.

La sessione del Consiglio ebbe inizio con la lettura di un comunicato da parte di Aristomaco. Il grande maestro lesse il documento dal podio, senza alzare una volta lo sguardo. I suoi sforzi per mantenere ferma e solenne la voce erano tanto evidenti quanto infruttuosi. Annunciò che, fino al ritorno di Pitagora, sarebbe stato lui il nuovo rappresentante della comunità pitagorica presso il Consiglio. Il motivo della sostituzione era la morte di Oreste, della quale dava notizia in quello stesso momento.

Cilon rimase a occhi chiusi per l'intera lettura, preparando a mente il suo prossimo e decisivo intervento. Non aveva bisogno di ascoltare, dato che Calo gli aveva già fatto un riassunto del messaggio di Aristomaco, che per il resto dei consiglieri rappresentava invece una sconvolgente novità.

Quando il grande maestro terminò e scese dal podio, Cilone si alzò con aria severa. *Che grave errore politico hanno appena commesso i pitagorici.* Sapeva che, su quel versante, Aristomaco era un incapace. Né il generale Milone, che aveva collaborato alla stesura del comunicato, si era mostrato molto più abile.

Costeggiò il mosaico di Eracle e si diresse al podio. I Mille seguirono i suoi passi senza sapere cosa aspettarsi. Si domandavano che cosa avrebbe detto Cilone, dopo la nuova disgrazia che aveva colpito i pitagorici. Il consigliere represse un sorriso. Entro pochi minuti avrebbe disperso tutta la compassione che ancora aleggiava nell'aria. Avrebbe aperto gli occhi ai ciechi e smascherato senza pietà gli oscuri segreti della setta dannata, così come le bugie che una volta di più questa aveva gettato in faccia ai governanti di Crotone.

Salì gli scalini e, una volta sul podio, rimase in silenzio, scorrendo con lo sguardo le diverse fazioni dei consiglieri. Aveva il talento di percepire l'umore di ciascun gruppo e volgerlo a proprio favore. Specie quando aveva argomenti di peso, come in quell'occasione. I pitagorici, come lui aveva previsto, avevano appena mentito al Consiglio. Avevano detto che Oreste era stato assassinato e che non c'erano tracce del colpevole, come nei casi precedenti. Ma Cilone sapeva che erano stati loro stessi a ucciderlo, colpendolo con violenza e mettendogli la testa in una vasca colma d'acqua, finché non aveva smesso di scalciare.

Il Consiglio vedrà in tutta chiarezza che razza di bestie protegge.

Annuì, pensoso. Tutti pendevano dalle sue labbra, ansiosi di sentire il suo intervento e cercando di indovinare cos'avrebbe detto. Cilone, invece, si sforzava di non far trasparire dal viso le emozioni che stava per propagare. Sapeva che un uditorio poteva essere scettico quanto alle parole, ma tendeva ad assumere lo stato d'animo trasmesso dalle espressioni del viso, dal tono della voce, dai gesti.

Continuò a guardarli, indignandosi con sincerità di fronte all'infamia dei pitagorici. Era importante che lui per primo si caricasse di emozioni prima di parlare: quando ci si metteva era più bravo dei migliori attori del teatro. *Sono indignato*, si disse con ardore, *davvero furioso perché i pitagorici hanno appena mentito al Consiglio.* Tutti i presenti lo sentirono sbuffare con evidente irritazione.

Cilone non intendeva poi far passare sotto silenzio che i pitagorici avevano ucciso Oreste accusandolo di tradimento. Lui aveva sempre detto che dentro quell'uomo c'era un ladro, un delinquente che in gioventù era finito in carcere. Ora i suoi stessi uomini lo avevano ucciso, accusandolo di essere un traditore. Il che infangava tanto Oreste quanto i suoi assassini. Chiuse gli occhi e scosse la testa con veemenza. Pitagora e suo genero Milone, capo dell'esercito, avevano siglato un patto dinnanzi a tutto il Consiglio, per garantire la sicurezza della comunità e l'indagine sui delitti commessi. Ora si era consumato un nuovo omicidio. Commesso dagli stessi pitagorici, sotto il naso degli uomini di Milone! Ciò era inaccettabile, ma il peggio era che Milone stesso aveva partecipato alla stesura dell'infame messaggio al Consiglio. Era responsabile al tempo stesso della morte e della menzogna.

Il Consiglio poteva vedere che Cilone era furibondo. Tanto che dovette respirare diverse volte per calmarsi, prima di cominciare il suo intervento. Finalmente riuscì a cancellare dal volto la giusta ira che lo riempiva. E mostrò un enorme dolore, unito alla determinazione di porre fine una volta per tutte a una situazione intollerabile. Alzò le mani e il viso al cielo, con gli occhi chiusi, e tutti seppero, dal movimento silenzioso della labbra, che stava pregando gli dei.

Poi tese le braccia verso i suoi pari, guardando dall'una e dall'altra parte, per reclamare il doveroso appoggio e la solida unità che le sue parole avrebbero richiesto. Lesse sui loro volti che erano pronti a riceverle.

Riempì a fondo i polmoni e ruggì, stentoreo: « Consiglieri di Crotone! »

Capitolo 67

17 giugno 510 a.C.

La comitiva di Arianna e Akenon costeggiò la città di Crotone e imboccò il sentiero che portava alla comunità. Mancava un'ora al tramonto, ma il cielo era così nuvoloso che già pareva notte. Soffiava un vento umido e fresco che trascinava con sé minute gocce d'acqua. Avevano tutti voglia di smontare da cavallo e rifocillarsi con una scodella di zuppa calda.

I soldati e gli inservienti si rallegrarono scorgendo il portico della comunità, dove cominciava a raccogliersi gente per riceverli. Dal canto loro, Arianna e Akenon erano ancora persi nei propri pensieri, come gli altri li vedevano da una settimana a quella parte, dopo la loro visita al palazzo di Glauco.

Credevo che sarei stata felice di tornare alla comunità, pensava lei. Erano diversi giorni che cercava di mitigare la sensazione di tristezza che l'avvolgeva come una coperta fredda e bagnata. Sapeva che in parte la doveva ai ricordi del suo rapimento. Era come se Akenon le avesse dato la forza e il sostengo necessari per affrontarli, ma poi l'avesse lasciata a cavarsela da sola. La sua inesperienza con gli uomini l'aveva resa imprudente, facendole togliere la corazza con cui si era protetta per tanti anni. Si era aperta ad Akenon senza riserve e risultava dolorosamente chiaro che non era preparata. Doveva tenersi alla larga da lui, e al tempo stesso lenire, se possibile, la penosa sensazione di sentirne la mancanza.

In groppa al suo grande cavallo, Akenon guardava Arianna facendo finta di niente. La pelle della giovane riluceva di umidità. Era solo a due metri da lui e al tempo stesso lontana. Avevano parlato poco, ma quanto bastava perché lei mettesse in chiaro che tra loro non poteva esserci nulla. L'egizio sospirò, provando nostalgia non solo per l'allegria che aveva accompagnato il viaggio verso Sibari e la passione ardente che aveva scoperto in Arianna, ma anche per la gradevole amicizia delle settimane precedenti. *Perderemo anche questo?*

L'atmosfera plumbea contrastava con quella dei primi giorni di viaggio, ma era appropriata ai risultati dell'indagine a Sibari. Erano stati giorni di delusione. Quanto a Glauco, la visita allo scopo di convincerlo a ritirare il bando era stata un fallimento, oltre a rappresentare un pericolo. Il ricco signore non aveva mai risposto a messaggi successivi, in cui gli si chiedeva di dare aiuto all'investigazione. Né loro erano riusciti a ricavare qualcosa di utile dai numerosi interrogatori condotti per tutta la città, nella speranza di trovare tracce dell'incappucciato. Il principale sospetto degli assassini di Cleomenide e Daaruk, oltre che di Arma, sembrava essersi volatilizzato.

Giunsero al portico e smontarono. Akenon, assorto nelle sue riflessioni, tardò a notare lo strano silenzio del comitato di accoglienza. D'un tratto si accorse che erano tutti silenziosi e sfuggivano il suo sguardo.

Che diavolo succede?

Sempre più inquieto, cercò il colossale Milone fra i presenti. Quando lo vide, questi chinò il capo. Akenon sentì un vuoto nel petto. Si avvicinò rapido al capo dell'esercito di Crotone e lo afferrò per le spalle. «Cos'è successo, Milone? Parla!»

Capitolo 68

17 giugno 510 a.C.

Pitagora, seduto su uno sgabello, con la schiena appoggiata alla parete, si stava godendo il fresco della stanza. Si trovava nella casa di campagna di Mandrotilo, uno degli aristocratici di Napoli che da tempo sosteneva la confraternita. Vi risiedevano dal loro arrivo alla città. L'aristocratico sperava che si fondasse una nuova comunità, ma nel volgere di qualche giorno Pitagora era giunto alla conclusione che la città non era pronta. Alla delusione di Mandrotilo aveva fatto seguito quella di Evandro che già si vedeva alla guida della comunità.

Ma è stata ugualmente un'esperienza positiva per lui, valutava il filosofo. Era soddisfatto dell'evoluzione di Evandro. Il più giovane dei suoi grandi maestri, nel prepararsi a guidare da solo una comunità, aveva fatto un notevole passo avanti nel dominio della propria natura veemente. E anche se non sarebbe stato in quel momento, entro pochi anni gli influssi del pitagorismo romano avrebbero portato alla fondazione di una comunità a Napoli. La città si sarebbe convertita nel centro strategico dell'asse Crotone-Roma.

Roma, Roma; Roma...

Ormai Pitagora non aveva dubbi. Negli anni seguenti la confraternita si sarebbe espansa e rafforzata grazie a Roma. La città sarebbe stata il punto focale dell'ordine al centro della penisola italica. Da lì il pitagorismo avrebbe ampliato la sua influenza politica fino a collegarsi con i territori che già controllava nella

Magna Grecia. Sarebbe stato la dottrina scientifica e morale dominante su un'area estesa quanto un piccolo impero.

Roma stava attraversando mutamenti politici radicali che la riempivano di nuove energie. Dopo due secoli e mezzo di monarchia, avevano appena scacciato l'ultimo dei re etruschi, Tarquinio il Superbo. Lunghe tensioni sociali erano scoppiate quando suo figlio Sesto Tarquinio aveva violentato Lucrezia, moglie di un nipote del re. Costei si era suicidata dopo lo stupro e un altro nipote del re, Lucio Giunio Bruto, si era messo alla testa di una rivolta che si era da poco conclusa con la proclamazione di una repubblica.

Il grande maestro Ipocreonte aveva una lontana parente che era cognata di Lucio Giunio Bruto che, tramite lei, aveva richiesto un incontro con Pitagora, per chiedergli consigli sui primi passi da fare per la repubblica: l'aura di giustizia e coesione della confraternita era stata percepita fino a Roma. Bruto voleva integrarne i princìpi nella nuova forma di governo.

Avrai tutto il mio appoggio, Lucio Giunio Bruto.

Pitagora era molto soddisfatto all'idea di lavorare a quel progetto. Il sogno della sua vita stava prendendo corpo in fretta. Le sue idee cominciavano a varcare le frontiere e a destare l'interesse di popoli diversi da quello greco.

Socchiuse gli occhi e ripassò la strategia cui si sarebbe dedicato.

Di lì a poco, si alzò dallo sgabello e si avvicinò alla finestra. A cento metri di distanza vide Ipocreonte seduto all'ombra di un mandorlo. Il progetto pitagorico riguardante Roma imponeva che quel maestro riservato si dedicasse di più alla politica. Pitagora ne necessitava lassù, come suo braccio destro, e lui stesso pensava di trasferirsi a Roma, almeno per qualche tempo. Erano mesi che ci pensava e ora doveva approfittare del favore mostrato dai nuovi governanti di Roma: non avrebbe potuto presentarsi un'occasione migliore.

A Crotone resterà come guida Oreste, che svolgerà un compito eccellente.

La tenda che chiudeva la porta si scostò ed entrò uno degli inservienti. Pitagora si allontanò dalla finestra. Aspettava che gli portassero la risposta di Bruto con i dettagli della loro imminente riunione.

« Maestro, è appena giunto un messaggero ». L'inserviente fece una pausa prima di aggiungere: « Viene dalla comunità di Crotone ».

« Da Crotone? » Il cuore di Pitagora ebbe un sussulto. *Può essere qualsiasi cosa*, si disse, senza troppa convinzione. Era strano ricevere così presto un messaggio dalla comunità, ma ciò non implicava necessariamente che si trattasse di cattive notizie. « Fallo passare. E di' a Evandro e Ipocreonte di venire ».

Pochi secondi dopo si presentò il messaggero. Aveva il respiro affannoso; capelli e vestiti erano sporchi di polvere della strada. « Salute, maestro Pitagora. Mi manda il generale Milone ».

Il filosofo capì che l'araldo apparteneva all'esercito di Crotone. Da come l'aveva salutato, poteva anche essere un iniziato pitagorico. « Salve, fratello. Che nuove mi porti? »

Il messaggero estrasse una pergamena sigillata con il simbolo del pentacolo. Pitagora la prese e fece un gesto al militare, lasciandogli intendere che voleva leggerla da solo. Quando l'uomo si ritirò, ruppe il sigillo, cercando di calmarsi.

Il breve messaggio lo riempì di orrore fin dalla prima riga.

Oreste è morto... per mano di altri discepoli che lo hanno accusato di tradimento.

Serrò le palpebre. Si accorse che una lacrima gli stava rigando una guancia. Il dolore cresceva senza che lui riuscisse a placarlo.

Un altro discepolo, un altro amico morto.

Di spalle alla porta, si accasciò sullo sgabello e si passò una mano sulla faccia. Non poteva credere nemmeno per un momento che Oreste fosse un traditore. L'analisi cui lo aveva sottoposto fugava qualsiasi dubbio. Gli aveva anche permesso di capire che al suo discepolo occorreva solo una piccola spinta per superare i propri timori politici e diventare una figura pubblica di taglia prossima a quella del suo maestro. Pitagora aveva delegato Oreste a sostituirlo durante il suo viaggio dando per certo che questi si sarebbe consolidato nel suo ruolo, permettendo a lui di trattenersi a Roma.

Raddrizzò la schiena e fece uno sforzo enorme per recuperare la lucidità. Evandro e Ipocreonte stavano per arrivare. Si passò una mano sulla barba, per sincerarsi che non ci fossero più lacrime. Non era il momento di dolersi, ma quello di prendere decisioni. Non sarebbe arrivato a Crotone in tempo per la sepoltura di Oreste, ma era costretto a tornare per riprendere il controllo della situazione politica. *Partirò subito dopo i primi incontri con Lucio Giunio Bruto.* Non doveva trattenersi a Roma per più di una settimana. Sperava di avere il tempo di piantare un seme nell'anima di Bruto. E prima di un mese si sarebbe ripresentato a Roma per fare in modo che il seme mettesse radici forti.

Sentì rumore di passi e si alzò. Era Evandro che quando vide l'espressione del maestro si incupì.

«È appena giunto un messaggero da Crotone», annunciò Pitagora, in tono triste ma calmo. «Oreste è morto».

Evandro impallidì. «Assassinato?» domandò, con un filo di voce.

Prima che Pitagora gli rispondesse, entrò Ipocreonte. «Maestro, è giunto un messaggero da Crotone».

«Lo sappiamo. Ho qui il messaggio». Il filosofo alzò la mano con la pergamena dal sigillo rotto.

Ipocreonte alzò le sopracciglia.

In quel momento entrò un terzo uomo, che si mise di fronte a Pitagora. «Porto un messaggio del generale Milone», dichiarò con tono marziale.

«Milone ha mandato due uomini con lo stesso messaggio?»

Non era raro che, quando l'informazione trasmessa era di importanza vitale, la si mandasse con due o addirittura tre araldi diversi.

«No, signore», rispose serio il militare. «Sono partito da Crotone con altre novità il giorno dopo. Dovevo cercare di raggiungere il messaggero precedente per sostituire la sua comunicazione con la mia. Come vedete», chinò il capo, «non ci sono riuscito per questione di minuti».

«D'accordo». Pitagora sospirò. «Consegnami il messaggio».

Anche la nuova pergamena era sigillata con il pentacolo. Il contenuto era più esteso rispetto a quello della precedente. Il filosofo si abbatté sullo sgabello, mentre lo leggeva. Quando ebbe finito, il suo sguardo si perse nel vuoto.

«Evandro, Ipocreonte, date istruzioni per la partenza», disse con voce flebile. «Dobbiamo tornare subito a Crotone».

Capitolo 69

17 giugno 510 a.C.

Il volto di un Milone taciturno presagiva brutte notizie.

Fece cenno di seguirlo e si allontanò dal portico della comunità. Arianna e Akenon camminarono dietro di lui nello spazio aperto.

Il generale non sembrava far caso alla fine e fastidiosa pioggerellina che inzuppava i loro vestiti né al cielo sempre più scuro. «Non mi fido di nessuno», cominciò a dire, guardandosi intorno.

«Parla una buona volta, Milone». Akenon dava segni di esasperazione.

Arianna manteneva invece un'espressione neutra che non permetteva di indovinare cosa le passasse per la testa.

«Oreste», si decise a dire Milone, «è stato assassinato».

Quella frase strappò la giovane dalle sue riflessioni. La sua mente si riempì di domande, ma prima che potesse dire una parola il generale riprese a parlare.

«È stato accusato di aver rotto il voto di segretezza. Lo hanno giustiziato i confratelli del suo stesso edificio comune. Quella sera, uno di loro, Pelias, aveva parlato con un marinaio che diceva di avere ottenuto segreti in cambio di oro. Per la precisione, assicurava di essersi impadronito del segreto del dodecaedro pagandolo venti darici d'oro. Dato che è un segreto noto solo a una cerchia molto ristretta, la lista dei possibili traditori non era molto lunga e...» Esitò, vergognandosi di condividere in parte il ragionamento degli assassini. «Il fatto è che il passato di Oreste lo ha reso sospetto».

Akenon scuoteva il capo, incredulo, mentre ascoltava Milone. Gli sembrava di vivere in un incubo.

«Hanno ispezionato la sua camera, trovando i venti darici sepolti sotto il letto. Non hanno avuto dubbi che Oreste fosse il traditore. Hanno pensato che ciò implicasse anche che fosse l'assassino di Cleomenide e Daaruk. Lo hanno percosso, gettato in una vasca e annegato».

Akenon strinse i denti, sentendosi invadere dalla rabbia e dalla disperazione. *Per Baal e Amon-Ra! L'assassino è riuscito persino a fare in modo che i pitagorici si ammazzassero tra loro.*

«Quando è successo?» chiese Arianna.

Milone esitò un istante prima di rispondere. In quel momento era grato all'oscurità che gli nascondeva la faccia. «Una settimana fa».

Arianna sospirò, amareggiata, distogliendo lo sguardo.

Fu Akenon a porre l'inevitabile domanda. «Perché non ci avete avvisati?»

«Ho mandato due messaggi a Pitagora. Ormai li avrà ricevuti. Quanto a voi... eravate impegnati a Sibari e non sareste in ogni caso arrivati in tempo per indagare sul marinaio».

Akenon si sforzò di nascondere l'irritazione. Era ovvio che Milone non li aveva informati per una questione di orgoglio. Non era abituato a obbedire a nessuno che non fosse Pitagora. In assenza del filosofo, preferiva investigare per proprio conto anziché limitarsi a seguire le istruzioni dell'egizio.

«Qual è stato il risultato delle indagini?» chiese in tono secco.

«Il marinaio è sparito. Abbiamo appurato che frequentava da tre giorni la taverna in cui ha avvicinato Pelias. Ci passava la serata a bere, da solo, di certo aspettando di veder arrivare dei pitagorici. Ha scelto bene il posto, perché è la taverna in cui sono soliti fermarsi i membri della comunità quando vanno a Crotone. Il marinaio ha fatto vedere a Pelias alcuni documenti che dimostravano che era in possesso del segreto del dodecaedro... »

« Ne siamo sicuri? » lo interruppe Arianna.

« Ho chiesto ad Aristomaco di parlarne con Pelias e non sembrano esserci dubbi. Aveva in mano il segreto del dodecaedro. Siamo di fronte a un complotto ben organizzato ».

« Non c'è dubbio », mormorò Arianna, pensosa.

« Nessuno conosceva quel marinaio? » intervenne Akenon.

« È apparso tre giorni prima dell'assassinio ed è svanito quella notte stessa. Nessuno a Crotone lo aveva visto prima e nessuno lo ha rivisto dopo ».

È possibile che il marinaio e l'incappucciato siano la stessa persona? Akenon valutò l'idea, ma alla fine la scartò. Il marinaio aveva mostrato il proprio volto e nessuno lo aveva riconosciuto. L'egizio era convinto invece che l'altro usasse il cappuccio perché a Crotone il suo viso era noto.

Guardò verso la comunità. Attraverso la pioggia si intravedevano appena le torce infisse alle pareti degli edifici comuni. Milone prendeva ogni precauzione perché nessuno potesse ascoltarli. Poteva significare che ci fossero state fughe di notizie.

« Qual è la situazione nel Consiglio? » si informò Arianna, anticipando il ragionamento dell'egizio.

« Pessima », rispose il generale. « E peggiora di giorno in giorno. Abbiamo bisogno al più presto di Pitagora, altrimenti avrà luogo una disgrazia terribile. In questo momento non c'è nessun grande maestro ad affrontare Cilone ». Cercò di trattenersi, ma non poté fare a meno di dire: « Quel vigliacco di Aristomaco si rifiuta di presentarsi alle sessioni del Consiglio. Ogni volta che glielo dico si mette a tremare e alla fine ci devo andare da solo ». Milone sentiva la collera che vibrava nella propria voce. Chiuse gli occhi, cercando di calmarsi. Dopo qualche secondo, riordinati i pensieri, riprese a parlare. « La sera della morte di Oreste ho parlato con lui. Abbiamo deciso di informare il Consiglio, ma raccontando che Oreste era stato assassinato da mano sconosciuta, come nei casi precedenti. Nella sessione del mattino seguente, dopo la lettura del nostro comunicato, ho avuto la sgradevole sorpresa di scoprire che qualcuno aveva parlato».

Akenon annuì in silenzio e continuò ad ascoltare il genero di Pitagora.

«Cilone era informato di tutto e ci ha lanciato un attacco distruttivo», ricordò il generale, con rabbia. «Il miserabile ha esposto nel dettaglio l'esecuzione di Oreste, poi ha accusato i pitagorici di essere bugiardi, traditori e assassini. I Trecento lo hanno bersagliato di grida e insulti, ma si vedeva che anche loro erano sconcertati e incerti. Non sono riusciti a scacciare Cilone dal podio, come altre volte, e il maledetto ha continuato, implacabile. Ha dato anche a me del mentitore, dicendo che non sono in grado di garantire la sicurezza. Ha citato l'accordo che ho stretto con Pitagora davanti a tutto il Consiglio, assumendomi la responsabilità di scongiurare nuovi delitti nella comunità. E ha colto l'occasione per attaccare Pitagora, che ha definito incapace e capo di una setta di criminali. Ha chiesto che la città ritiri il suo appoggio alla comunità, arrivando a suggerire che Pitagora e tutti i suoi seguaci siano mandati in esilio. Capite? Non cerca più di ridurre i privilegi della comunità, bensì di distruggerla ed espellere da Crotone il nostro maestro e tutti i suoi discepoli!»

Dovette fare una pausa per riprendere il controllo. Poi continuò, un po' più calmo. «Da quel giorno, in tutte le riunioni del Consiglio, Cilone ripete di base lo stesso discorso. Io ho negato tutto e ho sostenuto la nostra versione dell'assassino sconosciuto. Altrimenti si dovrebbero incarcerare gli autori materiali dell'omicidio, i discepoli che hanno ucciso Oreste. Ma su questo voglio che sia Pitagora a decidere. In ogni caso, io non sono un buon politico e Cilone porta ogni giorno nuovi consiglieri dalla sua parte. Alla fine di ogni riunione, sono sempre di più coloro che gli girano intorno come mosche e lo seguono a casa cospirando con lui».

«Non cerca più l'appoggio dei Trecento», affermò Arianna.

«Cosa intendi dire?» chiese Milone.

«Che ha sempre cercato di imbrogliare l'intero Consiglio dei Mille, tanto quelli che chiama "i settecento emarginati" quanto i Trecento. Ora ha cambiato strategia. Vuole che i settecento lo sostengano in una lotta contro i Trecento». La giovane rifletté per un istante. «Si è fatto più aggressivo e ambizioso. Sa che, leggi alla mano, prevalgono le decisioni dei Trecento. Ha bisogno di una rivoluzione per liberarsi di loro e quindi gli occorre l'appoggio in blocco dei settecento...» Fissò lo sguardo sul generale. «... e dell'esercito».

Milone sobbalzò. «Come generale in capo del nostro esercito, rispondo della sua completa lealtà!»

«La lealtà esiste sempre, quello che cambia è colui verso il quale si dirige», rispose Arianna, mostrando una certa ostilità. Disapprovava che Milone non avesse inviato un messaggio a Sibari per informarli della morte di Oreste.

Il generale stava per ribattere, ma Akenon soffocò il suo orgoglio. Era da qualche minuto che stava pensando a un dettaglio di quanto Milone aveva raccontato: il marinaio aveva detto di aver pagato venti darici d'oro, gli stessi che poi erano stati trovati sotto il letto di Oreste. Dal momento che questi era innocente, qualcuno doveva averli nascosti là sotto. Poteva essere stato un pitagorico, ma dagli interrogatori successivi alla morte di Daaruk era apparsa chiara la fedeltà di tutti i seguaci. In alternativa, poteva essere stato uno degli opliti assegnati alla comunità. Akenon dava maggior peso a tale possibilità proprio perché nel suo racconto il generale aveva sorvolato su quel punto chiave.

«Milone, chi ha messo le monete nella stanza di Oreste? Mi sbaglio, oppure quella notte è scomparso uno degli opliti in servizi alla comunità?» Akenon tacque e intorno a lui si creò un silenzio carico di tensione. La pioggia stava aumentando e si udiva solo il rumore che produceva sul terreno. L'egizio cercò di distinguere la reazione del generale alle sue parole, ma l'oscurità era così fitta che non era nemmeno sicuro di averlo di fronte. Cominciò a preoccuparsi. *Milone si appresta forse ad attaccarci?* Portò la mano alla spada. Il genero di Pitagora non era giovane, ma il suo fisico restava quello di un campione di lotta.

La voce di Milone, umiliata e amara, si fece infine sentire nel buio. «L'ho scoperto un'ora dopo l'assassinio di Oreste, dopo avere ordinato che si presentassero davanti a me tutti i soldati assegnati alla comunità. Ne mancava uno, che non abbiamo più visto da allora. Si chiama Crisippo. Era una delle guardie del corpo personali di Oreste».

Capitolo 70

17 giugno 510 a.C.

Numeri, figure geometriche, simboli...

Gli occhi dell'incappucciato ripercorsero per qualche minuto il procedimento che rappresentava la porta di ingresso alla dimensione matematica. Poi abbassò le palpebre e si addentrò in quell'universo di conoscenza utilizzando solo la forza della mente. In questo modo poteva superare distanze immense, esplorare aree sconosciute, osservare, scrutare... E ogni tanto, quando riusciva a sciogliere un altro nodo, apriva una porta che fino a quel momento era rimasta sbarrata e compiva un nuovo passo avanti, piccolo ma irreversibile, verso le grandi scoperte che lo rendevano più saggio e incrementavano il suo potere sulla natura e gli uomini.

Un lieve rumore dietro di lui disturbò la sua concentrazione. Dovette tornare ai sensi corporali e si vide seduto nella camera sotterranea del suo rifugio.

«Avanti, Crisippo», disse, con la sua voce che suonava come un crepitio di pietre.

Una porta si aprì alle sue spalle. Anziché voltarsi, diresse lo sguardo verso il grande specchio di bronzo vicino al tavolo. La pallida superficie gli mostrò l'oplite che si avvicinava e si fermava a un paio di metri.

«Maestro, la missione è stata compiuta».

«Qualcuno se n'è accorto?»

«Nessuno, signore».

«Eccellente».

Crisippo si girò e uscì dalla camera chiudendo la porta dietro di sé.

L'incappucciato ebbe consapevolezza del senso di soddisfazione, caldo ed effervescente, che germogliava dentro di lui. Lo lasciò crescere e dalla sua maschera nera sorse una risata gutturale.

L'ultimo passaggio del suo piano aveva avuto successo. Grazie a Crisippo, il marinaio navigava verso Atene, con la promessa che non avrebbe mai fatto ritorno nella Magna Grecia. Era stato reclutato dodici giorni prima tra i pescatori di Terina, un paio di giorni di marcia a est di Crotone. Era un uomo privo di legami, con un passato torbido, fuggito da Siracusa due anni prima. Tirava a campare vendendo il poco che riusciva a pescare con una barca che era poco più che una tavola bucherellata. Il suo sogno, che considerava irraggiungibile, era di viaggiare fino ad Atene, comprare una barca decente e cominciare laggiù una nuova vita come pescatore. L'incappucciato aveva potuto vedere che, per realizzare quel sogno, l'uomo sarebbe stato disposto a fare ciò che serviva.

Da Terina aveva portato con sé il marinaio fino al proprio rifugio situato fra Crotone e Sibari. Durante il tragitto, si era servito delle parole adatte per modellare la mente dell'uomo, sopirne i timori e ravvivarne le ambizioni. Gli aveva fatto capire che servire lui o gli dei era praticamente la stessa cosa. Alla fine del viaggio, il marinaio gli aveva garantito la sua assoluta dedizione. Nel caso fosse stato scoperto, non avrebbe esitato a scegliere la morte, piuttosto che dire una parola su di lui.

Nel rifugio, l'incappucciato aveva detto al marinaio in quale taverna di Crotone avrebbe dovuto andare ogni giorno, in attesa di vedere un giovane maestro pitagorico cui offuscare la mente con la farsa preparata in ogni minimo dettaglio. Gli aveva poi consegnato il necessario per completare la messinscena: una borsa piena di darici d'oro da mostrare al giovane maestro e i documenti che svelavano il segreto del dodecaedro, che lui stesso aveva redatto.

Si lasciò sfuggire di nuovo quella risata che suonava come una serie di profondi singhiozzi. *Devo stare tranquillo, per continuare con gli studi*, si rimproverò subito dopo. Stava sfiorando conoscenze mai concepite. Quando fossero state in suo possesso, il suo potere si sarebbe moltiplicato all'istante. *In poche ore avrò finito, e allora...* Serrò i denti sotto la maschera. *Allora tutto sarà possibile.*

Gli occorse un altro minuto per moderare l'esaltazione che gli procurava quella forte sensazione di dominio. Si era sentito un burattinaio che faceva ballare a proprio piacimento il marinaio, Crisippo, il maestro ingannato che aveva portato la fiamma cieca dell'ira dentro la comunità... Nell'assassinio di Oreste tutti avevano esaudito i suoi desideri senza possibilità di scelta, come schiavi. Nondimeno, ciò che aveva fatto di quel piano un capolavoro era stato il perfetto impiego di ciò di cui era a conoscenza: i misteri del dodecaedro, i panni sporchi di Oreste e i dettagli precisi del giuramento pitagorico di segretezza.

Crisippo, nascosto nelle vicinanze della porta della camera sotterranea, si guardava intorno con occhio critico. La piccola casa di pietra era immersa in un bosco molto fitto. A venti o trenta metri di distanza la costruzione era del tutto invisibile. Ancora di più lo era la grande sala sotto terra, alla quale si accedeva per una porta ben mimetizzata. Oltretutto la posizione tra le montagne e la lontananza dai sentieri rendeva assai poco probabile che si avvicinasse qualcuno. Era senza un dubbio un buon nascondiglio.

Si grattò il mento sotto la barba disordinata. Gli sembrava strano trovarsi lì. Fino a poco prima era uno dei tanti soldati dell'esercito di Crotone. Lo era stato per vent'anni, cercando sempre di condurre una vita comoda e tranquilla all'interno dell'esercito. Non aveva mai avuto interesse a salire di grado, per non complicarsi la vita, ma faceva in modo di andare d'accordo con i suoi superiori. Per questo, un anno prima aveva fatto amicizia con Baio, un giovane nelle grazie del generale Milone. Così Crisippo aveva potuto beneficiare del trattamento di favore che il capo dell'esercito riservava agli uomini di sua fiducia.

Io, soldato di fiducia di Milone.

Quel pensiero lo metteva a disagio. Non poteva negare che il generale avesse dimostrato grande fiducia nella sua lealtà, affidandogli insieme a Baio il compito di proteggere Oreste. Non sembrava una cattiva scelta. Crisippo non si era mai cercato problemi – era un maestro nell'evitarli o nel farne ricadere la colpa su altri – e non intascava, a differenza di molti opliti, una paga supplementare da parte di politici ambiziosi come Cilone, sempre desiderosi di disporre di uomini leali nell'esercito.

Perché dunque all'improvviso, dopo vent'anni di onorata carriera, Crisippo si era comportato in quel modo? A pensarci bene, si rendeva conto che in fondo la sua lealtà era sempre stata rivolta solo a se stesso. Faceva ciò che gli veniva ordinato, manteneva certe relazioni perché era la scelta più pratica. Tuttavia quella filosofia di pragmatismo personale e disinteresse generale era cambiata di colpo un paio di settimane prima.

Stava per entrare in una taverna con Baio e altri opliti quando si era sentito chiamare. Era rimasto sulla porta, lasciando entrare gli altri e scrutando nella penombra. Quando in strada era rimasto solo lui, era apparso un uomo incappucciato che gli aveva rivolto alcune frasi rapide e se n'era andato. Crisippo aveva esitato, guardando l'interno della taverna dove i suoi compagni nemmeno si erano accorti di averlo lasciato indietro. Poi si era inoltrato nell'oscurità dei vicoli di Crotone.

La conversazione non durò più di venti minuti, ma gli cambiò la vita. O meglio, cambiò *lui*. L'incappucciato gli mise in testa idee straordinarie che fecero radici, come dotate di vita propria, e continuarono a germogliare per tutta la notte – che l'oplite passò in bianco – e il giorno successivo. Senza che ne sapesse il motivo, nella sua mente apparvero pensieri e impulsi nuovi. Il suo istinto pratico cercava di metterli in discussione, ma ciascuno degli argomenti in favore della prudenza era subito confutato da una frase che l'incappucciato gli aveva scolpito nella mente. Con il passare delle ore, abbandonò ogni tentativo di resistenza e finì per accettare quelle idee come proprie.

Fu come una nascita, un'esperienza intensa e rivelatrice, che lo aprì a una nuova coscienza. Come se d'un tratto avesse capito che il suo atteggiamento nei confronti dei pitagorici – che avrebbe definito oscillante tra l'indifferenza e una lieve diffidenza – fosse sempre stato in realtà di repulsione, e persino di marcata ostilità. Il suo moderato individualismo diventava ora un egoismo profondo, unito a un completo disinteresse nei confronti del prossimo. E, soprattutto, la sua mancanza di devozione si era trasformata nella fervida certezza che l'incappucciato fosse un essere superiore, una guida, una mente straordinaria a cui obbediva la natura e che tanto gli uomini quanto i governi avrebbero dovuto venerare come un dio.

È il mio signore e maestro, poiché mi ha rivelato la mia vera natura.

Il nuovo Crisippo non ebbe esitazioni ad accettare il primo incarico del suo padrone. Qualche giorno dopo il loro primo incontro, ebbe da lui una borsa con venti darici d'oro. Dovette tenerla addosso per due giorni prima di avere l'occasione di eseguire gli ordini: quando fu convocata una riunione alla comunità e gli edifici comuni rimasero vuoti.

Crisippo montava la guardia con Baio sulla porta della scuola in cui si trovava Oreste. «Torno subito», disse con apparente indifferenza. Si allontanò senza guardarsi indietro. Baio gli rivolse un'occhiata, poi tornò a fissare la porta della scuola, supponendo che Crisippo si fosse appartato per un bisogno fisiologico.

L'oplite entrò nell'edificio comune, attraversò rapido il grande cortile interno e raggiunse senza problemi la camera di Oreste. Lasciò cadere a terra la lancia, estrasse la borsa di cuoio e si inginocchiò accanto al letto. Lo scostò e scavò frenetico il terreno, che si rivelò più compatto del previsto. Sguainò la spada e riuscì ad aprire una piccola buca con la punta. Avrebbe voluto scavare più a fondo, ma il tempo scorreva rapido e Baio si sarebbe insospettito se ne avesse impiegato di più. Depose la borsa in fondo alla buca e la coprì di terra in modo che non si notasse nulla a prima vista. A un'ispezione più accurata, invece, si sarebbe visto che la terra era stata smossa per nascondervi qualcosa.

Prima di uscire si guardò intorno, accorgendosi che nella tensione del momento si stava scordando la lancia. La raccolse e attraversò il cortile con il cuore in gola. Sapeva che non avrebbe potuto sostenere un interrogatorio da parte di un grande maestro pitagorico. L'incappucciato gli aveva detto che erano in grado di penetrare in ogni angolo della mente di un uomo. Crisippo era certo che, se avesse sollevato sospetti, avrebbero scoperto il suo tradimento e lo avrebbero giustiziato.

Rallentò il passo in prossimità di Baio, che lo guardò appena quando si rimise al suo fianco. Ci volle mezz'ora perché Crisippo riuscisse a controllare il respiro affannoso e per il resto della giornata i muscoli gli si tesero ogni volta che udiva un rumore forte o qualcuno lo chiamava.

Dopodiché rimase in attesa del segnale per la fuga. A lasciarlo sarebbe stato il marinaio che lavorava per il suo signore. La sera in cui i pitagorici abboccarono all'amo, l'uomo tracciò un segno appena visibile con la cenere sulla porta della taverna convenuta. Nel momento in cui lo scorse, Crisippo prese il fagotto che aveva preparato e scappò da Crotone, diretto al nascondiglio sulle montagne dove aveva appuntamento con il suo signore.

Al suo arrivo notò con inquietudine che era presente solo il marinaio, ma di lì a poco apparve l'incappucciato che, avvolgendolo con il magnetismo del suo sguardo nascosto, si congratulò per il lavoro svolto e gli consegnò una borsa colma di dracme d'argento. Poi gli diede nuove istruzioni. Crisippo, obbediente, accompagnò il marinaio fino a Locri, a tre giorni di marcia lungo la costa meridionale. Viaggiarono di notte per i sentieri e di giorno per i boschi, evitando qualsiasi contatto umano. All'arrivo, consegnò la borsa con le dracme al marinaio e si assicurò che si imbarcasse sulla nave per Atene. Dopodiché fece ritorno dal suo signore.

Ora aspettava che questi gli affidasse altri incarichi. Per il momento non doveva fare altro che mantenere la calma e vigilare. Nel caso qualcuno si fosse avvicinato, doveva avvisare il maestro con un segnale prestabilito e respingere gli intrusi.

D'un tratto sentì un acuto suono metallico.

Il signore lo stava chiamando.

Scese le scale, si fermò a due passi di distanza e chinò il capo in segno di rispetto. Se avesse potuto vedere attraverso l'inquietante metallo nero che copriva il volto del maestro, avrebbe potuto contemplare un volto estasiato.

Da mezz'ora l'incappucciato aveva completato l'ultima fase di una ricerca cruciale. Una volta finito, quando tutti i pezzi si erano incastrati gli uni negli altri con una facilità sorprendente, aveva provato un indescrivibile piacere intellettuale. Sentiva ancora il proprio spirito elevato, ma c'erano questioni urgenti di cui si doveva occupare.

È di nuovo il momento di agire.

Si appoggiò allo schienale e fissò Crisippo. La chiave della sua conversione, così ben riuscita, risiedeva nel vuoto preesistente nell'oplite, nella sua mancanza di valori, lealtà e credenze.

È difficile trovare qualcuno che offra così scarsa resistenza.

Crisippo manteneva una posa al tempo stesso umile e marziale. Si era disfatto delle sue vesti militari e vestiva ora come un contadino, anche se era piuttosto curioso il taglio di barba e di capelli che aveva improvvisato con la sua daga durante il viaggio a Locri. L'incappucciato lo confrontò mentalmente con Arma. Anche lo schiavo si era dimostrato pieno di devozione, forse anche più dell'oplite, perché lo aveva amato in tutti i sensi. La differenza stava nel fatto che Arma era un essere debole, molle, troppo sensibile, laddove Crisippo era un veterano dell'esercito, abile, intelligente e sicuro di sé. Andava riconosciuto che Arma aveva prestato un ottimo servizio, ma la scelta più sensata restava quella di ucciderlo. Per il soldato, invece, era stato tracciato un destino assai diverso.

Il signore si schiarì la voce e parlò con un mormorio aspro. «Crisippo, ascolta con attenzione, perché il tuo prossimo compito è trascendentale per i nostri propositi».

Capitolo 71

23 giugno 510 a.C.

Pitagora provò un grande sollievo quando avvistò la comunità di Crotone.

Non vedeva l'ora di smontare finalmente dalla sua cavalcatura, perché per la prima volta nella sua vita sentiva il peso dell'età. Ma non era quella la ragione principale del suo sollievo, bensì il fatto che la comunità fosse ancora in piedi.

Il secondo dei messaggi che aveva ricevuto a Napoli indicava che la morte di Oreste era stato l'effetto di una trama ben ordita. Diceva inoltre che Cilone era al corrente dei dettagli e ne aveva approfittato per lanciare un attacco frontale contro il pitagorismo. Il filosofo era arrivato a temere che, nella settimana trascorsa da quando era stato inviato il messaggio, Cilone avesse assunto il controllo del Consiglio e dell'esercito, ordinando di radere al suolo la comunità.

La piccola comitiva giunse al portico e fu ricevuta da centinaia di discepoli irrequieti. Pitagora sentiva che avevano bisogno di lui e doveva fare uno sforzo per mostrarsi impassibile, ma non poteva evitare di apparire più teso del solito.

Quando arrivò all'altezza di Akenon, gli appoggiò le mani sulle spalle in segno di saluto. L'egizio notò che non aveva mai visto Pitagora così stanco.

« Vado con Evandro e Ipocreonte a visitare la tomba di Oreste. Poi mi ritirerò a meditare al Tempio delle Muse. Tra un'ora ci riuniremo a casa mia per analizzare la situazione in profondità ».

Akenon assentì e il filosofo continuò a guardarlo per qualche altro secondo.

Sei ancora con noi, anche se non sei un membro della confraternita, pensò, con gratitudine.

Aristomaco apparve alla sua sinistra. «Salve, maestro», sussurrò, a capo chino.

Pitagora gli strinse una spalla con calore, finché non lo vide alzare gli occhi. *Non hai nulla di cui vergognarti*, gli disse con lo sguardo.

Aristomaco si mise a piangere in silenzio e tornò a chinare la testa. Erano due settimane che si tormentava per la sua incapacità di fronteggiare Cilone nel Consiglio.

Teano si avvicinò al marito, seguita dalla figlia Damo. Lo abbracciarono entrambe. Il maestro sentì di avere in loro due pilastri solidi. Forse erano loro i membri più solidi dell'intera comunità.

Se Teano fosse stata un uomo, avrebbe potuto andare al Consiglio e non ho dubbi che avrebbe saputo tenere a bada Cilone.

Dietro le due donne c'era suo genero Milone, che sembrava calmo e desideroso di fornire spiegazioni.

«Salute, fratello. Dimmi in che situazione ci troviamo».

«Maestro Pitagora, ringrazio gli dei per il tuo ritorno». Il colosso si inchinò rispettoso prima di riprendere il discorso. «Cilone continua a raccogliere sostenitori nel Consiglio dei Mille. Tra i settecento ha già la maggioranza e i Trecento si sentono confusi e sperduti. Qualcuno ha persino preso contatti di nascosto con Cilone».

«Tranquillo, Milone. Sono venuto per restare e assisterò di persona a tutte le sedute del Consiglio». Riprenderne il controllo era essenziale, ma c'era qualcosa di ancora più importante. *Il prossimo obiettivo di Cilone sarà l'esercito.* Pitagora sapeva che l'astuto e contorto uomo politico aveva bisogno dei militari per cambiare l'ordine della città. Ma il prestigio del generale tra i suoi soldati era così alto che a Cilone restavano solo due alternative: controllare Milone, oppure toglierlo di mezzo.

La sua dedizione alla confraternita è totale, quindi a Cilone non rimane che assassinarlo.

Mentre rifletteva in proposito, si voltò verso Arianna. L'espressione della figlia maggiore era al tempo stesso triste e serena. Nel fondo dei suoi occhi si leggeva un dolore intenso, contenuto mediante la forza di volontà. *Piccola mia, quanto mi spiace che tu debba soffrire in questo modo...* Intuì che fosse accaduto qualcosa tra lei e Akenon e che ciò avesse smosso i terribili ricordi del rapimento. Ma c'era qualcos'altro nel dolore del suo sguardo...

Mi spiace di non poterti aiutare in questo momento.

Arianna comprese il messaggio silenzioso del padre e sentì un po' di sollievo per la sua presenza.

Il maestro dei maestri scambiò qualche parola con altre persone. Poi si allontanò lungo l'esterno della palizzata della comunità. Lo seguivano Evandro e Ipocreonte. Gli altri discepoli tornarono via via alle proprie incombenze.

Pitagora giunse al piccolo cimitero adiacente alla comunità e si inginocchiò sulla tomba di Oreste per l'omaggio che non aveva potuto rendergli in presenza del corpo. Prima di chiudere gli occhi, guardò le tombe vicine: accanto c'era quella che accoglieva le ceneri di Daaruk, poco più in là quella di Cleomenide.

Per tutti gli dei, che passi molto tempo prima che ci tocchi scavarne una nuova.

Mezz'ora dopo, nella solitudine del Tempio delle Muse, la fiamma eterna di Estia si rifletteva negli occhi assorti di Pitagora. Il fuoco sacro sembrava penetrargli nella mente, intaccando senza pietà i suoi sogni per il futuro.

Roma era a portata di mano. Lucio Giunio Bruto voleva che i pitagorici partecipassero alla nascita della repubblica... ma in quel momento il filosofo non poteva abbandonare Crotone.

Avrebbe rischiato di veder crollare la base dell'edificio mentre lui cercava di costruirvi sopra un altro piano.

Ho puntato troppo in alto?

Anche se sulle sue idee si reggeva buona parte della Magna Grecia, considerava quel territorio solo la prima tappa. A quel punto si doveva arrivare a Roma e quindi, ormai per mano dei suoi successori, estendersi a Cartagine, all'Etruria, alla Persia...

Una comunità di nazioni.

A quel pensiero si emozionava. La dottrina aveva come obiettivo i legami di amicizia e rispetto tra gli uomini e i governi. Il sogno finale era una società senza differenze di etiche o giuridiche per le diverse razze o nazioni, una comunità mondiale basata su princìpi di fratellanza, spiritualità e giustizia.

Sognava anche che le conoscenze della confraternita continuassero a svilupparsi. Le leggi della natura erano alla portata dei sensi e dell'intelletto. Bisognava continuare a decifrarle, raggiungendo senza posa nuove scoperte partendo da quelle precedenti. La conoscenza era una via di illuminazione, un percorso irreversibile perché le regole naturali erano la lingua degli dei. Erano leggi stabili ed esatte che gli stessi dei dovevano rispettare!

Socchiuse gli occhi, osservando i confini dei suoi sogni.

Grazie ai suoi insegnamenti, l'anima si elevava verso il divino attraverso la conoscenza e la pratica, l'esercizio della mente, la scienza, la meditazione. Gli uomini potevano arrivare a liberarsi per sempre dei propri istinti bestiali, trascendere i loro limiti e condizionamenti...

Potevano diventare dei.

Pensava a un mondo di uomini che ascendevano alla divinità, l'apoteosi definitiva dell'essere umano...

Un sogno che ora vacillava.

Sentiva di perdere forza, come se la sua energia vitale si stesse debilitando. Senza rendersene conto, piegò le spalle in avanti, curvando la schiena.

Quei sogni avevano bisogno di una guida. *Dei sei candidati alla mia successione che avevo tre mesi fa, la metà è stata assassinata.* Forse sarebbe stato opportuno dimenticare i sogni e preoccuparsi di mantenere ciò che avevano conquistato. Benché anche per questo servisse una guida, una mente in grado di dirigere le altre.

Da quando era partito per Napoli, continuava a considerare un'idea: alla luce dei fatti e per prevenire le conseguenze di nuove tragedie, forse sarebbe stato meglio nominare non un successore, bensì un gruppo, un comitato. E vi dovevano far parte Aristomaco, il miglior matematico; Evandro, il più adatto alla politica; Ipocreonte e Teano come consiglieri... e forse Milone, per il suo peso politico e militare.

In ogni caso, tutto dipende dal catturare l'assassino.

L'assassino... Chi poteva essere, per tutti gli dei? D'un tratto, uno strano ricordo gli tornò alla mente e si sentì mancare il respiro. Una notte, mentre tornavano da Napoli, aveva fatto un sogno molto intenso in cui l'assassino aveva il suo stesso volto, un fratello gemello che rappresentava l'incarnazione del male. Da allora c'erano momenti, proprio come quello, in cui aveva l'inspiegabile sensazione di affrontare se stesso.

«Nei giorni successivi all'*assassinio* di Oreste», stava spiegando Akenon a Pitagora, «abbiamo interrogato tutti i membri della comunità, così come tutti i soldati assegnati alla sicurezza interna».

Milone distolse lo sguardo, stringendo i denti senza dire nulla.

«Nessun altro vi era implicato», proseguì l'egizio, «il che ci porta a pensare che sia stato l'oplite Crisippo a nascondere le monete sotto il letto di Oreste, probabilmente alcuni giorni prima dell'omicidio. Poi, in qualche modo, la sera in cui Pelias fu ingannato qualcuno deve averlo messo sull'avviso, dimodoché potesse scappare prima che cominciasse l'indagine».

Aristomaco teneva gli occhi fissi sulla tavola, sentendosi in colpa. Dei presenti alla riunione, lui e il generale erano gli unici che si trovassero a Crotone la sera in cui il grande maestro era stato ucciso.

«Per evitare nuovi inganni, corruzioni o tradimenti», continuò Akenon, «abbiamo deciso che i soldati che si occupano della protezione della comunità, che siano guardie del corpo o pattuglie notturne, risiedano qui e non abbiano contatti con l'esterno, per tutta la durata del loro incarico».

«Stiamo già mettendo in atto la disposizione», si affettò a garantire Milone, con la sua voce forte.

«Abbiamo preso anche misure di isolamento per i membri della comunità», continuò l'egizio, «che siano discepoli o inservienti. Nessuno può uscirne da solo. Nel caso sia necessario allontanarsi, si fa in gruppi composti almeno da tre persone».

«Temi che si ripeta quanto è accaduto a Oreste?» chiese Evandro.

«Sono piuttosto sicuro che il nostro nemico cambierà procedura, ma sembra che siamo in presenza di qualcuno capace di alterare in poco tempo la volontà di una persona. Stiamo parlando di capacità analoghe a quelle che raggiungete voi ai massimi gradi dell'ordine».

Tutti si guardarono tra loro, inquieti.

«Pertanto, bisogna evitare che l'assassino riesca a trovarsi da solo con un membro della comunità o con uno dei nostri soldati. Per quanto riguarda questi ultimi, ora sono autorizzati a entrare anche negli edifici comuni: hanno l'ordine di accompagnare i grandi maestri e te, Pitagora, fino alla porta della vostra camera. Che devono ispezionare prima che ci entriate. E devono accompagnarvi anche all'interno della scuola, nelle stalle e persino nei templi».

Ipocreonte emise un monosillabo di protesta.

Pitagora alzò una mano nella sua direzione e temperò le ultime indicazioni. «Presumo che Akenon non intenda che ci siano soldati nel mezzo dei nostri rituali o degli studi. Sarà sufficiente che gli opliti esaminino i templi prima del nostro ingresso e poi rimangano a una certa distanza, senza ascoltare le nostre conversazioni ma pronti a intervenire in caso di allarme». Guardò l'egizio, che si mostrò d'accordo con un cenno del capo, prima di riprendere la parola.

«Infine, nel caso si dovesse ripetere qualcosa di simile a ciò che è accaduto con Oreste, i reati commessi da un membro della comunità saranno giudicati esclusivamente da Pitagora. In caso di sua assenza, la persona sarà messa sotto custodia fino al suo ritorno». Akenon si rivolse a Milone. «Dato che il nostro nemico sembra essere un maestro della manipolazione, la regola deve essere applicata a qualsiasi reato civile o militare che implichi un castigo fisico, l'esilio o la pena capitale. Mi rendo conto che la regola non sarà gradita al Consiglio, motivo per cui si dovrà mantenere il segreto. Ma anche se il Consiglio ne venisse a conoscenza e si dichiarasse contrario, dovrà essere applicata lo stesso. Almeno finché Pitagora non avrà avuto modo di considerare il caso. Non si tratta di passare al di sopra della legge, bensì di evitare un tragico errore nel caso qualcuno fosse vittima di un nuovo inganno».

«Nessuno torcerà un capello a nessuno dei nostri fratelli», sentenziò Milone.

Akenon fece un cenno a Pitagora per indicare che aveva terminato e si appoggiò allo schienale della sedia. C'era un'altra questione alla quale continuava a pensare, ma non intendeva metterne a parte gli altri. Negli ultimi giorni aveva pensato spesso ad Arianna e credeva di avere capito perché si tenesse lontana da lui. Anche se le era piaciuto fare l'amore, in realtà non aveva superato il trauma della violenza subita anni prima. Le ferite emotive erano troppo profonde e lei era ancora troppo vulnerabile. Akenon desiderava il meglio per Arianna, anche se questo purtroppo sembrava imporgli di accettare che tra loro non ci fosse più niente.

Pitagora si rivolse alla figlia. «Cos'è successo durante il vostro viaggio a Sibari?»

L'egizio trattenne il respiro. Era prevedibile che il filosofo venisse a sapere che erano andati insieme a Sibari, ma non si aspettava che gli giungesse alle orecchie tanto presto. E subito gli tornò in mente la passione di Arianna sopra di lui mentre facevano l'amore e arrossì. Per fortuna il padre di lei non lo stava guardando.

« Le nuove indagini sull'incappucciato non hanno portato a nulla », rispose lei, chiudendo in fretta la questione. « Quanto a Glauco, non siamo riusciti a fargli cambiare idea sul premio. Non solo: nel suo palazzo abbiamo corso un autentico pericolo. È impazzito e del tutto ossessionato dalle sue ricerche sulla circonferenza, nelle quali è avanzato in modo sorprendente. Nel poco tempo che abbiamo passato con lui, ho constatato che le sue capacità matematiche sono almeno al mio livello ».

Pitagora corrugò la fronte. Sul piano matematico, Arianna era al livello di qualsiasi grande maestro. Glauco non aveva ricevuto l'addestramento sufficiente a raggiungere il grado di uditore. Qualsiasi risultato avesse ottenuto, doveva essere frutto di capacità innate e degli insegnamenti che aveva comprato con il suo oro. *Fino a che punto sarà riuscito ad arrivare?*

« Non ha neppure ascoltato la mia richiesta di ritirare il bando », continuò Arianna, in tono serio. « Ha cercato solo di farsi aiutare da me nei suoi studi. Poi, non avendo ottenuto ciò che pretendeva, si è infuriato a tal punto da volerci far uccidere. Ho dovuto fare ricorso a tutta la mia volontà per calmarlo il tempo sufficiente a fuggire di lì. Glauco non obbedisce più alla tua autorità, padre. È imprevedibile e pericoloso ».

A quelle parole, l'atmosfera si fece più opprimente. Pitagora rimase chiuso in se stesso per un po' prima di tornare a farsi sentire. « Glauco è il membro più influente del governo di Sibari, dove non si fa il servizio militare e non esiste un esercito regolare; tuttavia le enormi ricchezze degli aristocratici mantengono centinaia di mercenari. Inoltre lo stesso Glauco ha a propria disposizione una guardia personale di decine di elementi. Dovremo sorvegliarlo da lontano, ma per il momento nessuno andrà più a fargli visita. Più avanti invierò un'ambasciata per cercare di avere un incontro con lui in un luogo sicuro». Dopo un istante di riflessione, il filosofo si rivolse a Milone. «Rinforza la vigilanza su Sibari. Dobbiamo stare attenti a qualsiasi movimento delle sue truppe e a eventuali ulteriori acquisizioni di mercenari. Per ora il nostro esercito è di molto superiore, ma è meglio essere sicuri che le cose continuino così».

«Temi un attacco militare?» chiese Aristomaco, spaventato.

«Temo la pazzia», rispose Pitagora. Guardò i presenti. «Quanto all'assassino, ci ha rivelato di essere un matematico di grandi capacità. Direi che si tratta di un membro del nostro ordine di grado molto elevato o che dispone di un infiltrato di questo livello».

I candidati si scambiarono occhiate fra loro, a disagio.

«Potrebbe essere un maestro o un grande maestro di un'altra delle nostre comunità», aggiunse il filosofo.

Dopo un breve silenzio, Akenon prese la parola, interrompendo il ripasso mentale che i presenti stavano facendo dei maestri di loro conoscenza. «Dobbiamo tenere presente che il soldato traditore, Crisippo, avrebbe potuto approfittare di una passeggiata nei boschi per mettere fuori combattimento il suo compagno Baio e poi assassinare Oreste, senza alcun problema. Sarebbe risultato meno pericoloso per lui che nascondere le monete sotto il letto. Perché ha agito in questo modo?» Rispose lui stesso alla domanda retorica. «Ebbene, io credo che l'assassino glielo abbia ordinato per fare in modo che fosse la comunità stessa a uccidere Oreste. Così il danno interno è molto maggiore e getta discredito sulla confraternita agli occhi del Consiglio. L'assassino cerca di radicalizzare la contrarietà all'esterno, dato che gli altri non sono in grado di comprendere l'importanza del giuramento di segretezza».

Ci furono cenni di assenso.

Akenon attese qualche secondo prima di concludere il proprio intervento. « Infine, penso che l'assassino abbia organizzato il delitto in questo modo perché si sente più forte di noi. Non solo non gli importa che possiamo dedurre qualcosa di lui, ma vuole addirittura che lo facciamo ».

Tutti erano perplessi, tranne Pitagora, che parlò subito dopo. « Ho anch'io la sensazione che stia giocando con noi. Si sta divertendo. Ci fornisce piste che puntano verso di lui perché ci ritiene incapaci di scoprirlo. Per questo ha utilizzato il dodecaedro e il giuramento di segretezza quando ha deciso di far uccidere Oreste. Ci sta mandando un messaggio ». Si protese in avanti, con gli occhi dorati che rifulgevano. « Ci sta dicendo chi è ».

Capitolo 72

29 giugno 510 a.C.

La schiava Altea svegliò il suo padrone.

Era notte fonda e il potente uomo politico grugnì irritato. Questione di un attimo e ricordò che cosa doveva fare. Balzò dal letto e cinque minuti dopo si incontrò nelle stalle con due guardie di sua fiducia. Erano armate fino ai denti e avevano già approntato i cavalli. Prima di uscire, Cilone si coprì la testa con un cappuccio che nascondeva i suoi lineamenti.

Con il favore delle tenebre, percorsero al passo le strade di Crotone. Mancava un'ora all'alba. Quando furono in campo aperto passarono al trotto. Non c'era necessità di correre più di tanto, la loro destinazione era a soli dieci minuti.

Abbiamo lo stesso obiettivo.

Cilone ripensava a quell'unica frase del primo messaggio misterioso che aveva ricevuto. Non sapeva chi fosse il mittente, che lo aveva fatto pervenire affidandolo a uno dei suoi schiavi. Quando lo aveva interrogato, questi aveva saputo dirgli solo che qualcuno glielo aveva messo in mano al mercato e si era perso tra la folla prima che lo potesse vedere in faccia. L'aspetto più interessante del messaggio non era il testo – « Abbiamo lo stesso obiettivo » – ma il simbolo che lo accompagnava: un pentacolo capovolto.

Il messaggio era sigillato, sicché all'inizio Cilone aveva pensato di averlo aperto al contrario. Ma poi aveva constatato che la stella usata come simbolo dai pitagorici aveva la punta orientata verso il basso. Non poteva essere che quello l'*obiettivo* cui si riferiva il testo. La persona che lo aveva inviato desiderava, al pari di lui, la distruzione della confraternita.

In ogni caso, Cilone non gli aveva dato troppo peso. L'enigmatico mittente non indicava come mettersi in contatto con lui, né si poteva scartare che fosse uno scherzo o una trappola. D'altra parte, la sua guerra contro i pitagorici era ben avviata, come mai prima di allora. Non aveva bisogno di unire le sue forze con quelle di nessun altro.

Il giorno successivo aveva saputo che Pitagora era tornato da Napoli e che avrebbe assistito alla successiva riunione del Consiglio. Cilone non solo non se ne era sentito intimidito, ma aveva preparato un discorso molto aggressivo. Non intendeva permettere ai membri della setta di recuperare la loro posizione politica. Avrebbe attaccato il loro capo con tale forza che non si sarebbe potuto nemmeno alzare dal sedile.

Il discorso era stato vigoroso, tagliente e preciso, forse il migliore che lui avesse mai pronunciato davanti al Consiglio. E, per la prima volta alla presenza di Pitagora, era riuscito a farsi acclamare da molti consiglieri al termine della sua offensiva. Un'esperienza esaltante.

Ma era stato un terribile errore di calcolo.

Quando era cessato il battimani, Pitagora si era alzato, calmo e sicuro, e aveva dato il meglio di sé. Per prima cosa aveva calmato gli animi con la sua voce grave e vibrante, poi aveva esaminato punto per punto gli attacchi di Cilone, cambiandone la prospettiva in modo che i suoi pitagorici diventassero vittime, anziché responsabili. E infine aveva sottolineato – tanto che a Cilone era venuto quasi da vomitare – i benefici che il suo ordine portava a Crotone ormai da molti anni. La salva di applausi, comandata dai Trecento ma appoggiata dalla maggioranza degli altri settecento, era stata interminabile. Cilone aveva abbandonato l'aula prima ancora che avessero finito.

Da allora si erano tenute cinque sessioni del Consiglio dei Mille. Cilone vi aveva preso parte per vedere di prima mano cosa succedesse, ma senza fare interventi. Aveva la garanzia dell'appoggio di circa duecentocinquanta consiglieri, ma il resto dei settecento era una quadriglia di opportunisti e vigliacchi che si muoveva sempre in favore della corrente. Ora che Pitagora era presente a tutte le riunioni, ballavano tutti alla sua musica.

Il secondo messaggio era giunto il giorno prima.

Neanche stavolta era possibile identificarne il mittente. In questa occasione però c'erano tutti i dettagli per un incontro. E, di nuovo, il pentacolo era rovesciato.

Cilone rallentò il cavallo, lasciando che le guardie lo precedessero di qualche metro. Stavano arrivando al luogo dell'appuntamento, un piccolo tempio in cima a una collina a nord di Crotone. La sua costruzione era stata interrotta dopo la morte del commerciante che la finanziava. Rimasto a metà, era poco più che una casa di pietra con qualche colonna.

Le guardie smontarono da cavallo. La luce della luna garantiva una moderata visibilità. Cilone, dall'alto del suo cavallo, fece cenno ai due di entrare nel tempio.

Il messaggio diceva che si sarebbero visti dentro, da soli. *Ma bisogna essere stupidi per pensare che venga solo.*

Le guardie scomparvero dentro la costruzione. Cilone, sempre con il cappuccio in testa, rimase in tensione in groppa al cavallo. Aspettava che le guardie gli portassero, disarmato, il mittente dei messaggi.

Passò qualche minuto senza che i due dessero segni di vita. I rumori notturni del bosco innervosivano il consigliere che non era abituato a certe situazioni. I suoi occhi correvano da un albero all'altro, seguendo con ansia ogni più lieve scricchiolio. Girò la testa. Non vide cavalli né altri indizi della presenza di qualcuno.

D'un tratto udì una voce strana e inaspettata.

«Che gli dei siano con te, Cilone di Crotone».

Capitolo 73

29 giugno 510 a.C.

Anche se l'alba era ancora lontana, Pitagora si era già alzato. Non aveva mai avuto bisogno di dormire a lungo, ma ultimamente non riusciva a conciliarsi il sonno per più di due o tre ore.

Cercava di trarre vantaggio dal tempo che passava sveglio di notte. In questa occasione aveva deciso di fare di nuovo una visita alla tomba di Oreste. In piedi nel piccolo cimitero, rifletteva sulle circostanze della sua morte. Era scoraggiante vedere con quale facilità fossero stati manipolati decine di membri del suo ordine, compresi alcuni maestri di grande esperienza.

Chiusi gli occhi, sentendo un peso sul cuore.

Il castigo per aver tradito il voto di segretezza era stato applicato, prima di allora, solo in modo simbolico. Era vero che, in caso di sommo tradimento da parte di un grande maestro, date tutte le aggravanti, si poteva arrivare a considerare la pena capitale. *Ma dovrei essere io a dettare la sentenza.* E aveva sempre pensato che, qualora si fossero verificate tali circostanze, avrebbe trovato il modo di mitigare la pena, senza rendersi responsabile della morte di un essere umano. Purtroppo lui era in viaggio quando coloro che avevano *scoperto* il tradimento avevano deciso di applicar la pena per loro conto.

Il giuramento era imprescindibile. I segreti dell'ordine dovevano essere alla portata solo di menti rette e preparate. Quando aveva stabilito il voto di segretezza, la sua intenzione era stata quella di proteggere l'umanità dal rischio che tali segreti cadessero in mani sbagliate.

Proteggere mediante la dissuasione, non l'esecuzione.

Con un sospiro profondo, immaginò il linciaggio e la morte di Oreste. La mente dietro quel crimine aveva dimostrato una padronanza agghiacciante non solo dei segreti, ma anche del funzionamento della mente umana. Aveva fatto in modo che uomini di norma sereni e riflessivi si abbandonassero alle passioni più selvagge. Non solo era riuscito a far credere loro che Oreste fosse un traditore, ma anche che fosse l'assassino di Cleomenide e Daaruk. Il nemico sapeva che erano spaventati da quelle morti recenti e che, grazie ai suoi inganni, si sarebbe prodotta una catarsi delle emozioni, un'esplosione generale di sentimenti che avrebbe trasformato le coscienze individuali in un furioso animale collettivo. Come aveva previsto il criminale, la paura e l'odio si erano alleati per fondere quanto di primitivo c'era in tutti i presenti, annullando nel contempo la parte più evoluta delle loro anime.

Pitagora sapeva benissimo cos'era successo nella mente dei suoi discepoli. Aveva interrogato a uno a uno coloro che avevano preso parte all'assassinio e in tutti aveva visto la stessa cosa.

Gli era parso opportuno continuare a sostenere davanti al Consiglio la versione secondo cui Oreste era stato assassinato da una mano sconosciuta e che sulla sua morte non ci fossero piste, ma aveva preso le proprie misure nei confronti degli individui implicati. Euribate e Pelias erano stati degradati a semplici discepoli matematici, senza possibilità di salire di livello per dieci anni nel caso del primo e venti nel caso del secondo. Inoltre, li aveva inviati alla comunità di suo figlio Telauge, a Catania. In questo modo avrebbe protetto loro e la fratellanza stessa da un'eventuale indagine da parte del Consiglio dei Mille. Quanto agli altri discepoli implicati, molti erano stati degradati e tutti avevano perso la possibilità di ascendere a un livello superiore per dieci anni. Aveva inoltre dato loro ordine di dedicare più tempo al lavoro interiore. In un certo senso, avevano fatto ciò che credevano giusto: convinti che Oreste fosse un traditore, avevano applicato senza por tempo in mezzo e alla lettera la formula del giuramento di segretezza. Ma, in primo luogo, avrebbero dovuto aspettare che tornasse la guida della confraternita; e, in secondo luogo, non avevano agito in modo razionale, ma offuscati dall'emozione e abbrutiti dalla brutalità del branco che avevano formato.

I miei discepoli che si comportano da bestie.

Quel delitto era stato, senza dubbio alcuno, il più dannoso per la confraternita.

Il cielo si sarebbe presto schiarito, ma per ora era un manto nero punteggiato di stelle. Le torce dei soldati erano l'unica luce che permettesse di distinguere qualcosa tutt'intorno. Pitagora si allontanò dalla tomba di Oreste e si incamminò verso l'entrata della comunità, seguito da vari opliti. Sentì un cavallo avvicinarsi dall'interno e poco dopo vide che era quello di Akenon.

«Buongiorno, Pitagora», disse l'egizio, varcando il portico in groppa all'animale.

«Buongiorno, Akenon... anche se il sole non è ancora sorto,. Stai andando a Crotone?»

«Sì», rispose l'investigatore. «Voglio parlare con alcuni lavoratori del porto e questa è l'ora migliore. Poi farò visita ad Ateocle e altri commercianti di cavalli e bestie da soma. Chissà che, analizzando le vendite delle ultime settimane, non si trovi qualche pista».

«Mi sembra una buona idea. Fai attenzione».

Akenon partì al trotto e il filosofo rimase a guardarlo mentre la sua sagoma si dissolveva nelle tenebre. D'un tratto si rese conto che, dal suo ritorno da Napoli, non aveva più visto l'egizio e sua figlia muoversi insieme: Arianna se ne stava sempre chiusa a scuola, con un viso sempre serio e inespressivo dietro cui Pitagora avvertiva una sofferenza intensa.

La politica e gli altri impegni non gli avevano lasciato il tempo per occuparsi di lei. Rifletté per qualche istante. Sua figlia era sempre lieta di viaggiare. Forse sarebbe stato un bene mandarla per qualche tempo da suo fratello Telauge presso la comunità di Catania, sull'isola di Sicilia.

Rivolse un ultimo sguardo ad Akenon ed entrò nella comunità.

Capitolo 74

29 giugno 510 a.C.

Cilone si voltò, spaventato, cercando di far fare mezzo giro al suo cavallo. Sfoderò la spada con un movimento goffo e solo allora si ricordò di avvisare le guardie. « Qui! » gridò a gran voce.

Ciò che aveva davanti, tuttavia, non sembrava pericoloso. Un uomo solo, appiedato, immobile tra gli alberi. Indossava un mantello con un cappuccio che gli copriva il volto, come quello di Cilone, e non aveva armi nelle mani, appoggiate una sopra l'altra in una posa tranquilla. E non sembrava affatto turbato dalle due guardie che uscivano dal tempio brandendo le spade.

Cilone alzò una mano e i due uomini si fermarono all'altezza del suo cavallo. « Chi sei? » domandò, in tono autoritario.

Lo sconosciuto rimase imperturbabile.

Il consigliere attese, perplesso. Poi cominciò a irritarsi, vedendosi ignorato in quel modo. « Rispondi, se non vuoi che le mie guardie ti trafiggano! »

Gli parve che l'incappucciato alzasse un po' la testa, ma non poté esserne sicuro perché il chiarore che si levava all'orizzonte non era ancora sufficiente a dissolvere le ombre che avvolgevano lo sconosciuto.

« Speravo che potessimo avere una conversazione privata ». La voce dell'incappucciato sembrava trascinarsi sul terreno prima di giungere alle orecchie di Cilone. Era grave, penetrante e tenebrosa.

Il consigliere era incerto sul da farsi.

L'altro aprì le mani e mostrò che non aveva armi.

« D'accordo ». Cilone si voltò verso le guardie, senza tuttavia smettere di guardare il misterioso sconosciuto. « Tornate al tempio e restate all'erta ». Attese che i due fossero a una distanza tale da non poterli sentire, quindi, in tono meno aggressivo, ripeté: « Chi sei? »

L'incappucciato fece cenno di no con la testa. « L'importante è: come possiamo unire le nostre forze per porre fine a Pitagora e al suo ordine? »

Il consigliere non era abituato a non ricevere risposte dirette, ma decise di soprassedere. « E perché io, Cilone di Crotone, dovrei unire le mie forze a quelle di uno sconosciuto? » ribatté, mentre si chiedeva chi si potesse nascondere sotto quel cappuccio. Forse un membro del Consiglio dei Trecento che voleva vendersi?

« Perché tale sconosciuto è in grado di ottenere cose a cui tu non puoi arrivare e perché uniti possiamo fare più danni, e più in fretta ».

« Io controllo quasi la metà del Consiglio », replicò Cilone, ferito nel suo orgoglio, « tu cosa puoi apportare a questa lotta? »

La voce dello sconosciuto si fece ancora più grave, assumendo una durezza che fece indietreggiare il consigliere sul suo cavallo. « Controlli meno della metà dei "settecento emarginati", il che vale a dire poco o nulla. Senza il mio aiuto, continuerai a sprecare le tue energie. Cos'hai ottenuto sinora, Cilone? Niente. Che cosa ho ottenuto io? » Fece una pausa e continuò con il suo tono di crudele soddisfazione. « Che Pitagora perdesse la metà dei suoi uomini di fiducia: Cleomenide, Daaruk e Oreste ».

« Li hai uccisi tu? »

L'incappucciato non rispose.

« D'accordo », riprese Cilone. « Disponi di mezzi efficaci per procurare danni alla setta. Ma allora che bisogno hai di me? » domandò in tono secco.

L'incappucciato fece segno di no con la testa. « L'odio procura grande forza e tu ne hai molto. Il che va bene, ma non sprecarlo con me. Distingui fra i tuoi nemici e i tuoi amici. E fai in modo di avere sempre fuoco nel tuo cuore e ghiaccio nella mente».

Si direbbe un maestro pitagorico, pensò Cilone, sorpreso. Di fatto, l'incappucciato irradiava una calma e una forza che sinora aveva visto solo in Pitagora. *Anche se l'energia di quest'uomo ha qualcosa di sinistro.* «Come faccio a sapere che non mi stai tendendo una trappola? Chi mi dice che non lavori per la setta?»

«Lo senti», disse enigmatica quella voce rauca.

Era vero, così come percepiva la sua forza, Cilone *sentiva* che quell'uomo odiava Pitagora almeno quanto lui. «In che modo suggerisci che collaboriamo?» si decise a chiedere. Gli parve di sentire un grugnito di soddisfazione prima che l'incappucciato rispondesse.

«Anche se avremo bisogno del Consiglio, dobbiamo operare nell'ombra. Pitagora non deve notare alcun cambiamento. Mantieni la tua posizione contraria in assemblea, ma non tentare nulla di ambizioso che tradisca la forza che staremo guadagnando».

«E come faremo a guadagnare forza?»

«Organizzerai riunioni con i consiglieri che abbiano una posizione chiara. Io sarò presente e utilizzerò con loro le mie capacità di persuasione, come quella dell'oro. Quando ne avremo convertiti a sufficienza, gli altri busseranno alla nostra porta per non restare in minoranza».

«L'oro è un argomento convincente, ma ne servirebbe parecchio per comprare l'appoggio di uomini cui non manca di certo».

«E tu gliene offrirai parecchio. A ciascuno di loro».

Chi accidenti è quest'uomo?, si domandò Cilone, impressionato. «D'accordo. Ma mi piacerebbe vedere in faccia la persona in cui devo riporre tanta fiducia».

«Naturalmente», sussurrò la voce cavernosa.

Cilone osservò attento i movimenti dell'uomo misterioso,

che tirava indietro il cappuccio. Quando ebbe finito, il politico pensò che gli si fermasse il cuore.

Non ha la faccia!

D'istinto tirò le redini e il cavallo si girò. Riuscì con molta fatica a mantenere l'equilibrio, senza distogliere lo sguardo dalla spaventosa apparizione. Il corpo dello sconosciuto sembrava terminare all'altezza del collo. Al di sopra non si vedeva nulla, solo un'oscurità non meno profonda delle ombre che la circondavano.

L'uomo senza volto fece due passi avanti. « Soddisfatto? »

A quella distanza, Cilone poté vederlo meglio. « Porti... porti una maschera? »

« Sì », rispose l'altro, secco.

Cilone si tranquillizzò, ma non ebbe il coraggio di chiedere che si togliesse anche quella.

« C'è dell'altro », aggiunse lo sconosciuto. « Abbiamo due nemici assai molesti. Uno è Milone, il capo dell'esercito, al quale le truppe sono sgradevolmente leali. Ma sarebbe ancora prematuro attaccarlo in modo diretto. Non tentare nulla contro di lui, sarò io a occuparmene », disse, con un tono che non ammetteva repliche. « L'altro nemico è Akenon, l'investigatore egizio. Suppongo che tu sappia chi è ».

« Ma certo. È una vergogna per Crotone che Pitagora abbia consegnato le funzioni della polizia a quell'*egizio* ». Il consigliere pronunciò l'ultima parola con rabbia.

« Akenon è un fastidio e un pericolo potenziale per i nostri intenti. Per nostra fortuna, non conta su un appoggio come quello che ha Milone nel Consiglio ». L'incappucciato strinse un pugno e colpì l'aria con forza. « Ora ti spiego come ci occuperemo dell'egizio... oggi stesso ».

Capitolo 75

29 giugno 510 a.C.

A metà mattina, Akenon entrò nelle scuderie di Ateocle,

«Che piacere vederti, mio buon amico Akenon!» Sotto la barba mal curata il commerciante esibiva il sorriso riservato ai clienti migliori.

«Buongiorno, Ateocle. Mi rallegra che tu mi riceva con tante effusioni, ma non aspettarti che ti compri un cavallo ogni volta che ci vediamo».

«Ogni volta che ci vediamo no, solo ogni volta che ne avrai bisogno». Il commerciante rise, soddisfatto della propria risposta. «Ho visto i mozzi occuparsi del tuo cavallo. Spero che tu ne sia contento».

«Certo, certo. Credo quanto te, visto il prezzo a cui me l'hai venduto».

Ateocle scoppiò a ridere, dandogli una rude pacca su una spalla.

«Sono venuto qui», disse Akenon, quando finirono le manate, «per indagare sui delitti di Crotone».

Ateocle assentì, facendosi subito serio. Quella era una questione con cui non voleva avere a che fare.

«Suppongo che tu tenga un registro degli animali che vendi».

Ateocle assentì di nuovo, reticente. In realtà ne teneva due: uno per assicurarsi un buon controllo degli affari e uno che riportava guadagni assai inferiori, per giustificare i suoi modesti contributi al tesoro pubblico della città.

«Ciò che mi interessa», spiegò l'investigatore, «è sapere se un soldato di nome Crisippo ha comprato un animale qualche settimana fa. Dato che suppongo che non lo abbia fatto di persona o che abbia dato il suo nome, mi piacerebbe esaminare tutti i movimenti».

Ateocle si grattò il mento, pensoso. D'un tratto, un grido potente lo strappò alle sue riflessioni.

«Akenon!»

Si voltarono entrambi verso le porte della scuderia. Sei opliti fecero irruzione, armati di lance, scudo e spada alla cintola. L'espressione fosca e il modo di muoversi, disponendosi ad arco, rendevano ben chiare le loro intenzioni.

L'egizio verificò con una rapida occhiata che non c'erano altre vie d'uscita e d'istinto retrocedette verso la parete più vicina. In questo modo evitava che lo circondassero, ma sei uomini ben armati erano troppi perché potesse affrontarli da solo. Decise di non sguainare la spada. «Cosa volete?»

Gli opliti si avvicinarono senza rispondere e lo intrappolarono. Ateocle ne approfittò per svignarsela senza che nessuno glielo impedisse.

«Devi venire con noi».

Non mi sembra che sia il vostro unico proposito, pensò Akenon, cercando di non perdere di vista nessuno dei soldati.

«In nome di chi?» domandò con fermezza.

«In nome di Crotone!» rispose quello che sembrava comandare la pattuglia.

L'egizio valutò senza indugio le sue alternative. «D'accordo», concesse.

Dovevano essere opliti al soldo di Cilone. Il generale Milone lo aveva avvertito che ce n'erano diversi. La cosa migliore da fare era evitare un confronto e, una volta in strada, chiedere aiuto ad altri soldati o a qualcuno che conoscesse.

Camminò con loro verso l'uscita. Uno degli opliti gli si mise alle spalle, sguainò la spada senza far rumore e la alzò sopra la testa. Akenon se ne accorse un attimo prima dell'assalto, ma era già troppo tardi. Il soldato lo colpì sulla nuca con l'impugnatura.

L'egizio stramazzò a terra. Un altro soldato si affrettò ad avvolgergli la testa in un cappuccio perché nessuno lo potesse riconoscere. Poi lo misero di traverso in groppa a un cavallo e si misero in marcia, evitando le strade più affollate.

Quando stavano per arrivare a destinazione, Akenon riprese conoscenza. Sentiva un dolore terribile alla nuca e stava soffocando con quel cappuccio in testa. Cercò di sollevarlo per poter respirare, ma si accorse di avere le mani legate dietro la schiena. In quel momento il cavallo si fermò.

L'egizio riuscì a distinguere le parole di uno dei soldati. «Gettalo in fondo a una cella», ringhiò l'uomo con disprezzo. «Il capo si occuperà di lui».

Capitolo 76

29 giugno 510 a.C.

Arianna passeggiava lentamente per il giardino della comunità, girando intorno al laghetto. Il suo sguardo vagava per la superficie dell'acqua, dove appariva di tanto in tanto la sagoma di un pesciolino arancione.

Pitagora camminava preoccupato al suo fianco, ancora incerto su ciò che le avrebbe detto. Osservò la figlia con la coda dell'occhio. La durezza del viso della giovane era una reazione difensiva che aveva visto in lei diverse volte. *I ricordi dolorosi del passato sono tornati a tormentarla.*

Il filosofo immaginava che avesse avuto una relazione sentimentale con Akenon. Doveva essere stato quello a far rivivere il suo passato traumatico. *Ed è anche probabile che abbia fatto naufragare la loro relazione.*

Non occorreva che la figlia gliene parlasse per vedere tutto con chiarezza. Ma capire non significava sapere come aiutarla. L'unica certezza era che l'atmosfera luttuosa e il senso di minaccia che si respiravano nella comunità non le facevano bene.

Padre e figlia continuarono a passeggiare in silenzio, ciascuno perso nei propri pensieri.

D'accordo, si disse Pitagora, prendendo una decisione. *La cosa migliore sarà che vada per sei mesi da suo fratello a Catania.*

Prese la figlia per un braccio e cominciò a parlare.

Il grande maestro Aristomaco, sulla strada fra la comunità e Crotone, sobbalzò sentendo gridare il suo nome.

«Maestro Aristomaco! Maestro!»

Si voltò verso la voce e d'istinto indietreggiò verso le sue guardie del corpo. Uno dei suoi discepoli si stava avvicinando dal sentiero del nord, su un asino che spronava con forza.

«Tranquillo, Iparchide», disse il grande maestro, quando il giovane fu più vicino. «Perché castighi in quel modo il povero animale? Che notizie porti?» Di fronte ai discepoli faceva del suo meglio per mostrarsi sereno, anche se aveva problemi a controllare i nervi da quando erano cominciati gli omicidi.

«Il premio, maestro Aristomaco. Il premio di Glauco...» Iparchide balzò a terra e tacque un momento per riprendere fiato.

Aristomaco sentì che la mano destra cominciava a tremargli. La intrecciò nella sinistra. «Che succede con il premio? Parla».

«Maestro... il premio è stato consegnato».

Non è possibile. Il volto del grande maestro divenne una maschera di paura. Aprì le labbra e fece per dire qualcosa, ma riuscì solo a boccheggiare come un pesce fuor d'acqua.

«Ieri mattina ero a Sibari», continuò Iparchide. «Ho parlato con un confratello pitagorico che a sua volta conosce un segretario di Glauco. Il segretario gli ha detto che qualche giorno fa Glauco ha pagato l'oro del premio. Millecinquecento chili d'oro!»

Aristomaco si mise a balbettare. «Ma... si sa... si sa chi... come?»

Iparchide fece segno di no con la testa. «Non si sa chi sia stato. Il segretario ha detto che l'uomo che è venuto a ritirarlo era incappucciato». La voce e il volto del discepolo si incupirono. «E ha detto qualcos'altro».

Aristomaco deglutì e attese che Iparchide concludesse la frase.

«Pare che l'incappucciato abbia messo bene in chiaro una cosa. Ha trovato la soluzione utilizzando il teorema sacro della nostra guida».

Aristomaco fece un passo indietro, sconvolto. *Il teorema di Pitagora!*

Arianna rifletté accigliata sulla proposta del padre.

Andarmene a Catania...

Lo sguardo dorato di Pitagora la avvolgeva, ma questa volta lei non ne sentiva il calore come di consueto. Guardò altrove e si allontanò da lui.

Tra sei mesi, Akenon se ne sarà andato.

Era confusa. Lei stessa aveva pensato che poteva farle bene smettere di vedere l'egizio. Tuttavia le si stringeva lo stomaco sino a farle male ora che la possibilità prendeva corpo.

Alzò la testa allarmata. Qualcuno si stava avvicinando con passo rapido. *È Aristomaco. Cosa gli succede?*

Il maestro camminava verso di loro muovendo i piedi in fretta solo perché non gli era possibile mettersi a correre. Faceva sforzi improbi per mantenere il controllo, ma dalla faccia sembrava sul punto di avere un attacco di nervi.

Quando li raggiunse, parlò in modo precipitoso. «Maestro, Glauco ha consegnato il premio».

Pitagora rimase pietrificato. Dopo qualche secondo disse: «Si sa altro?»

«Sì». Aristomaco chinò il capo prima di continuare. Era chiaro che ciò che stava per aggiungere gli procurava tormento. «Pare che l'approssimazione al quoziente che cercava Glauco sia stata risolta... utilizzando il teorema cui hai dato il tuo nome».

Il volto del filosofo si contrasse come se lo avesse morso un serpente. *Dei, questo è un altro messaggio dell'assassino... e un'altra dimostrazione delle sue capacità illimitate.* Pitagora non aveva dubbi: colui che aveva risolto il problema era colui che aveva ucciso i suoi candidati. Chi altri poteva fare sfoggio di un'abilità così spaventosa e al tempo stesso disprezzare in modo così clamoroso le norme relative al segreto sulle loro conoscenze più elevate? *Ha fatto una scoperta incredibile e l'ha consegnata in cambio di oro a un pazzo pericoloso.*

Arianna cercò di leggere il volto corrucciato del padre. La notizia era un brutto colpo per tutti, ma soprattutto per Pitagora. Qualcuno era appena riuscito a ottenere ciò che lui aveva affermato essere impossibile. *Ed è particolarmente umiliante che lo abbia fatto utilizzando il suo teorema più famoso.*

Si era trattato di una prodezza sovrumana e nel contempo uno schiaffo al maestro dei maestri.

E per giunta, si disse, *le implicazioni sono terribili.* Significava che le capacità del loro nemico erano superiori a quelle di qualsiasi grande maestro... compreso lo stesso Pitagora. Inoltre, ora l'incappucciato, chiunque fosse, poteva contare su una quantità di oro praticamente infinita per finanziare i suoi propositi criminali. *Otto milioni di dracme*, pensò, ricordando i calcoli di Akenon.

D'un tratto si rese conto che non lo aveva visto in tutta la giornata.

«Padre, sai dov'è Akenon?»

Il filosofo si voltò verso di lei. Aveva ancora la mente persa tra le riflessioni su quanto aveva appena udito. «L'ho visto stamattina», rispose, distratto. «È andato a Crotone a indagare, prima dell'alba».

Arianna alzò lo sguardo al cielo e vide che mancavano solo due ore al tramonto. Si voltò verso Crotone, ansiosa.

Il suo intuito le suggeriva che qualcosa stesse andando molto male.

Capitolo 77

29 giugno 510 a.C.

Cilone gonfiò il petto, traboccante di gioia. La collaborazione con il misterioso uomo con la maschera stava dando già risultati magnifici poche ore dopo essere cominciata.

Si trovava nel salone principale del suo palazzo con venti consiglieri che stavano dalla sua parte. Era una riunione come tante altre che teneva tutte le settimane, con la differenza che stavolta c'erano due invitati che non erano mai entrati in casa sua.

Il primo di questi era l'uomo con la maschera in persona. Al principio, gli altri partecipanti si erano sorpresi della presenza dello strano individuo seduto a un'estremità del salone. Tuttavia, quando questi si era alzato e aveva preso la parola, aveva catturato l'attenzione di tutti i consiglieri. Dopo qualche minuto, le sue parole erano penetrate in profondità nelle loro menti e ora tutti lo trattavano con deferenza, come se anziché un uomo dal volto coperto di metallo nero fosse il temibile dio Ade. Cilone era ben lieto di aver un alleato così potente, anche se a sua volta provava una certa invidia.

La seconda novità fra i presenti era al tempo stesso l'elemento più importante della riunione. *Senza di lui, questa assemblea non avrebbe senso*, si disse il padrone di casa, osservandolo soddisfatto. Si trattava di Elicaone, uno dei segretari del Consiglio, del quale necessitavano firma e sigillo per convalidare gli atti e le sentenze. Il segretario non aveva mai aiutato Cilone. Stavolta si era presentato alla sua porta solo per rifiutare l'invito e dire, in tono molto dignitoso, che né il suo incarico né la sua onestà gli permettevano di assistere a riunioni di quel tipo. Dieci minuti di conversazione con l'uomo dalla maschera nera e la borsa d'oro che questi gli consegnò fecero sì che dignità e onestà fossero rimandate a un altro giorno.

Elicaone aveva redatto un documento su richiesta di Cilone e dell'uomo con la maschera e in quel momento stava imprimendovi il suo sigillo. Il padrone di casa gli si avvicinò e attese con impazienza che terminasse. Poi quasi gli strappò di mano la pergamena e ne scorse avido le righe. Era ovvio che ne conoscesse già il contenuto, ma gli procurava un'enorme soddisfazione vederlo scritto su un documento ufficiale.

Vi si decretava l'esilio per lo straniero Akenon e la confisca di tutte le sue proprietà. *Perfettamente legale*, si disse, mentre lo rileggeva.

Quel tipo di decisioni poteva essere preso da un minimo di venti consiglieri, senza che fosse necessario che appartenessero ai Trecento. Se Akenon fosse stato un cittadino, anziché un semplice forestiero, la decisione sul suo esilio sarebbe spettata alla maggioranza del Consiglio dei Trecento. E in caso di pena capitale, pur trattandosi di uno straniero, sarebbe occorsa la presenza di vari membri dei Trecento.

Ma noi, pur facendo parte dei «settecento emarginati», abbiamo il potere di dare almeno quest'ordine. Cilone sventolò il documento con espressione fiera.

Tutti i presenti avevano una coppa di vino a portata di mano. L'uomo con la maschera si chinò a prendere la sua e la levò alla volta di Cilone. «Alla distruzione di Pitagora». La voce rauca fece rabbrividire il segretario del Consiglio, che si affrettò a prendere la propria coppa per brindare con gli altri.

«Alla distruzione di Pitagora!» esclamarono tutti all'unisono.

Il segretario svuotò il contenuto in un sorso, ansioso di far tacere la coscienza. In ogni caso, non dubitava di aver fatto il gesto più appropriato. Il colloquio con l'uomo dalla maschera nera gli aveva chiarito qualcosa che da quel momento avrebbe dovuto tenere ben presente.

I pitagorici hanno i giorni contati.

Mezz'ora più tardi, Cilone salì alla sua alcova e richiese i servigi della schiava Altea, colei che chiamava Arianna. Non capitava di frequente che la utilizzasse prima di sera, ma quella era un'occasione da celebrare. Tra le varie cose, perché si avvicinava a grandi passi il giorno in cui a darsi da fare in mezzo alle sue gambe sarebbe stata la vera Arianna.

Akenon stava per essere imbarcato con destinazione Biblos, antica città fenicia che ora faceva parte dell'impero persiano. La sua piccola fortuna in argento, di cui Cilone era venuto a conoscenza per mezzo di Calo, forse in quello stesso momento stava passando dalle mani del curatore Eritrio a quelle del tesoro pubblico.

Naturalmente i pitagorici faranno ricorso alla sentenza di esilio e confisca. Il consigliere sorrise compiaciuto. *Ma scopriranno che ormai è troppo tardi.*

L'abilità della schiava fece sì che Cilone chiudesse gli occhi e gemesse di piacere.

Entro un'ora salperà la nave con a bordo Akenon – gemette di nuovo, avvicinandosi all'estasi – *e stanotte i miei soldati getteranno il suo cadavere in mare.*

« In piedi, egizio ».

Akenon cercò di rialzarsi, ma riuscì solo a mettersi a quattro zampe sull'umido pavimento di pietra. Aveva la nausea e sembrava che la testa gli stesse per scoppiare. Appoggiò una mano alla parete e con un nuovo sforzo riuscì piano piano a sollevarsi.

« Vieni fin qui. E non fare sciocchezze ».

Sulla porta lo aspettavano tre soldati con le spade sguainate. A lui avevano tolto la sua, così come il coltello.

Respirò a fondo, concedendosi il tempo di pensare. *La mia*

unica speranza continua a essere che intervenga Pitagora per salvarmi. Meglio presto che tardi. L'alternativa sarebbe stata cercare di affrontare i soldati, ma di sicuro sarebbe rimasto ferito, se non addirittura ucciso.

Camminò lento verso di loro.

« Girati ».

Akenon obbedì e si sentì unire le mani dietro la schiena. Gli stavano stringendo con forza i polsi con una corda.

« Forza, grand'uomo. Vai a fare un viaggio », scherzò uno degli opliti.

L'egizio rabbrividì. « Dove mi portate? » chiese, cercando di mantenere ferma la voce.

Quello con il vocione gli sputò in faccia. Poi ci pensò su e gli rispose. « La città ti manda in esilio, cane straniero. Ti spediscono in Persia ».

Lo sospinsero avanti a loro. Percorsero un breve corridoio, poi uscirono nel cortile interno di una specie di carcere. Il sole era già basso, ma la luce obbligò Akenon a chiudere gli occhi. Sentì una nuova ondata di dolore alla testa.

Alla porta esterna lo attendevano altri tre soldati con vari cavalli. *Sono gli stessi sei opliti delle scuderie di Ateocle.*

« Ti ricorda qualcosa? » chiese uno di loro, beffardo, mostrandogli un cappuccio macchiato di sangue. Doveva essere lo stesso che gli avevano messo in testa quel mattino. « Comportati bene, altrimenti ti dovremo dare qualche altra botta, prima di mettertelo ».

Akenon annuì in silenzio. Se avesse avuto un'occasione, ne avrebbe approfittato, ma non intendeva rischiare la vita nel tentativo di fuggire, se tutto quello che volevano era espellerlo da Crotone.

Gli misero uno straccio piegato sulla bocca e lo imbavagliarono per impedirgli di gridare mentre lo trasportavano. Poi gli rimisero il cappuccio e lo gettarono di traverso in groppa a un cavallo.

Quando si misero in movimento, le oscillazioni fecero afflui re il sangue alla testa dell'egizio. Il dolore riprese a tormentarlo. Ma lui cercò lo stesso di stare attento a ogni informazione che riceveva da ciò che lo circondava. Dopo un minuto dovette desistere. Era già un impegno cercare di respirare con uno straccio in bocca e un cappuccio di feltro che il sudore gli incollava alla faccia.

Il tragitto fu un supplizio, per quanto di breve durata. Quando si fermarono, scaricarono il prigioniero dal cavallo. Si sentivano i rumori tipici del porto. Lo afferrarono per entrambe le braccia lo costrinsero a camminare, senza togliergli il cappuccio.

Poco dopo, uno dei soldati che lo sorreggevano gli disse all'orecchio: « Adesso devi camminare su una passerella ».

Akenon mise un piede avanti, procedendo a tentoni. Lo spinsero perché camminasse più veloce, e lui si ritrovò su una superficie traballante. Arrivava da entrambi i lati il rumore del mare e sentì che il senso dell'equilibrio gli veniva meno. *Sto per cadere!* Il panico lo attanagliò e il viso gli si inondò di sudore sotto il cappuccio. Pensò che sarebbe caduto in acqua con le mani legate dietro la schiena, un cappuccio in testa e uno straccio in bocca. Sapeva nuotare, ma in quelle circostanze non gli sarebbe servito a niente.

Lo strattonarono per i vestiti per farlo andare avanti. In quel momento si accorse che aveva un soldato davanti e uno dietro. Procedette a piccoli passi nella direzione in cui lo indirizzavano, ben attento nel caso avesse messo un piede oltre il bordo della passerella. Quando sentì sotto i piedi la coperta di una nave, sospirò di sollievo.

Lo condussero nella stiva e lo fecero sedere. Due soldati rimasero a fargli la guardia e gli altri tornarono a terra. La nave stava per salpare verso la Persia, come gli avevano detto. Tuttavia entro un paio di giorni avrebbe fatto un'ultima tappa nella Magna Grecia, a Locri: i soldati di guardia avevano intenzione di sbarcare laggiù. Per allora non avrebbero più avuto un prigioniero cui fare la guardia.

Akenon controllò le corde che gli legavano i polsi. Erano così strette che non poteva separarli di un centimetro.

La Persia, pensò, con un misto di rassegnazione e impotenza. Se lo avessero slegato, un momento o l'altro, forse avrebbe potuto rendere inoffensivi i due soldati. Ma doveva tenere conto che l'equipaggio della nave lo avrebbe creduto un condannato fuggitivo. Se Pitagora non fosse riuscito a salvarlo prima della partenza della nave, la sua unica possibilità sarebbe stata liberarsi delle guardie e tentare di tornare a terra in uno scalo intermedio. *Se non ci riesco... dovrò cercare di tornare indietro dalla Persia.*

Pensò a Pitagora e ad Arianna e provò una rabbia improvvisa, ma si obbligò a restare lucido. Se la sarebbe cavata meglio se fosse riuscito a ragionare a freddo. Respirò a fondo, lentamente, sforzandosi di rilassare il proprio corpo. Doveva distrarsi dalla sensazione di soffocare, dimenticare i conati di vomito che gli procurava lo straccio che gli riempiva la bocca e che continuava a scivolargli verso la gola. L'unico modo di trattenerlo era continuare a spingerlo avanti con la base della lingua. Nello stesso tempo doveva controllare l'impellente necessità di deglutire la saliva, altrimenti lo straccio sarebbe sceso e non sarebbe stato più possibile farlo risalire.

In quel momento sentì che la nave stava mollando gli ormeggi.

Capitolo 78

29 giugno 510 a.C.

Quella mattina, alle scuderie di Ateocle uno dei mozzi di stalla si era preso cura del cavallo di Akenon. Ricordava bene quell'animale: era uno dei migliori che avessero venduto. Dopo essersene occupato, uscì in strada e vide alcuni soldati che portavano via un uomo inerte, con un cappuccio in testa. Si accovacciò, per osservare la scena di nascosto e riconobbe il prigioniero dai vestiti. *È Akenon.* Ma il ragazzo non voleva problemi con le autorità, per cui rientrò nelle scuderie senza fare domande.

Nel pomeriggio, incrociò suo cugino Anticlo, un giovane entusiasta che aveva fatto richiesta di ammissione presso la comunità pitagorica. Non sapeva se dirgli o meno dell'egizio, ma era molto legato al cugino e gli sarebbe dispiaciuto nascondergli un'informazione che, supponeva, gli interessasse alquanto. « Anticlo, so una cosa che per te potrebbe essere molto importante. Ma prima devi giurarmi su tutti gli dei che non rivelerai mai che te l'ho detta io ».

Il cugino lo guardò incuriosito e non esitò a giurare.

« Stamattina, poco dopo l'apertura, è venuto Akenon, sai, l'investigatore chiamato da Pitagora ».

Anticlo annuì. Sapeva benissimo chi era Akenon.

« Dopo un po', sono arrivati dei soldati. Non so cos'è successo, non l'ho visto, ma quando se ne sono andati lo stavano portando via caricato su un cavallo: era incosciente e con un cappuccio in testa. Poteva anche essere morto ».

Anticlo si portò le mani alla testa. « Per Zeus ed Eracle! » Rimase per un attimo a fissare il cugino, poi uscì di corsa senza nemmeno salutarlo.

Mezz'ora più tardi, i soldati che vigilavano l'entrata della comunità gli sbarrarono il passo. Dapprima sorrisero alla richiesta di quel ragazzetto nervoso di vedere Pitagora in persona, ma quando riuscirono a capire cosa stava dicendo non persero altro tempo e lo portarono da lui.

Di fronte al maestro Anticlo si prostrò, come in presenza di un dio. Vicino al filosofo si trovavano Arianna e Aristomaco, che aveva appena riferito del premio consegnato da Glauco.

« Alzati, ragazzo ». Pitagora prese Anticlo per una spalla. « Dimmi che notizie porti ».

Il giovane riferì concitato quanto gli aveva raccontato il cugino.

Arianna ebbe un tuffo al cuore quando seppe che Akenon era privo di sensi e poteva persino essere stato ucciso.

« Andiamo subito a Crotone », ordinò il filosofo ai militari. « Che mi accompagni metà degli opliti della comunità. E si mandi subito un messaggero che avvisi Milone di incontrarmi al tempio di Era, portando con sé tutti i soldati che riesce a raccogliere senza indugio ».

I militari se ne andarono di corsa e Pitagora si affrettò verso la stalla. *Per prima cosa occorre trovare tutti i possibili testimoni.* E sarebbe stato bene inviare pattuglie fuori città, una su ogni sentiero che uscisse da Crotone, e al porto. *Lo hanno catturato stamattina e hanno un grande vantaggio su di noi. Spero non ne abbiamo già troppo.*

Intorno a Pitagora, i soldati si stavano organizzando con rapidità. Il messaggero che doveva avvisare Milone era già partito al galoppo.

In groppa al cavallo, stringendosi al soldato, c'era anche Arianna.

*

Prima che Pitagora arrivasse al tempio di Era, Milone e Arianna avevano già raccolto altre informazioni. Sapevano che alcuni soldati avevano condotto al porto un prigioniero legato e incappucciato. Si precipitarono laggiù, scortati da una ventina di opliti.

Dopo avere interrogato alcuni lavoratori, finalmente ne trovarono uno che seppe dare indicazioni precise. «Sissignore». L'uomo era impressionato all'idea di essere interrogato da Milone in persona, un eroe per i crotonesi. «Un prigioniero incappucciato, scortato da vari soldati. Li ho visti mezz'ora fa. Sono saliti su una nave». Si voltò a guardare una banchina. «Oh, è già salpata». Schioccò la lingua, condividendo la delusione dei suoi interlocutori. «Era un mercantile piuttosto grande... Eccolo là, quello che è appena uscito dall'imboccatura».

Arianna si voltò verso la direzione indicata, sentendosi perdere d'animo. La nave era già a un miglio di distanza e stava entrando in mare aperto, con la vela rettangolare spiegata.

Milone osservò il mercantile che si allontanava, percorse il porto con lo sguardo e, senza preavviso, si mise a correre. Dopo essersi scambiati un'occhiata, Arianna e gli opliti lo seguirono.

Il generale, malgrado i suoi quarantaquattro anni, lasciò indietro soldati che ne avevano la metà. Continuava ad avere un fisico portentoso. Non a caso, aveva vinto sei volte i Giochi Olimpici nella disciplina della lotta. L'ultima volta era stato sei anni prima e non aveva più partecipato a competizioni, ma aveva ancora la forza di un toro.

Arrivò in fondo alla banchina cui erano ormeggiate le imbarcazioni più semplici e balzò su una di esse. Il primo dei soldati che lo seguivano lo raggiunse e fece per salire a bordo a sua volta, ma Milone lo trattenne. «No, andrò più veloce da solo».

La barca aveva solo due remi. Il generale cominciò a vogare con forza e si allontanò in fretta dall'imbarcadero. I soldati requisirono altre imbarcazioni e cercarono di seguire quella di Milone.

Questi remava come nessuno sarebbe riuscito a fare, ma la distanza dal mercantile non sembrava diminuire. La nave aveva il vento in favore ed era già così lontana da terra che chiunque si sarebbe scoraggiato. Milone strinse i denti e vogò con più forza. I muscoli gli si gonfiarono ancora di più. Per accelerare il ritmo si mise a contare a mente, aumentando un po' alla volta la velocità, come quando forzava una marcia militare.

Uno, due; uno, due; uno, due...

Sentiva nelle orecchie il sibilo del vento e il rumore della chiglia che solcava l'acqua. Era più vicino, o era solo un'illusione dettata dalle sue speranze? Avrebbe dovuto andare più veloce, ma cominciava ad avvertire i sintomi della stanchezza.

Il soldato Crisippo è stato un elemento chiave nell'assassinio di Oreste e ora altri opliti attaccano la confraternita. A questo pensiero, il suo orgoglio di comandante in capo lo spinse ad affrettare la vogata.

Uno, due; uno, due; uno, due...

Dopo un po', si voltò a guardare. *Mi sto avvicinando. Devo mantenere questo ritmo.*

Ormai era in mare aperto. La pala del remo urtò la cresta di un'onda, che lo spruzzò di acqua fresca e gli fece perdere un po' di velocità. Ma fu gradita lo stesso, perché Milone sentiva il corpo in fiamme per lo sforzo colossale.

Dal porto vide arrivare altre imbarcazioni. I soldati che lo seguivano avevano percorso metà della distanza, malgrado a bordo ci fossero vari uomini che facevano turni per remare.

Milone era quasi allo stremo delle forze. Chiuse gli occhi e rammentò gli insegnamenti del suo maestro. Il cuore e il respiro si fecero un po' più lenti e si sincronizzarono, aumentando l'efficienza del suo organismo. Continuò a remare con gli occhi chiusi, aumentando la concentrazione per compensare le energie che venivano meno, senza diminuire il ritmo.

D'un tratto lo sentì: qualcosa di grande che solcava il mare e il vento vicino a lui. Aprì gli occhi e vide la nave a meno di venti metri.

Fece un ultimo sforzo per raggiungerla e si mise a gridare.

Nella stiva, gli opliti che custodivano Akenon stavano dormicchiando, appoggiati alla parete ricurva di legno. Dovevano solo aspettare che facesse notte. Allora avrebbero sgozzato l'egizio e lo avrebbero gettato fuori bordo. Dovevano evitare di farsi vedere dai marinai, ma per il resto avevano le spalle coperte: il comandante aveva ricevuto qualche moneta d'oro perché non facesse storie. Se qualcuno avesse lanciato un allarme, loro avrebbero raccontato che il prigioniero li aveva assaliti e il comandante avrebbe sostenuto la loro versione.

Né loro né Akenon si accorsero che la nave si stava fermando, ma tutti e tre sobbalzarono quando si spalancarono le porte della stiva e si udì un vocione infuriato.

« Per Zeus, Eracle e Pitagora, che accidenti succede qui? »

I soldati si misero in piedi, terrorizzati. *Da dove è spuntato il generale?* Si misero in riga, mentre Milone si avvicinava loro con passo energico.

« Obbediamo agli ordini. Trasferiamo il pri... »

Un ceffone fece volare all'indietro l'oplite che aveva parlato. Subito dopo Milone assestò un manrovescio anche all'altro militare, che crollò a terra privo di sensi. Poi il generale si chinò sul prigioniero, gli sfilò il cappuccio e lo liberò dal bavaglio.

Akenon prese aria a grandi boccate.

Senza dire una parola, il colosso si inginocchiò alle sue spalle, sfoderò il coltello e tagliò le corde che gli serravano i polsi.

Arianna aspettava sul molo insieme al padre, giunto da poco. In lontananza, di ritorno dal panciuto mercantile, si scorgeva una barchetta. La giovane aguzzò la vista nella luce del crepuscolo fino a quando riuscì a distinguere a bordo la presenza di Akenon, vivo e vegeto. *Siano ringraziati gli dei*, pensò, chiudendo gli occhi.

In quel momento capì che non voleva andare a Catania.

La barca si avvicinava rapida. Il generale Milone aveva messo ai remi i due soldati e li obbligava a tenere un ritmo sfiancante.

Quando giunsero a terra, li spinse tra i suoi opliti. «Mettete queste scorie in una cella, dopo li interrogheremo». Il generale si allontanò con i suoi uomini e Akenon si avvicinò a Pitagora e Arianna. Lei provò l'impulso di abbracciarlo, ma si frenò. Fu il filosofo ad accoglierlo.

«Mi spiace molto per l'accaduto, Akenon. Grazie agli dei siamo arrivati in tempo». Gli appoggiò le mani sulle spalle e lo squadrò da capo a piedi, per vedere se fosse ferito. Malgrado la luce fioca, notò che aveva il collo sporco di sangue. «Fammi vedere».

Akenon mostrò la nuca a Pitagora.

«Hai un brutto taglio», disse il filosofo, aggrottando le sopracciglia. «Che si è già seccato. Dovremo pulirlo bene prima di ricucirtelo».

L'egizio si limitò ad annuire. Arianna si teneva indietro e lo guardava in un modo che lui non sapeva come interpretare.

Pitagora attese un istante, poi estrasse una pergamena. «Sappiamo già chi c'è dietro». Gli mostrò il documento. «Cilone è riuscito a far emettere una sentenza di esilio contro di te».

«Allora è vero», rispose Akenon, amareggiato. «Il mio esilio è una decisione ufficiale. Pensavo fosse un'invenzione dei soldati che mi hanno catturato».

«Bastano venti consiglieri per condannare all'esilio uno straniero», spiegò il filosofo. «A patto che ci siano la firma e il sigillo di un segretario del Consiglio dei Mille. Fino a ieri non avrei mai detto che un segretario avrebbe convalidato una sentenza del genere senza prima avvisarci. Ma ora sappiamo che Cilone è giunto a livelli preoccupanti. In ogni caso, non temere: domani faremo annullare la sentenza».

Akenon guardò il maestro, stupito. Aveva sentito un'angustia insolita nelle sue parole. Poi si voltò verso Arianna e si accorse che c'era qualcosa di più nell'aria. « È successo altro? »

Fu la giovane a rispondere. « Abbiamo appena saputo che Glauco ha consegnato il premio. Qualcuno ha raggiunto il risultato richiesto... e lo ha fatto utilizzando il teorema più importante di mio padre ».

Akenon era senza parole. Non disponeva di conoscenze sufficienti per valutare le proporzioni intellettuali di quella scoperta, ma lui stesso aveva sentito Pitagora affermare che ciò era impossibile. Oltretutto impiegando il suo stesso teorema...

« Pensate che l'uso del teorema sia un altro messaggio? Che si tratti del nostro nemico? »

« Non può essere che lui », rispose il filosofo. « Ha già dimostrato di possedere capacità straordinarie. Ora rivela che sono più che straordinarie: sono uniche ». Sospirò e con quel sospiro stanco riconosceva che il suo avversario gli era superiore. « Per far uccidere Oreste si è servito del segreto del dodecaedro, dimostrandoci che ha accesso ai nostri segreti meglio custoditi e che forse è uno dei nostri. Ora ha usato il mio teorema per farsi beffe di noi. E nel contempo ha ottenuto risorse materiali con le quali può comperare qualsiasi cosa ».

Akenon rimase pensoso per un istante. « Hai detto che il segretario che ha firmato la mia sentenza di esilio è passato solo ora dalla parte di Cilone? »

Il filosofo annuì.

Dunque, pensò l'egizio, *può esserci una relazione tra l'oro del premio e la mia condanna.* Si rivolse a Pitagora con espressione decisa. « Dimmi dove vive questo segretario ».

Capitolo 79

29 giugno 510 a.C.

Elicaone, segretario del Consiglio, camminava barcollante per le strade buie della città, balbettando di tanto in tanto qualche parola a mezza voce. Non era abituato a ubriacarsi e meno ancora a far tardi la sera, ma quel giorno aveva cominciato a bere dalla riunione del mattino nella lussuosa residenza di Cilone.

Non sono neppure passato da casa, si disse, sentendosi in colpa. Provava vergogna a presentarsi alla moglie dopo avere legittimato quell'ingiusta sentenza di esilio. Si stupiva ancora di essersi lasciato convincere, ma la voce di quello strano individuo con la maschera aveva qualcosa che confondeva le idee. Di certo era stata d'aiuto anche la borsa piena di monete. Elicaone sperava che la sua irascibile sposa se ne stesse buona per qualche giorno, grazie a quell'oro. Nel pomeriggio, il segretario era passato da un mercante di schiavi e aveva comprato una cuoca, che la moglie gli chiedeva in continuazione, ma che fino a quel momento non si erano potuti permettere. Aveva richiesto al mercante che gliela facesse consegnare la mattina dopo, in modo che cucinasse a sorpresa qualcosa di speciale per la consorte. Sperava che questo placasse le ire della moglie per essere tornato a casa così tardi e così sbronzo.

Alzò lo sguardo. Con uno sforzo riuscì a unire le due immagini che vedeva in una sola. Provò sollievo constatando che era solo a cinquanta metri da casa. *Meno male che sono quasi arrivato.* Scosse la testa, rimproverandosi per la sua imprudenza. Avrebbe fatto meglio a mettere al sicuro l'oro che gli era avanzato dall'acquisto della schiava. Lo teneva ancora nascosto sotto la tunica e la notte era paurosamente buia.

All'improvviso, qualcuno lo afferrò per la collottola. Si sentì trascinare in un vicolo. Aprì la bocca per gridare, ma una mano forte gli prese la testa e gliela sbatté contro un muro.

Akenon guardò il corpo che giaceva incosciente ai suoi piedi. Si inginocchiò e con dita agili perquisì la tunica del segretario. *Eccola qui!*, pensò trionfante. Estrasse una borsa che conteneva monete, la infilò in tasca e sparì silenzioso tra le ombre della notte.

Quando giunse alla comunità, stavano dormendo tutti. Mancava poco all'alba e l'egizio decise di aspettare seduto fuori dalla casa di Pitagora. Si sentiva troppo agitato per dormire.

Il filosofo apparve poco più tardi.

« Andiamo al Tempio delle Muse », suggerì Akenon. Gli serviva un luogo ben illuminato e al riparo dagli sguardi altrui.

Una volta nel tempio, l'egizio si avvicinò alla luce del fuoco sacro. Estrasse la borsa del segretario e ne prese tre monete d'oro.

« Sono di Sibari », disse con sicurezza il filosofo appena le ebbe sotto gli occhi. « Non c'è dubbio. Anche se non le avevo mai viste d'oro ».

Akenon le conosceva già. Seguendo l'usanza preponderante nella Magna Grecia, erano coniate sottili e con decorazioni sul bordo. Su quelle di Sibari era raffigurato un toro che si voltava indietro, in rilievo su una faccia e cavo sull'altra. Nemmeno lui le aveva mai viste d'oro. Nella Magna Grecia di solito le monete erano di elettro – una lega di oro e di argento – o argento puro.

« Eritrio saprà darti altre informazioni », aggiunse il filosofo. « È il maggior esperto di monete in tutta Crotone ».

Akenon non vedeva l'ora di tirare quel filo. Si congedò da Pitagora e cavalcò di nuovo verso la città. Giunse di fronte al palazzo del curatore prima che aprisse le porte. Quando apparve con le sue guardie, Eritrio dapprima si stupì di trovare ad aspettarlo l'egizio, poi cominciò a balbettare le sue scuse. «Mi spiace, Akenon. Avevano una sentenza con il sigillo. Non mi sono potuto opporre. Ho solo...»

«Non preoccuparti, Eritrio», lo interruppe l'investigatore. «Non sono venuto per questo. Pitagora mi ha assicurato che alla riunione del Consiglio di oggi la sentenza sarà annullata e che le quindicimila dracme torneranno nelle mie mani, dove voglio che rimangano. Andiamo dentro e ti dirò invece perché sono qui».

Una volta soli nell'ufficio del curatore, Akenon rovesciò le monete sul tavolo. «So che vengono da Sibari. Puoi dirmi altro?»

Eritrio ne prese una fra le dita e la esaminò da vicino con interesse. «Non ho mai visto una di queste». La rigirò in silenzio. «È il toro di Sibari, questo già lo saprai. E sono sicuro di riconoscere il conio che hanno usato. Tuttavia...» Prese le altre monete e le confrontò. «C'è qualcosa di strano. Per monete del genere sarebbe normale impiegare uno stampo nuovo. Qui invece ne hanno riutilizzato uno che già era servito per monete d'argento. D'altra parte, è rarissimo vedere una moneta d'oro di Sibari». Continuò a studiarla, inarcando le sopracciglia grigie. Quindi ne mostrò una ad Akenon. «Vedi queste lettere?»

L'egizio osservò la moneta. C'erano due gruppi di lettere sul rovescio, una sopra il toro e l'altro sotto. «Cosa significano?»

«Queste rappresentano il nome della città. Queste altre», sfiorò con la punta di un dito le lettere sotto il toro, «l'aristocratico che ha commissionato le monete. Si indica solo in caso di persone molto importanti e in occasioni particolari. In questo caso si tratta di Glauco».

Ancora lui! Akenon si sedette sul bordo del tavolo, con lo sguardo fisso sulle monete. *Le ha appena fatte coniare Glauco e con tanta fretta che non c'è stato il tempo di fabbricare un nuovo stampo. E poco dopo lo stesso oro appare in una borsa del segretario che ha firmato il mio esilio...* Si rimise in piedi di scatto e raccolse le monete. «Grazie, Eritrio. Mi sei stato di grande aiuto».

Tornò alla comunità, incitando il cavallo perché volasse lungo il sentiero. Si sentiva pieno di energia. Era stato umiliante brancolare nel buio per tutto quel tempo mentre l'assassino faceva tutto quello che voleva. Ma ora finalmente Akenon aveva l'impressione di fare progressi.

O l'assassino è Glauco, oppure è stato in diretto contatto con lui.

In un caso o nell'altro, il sibarita sarebbe stato la tappa successiva della sua indagine.

Teorema di Pitagora

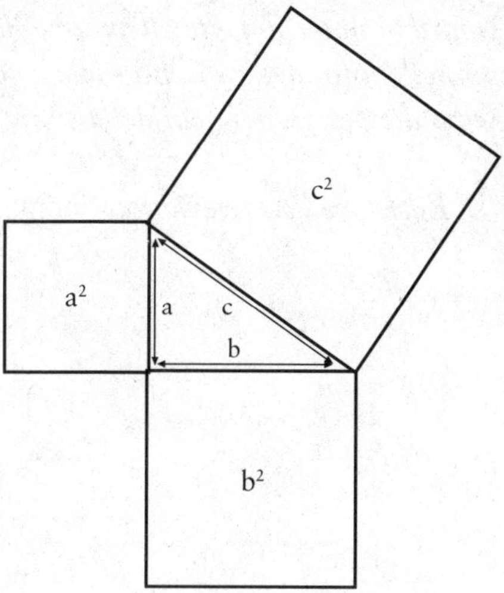

Il teorema di Pitagora stabilisce che, in un triangolo rettangolo, il quadrato dell'ipotenusa (il lato più lungo) è uguale alla somma dei quadrati dei cateti (i lati contigui all'angolo retto).

In base alla figura: $c^2 = a^2+b^2$.

Da almeno cinquemila anni, nell'Antico Egitto e in altre civiltà del Mondo Antico si conoscevano terne di valori che corrispondevano ai lati di un triangolo rettangolo. L'esempio più semplice è 3, 4, 5 ($5^2 = 3^2+4^2$*). Il triangolo rettangolo i cui lati hanno lunghezze con questi valori è conosciuto come triangolo sacro egizio. Si crede che sia stato usato per realizzare molteplici costruzioni, come la Piramide di Kefrén (XXVI secolo a.C.).*

All'epoca di Pitagora, molti popoli utilizzavano da millenni esempi pratici del triangolo rettangolo. Tuttavia non sappiamo di nessuno che, prima di Pitagora, abbia dimostrato sul piano teorico la relazione tra i suoi lati. Che consiste in $c^2 = a^2+b^2$ *ed è sempre valida, non solo in casi concreti come quello del triangolo sacro egizio.*

Il teorema di Pitagora è un'altra delle scoperte della scuola pitagorica che mostra, in modo sublime e inequivocabile, la relazione tra l'aritmetica e la geometria; vale a dire: il vincolo tra i numeri e lo spazio fisico.

Il teorema contribuì notevolmente all'enorme fiducia che i pitagorici avevano nelle loro idee e all'incoronazione definitiva di Pitagora come uno dei più grandi geni della storia.

Enciclopedia matematica, Socram Ofisis, 1926

Capitolo 80

1° luglio 510 a.C.

Due giorni più tardi, le pesanti porte del palazzo di Glauco si spalancarono. Il sibarita le attraversò, uscì sotto il sole e salutò i suoi visitatori con un sorriso cordiale.

«Akenon, Arianna, che gioia rivedervi!» Guardò il resto del gruppo e spalancò gli occhi come di fronte alla più piacevole delle sorprese. «Per la terra e la risplendente luce del sole, ma c'è anche il grande maestro Evandro! Che onore ricevere nella mia umile casa tanti ospiti illustri. Ma vi prego, non restate in strada. Entrate, entrate».

La spedizione era stata organizzata per chiarire il ruolo di Glauco negli omicidi, ma anche per sapere come fosse stato risolto il problema del cerchio utilizzando il teorema di Pitagora. Per quanto riguardava tale aspetto, il filosofo aveva deciso che Evandro accompagnasse Akenon a Sibari. Aristomaco era migliore come matematico, ma la sua fragilità di nervi lo rendeva inadatto a quel compito.

Akenon apprezzava la presenza di Evandro, il più aperto e gioviale dei grandi maestri. E si rallegrava che fosse venuta anche Arianna. Anche se lei continuava a trattarlo con qualche riserva, qualcosa era mutato da un paio di giorni a quella parte. Il pomeriggio precedente, quando stavano entrando a Sibari, Akenon l'aveva sorpresa a guardarlo, meditabonda, e lei aveva distolto subito lo sguardo, come se non volesse lasciargli indovinare i propri pensieri. Stava forse cercando di prendere una decisione? In ogni caso, Arianna era tornata ad avvicinarsi a lui e questo era di per sé incoraggiante.

Pitagora aveva consegnato loro vari documenti, nel caso che Glauco si fosse rifiutato di riceverli: erano destinati ad altri membri di spicco del governo di Sibari, iniziati pitagorici che avevano la possibilità di esercitare pressioni su Glauco. Erano rimasti da parte perché l'imprevedibile sibarita aveva mostrato la miglior disposizione d'animo fin dal primo messaggio che gli avevano inviato. Malgrado ciò e nonostante avesse come scorta dieci soldati scelti, Akenon era ancora indeciso.

Glauco fece un'espressione costernata. «Vedo dalla tua faccia che dubiti di me, Akenon. Lo capisco, alla vostra ultima visita il mio comportamento ha lasciato molto a desiderare. Ero fuori di me. Ma ormai è acqua passata, credetemi». Vedendo che l'egizio era ancora reticente a entrare nel palazzo, aggiunse: «E poi non devi più preoccuparti di Boreas».

Cosa intende dire?, si domandò Akenon, sorpreso. Poi si voltò alla sua destra e si consultò con lo sguardo con Evandro e Arianna. Lei si strinse nelle spalle e fece cenno con la testa di andare avanti. Erano d'accordo di entrare nel palazzo solo se fosse stato loro permesso di farsi accompagnare dalla scorta. La giovane conveniva che il radicale cambiamento nel modo di fare di Glauco era insensato. D'altra parte, non le era mai parso molto in sé ed era di certo migliore nella sua versione gentile che in quella violenta dell'ultima volta.

Evandro si mostrò a sua volta favorevole e il drappello – compresi i dieci soldati – entrò nel corridoio insieme al padrone di casa. L'enorme cerchio di legno era scomparso dal colonnato. Akenon si distanziò da Glauco e sussurrò al comandante dei suoi opliti che restassero nel cortile, vicino alla statua di Apollo, pronti a intervenire in loro aiuto qualora fosse stato lanciato un allarme. Li aveva già prevenuti nei confronti di Boreas, motivo per cui gli uomini si guardavano intorno inquieti e pronti a metter mano alle armi nel caso che quella montagna di muscoli si fosse scagliata contro di loro.

Akenon tornò da Arianna, Evandro e Glauco e questi li condusse in silenzio alla sala dei banchetti.

L'ambiente era cambiato di nuovo. Era stato ricostruito il muro che separava la sala dalla cucina e dalla dispensa, i pannelli d'argento erano stati impilati in un angolo, e tutte le torce alle pareti erano accese, mostrando che ogni superficie era tuttora coperta di iscrizioni relative agli studi sulla circonferenza.

Il padrone di casa si rivolse agli ospiti. «Questa è la mia nuova sala di studio». Sembrava ancora dissennato ma il suo volto mostrava ora un'allegria sincera e una sorta di calma interiore, come se avesse raggiunto tutti gli obiettivi della sua esistenza. I movimenti erano tranquilli, del tutto privi dell'aggressività di poche settimane prima. Indicò loro i tavoli al centro della sala, ricoperti di pergamene. «Ecco qui il mio tesoro». Sorrise, come se stesse presentando loro il proprio figlio. «Mi è costato buona parte del mio oro, ma ne è valsa la pena». Inspirò ed espirò lentamente. Poi aggiunse come tra sé: «Ne è valsa davvero la pena».

«È il metodo per calcolare l'approssimazione del quoziente?» chiese Arianna, avvicinandosi a un tavolo. Sperava di riuscire a decifrare a tutta velocità ciò che vedeva sulle pergamene, nel caso Glauco avesse deciso di nasconderle.

«Infatti», rispose solenne il sibarita. «Il quoziente tra circonferenza e diametro, con quattro decimali». Si illuminò in volto, prendendo coscienza all'improvviso che il grande maestro Evandro e la figlia di Pitagora erano in attesa delle sue spiegazioni. «Come dimostrazione di buona volontà, per cancellare tutti i malintesi che possano essere sorti, voglio dividere qualcosa con voi...» Fece cenno di no con la testa e aprì le mani in un gesto che indicava l'impossibilità di esprimersi a parole. «Insomma, qualcosa di cui finora siamo al corrente solo in due al mondo: il suo scopritore e io».

«Chi è lo scopritore?» non esitò a domandare Akenon.

«Ne parliamo dopo», intervenne Arianna. «Prima vediamo il metodo». Lanciò un'occhiata rapida all'egizio. Erano d'accordo che, se Glauco avesse collaborato, prima si sarebbero preoccupati che illustrasse loro la soluzione e solo dopo lo avrebbero interrogato in relazione all'indagine sui delitti. Se avessero cercato di seguire l'ordine inverso, avrebbero rischiato di non ottenere risposte né sull'uno né sull'altro argomento.

Akenon chiuse la bocca e guardò altrove, così dandole ragione. Quelli erano gli accordi, ma gli costava uno sforzo immane aspettare il momento di poter affrontare quel tema. L'assassino poteva essere Glauco e tutto quanto essere una farsa. E poi non era tranquillo: per quanto il sibarita avesse detto che non doveva preoccuparsi di Boreas, non poteva fare a meno guardare continuamente verso la porta.

Glauco accarezzò deliziato le pergamene, poi si rivolse agli ospiti. «Il metodo parte da un'idea semplice. Quanti più lati possiede un poligono regolare, più il suo perimetro si approssima a quello della circonferenza. È evidente che un ottagono assomiglia più a un cerchio che a un quadrato. E un poligono di mille lati a occhio nudo sarebbe impossibile da distinguere da un cerchio».

Akenon annuì e così fecero Arianna ed Evandro. Fin qui capiva cosa diceva Glauco, ma intuiva che presto non sarebbe riuscito a seguire la spiegazione.

«Per calcolare il quoziente, cominciamo da un quadrato inscritto in un cerchio. Il diametro di questo cerchio misura uno, per cui la lunghezza della circonferenza è il quoziente, che sappiamo essere poco più di tre.* Il perimetro del quadrato inscritto nel cerchio è uguale al numero dei suoi lati moltiplicato per la

* Ricordiamo che, all'epoca di Pitagora, la migliore approssimazione conosciuta del valore di Pi – ciò che veniva chiamato «il quoziente» – non andava oltre il primo decimale: 3,1.

lunghezza di ciascun lato. E possiamo vedere che ogni lato misura la metà della radice di due». Mentre parlava, Glauco indicava su una pergamena un cerchio con inscritti vari poligoni. In uno dei quadranti del cerchio erano tracciate molte linee, che dimostravano di essere la chiave per raggiungere la tanto desiderata approssimazione del rapporto tra circonferenza e diametro.

«Pertanto», proseguì, «la prima approssimazione che otteniamo del quoziente, partendo dal quadrato inscritto, è quattro volte la radice di due, vale a dire 2,82».

«Non sembra granché come approssimazione, dal momento che si sa essere 3,1», obiettò Akenon.

«No, no, certo», replicò Glauco, visibilmente divertito. «Ma adesso viene la magia del metodo. Partendo dal quadrato, cominciamo a raddoppiare il numero dei lati del poligono inscritto. Otteniamo un ottagono il cui perimetro sarà molto più vicino alla circonferenza, rispetto al quadrato. Poi raddoppiamo ancora il numero dei lati: l'approssimazione sarà sempre migliore. Continuiamo a raddoppiarlo: trentadue, sessantaquattro, centoventotto...»

«È chiaro», intervenne Arianna, «che a ogni raddoppio il perimetro del poligono sarà un'approssimazione più precisa al quoziente. Ogni volta conosciamo il numero dei lati. La chiave è sapere quanto misura ogni lato. Nel caso del quadrato è evidente che si tratta della radice di due. Ma come si fa a saperlo per poligoni successivi?»

Glauco si voltò verso di lei, con un'eccitazione improvvisa. Akenon notò che aveva le guance rosse e la fronte sudata.

«Esatto!» esclamò il sibarita, quasi gridando. «È qui che interviene il teorema di tuo padre, che rivela in modo spaventosamente semplice e preciso la lunghezza di ogni lato del poligono di partenza. Se sappiamo quanto misura il lato del quadrato – e abbiamo visto che lo sappiamo – con il teorema di tuo padre otteniamo il valore del lato dell'ottagono. Sulla base di questo, la lunghezza del lato del poligono che ne ha sedici. E così via».

Akenon notò che Arianna ed Evandro erano sempre più emozionati. Nelle loro vite dovevano capitare ben poche occasioni come quella: erano sul punto di accedere a una scoperta nella geometria che rappresentava un salto formidabile rispetto a quanto era conosciuto sino a quel momento.

«Io non ero al corrente della dimostrazione del teorema di Pitagora», continuò Glauco, «ma chi ha scoperto tutto questo la dominava alla perfezione. E mi ha insegnato a controllare il teorema per poter dominare il metodo di duplicazione dei lati di un poligono».

Akenon, come egizio versato in geometria, conosceva alcuni casi particolari in cui i lati di un triangolo rettangolo avevano valori esatti, ma non conosceva il teorema di Pitagora.

«Adesso potrete apprezzare la genialità del metodo». La mano di Glauco tremava sopra le pergamene, senza che lui se ne accorgesse. Irradiava un entusiasmo tale che sembrava di nuovo in preda alla follia. «Prestate attenzione, perché è qui la chiave di tutto. Il lato del poligono raddoppiato è l'ipotenusa di un triangolo il cui cateto lungo è la metà del lato del poligono di partenza e il cateto corto è la differenza tra il raggio e il cateto lungo di un altro triangolo, il cui cateto corto è la metà del lato del poligono di partenza e l'ipotenusa è il raggio».

Si fece un silenzio assoluto in quella che era stata la sala dei banchetti, come se quelle parole avessero sospeso lo scorrere del tempo.

Mi sono perso fin dall'inizio, pensò Akenon, con un pizzico di vergogna. Osservò i suoi compagni con la coda dell'occhio e li vide immobili come statue, con gli occhi fissi sulle pergamene. Poi si concentrò a sua volta sulle figure, per cercare di trarne qualche conclusione.

Anche Arianna le guardava cercando di ricreare le spiegazioni di Glauco. Si concentrò sul passaggio dal poligono di quattro lati a quello di otto, lo comprese e si immerse di nuovo nella figura, per verificare se il metodo funzionasse anche per il passaggio da quello di otto a quello di sedici. «Funziona», sussurrò attonita, di lì a poco.

Si voltò verso Evandro, che a sua volta aveva completato la verifica. Il grande maestro mostrava la stessa espressione di stupore. Se non fossero stati vicini a un possibile nemico, si sarebbero chiusi per giorni a navigare estasiati nel mondo geometrico che avevano appena scoperto.

Akenon continuò a osservare il diagramma con la fronte corrugata e alla fine si arrese. Forse avrebbe potuto capirlo analizzandolo con calma in un ambiente tranquillo e sicuro, di certo non in quello. La sua priorità era l'indagine sugli omicidi e tutto il resto rimaneva al margine. Nondimeno, rispettava l'importanza che la scoperta poteva avere per i pitagorici e intuiva che fosse di enorme grandezza per la geometria.

Glauco restava silenzioso, in attesa, dando ai presenti il tempo di assimilare il metodo. Quando vide che Arianna ed Evandro avevano capito, si dispiacque che non si lasciassero trasportare dall'estasi com'era capitato a lui.

Il grande maestro parlò in tono assente, senza alzare gli occhi dalla pergamena. «Fino a quanti lati è stata realizzata l'approssimazione?»

«Fino a duecentocinquantasei», ripose il sibarita, orgoglioso, come se fosse merito suo. «Lo scopritore ha realizzato sei volte il raddoppio a partire dal quadrato. Le operazioni sono farraginose, ma lui è dotato di una capacità sovrumana quanto al calcolo numerico. Inoltre utilizza il numero in modo curioso, diverso da quanto avevo visto sinora. Come potete vedere dalle pergamene, risulta ingegnoso e molto efficace».

Arianna si voltò verso di lui, quasi non osando chiederlo. «Qual è l'approssimazione ottenuta?»

«3,1415. Ma non abbiate tanta fretta, miei cari fratelli. Darò ordine che sia fatta una copia di tutte le pergamene, perché possiate portarle con voi a Crotone».

«Sei molto gentile, Glauco». Arianna sorrise, mostrando

gratitudine. Ma temeva che un nuovo cambiamento di umore del sibarita potesse fargli ritirare l'offerta. Per questo continuò a cercare di mandare a memoria ciò che vedeva sulle pergamene, al pari di Evandro.

Anche il grande maestro aveva domande da fare. « Come sai che l'approssimazione è corretta? »

« È il metodo a essere corretto, come potete verificare. Quanto ai calcoli, ho dedicato giorni a riesaminarli e a comprendere l'ingegnoso sistema di utilizzo dei numeri che li facilita. E poi... c'è un'altra cosa che non vi ho ancora raccontato ».

Il suo tono di voce indusse Arianna ed Evandro ad alzare gli occhi dalle pergamene.

« Lo scopritore del metodo si è accorto di qualcosa in più. Molto di più, in realtà ». Glauco fece una pausa, con gli occhi luminosi e febbricitanti. « Ogni volta che raddoppiamo il numero dei lati, il dato ottenuto per il quoziente si incrementa. L'incremento tende a essere quattro volte minore a ogni raddoppio. Di questo l'inventore del metodo non mi ha dimostrato la ragione – sto continuando i miei studi in proposito – ma se, a partire da questo punto, seguiamo questa regola in luogo del raddoppio dei lati del poligono, i calcoli diventano più semplici e il procedimento si fa molto più rapido. Lo scopritore ha applicato questa regola a partire dal poligono di duecentocinquantasei lati. In otto passaggi il risultato si stabilizza già su otto decimali: 3,14159265 ».*

Tanto Arianna quanto Evandro rimasero stupefatti. Quello superava tutto l'immaginabile. Quando furono in grado di reagire, si immersero con avidità nelle pergamene, cercando conferma di ciò che avevano appena udito.

* Il risultato – il metodo – menzionato da Glauco è corretto. Dovranno passare quasi due millenni, fino all'anno 1400 d.C., perché il matematico indiano Madhava superi questa approssimazione, ottenendo undici decimali.

Bene, adesso hanno avuto quello che volevano, stabilì Akenon, impaziente. Mise una mano in tasca e prese le monete d'oro che aveva sottratto al segretario del Consiglio, le stesse che Eritrio aveva detto essere state battute per il ricco sibarita. « Glauco, le riconosci? »

Il sibarita ne prese una e la osservò per qualche istante. « Ma certo. Sono quelle che ho usato per pagare tutto questo ». Indicò le pergamene.

« A chi? » tornò a chiedere Akenon.

« Non ti posso dire il nome, perché non lo conosco ». Glauco si adombrò, mentre snocciolava i ricordi. « Aveva il volto nascosto da una maschera di metallo nero e per tutto il tempo ha tenuto la testa coperta da un cappuccio. Stava un po' curvo, anche se in certi momenti si ergeva e sembrava alto come me. Aveva una voce grave, come non ne ho mai udite, una voce strana e rotta... Anche se, a pensarci bene, l'ho solo sentito sussurrare ».

« Forse perché nascondeva la sua vera voce? » domandò Akenon, lanciando di nascosto un'occhiata ad Arianna. Spettava a lei il compito di analizzare Glauco durante l'interrogatorio per scoprire se dicesse la verità.

« Forse, ma ne dubito. Non credo sia possibile dissimulare una voce come quella ». Il corpaccione del sibarita fu scosso da un tremito improvviso e il volto impallidì. « La verità è che tutto di lui era oscuro e sinistro. Non sono riuscito a vedergli gli occhi, ma quando mi guardava sentivo che mi leggeva dentro, come mi era capitato di sentirlo solo con Pitagora. E dentro di lui... » Si voltò verso Arianna, quasi si volesse scusare. « ... ho sentito una forza ancora superiore a quella di Pitagora ».

Akenon guardò la giovane, che assentì in modo impercettibile: Glauco non stava mentendo.

« Dunque », proseguì l'egizio, « non ci puoi dire niente del suo aspetto fisico? »

Glauco guardò nel vuoto e annuì lentamente. « A un certo punto, il cappuccio si è scostato e ho visto parte del collo e della testa. La pelle era rugosa e invecchiata. Potrebbe avere sessant'anni, forse settanta, anche se dalle mani e dal modo di muoversi non sembra così vecchio».

Di certo non può essere un invalido, pensò l'egizio. Era sicuro che l'uomo con la maschera di cui parlava Glauco fosse l'incappucciato che lo aveva messo fuori combattimento alla stalla della locanda, dopo aver ucciso Arma. *Anche in quel momento doveva avere la maschera nera, per questo non siamo riusciti a vedere niente sotto il cappuccio.*

«È venuto da solo al tuo palazzo?» chiese ancora.

Il volto di Glauco si illuminò, rallegrato dal poter dare un'informazione più precisa. «Lo accompagnava un unico servitore. Greco, alto, sui quarant'anni. Da come si comportava direi che fosse un militare».

Crisippo! Akenon strinse i denti. I pezzi continuavano a incastrarsi l'uno nell'altro. «Più o meno della mia altezza, magro, con un'aria intelligente?»

«Sì, sì. Era così. Lo conosci?»

«Ho i miei sospetti. Ma torniamo all'oro. È stato l'uomo con la maschera a chiederti di pagarglielo in monete?»

«Sì. È stata una richiesta sorprendente. Ha detto che lo voleva tutto in monete, come se pensasse di spenderlo in fretta, in tante piccole quantità. Gli ho detto che ci sarebbe voluto almeno un mese: dovevo chiedere il permesso alle autorità, elaborare uno stampo appropriato e poi tagliare tutto l'oro in pezzi di misura e peso adeguati. E, infine, il processo di battere moneta, da solo, avrebbe richiesto come minimo una settimana». Assunse un'espressione turbata, mentre continuava a ricordare. «Intanto che glielo spiegavo, lui non ha detto una parola e non ha mosso un muscolo. Quando ho finito, mi ha sussurrato piano, con la sua voce strana: "Tornerò a ritirarlo fra tre giorni"». Glauco scosse il capo. «Per le teste di Cerbero, avreste dovuto sentire come parlava! Era impossibile dirgli di no!»

Il sibarita sbuffò, come se ripensarci lo avesse messo a disagio. « La prima cosa che ho dovuto fare è stato prescindere da qualsiasi permesso o processo amministrativo. Ho pagato un po' qui e un po' là per aggirare i problemi legali, così abbiamo cominciato a battere moneta il giorno stesso. Non c'era il tempo di fare un nuovo stampo, così ne abbiamo usato uno di quelli usati per l'argento. Né gli operai né io abbiamo dormito per tre giorni. Alcuni tagliavano e pesavano l'oro, altri battevano ».

« Perché hai messo il tuo nome sulle monete? »

« Di norma è un onore che il nome figuri sulle monete. In questo caso, però, gliel'ho fatto aggiungere per ridurre gli eventuali problemi connessi al fatto che ho emesso moneta con lo stampo di Sibari senza l'autorizzazione delle autorità ».

Arianna aveva diviso la sua attenzione fra l'interrogatorio e le pergamene. Si allontanò dal tavolo, lasciando che fosse solo Evandro a studiarne il contenuto. Per lei era fondamentale continuare a seguire l'indagine.

« E sei riuscito a trasformare in monete tutto l'oro? » stava chiedendo Akenon.

« Praticamente. Mancava un centinaio di chili, ma l'uomo con la maschera è tornato il terzo giorno e ha detto che non poteva aspettare. Si è portato via i millecinquecento chili così com'erano in quel momento ».

« Come li hanno trasportati? » intervenne Arianna.

« Nel premio era incluso il trasporto dell'oro, ovunque lo desiderasse chi risolveva. Non immaginavo che cosa mi avrebbe chiesto, ma vi ho già detto che era molto difficile dirgli di no. Mi ha detto di portare l'oro fino al porto e che mettessi a sua disposizione una nave con equipaggio e mezzi sufficienti per una settimana in mare, poi di scaricare il premio e trasportarlo via terra per un giorno ». Si strinse nelle spalle. « Alla fine ho fatto tutto ciò che mi chiedeva. La nave è salpata subito. Io sono rimasto al porto, a guardarla mentre si dirigeva a est e spariva all'orizzonte. Ho pensato che la destinazione fosse Corinto o Atene ».

«Probabile che si sia trattato di una mossa per condurci fuori pista», disse Akenon. «L'equipaggio ha fatto ritorno? Mi piacerebbe parlarci».

«Non ancora, ma l'aspetto entro due o tre giorni. Vi avviso quando arrivano».

Arianna rimase in silenzio, pensosa. *Il nemico lascia sempre più tracce*. Grazie all'equipaggio, forse sarebbero riusciti ad avvicinarsi un po' di più all'uomo con la maschera. Guardò verso il tavolo, dove Evandro era ancora assorto nelle pergamene, poi scosse la testa. La mente del nemico sembrava capace di tutto. *E ora ha a disposizione una quantità di oro immensa. Brutta combinazione*, pensò preoccupata.

Glauco richiamò l'attenzione sua e dell'egizio. «C'è ancora una cosa che non vi ho raccontato». Fece una pausa.

Akenon intuì che ciò che stava per sentire non gli sarebbe piaciuto.

«L'uomo con la maschera, in cambio dell'oro del premio, mi ha spiegato il metodo del raddoppio dei poligoni e mi ha fornito l'approssimazione che avevo chiesto. Ma, come ho detto, mi ha insegnato una modalità di calcolo più rapida per approssimarsi al quoziente, la quale mi ha portato a otto decimali. Quest'ultimo non è stato un atto di generosità. Lo ha fatto in cambio di qualcosa di mia proprietà che lui era interessato a portarsi via».

Akenon trattenne il respiro, mentre Glauco finiva di parlare.

«L'uomo con la maschera adesso è il padrone di Boreas».

Capitolo 81

4 luglio 510 a.C.

L'incappucciato prese un pugno di monete da un grande vaso pieno d'oro, le mise in una borsa e uscì chinando il capo. Poi chiuse a chiave il piccolo deposito, che faceva parte di un magazzino sotterraneo molto più ampio. Si trovava all'interno del suo nuovo acquisto, una villa lontana dai sentieri più frequentati che aveva acquistato usando Crisippo come intermediario e pagandola con tutto l'oro di Daaruk che gli era rimasto, sicuro di incassare molto presto il premio di Glauco.

Sorrise compiaciuto. Ora disponeva di due rifugi e aveva suddiviso il premio a metà tra l'uno e l'altro. *E adesso ho anche due servitori.*

La prima volta che aveva attraversato il patio del palazzo di Glauco aveva avvertito una presenza intensa alle sue spalle che l'osservava. Si era voltato e non aveva visto niente. Boreas era dietro una finestrella, nascosto nell'ombra di qualche stanza al piano superiore.

L'incappucciato aveva continuato per la sua strada, fino a giungere alla grande sala in cui si trovava Glauco. Gli aveva spiegato il metodo per calcolare il quoziente raddoppiando i lati dei poligoni, poi gli aveva chiesto di mostrargli lo schiavo che teneva nascosto.

« Quale schiavo? » aveva chiesto il padrone di casa, in tensione.

« Quello che osserva nell'ombra », aveva risposto l'incappucciato, anche se non era riuscito a vederlo. « Quello che ha più forza di qualsiasi altro uomo». Glauco era parso a disagio e l'altro gli si era avvicinato per sussurrare: «Quello che si diverte a uccidere».

Un minuto dopo, Boreas era di fronte a loro, scortato da due guardie, che apparentemente avrebbe potuto schiacciare con una mano sola. Il suo padrone aveva evitato di guardarlo, come se la sua visione richiamasse ricordi spiacevoli. L'incappucciato invece aveva squadrato il gigante e scoperto che, sotto molti aspetti, erano anime gemelle. Aveva visto anche che sarebbe stato più felice se fosse passato ai suoi ordini. Allora aveva chiesto a Glauco di aggiungere Boreas al premio. Se lo avesse fatto, non solo gli avrebbe dato un'approssimazione a quattro decimali, ma sarebbe arrivato sino a otto. Glauco aveva esitato, più di quanto l'interlocutore si aspettasse, ma alla fine aveva detto di sì.

Ora Boreas era di sua proprietà. L'incappucciato si compiaceva della propria fortuna. Non era stato solo una scoperta inaspettata, ma anche, come aveva avuto modo di constatare molto presto, un'acquisizione tremendamente efficace.

Boreas stava passeggiando per il bosco vicino alla villa. Era una piacevole novità quella di non dover passare tutto il giorno rinchiuso. Dopo due mesi trascorsi a nascondersi da Glauco, ora provava un piacere particolare nel trovarsi all'aria aperta. Ma la maggiore fonte di soddisfazione era dover servire un nuovo signore.

Erano giunti alla villa da una settimana. Il primo compito era stato trasferire l'oro dalle mule al magazzino nel sotterraneo. In totale, erano sette uomini a occuparsene: quattro membri dell'equipaggio della nave di Glauco, l'incappucciato, Crisippo e lui.

Quando si trovarono tutti nel magazzino, l'incappucciato chiese a Crisippo di avvicinarsi. Il tracio non vi fece caso e continuò a trasportare i sacchi.

Poi il nuovo padrone si rivolse a lui. «Boreas», sussurrò, con la sua voce gutturale, «fammi vedere che cosa sai fare».

Il gigante lo guardò per avere conferma di ciò che gli chiedeva. Non poteva vedergli gli occhi, ma non ne aveva bisogno. Sentì subito che i suoi sensi si affinavano, mentre il cuore accelerava. Si avvicinò al comandante della nave e con un movimento rapido gli sottrasse la spada. Quando questi si voltò verso di lui, Boreas lo colpì con tutte le sue forze. Voleva fare impressione sul nuovo signore. La spada penetrò tra la spalla e il collo, attraversò il tronco in diagonale e uscì dal fianco opposto. Il corpo cadde a terra diviso in due, senza che il suo proprietario avesse avuto il tempo di dire una parola.

In quel momento esplose il panico.

I compagni del morto cercarono di mettersi in salvo, ma erano troppo lenti rispetto a Boreas, e troppo sconvolti dall'accaduto. Il gigante descrisse un arco vertiginoso con la spada del comandante e tagliò la testa al più vicino: quando questa si separò dal corpo, si levarono urla di terrore. Poi la spada trapassò il ventre di un altro. Boreas lo sollevò come fosse su uno spiedo e il disgraziato, incredulo e ammutolito dal terrore, si ferì alle mani nel tentativo di afferrarsi alla lama affilata. Il tracio ruotò l'impugnatura di un quarto di giro, la spinse verso l'alto e la estrasse all'altezza della clavicola. Poi si voltò tranquillo verso l'ultimo rimasto.

Il marinaio retrocedette, tremante, fino a trovarsi con la schiena alla parete. Non cercò nemmeno di sfoderare il coltello. Boreas si accinse a usare di nuovo la spada, ma ci ripensò. *Il signore mi ha detto di fargli vedere che cosa so fare.* Buttò a terra l'arma, afferrò l'uomo per il collo e lo sollevò in aria, usando solo il braccio sinistro. Poi si diresse verso l'incappucciato.

Al fianco del suo padrone c'era Crisippo, bianco di terrore. Forse temeva di essere il successivo. *Questo dipende dalla volontà del mio signore.*

Quando fu a due passi da loro, allungò il braccio, allontanando da sé il corpo dell'uomo, che scalciava frenetico. Quindi tirò indietro l'altro braccio, chiuse la mano e tirò un pugno bestiale. La testa dell'uomo scoppiò come un uovo gettato contro una parete. Ciò che restava del corpo scivolò mollemente dalla mano e cadde a terra.

Boreas era coperto di sangue e altri resti umani. In pochi istanti aveva sterminato i quattro membri dell'equipaggio. *Forse ho fatto troppo in fretta*, pensò, guardando la maschera nera.

Il nuovo padrone era concentrato su di lui. Lo schiavo sentì che, sotto gli inalterabili tratti di metallo, due occhi gli stavano leggendo dentro e le labbra si stavano aprendo in un ampio sorriso.

Il signore era soddisfatto.

Capitolo 82

4 luglio 510 a.C.

Teano si avvicinò alla casa in cui viveva con Pitagora. Aveva bisogno di prendere una pergamena per la lettura di quella sera alle sue discepole. Attraversò il cortile interno con il suo passo elegante ed entrò nella sua stanza facendosi luce con una lampada a olio. Non si era accorta che la porta della dispensa che dava sul cortile era socchiusa.

Dietro di lei, un paio di occhi stavano seguendo con ansia ogni suo movimento.

Un minuto dopo, uscì dalla camera, attraversò di nuovo il cortile e proseguì nella notte calda della comunità. La persona nella dispensa attese un momento prima di uscire dal nascondiglio. E i raggi della luna calante illuminarono il volto di Arianna.

Quasi in punta di piedi, la giovane entrò nella camera della madre, respirò a fondo e richiuse la porta. L'interno era illuminato solo dal chiarore che entrava dalla finestra. Ma era abbastanza per ciò che doveva fare.

Conosceva bene la stanza della madre. Consisteva in un letto con la struttura di legno, un baule finemente lavorato che era appartenuto alla sua famiglia, una sedia e un tavolo sempre ingombro di pergamene.

Arianna scorse rapidamente i documenti, con poche speranze di trovarvi ciò che cercava. Poi si mise a estrarre pergamene da sotto il letto. C'erano anche papiri arrotolati intorno a un asse di legno con pomoli alle estremità. Li portò alla finestra e li aprì per esaminarli. Li mise da parte, a uno a uno.

Lo devo trovare, pensò, tormentata. *Sono sicura che lo tiene qui.*

Passati in rassegna tutti i documenti, li rimise a posto sotto il letto. Appoggiò le mani sui fianchi e si mordicchiò il labbro inferiore, mentre si guardava intorno nella stanza.

Resta solo il baule.

Si chinò a sollevarne il coperchio e guardò dentro. Sembrava che ci fossero solo vestiti. Frugò con la mano, scostando i capi fino a toccare il fondo con le dita. Le parve di sfiorare la superficie di una pergamena. Tirò con cautela ed estrasse i documenti.

Tornò alla finestra. Il primo era un trattato sulla sezione aurea. Gli occhi di Arianna, nervosa perché si stava trattenendo più a lungo del previsto, volarono al secondo.

Eureka!

Quello era proprio il documento che sperava di trovare.

Il suo entusiasmo sfumò in un attimo. *Ora bisogna affrontare le conseguenze*, pensò, contraendo i muscoli della mandibola. Rimise nel baule il trattato sulla sezione aurea, lasciò tutto come le sembrava di averlo trovato e uscì silenziosa.

La pergamena che nascondeva sotto le vesti chiariva una questione trascendentale.

Capitolo 83

5 luglio 510 a.C.

«Ecco che ne esce un altro. Lo riconosci?» sussurrò Akenon.

Arianna si protese in avanti e socchiuse gli occhi, sforzando la vista. Si trovava al secondo piano della casa di Iperione, padre del defunto Cleomenide. Era il membro del Consiglio dei Trecento che abitava più vicino a Cilone, nel quartiere più lussuoso della città. Aveva accettato di buon grado la richiesta di permettere loro di sorvegliare da una finestra della sua residenza la casa del consigliere avversario.

«È Ipodamo», rispose Arianna, identificando l'uomo che usciva dalla casa del politico. «È sempre stato dalla parte di Cilone».

Akenon annuì. Continuarono la sorveglianza in silenzio.

Erano partiti da Sibari due giorni prima, dopo che Glauco aveva fornito loro una copia del metodo per calcolare l'approssimazione del quoziente. Quando Pitagora lo aveva analizzato, aveva assicurato che era impossibile che lo avesse scoperto Cilone. Nondimeno, l'investigatore aveva deciso di stringere il cerchio intorno al politico rivale. Forse non era lui il nemico incappucciato ma, grazie alle monete sottratte al segretario del Consiglio, sapevano che l'oro di Glauco veniva usato da Cilone per comprare nuovi alleati.

La porta del palazzo tornò ad aprirsi.

«Non li vedo in faccia», mormorò Arianna.

Ne emersero due figure incappucciate che, a capo chino e passo rapido, sparirono nel buio delle strade.

Può darsi che siano nuovi convertiti, pensò la figlia di Pitagora. I vecchi alleati dell'influente politico erano a volto scoperto, senza preoccuparsi che qualcuno li vedesse uscire dalla sua residenza. Ma i consiglieri che solo di recente erano entrati nella sua orbita preferivano nascondersi. Cilone continuava a essere in minoranza, un ribelle al potere costituito. Oltretutto, già correva la voce che i nuovi adepti gli garantissero la propria fedeltà riempiendosi d'oro le tasche. Le critiche a coloro che si univano al gruppo erano feroci, il che però non evitava che ultimamente il flusso di adesioni continuasse.

Arianna smise di pensarci quando si rammentò della pergamena che aveva recuperato la sera prima nella stanza della madre. Continuava a tornarle in mente.

Forse avrei dovuto parlarne ad Akenon.

Lo guardò, esitante, come aveva fatto più volte dopo aver letto il documento. Ma alla fine decise di mantenere il segreto.

Ma non potrò nasconderlo ancora a lungo, si disse, angosciata.

A soli quaranta metri da Akenon e Arianna, seduto nella sala principale della residenza di Cilone, l'incappucciato osservava l'uscita degli ultimi partecipanti alla riunione. Chiuse gli occhi e rifletté sull'incontro cui aveva appena assistito.

Abbiamo guadagnato altri due consiglieri, ma stiamo procedendo troppo piano.

Provava una certa frustrazione. Per quanto oro sprecasse, il ritmo dei politici che passavano dalla loro parte era sceso troppo. Non aveva problemi a convertire tutti coloro con cui parlava di persona, ma il compito di presentargli nuovi consiglieri toccava a Cilone, la cui capacità di attirare altri politici in casa sua si stava esaurendo. D'altra parte, era troppo presto perché apparisse lui in pubblico.

Era giunto il momento di seguire nuovi percorsi. Il lavoro con Cilone era imprescindibile e non lo avrebbe interrotto, ma a lui serviva di più, molto di più.

Aprì gli occhi e sorrise con determinazione. *Domani mi dedicherò a qualcosa di completamente diverso.*

Akenon osservava corrucciato il palazzo di Cilone. Stava in piedi a un passo dalla finestra, nascosto nell'ombra. Arianna era dietro di lui.

Dopo l'ultimo viaggio a Sibari aveva creduto che potesse di nuovo succedere qualcosa tra loro. Gli erano parsi evidenti i segni che lei fosse disposta a riaprirsi: uno sguardo prolungato più del necessario, un sorriso silenzioso, il suono caldo della sua voce...

Mi sono sbagliato, pensò, scuotendo lentamente la testa.

Il giorno prima, quando stava cercando il momento per intavolare una conversazione più personale, aveva notato che c'era stato un altro cambiamento. Arianna si mostrava fredda, con lo sguardo sfuggente, e si limitava al numero minimo di parole, evitando ogni suo tentativo di chiacchierare.

Suppongo che abbia capito le mie intenzioni.

Era stato troppo ottimista. Ogni volta che cercava di avvicinarsi, lei si ritraeva.

Scosse di nuovo il capo, mentre continuava la sorveglianza. Di lì a un minuto, dalla residenza spuntò un altro personaggio.

«Quello è Calo?» sussurrò, voltando leggermente la testa verso di lei.

La giovane sobbalzò e guardò verso la casa. Calo era appena uscito e si allontanava con due guardie del corpo.

«Sì, è lui».

La strada era di nuovo vuota. Dovevano essere usciti quasi tutti.

Arianna rimase un passo dietro l'egizio. Poteva osservarlo senza che lui se ne accorgesse. Poteva percorrere con lo sguardo il suo profilo forte e deciso, il naso dritto, la labbra scure e desiderabili che l'avevano baciata su tutto il corpo...

Strinse i denti e girò la testa.

Akenon deve immaginare che sono tornata ad allontanarmi da lui come reazione ai suoi tentativi di riavvicinarsi.

Ma non poteva sapere che il motivo per cui lei ora si mostrava taciturna era nella pergamena della madre, diventata la sua massima preoccupazione.

E stavolta non posso nemmeno parlarne con mio padre.

Indietreggiò di un passo nell'oscurità della stanza. Ora vedeva solo la schiena di Akenon, la sua sagoma imponente che si stagliava davanti alla finestra.

Non si era mai sentita così sola.

Capitolo 84

7 luglio 510 a.C.

Crisippo terminò il suo discorso e trattenne il fiato.

Un secondo più tardi, fu acclamato con una salva di applausi e grida entusiaste dall'uditorio.

Per Ares, che brutto momento!

Sospirò di sollievo e notò che i muscoli gli si distendevano. Odiava parlare in pubblico, ma questo faceva parte dei suoi nuovo doveri. D'altro canto, lo inorgogliva essere un elemento fondamentale nel grandioso piano del suo maestro.

Un piano che cambierà il mondo, si disse, estasiato.

Tutto era cominciato due settimane prima, quando aveva accompagnato il suo signore a Sibari per incassare il premio di Glauco. Oltre a presentarsi al palazzo del sibarita, avevano percorso in lungo e in largo la città: locande, mercati, piazze... Qualsiasi luogo in cui si radunasse il popolo. L'incappucciato osservava in silenzio tutti quanti e ogni tanto faceva un cenno a Crisippo.

«Quello», gli sussurrava all'orecchio.

Allora l'ex militare si avvicinava all'individuo indicato, gli diceva di essere un forestiero che aveva bisogno di una certa informazione e gli offriva da bere, se questi voleva dedicargli un momento. Molti si rifiutavano e a quel punto Crisippo aggiungeva una dracma all'offerta. Questo bastava perché i prescelti lo accompagnassero.

L'incappucciato era già in attesa, seduto in un angolo nella locanda più vicina. Da lì osservava la conversazione tra Crisippo e lo sconosciuto: chiacchiere di poco conto, in apparenza, ma c'erano alcune frasi chiave. Dalla reazione a queste dello sconosciuto dipendeva il fatto che l'incappucciato si avvicinasse o no al tavolo. Nel caso si unisse a loro, Crisippo allora taceva ed era l'altro ad avvolgere lo sconosciuto nell'abbraccio dei suoi sussurri. Dopo pochi minuti, l'uomo usciva dalla locanda con qualche moneta in tasca e una missione: il giorno dopo doveva tornare a incontrarli, portando con sé il maggior numero di persone che a suo avviso condividessero le idee di cui avevano parlato.

Quando erano salpati da Sibari, avevano parlato con oltre cento persone. Nel congedarsi da ogni gruppo, l'incappucciato annunciava che sarebbe tornato di lì a qualche giorno.

I suoi piani, tuttavia, erano diversi.

«Io devo concentrarmi su Crotone, perciò non sarò io a tornare a Sibari, ma tu, Crisippo», aveva detto, mentre lasciavano il porto.

«Io, signore?» L'altro era stato colto di sorpresa. «Ma... io non saprei cosa dire a quella gente. Non sarò capace di convincerli, non mi ascolteranno».

«Ti ascolteranno, Crisippo, ti ascolteranno», aveva mormorato la voce cavernosa. E aveva proseguito lentamente, scolpendo le sue parole nella testa dell'ex soldato, che nel volgere di un'ora già si sentiva più sicuro. Adesso sapeva che cos'avrebbe detto agli uomini che sarebbero venuti ad ascoltarlo e, soprattutto, sapeva come dirglielo. E sarebbero venuti a sentirlo perché erano già favorevoli all'idea generale. Si trattava di ravvivare una fiamma che già ardeva dentro di loro e di presentare l'incappucciato – attraverso Crisippo – come la guida di cui avevano bisogno.

Giunti al nuovo rifugio, dopo che Boreas aveva sterminato l'equipaggio della nave, l'incappucciato aveva consegnato all'ex militare una piccola borsa di monete d'oro. Doveva darne una a ciascuno dei capi di ogni gruppo, perché la dividesse con i suoi uomini.

Crisippo era tornato dunque a Sibari e aveva trascorso una settimana tenendo piccole riunioni. Aveva constatato che i partecipanti reagivano sempre come aveva previsto il mascherato. Tornato al rifugio, aveva ricevuto una nuova borsa d'oro e lo stesso incarico: tenere viva la fiamma delle sue idee.

Il culmine della seconda settimana era stata la riunione clandestina che si era appena conclusa. Crisippo era riuscito a raccogliere in un magazzino del porto oltre cento persone, il massimo fino a quel momento e la ragione per cui si era sentito tanto nervoso.

Guardò il suo pubblico che, dopo la sua arringa, si era diviso a discutere in piccoli gruppi. Sorrise soddisfatto.

Stiamo avanzando più velocemente di quanto si aspettasse il mio signore.

Il giorno seguente sarebbe tornato al rifugio. Era lieto di avere buone notizie e supponeva che avrebbe ricevuto un altro incarico del genere.

Non sapeva che i piani del suo signore avevano appena avuto una svolta radicale.

Capitolo 85

9 luglio 510 a.C.

L'incappucciato aveva ordinato a Boreas che non lo disturbasse per qualche ora.

Aveva di fonte a sé le pergamene che contenevano la sua più grande conquista: il metodo per ottenere l'approssimazione del quoziente. Il contenuto di quei documenti era così sublime che solo a immergervisi lui raggiungeva un'intensa estasi matematica. In quello stato, una miscela di pace e di massima concentrazione, vedeva ogni cosa con somma chiarezza e ne approfittava per affinare i suoi piani terreni fino all'ultima conseguenza.

Aveva pensato di dedicare quelle ore a elaborare la sua nuova strategia, ma aveva sentito subito la necessità di ritornare alla matematica pura. Lo aveva sfiorato una lieve, sfuggente e inaspettata intuizione, il presentimento che forse lì dentro si nascondesse qualcosa che andava oltre le sue possibilità: una realtà che oltrepassava l'orizzonte del conosciuto. Raddoppiò la concentrazione. Senza dubbio si trattava di qualcosa in relazione al metodo per calcolare il quoziente, ma non riusciva a identificarlo. La sua mente non arrivava a vederlo.

Tornò al punto di partenza per la terza volta e procedette molto piano, rivedendo in modo meticoloso i concetti collegati al cerchio... al teorema di Pitagora... ai numeri e ai complicati calcoli che aveva dovuto effettuare.

La chiave è qui, lo percepisco, ma dove esattamente?

Non bastava nemmeno il suo stato di concentrazione titanica, che superava le capacità di qualsiasi uomo. *Può darsi che non ci sia niente da scoprire... O forse devo cambiare la prospettiva, trovarne una del tutto diversa.*

Allontanò la mente dai cerchi e dalle figure geometriche, dai procedimenti e dai simboli. Cercò di smettere di pensare e limitarsi a intuire. Si sforzò di non elaborare idee concrete per lasciare che solo i concetti di base fluissero dentro di lui, lo impregnassero, si fondessero con il suo essere. Nelle matematiche stava la verità. Erano la Verità stessa. Sapeva che la natura si reggeva su leggi scritte in linguaggio matematico, la lingua degli dei. Ma a lui occorreva andare oltre quella manifestazione divina, doveva arrivare all'essenza da cui sorgeva tutto.

L'esaltazione intellettuale lo portò a superare i propri limiti e mettere in pericolo la propria vita: il suo battito cardiaco scese al di sotto delle quindici pulsazioni al minuto.

La respirazione divenne impercettibile.

Si stava avvicinando.

D'un tratto si sentì attraversare da un'irradiazione di forza, di logica pura e concetti abissali...

Si trovava di nuovo nel suo rifugio, davanti alle pergamene. Le osservò disorientato. Poco dopo un sorriso apparve sotto la maschera. Quei documenti potevano essere la porta per il maggiore dei suoi trionfi. Qualcosa di molto superiore alla scoperta del quoziente. In questa occasione non era arrivato a scoprire il mistero tremendo che nascondevano, ma lo aveva intravisto. Si appoggiò allo schienale di legno. D'ora in avanti avrebbe dedicato tutte le sue energie e capacità ad avanzare lungo quel sentiero, in cerca di ciò che aveva scorto e che lo aspettava dall'altra parte.

Se riesco a risolverlo, pensò meravigliato, *avrò in mano la distruzione totale di Pitagora.*

Malgrado Boreas fosse enorme, Crisippo non lo vide finché non fu a meno di venti metri.

Il gigante se ne stava seduto, nascosto tra la vegetazione che circondava la porta del magazzino sotterraneo dove era solito lavorare il padrone. Non si alzò quando vide arrivare Crisippo. Tuttavia, quando questi si diresse alla porta, emise un grugnito per avvisarlo.

«Devo parlargli», disse l'ex militare. «Mi sta aspettando».

Boreas fece un unico cenno negativo con la testa. Poi si limitò a rivolgergli uno sguardo freddo.

Crisippo guardò la porta, poi Boreas, quindi si allontanò, mettendosi ad aspettare con la schiena appoggiata a un albero. *Non sarò io a discutere con la bestia.*

Soffriva ancora di incubi in cui il gigante faceva a pezzi i membri dell'equipaggio. Lo spaventava soprattutto l'immagine dell'ultimo sventurato, cui aveva spaccato la testa con un pugno. *E sarebbe stato ben contento di fare lo stesso a me*, pensò, ricordando l'occhiata che gli aveva lanciato durante il massacro.

Anche adesso Boreas lo stava osservando. Crisippo dovette fare uno sforzo per guardare da un'altra parte e cercare di dimenticarsi di lui.

Trascorse così un'ora, senza che nessuno dei due si muovesse. Poi si udì un acuto suono metallico. Era il segnale che potevano entrare.

Boreas non si mosse. Crisippo gli passò davanti, guardandolo con la coda dell'occhio, aprì la porta e scese le scale.

L'incappucciato lo aspettava seduto, con un cumulo di pergamene aperte sul tavolo vicino. Aveva l'aria stanca. «Che novità mi porti, Crisippo?» sussurrò con la sua voce raschiante.

«Tutto è andato secondo i piani, maestro, persino meglio del previsto». Crisippo chinò il capo con venerazione, sentendosi felice di portare notizie soddisfacenti al suo signore. «All'ultima riunione c'erano oltre cento partecipanti e ciascuno di loro rappresentava almeno cinque uomini. In totale calcolo che siamo arrivati a più di mille».

L'incappucciato assentì, compiaciuto.

«Sono anche riuscito a identificare un loro capo che da tempo lavora nello stesso nostro campo. Si chiama Telis. Ha molto prestigio tra quella gente. Quando comincia a parlare tutti stanno zitti ad ascoltarlo».

Telis... pensò l'incappucciato. *A Crotone ho Cilone e a Sibari avrò Telis, anche se le sue funzioni saranno molto diverse.*

Dopo un breve silenzio, Crisippo riprese a parlare. «Devo tornare a Sibari, maestro? Vuoi che continui con le riunioni?»

«Tornerai a Sibari, ma prima mi occorre che tu porti un messaggio a Crotone. Cilone deve sapere che per alcuni giorni non mi riunirò con lui. Naturalmente, gli consegnerai una buona quantità d'oro, perché possa continuare il suo lavoro». Si protese in avanti per sottolineare quanto stava per dire. «E anche quando tornerai a Sibari porterai con te dell'oro, molto oro».

Un investimento che si moltiplicherà per mille in breve tempo, pensò, eccitato.

Tornò ad appoggiarsi allo schienale. «Stavolta la tua missione consisterà nel preparare una grande assemblea clandestina. Telis deve occupare un posto di riguardo e portare con sé tutti gli uomini più importanti che conosce. Dai a lui la metà dell'oro. L'altra metà utilizzala come ben sai, ma entro una settimana voglio rivolgermi di persona a tutti i capipopolo di Sibari».

Per lanciare l'attacco definitivo, aggiunse tra sé.

Capitolo 86

10 luglio 510 a.C.

Akenon era andato a Crotone pensando che quella sarebbe stata una mattina tranquilla.

Ora stava uscendo dalle scuderie di Ateocle. Gli aveva chiesto chiarimenti sulla destinazione di un paio di animali che figuravano nei suoi registri. Le risposte del commerciante non avevano portato a nulla e l'egizio pensava di tornare alla comunità.

Montò sul suo cavallo e si allontanò dall'odore di sterco delle scuderie. Poco dopo accostò un altro cavaliere e lo guardò. Aveva la sensazione che il viso fosse familiare, ma non riuscì a identificarlo. Alzò le spalle e proseguì al passo per le vie di Crotone. Per un po' l'altro cavaliere parve andare nella stessa direzione. Quando uscì dalla città, Akenon si diresse a ovest e vide l'altro andare verso nord.

In quel momento gli tornò in mente. *L'ho visto sulla porta della casa di Cilone. È una delle sue guardie.*

Tirò a sé le redini e lo seguì con lo sguardo, esitando. Poi si decise a obbedire all'istinto e gli si mise alle calcagna.

La guardia di Cilone seguiva il sentiero della costa. Era una strada su cui viaggiavano in parecchi nelle vicinanze di Crotone e l'egizio non aveva bisogno di tenersi a grande distanza per non essere scoperto. Ciò gli permise di vedere che a un certo punto il cavaliere abbandonava il sentiero per inoltrarsi nel bosco.

Akenon lasciò a sua volta la pista e continuò a seguirlo, favorito dalla fitta vegetazione. Era aumentata la sua sensazione di pericolo. Dopo alcuni minuti, gli sembrò di distinguere tra i rami che il cavaliere si fosse fermato. Smontò dal cavallo, lo legò a un albero e proseguì a piedi.

Sentì un rumore e si accovacciò. Erano voci maschili che parlavano tra loro. L'investigatore continuò ad avvicinarsi con tutta la cautela possibile.

Eccoli lì.

C'erano due uomini in una piccola radura, in piedi accanto ai loro cavalli. Uno era la guardia di Cilone che Akenon aveva seguito. L'altro era di spalle e non poté vederlo finché non girò la testa.

Crisippo!

Il cuore dell'egizio accelerò. Aveva di fronte il soldato traditore, colui che aveva nascosto le monete sotto il letto di Oreste.

Il servitore dell'uomo con la maschera, rammentò. Continuò a osservarli. Crisippo parlava e la guardia ascoltava e annuiva. Sembrava che stesse ricevendo istruzioni o un messaggio. Poco dopo, Crisippo si avvicinò al suo cavallo e prese una borsa che aveva l'aria di essere pesante. Disse qualcos'altro mentre la consegnava alla guardia di Cilone.

Per Osiride, scommetterei che contiene oro del premio.

Akenon si impose di ragionare a mente fredda. Poteva uscire allo scoperto e lottare contro i due uomini, ma c'era il rischio che la guardia riuscisse a trattenerlo, mentre Crisippo si dava alla fuga. Non era opportuno. La priorità era intrappolare l'ex soldato perché rivelasse dove si nascondeva l'uomo con la maschera.

Dopodiché ci andrò con mezzo esercito per mettere fuori combattimento Boreas.

La guardia nascose la borsa e montò a cavallo. Crisippo salì sul suo e i due si allontanarono al passo. Akenon sciolse le redini del suo animale e li seguì a distanza, tornando fino al sentiero sulla costa. Qui vide la guardia partire al trotto verso Crotone. L'ex soldato, invece, si diresse alla volta di Sibari.

L'investigatore lasciò perdere la guardia e andò verso Sibari.

Crisippo cavalcò per tutto il giorno, a dispetto del caldo umido e pesante. Sembrava che fosse proprio diretto a Sibari e volesse arrivarci in una sola giornata. La visibilità era ottima e Akenon non ebbe occasione di avvicinarglisi con la sicurezza di coglierlo di sorpresa. Se non altro non c'erano difficoltà a seguirlo in modo discreto, dato che lungo il sentiero c'erano altri viandanti, anch'essi diretti a Sibari.

Sul far della sera, invece, la situazione si complicò. Non c'erano altri viaggiatori per strada e si vedeva sempre meno. Akenon dovette avvicinarsi per non perdere di vista Crisippo. Ma più avanti si accorse che la distanza fra loro aumentava. Il trotto del cavallo dell'ex soldato era più vivace. L'egizio dovette aumentare il ritmo del suo animale.

Comincia ad assomigliare troppo a un inseguimento aperto.

All'improvviso, Crisippo partì al galoppo. Akenon reagì immediatamente spronando il suo cavallo. Se avesse perso di vista l'uomo che seguiva, questi avrebbe potuto abbandonare il sentiero senza essere visto e ritrovarlo sarebbe stato impossibile.

Non aveva più senso cercare di nascondersi. Lasciò che il suo cavallo, superiore all'altro, accorciasse le distanze. Sentì il proprio corpo prepararsi al combattimento. Un minuto dopo, quando la distanza tra loro si ridusse a una trentina di metri, Crisippo svoltò, infilandosi in mezzo agli alberi senza rallentare, con il rischio che il suo animale si spezzasse una zampa o lui stesso si rompesse la testa contro un ramo. Akenon lo seguì alla stessa velocità e in questo modo riuscì a vederlo saltare a terra e nascondersi tra alcuni arbusti, mentre il suo cavallo proseguiva al galoppo. L'investigatore tirò le redini e balzò a terra a sua volta. Crisippo, consapevole che il suo stratagemma non aveva funzionato, partì furioso all'attacco, brandendo la spada.

Akenon ebbe appena il tempo di sguainare la propria e parare il primo colpo. Lo scontro fra le due lame fece balenare scintille nel buio della notte. Crisippo lanciò un secondo attacco, poi un terzo, fulmineo e incessante. Era chiaro che era stato un buon soldato. Si accinse al quarto colpo sollevando l'arma a due mani per calarla sulla testa di Akenon. Questi, benché sbilanciato dagli assalti precedenti, era un esperto nel combattimento alla spada. Parò l'attacco con la base della sua arma, evitando di essere sopraffatto. E approfittò del momento in cui Crisippo ritraeva la lama per cercare di tirargli un calcio allo stomaco. L'avversario si scostò e venne solo sfiorato, ma il calcio consentì all'egizio di prendere l'iniziativa. Crisippo non riuscì a adottare una buona posizione di difesa prima che la spada curva di Akenon colpisse la sua con una forza tremenda, quasi strappandogliela di mano. L'ex soldato dovette retrocedere per guadagnare un secondo e afferrare più saldamente l'impugnatura.

Ora è mio, pensò Akenon.

Adesso era lui a condurre la lotta, più forte e più abile dell'avversario. Avrebbe potuto ucciderlo in qualsiasi momento, ma gli serviva vivo. Partì all'attacco, un colpo dopo l'altro, avanzando rapidamente. Crisippo non poteva indietreggiare alla stessa velocità, se non voleva perdere l'equilibrio, e non gli restò che lanciarsi in avanti alla disperata, scoprendo la guardia. Akenon deviò l'assalto con facilità e colpì l'avversario al volto con l'impugnatura della spada. Il traditore rimase in piedi, ma stordito come un ubriaco. All'egizio bastò colpirgli la spada per disarmarlo.

« È finita, Crisippo ».

L'altro lo guardò, ancora confuso. Poi lanciò un'occhiata alla spada, a terra, vicino ai suoi piedi.

« Toglitelo della testa », lo ammonì Akenon.

Il volto di Crisippo si trasformò in una maschera di odio. Si gettò in avanti urlando e con quell'attacco alla cieca colse di sorpresa Akenon, che non poteva rischiare di ucciderlo. Non prima che gli avesse rivelato dove si nascondeva l'incappucciato. I corpi dei due uomini si scontrarono e caddero sul terreno arido: l'ex soldato sopra l'investigatore e in mezzo la spada di quest'ultimo, intrappolata. Con il braccio libero Akenon cercava di parare i pugni, ma ne ricevette uno alla tempia e un altro vicino al naso. Lasciò l'impugnatura della spada, liberò anche l'altro braccio e si girò, riuscendo a colpire con un pugno la mandibola di Crisippo.

L'avversario rimase immobile, come morto. Akenon si liberò del suo peso e gli si sedette accanto, riprendendo fiato. Si accorse di essere stato colpito sotto un occhio. Si toccò lo zigomo e guardò le dita. Sentiva dolore e un gonfiore, ma non c'era sangue.

Si voltò verso Crisippo, che aveva gli occhi chiusi e un filo di sangue che colava dalla bocca semiaperta. Ci avrebbe messo un po' a riprendere i sensi.

Si rialzò, raccolse le spade e tornò al cavallo per prendere una corda. Fece una smorfia, pensando cupo: *Quanto bisognerà torturarlo perché tradisca l'incappucciato?*

Il dolore fece gemere Crisippo.

Sentiva che il suo corpo oscillava, ma non capiva che cosa stesse succedendo. Aprì appena le palpebre, confuso. Poi comprese la situazione e le richiuse.

Devo far credere all'egizio che sono ancora incosciente.

Era disteso in groppa a un cavallo, con le braccia e le gambe intorno all'animale. Gli faceva male la mandibola. Si percorse l'interno della bocca con la lingua e avvertì un taglio profondo all'interno della guancia e un paio di denti malfermi. Aprì appena l'occhio più vicino al cavallo. Era notte fonda e procedevano al passo, lui sul suo cavallo e Akenon sul proprio, alla sua sinistra, tenendo l'altro animale per le redini. Piegò leggermente un braccio per controllare quanto fossero salde le corde che lo legavano. Le sentì tendersi subito. Lo stesso quando provò con un gamba. *Non mi posso slegare*, si disse, contrariato. Avrebbe dovuto aspettare che fosse l'egizio a liberarlo e solo allora cercare di sorprenderlo.

« Buonasera, Crisippo », lo salutò Akenon, con finta cortesia.

Il prigioniero continuò a fingersi incosciente.

«Indovina chi ti interrogherà».

Dove stiamo andando?, si chiedeva l'ex soldato. Dalla sua posizione non poteva capirlo. Non sapeva nemmeno da quanto stessero cavalcando. Immaginò che fossero diretti a Crotone. Di sicuro alla comunità pitagorica.

«All'inizio pensavo di interrogarti io, nel bosco».

L'egizio continuava a parlargli e Crisippo si chiese perché. Solo per passare il tempo mentre viaggiavano di notte?

«Ma poi mi sono detto che non avresti collaborato e che c'è qualcuno più abile di me nell'ottenere informazioni. Chi credi che sia?»

Crisippo sentì il proprio respiro che accelerava, ma non per il timore. Per l'odio nei confronti dell'egizio e anche di se stesso, perché aveva messo in pericolo il suo maestro.

«Pensi che stiamo andando a Crotone?» gli chiese Akenon. «In effetti mi è passato per la testa, ma poi ho trovato due buone ragioni per non farlo. La prima è che laggiù potresti trovare molti alleati. Sei un criminale e un traditore, e purtroppo sappiamo che ce ne sono molti altri come te. Opliti che si vendono a Cilone o a chiunque li paghi». Proseguì in tono ironico. «Speravi forse che ti salvasse Cilone? Stamattina ho visto che incontravi una delle sue guardie».

Il prigioniero non rispose.

«La seconda ragione per non andarci è che siamo molto più vicini a Sibari».

Crisippo aprì gli occhi, allarmato.

«Vedo che questo ti fa reagire. Bene, perché così ti puoi risparmiare qualcosa di molto sgradevole. Forse preferisci parlare con me, prima che ti consegni a Glauco». Akenon lasciò che quel nome aleggiasse nell'aria. «Come puoi immaginare, lui avrà molto meno scrupoli, al momento di... *interrogarti*, di quanti ne avrebbero alla comunità».

La mente di Crisippo si mise a correre. Forse Glauco gli si

sarebbe mostrato favorevole, dal momento che lui serviva colui che gli aveva trasmesso le conoscenze che il ricco sibarita tanto desiderava. Ma era anche possibile che...

« Forse la notizia che Cilone ha ristabilito ottimi rapporti con Pitagora può aiutarti a decidere. Alla comunità arrivano suoi inviati quasi ogni giorno, con messaggi cortesi di concordia e rispetto ». Akenon fece una pausa perché il prigioniero assimilasse le sue parole. « Tre giorni fa, Glauco ha scritto che dava per persa la nave e l'equipaggio che trasportavano il premio. A bordo c'eravate anche l'uomo con la maschera, Boreas e tu. Glauco vorrà anche avere notizie in proposito. E credo che tu non abbia da dargliene di rassicuranti. Non so se ti ho detto che è molto infuriato per questo. Hai mai visto Glauco infuriato? »

Che tu sia maledetto, Akenon, pensò Crisippo. *Cerchi di spaventarmi con Glauco perché io ti riveli dov'è il mio signore.*

Non intendeva parlare, naturalmente. Ma non sapeva quanto avrebbe potuto resistere a una tortura.

Due ore dopo, Akenon e Crisippo erano sotto la cucina del palazzo di Glauco, nel deposito sotterraneo. Il sibarita parlava a Crisippo, mentre riscaldava una sbarra di ferro.

« Lo sai che proprio qui il tuo compagno Boreas ha torturato qualcuno che mi era molto caro? »

Il prigioniero strinse i denti e sentì una staffilata di dolore alla mandibola. Era legato a una sedia, con una guardia a ogni lato.

« Sono passate più di due settimane da quando siete partiti da Sibari », disse Glauco, con apparente noncuranza. « Oltre al premio, vi siete portati via una buona nave e un ottimo equipaggio ». Si voltò, con un sorriso strano. « Suppongo, Crisippo, che il tuo signore abbia ordinato a Boreas di ammazzarli tutti. È così che è andata? »

« Io non ci ho avuto niente a che fare », rispose il prigioniero, con un filo di voce.

« Certo, è chiaro ». Il tono di Glauco era molto gentile, come se davvero tenesse a fargli sapere che non sospettava di lui. «Non credo che tu ci abbia avuto qualcosa a che fare». Saggiò i ferri. Dovevano scaldarsi ancora un po'. «Purtroppo ci troviamo in questa situazione tanto spiacevole perché tu ci puoi rivelare dove si trova il tuo signore, l'uomo che si nasconde dietro una maschera nera. Però non ce lo vuoi dire».

Crisippo negò, a capo chino. Doveva fare uno sforzo per non mettersi a piangere dalla paura. Ma non poté evitare che mani e piedi cominciassero a tremare.

Glauco lo stava fissando e i suoi occhi si fecero gelidi, come il tono in cui mormorò: «Parlerai, Crisippo, parlerai».

Poi si voltò verso Akenon, che osservava in silenzio la scena dalle scale all'ingresso del magazzino. Il sibarita tornò al suo tono gentile. «Noi non vogliamo farti questo, Crisippo. Sei tu che ci obblighi, con il tuo silenzio. A me ripugna tutto ciò».

Continuò a guardare l'egizio, in attesa, finché questi non fece un cenno di assenso, con un'espressione di disgusto. Il sibarita non aspettava altro che la sua autorizzazione morale a torturare il prigioniero. Gli chiedeva di confermargli che era sempre un buon pitagorico e che solo a causa di circostanze estreme, e per il bene della comunità, si sacrificava a compiere qualcosa che la sua natura rifiutava.

Si voltò e fece un cenno allo schiavo che si occupava di ravvivare le braci, smuovendole e soffiando attraverso un tubo. Questi raddoppiò gli sforzi, mentre il sibarita riprendeva a parlare.

«Suppongo che il tuo signore abbia ucciso il mio equipaggio perché non ci dicesse dove si nasconde. Ed è comprensibile che lo abbia fatto, dal momento che è l'assassino di tre grandi maestri pitagorici. Sì, è normale che faccia tutto il possibile perché noi non lo troviamo. Per nostra fortuna, ci sei capitato tu».

Glauco sfilò un altro ferro. La punta era incandescente. Rabbrividì al pensiero che un metallo al calor rosso come quello avesse rovinato il viso del suo amato Yaco. Si girò con il ferro in mano e i suoi occhi incrociarono quelli di Akenon.

Lui mi ha convinto che Yaco mi tradiva.

Esitò per un momento, con il ferro incandescente puntato in direzione dell'investigatore. Poi scosse la testa e avanzò verso il prigioniero terrorizzato. Il sorriso gentile del sibarita si era trasformato in un'espressione selvaggia.

Capitolo 87

10 luglio 510 a.C.

Arianna era a letto da ore ma non si decideva a spegnere la lampada a olio. Sapeva che non sarebbe riuscita a dormire. Appena finita la cena era corsa via, saltando la lettura e andando a chiudersi nella sua stanza. Nonostante tutti i suoi tentativi di rilassarsi, continuava a sentirsi un fascio di nervi.

Era preoccupata per Akenon. Sapeva che quella mattina era andato a Crotone per parlare con Ateocle. In seguito lo aveva cercato per sapere se avesse scoperto qualcosa di utile. Non lo aveva trovato, ma non si era sforzata molto. Supponeva che avesse passato tutto il giorno a Crotone e poi fosse rientrato senza che lei se ne fosse accorta. Era quasi meglio stare un giorno senza vederlo.

Ma ciò che l'angosciava in permanenza era altro.

Si sedette sul letto e sospirò. Poi, con lo sguardo perso nell'aria calda della stanza, scosse lentamente la testa. *Non può essere*, pensò, stordita, *non può essere.*

Eppure la prova era lì, proprio sotto di lei. Si alzò e sfilò la pergamena da sotto il letto. Era il documento che aveva trovato sul fondo del baule di sua madre. Lo aveva esaminato cento volte, ma tornò a dispiegarlo con la stessa angoscia delle volte precedenti.

Pensò alla madre con sentimenti contrastanti. Se con lei avesse avuto un rapporto migliore, le sarebbe risultato più facile affrontare la situazione. Ma non era così. Perciò provava un'enorme solitudine mentre ripassava il contenuto della pergamena.

Non c'era dubbio che sua madre fosse un'esperta di quell'argomento. Tutto era descritto con una precisione meticolosa che non lasciava spazio a ulteriori interpretazioni: dieci giorni di ritardo, maggiore sensibilità, nausee...

Sono incinta!

Capitolo 88

10 luglio 510 a.C.

Akenon rimase seduto mentre Glauco camminava verso Crisippo, con il ferro incandescente puntato in avanti come una spada. Ricordò la prima tortura cui aveva assistito, quella del capo dei cospiratori alla corte del faraone Amosi II. Provò una stretta allo stomaco, ma si impose di non distogliere gli occhi.

Glauco aveva recuperato gran parte del suo peso di prima. La sua voluminosa figura copriva quella del prigioniero, come un pesce grosso che si accinge a divorarne uno piccolo. Rallentava il passo quanto più si avvicinava alla sua preda. Stava godendo del terrore della vittima e al tempo stesso decideva dove applicare il ferro.

Akenon trattenne il respiro, aspettando con il corpo in tensione il primo contatto. Finora Crisippo non aveva dimostrato una grande fermezza d'animo e c'era da sperare che si arrendesse presto.

Anche se non so se riuscirò a fermare Glauco, una volta che Crisippo abbia confessato. Il sibarita manteneva un tono forzato di cortesia fin da quando erano arrivati, ma nel suo sguardo brillava la stessa scintilla di follia della notte in cui aveva ordinato a Boreas di torturare e uccidere.

Glauco fece un altro passo, pronto a calare il ferro sulla vittima.

Non ne posso più di tutto questo, pensò Akenon. Voleva credere di essere finalmente sul punto di catturare l'assassino. Aveva bisogno di ritirarsi da quel mestiere una volta per tutte, di condurre una vita tranquilla a Cartagine senza dover essere presente a torture e omicidi.

Gli venne in mente Arianna, ma il suono di un colpo forte lo strappò dai suoi pensieri. Si erse e scattò in avanti, cercando di vedere cosa stesse succedendo. Glauco, di spalle, gli copriva la vista del prigioniero; stava prendendolo a schiaffi come una furia. Poi lo afferrò per i capelli e cercò di infilargli il ferro incandescente in bocca.

Crisippo aveva osservato con orrore il sibarita che sfilava i ferri dalle braci per verificarne la temperatura. Venne infine il momento in cui ne estrasse uno al calor rosso, si voltò verso di lui e cominciò ad avvicinarsi. Finora Glauco si era comportato come un anfitrione che si scusava per avere provocato un disturbo involontario. Ma in quel momento aveva smesso di fingere. Il suo volto irradiava crudeltà, il desiderio intenso di procurargli dolore.

Sul campo di battaglia Crisippo non si era mai comportato da codardo. Ora invece era sul punto di svenire dal terrore. Gli si annebbiò la vista, il mondo cominciò a girargli intorno in modo vertiginoso e la testa gli cadde sul petto.

Reagisci!, gridò una voce dentro di lui.

Se non faceva subito qualcosa, era perduto. Intuiva che il sibarita sarebbe stato molto abile nel prolungare il dolore senza ucciderlo. Lo vedeva già a metà strada: pochi passi e avrebbe cominciato a bruciargli le guance, il collo, forse addirittura gli occhi.

Sull'orlo del collasso, piegò il collo più che poté e con le labbra afferrò il bordo della tunica. *Valoroso Ares, sostieni la mia volontà.*

Le labbra trovarono un rigonfiamento nel tessuto. Crisippo lo afferrò con i denti e lacerò la tela. Il contenuto gli cadde sulla lingua e lui si affrettò a inghiottirlo. *È fatta.*

Con la testa china sul petto, scorse i piedi di Glauco che entravano nel suo campo visivo. Faceva lo stesso. Già sentiva la lingua ritrarsi e la gola chiudersi come se un pugno la stringesse dall'interno. Respirare diventava sempre più difficile. Quando si sforzò di farlo, emise un sibilo che in pochi istanti divenne un rantolo di agonia.

Glauco comprese cosa fosse successo dalla contrazione innaturale dei muscoli del collo del prigioniero. Si avventò su di lui e lo prese a schiaffi, nel tentativo di fargli sputare il veleno. Troppo tardi. Lo colpì di nuovo, gridando di rabbia. Crisippo se ne accorse a malapena, concentrato sull'immensa realtà della sua morte ormai prossima, grazie alla quale avrebbe salvato il suo maestro.

« Sputa! »

Il sibarita lo afferrò per i capelli e gli tirò indietro la testa.

« Sputa! »

Quando Glauco vide che le mascelle e le labbra dell'uomo erano tese quanto il collo, cercò di mettergli in bocca il ferro rovente per fare leva. La carne della bocca cominciò a sfrigolare e il metallo colpì i denti.

« Fermo! »

Akenon afferrò il braccio del sibarita e il ferro cadde a terra.

Crisippo, legato alla sedia, aveva la testa rovesciata all'indietro e dalla bocca cominciava a uscirgli una schiuma biancastra. Una guardia prese l'egizio per un avambraccio, ma questi si liberò e strinse la testa di Crisippo con entrambe le mani.

Radice di mandragola bianca.

I sintomi erano inconfondibili. Era lo stesso veleno che aveva ucciso Cleomenide e Daaruk.

« Dicci dov'è! »

Le labbra bruciate tremavano, come se Crisippo volesse dire qualcosa. Akenon cercò, disperato, di cogliere qualche parola. Un attimo dopo, tra la schiuma che annunciava la fine, la bocca dell'agonizzante Crisippo riuscì a trasmettere con chiarezza il suo messaggio.

La sua espressione si congelò nella morte: le labbra ustionate avevano disegnato un sorriso di trionfo.

Capitolo 89

11 luglio 510 a.C.

Rintanato nella sua stanza, Aristomaco tratteneva il respiro mentre analizzava il metodo dell'incappucciato per calcolare l'approssimazione del quoziente. Il suo corpo piccolo e ossuto era chino sulle pergamene, tanto che sembrava sul punto di cadervi sopra. Si passò una mano sulla striscia di capelli grigi e radi che gli coronava la testa. Quando la riappoggiò sul tavolo si accorse che tremava. Una volta di più lo infastidì non riuscire a controllare quel segno esteriore del suo carattere timoroso.

Stava analizzando i documenti da diversi giorni. Ne era completamente affascinato. Tanto dalla scoperta fatta da quel misterioso individuo, quanto per le altre conoscenze portentose che aveva dispiegato all'interno del metodo. In quel preciso istante, stava esaminando il procedimento usato per estrarre la radice di due.* Non aveva mai visto niente di simile, il che lo meravigliava e inquietava al tempo stesso.

È... è magnifico.

Il procedimento lo sorprendeva tanto per la sua efficacia quanto per la sua semplicità. Partiva da una frazione semplice che si supponeva essere una buona approssimazione della radi-

* La radice di 2 (1,14142135623...) è il numero che, moltiplicato per se stesso, dà 2. È un numero irrazionale, cioè i suoi decimali sono infiniti e non può essere espresso come una frazione di numeri interi. All'epoca di Pitagora, l'esistenza dei numeri irrazionali era sconosciuta e la miglior approssimazione della radice di 2 era una frazione che forniva cinque decimali corretti.

ce di 2: 7/5. Poi invertiva la frazione (5/7) e la moltiplicava per 2 (10/7). Considerava la frazione risultante un'altra approssimazione della radice di 2 e indicava che un risultato molto migliore sarebbe stato il punto intermedio tra le due approssimazioni, delle quali trovava la semisomma. Poi ripeteva il processo partendo da questo risultato.* Il metodo era semplice: a partire da una frazione, ottenere il doppio di quella inversa e trovare la semisomma. Il risultato era prodigioso.

Aristomaco ripassava più volte ogni elemento di quelle pergamene, ansioso tanto di assorbire le vaste conoscenze che contenevano quanto di trovare in esse qualche indizio sul loro nemico. Aveva bisogno di fare qualcosa per Pitagora, dopo averlo deluso per due volte di seguito. La prima, dopo la morte di Oreste, quando occorreva qualcuno che rappresentasse la confraternita al Consiglio in attesa del ritorno di Pitagora da Napoli: Aristomaco era andato a leggere il comunicato ma dopo gli attacchi di Cilone si era rifugiato nella comunità, lasciando Milone solo di fronte ai consiglieri. La seconda quando si era organizzata la spedizione a Sibari per chiedere a Glauco di condividere il metodo del quoziente. *Sono stato debole e vigliacco.* Avrebbe dovuto andarci lui, non Evandro, dato che era lui il grande maestro con le maggiori capacità matematiche, seconde solo a quelle di Pitagora.

E, ora, a quelle dell'uomo con la maschera, riconobbe apertamente.

* 7/5 = 1,4 e 10/7 = 1,428... Facendo la semisomma (cioè sommando le due frazioni e dividendo il risultato per 2) otteniamo il punto intermedio, pari a 99/70 = 1,41428... Come vediamo, abbiamo migliorato di molto l'approssimazione alla radice di 2, passando da un decimale corretto con la frazione 7/5 a quattro decimali corretti con la frazione 99/70. Se ripetiamo il processo, otteniamo 19601/13860 = 1,414213564... che ci dà otto decimali corretti. Con questo semplice procedimento, a ogni passaggio il numero di decimali corretti cresce in modo esponenziale.

Raddoppiò la sua concentrazione sulle pergamene, nella speranza di scoprire una pista, una traccia di qualche genere che portasse a chi aveva compiuto un simile prodigio. Intuiva che ci fosse molto più di ciò che lui vedeva, presentiva che, per quanto si sforzasse, stava ancora solo raschiando la superficie.

Il suo desiderio di aiutare Pitagora era basato esclusivamente sull'adorazione che provava verso di lui. Non gli passava per la testa il pensiero di esserne nominato successore. Di fatto già gli avrebbe tolto il sonno sapere che ora il suo maestro pensava di costituire un comitato di successione in cui Aristomaco sarebbe stato responsabile della parte accademica dell'ordine.

Tornò a esaminare con attenzione i passaggi del calcolo della radice di 2. *Quanti se ne dovranno fare, con questo procedimento, per arrivare alla frazione esatta che corrisponde alla radice di 2?*

Le sue riflessioni furono interrotte da alcuni colpi alla porta. Alzò la testa, chiedendosi se li avesse sentiti davvero.

I colpi si ripeterono.

Si alzò con uno scricchiolio di articolazioni e una smorfia di dolore. Si massaggiò un ginocchio e camminò piano verso la porta. Quando aprì, vide uno dei suoi discepoli che aveva in mano qualcosa.

« Maestro Aristomaco, è appena arrivato questo per te ».

Lui lo prese, preoccupato. Era un oggetto sottile avvolto in una tela legata con uno spago. All'esterno non c'era nulla che lasciasse intendere da dove arrivasse. « Sai chi lo ha mandato? »

« No, maestro. L'ho chiesto al messaggero, ma pare che glielo abbiano consegnato in modo anonimo ».

Aristomaco guardò l'involto, dubbioso, cercando di intuirne il contenuto. « Grazie », borbottò, mentre chiudeva la porta.

Mise l'involto sul tavolo e tagliò lo spago. Quando scostò la tela, vide che si trattava di una pergamena piegata in due. La guardò per un minuto, senza toccarla. D'un tratto sentì che la temperatura nella stanza era scesa e si accorse che c'era qualcuno dietro di lui. Si voltò di scatto.

Era solo.

Andiamo, è solo una pergamena, si rimproverò.

La prima cosa che vide quando l'aprì fu il pentacolo. Lo rassicurò la presenza del segno di saluto e riconoscimento dei pitagorici. Aveva pensato...

Cos'è questo?

Il pentacolo era capovolto rispetto al testo. Il respiro di Aristomaco accelerò. Cominciò a leggere con le mani scosse da un tremore incontrollabile.

«Fratello Aristomaco, mi riempie di gioia salutarti di nuovo».

Il grande maestro comprese subito che la lettera proveniva dall'uomo con la maschera e che questi era qualcuno che conosceva. La vista gli si annebbiò e dovette reggersi al bordo del tavolo. Il cervello gli entrò in ebollizione, pieno di ricordi di quell'uomo: era una persona con cui aveva avuto conversazioni cordiali; una persona il cui potere, allora, non si era manifestato con la forza che mostrava adesso. Una persona...

Si impose di leggere la lettera.

«Ti starai chiedendo quanti passaggi occorrono nel mio procedimento di approssimazione per giungere alla radice di 2».

Aristomaco soffocò un grido e lasciò cadere la pergamena come se scottasse. Udì l'eco di una risata e si guardò intorno, isterico. Per Pitagora e Apollo, com'era possibile che in una lettera gli dicessero che cosa stava pensando proprio nel momento in cui la riceveva? Balzò in piedi e andò da una parete all'altra, battendo i denti.

Non la leggo più.

Si trattenne vicino alla porta e guardò il tavolo, scuotendo la testa con vigore. Sapeva che si sarebbe dovuto disfare della pergamena, ma nel contempo provava una strana e potente attrazione verso di essa. Attraversò la stanza e la riprese in mano.

Era tanto una lettera quanto uno sviluppo matematico. Aristomaco ne lesse il testo e dopo un minuto sul suo viso apparve un'espressione spaventata. Visualizzava un abisso oscuro dietro quei simboli e quelle figure. Era sempre più difficile decifrarli, ma non aveva bisogno di comprendere tutto per cominciare a intuirne le implicazioni.

Giunto a metà del messaggio, senza accorgersene, cadde in ginocchio. I suoi occhi continuarono a addentrarsi in quell'orrore, di loro spontanea volontà, indifferenti alle sue paure. Sentì una tenebra fitta e umida che calava sul suo corpo e gli penetrava nella mente.

Riuscì a chiudere gli occhi prima di arrivare alla fine, ma ormai era tardi.

Aveva già capito troppe cose.

Capitolo 90

11 luglio 510 a.C.

La seduta del Consiglio di quella giornata aveva lasciato molte preoccupazioni a Pitagora. Anche se bastava la sua presenza per mantenere in riga Cilone, non poteva negare che il suo rivale stesse guadagnando forza.

Aprì gli occhi e contemplò il fuoco eterno che ardeva davanti alla statua di Estia, nel Tempio delle Muse.

Abbiamo troppi fronti aperti e tutti presentano un rischio.

L'incappucciato era ancora libero e ora aveva al suo fianco il mostruoso Boreas. Glauco sembrava essersi calmato, ma non prima di aver consegnato una montagna d'oro al loro nemico; e in ogni caso la sua miscela di potere e instabilità continuava a fare di lui una minaccia latente. Cilone diventava ogni giorno più audace e conquistava sostenitori, aiutato a quanto pareva dall'oro del loro nemico. La successione era un problema arduo, dopo che Pitagora aveva perso tre dei suoi uomini migliori, benché sperasse di risolverlo con l'idea del comitato. E, infine, l'espansione dell'ordine era giunta a un punto morto, dopo che era stato costretto a rimandare la questione romana.

Avvicinò una mano alle fiamme e percepì le ondulazioni del calore. C'era un altro elemento che non lo lasciava tranquillo. Dal giorno prima si erano perse le tracce di Akenon. Dopo varie indagini, si era saputo che era stato visto dirigersi a cavallo verso nord. Era tornato a Sibari? Perché non li aveva avvisati prima? Tutto indicava che fosse partito con urgenza.

Il maestro dei maestri si voltò verso la porta del tempio. Gli era parso di sentire un vocio all'esterno, in lontananza. Ne ebbe conferma e si affrettò a uscire. Quando sentì che qualcuno gridava il suo nome, gli si strinse il cuore.

Le sue guardie del corpo erano a pochi passi dal tempio. Alcuni discepoli correvano vocianti verso di lui. Distinse la parola «fuoco» nello stesso istante in cui scorse una colonna di fumo che si levava da uno degli edifici comuni.

«Correte a prendere acqua», ordinò ai discepoli che erano venuti a cercarlo.

Notò che vari maestri stavano organizzando una catena umana per trasportare l'acqua e si precipitò verso l'edificio da cui saliva il fumo. Aveva sempre goduto di una forma fisica magnifica, ma ora bastava una corsa di cento metri per farlo sentire esausto. Nelle ultime settimane era invecchiato di anni.

Spero che non ci siano vittime, pensò, mentre attraversava la porta dell'edificio ed entrava in cortile.

Si paralizzò quando vide che cosa era andato a fuoco.

È la stanza di Aristomaco!

Si fermò a pochi metri dall'incendio, cercando di non pensare al peggio. Il fuoco era sotto controllo, ma si vedevano ancora fiamme tra ciò che restava del tetto. Dalla porta aperta usciva un fumo così denso che era impossibile vedere dentro.

Cercò di avvicinarsi, ma qualcuno lo trattenne per un braccio. Si voltò e vide che era Evandro. Sembrava illeso, ma aveva la tunica strappata e il volto annerito.

«Maestro, bisogna aspettare».

«Sappiamo dov'è Aristomaco?» chiese Pitagora, cupo.

«Non l'ho visto...» Evandro fece una pausa, scuotendo la testa. «La porta era chiusa dall'interno. L'ho abbattuta io, ma era impossibile entrare e non sono riuscito a vedere niente».

Pitagora guardò le fiamme per un momento, poi si unì a Evandro alla catena che trasportava l'acqua e la gettava nella stanza. Quando il fumo diminuì un poco, decisero di entrare. Furono avvolti da un vapore bollente che odorava di cenere umida. Il soffitto era crollato e il pavimento era ingombro di legno fumante.

Videro subito il corpo steso a terra.

Pitagora si inginocchiò tra la cenere e gli si avvicinò per identificarlo. « Aiutatemi a portarlo fuori! » ordinò. Scostò un pezzo di legno e prese il corpo per i piedi. Evandro lo sollevò per le braccia e insieme lo portarono all'esterno. Era leggerissimo.

Davanti alla stanza incendiata si erano raccolti numerosi discepoli che si fecero da parte per lasciarli passare in un silenzio funereo. Quando il corpo fu deposto supino sulla sabbia del cortile, non rimasero dubbi. Era Aristomaco. Era quasi tutto ustionato, ma il viso era rimasto intatto. Mostrava un'espressione di sofferenza e tristezza, dolorosa a vedersi.

« Ha in mano qualcosa », disse Evandro, con voce rauca.

Pitagora stava ancora guardando il volto del suo amico morto, cercando di soffocare il dolore. La sua espressione era impenetrabile. Finalmente rivolse gli occhi alla mano di Aristomaco: stringeva qualcosa che sembrava una pergamena rinsecchita.

« Com'è possibile che non si sia bruciata? » chiese Evandro, mentre il filosofo la estraeva dalla mano rigida, scuotendo il capo per tutta risposta. Ne era sorpreso anche lui: la mano di Aristomaco era bruciata, ma il documento aveva resistito. Per quanto annerito ai bordi, molto del suo contenuto era ancora leggibile. Pitagora lo girò, lo guardò sconcertato, lo girò di nuovo.

Un pentacolo rovesciato!

I suoi occhi caddero sulle stesse parole che un'ora prima avevano letto quelli di Aristomaco. La capacità di comprensione di Pitagora era superiore, sicché l'abisso e l'oscurità lo avvolsero più rapidamente. Impallidì, fino a diventare bianco quanto i suoi capelli. Dovette appoggiarsi alla spalla di Evandro per mantenersi in piedi. Poi balbettò una scusa e si allontanò dai discepoli e dal cadavere di Aristomaco.

Aveva bisogno di continuare a leggere da solo.

Capitolo 91

16 luglio 510 a.C.

L'incappucciato appariva insolitamente inquieto. *Questa riunione può portare a un drastico passo avanti nei miei piani.*

Se ne stava in piedi, con la schiena appoggiata al muro. La scarsa illuminazione era prodotta da una solitaria lampada a olio collocata per terra. Le pareti si perdevano nell'oscurità dell'altezza. Accanto a lui si trovava Telis, l'influente capopopolo di Sibari. Era un uomo il cui aspetto poteva trarre in inganno, a prima vista: appariva anonimo, riflessivo, ma quando parlava in pubblico si trasformava. Diventava energico e la sua voce vibrante trasmetteva un entusiasmo che infiammava chiunque lo ascoltasse.

Il suo punto più debole è la prudenza, pensò l'incappucciato, mentre ne osservava i movimenti: Telis continuava a fregarsi le mani e mormorava qualcosa di incomprensibile. Di fronte a loro c'era un ampio sipario che di lì a poco si sarebbe aperto. Dall'altra parte c'era una sala affollata da duecento uomini ansiosi. Ciascuno di loro si era presentato a nome di numerosi altri sibariti.

Fra tutti, rappresentavano circa ventimila persone.

Senza dubbio il maggior successo di Crisippo è stato trovare Telis, si disse l'incappucciato, con un grugnito di soddisfazione. Il capopopolo gli aveva risparmiato parecchi mesi di lavoro e un'enorme quantità di oro.

L'edificio in cui si erano riuniti era un granaio. Avevano improvvisato un podio – una semplice tavola di legno – di fronte al quale erano stati sistemati un telone e una cornice di assi, a mo' di sipario, per separare il lato della sala in cui l'incappucciato e Telis aspettavano il loro momento. Il granaio era munito di una porta posteriore, accanto alla quale erano appostati Boreas e due guardie del corpo del capopopolo. Di fianco al gigante sembravano bambini di sette anni. Nel bosco silenzioso che li circondava, invisibili nell'oscurità notturna, si aggiravano una ventina di sorveglianti.

Di là dal sipario cresceva a poco a poco il brusio della folla. Mancava solo che un uomo di Telis desse loro conferma che tutti i convocati erano presenti.

Quattro giorni prima, accompagnato dal tracio, l'incappucciato si era presentato al luogo di incontro stabilito con Cilone: il politico crotonese inviava tutti i giorni una guardia in un posto sicuro, come mezzo di comunicazione fra loro. In quell'occasione, l'incappucciato voleva sapere dell'effetto della lettera che aveva fatto arrivare ad Aristomaco il giorno prima.

«È morto in un incendio», aveva detto la guardia.

Lui aveva fatto un sorriso dietro la maschera, ma le parole successive glielo avevano cancellato.

«Cilone mi incarica di comunicarti una notizia. Abbiamo appena saputo che Akenon ha catturato Crisippo e lo ha portato al palazzo di Glauco, dove è morto sotto tortura».

«Lo hanno ucciso loro?» La voce intensa dell'incappucciato aveva spaventato la guardia.

«Credo di no, signore», si era affrettata a rispondere. «Una guardia di Glauco che era presente alla tortura afferma che Crisippo è morto appena è cominciata. Pare che Akenon e Glauco abbiano parlato di veleno».

L'incappucciato aveva sospirato di sollievo. *Questo stupido mi ha fatto pensare che Crisippo avesse rivelato l'ubicazione dei miei rifugi.* «Di' al tuo signor Cilone che continui con il suo lavoro».

Senza aggiungere altro, era montato a cavallo ed era partito direttamente per Sibari. Ora che aveva perso Crisippo, si sarebbe dovuto occupare di persona del ramo più importante della sua strategia attuale.

La tela si scostò leggermente e apparve una testa. «Telis, ci sono tutti».

«Molto bene. Adesso usciamo».

Il capopopolo si voltò verso l'incappucciato e gli tese la mano con fare energico. Se la strinsero con solennità, poi uscirono dal sipario. La moltitudine ruggì all'istante, anche se ancora non c'era un autentico fervore. Quello sarebbe venuto dopo i discorsi, se tutto fosse andato bene. In quel momento aleggiava una corrente di nervosismo, che si mescolava con l'odore secco e dolciastro del grano. Ciascuno dei presenti stava rischiando grosso per assistere a quella riunione.

Telis era un capo naturale e una vecchia conoscenza di tutti loro. Riusciva ad avere l'attenzione del pubblico prima ancora di aprire bocca. Ma sapeva che quella serata era troppo importante per eccedere con la fiducia. Passò lo sguardo sul pubblico, guardando i presenti negli occhi. Su quel podio, tanto lui quanto l'uomo con la maschera avrebbero dovuto fare faville. Dovevano risultare più convincenti che mai per poter esigere da quegli uomini qualcosa che lui non aveva mai chiesto loro.

Alzò le mani per chiedere silenzio. Poi attese il tempo giusto e iniziò il suo discorso, modulando l'emozione nella voce. «Cittadini, compagni, fratelli di Sibari...»

L'incappucciato rimase a osservarlo, tenendosi in disparte, con discrezione. Era la prima volta che vedeva Telis in azione e ne fu subito assai soddisfatto. Non si sentiva nemmeno respirare l'uditorio. Gli tornò in mente Crisippo: per fortuna aveva avuto il tempo di mordere le capsule di veleno che portava cucite nel bordo della tunica.

L'ex soldato gli aveva prestato servizi preziosi, ma ormai non aveva più bisogno di servitori che potessero rivelare i suoi nascondigli. Per ora si sarebbe limitato a Boreas, perché gli facesse da guardia del corpo e mantenesse eventuali viandanti lontani dai suoi rifugi. Il suo oro era suddiviso fra entrambi i nascondigli, che in vari momenti erano privi di protezione. Ma erano lontani dai sentieri più battuti e dall'esterno sembravano solo due ville abbandonate, di nessun interesse per i ladri.

Boreas è più che sufficiente... fino al giorno in cui i miei servitori si conteranno a migliaia.

Avvolse la moltitudine con uno sguardo possessivo. Finora quasi tutto era andato alla perfezione. Gli unici piccoli intoppi nei suoi piani erano stati la cattura di Crisippo e il mancato «esilio» di Akenon, che prevedeva in realtà la sua morte. Per quanto riguardava l'ex soldato, era prevedibile che presto o tardi gli capitasse qualcosa: era stato un sacrificio necessario. *Dell'investigatore mi occuperò di persona, se il mio piano generale non abbatterà anche lui come tutti gli altri.*

La chiave dei suoi continui successi contro i pitagorici era nella profonda conoscenza che aveva di loro. La morte di Aristomaco, per esempio, era risultata di una semplicità patetica. *Povero idiota, sapevo esattamente cos'avrebbe fatto, dopo avere ricevuto la mia lettera.*

Aristomaco aveva sempre avuto un carattere propenso alla drammaticità. Sembrava che la sua massima aspirazione fosse dare la vita per Pitagora. Ebbene, lui non aveva fatto che offrirgliene la possibilità. Per questo, certo, prima aveva dovuto compiere una scoperta assai impressionante per poi farla pervenire al grande maestro.

A ripensarci, l'incappucciato sentì un brivido in tutto il corpo. Lui stesso era commosso da ciò che aveva trovato.

Aristomaco ha dato la vita invano per proteggere il dio Pitagora.

La pergamena che gli aveva inviato era impregnata di una sostanza incombustibile. Era molto probabile che fosse uscita intatta dall'incendio, finendo nelle mani del filosofo.

Anche tu vuoi suicidarti, Pitagora? L'incappucciato dovette trattenere una risata. *E abbandonare il tuo gregge di pecore?*

Di sicuro il filosofo avrebbe tenuto nascosta la terribile verità che lui aveva svelato. Tuttavia non sarebbe riuscito a dimenticarsene e questo lo avrebbe distrutto dentro. Più avanti, l'incappucciato avrebbe avuto cura di diffondere quella conoscenza devastante fra tutti i pitagorici.

Ma ora è il momento di Sibari.

D'un tratto esplose un'assordante salva di applausi. Telis aveva concluso il suo discorso e il pubblico era infiammato. Lo acclamava con le braccia levate, ripetendo a gran voce gli ultimi messaggi del suo capo.

Pronti a morire per la nostra *causa*. L'incappucciato abbozzò un sorriso cinico. *Proprio ciò di cui ho bisogno.*

Telis, raggiante, si voltò verso di lui e gli tese una mano. Aveva fatto ricorso a tutta la sua capacità di persuasione in nome delle idee per cui era disposto a dare la vita.

Molto meglio, così risulti più convincente.

L'incappucciato non credeva neanche a una sola delle parole che stava per pronunciare. Non era necessario, gli risultava molto facile ingannare un pubblico così entusiasta. Avanzò sul podio, stringendo la mano di Telis. Duecento sibariti influenti lo guardavano con occhi brillanti. Giunse al bordo della pedana e attese qualche secondo per aumentare le aspettative.

Poi dalla maschera nera uscì una voce tenebrosa che si impadronì della sala.

Numeri irrazionali

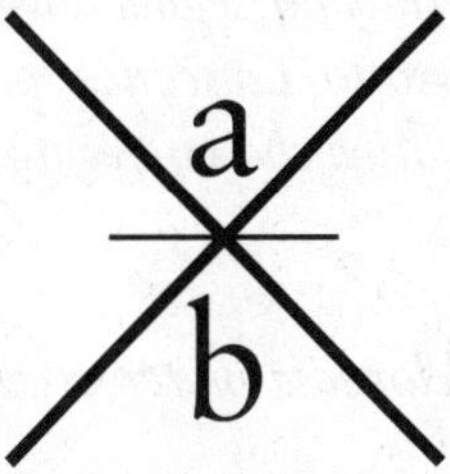

Sono quelli che non si possono esprimere come un quoziente – o frazione – di numeri interi. Una delle loro caratteristiche è possedere infinite cifre decimali non periodiche.

La loro scoperta comportò la maggiore crisi nella storia delle scienze matematiche.

I babilonesi e gli egizi fecero approssimazioni di alcuni numeri irrazionali senza rendersi conto che non sarebbero mai riusciti a ottenere un risultato esatto. Anche i greci lavorarono in modo simile, ma alla fine scoprirono l'esistenza dei numeri irrazionali.

Per i pitagorici, le frazioni esprimevano la proporzione, la ragione, tra due numeri interi. Ciò rifletteva la realtà del mondo come loro la concepivano: tutti gli elementi della natura dovevano mantenere tra loro una ragione esatta. Tale convinzione derivava dal fatto che conoscevano solo i numeri razionali – esprimibili mediante frazioni di numeri interi – e dalle loro ricerche empiriche. Avevano fatto alcune scoperte in cui la proporzione era esatta ed erano fiduciosi di poter riuscire allo stesso modo a sviscerare tutti i misteri dell'universo.

I dettagli della scoperta dei numeri irrazionali sono un mistero. Aristotele afferma che ebbe luogo quando si applicò il teorema di Pitagora a un triangolo la cui ipotenusa era la radice di 2, che è un numero irrazionale. Ciò di cui siamo sicuri è che fu una scoperta drammatica per tutta la matematica greca, in special modo per i pitagorici, la cui filosofia scientifica si basava sulla convinzione che esistessero solo i numeri razionali.

I matematici greci stavano seguendo un percorso che all'improvviso si videro interrotto. Lo sconcerto fu assoluto ed essi caddero in una paralisi creativa che impiegarono vari decenni a superare.

Enciclopedia matematica, Socram Ofisis, 1926

Capitolo 92

17 luglio 510 a.C.

Akenon uscì dall'edificio comune e si incamminò verso la casa di Pitagora. Quella mattina il filosofo gli aveva chiesto di assistere a una riunione cui sarebbero stati presenti i membri principali della comunità.

Non mi ha spiegato a cosa si deve questa riunione, si disse l'egizio, incuriosito. Oltretutto quella era stata una delle poche volte che avevano parlato dopo che, tornato da Sibari, gli aveva raccontato quanto era successo con Crisippo. *Ma non sono l'unico con cui si è mostrato riservato, in questi ultimi giorni.*

Dopo il suicidio di Aristomaco, Pitagora aveva preso l'abitudine di allontanarsi dalla comunità e addentrarsi nel bosco, immerso nei propri pensieri. Akenon immaginava che stesse maturando qualche decisione in quelle passeggiate solitarie e che ora li convocasse per comunicarle.

Quando entrò nella stanza vide che era rimasta solo una sedia libera. La occupò e rimase in silenzio accanto a Evandro e Milone.

Poco dopo, Pitagora alzò lo sguardo. « Vi ho riuniti per parlare della mia successione ».

I presenti rimasero in silenzio, aspettando afflitti che il venerabile maestro continuasse. La parola « successione » suonava alle loro orecchie con una sfumatura triste di sconfitta e congedo.

Pitagora appariva esausto, ma prese fiato e continuò con voce profonda. « Ho inviato messaggeri a tutte le nostre comunità. Tra dieci giorni terremo un'assemblea nella villa di Milone.

Confido che vi parteciperanno tutti i grandi maestri dell'ordine, così come molti dei maestri di grado più alto».

Il generale annuì in silenzio. Aveva una casa di campagna nei pressi di Crotone che metteva a disposizione della confraternita ogni volta che Pitagora ne aveva bisogno. Vi celebravano le riunioni più grandi e questa prometteva di essere la più importante nella loro storia.

«In tale assemblea», proseguì il filosofo, «designerò le persone che mi dovranno succedere alla testa dell'ordine. La mia idea iniziale era che un'unica persona assumesse lo stesso ruolo che sto svolgendo io da trent'anni a questa parte. Tuttavia, l'assassinio di vari candidati e le gravi minacce che incombono su tutti noi mi hanno portato a optare per un modo diverso di governare la confraternita».

Tutti i presenti lo fissarono sconcertati.

Pitagora li guardò a uno a uno, mentre continuava. «Nominerò un comitato in cui ogni membro avrà un compito diverso e il peso del suo voto sarà pari a quello degli altri in tutte le questioni che riguardano l'ordine nella sua interezza. Nella stessa occasione ratificherò i maestri che saranno a capo delle singole comunità. Inoltre, stabilirò un secondo organo di governo, subordinato al comitato principale, che sarà formato dai grandi maestri di tutte le comunità». La sua espressione si fece ancora più seria. «Non cercherò di ingannarvi. La funzione di questo secondo organo sarà di garantire la sopravvivenza e l'unità della confraternita, nel caso che un nuovo attacco costi la vita ad alcuni di noi».

Akenon si irrigidì. Era furioso con se stesso per non essere riuscito a sapere da Crisippo dove di trovasse l'uomo con la maschera.

«Evandro», disse Pitagora, rivolgendosi al grande maestro, «a te toccherà la maggior parte del peso politico del comitato. Spero di poterti aiutare in questo compito per qualche anno».

«Sì, maestro». L'interpellato chinò il capo con umiltà, cosciente che era un po' prematuro che assumesse una tale responsabilità.

«Ipocreonte ti sarà d'aiuto e ti consiglierà sin dal primo momento e, soprattutto, quando io non sarò più con voi».

Il parco Ipocreonte fece un cenno di assenso. Anche se detestava la politica, aveva ben presente la difficoltà della situazione e avrebbe fatto tutto il possibile per il bene della confraternita.

Pitagora fece una pausa per riordinare i pensieri. Tuttavia, ciò che gli venne alla mente fu il ricordo dei grandi maestri che aveva perduto: Cleomenide, Daaruk, Oreste e Aristomaco. *Sono morti quattro dei miei candidati.* L'ultimo si era suicidato quando lui ancora non si era ripreso dalla morte di Oreste. La scomparsa di Aristomaco lo colpiva in profondità. Era sempre stato un figlio insicuro, un genio con un'anima troppo sensibile. Oltretutto, era il miglior matematico che fosse rimasto all'ordine. A lui sarebbe spettata la parte accademica del comitato.

Il filosofo si perse nei suoi pensieri, senza accorgersi che i presenti erano in attesa che continuasse. Il suicidio di Aristomaco gli aveva rivelato questioni terribili. Chi lo aveva spinto a quel gesto, colui che aveva inviato la pergamena, possedeva un dominio spaventoso sulla mente umana. Lo aveva già dimostrato quando aveva fatto sì che altri membri della comunità uccidessero Oreste. *Ma nel caso di Aristomaco è stato più l'atto di un dio che di un uomo.*

A questo si aggiungeva che il nemico avesse fatto una scoperta che andava oltre le capacità dello stesso Pitagora, che in confronto all'assassino si sentiva ormai un principiante. La scoperta in sé era qualcosa che lui stesso non avrebbe mai ritenuto possibile. Nella lettera ad Aristomaco, il nemico aveva svelato, di nuovo e con geniale semplicità, qualcosa che distruggeva l'intera concezione pitagorica del mondo. Il filosofo credeva che nel suo universo, nel suo cosmo, tutto conservasse proporzioni accessibili e calcolabili con gli strumenti matematici che stavano sviluppando. Il nemico aveva smantellato le sue pretese di prevedere e dominare i misteri della natura. Con la scoperta degli irrazionali aveva aperto una porta sull'infinito.

Credevo che avessimo fatto grandi passi avanti nella conquista della conoscenza e in realtà ci troviamo di fronte a un abisso senza limiti.

Pitagora continuava a tacere, con lo sguardo svanito e perplesso. I presenti cominciarono a guardarsi l'un l'altro, senza sapere cosa fare. Infine Akenon simulò un colpo di tosse e il filosofo parve risvegliarsi. Sul suo volto apparve una fugace espressione allarmata.

Nessuno deve sapere che cosa sto pensando.

Aveva deciso che per il momento avrebbe tenuto nascosta la scoperta degli irrazionali. Aristomaco si era suicidato per eliminare ogni prova della sua esistenza, incluse le tracce presenti nella propria mente. Era stato un tentativo disperato di proteggere l'ordine, istigato dalle parole perverse del nemico. Pitagora non aveva intenzione di suicidarsi, ma per ora avrebbe cercato di mantenere all'oscuro la confraternita. Se avesse reso pubblica la scoperta in quelle circostanze, tutti i membri dell'ordine avrebbero sofferto emozioni simili alle sue. *Potrebbe significare la disintegrazione dell'ordine.*

Era ovvio che l'assassino avrebbe potuto cercare di diffondere la sua rivelazione in qualsiasi momento, ma c'era ancora la possibilità che fosse catturato prima che lo facesse. D'altra parte, se ne rendeva conto lo stesso Pitagora, l'esistenza degli irrazionali non era altro che la realtà.

Sono un fatto. È inevitabile che prima o poi qualcuno li riscopra. Il cammino della conoscenza porta necessariamente agli irrazionali, all'infinito incontrollabile. Senza accorgersene, negava con la testa. *Che cosa possiamo fare?* Era una domanda per la quale non aveva risposta, anche se era una settimana che continuava a porsela.

«Milone», riprese finalmente, rauco, «anche tu farai parte

del comitato. Non hai il grado di maestro, ma sei uno dei nostri confratelli più fedeli e valorosi. Nessuno a Crotone gode del tuo prestigio, sei membro del Consiglio dei Trecento e l'esercito ti è leale».

«Farò tutto ciò che posso, maestro», rispose il generale, emozionato.

Pitagora si rivolse alla moglie. «Teano, a te toccherà la maggior parte del peso accademico dell'ordine e avrai anche il compito di consigliera politica. La tua prudenza e la tua sapienza sono sempre state motivo di orgoglio per l'ordine».

«Mio sposo», replicò lei, con voce tranquilla e melodiosa, «sarò sempre al servizio tuo e della confraternita. Con piacere farò parte di questo comitato, come spero che lo faccia tu per molti anni».

Le sue ultime parole addolcirono leggermente la tensione del volto di Pitagora. «Quanto ad Akenon e Arianna, anche se non farete parte del comitato, assisterete a tutte le riunioni che riguardino le indagini sui delitti».

L'egizio assentì con un'espressione di circostanza. Stava pensando alla pergamena che aveva ricevuto Aristomaco proprio prima di suicidarsi. Quando l'aveva esaminata, aveva potuto appurare soltanto che era impregnata di qualche sostanza che la proteggeva dal fuoco. Pitagora era stato molto evasivo quando lui gli aveva domandato perché il grande maestro avesse tentato di distruggerla. Oltretutto, non ne aveva potuto vedere il contenuto, gli era stato permesso di esaminarne soltanto il rovescio e solo in presenza del filosofo. Del resto, ad Arianna non l'aveva neppure fatta vedere.

Deve contenere uno dei suoi grandi segreti.

Rivolse lo sguardo ad Arianna, seduta di fronte a lui. Dal suo ritorno dal palazzo di Glauco a Sibari, quindi ormai da quasi una settimana, avevano scambiato appena qualche parola. I loro sguardi si incrociarono e lui accennò un sorriso. Lei esitò un istante, ma poi si voltò rapidamente, procurandogli la stessa sensazione di uno schiaffo.

Arianna era cosciente di essersi mostrata molto più sfuggente del solito, negli ultimi giorni, ma lo preferiva al rischio che qualcuno si rendesse conto del segreto che nascondeva con tanto zelo. Anche se ormai conosceva a memoria la pergamena della madre sulla gravidanza, ogni tanto, sola nella sua camera, la rileggeva da cima a fondo. L'affascinava ritrovare nel proprio corpo i cambiamenti e i sintomi che vi erano descritti. E, con emozionata apprensione, studiava anche tutto quello che le sarebbe successo nel prossimo futuro. Senza rendersene conto, si appoggiò una mano sul ventre. Sapeva che con certe erbe avrebbe potuto porvi fine, ma aveva deciso di avere il bambino.

La riunione proseguì con i dettagli sull'imminente assemblea a casa di Milone. Arianna smise di prestare attenzione a quanto la circondava, come negli ultimi tempi le capitava spesso di fare, e continuò a riflettere sulla propria gravidanza. Doveva trovare il momento opportuno per dirlo a suo padre, ma era da tempo che non riusciva a restare un momento da sola con lui. Oltretutto, in quel periodo sembrava così abbattuto che non poteva gravarlo di un'ulteriore preoccupazione.

Senza farsi notare, guardò Akenon. Si rendeva conto che il fatto di aspettare un bambino aveva comportato per loro un allontanamento irrimediabile. Sentire una vita che le cresceva dentro aveva moltiplicato la sua necessità di proteggersi dal mondo intero. Se ci ragionava sopra a freddo, vedeva che le muraglie che la separavano dall'egizio, in un certo senso, erano irreali, fatte di traumi, insicurezze e timori. Nondimeno, essere cosciente di ciò che le succedeva non le permetteva di cambiarlo. La gravidanza aveva reso quelle muraglie più spesse che mai.

Spero che Akenon torni a Cartagine prima che la gravidanza diventi visibile.

Capitolo 93

18 luglio 510 a.C.

Glauco, nella sua fase attuale, cercava di seguire molti dei precetti di Pitagora, ma di sicuro svegliarsi presto la mattina non vi figurava. Per questo si infuriò nel sentire baccano nel suo palazzo quando il suo corpo stanco gli segnalava che si era appena fatto giorno.

Uscì dall'alcova senza nemmeno calzare i sandali, pronto a imporre il giusto castigo al responsabile di quella confusione, per poi tornare a dormire. Dalla galleria gridò in direzione delle stanze dei servi di fiducia: « Actis! Il nome! »

Attese invano che si facessero vivi e questo lo irritò ancora di più.

« Partenio! » urlò allora, chiamando il suo segretario.

Per quanto spaventoso potesse sembrare, non si presentò nessuno. Tuttavia, dall'altra parte del palazzo si udivano chiaramente voci concitate.

Questo è inaudito, pensò, avviandosi furibondo lungo la galleria. *Oggi in parecchi si troveranno la schiena spellata.*

Passò accanto all'altare di Estia ed entrò nel cortile principale. E qui si fermò a guardare, perplesso, con le mani sui fianchi.

Decine di guardie, inservienti e schiavi correvano a destra e a sinistra nei pressi della porta principale. Il capo delle guardie dava ordine a gran voce che venisse chiusa e molti dei suoi uomini sembravano opporsi alla servitù nel tentativo di obbedirgli.

Stanno cercando di scappare?

Prese fiato e gridò con tutte le sue forze: «Cosa succede qui!»

Tutti si immobilizzarono. Le sfuriate di Glauco potevano comportare la morte di chi le provocava. Il capo delle guardie si affrettò ad avvicinarsi e si mise sull'attenti prima di parlargli. «Ho ordinato di chiudere le porte come misura di sicurezza, signore». Fece una pausa, cosa insolita in quell'uomo di norma assai sbrigativo. «Tuttavia...» Si trattenne di nuovo.

«Cosa?» strillò Glauco, esasperato.

«È meglio che andiamo a vederlo dall'alto, mio signore».

Glauco alzò la testa e vide che sul tetto erano appostate alcune guardie che tenevano d'occhio la strada. Fu colto da un'ondata di apprensione. Assentì e salì la scalinata in silenzio, seguendo il capo delle guardie. Il perimetro del terrazzo era fortificato a scopo difensivo. Una volta lassù, il padrone di casa si afferrò al bordo di pietra e si affacciò, sempre più inquieto.

Che succede, maledizione?

Guardò di sotto, davanti alle porte del palazzo. Non notò niente di strano. Poi scorse qualcosa con la coda dell'occhio e girò la testa.

Spalancò gli occhi.

L'ira degli dei si abbatteva sulla città.

Capitolo 94

18 luglio 510 a.C.

Arianna si trovava con Akenon in un'aula della scuola. Era la prima volta che parlavano, dopo la riunione a casa di Pitagora del giorno prima.

La giovane si voltò verso una finestra, pensosa. « A volte ho la sensazione che il nostro nemico non intenda uccidere mio padre, ma distruggere tutto quello che più gli importa, per farlo soffrire ».

L'egizio si mostrò d'accordo e annuì in silenzio, mentre guardava il profilo di Arianna. « In ogni caso », disse poco dopo, « la cattura di Crisippo dimostra che l'uomo con la maschera non è infallibile. Se Crisippo non fosse riuscito a suicidarsi, sono sicuro che ci avrebbe rivelato dov'è nascosto il suo capo ».

Lei non rispose. Quando avrebbero avuto un'altra occasione come quella di Crisippo? Quali nuove disgrazie sarebbero dovute accadere nel frattempo? Il nemico aveva già ucciso quasi tutti gli uomini di fiducia di suo padre, aveva spezzato la disciplina morale della comunità con l'esecuzione di Oreste, stava minacciando il loro sostegno politico presso il Consiglio di Crotone, sembrava avere abbattuto suo padre con questioni teoriche...

Si voltò verso Akenon per chiedergli notizie proprio su questo, ma desistette. Lui le aveva già detto che ignorava il contenuto della pergamena che tanto aveva tormentato suo padre. *A me non l'ha nemmeno mostrata*, pensò, frustrata.

Le aveva rivelato solo che a scriverla era stato senza dubbio la stessa persona che aveva risolto il problema del quoziente – il loro nemico con la maschera – e doveva trattarsi di qualcuno che Aristomaco conosceva molto bene. Per questo lei e Akenon si erano incontrati: stavano preparando una lista di maestri e grandi maestri che Aristomaco aveva frequentato. A Crotone restavano solo Evandro e Ipocreonte, entrambi scartati dall'analisi di Pitagora. Ma ce n'erano diversi in altre comunità.

Akenon indicò la lista. «Verranno tutti all'assemblea a casa di Milone?»

«Mio padre li ha convocati tutti. L'uomo che si nasconde dietro la maschera potrebbe trovare una scusa per non partecipare, ma si direbbe che non abbia paura di niente. Credo anzi che la sua mente malata trarrà piacere dal pensiero di passarci sotto il naso senza che ci accorgiamo di lui».

«Anch'io penso che sarà presente... posto che sia un membro attivo dell'ordine. In ogni caso sarà una buona occasione per chiedere ai capi della comunità chi siano gli uomini più in vista di ciascuna di esse». Rifletté un momento, poi prese una tavoletta di cera. «Continuiamo. Da Metaponto verranno Astilo e Pisandro; da Taranto, Antagora, Archippo e Lisis; da Catania, tuo fratello Telauge...»

Arianna si voltò di scatto e gli fece cenno di tacere. Dall'esterno giungevano ben distinti i lamenti di una bambina. La giovane si precipitò alla finestra, seguita da Akenon.

Una piccola di sei o sette anni era caduta e una sua insegnante la stava consolando. La bambina aveva solo un graffio su un ginocchio, ma Arianna osservò la scena con molta attenzione, stringendo con entrambe le mani il davanzale della finestra. L'egizio la osservò senza che lei se ne accorgesse. I capelli della giovane erano molto vicini al viso di lui. Akenon si mosse fino a sfiorarli con il naso. Chiuse gli occhi e inspirò lentamente.

Capitolo 95

18 luglio 510 a.C.

Glauco non poteva distogliere lo sguardo dal fuoco.

A meno di un chilometro dal suo palazzo, la città intera sembrava in fiamme. Grandi colonne di fumo nero si alzavano ovunque.

Un incidente? I pirati? Il sibarita era stordito, non riusciva a comprendere ciò che vedeva. D'un tratto si rese conto che c'erano molteplici focolai isolati l'uno dall'altro. Dietro quella distruzione doveva esserci la mano dell'uomo.

I suoi pensieri volarono subito alla camera sotterranea in cui custodiva il suo tesoro. Doveva decidere al più preso se ordinare l'evacuazione oppure organizzare la difesa del palazzo. *Con Boreas sarei stato al sicuro*, pensò con amarezza.

Si voltò verso il capo delle guardie senza sapere cosa dirgli. Contro cosa si dovevano confrontare? L'uomo attendeva istruzioni, nervoso ma disciplinato. Il resto delle guardie sul terrazzo era aggrappato al parapetto di pietra e sembrava in preda al terrore.

E in quel momento lo udì.

C'era un rumore che la sua ansia gli aveva impedito di sentire fino a quel momento. Si voltò di nuovo verso la parte in fiamme della città. Erano voci rabbiose, grida di assalto che uscivano da migliaia di gole.

Un istante dopo riuscì a vederli. In fondo alla strada, a trecento metri al palazzo. Sorgevano come formiche furiose da un formicaio e circondarono una piccola residenza a un piano. Si muovevano in modo scoordinato, ma la loro efficacia risiedeva nel grande numero. Scalarono le pareti, ricoprirono il tetto e si riversarono a decine nel cortile interno. In pochi secondi, avevano invaso la casa. Le porte si spalancarono dall'interno e fuori la massa lanciò un ruggito folle. Lottavano per entrare tutti in una volta. Glauco non riusciva a vedere cosa stesse succedendo all'interno, sentiva solo un muggito continuo.

Un minuto dopo la moltitudine passò all'edificio successivo.

« È una rivolta », sussurrò Glauco, con la gola secca. « Bisogna evacuare subito il palazzo ». Con gli occhi fissi sull'origine di quel rumore da incubo, riuscì ad alzare la voce. « Che portino le mule alla porta delle mie stanze e una decina di uomini per caricarle. La priorità è salvare tutto ciò che si trova nella mia camera sotterranea ».

« Sissignore. » Poi il capo delle guardie abbaiò ordini agli uomini che aveva intorno e tutti si misero a correre. Glauco rimase solo, affacciato alla muraglia, scalzo, mentre a breve distanza l'orrore si stava diffondendo.

Il padrone della residenza successiva, Eretteo, era suo amico. Aveva quarantacinque anni, era rimasto vedovo di recente ed era uno dei maggiori proprietari terrieri di Sibari. Prima che la moltitudine sbarrasse l'ingresso della sua casa, le porte si spalancarono. Un paio di rivoltosi cercarono subito di entrare, ma finirono a terra, travolti dai cavalli che uscivano impetuosi. Eretteo, i suoi figli e le loro guardie spronavano disperati i loro animali. Purtroppo, a pochi metri dal portico c'era un muro che li obbligò a una svolta di novanta gradi. La perdita di velocità offrì un'opportunità letale agli avversari che, armati di coltelli e pali acuminati, cominciarono a infiggerli con rabbia tanto nei fianchi dei cavalli quanto nelle gambe dei cavalieri. Altri rivoltosi riuscirono ad afferrare le redini e vi si appesero per frenarli. Gli uomini a cavallo portavano la spada ma la maggior parte rovinò a terra prima di mettere mano alle armi. E appena uno di loro cadeva, su di lui piombava un branco inferocito che lo assaliva a pugni, calci e coltellate.

Glauco, paralizzato sul terrazzo, riusciva appena a distinguere l'espressione disperata del suo compagno di banchetti. Erettero era intrappolato in mezzo alla folla, in un saettare di coltelli, mentre cercava di vedere che cosa fosse stato dei suoi figli. La lama affilata della sua spada amputava dita e mani a chi cercavano di disarcionarlo, sfregiava volti e tagliava gole a coloro che lo circondavano. Ma di lì a poco una picca di legno gli si infisse nella schiena. Il dolore paralizzò il cavaliere per un istante, e questo permise ad altri di strappargli la spada di mano. L'assalitore estrasse la picca e la infisse di nuovo, trapassandogli un polmone. Eretteo lanciò un urlo verso il cielo soffocando nel proprio sangue mentre lo finivano.

La resistenza feroce dell'aristocratico diede il tempo di fuggire a un altro cavaliere. Era Licasto, il secondo dei suoi quattro figli, che aveva solo dodici anni. Travolse con il suo cavallo gli uomini che aveva di fronte, galoppò per duecento metri, poi si fermò per controllare se il padre e i fratelli lo seguissero. Vide solo la moltitudine che smembrava con furia i corpi caduti a terra.

Licasto si era fermato proprio sotto Glauco, che dall'alto vide il ragazzo mettersi a piangere. Non sembrava ferito, ma il suo cavallo sanguinava copiosamente dal collo e aveva un'altra ferita profonda nei quarti posteriori.

Non farà molta strada, pensò il sibarita.

Il giovane ripartì, lasciandosi dietro una scia di sangue. Glauco lo seguì con lo sguardo per alcuni istanti. Poi si voltò tremante verso le grida e cercò di calcolare quanto tempo gli fosse rimasto a disposizione.

Per Ade, si avvicinano troppo in fretta!

Capitolo 96

18 luglio 510 a.C.

Dall'alto del suo cavallo, l'incappucciato scrutava paziente fra gli alberi. Boreas stava in piedi accanto a lui. Dietro di loro, la cavalcatura del gigante e una decina di muli legati l'uno all'altro.

L'attesa si prolungava più del previsto e in fondo alla mente dell'incappucciato apparve l'ombra di un dubbio. La dissipò senza indugio e continuò ad aspettare. Poco dopo, il silenzio del bosco fu rotto da un battito ritmato, che si rivelò per il trotto di un cavaliere. L'incappucciato si fece avanti con il suo schiavo, emergendo dalla vegetazione e fermandosi al centro di un'ampia radura.

Uno degli uomini di Telis spuntò a cavallo tra gli alberi. « Ce l'abbiamo fatta, signore », disse con euforica veemenza. « Sono fuggiti solo in poche centinaia e stiamo dando loro la caccia ».

L'incappucciato si limitò ad annuire.

Il cavaliere ripartì, spronando con forza il cavallo, ansioso di tornare a unirsi all'orgia di sangue in cui era piombata Sibari.

La maschera nera si voltò verso Boreas. « Andiamo », sussurrò, senza lasciar trasparire la sua intima soddisfazione. Si mise in movimento e il gigante lo seguì tirandosi dietro cavallo e muli.

La loro destinazione era il palazzo di Glauco.

La tela che copriva il terreno del quartiere ricco di Sibari era strappata e bruciata qua e là. Il senso di sussiego che vi si respirava abitualmente era stato cancellato una volta per tutte dalle grida febbricitanti degli uomini che saccheggiavano e incendiavano i palazzi.

L'incappucciato percorreva quelle vie insieme a Boreas, godendo nell'osservare gli effetti devastanti dei suoi intrighi. In varie occasioni incrociarono pattuglie che ordinavano loro di fermarsi, ma appena lo vedevano gli davano subito il permesso di proseguire. Tutti i rivoltosi sapevano che l'uomo dalla maschera nera era un potente alleato, che aveva sostenuto e finanziato la ribellione popolare contro gli aristocratici, trasformando in una realtà inaspettata il sogno storico di un pugno di visionari. Inoltre, Telis, il capopopolo cui tutti obbedivano, aveva ordinato che lo stesso rispetto che avevano per lui fosse tributato al misterioso uomo con la maschera.

E, per quanto riguardava Boreas, tutti a Sibari sapevano chi fosse e di cos'era capace, e avevano ancora meno voglia di avvicinarsi a lui ora che lo vedevano con una spada sguainata.

Le pareti di pietra del palazzo di Glauco erano ricoperte di stucco rosso. *Un colore assai consono a un giorno di sangue e di fuoco*, pensò l'incappucciato. Dall'interno si levava una sottile colonna di fumo. A prima vista non sembrava avere subito danni ingenti. Sulla porta c'era un gruppo di dieci o dodici uomini armati, uno dei quali si fece avanti per accoglierli.

« Buongiorno, signore », disse, con un misto di rispetto e di orgoglio. « Mi chiamo Isandro e sono luogotenente di Telis. Mi ha ordinato di prendere questo edificio e di metterlo a vostra disposizione, insieme ai miei uomini ». Si fece da parte, lasciando loro il passo. Aveva l'aspetto di un uomo duro e intelligente. Tuttavia, al pari di tutti i partecipanti alla rivolta, dimostrava una mancanza assoluta di preparazione militare. L'incappucciato ricordò che, a differenza di quanto si usava in quasi tutte le città greche, i cittadini di Sibari non svolgevano il servizio militare.

« Molto bene, Isandro », sussurrò con la sua voce ruvida. « Sono molto grato e te, a Telis e a tutto il popolo di Sibari. E ora dimmi: avete arrestato Glauco? »

Isandro corrugò la fronte. «No, signore. La conquista del quartiere è stata più complessa del previsto perché la maggior parte di loro contava su una forte guardia personale. Malgrado ciò, lo abbiamo occupato in solo due ore, con l'eccezione di alcuni palazzi che teniamo sotto assedio. Glauco ha avuto la fortuna di riuscire a fuggire prima che chiudessimo tutte le strade. Abbiamo ucciso molte delle sue guardie, ma lui è riuscito a sottrarsi con un pugno di uomini».

Lungo il portico all'ingresso numerosi cadaveri confermavano le parole di Isandro. Non era ancora arrivato il momento di raccogliere i corpi.

L'incappucciato assentì e senza ulteriori preamboli entrò nel palazzo. C'erano un altro cadavere nel corridoio di accesso e tre corpi massacrati nel cortile interno, uno dei quali ancora gemeva senza che nessuno gli prestasse attenzione. La statua di Dioniso era caduta dal piedistallo durante il combattimento; era a terra con la testa e un braccio separati dal tronco.

Boreas provò una sensazione strana a tornare nel palazzo in cui aveva vissuto per tanti anni. Guardò verso le stalle. Era da lì che si alzava il fumo, anche se non si vedevano fiamme. Sull'asse laterale del cortile si vedeva una fila di muli pronti per essere caricati, ma senza basto.

Isandro sbuffò, sdegnoso. «Glauco deve aver pensato di avere il tempo per portar via il suo oro», disse, indicando le bestie da soma. «Ma alla fine è stato costretto a scappare a mani vuote, per salvarsi la vita... per il momento».

«Perfetto», sussurrò l'incappucciato. «Mi servirò anche dei suoi muli».

«Sì, signore, però...» Isandro era incerto se continuare.

«Sì?» Il sussurro uscì dalla maschera tagliente come una spada.

«Telis mi ha detto di obbedirti come a lui stesso... ma ha fatto un'eccezione».

L'incappucciato si indispettì. Si era accordato con Telis che, per compensare tutto l'oro con cui aveva finanziato la rivolta, si sarebbe preso tutto quello che c'era nel palazzo di Glauco. Era una grande concessione da parte del capopopolo, che da buon idealista aveva ordinato che tutti i tesori confiscati fossero consegnati all'erario pubblico. A parte gli inevitabili atti di saccheggio – su cui si sarebbe sorvolato, se non si trattava di grosse quantità – e i beni di Glauco, il sibarita più ricco di tutti, riservati all'uomo dalla maschera nera. *E non si è parlato di eccezioni a questo accordo.*

«Si tratta dei cavalli», spiegò Isandro, rassicurando l'incappucciato. «Telis vuole che tutti quelli degli aristocratici siano destinati alla cavalleria del nuovo esercito di Sibari».

Boreas guidò il suo padrone e gli uomini di Isandro nel palazzo, che lui conosceva bene. Entrarono nelle stanze private di Glauco, percorsero il colonnato del vasto cortile interno, al centro del quale si ergeva la grande statua di Zeus, ed entrarono nella stanza da letto principale. In una delle pareti nascoste dietro un arazzo, c'era una porticina di ferro incassata nella pietra.

«Puoi aprirla?» chiese l'incappucciato allo schiavo.

Il gigante ci pensò un momento, poi uscì in silenzio dall'alcova. Tornò nel patio esterno, dove sradicò il piedistallo della statua di Dioniso. Era cilindrico e scanalato, come una spessa colonna alta poco più di un metro. Lo fece rotolare fino alla camera da letto del suo vecchio padrone e lo appoggiò alla parete di fronte alla porticina di ferro. Lo circondò con le braccia e tese i muscoli in uno sforzo titanico. Riuscì a sollevarlo e ad appoggiarselo su una spalla, fece un paio di passi verso la porta, bilanciandosi, poi si mise a correre. Tutti si allontanarono dalla sua traiettoria. A due metri dall'obiettivo, lanciò il piedistallo con tutte le sue forze. L'impatto contro il metallo fece tremare tutto il palazzo e produsse un frastuono formidabile.

Apparvero crepe sul muro, ma la porta resistette.

Isandro e i suoi uomini guardarono impressionato il gigante

che si avvicinava di nuovo al piedistallo. Qualcuno lo aveva visto quando era di proprietà di Glauco e tutti avevano sentito parlare di lui. Ma essere testimoni della sua forza immensa era sconvolgente. Ad aumentare la sensazione di pericolo era il fatto che il gigante, pur essendo schiavo dell'uomo con la maschera nera, mostrava un disprezzo totale nei confronti degli altri.

Boreas fece di nuovo rotolare la colonna fino alla parete opposta e ripeté il procedimento. Al secondo colpo, la porta metallica cedette, trascinando con i cardini grossi frammenti del muro. Dall'altra parte c'era una scaletta che scendeva sottoterra. In fondo si trovava una piccola camera dalle pareti di pietra. Era impossibile accedervi scavando dall'esterno. Boreas era troppo grosso per entrare dalla porta, ma gli altri scesero con una torcia e constatarono ammirati che tutte le leggende sull'oro di Glauco corrispondevano a verità. Il premio del quoziente non era che un quarto del tesoro del ricco signore.

Due ore dopo la camera era vuota. Il contenuto era stato diviso su diciotto muli: i dieci che avevano portato Boreas e il suo padrone e altri otto di Glauco. La fredda sorveglianza del tracio e gli occhi invisibili dietro la maschera nera garantirono che nessuno intascasse anche una sola moneta.

L'incappucciato ordinò a Boreas di seguirlo e si allontanò di qualche passo dagli altri. « Lasceremo Sibari insieme, ma poi ci separeremo. Tu porterai i muli e la metà degli uomini di Isandro al sentiero del torrente secco. Qui ordinerai loro di tornare in città. Non far loro del male, hai capito? »

Il gigante tardò qualche secondo ad assentire, ma alla fine lo fece, convinto. Obbediva sempre a quell'uomo enigmatico di cui percepiva l'enorme potere.

Il padrone continuò a dargli istruzioni. « Poi proseguirai da solo e lascerai metà del tesoro al nostro nuovo rifugio. Poi porterai l'altra metà a quello vecchio e aspetterai lì il mio ritorno. È possibile che ci metta alcuni giorni ».

Boreas assentì di nuovo.

L'incappucciato tornò da Isandro. «Metà dei tuoi uomini accompagnerà Boreas. Tu mi scorterai con l'altra metà fino alla casa del mio contatto a Crotone». Naturalmente non gli disse che si trattava di Cilone, uno degli aristocratici che i ribelli tanto odiavano.

Isandro si voltò verso i suoi e cominciò a selezionare quelli che avrebbero scortato l'uomo dalla maschera nera.

Percorrere il sentiero verso Crotone in quel momento risultava molto pericoloso: era infestato di sibariti assetati di sangue che braccavano coloro che fino a poche ore prima erano stati la classe alta della città e i suoi governanti. Alla testa di quell'orda c'era Telis, con il quale l'incappucciato era al sicuro, ma c'erano anche numerosi gruppi fuori controllo dediti a una sfrenata caccia all'uomo.

Devo arrivare a Crotone prima possibile, pensò l'incappucciato, inquieto.

Stavolta non ci andava con una borsa d'oro, ma con un sacco traboccante. La fase successiva del suo piano dipendeva dalla possibilità di manipolare il Consiglio dei Mille prima che gli eventi precipitassero.

Capitolo 97

18 luglio 510 a.C.

Quella sera a Crotone la sala del Consiglio si andava riempiendo un po' alla volta. Sul podio c'era Milone, che osservava tetro i consiglieri che entravano e, nervosi, si affrettavano a raggiungere i loro gruppi per essere messi al corrente delle novità.

Un'ora e mezza prima, Milone era stato informato che le sue truppe avevano fatto un incontro insolito: un sibarita si era precipitato verso di loro, chiedendo protezione. Il suo cavallo era morto poco dopo, stremato. L'uomo, che aveva indosso solo una tunica da notte, tipica delle classi alte di Sibari, affermava che nella sua città aveva avuto luogo una rivolta, alla quale era sfuggito per un soffio. Milone lo aveva fatto condurre alla propria presenza e con sorpresa aveva riconosciuto Pireneo, un giovane e grasso aristocratico facente parte del Consiglio di Sibari, oltre a essere un iniziato pitagorico.

« Milone, grazie agli dei! » Pireneo gli si gettò ai piedi, singhiozzando.

« Alzati ». Il generale dovette sollevarlo a forza. « Cos'è successo? »

Il fuggiasco scosse a lungo la testa, prima di riuscire a parlare con voce lamentosa. « Ho perso tutto. Che cosa sarà di me? » Riprese a singhiozzare, poi si passò le mani sulla faccia, cercando di ricomporsi. « Hanno attaccato a tradimento. Erano tanti, tantissimi. Portavano armi e torce per dare fuoco a tutto. Per fortuna, la notte scorsa soffrivo di insonnia e così li ho visti arrivare. La mia casa è stata una delle prime che hanno assaltato ».

Continuò a parlare, sfogandosi a lungo. Dal suo discorso incoerente, il generale riuscì a capire che quella mattina a Sibari si era scatenata una rivolta popolare di dimensioni considerevoli, anche se non sapeva quale fosse stato il risultato finale. Pireneo era fuggito poco dopo che era cominciata e aveva cavalcato tutto il giorno fino ad arrivare a Crotone.

Milone rifletté, senza sapere cosa fare. Rivolte di quel genere potevano propagarsi con facilità, senza contare che un cambio di governo in una città vicina era sempre una questione delicata. Soprattutto se il governo abbattuto era affine al loro, perché in tal caso quello nuovo sarebbe risultato ostile. D'altra parte, aveva un solo testimone, un soggetto molto nervoso che, forse, stava ingigantendo ciò che aveva visto.

Un quarto d'ora più tardi, a toglierli qualsiasi dubbio fu un altro sibarita sfuggito alla rivolta. Non portava nuove informazioni sullo sviluppo degli eventi, ma le sue dichiarazioni confermavano quelle di Pireneo. Benché fosse ormai tarda sera, Milone mandò un messaggio a Pitagora e convocò una riunione di emergenza del Consiglio dei Mille.

Fino a quel momento si era presentata la metà dei consiglieri. Il generale intanto aggiornava le informazioni man mano che giungevano altri profughi sibariti.

«Le ultime notizie che ho saputo...» Attese che il brusio nella sala si acquietasse e i consiglieri si voltassero verso di lui. «Le ultime notizie che ho saputo sono che il quartiere aristocratico di Sibari è in fiamme. Abbiamo già sette rifugiati. Tutti avevano a disposizione cavalli eccellenti e ci hanno detto di avere preceduto molti concittadini lungo il sentiero. Pertanto dobbiamo prepararci all'arrivo di una quantità più numerosa di fuggitivi e alla possibilità che il regime aristocratico di Sibari sia crollato».

Quell'ultima frase sollevò un mormorio spaventato in tutta la sala. Pitagora, silenzioso, era seduto al suo posto nella prima fila delle gradinate, sopportando con pazienza l'esasperante stillicidio di informazioni. *Prego gli dei che la rivolta non abbia avuto successo.*

Sarebbe stato molto pericoloso per Crotone, perché entrambe le città erano governate da un consiglio di aristocratici che a sua volta era diretto da un consiglio superiore di pitagorici. Ed era sorprendente il numero di sollevamenti popolari che si stava producendo quell'anno, era come se un'onda di ribellione stesse attraversando il mondo. A Roma, Lucio Giunio Bruto aveva spodestato il re Tarquinio il Superbo, evento che sembrava segnare la fine di una monarchia durata secoli, dal momento che il vincitore intendeva instaurare un governo repubblicano. Ad Atene, Clistene aveva rovesciato il terribile Ippia, chiudendo una lunga epoca di tirannia, e ora si dedicava a un impegnativo progetto di riforme che ampliavano il potere del popolo. *Ma il governo di Sibari non è dispotico, come non lo è quello di Crotone.*

Le idee politiche di Pitagora, messe in pratica dai governanti sotto la sua direzione, si basavano su un esercizio giusto del potere che puniva abusi e corruzione. Non aveva senso che quanto era successo a Roma e Atene si ripetesse nelle città che si trovavano sotto il suo controllo. *Dev'esserci qualcuno che istiga, che inganna. Un fanatico che ha confuso le idee al popolo e si è messo alla sua guida, pensando in realtà solo al proprio interesse.*

D'un tratto lo colse un'idea terribile. *E se fosse ancora l'uomo dalla maschera nera?* Ma non aveva senso. Il responsabile della rivolta doveva essere un capopopolo ben conosciuto a Sibari. Il filosofo cambiò posizione sulla gradinata. Auspicava che la rivolta fosse stata soffocata e che presto ne giungesse notizia.

Un soldato varcò la soglia della sala. Doveva essere giunto un altro rifugiato, con informazioni più fresche. Il militare si portò al centro della sala seguito da centinaia di occhi ansiosi. Girò intorno al mosaico di Eracle e raggiunse il podio, da cui Milone scese per parlare con lui. Dopo una breve conversazione, il generale salì di nuovo i gradini.

I consiglieri ammutolirono.

«Credo che possiamo ormai essere sicuri dell'accaduto». La voce stentorea di Milone risuonò fra le pareti di pietra. «La rivolta è stata massiccia e molto ben coordinata. All'alba, migliaia di uomini hanno fatto irruzione nel quartiere degli aristocratici, assassinando senza esitazione tutti coloro che cadevano nelle loro mani. In poche ore, hanno assunto il controllo dell'intera città, con l'eccezione di piccoli focolai di resistenza che probabilmente sono già caduti. In sostanza, la città è in mano ai ribelli». Fece una pausa.

I consiglieri erano così turbati da sembrare statue.

«Considerata la situazione, darò ordine che l'esercito si prepari a evitare che accada qualcosa di simile a Crotone». Milone attese qualche secondo, nel caso qualcuno tra i presenti volesse replicare. Poiché nessuno lo fece, abbandonò il podio e la sala, per andare ad assumere il comando delle truppe.

Dal suo posto, Cilone guardò passare il capo dell'esercito. Non aveva nulla in contrario che le forze armate si preparassero a soffocare qualsiasi ribellione. Al contrario, era contento che la loro città disponesse di truppe, non come quegli smidollati di Sibari che, per evitare il servizio militare, non avevano nemmeno un esercito. Confidavano nell'oro per reclutare mercenari quando erano in conflitto con qualche città vicina, mantenendo in permanenza solo forze ridotte la cui lealtà era alquanto dubbia. I più ricchi disponevano di una guardia personale, ma certo buona parte dei membri dovevano essersi dati alla fuga, specie dopo che lo avevano visto fare ai loro signori.

Qui da noi una ribellione non avrebbe mai successo, si disse, pur non essendone del tutto convinto. Provava la sgradevole sensazione di essere alla mercé degli eventi.

In ogni caso, non gli sarebbe mai passato per la testa che dietro la rivolta ci fosse il suo alleato. Cilone, al pari delle città di Sibari e di Crotone, era solo una pedina nel gioco dell'incappucciato.

Capitolo 98

18 luglio 510 a.C.

Qualche ora prima di quell'inquieta convocazione notturna del Consiglio dei Mille, l'incappucciato giunse a temere che i suoi piani stessero per fallire.

Stava cavalcando senza posa per riuscire a raggiungere Crotone prima che aumentassero i controlli di sicurezza. Supponeva che, all'arrivo dei primi profughi da Sibari, sarebbe stato dato l'allarme, rendendo più difficile entrare in città.

Quando il suo gruppo aveva percorso due terzi della distanza, si imbatterono in Telis. Il capo della ribellione si era fermato nei pressi di un fiume per accamparsi con i suoi armati, una decisione intelligente. Oltretutto, non poteva certo inseguire gli aristocratici fin dentro Crotone.

Al gruppo di Telis si stavano unendo nuovi contingenti che non erano riusciti ad avanzare con altrettanta rapidità o che erano partiti più tardi da Sibari. Si erano già raccolti tre o quattromila uomini.

«Andiamo a parlare con Telis», disse Isandro, animato.

«No», si oppose il sussurro aspro dell'uomo con la maschera. «Dobbiamo arrivare a Crotone al più presto».

Il luogotenente di Telis lo guardò dubbioso per qualche secondo. Ma alla fine non discusse l'ordine e continuò a scortarlo, accompagnato da altri cinque uomini. Nell'ultimo tratto del sentiero raggiunsero alcuni aristocratici sibariti che cercavano di rifugiarsi a Crotone. Isandro rivolse all'incappucciato uno sguardo interrogativo e l'altro fece cenno di no. Perdere tempo per andare a caccia di uomini lo avrebbe fatto tardare.

Raggiunsero Crotone che era già notte fonda. Si divisero a coppie che attraversarono la porta settentrionale distanziandosi l'una dall'altra, perché le guardie, che si aspettavano l'arrivo di gruppi più numerosi di assalitori, non bloccassero loro l'ingresso. Le notizie della rivolta sibarita rendevano le strade più movimentate di quanto non fossero di solito a quell'ora. Dovunque si vedevano cittadini in cerca di novità e inservienti che portavano messaggi. Paradossalmente, fu grazie a quell'agitazione che l'incappucciato e la sua scorta poterono passare inosservati, arrivando senza problemi a casa di Cilone.

L'uomo con la maschera nera smontò da cavallo e annunciò la sua presenza a una guardia sulla porta, un uomo che conosceva. Isandro e i suoi rimasero a qualche metro di distanza osservandolo con un misto di stupore e ostilità. Chi era quell'uomo senza volto che sembrava tanto amico degli aristocratici crotonesi? La guardia rispose che Cilone era uscito, ma lo lasciò entrare senza problemi. Gli inservienti di fiducia del politico sapevano di dover obbedire all'uomo con la maschera.

Prima di entrare, questi si voltò verso Isandro. «Sono arrivato. Voi potete andare», disse tranquillo.

Isandro fu tentato di sputare per terra, per dimostrargli il proprio disprezzo. Ma alla fine si limitò a lanciargli un'occhiata velenosa e si allontanò in tutta fretta per raggiungere l'accampamento di Telis.

Varcata la soglia del palazzo di Cilone, l'incappucciato passò le redini a un inserviente e fece cenno a un altro di avvicinarsi. «Prendi questo sacco», sussurrò, indicando il carico del suo cavallo, «e seguimi».

Attraversò il lussuoso cortile, salì al piano superiore e percorse una galleria fino alla stanza di Cilone. L'inserviente, curvo sotto il peso che trasportava, depositò il carico dove gli fu indicato a se ne andò, lasciando l'ospite da solo. L'incappucciato ammonticchiò alcuni cuscini sul pavimento e vi si sdraiò. Con profonda soddisfazione, appoggiò un braccio sul sacco colmo d'oro e rilassò il proprio corpo. Immaginava che Cilone avrebbe passato l'intera notte al Consiglio.

Mentre si abbandonava a un piacevole sonno, pensò a cosa gli avrebbe procurato il contenuto di quel sacco. Una parte sarebbe servita a comprare i voti che gli occorrevano nel Consiglio dei Mille. *Grazie alla paura e all'oro, tra non molto sarò io a controllare le votazioni.*

La maggior parte dell'oro, tuttavia, era destinata ad altro.

Dove accidenti si è messo l'uomo con la maschera?

Cilone, sfinito, tornava a casa a piedi, accompagnato da due guardie con le torce accese, anche se l'alba cominciava a illuminare le strade della città. Il politico crotonese procedeva a testa bassa, perso nei propri pensieri. Senza accorgersene, si era abituato a seguire i *suggerimenti* del suo misterioso alleato, che ora però non vedeva da due settimane.

Al Consiglio si era deciso di interrompere la seduta e andare a riposare per qualche ora. L'arrivo dei profughi da Sibari continuava incessante; erano quasi tutti aristocratici che confermavano l'esito della rivolta e chiedevano asilo.

Quando Cilone arrivò alla sua residenza, si sentiva tanto nervoso quanto sfinito. Non era sicuro di riuscire a dormire. Salì fino alla sua camera e si sedette sul bordo del letto, lasciando cadere la testa in avanti.

«Vedo che abbiamo tutti e due bisogno di riposo».

Il consigliere sussultò, voltandosi verso quel sussurro rauco. In un angolo della stanza, disteso sui cuscini, c'era l'uomo con la maschera nera. «Cosa ci fai qui? Come sei entrato?»

Ebbe la sensazione che l'altro sorridesse, dietro la maschera.

«Se non ti disturba, sarò tuo ospite per qualche giorno. Dobbiamo tenere parecchie riunioni». Batté una mano su un sacco che teneva accanto a sé.

Cilone si irritò, sentendo che l'uomo con la maschera disponeva di lui a propria discrezione, ma apprezzò la sicurezza che irradiava. Il politico ne aveva bisogno in quelle ore turbolente. *E quel sacco ha l'aria di contenere un bel po' d'oro*, pensò, impressionato.

Meditò in silenzio per qualche secondo. « D'accordo. Do ordine che ti preparino una stanza. Parleremo con calma quando sarò più riposato ».

La sessione del Consiglio riprese a mezzogiorno. A Crotone non si era verificato alcun tentativo di rivolta, ma l'intera città era in tensione. C'erano già duecento rifugiati da Sibari, parte dei quali aveva trovato posto nella comunità. Ma ne arrivano altri a ogni ora.

Pitagora occupava il suo posto in prima fila, circondato dalla totalità del Consiglio dei Trecento. Mentre aspettava le novità, tornò con la mente alla questione degli irrazionali. *Ci sarà un modo per affrontarli?*, si domandava, corrucciato.

La pietra del suo sedile, dura e fredda, gli faceva dolere le ossa. Avrebbe dovuto prendere l'abitudine di portare un cuscino, come facevano i consiglieri più avanti negli anni. Si piegò in avanti e appoggiò i gomiti sulle ginocchia, in cerca di un po' di sollievo. Così curvo, sembrava più fragile che mai, quasi un anziano acciaccato, anziché il possente filosofo.

La caduta del governo pitagorico di Sibari lo portava a dubitare del suo progetto politico. Che il popolo si ribellasse a un governo retto dalle sue norme e dalla dottrina della confraternita destabilizzava le sue convinzioni. Sentiva di perdere parte dell'energia che gli occorreva per occuparsi di tutti i piani di espansione che aveva elaborato: *Napoli, gli etruschi, Roma...*

Distratto com'era, tardò a notare che quasi metà delle gradinate era deserta. Mancavano Cilone e tutti i suoi sostenitori, che negli ultimi tempi ammontavano a circa quattrocento.

A un'estremità della sala, vicino alla porta, Milone era a colloquio con un militare giunto da poco. Quando ebbe finito, andò dritto al podio. La sua espressione era decisa come sempre, ma si vedeva che le parole dell'oplite lo avevano preoccupato.

«Sono appena tornate le nostre prime spie», annunciò con gravità. «I ribelli di Sibari, inseguendo gli aristocratici, si sono avvicinati molto a Crotone. In questo stesso momento sono accampati a meno di tre ore di cavallo».

La notizia sollevò un mormorio nervoso.

«Quanti sono?» domandò qualcuno.

Il generale esitò a condividere quelli che considerava dettagli militari. «Cinquemila uomini», rispose infine. «E un migliaio di cavalli».

Dal pubblico si levarono esclamazioni spaventate. *Com'è possibile?*, si domandavano tutti. Sibari non aveva mai avuto un esercito e d'un tratto aveva radunato forze di tutto rispetto, soprattutto quanto alla cavalleria. L'esercito di Crotone, includendo le riserve, poteva raggiungere i quindicimila soldati, ma la cavalleria poteva contare su cinquecento effettivi, la metà di quelli di Sibari.

Pitagora ascoltò con ansia, poi si voltò verso il lato di Cilone. La misteriosa assenza del consigliere e di tutto il suo gruppo non lo rassicurava affatto.

«Che cosa stai tramando?» sussurrò, dondolando il capo.

Capitolo 99

19 luglio 510 a.C.

Glauco si affacciò lentamente alla porta dell'edificio comune. Guardò diverse volte a destra e a sinistra, prima di decidersi a uscire allo scoperto. Poi si diresse con passo frettoloso al portico della comunità, a capo chino, nel vano tentativo di passare inosservato con il suo corpo voluminoso.

Il sole già si stava nascondendo dietro la collina alle sue spalle. Era arrivato prima dell'alba con una misera borsa d'oro, due servitori e quattro guardie; quello, oltre alle relative cavalcature e alle pergamene del quoziente, era tutto ciò che era riuscito a salvare dalla follia esplosa a Sibari senza preavviso.

Intorno a lui, il terreno della comunità era punteggiato di gruppi di persone affamate di notizie dall'esterno, sia da chi proveniva da Crotone, sia dai nuovi profughi della mattanza di Sibari.

Ecco Akenon!

Tra la statua di Hermes e il tempio di Apollo si era formato un conciliabolo in cui si trovavano anche l'egizio e Arianna, attenti al racconto di un sibarita. Glauco corse verso di loro.

«Akenon!» Quando gli fu vicino, si piegò in avanti, ansante. «Akenon, ti ho trovato, grazie agli dei».

L'investigatore si voltò verso di lui. Aveva saputo che c'era anche Glauco tra i rifugiati, ma non lo aveva ancora visto.

Il sibarita gli rivolse un sorriso mellifluo, prima di parlare. «L'ultima volta che ci siamo visti è stato quando hai portato Crisippo al mio palazzo».

Akenon annuì, con le labbra strette. Se l'altro gli ricordava quell'episodio, significava che stava per chiedergli un favore. Non si sentiva molto incline ad aiutarlo, ma almeno lo avrebbe ascoltato.

Arianna li raggiunse e Glauco si staccò dal gruppo perché non li sentisse nessun altro. «Arianna, figlia del grande Pitagora, sono molto felice di vederti. Spero che vi siano state d'aiuto le pergamene che vi ho consegnato alla vostra ultima visita».

«Grazie, Glauco», rispose lei, più diplomatica di Akenon. «Mi spiace vederti in questa situazione. C'è qualcosa che possiamo fare per alleviare le tue sofferenze?»

Avevano accolto il sibarita come rifugiato. Era un iniziato, sotto la protezione delle norme di ospitalità e solidarietà fraterna dell'ordine. Sarebbe stata gentile con lui, ma non dimenticava che tra gli attributi della duplice natura di quell'uomo c'erano la violenza e l'egoismo. Tantomeno poteva scordare che aveva ordinato a sangue freddo la morte di altri esseri umani e che era stato sul punto di far uccidere anche loro.

«Grazie, molte grazie, Arianna. C'è una cosa che puoi fare per me. Sono riuscito a portare con me un paio di servi e quattro guardie, ma li hanno sistemati nel ginnasio che si trova sulla strada di Crotone. Li ho bisogno qui con me, perlomeno le guardie. Darai l'ordine, per favore? Lo farai?» Glauco si inginocchiò.

Akenon lo guardò con disprezzo.

«Non posso farlo», rispose lei. «Nella comunità stiamo accogliendo solo gli iniziati all'ordine e già non abbiamo più posto nemmeno nelle stalle. Inoltre qui non possono entrare guardie armate. Le armi sono proibite, da noi, con la temporanea eccezione dei soldati assegnati alla nostra sicurezza».

Glauco si rialzò bruscamente e nei suoi occhi balenarono lampi di rabbia. «Allora sarete responsabili della mia morte».

Quella frase sorprese l'investigatore. «Chi mai potrebbe cercare di farti del male dentro la comunità?»

«I miei stessi concittadini. Hanno il sospetto assurdo che sia io il responsabile dell'accaduto». Si guardò intorno, tornando a mostrarsi timoroso. «Quando è cominciato l'attacco, un gruppo di ribelli è avanzato troppo rispetto al grosso delle forze. Hanno cercato di occupare da soli un palazzo, che però era ben protetto, e sono morti tutti. Il padrone di casa ha ordinato di perquisire i cadaveri dei ribelli ammonticchiati in cortile. A quanto pare, il capo di quel gruppo aveva in tasca monete con il mio nome sopra».

«Quelle che hai coniato per il premio?» domandò Arianna.

«Proprio così. Sembra che la rivolta sia stata finanziata con il mio oro, il che fa pensare all'uomo con la maschera cui l'ho consegnato. Ma i miei compatrioti pensano che ci sia io dietro il sollevamento. Come possono essere così stupidi?» si domandò il sibarita, furioso. «Ora che mi vedono nella miseria più assoluta?»

Arianna e Akenon si scambiarono un'occhiata in silenzio, riflettendo sulla sorprendente apparizione del loro nemico nel quadro della rivolta. Eppure aveva senso: in fin dei conti, si trattava della caduta di un governo pitagorico...

«E non è tutto», aggiunse Glauco, amareggiato. «Alcuni di coloro che sono scappati da Sibari hanno visto entrare Boreas in città. E molti non sanno che non è più mio schiavo. Era al fianco di un uomo incappucciato, suppongo quello con la maschera; portavano con loro parecchi muli. Credo che intendessero caricarli con l'oro che ho dovuto lasciare indietro». Afferrò senza preavviso l'egizio per il bordo della tunica. «Dovete aiutarmi, altrimenti mi uccideranno!»

Akenon gli prese i polsi con forza e lo staccò da sé, mentre Arianna rispondeva: «Non possiamo permettere l'entrata di uomini armati, ma possiamo chiedere di farti alloggiare al ginnasio, insieme ai tuoi uomini».

Glauco la guardò dubbioso. «D'accordo», convenne infine. «Lì quantomeno avrò quattro spade a difendermi. Spero che sia sufficiente finché non trovo il modo di risolvere la mia situazione». Si voltò a guardare in direzione del ginnasio. Non gli andava di dover camminare in campo aperto, ma ci sarebbe arrivato in pochi minuti. In quel momento vide Pitagora che entrava nella comunità. Pensò di parlargli, ma quando vide il suo aspetto si trattenne. Anche se era passato meno di un anno dall'ultima volta che si erano incontrati, il filosofo sembrava essere invecchiato di quindici. Era sempre alto e forte, ma era dimagrito e non camminava più con la schiena dritta. Guardava a terra, senza conversare con i discepoli che lo accompagnavano.

Anche Arianna lo vide arrivare e provò un'afflizione profonda. Per la prima volta lo vedeva fragile, bisognoso di conforto. Desiderava con tutta l'anima alleviare le sue pene. D'un tratto, l'immagine del padre si annebbiò e lei si rese conto di essersi messa a piangere. Si asciugò le lacrime con il dorso della mano. *Essere incinta vuol dire anche avere una fontana negli occhi.*

Si voltò di nuovo verso Glauco e Akenon. L'attraente egizio indossava una tunica color ocra, senza maniche. Mentre parlava con il sibarita, indicando Crotone, se ne vedeva la forte muscolatura del braccio. E d'un tratto ebbe un ricordo vivido della sensazione di calore e protezione che aveva provato tra quelle braccia. In quel viaggio a Sibari, anche se solo per qualche ora, si era sentita completamente sicura con lui.

Si rimproverò subito per quei pensieri e si allontanò da Akenon.

Capitolo 100

19 luglio 510 a.C.

«Dobbiamo attaccare quanto prima!»

Dall'alto del podio, Milone ascoltava le grida dei consiglieri. La sessione si era prolungata di nuovo fino alle prime ore del mattino e la stanchezza rendeva tutti più irascibili.

«Bisogna lanciarsi su di loro prima che si rinforzino ancora di più!»

Il generale negò con la testa, senza intervenire. Da molto ormai non c'era più un dibattito organizzato: si erano formati vari gruppi che discutevano tra loro senza concludere nulla. Né erano giunte novità significative. Nel corso della giornata avevano saputo che il capo dei rivoltosi si chiamava Telis e che probabilmente avevano ricevuto il sostegno dell'uomo con la maschera nera.

Milone stimava che l'accampamento dei ribelli dovesse contare ormai su diecimila uomini e più di mille cavalli. *Ma la maggioranza di loro non ha esperienza di combattimento.* Potevano ancora sconfiggerli senza grandi difficoltà.

«Non hanno fatto mostra di aggressività», fece notare qualcuno dei Trecento. «Non possiamo attaccare qualcuno che non ci ha neppure minacciati».

Una voce adirata gli rispose dall'altro capo della sala. «La loro presenza alle porte della nostra città parla da sola. È ovvio che le loro intenzioni non sono pacifiche. Stiamo parlando di un movimento contro gli aristocratici!»

«Sono a tre ore di cavallo, non alle porte della città», ribatté qualcuno. «E poi sono sibariti e si occuperanno delle questioni della loro città. O pensate forse che cercheranno di abbattere tutti i governi della Magna Grecia?»

Il generale guardò preoccupato Cilone e l'ampio gruppo che lo sosteneva. Erano tornati da poche ore in Consiglio e se ne stavano stranamente sulle loro. Poi Milone si voltò verso Pitagora, che non interveniva anche se seguiva con attenzione tutto ciò che veniva detto. In quel momento, come se reagisse al suo sguardo, Pitagora si alzò e si diresse al podio. Il generale stava per scendere i gradini e lasciargli il posto, ma il maestro gli fece cenno di restare dov'era.

Quando fu al suo fianco, Pitagora gli parlò a voce bassa. «Non so cosa stia tramando Cilone, ma sarà meglio prendere noi l'iniziativa».

Nella sala si era fatto silenzio ora che Pitagora si accingeva a parlare. Il filosofo sapeva da ore che cosa intendeva dire, ma era rimasto in attesa del momento opportuno. Ora tutti erano così stanchi che desideravano solo che qualcuno chiudesse la discussione per poter andare a dormire. Lo stesso Pitagora sperava in un accordo rapido, non si sentiva abbastanza in forze per sostenere lunghi dibattiti. Lanciò uno sguardo sulla sala, sforzandosi di trasmettere sicurezza, e cominciò il suo intervento.

«Consiglieri di Crotone, mi piacerebbe sottoporre alla vostra valutazione due proposte». La sua voce era profonda e risonante, tuttavia Milone percepiva nella sua fermezza una crepa sottile e si augurò che non la notasse nessun altro.

«La prima proposta è che inviamo all'alba un'ambasciata per parlamentare con Telis. Così saremo meglio informati sulle loro intenzioni e, nel frattempo, anche delle loro capacità». Pitagora passò lo sguardo sull'uditorio. Sembravano favorevoli, ma non si sarebbero pronunciarti finché non avesse finito. «La seconda proposta è che facciamo uscire tutto il nostro esercito e lo facciamo accampare un paio di chilometri a nord di Crotone. Confido che questa dimostrazione di forza abbia un effetto dissuasivo, e in ogni caso avremo già le nostre forze armate frapposte tra la città e i ribelli sibariti».

Proseguì per altri cinque minuti. Quando ebbe finito, Milone intervenne in veste di generale, per dare maggior peso alle parole del filosofo. Appoggiò entrambe le proposte e spiegò alcuni dettagli riguardo allo spiegamento dell'esercito. Tra le altre ragioni, era necessario accamparsi fuori città perché per i riservisti non ci sarebbe stato spazio nelle caserme. Inoltre, in quelle circostanze era più prudente mantenersi in formazione da campagna.

Appena ebbe terminato le sue argomentazioni, i Trecento manifestarono il proprio appoggio immediato. Gli altri consiglieri dibatterono fra loro a gruppi. Infine votarono anch'essi a favore, tranne Cilone e i suoi numerosi sostenitori.

Due ore più tardi, all'alba, un'ambasciata partì da Crotone per l'accampamento dei ribelli. Era costituita da tre timorosi consiglieri, scortati da dieci opliti. Durante i primi minuti della spedizione si sentirono come se attraversassero un formicaio umano: i quindicimila soldati dell'esercito di Crotone si stavano spiegando sul fianco settentrionale della città.

Le truppe si fermavano al passaggio dei consiglieri e li osservavano con espressione cupa. Nella mente di tutti gli opliti, abituati a tanti anni di pace, si ripeteva lo stesso pensiero inquieto: *Se l'ambasciata fallisce, dovremo combattere.*

Capitolo 101

22 luglio 510 a.C.

Telis ricevette la delegazione crotonese con molta cortesia. Ma, a dispetto delle buone maniere, il capo dei rivoltosi non riteneva che il momento fosse adatto a negoziare e i consiglieri dovettero tornare indietro a mani vuote, senza aver stabilito alcun accordo né tantomeno aver chiarito le intenzioni dei sibariti.

Due giorni più tardi, fu Telis a organizzare una propria ambasciata per presentare a Crotone le proprie condizioni.

«Isandro, è necessario che tu insista per avere una risposta oggi stesso. Metti in chiaro che non accetteremo nessun rinvio e interpreteremo qualsiasi dilazione come una chiara risposta negativa alle nostre richieste».

Il luogotenente annuì con solennità. Era orgoglioso di comandare la delegazione. Fino a tre giorni prima non era che il semplice aiutante di un panettiere e ora veniva considerato nientemeno che il braccio destro del capo del governo popolare di Sibari. «Non preoccuparti, Telis, esporrò le nostre richieste in modo chiaro e fermo».

Telis gli appoggiò una mano su una spalla. «Se partite adesso e tornate al calar del sole, avranno tre o quattro ore per pensare alla risposta».

Isandro annuì di nuovo.

Il suo capo gli si avvicinò, guardandolo negli occhi. «Isandro, quanto stiamo facendo sarà di riferimento per altri popoli e per molte generazioni». Dopo qualche secondo, lo strinse in un abbraccio. «Che gli dei ti accompagnino».

Il luogotenente ricambiò l'abbraccio, in silenzio: un nodo alla gola gli impediva di parlare. Quando si separarono, montò a cavallo e partì verso sud, accompagnato da cinque uomini.

Telis, fermo ai confini dell'accampamento, li guardò rimpicciolire in direzione di Crotone. Poi si voltò e camminò fra i suoi uomini risalendo la riva del fiume.

«Telis, Telis, Telis!» I ribelli inneggiavano a lui al suo passaggio, agitando il pugno in aria. Lui stava cominciando a farci l'abitudine.

Occupavano un chilometro e mezzo della sponda del fiume, dalla foce fino alle colline. Non pioveva da giorni e il corso d'acqua era facile da guadare, cosa che aveva consentito loro di trasferire uomini e animali sulla riva meridionale, quella più vicina a Crotone.

I miei uomini sono euforici, si disse, pensoso. Era logico: dopotutto, stavano vivendo la più grande avventura della loro vita, avvolti in un'atmosfera inebriante di libertà e giustizia, e finora avevano goduto di un successo travolgente. Lui sapeva che era importante risolvere la situazione con i crotonesi prima che il morale dei ribelli si raffreddasse. Ricambiava i saluti e tutti potevano vedere l'immutabile espressione di fiducia che lo caratterizzava. Nondimeno, dietro quell'apparenza solida, ribolliva l'inquietudine. Era abile ed esperto nelle cospirazioni, non a guidare un esercito. *Formato da macellai, panettieri, vasai...*

Sentiva il peso enorme della responsabilità, ma nel suo compito non era del tutto solo. Tra la sua gente c'erano duecento mercenari che erano stati al soldo degli aristocratici e che loro avevano convinto – con la paga in oro corrispondente – a passare dalla loro parte. C'era anche un numero quasi equivalente di guardie che si erano unite a loro. In totale, quattrocento uomini con formazione militare, esperti nel maneggiare le armi. Non erano molti, ma li aveva nominati ufficiali e con il loro aiuto aveva improvvisato l'esercito popolare di Sibari. Ogni nuovo ufficiale aveva in carico un gruppo di uomini privi di esperienza. E cinque di loro erano stati selezionati per formare un consiglio militare permanente.

Mentre camminava tra le acclamazioni, ripensò all'uomo con la maschera nera con curiosità e gratitudine. Intuiva che i motivi per cui li aveva aiutati andassero al di là delle simpatie verso il movimento popolare contro gli aristocratici. Il misterioso individuo aveva chiesto come ricompensa il contenuto del palazzo di Glauco, ma Telis era sicuro che non fosse spinto solo dall'oro.

In ogni caso, il suo aiuto è stato inestimabile.

L'uomo con la maschera aveva dato forza al movimento e nel contempo aveva rafforzato la posizione di Telis. Usava sempre le parole giuste e le accompagnava con una capacità di convincere gli ascoltatori che aveva del soprannaturale. E continuava a far comparire monete d'oro per convincere i contrari o i dubbiosi e rafforzare la volontà dei sostenitori. Il fatto che le monete fossero quelle che aveva incassato da Glauco per avere risolto un problema matematico in apparenza privo di soluzione non faceva che aggiungere mistero alla sua figura.

Giunto alla sua tenda, piantata su un dosso, Telis si voltò a guardare il sentiero del nord. Il transito era continuo, soprattutto da Sibari verso di loro. *Il nostro esercito continua a raccogliere uomini e provviste*, pensò, con un sorriso fiducioso.

La rivolta era stata pianificata e messa in atto molto bene, ma i suoi piani arrivavano solo al momento di dare la caccia agli aristocratici in fuga. Da quel momento in avanti aveva improvvisato. Non avrebbe mai immaginato che sarebbero arrivati così lontano da Sibari, né che tanti uomini si sarebbero uniti all'inseguimento dei fuggiaschi. Quando se n'era accorto, avevano passato un giorno intero a braccare gli aristocratici e si trovavano più vicini a Crotone che alla loro città.

Una voce tuonò accanto a lui, riportandolo al presente. «Bello spettacolo».

Telis si voltò verso il nuovo arrivato. Si trattava di Branco, il membro più prezioso del suo consiglio militare. Era uno spartano sui quarant'anni con la pelle segnata dalle intemperie. Il suo sorriso cinico contrastava in modo inquietante con lo sguardo freddo e calcolatore. Si diceva che fosse fuggito da Sparta a vent'anni, dopo aver tagliato la gola a un superiore militare che lo aveva umiliato. Era stato uno dei primi mercenari reclutati. La rapida caduta del quartiere aristocratico era stata frutto della sua strategia e delle sue capacità di comandante in combattimento. Branco guardava soddisfatto la parte bassa dell'accampamento, dove erano radunati i duemila cavalli del suo esercito.

« Sei convinto che saranno sufficienti? » gli domandò Telis.

« Sono sicurissimo », rispose lo spartano, con lo sguardo fisso sugli animali. « E, se lo sono io, lo saranno anche i consiglieri militari dell'esercito di Crotone ». Si voltò verso il capo. « Noi greci non siamo molto abituati a impiegare i cavalli in battaglia, ma con un corpo di cavalleria di queste dimensioni non ci sarebbe neppure bisogno del resto dei tuoi uomini per schiacciare le forze crotonesi. Sempre che la cavalleria sia ben diretta, ovvio ».

Branco tornò a guardare i cavalli. Telis era un po' infastidito dalla sua arroganza: continuava a fare commenti di quel genere, sottolineando che non solo dovevano essergli grati, ma che avevano assoluto bisogno di lui.

Era vero che la posizione di forza che avevano assunto era in gran parte merito dello spartano che dettava legge nel consiglio militare. Sembrava sempre molto sicuro di cosa si dovesse fare. Era stato lui a suggerire di accamparsi lungo il fiume, la prima sera, e insistere il mattino dopo perché raggruppassero le forze in quella posizione, facendo pressione sui crotonesi perché consegnassero gli aristocratici che si erano rifugiati presso di loro.

Su questo sono completamente d'accordo, pensò Telis. *È imprescindibile che catturiamo i fuggitivi.* In base alle sue informazioni, a Crotone dovevano esserci pressappoco cinquecento rifugiati. Se non li incarceravano, nel volgere di qualche mese quegli aristocratici avrebbero riunito un esercito fra i loro potenti alleati e avrebbero tentato la riconquista di Sibari.

Guardò Branco di sottecchi. Confidava nelle sue capacità militari, ma non nella sua lealtà. Per fortuna, gli uomini seguivano ciecamente il capo della rivolta e lo spartano si limitava a mettere in pratica le sue doti belliche. Dopo la prima notte, Telis lo aveva messo a capo dell'intendenza. Branco aveva stabilito con Sibari un flusso costante di messaggeri e aveva chiesto alla città tutto ciò di cui potevano avere bisogno per rimanere in quel punto diversi giorni. Aveva anche ridimensionato l'accampamento, in funzione degli uomini che si aspettavano di ricevere. Era stato allora che era arrivata la delegazione crotonese. Quando gli ambasciatori si erano allontanati, Branco aveva insistito perché si rafforzassero più in fretta.

« È possibile che i crotonesi lancino un attacco », affermava con veemenza. « La loro ambasciata ha visto che stiamo aumentando, ma che siamo ancora più deboli di loro ».

Avevano organizzato la difesa e inviato messaggi urgenti a Sibari, perché si accelerasse l'invio di uomini e di tutti i cavalli che si riuscissero a trovare. Per fortuna, i crotonesi si erano dimostrati pusillanimi e avevano commesso l'errore di non attaccarli. In soli due giorni, l'accampamento sibarita era raddoppiato, arrivando a ospitare venticinquemila uomini e duemila cavalli. Le loro spie li avevano informati che i crotonesi avevano spiegato il proprio esercito alle porte della città, quindicimila uomini e cinquecento cavalli. Anche se la differenza era terribile, la fanteria di Crotone era molto più pericolosa. Era composta da militari esperti, protetti da elmi, giubbe e schinieri di cuoio, e persino di metallo; e armati di spade, scudi e lance. Gli uomini di Sibari traboccavano di entusiasmo, erano comandati da mercenari e guardie, ma erano solo civili privi di formazione militare e non avevano né corazze né armi, al di fuori di falci, coltelli e martelli.

In questo momento, Crotone ci è superiore quanto a fanteria, ma ci sono due elementi che ci garantiscono la vittoria, pensò Telis, compiaciuto. Il primo era che continuavano ad arrivare uomini e armi da Sibari; in uno o due giorni avrebbero avuto trentamila militari improvvisati, che sarebbero stati dotati di armi migliori. E il secondo fattore, definitivo, era il loro vantaggio sulla cavalleria: duemila contro cinquecento. Inoltre i cavalli di Sibari erano grandi e forti: erano appartenuti agli aristocratici e ogni animale aveva avuto tre o quattro schiavi che si occupavano di nutrirlo, mantenerlo in forma e allenarlo per gli spettacoli equestri che tanto piacevano ai ricchi sibariti. I loro cavalli sapevano muoversi di lato e all'indietro, ergersi sulle zampe posteriori e girare su loro stessi, come ballerini. Branco ne era rimasto molto ammirato.

«Ogni corsiero di Sibari vale tre cavalli di Crotone», aveva detto a Telis.

Era anche vero che non disponevano di duemila cavalieri esperti, ma quattrocento animali erano stati assegnati ai mercenari e alle guardie. Il resto era stato diviso tra gli uomini più forti e meglio armati. Stando allo spartano, la cavalleria sarebbe bastata a sopraffare metà dell'esercito crotonese e mettere in fuga l'altra metà. La fanteria sibarita non avrebbe dovuto far altro che dare il colpo di grazia ai caduti e inseguire gli uomini in fuga.

Telis pensò all'ambasciata che aveva appena inviato a Crotone e sospirò profondamente. Era già responsabile di molte vittime, che considerava inevitabili, ma non provava piacere a veder morire altri esseri umani. Sperava che il Consiglio di Crotone fosse ragionevole e consegnasse loro gli aristocratici rifugiati.

Non voglio ordinare un nuovo massacro, ma lo farò, se non mi lasceranno scelta.

Capitolo 102

22 luglio 510 a.C.

Dal podio, Pitagora aspettava che i consiglieri prendessero una decisione. Quando si ergeva in tutta la sua altezza tornava a sembrare l'imponente trascinatore di folle che era sempre stato. Con il braccio sinistro davanti a sé, reggeva il lembo della sua tunica di lino, bianca come i suoi folti capelli. Gli occhi dorati esploravano la sala, mentre si domandava che cosa sarebbe successo.

L'ambasciata dei ribelli era giunta due ore prima. Il Consiglio dei Mille aveva consentito all'uomo che la comandava, Isandro, di rivolgersi a tutta la sala. Il suo messaggio era stato chiaro e diretto: dovevano consegnare tutti gli aristocratici di Sibari cui avevano dato asilo nell'arco di dodici ore, o prepararsi alle conseguenze. Isandro, poco sottile, aveva aggiunto: «E già conoscete le proporzioni del nostro esercito, specialmente della nostra cavalleria».

In effetti, i crotonesi ne erano al corrente, della cavalleria soprattutto. Per questo Pitagora, che aveva tenuto un discorso breve ma acceso dopo che i sibariti avevano abbandonato la sala, non era sicuro di essere riuscito a convincere i consiglieri. Non aveva dubbi che i Trecento avrebbero votato a favore della protezione dei rifugiati. *Il problema sorgerà se la maggioranza del Consiglio dei Mille esprimerà un voto contrario.* I Trecento erano superiori nella gerarchia e avrebbero potuto decidere da soli, ma in questo caso non era possibile. Se fossero rimasti in minoranza su una questione tanto spinosa, si sarebbe prodotta una crisi istituzionale che avrebbe paralizzato le capacità di azione di Crotone in una situazione terribilmente delicata.

I presenti si erano concessi trenta minuti per riflettere sull'argomento, prima di votare. Come d'abitudine, si erano raccolti in gruppi sulle gradinate. Ogni tanto si vedeva qualcuno che passava frettoloso da un gruppo all'altro, facendo da messaggero. Per tradizione, il più grande era quello dei Trecento, tuttavia da qualche settimana l'assembramento intorno a Cilone si era fatto più numeroso. Ormai aveva dalla sua parte quasi quattrocento consiglieri.

Mancavano solo cinque minuti alla delibera. Il mormorio di fondo era divenuto opprimente. Pitagora non poteva fare altro che aspettare il risultato della votazione. *Sono stato troppo assente, in questi giorni*, si rimproverò. *Spero che questo non abbia conseguenze sul voto.*

La scoperta degli irrazionali lo aveva mantenuto in ansia per dieci giorni. L'esistenza di rapporti in natura che non potessero essere espressi mediante proporzioni tra numeri interi era un colpo troppo forte alla sua dottrina. La fiducia nella propria conoscenza, nel suo metodo di ricerca e, pertanto, in se stesso ne era rimasta inevitabilmente segnata. Nondimeno, era consapevole della sua grande responsabilità. Le fondamenta delle sue matematiche si erano sbriciolate; forse avrebbe dovuto smantellare l'edificio e cercare di costruirne uno nuovo, più solido, con i frammenti che restavano. *Non potrò più essere io a farlo, ma devo incoraggiare gli altri a proseguire l'opera.*

Doveva guidare i membri della sua confraternita verso il futuro. Doveva cercare di ricostruire le matematiche, riconsiderare le sue nozioni di astronomia e di musica, imparare a vedere le cose in un altro modo. O, come sembrava in quel momento, accettare l'impossibilità di vederle. Ma, a parte questo, la sua dottrina andava molto più in là. Avevano conoscenze sul corpo e sullo spirito umani. Avevano le loro regole etiche, individuali e comunitarie che conducevano a una vita terrena superiore, così come a un avvicinamento all'apoteosi nel ciclo di reincarnazione delle anime. Solo di lì a sei giorni, si sarebbero riuniti a casa di Milone tutti i membri di rilievo dell'ordine e lui avrebbe dato vita al comitato di successione, che si sarebbe incaricato di ricostituire e riorganizzare tutto il necessario con un'energia che cominciava a venirgli meno. E allora...

«Non consegnarli è un suicidio», gridò qualcuno.

Pitagora abbandonò i propri pensieri e vide che due piccoli gruppi di consiglieri indipendenti si stavano riscaldando nella discussione.

«Consegnarli è un assassinio!» ribatté una seconda voce.

Il filosofo non intervenne. Dibattiti di quel genere erano abituali. E poi il tempo ormai era scaduto. *Bisogna votare.*

L'anziano Iperione, padre di Cleomenide, si fece avanti come rappresentante dei Trecento. Come prerogativa della loro superiorità gerarchica, erano i primi a esprimere il proprio voto. Il consigliere si fermò al margine del mosaico di Eracle e dichiarò con voce stanca ma decisa: «I Trecento votano a favore dell'asilo».

Senza dire altro, tornò sui suoi passi e raggiunse il suo posto. Non vi furono reazioni alla sua dichiarazione.

Ora toccava al resto dei Mille. Una delle ragioni per cui i Trecento votavano per primi era l'influenza che potevano esercitare sugli altri settecento. Tuttavia Pitagora sapeva che la questione era di importanza capitale: erano in gioco le vite degli stessi consiglieri e le possibilità di influenzarli, stavolta, erano molto limitate.

Si schiarì la voce. «Proseguiamo con la votazione. Innanzitutto, alzi la mano chi ritiene di dover consegnare gli aristocratici ai ribelli sibariti».

Si levarono molte meno braccia del previsto e il filosofo provò una sensazione agrodolce. Consegnare i rifugiati sarebbe stata un'atrocità, ma proteggerli implicava probabilmente combattere contro un esercito assai più numeroso, il che poteva comportare addirittura la distruzione di Crotone. Un attimo dopo, notò che tra le mani alzate c'era un vasto spazio vuoto.

Cilone e i suoi quattrocento accoliti non avevano votato.

Che cosa significa?

In tutta la sala si cominciavano a udire commenti rabbiosi. Non aveva senso che il gruppo di Cilone votasse come i Trecento. Alla fine dei conti, la maggioranza degli aristocratici sibariti faceva parte della confraternita, aveva governato secondo la sua dottrina. Che interesse aveva Cilone a difendere un gruppo di pitagorici?

Due segretari si incaricavano di effettuare in modo indipendente l'uno dall'altro il conteggio delle mani. Pitagora le aveva già calcolate, centoquarantotto, ma attese che i segretari finissero.

Il primo arrivò alla sua destra. «Centoquarantotto», sussurrò.

Poco dopo il secondo raggiunse Pitagora alla sua sinistra e ripeté la stessa cifra.

«Bene», riprese il filosofo, senza sapere che cosa aspettarsi. «Ora alzi la mano chi ritiene di mantenere l'asilo per gli aristocratici di Sibari».

Di nuovo si levarono esclamazioni di stupore e protesta. Dopo il conteggio i segretari si avvicinarono a Pitagora e gli riferirono il risultato. «Centocinquantasei».

Cilone e i suoi quattrocento non si erano pronunciati e tutti li guardavano. Erano tranquilli, come se la votazione non li riguardasse.

Pitagora si accigliò. L'astensione era consentita, al momento di votare, ma veniva usata di rado e mai su questioni importanti. *Senza contare che Cilone non sarebbe mai disposto a favorire degli iniziati, eppure astenersi significa proteggerli.*

L'unica spiegazione del suo silenzio era che volesse esercitare il diritto di rivolgersi alla sala prima di esprimere il proprio voto, benché fosse oltremodo irrispettoso aspettare che lo avessero fatto tutti gli altri. Di fatto era così irregolare che Pitagora fu tentato di annullare il voto di Cilone e dei suoi. Si morse un labbro, dubbioso. Il problema era che ne sarebbe nata una lunga discussione.

La delegazione di Sibari è stata inflessibile sui tempi. Non aspetterà che risolviamo le nostre beghe interne.

Cilone si godeva l'espressione di sconcerto di Pitagora. Ciononostante, la sua mente era occupata da altre questioni.

Non so che intenzioni abbia l'uomo con la maschera e questo non mi piace.

Nelle ultime riunioni a casa del politico, il suo misterioso alleato aveva parlato a gruppi con i quattrocento consiglieri che ora formavano la sua fazione. Aveva conquistato tutti con la sua voce oscura e con le trenta monete d'oro che aveva consegnato a ciascuno.

Dodicimila monete in totale.

Scosse il capo. Non gli importava di non partecipare a quella pioggia d'oro, dal momento che lui aveva ricevuto trecento mente. Ciò che non gli andava a genio era fare cose di cui non capiva le ragioni. *Mi sento un burattino.* Malgrado ciò, sinora i compensi erano stati superiore ai fastidi. L'uomo con la maschera disponeva della sua casa a proprio piacimento e prendeva lui le decisioni, ma in cambio era riuscito in poche settimane a infliggere più danni a Pitagora di quanti ne avesse fatti il politico in decenni. Cilone provava per questo una gratitudine enorme, pari alla sua certezza che le decisioni successive dell'incappucciato avrebbero ottenuto risultati sulla stessa linea.

Pitagora stava aspettando che parlasse, ma lui continuava a tacere.

«Consigliere Cilone», disse infine il filosofo, dominando la propria irritazione. «Volete dire qualcosa alla sala, prima di esprimere il vostro voto?»

Il momento era giunto. Votare contro l'asilo significava consegnare i rifugiati ed evitare un conflitto militare. Votare a favore dell'asilo – oppure astenersi – implicava mettersi dalla parte di Pitagora e dei suoi Trecento, rifiutare le richieste della delegazione sibarita e di sicuro scatenare una guerra.

Il politico si alzò, rivolgendo un ultimo pensiero all'uomo con la maschera. *D'accordo, farò come ha detto lui, anche se non capisco perché.*

« Stimato Pitagora », replicò, fingendosi sorpreso, « credevo che non fosse necessario che parlassi ». Poi si strinse nelle spalle, come rassegnato a spiegare qualcosa di evidente. « Noi », fece un gesto vago rivolto ai consiglieri che lo circondavano, « ci asteniamo ».

Capitolo 103

22 luglio 510 a.C.

Arianna esalò un sospiro di stanchezza e diede per conclusa la lezione. Poi condusse gli allievi alla mensa. I bambini erano più irrequieti del solito, come se fossero contagiati dalla tensione che pulsava negli adulti.

Anche lei si sentiva allo stesso modo. Uscì e si diresse al portico della comunità per avere notizie. Nel giardino, Evandro e Ipocreonte dirigevano una seduta di meditazione alla quale partecipavano un centinaio di discepoli. Ci voleva forza per riuscire a isolarsi da tutto in simili circostanze.

In un intervallo tra le lezioni, un'altra insegnante le aveva comunicato le ultime novità, riferite un'ora prima da un messaggero: una delegazione di sibariti si era presentata al Consiglio dei Mille, ma ancora non si conoscevano i dettagli.

Mentre scendeva, Arianna stimò che nei pressi dell'entrata, intorno alle statue di Hermes e Dioniso, si fossero riunite più di seicento persone. Era strano che se ne restassero così silenziose, ma nessuno aveva voglia di chiacchierare durante quel-l'attesa sfiancante. Circa metà dei convenuti erano aristocratici di Sibari, quelli che alloggiavano nella comunità, la maggior parte dormendo per terra nei cortili degli edifici comuni. Gli altri duecento rifugiati stavano in città, a casa di parenti o soci che li avevano accolti. Alla notizia dell'ambasciata dei ribelli, tutti davano per scontato che Telis avesse richiesto che fossero consegnati, e che in quello stesso momento il Consiglio dei Mille stesse prendendo una decisione in merito.

Arianna vide Akenon dietro la folla e si diresse verso di lui. «Ci sono novità sull'ambasciata?»

Akenon sobbalzò. Era così preso dai suoi pensieri che non si era accorto di lei. «L'ultima è che i delegati di Sibari sono entrati in Consiglio».

Arianna assentì, lasciando capire che lo sapeva già. Poi si sedette ad aspettare. Si sentiva molto stanca.

Dopo qualche secondo si spostò più vicino a lui. Rimasero per un po' in silenzio. L'egizio era più che cosciente che il suo braccio sfiorava quello di lei. Si era rassegnato a non stare insieme ad Arianna, ma questo non gli rendeva facile reprimere la voglia di accarezzarla. Trattenne il respiro mentre le guardava di sottecchi i capelli chiari che le ricadevano sulle spalle, la pelle abbronzata e liscia delle braccia... Strinse i denti e guardò davanti a sé. Non pensava più di tentare, ma continuava a provare un senso di perdita. *Quando tornerò a Cartagine potrò cominciare a dimenticarla.*

Arianna si mise a parlare, guardando i rifugiati. «Questa situazione mi sembra incredibile. Si è sempre detto che Crotone fosse al sicuro da possibili attacchi, perché aveva l'esercito più forte della regione. E adesso, all'improvviso, decine di migliaia di sibariti si preparano ad assaltarci». Guardò l'egizio negli occhi. «Tu hai visto le loro truppe. Pensi che ci possano sconfiggere?»

Quella mattina Akenon aveva accompagnato alcuni soldati che andavano a spiare i sibariti. Voleva valutarne le forze di prima mano. «I soldati del vostro esercito sono piuttosto buoni», rispose dopo un momento. «Sono preparati e ben armati, al contrario dei sibariti. Penso che ognuno di loro potrebbe abbattere tre o quattro degli uomini di Telis. Nonostante le proporzioni di due a uno della fanteria di Sibari, gli opliti di Crotone potrebbero sconfiggerla. Se non fosse per la cavalleria, la vittoria sarebbe certa. Di fatto, immagino che ai sibariti non sia mai capitato di trovarsi in battaglia».

«Ho sentito che hanno duemila cavalli», disse Arianna. «Sono quelli allevati e addestrati dagli aristocratici per i loro giochi equestri, perciò devono essere esemplari magnifici. Però non hanno militari di cavalleria per montarli. Questo non riduce il loro vantaggio?»

Akenon assentì, ma con espressione incerta. «In parte, ma non abbastanza. Molti dei mercenari e delle guardie al loro servizio sono eccellenti cavalieri e sanno come combattere. Li ho visti fare pratica e addestrare il resto delle truppe di cavalleria. Tutto sommato, se la cavano bene. Non sono professionisti, ma sono stati scelti tra i migliori cavalieri e combattenti, e hanno ricevuto le armi migliori. Hanno tutti una spada, laddove la fanteria ha solo coltelli e pali appuntiti». Scosse il capo con aria di disgusto. «E poi i loro cavalli sono davvero grossi. Anche questo è un vantaggio per loro».

«Qual è il tuo pronostico, nel caso si dichiari la guerra?»

L'egizio deglutì. Ci stava pensando da tutto il giorno. Cercò di ammorbidire la risposta, ma gli occhi di Arianna gli chiesero la verità.

«Dipende da come si dispongono in battaglia. Ma temo che abbiano buoni consiglieri. Il loro accampamento denota una valida organizzazione militare e gli addestramenti cui sono riuscito ad assistere sono ben diretti. Tenendo questo in conto, credo che l'esercito di Crotone riuscirà al massimo a neutralizzare metà della cavalleria sibarita e, forse, altri diecimila uomini della fanteria». Serrò i denti. «Vale a dire che, al termine della battaglia, sulla città indifesa potrebbero calare alcune migliaia di soldati a cavallo e quindici o ventimila di fanteria».

Arianna assentì in silenzio, guardando altrove. *Prego tutti gli dei che non ci sia nessuna guerra*, si disse, chinando la testa sul petto.

Poco dopo, tra i presenti si diffuse un esaltato mormorio. La giovane e l'egizio si alzarono per vedere cosa stesse succedendo. Una nube di polvere avanzava verso di loro. Era un cavaliere, in quel momento all'altezza del ginnasio. Anche se la norma era attendere che il messaggero arrivasse all'interno della comunità, in quella occasione tutti si spostarono verso il portico. Akenon avanzò insieme agli altri, ma si accorse che Arianna era rimasta indietro, cercando di evitare il trambusto. Aspettò con lei e furono gli ultimi a uscire, proprio nel momento in cui il messaggero fermava il cavallo e si apprestava a trasmettere la comunicazione, con il viso arrossato.

«L'ambasciata di Telis ha richiesto la consegna di tutti gli aristocratici».

Anche se già se lo aspettavano, molti reagirono con esclamazioni di spavento.

Il messaggero riprese fiato e continuò. «Il Consiglio dei Mille ha deciso di respingere le richieste e lo ha annunciato all'ambasciata sibarita».

Stavolta si udirono sospiri di sollievo.

L'araldo finì di trasmettere il messaggio. «Sibari ci ha dichiarato guerra!»

Capitolo 104

22 luglio 510 a.C.

L'incappucciato si preparava a controllare il futuro.

Si trovava nella sala sotterranea del suo primo rifugio, seduto a un tavolo su cui teneva dispiegate decine di pergamene. *Il mio tesoro più prezioso*, pensò, contemplandole.

Si concentrò sulle ultime su cui aveva scritto. Erano quelle servite da base per la lettera che aveva mandato ad Aristomaco. A quel ricordo, gli spuntò un ampio sorriso. Un successo completo. Il grande maestro si era suicidato e, dalle ultime notizie, Pitagora era così abbattuto che sembrava gli avessero strappato via l'anima.

Ma non c'era tempo per continuare a compiacersi. L'incappucciato fissò la sua attenzione sulle pergamene, intanto che controllava il respiro e il ritmo cardiaco. Provò la sensazione abituale di pesantezza muscolare e surriscaldamento della pelle. Poi si concentrò sui centri nevralgici del corpo e fece in modo che le tensioni si dissolvessero.

Chiuse gli occhi. A quel punto, la vista era un disturbo. Ripercorse le pergamene grazie alla sua memoria esatta e lasciò indietro numeri e figure. Si addentrò nella dimensione dei concetti e andò dritto verso quelli più complessi, quelli che avevano turbato Pitagora: gli irrazionali, l'indeterminato, l'infinito matematico... Finché non ci era arrivato, il filosofo e i suoi adepti avevano continuato a grattare la superficie, pensando che sotto non ci fosse nulla, che il mondo fosse un sottile guscio misurabile.

Lasciò che la mente sprofondasse nell'incoscienza. Quello era un mondo da scoprire anche per lui. Un obiettivo nuovo e forse impossibile che lo chiamava come il canto delle sirene, lasciando tenui scie luminose in quell'oceano di oscurità assoluta. Intuì che le brevi tracce di chiarore che scorgeva erano l'inizio del sentiero verso la comprensione e il dominio di quell'universo inesplorato.

Addentrati, lo esortò la sua natura ambiziosa.

Se qualcuno doveva convertirlo in un mondo conosciuto e regolato, quel qualcuno voleva essere lui. Saggiò la frontiera, pronto a cominciare. In quel momento, una sensazione imperiosa gli rammentò perché si trovava lì. Si era immerso in quel mondo nuovo per raggiungere una trance profonda che gli garantisse il massimo dominio della mente. Da quello stato poteva controllare ciò che nelle persone comuni si limitava allo spazio del cosciente. Era lì per ponderare altri elementi come nessun altro era capace, e tracciare piani perfetti.

Era lì perché nel mondo degli uomini accadesse ciò che lui desiderava.

Sibari gli apparve nella mente. Nelle ultime settimane aveva lavorato in modo meticoloso perché si producesse una valanga sociale. Dopo avere preparato tutto quanto, si era fatto da parte prima che cominciasse ed era tornato per recuperare l'enorme tesoro di Glauco. Nel conflitto tra Sibari e Crotone, la sua strategia non era stata molto diversa: con il suo oro e le riunioni era riuscito a far sì che il Consiglio dei Mille votasse a favore dell'asilo degli aristocratici e, pertanto, che la prima città dichiarasse guerra alla seconda.

Era riuscito a scatenare una nuova valanga.

Nondimeno, a Crotone non si era limitato a sviluppare quel piano. Oltre a dividere le monete tra i consiglieri per controllarne i voti, aveva lavorato a un altro progetto in cui aveva investito ancora più oro. Era un piano incerto, non era sicuro che si verificassero le circostanze in cui quell'oro sarebbe servito a qualcosa, ma voleva tenere sotto controllo ogni possibile alternativa. Se alla fine la situazione si fosse rivelata favorevole – e lo avrebbe saputo molto presto – quell'oro sarebbe servito a dare impulso alla valanga più devastante di tutte.

Il suo bottino, in questo caso, sarebbe stato il dominio totale su Crotone.

Capitolo 105

22 luglio 510 a.C.

Milone ordinò che tutto l'esercito di Crotone avanzasse a marce forzate verso l'accampamento sibarita. Non voleva lasciare a Telis e ai suoi uomini il tempo di reagire alla notizia che le truppe della città si stavano avventando su di loro.

Dopo la dichiarazione di guerra da parte dell'ambasciata dei ribelli, il generale aveva assunto il comando con mano ferma. Le leggi di Crotone e il suo prestigio personale gli consentivano di prendere le decisioni che riteneva opportuno senza bisogno di consultarsi con il Consiglio.

«Arrestate gli ambasciatori sibariti», era stato il suo primo ordine. «Li lascerete liberi quando sarò partito con il mio esercito».

«Questa è un'ignominia!» protestò Isandro, il luogotenente di Telis alla testa della delegazione. «Un disonore per la vostra città!»

«Tranquillo, illustre ambasciatore», ironizzò Milone. «Entro poche ore potrete correre da Telis. Nel frattempo, le sue sentinelle lo avranno già informato che il nostro esercito marcia verso di lui. Ma puoi capire che non vogliamo regalargli un ulteriore vantaggio».

L'impulsivo Isandro tentò la fuga e dovette essere ridotto all'impotenza. Per fortuna, prima che entrassero in Consiglio, a tutti i membri della delegazione erano state tolte le armi. Mentre legavano il luogotenente, Milone gli si avvicinò per rivolgergli qualche ultima parola. Era il momento di dare inizio al piano che avevano preparato nel caso fosse scoppiata la guerra e di cui erano a conoscenza solo i suoi generali di fiducia e Pitagora. «Stanotte vi pentirete di averci dichiarato guerra. Dite addio al sole quando tramonta, perché non lo vedrete sorgere di nuovo».

Trattenere gli ambasciatori e dire loro che i sibariti sarebbero stati attaccati quella notte era il primo punto della sua strategia. Naturalmente, se davvero avesse inteso attaccare di notte, non glielo avrebbe detto.

Milone lasciò il Consiglio e la città dalla porta settentrionale per mettersi al comando dell'esercito. Diede subito l'ordine di muoversi e, quando l'avanguardia crotonese fu avanti di un paio di chilometri, Isandro e il resto della delegazione furono lasciati liberi di lanciarsi al galoppo. Attraverso la catena gerarchica era stato tramesso l'ordine di non attaccarli, ma questo non evitò loro una pioggia di insulti e qualche lancio di pietre durante i dieci lunghi minuti che impiegarono a superare le truppe crotonesi.

Quindicimila uomini, cinquecento cavalli e centinaia di bestie da soma non potevano spostarsi lungo un sentiero angusto, per cui la maggior parte dell'esercito procedeva attraverso la campagna. Giunti a una zona impervia, si videro costretti a stringere il fronte e allungare la colonna. L'avanguardia rimase distanziata di oltre un'ora dagli ultimi uomini.

C'erano diverse ragioni per cui Milone aveva deciso di allontanarsi dalla città per combattere. La prima: evitare che qualche contingente nemico decidesse di saccheggiare Crotone durante la battaglia, ipotesi non da scartare data la superiorità numerica dei sibariti e la loro mancanza di disciplina. Inoltre, in caso di sconfitta, i messaggeri avrebbero potuto comunicare la notizia con due o tre ore di anticipo rispetto all'arrivo del nemico, mentre combattendo alle porte della città il saccheggio avrebbe seguito immediatamente la disfatta. Senza contare che Milone aveva bisogno di un terreno adeguato per fare manovra con i differenti corpi dell'esercito. La disposizione e il movimento delle truppe erano le chiavi di una battaglia. Dovevano far valere le loro maggiori esperienza e disciplina. Giusto a sud dell'accampamento nemico, c'era una spianata perfetta per combattere.

Milone si guardò a destra e a sinistra. I suoi migliori generali cavalcavano al suo fianco. Sui loro volti si leggeva preoccupazione ma anche determinazione ad affrontare il loro destino. Pensò che anche lui doveva avere un'espressione simile. Anche lui era inquieto e deciso.

Maledetta cavalleria! Quel pensiero gli ronzava in testa da giorni, da quando aveva saputo che Telis disponeva di quattro volte i suoi effettivi, su quel versante. I cavalieri di Crotone erano migliori come soldati, ma i cavalli di Sibari erano più grandi e forti. Anche se fossero riusciti a neutralizzarli a uno a uno, ne sarebbero rimasti altri millecinquecento in grado di schiacciare la sua fanteria come se fosse erba.

Senza accorgersene si morse il labbro inferiore, pensando alle varie tattiche che aveva elaborato con i suoi generali a seconda degli sviluppi della battaglia. Doveva riconoscere che, per la maggior parte, si trattava di piani disperati. Stabilivano il da farsi in ciascun caso, ma né lui né loro credevano che la vittoria fosse possibile di fronte alla carica di duemila cavalli.

Una nuvoletta di polvere si avvicinò da nord. Il sole era appena tramontato, anche se c'era ancora luce sufficiente. Colui che si avvicinava non era stato intercettato dalle truppe avanzate, per cui doveva essere qualcuno dei suoi. Poco dopo, Milone riconobbe uno dei suoi esploratori. Da giorni ne inviava con un flusso costante grazie al quale ogni mezz'ora riceveva informazioni aggiornate sull'accampamento nemico.

«Non c'è movimento, signore». Il nuovo arrivato affiancò il generale con il suo cavallo. «Mezz'ora prima che mi allontanassi è arrivata all'accampamento l'ambasciata sibarita. Non sembra che questo li abbia fatti decidere a muovere le truppe, almeno sino a un'ora fa, quando sono partito».

«La struttura dell'accampamento è sempre difensiva?»

«Sissignore».

«Bene. Ottimo lavoro, soldato. Vai in retroguardia e riposa».

Due ore dopo, con il cielo nero come un cattivo presagio, Milone ordinò che cominciassero le manovre di confusione. Avevano appena cominciato a stabilire l'accampamento ed era arrivato solo un terzo dell'esercito, ma era preferibile iniziarle prima possibile.

I sibariti preferivano un combattimento alla luce del giorno, semplice e diretto, per approfittare della maggiore forza bruta. Pensavano che l'esercito di Crotone volesse combattere di notte per compensare la differenza di forze con la maggiore esperienza militare.

Non esiterei ad attaccare di notte, se potessi coglierli di sorpresa, pensava il generale, mentre supervisionava lo spiegamento delle sue truppe. Un attacco notturno inaspettato ed efficace avrebbe permesso di sopraffare forze dieci volte superiori. Ma i sibariti erano allerta. Anche troppo, in effetti. Di questo Milone cercava di approfittare con le manovre che stava mettendo in atto in quel momento.

Per tutta la notte, a turni di due ore, in modo che non perdessero troppo sonno, cinquecento soldati avrebbero simulato un silenzioso attacco di sorpresa dell'esercito di Crotone. Era un'impressione relativamente facile da produrre con un po' di uomini, qualche cavallo e un gioco di inganni con falò e torce. L'obiettivo del generale era che il grosso delle forze riposasse e che i sibariti fossero costretti a restare svegli e pronti senza interruzione, in particolar modo lo squadrone di cavalleria. Quella tattica avrebbe debilitato il nemico, anche se sarebbe servita appena a compensare l'enorme disparità di forze.

Se solo si potessero confrontare le fanterie...

Milone si sentiva come se su di loro si fosse abbattuta la maledizione di qualche dio. Era molto orgoglioso dei suoi soldati e lo faceva infuriare la possibilità di perdere una battaglia contro un esercito improvvisato formato da inesperti esaltati. *I miei quindicimila uomini potrebbero fare a pezzi venticinquemila o trentamila sibariti subendo non più di un migliaio di perdite.* Nelle battaglie al massacro si creava sempre un momento in cui un esercito rompeva la formazione e iniziava la fuga. Il comandante in capo di Crotone aveva la certezza che la maggior parte dei suoi soldati si sarebbe battuta sino alla morte, piuttosto che ritirarsi. Laddove i sibariti avrebbero ceduto al panico e sarebbero scappati, trovandosi in difficoltà. Il problema era che la loro cavalleria avrebbe impedito che ciò si verificasse.

A volte, due eserciti passavano diversi giorni l'uno di fronte all'altro, senza combattere. Potevano arrivare a un rituale spiegamento di forze quotidiano, per poi ripiegare in attesa che cambiasse qualcosa, senza decidersi al confronto. A volte, la situazione si risolveva con la ritirata di uno dei due senza che si fossero neppure dati battaglia. Tuttavia Milone sapeva che questo tra loro non sarebbe successo. Se uno dei due eserciti non avesse dato inizio al combattimento il giorno dopo, lo avrebbe fatto l'altro. I sibariti erano troppo impulsivi per trattenersi, una volta che avessero avuto di fronte gli avversari. Ai crotonesi conveniva approfittare della stanchezza degli altri, dopo avergli fatto passare una notte in bianco.

E poi, ogni ora che passa, i sibariti acquisiscono uomini e armi.

Milone guardò verso l'accampamento nemico, situato a due chilometri da loro. Le nubi oscuravano la luna piena, ma questo non gli impediva di avvertire la presenza delle truppe di Sibari. Osservò pensoso il mare di falò che ardeva sull'altro lato della piana. Vicino a uno di essi doveva esserci il capo dei ribelli.

Strinse gli occhi. *Telis, uno di noi due morrà all'alba.*

Capitolo 106

23 luglio 510 a.C.

Arianna era seduta sul bordo del letto, con le braccia appoggiate sui ginocchi e la testa china. Aveva la pelle coperta di sudore e lottava contro la nausea. Non sapeva se fosse dovuta alla gravidanza o alla tensione della situazione drammatica che stavano vivendo.

Alzò il viso e si impose una respirazione lenta e profonda. L'atmosfera della stanza le sembrava opprimente. Aveva bisogno di respirare aria fresca, per cui calzò le ciabatte di corda e uscì all'aperto.

Il cielo era una coltre nera sopra la sua testa. All'orizzonte, sul mare, l'oscurità cominciava timidamente a dissolversi. Scorse numerose ombre che si muovevano in vari punti della comunità. Erano aristocratici sibariti e discepoli che avevano passato svegli tutta la notte. La giovane si riempì i polmoni dell'aria limpida delle primissime ore e scese verso il portico, camminando in mezzo a loro. Quando gli passava vicino, distingueva volti estenuati e tormentati. Aspettavano in silenzio, con gli occhi fissi al sentiero del nord.

Da lì vedremo tornare il nostro esercito... o le orde di Sibari che calano su di noi.

Mentre procedeva in mezzo a quel silenzio teso e irreale, si ricordò del breve discorso che suo padre aveva tenuto il giorno prima nella comunità, rivolgendosi tanto ai sibariti quanto ai discepoli. Vi aveva assistito anche lei, constatando con sollievo che si stava riprendendo dalla morte di Aristomaco e dall'effetto della pergamena trovata sul cadavere, qualunque fosse il suo contenuto. Le sue parole erano state ferme, serene e di una sincerità estrema. Aveva detto a tutti che erano liberi di andarsene. Se qualche discepolo avesse desiderato farlo, non avrebbe trovato ostacoli qualora avesse voluto tornare, più avanti. Quanto a lui, avrebbe cercato di proteggere coloro che restavano, anche se non poteva promettere nulla.

Un'ora dopo, metà dei sibariti se n'era andata. Nessun discepolo, invece, aveva abbandonato la comunità.

In ogni modo, pensò Arianna, *allontanarsi da Crotone è diventato sempre più difficile*. La comunità ospitava seicento discepoli residenti – più trecento rifugiati di Sibari, fino al pomeriggio precedente – e avevano solo una ventina di cavalcature tra asini, muli e la vecchia cavalla. Quasi tutti i sibariti erano arrivati a cavallo, ma molti di questi erano morti poco dopo, sfiancati dalla corsa forzata della fuga o a causa delle ferite riportate. Il prezzo degli animali era aumentato a dismisura e ottenere un passaggio via mare era quasi impossibile. Migliaia di crotonesi fuggivano a piedi lungo il sentiero del sud, sapendo che in poche ore poteva abbattersi su di loro la cavalleria nemica.

In mezzo a tanta apprensione, il giorno prima, una quarantina di sibariti aveva unito le proprie risorse e influenze, comprando una piccola nave mercantile. Tra loro c'era Glauco, ricordò Arianna, corrugando la fronte. L'imprevedibile sibarita aveva la fortuna di dedicarsi al commercio. In quel momento molte delle sue navi erano in viaggio; alcune sarebbero rientrate a Sibari e probabilmente sarebbero cadute nelle mani dei rivoltosi, ma ad altre poteva far arrivare un messaggio perché si dirigessero verso Siracusa, da dove avrebbe potuto riorganizzare il suo impero finanziario.

I sibariti che avevano comprato la nave erano partiti dalla comunità il pomeriggio precedente. Arianna e Akenon, insieme a centinaia di persone, si erano avvicinati al portico per guardarli andare via. C'era tensione nell'aria e nessuno parlava. Lungo il sentiero si allungava una lenta processione di sibariti diretti al porto di Crotone. Arianna aveva visto Glauco che si univa al gruppo, circondato dalle sue quattro guardie, come uno scudo umano. Non avevano più parlato da tre giorni a quella parte, quando lui aveva chiesto che i suoi uomini lo raggiungessero alla comunità.

Glauco aveva il volto corrucciato e grandi occhiaie violacee. Sembrava che non dormisse da giorni. Passandole davanti, la guardò per un istante, voltandosi subito dopo. Poi esitò e infine si girò verso di lei, senza fermarsi. «Vado a Siracusa», annunciò, in tono quasi ostile. «In quella città ho clienti che mi devono quanto basta per stabilirmi laggiù». Bruscamente come aveva parlato, le diede le spalle e si allontanò.

In quel momento, uno dei sibariti rimasti nella comunità si mise a correre verso di lui. Era un uomo anziano, tanto magro da sembrare malato. Riuscì a infilare una mano tra le guardie e a prenderlo per la tunica. «Portami con te!»

Le guardie cercarono di allontanarlo, ma l'uomo stringeva così forte la tunica da strapparla, scoprendo il torace grasso e bianchiccio di Glauco. «Sono il fratello di tua madre! Fallo per lei, non abbandonarmi a morire!» Le grida disperate sconvolsero tutti i presenti.

Glauco si avventò sullo zio e cominciò a schiaffeggiarlo. «Lasciami, disgraziato!» Il suo viso era diventato rosso e rispecchiava una furia irrazionale.

L'anziano signore cercò di resistere senza lasciare la presa, ma il terzo ceffone lo abbatté sul terreno.

Glauco era fuori di sé. «Dammi la tua spada!» gridò a una delle sue guardie.

L'uomo titubò un istante. Il suo padrone fece un passo avanti, afferrò l'impugnatura dell'arma e la sfoderò. Poi si voltò verso lo zio, privo di sensi, e sollevò la spada.

Tutto accadde molto in fretta.

Si udì un forte rumore metallico e la spada volò via dalle mani del sibarita, che si strinse il polso con una smorfia di dolore. Le altre sue guardie si affrettarono a sguainare le loro lame, fronteggiando il muscoloso egizio che aveva disarmato il loro signore.

Glauco si voltò verso Akenon. Il suo primo impulso fu di ordinare che lo uccidessero, ma lo sguardo deciso dell'investigatore gli fece cambiare idea. Sembrava molto sicuro di poter affrontare da solo i tre uomini armati. *Maledetto Akenon, non saresti così sicuro, se avessi al mio fianco Boreas.*

Strinse i denti rabbioso, poi guardò tutti i presenti. Arianna provò un brivido quando incrociò i suoi occhi carichi di odio e disprezzo. L'espressione di Glauco si trasformò poco a poco in una smorfia malevola. Poi l'uomo scoppiò in una risata forte e sgradevole.

Arianna rabbrividì al ricordo di quella risata. *Spero di non doverlo vedere mai più.*

Si allontanò di qualche metro dal sentiero centrale e si sedette a terra, diventando a sua volta un'ombra in attesa. Nelle ore successive sarebbero morte migliaia di persone. Che tra i morti ci fossero anche loro oppure no dipendeva dal destino. *Può anche darsi che ci prendano come schiavi*, pensò. Quel pensiero non era molto più confortante. L'istinto protettivo le fece portare le mani all'addome.

Faceva fresco e dopo un po' sentì la pelle d'oca. Si sfregò le braccia per scaldarle, poi piegò le gambe e se le abbracciò. Non aveva più la nausea. Avrebbe voluto che uscisse il sole e cominciasse a scaldare, ma mancava almeno mezz'ora all'alba. Il chiarore all'orizzonte, tuttavia, permetteva di vedere meglio. Con la testa appoggiata alle ginocchia, si guardò intorno e si accorse che davanti a lei, a dieci passi in diagonale, c'era Akenon, con un'espressione tesa e accigliata. *A cosa starà pensando?* Vide anche che portava la spada. Era l'unico uomo armato nella comunità, dato che gli opliti assegnati alla sicurezza erano stati reintegrati nell'esercito per muovere contro i ribelli.

Arianna lo osservò, immobile. L'egizio non si accorse della sua presenza. Poi lei deviò lo sguardo verso il sentiero del nord. Mentre il cielo rischiarava, pensò a Glauco che rideva di loro. *Sembrava sicuro che tutti noi che siamo rimasti qui a Crotone presto saremo morti.*

Dalla sommità di una collina, Boreas osservava con interesse gli ultimi preparativi della battaglia. Ai suoi piedi si estendeva la piana in cui avrebbe avuto luogo il combattimento. Gli arrivavano un rumore teso e l'odore del fumo dei falò. La collina su cui si trovava faceva parte della barriera naturale che delimitava un lato della piana. Dall'altra parte, a un chilometro dalla sua posizione, c'era il mare.

Era arrivato con il suo padrone da più di un'ora, quando era ancora notte fonda e si vedevano solo i fuochi dell'accampamento crotonese, che avevano proprio davanti, e le luci più lontane di quello sibarita. A poco a poco il chiarore aveva rivelato altri dettagli. Fino a mezz'ora prima, i crotonesi sembravano aver dormito placidi, mentre i sibariti erano molto più agitati. I soldati di Crotone si erano rimessi in piedi con rapidità, obbedendo agli ordini gridati dagli ufficiali; avevano fatto una colazione sbrigativa e avevano formato disciplinatamente le linee, preparandosi alla lotta imminente.

Un esercito ben preparato, pensò, con sarcasmo.

Un fianco dello spiegamento crotonese arrivava fino alle pendici della collina. Il tracio poteva vedere i soldati più vicini a poco più di cento metri di distanza. L'avanguardia era formata da un'unica linea di cavalleria. Subito dopo, veniva un reggimento di opliti che rappresentava un terzo della fanteria. Si erano disposti lungo sette file. Tra queste si scorgevano diversi uomini con trombe, flauti doppi e altri strumenti. Boreas immaginò che servissero a trasmettere gli ordini nel fragore della battaglia. Poi c'era uno spazio libero di una decina di passi, quindi un altro terzo della fanteria; altri dieci passi e infine il resto. Quella disposizione di cavalleria e tre file di fanteria si estendeva dalla collina fino alla riva del mare.

L'esercito crotonese, con un fronte largo un chilometro, era una visione impressionante da dove si trovava il tracio, che due chilometri alla sua sinistra poteva intravedere quello sibarita. Sembrava meno organizzato, ma il suo volume era il doppio di quello degli avversari. Il fronte della cavalleria era profondo diverse file.

Si lasciò trasportare dall'immaginazione e sognò di trovarsi nel cuore della battaglia. Avrebbe sacrificato un'altra volta la sua lingua perché il suo padrone gli permettesse di gettarsi nel combattimento. Sarebbe stato circondato da una massa di soldati che a stento gli sarebbero arrivati al petto e che sarebbero stati la metà di lui come peso e volume. Avrebbe avuto davanti un mare infinito di teste da spaccare. Uccidere gli procurava un piacere indescrivibile, che tuttavia risultava sempre effimero. In una battaglia simile avrebbe potuto ammazzare centinaia di uomini. Avrebbe potuto falciare vite per ore. Avrebbe potuto...

La bocca gli si riempì di saliva che dovette deglutire. Guardò il padrone. Gli aveva detto che, se la situazione fosse stata sotto controllo, gli avrebbe permesso di dare la caccia a qualche crotonese in fuga. Boreas si sarebbe dovuto accontentare di quello. *Se non altro, farò in modo che la loro morte sia lenta.*

L'incappucciato sorrideva dietro la sua faccia di metallo.

Vedeva Boreas che si agitava alla suo fianco. Ma lo schiavo, obbediente, non avrebbe agito per suo conto quando aveva un ordine da eseguire. E in quel momento ne aveva uno, ben chiaro: proteggerlo durante quella spedizione. Si correva un certo rischio a stare in prossimità di due eserciti. Potevano trovarsi di fronte un gruppo di esploratori dell'una o dell'altra parte.

E poi, se la battaglia si fosse sviluppata secondo le previsioni, l'uomo con la maschera aveva intenzione di riunirsi con Telis per avere un ruolo importante nei passi successivi contro Crotone. Raggiungere il capo dei ribelli dopo il combattimento sarebbe stato pericoloso, con migliaia di uomini ebbri di sangue e violenza tutt'intorno.

Boreas sarà il mio miglior salvacondotto.

I sibariti si erano comportati esattamente come voleva lui. Tutto ciò che stava accadendo era una conseguenza dei fili che aveva mosso a Sibari fino a una settimana prima. Dopo la battaglia, sarebbe stato il momento di manipolarli di nuovo, ma fino ad allora, si sarebbe tenuto da parte. Quanto ai crotonesi, grazie alla sua influenza su Cilone e i suoi seguaci, era riuscito ad avere la certezza che si sarebbero confrontati con Sibari.

Sono stati davvero stupidi. Se invece di astenersi avessero votato a favore della consegna dei rifugiati, avrebbero mantenuto la pace.

Si lasciò sfuggire una breve risata. Era una grande soddisfazione poter spingere al suicidio non soltanto un grande maestro – quanto si era dimostrato patetico e prevedibile Aristomaco! – ma anche popolazioni intere. Ma non era questo a farlo sorridere mentre osservava i due eserciti che si apprestavano a darsi battaglia. Erano gli altri fili che aveva mosso attraverso Cilone. Il politico crotonese gli aveva anche organizzato riunioni con gli opliti che corrompeva; attraverso questi, l'incappucciato era riuscito ad arrivare a molti altri militari crotonesi. In totale, un ufficiale su cinque aveva intascato il suo oro.

Maledetto Milone...

Branco lo spartano cavalcava nella penombra, effettuando un'ultima ispezione all'esercito sibarita. Per colpa del generale crotonese non aveva chiuso occhio per tutta la notte e ora si sentiva stanco e di cattivo umore. Doveva ammettere però che Milone aveva dimostrato un notevole ingegno militare.

Con un certo numero di uomini era riuscito a far sì che l'intero accampamento sibarita si mettesse in piedi sei o sette volte nel corso della nottata. A volte sembrava che li attaccassero da un fianco, ma poi sentivano la presenza di centinaia di opliti che avanzavano silenziosi verso l'altra estremità del campo. Così, credendo che il primo fosse un diversivo e il secondo fosse il vero attacco, correvano disordinati da una parte all'altra solo per scoprire che si era trattato di un altro inganno.

Ringrazio Ares che non siano stati attacchi veri, perché l'accampamento è stato nel caos per tutta la notte.

Da due minuti Branco avanzava per il corridoio tra l'ultima fila di cavalleria e la prima di fanteria. Socchiuse gli occhi e per un attimo immaginò il suo nome che risuonava a Sparta e in tutto il mondo greco come l'uomo che aveva sbaragliato il leggendario crotonese Milone e il suo poderoso esercito. Fece un mezzo sorriso e si concentrò sui fanti, situati alla sua destra. Gli uomini avevano le occhiaie, ma avevano anche paura e questo li avrebbe mantenuti in tensione. *Resisteranno ancora per diverse ore, prima di sentire il peso della notte insonne.* In ogni caso, aveva ben chiaro che la cosa migliore era mandarli a combattere al più presto.

Doveva poi riconoscere, con una certa ammirazione, che Milone aveva saputo trasferire il suo esercito con grande velocità. Il giorno precedente era apparso all'altra estremità della piana con un certo anticipo rispetto alle previsioni. Lui, però, non avrebbe mai pianificato la battaglia come aveva fatto il generale crotonese. Avrebbe preferito appostarsi nel passaggio angusto che si trovava qualche chilometro più a sud. Con un esercito inferiore, ancorché più disciplinato, la cosa migliore sarebbe stata evitare il confronto diretto.

Forse confida proprio nel vantaggio della disciplina. Negò con la testa. *Oggi non gli servirà.*

Quella battaglia sarebbe stata diversa di qualsiasi altra di cui lo spartano avesse sentito parlare. La cavalleria non era mai stata impiegata come fronte del combattimento, ma solo per fiancheggiare e inseguire. Malgrado ciò, nelle condizioni attuali, era logico investire il nemico con la cavalleria, data l'insolita potenza equestre di cui disponevano i sibariti e la pericolosa inesperienza della loro fanteria. Tuttavia, nel caso di Milone, sarebbe stato ragionevole cercare di evitare lo scontro diretto per lanciare invece attacchi brevi seguiti da ritirate fulminee, che forse avrebbero potuto sbaragliare l'esercito di Sibari.

Avrai vinto molti campionati di lotta, Milone, ma perderai questa battaglia.

Quando Branco arrivò in fondo alle truppe, trovò Telis che osservava gli ultimi movimenti dei suoi uomini da una posizione più elevata, a venti metri dall'estremità delle file. Montava un cavallo magnifico, portava un'armatura completa e aveva una buona spada. Tuttavia lo spartano notò la sua espressione reticente, la stessa che aveva visto in molti uomini sul punto di affrontare la loro prima battaglia.

Non è la stessa cosa dare la caccia ai grassi ricconi in fuga e vedersela con un esercito, pensò con una punta di disprezzo. Nondimeno cercò di incoraggiarlo. «Tutto è pronto,Telis. La vittoria sarà facile e rapida». Portò il suo cavallo al fianco di quello del sibarita e si voltò a sua volta verso le truppe. All'avanguardia c'erano le quattro file della possente cavalleria, con gli uomini migliori su duemila animali nutriti, addestrati e praticamente viziati nelle scuderie dei ricchi di Sibari.

Nel punto in cui si trovavano, la piana era larga un chilometro e mezzo. Più a sud, le colline si avvicinavano al mare, dando al terreno una forma a imbuto che andava stringendosi verso i crotonesi. Era il motivo per cui lo spartano aveva esteso il fronte sibarita per un chilometro, la stessa ampiezza di quello dei nemici, altrimenti avanzando avrebbero dovuto restringersi rompendo di fatto la formazione.

«Sei sicuro che non attaccheranno?» chiese Telis, con voce meno ferma di quanto avrebbe voluto.

«Non lo faranno. Gli interessa combattere nella parte stretta, per cercare di compensare l'inferiorità numerica».

«Ma allora perché non stanno più indietro?»

«Immagino che Milone abbia considerato che questa sia la larghezza ideale per le forze di cui dispone. Con meno terreno non potrebbe approfittare dell'agilità di movimento delle sue truppe disciplinate». Branco notò che il riferimento alle virtù dell'esercito crotonese aveva inquietato Telis, sicché gli rammentò subito la tattica che avevano stabilito. «In ogni caso, non daremo loro il tempo di attuare nessuna strategia. Avanzeremo in blocco verso di loro, con la cavalleria davanti e la fanteria appena dietro. E quando mancheranno cento metri lanceremo tutte le truppe in una volta sola». Strizzò l'occhio al capo dei ribelli. «Gli faremo vedere che anche noi sappiamo fare manovre durante una battaglia».

Lo spartano si riferiva al movimento avvolgente con cui presumeva di sorprendere i crotonesi. Gli esploratori avevano fatto una ricognizione della zona, concludendo che non era possibile aggirare il promontorio laterale. Sicché si era pensato a qualcosa di diverso. Avrebbero aspettato che la prima linea di cavalleria si scontrasse con l'esercito nemico; in quel momento, cento cavalli a ogni estremità della terza e quarta fila si sarebbero mossi di lato, per superare i fianchi crotonesi che, occupati dalla carica, non avrebbero potuto reagire. Tanto alle pendici della collina quanto sulla spiaggia gli avversari si sarebbero visti superare da una valanga di cavalli che li avrebbero circondati per poi attaccarli alle spalle. Le loro linee sarebbero state sbaragliate e, cosa ancora migliore, avrebbero perso la possibilità di ritirarsi.

Non sarebbe stata una vittoria, ma uno sterminio.

«D'accordo, per Zeus! Mettiamoci in marcia!» esclamò d'un tratto il capo dei ribelli.

Branco lasciò che si portasse avanti. Telis si sarebbe posto a metà della quarta fila di cavalleria, il punto più sicuro di tutta la formazione, e sarebbe stato protetto dal mercenario e da alcuni dei suoi.

Uomo grato per sempre più generoso, si disse lo spartano.

Occupato il suo posto fra le truppe, si voltò indietro. I trentamila sibariti che costituivano la fanteria occupavano una striscia larga cinquanta metri. La loro formazione non era regolare come quella di un esercito professionale, ma erano altrettanto attenti e silenziosi. Allungò lo sguardo sino all'ultima fila e fece un cenno deciso nella loro direzione. Il giorno prima aveva diffuso un messaggio, rendendo chiara la funzione di quell'ultima fila di fanteria: giustiziare chiunque avesse cercato di ritirarsi.

Tornò a guardare avanti. Telis lo osservava, come se fosse Branco alla testa di quegli uomini. *In questi momenti lo sono*, si disse, assaporando l'inebriante sensazione di potere.

Con la coda dell'occhio notò che il sole stava per apparire. Alzò la mano destra e la tenne sollevata. I sibariti non avevano istruzioni per trasmettere ordini, né truppe capaci di eseguirli, durante la battaglia. Per questo lo spartano intendeva dare solo due istruzioni. La prima era di iniziare l'avanzata. La seconda, quando fossero stati a cento metri, di lanciarsi all'assalto.

Abbassò il braccio.

La piana cominciò a vibrare.

Milone, accigliato in groppa al suo cavallo, vide che la marea sibarita si metteva in marcia. Un attimo dopo sentì il rombo dell'avanzata.

Si trovava al centro della prima fila del suo esercito, quella di cavalleria, con tre dei suoi generali a entrambi i lati. Dietro di loro, la fanteria restava così silenziosa da dare l'impressione di essere sparita. Né si sentiva levarsi una voce dai cavalieri. Con gli occhi sul nemico, a Milone sembrava quasi di essere solo in mezzo alla piana.

Aveva ricevuto l'ultimo rapporto cinque minuti prima. L'esploratore aveva solo vent'anni e si vedeva che era molto nervoso. « Sono pronti ad avanzare, signore. Hanno formato quattro file di cavalleria. Subito dietro c'è tutta la fanteria in un unico blocco ».

Il comandante in capo aveva annuito, pensoso, poi aveva ordinato al giovane di andare a occupare la sua posizione. I sibariti stavano facendo ciò che avrebbe fatto lui al loro posto: erano superiori quanto a cavalli e inferiori quanto a preparazione bellica, quindi a Telis conveniva lanciare al più presto un attacco devastante. Niente tattica, solo forza bruta. *Ma anche questo non è facile da organizzare, soprattutto con un esercito di civili.* Milone guardò da un lato all'altro, inquieto. Quella era un'altra dimostrazione che i ribelli disponevano di consiglieri militari.

Si sollevò sul suo cavallo per dare un'occhiata ai fianchi del proprio esercito. Quello sinistro occupava in formazione compatta i primi metri di un pendio. Sulla destra c'era una spiaggia larga trenta metri; le truppe si erano disposte sulla sabbia chiara e gli ultimi uomini erano nell'acqua fino al ginocchio. *Sarebbe un disastro se ci superassero ai fianchi.*

Tornò a guardare avanti. Gli imponenti cavalli sibariti erano a meno di un chilometro. Si avvicinavano piano, come se stessero andando a passeggio. Non si vedeva alcuno stendardo né alcuno che spiccasse tra gli altri. Milone invece risultava inconfondibile tra i suoi, non solo per il suo fisico, ma anche per le due corone che portava in testa: l'alloro delle sette vittorie ai Giochi Pitici e l'olivo dei sei trionfi ai Giochi Olimpici. Era orgoglioso di sfoggiarle, ma soprattutto servivano a incrementare la disciplina e il morale delle truppe. Ricordava a tutti che il loro generale e comandante in capo era il più grande eroe della storia di Crotone, coperto di gloria come nessun altro.

A parte l'orgoglio e il prestigio di Milone, in quel momento la maggior parte dei suoi soldati e degli ufficiali temeva che li stesse conducendo alla morte. Il nemico era a mezzo chilometro soltanto ed era evidente che pensava di travolgerli per semplice inerzia. Tutti, da giorni, sognavano i duemila cavalli di Sibari, che a ogni conversazione mormorata intorno al fuoco aumentavano di taglia. I crotonesi guardavano delusi la loro cavalleria: un'unica linea contro le quattro dell'esercito avversario. Vedevano gli spazi liberi tra i loro animali e immaginavano che in mezzo avrebbero fatto irruzione le bestie sibarite. E poi, perché Milone aveva messo in campo tanti uomini con trombe e flauti invece di spade? Sarebbe servito a qualcosa trasmettere ordini mentre il nemico li abbatteva come un'onda gigantesca?

L'esercito di Sibari continuava ad avvicinarsi, inesorabile, e loro l'osservavano disperati. Non capivano perché si fossero aperti così tanto. Né trovavano un senso in uno scontro frontale. Se avessero saputo che Milone intendeva dare battaglia in quel modo, gli si sarebbero ribellati.

Ormai potevano solo cercare di uscirne vivi.

Quando i sibariti furono a trecento metri, il sole riversò su di loro i suoi primi raggi. Il fronte dell'avanzata si fece più nitido, come un timore incerto che d'un tratto prende corpo. I crotonesi cominciarono a temere che ciò fosse un segnale che gli dei erano dalla parte dei loro nemici.

Hanno paura, pensò Milone, osservando i suoi generali con la coda dell'occhio. Tornò a seguire i movimenti dell'esercito di Sibari. Tra i due schieramenti c'erano ormai duecento metri soltanto e già si poteva vedere che i loro cavalli erano di dimensioni fuori dal comune. Si avvicinavano molto lentamente, per mantenere la formazione e per serbare le energie della fanteria.

L'immagine del maestro Pitagora apparve nella mente di Milone, procurandogli una certa serenità. *Stiamo facendo una cosa giusta.* Era quello l'importante, anche se quel mattino sarebbero morti migliaia di uomini. Forse anche lui.

Chiuse la mano sinistra, stringendo le cinghie del suo scudo circolare. Lo girò e guardò la grossa punta metallica sulla faccia esterna: serviva per la difesa come per l'offesa. Poi passò lo sguardo sul filo della sua spada, che aveva sguainato da poco. Prima di combattere compiva sempre il rituale di controllare le sue armi. Inspirò a fondo e si voltò verso la fanteria, prima a sinistra e poi a destra. Centinaia di occhi erano fissi su di lui, in attesa dei suoi ordini e per trasmetterli a tutto l'esercito. Alzò il braccio con la spada. Migliaia di soldati afferrarono l'impugnatura delle loro.

Quando la distanza si ridusse a cento metri, la cavalleria sibarita partì all'assalto.

Fu come se avesse inizio un terremoto.

La terra vibrò con forza crescente sotto i piedi dei crotonesi. Le placche metalliche che rivestivano le loro armature di cuoio tintinnarono, battendo come i loro denti. Il rumore aumentò di ritmo con il rimbombo della carica nemica. Quindicimila crotonesi si raccomandarono a Eracle, Zeus, Apollo e Ares, mentre restavano immobili, serrando le mascelle sotto gli elmi di bronzo.

Milone attese con il braccio sollevato. I suoi uomini guardavano lui e i duemila cavalli che venivano loro incontro. La distanza era di soli settanta metri... e il comandante non aveva ancora dato l'ordine di attacco.

Sessanta metri. Centinaia di trombe erano levate verso l'alto. I loro portatori riuscivano appena a trattenere l'aria che ne gonfiava le guance. Perché Milone non abbassava la spada? Non avevano preparato picche né scavato fossati che potessero frenare la carica del nemico.

Cinquanta metri. La temibile cavalleria di Sibari si avventava come un uragano sull'esercito di Crotone. Dietro i duemila cavalli, trentamila uomini correvano infervorati e pronti a completare il massacro.

Milone lanciò un ruggito bestiale e puntò la spada contro il nemico. Le trombe suonarono con stridente urgenza l'ordine di attacco. Anticipando i suoi uomini, l'eroe di Crotone si gettò contro la cavalleria sibarita.

Capitolo 107

23 luglio 510 a.C.

Gli eserciti stavano per collidere proprio sotto gli occhi dell'incappucciato.

Oh, dei, che splendida visione!

Dalla collina lo spettacolo risultava imponente, una grandiosa promessa di annientamento illuminata dai toni rossicci del sole nascente.

Quando la cavalleria sibarita si lanciò all'attacco, l'incappucciato trattenne il respiro, sopraffatto da ciò che stava per accadere e che era riuscito a realizzare grazie alle sue macchinazioni.

Cinquantamila uomini che si ammazzano a vicenda solo perché io l'ho voluto.

Aprì bene gli occhi, avido. Solo nel primo minuto avrebbe visto morire migliaia di uomini. Quel pensiero gli procurava un'euforia intensa e sapeva che era solo un anticipo della gloria futura.

Deciderò io chi vive e chi muore.

Quando mancavano appena cinquanta metri perché i sibariti si rovesciassero sulla fila sottile della cavalleria crotonese, Milone continuava a tenere la spada in alto, trattenendo i suoi uomini. Erano tutti immobili e silenziosi mentre i cavalieri e i fanti nemici piombavano su di loro lanciando urla di guerra.

Perché non attaccano?, si chiese l'incappucciato, senza sapersi dare risposta. Non sarebbe servito molto ai crotonesi: restare immobili senza avere disposto elementi difensivi era un suicidio assurdo.

In quel momento Milone abbassò la spada e si lanciò con un ruggito contro il nemico. Lo fece con tale impeto che si trovò di alcuni metri davanti ai suoi uomini. Un attimo prima di essere inghiottito dalla cavalleria sibarita, sembrava un topo solitario che spera di frenare la carica di una mandria di tori.

Milone è uno dei servi di Pitagora, oltre che suo genero. La sua morte imminente procurava all'incappucciato un compiacimento particolare.

La cavalleria di Sibari si chiudeva sopra Milone come un'immensa nube di tempesta.

Alle spalle del generale, per tutta la larghezza della pianura, le trombe strillavano isteriche il loro messaggio di guerra e di morte. I crotonesi diedero inizio a un assalto massiccio. Mentre correvano, gridavano con forza convertendo la paura in odio e rabbia. Alle urla furiose si univa lo strepito di centinaia di flauti doppi e siringhe, zufoli e tamburelli.

Avviluppato da quel frastuono, l'eroe di Crotone si avvicinava vertiginosamente ai cavalli che aveva di fronte. Scorse un varco tra due di essi e corresse la traiettoria per passarvi in mezzo. Aveva le gambe serrate intorno al suo animale, erano così compenetrati l'uno nell'altro da sembrare un centauro. Alzò lo scudo per proteggersi dal prevedibile colpo che gli avrebbe inferto l'avversario alla sua sinistra, mentre tirava indietro il braccio che reggeva la spada. Aveva cancellato ogni pensiero dalla mente: le sue azioni erano guidate dal suo intuito naturale per il combattimento.

Lanciò un'ultima occhiata al cavaliere a sinistra e spostò lo scudo per fermare la spada nemica. Subito dopo rivolse la propria attenzione all'uomo sulla destra. Gli occhi dell'avversario indicavano sempre il suo movimento successivo. Il cavaliere guardava la testa di Milone con la spada sollevata e si proteggeva il costato con lo scudo. La sua espressione era furibonda, senza alcun segno di paura. Senza dubbio si trattava di un mercenario con molta esperienza. Il generale si sarebbe dovuto concentrare per parare il suo colpo.

Quando mancavano pochi metri, il volto dell'avversario divenne una maschera di sorpresa. Fino a pochi secondi prima aveva spronato al galoppo di carica la sua cavalcatura, ora la stava frenando. Il cavaliere si vide obbligato a chinarsi in avanti, trascurando la difesa. Il generale infilò la spada sotto lo scudo nemico, trapassò la protezione di cuoio come se fosse di seta e con la lama attraversò il fegato del mercenario.

Il cavallo di Milone continuò ad avanzare. I danni si moltiplicarono quando l'eroe estrasse la spada dal corpo dell'avversario. In quell'istante, spinse in avanti lo scudo e avvertì un forte impatto, seguito da un grido di dolore; si accorse che il cavaliere alla sua sinistra era caduto sul terreno. Il generale rallentò la cavalcatura mentre continuava a addentrarsi fra le linee nemiche, che si erano quasi fermate. Si protese verso sinistra, tenendo lo scudo puntuto aderente al corpo e con la forza della sua avanzata massacrò un altro nemico. Adesso era completamente circondato dalla cavalleria sibarita. Il suo cavallo si immobilizzò di colpo, scontrandosi con un altro animale, enorme, che si era fermato. Milone ebbe un momento di panico quando temette di cadere, ma riuscì a mantenersi in sella.

Il cavallo alla sua destra si levò sulle zampe posteriori, disarcionando il cavaliere. Un uomo si lanciò sul crotonese, ma il suo cavallo avanzò di lato, scoprendo il lato destro del rivale; Milone si voltò, gli piantò la spada sotto l'ascella e la ritirò all'istante.

Era già arrivato alla terza fila nemica. Si guardò intorno per scegliere subito un altro rivale e scoprì che la cavalleria sibarita era sprofondata nel caos. Tutti gli animali si erano fermati e giravano su loro stessi, saltavano sulle zampe posteriori o si muovevano di lato, in modo molto elegante ma del tutto inutile in combattimento. I nemici tiravano disperati le redini e davano frenetici colpi di tallone alle bestie, che non obbedivano. I duecento che avrebbero dovuto rompere i fianchi non erano nemmeno capaci di cominciare la manovra di aggiramento. Approfittando della confusione, i cavalieri crotonesi si incunearono tra le file sibarite, seminandovi affondi e fendenti a piacimento.

I cavalli di Sibari erano stati addestrati per il diletto dei ricchi aristocratici. Da quando erano nati, non avevano fatto che ballare al suono della musica. Conscio di questo, Milone aveva preparato centinaia di strumenti nelle prime file del suo esercito; prima di dare l'ordine di attacco, aveva atteso che i cavalli nemici fossero a una distanza tale da sentire perfettamente i musici. E ora questi suonavano le loro note in modo impetuoso e incessante, mentre avanzavano verso il fronte della battaglia.

Funziona!, pensò esultante il generale.

A pochi metri da lui, nella quarta fila della cavalleria, Telis era terrorizzato. Si guardava intorno senza capire cosa stesse succedendo. La carica del suo esercito sembrava inarrestabile ma d'un tratto, mentre dalle file crotonesi si alzava il frastuono della musica, i cavalli avevano frenato e si erano messi a ballare. Anche il suo stava girando su se stesso, scuotendo la criniera a ritmo.

Il capo dei ribelli aveva visto Milone gettarsi verso di loro un attimo prima che cominciasse la musica. Il colosso di Crotone, ornato con i suoi serti di alloro e di olivo, era la punta di attacco dell'esigua cavalleria avversaria. Telis era convinto che sarebbe stato travolto. Ma proprio in quel momento i cavalli avevano cominciato a comportarsi in maniera strana e Milone ne aveva approfittato per trapassare un uomo e abbatterne un altro; si era infiltrato tra le loro file, investendo un terzo con lo scudo. Per fortuna di Telis, che vedeva il crotonese puntare dritto su di lui, un enorme corsiero si mise sulla traiettoria e lo fermò. In quell'istante, Branco, alla destra del capo, lanciò un grido e spronò il suo cavallo verso Milone. L'animale partì, ma poi cominciò a spostarsi di lato, sconvolgendo la posizione di attacco dello spartano. Questi si girò all'istante, tuttavia Milone, sorprendentemente agile per la sua corporatura, gli affondò la spada nel costato.

Quando vide cadere il suo militare più prezioso, Telis sentì il morso gelido del panico.

D'un tratto, Milone mise gli occhi su di lui. L'eroe di Crotone non poteva sapere chi fosse, non lo aveva mai visto. Ma lo scelse come bersaglio e si lanciò su di lui come un fulmine di Zeus. Schivò con un'abile manovra il cavallo di Branco e arrivò al fianco del capo dei ribelli. Telis cercò disperato di mantenersi di fronte all'avversario, ma il suo cavallo continuava a girare. Si torse sulla sella e alzò il braccio armato verso il generale. *Forse riesco a trattenerlo il tempo sufficiente perché qualcuno accorra in mio aiuto*, pensò, angosciato. Il crotonese colpì con forza e Telis sentì uno strattone. Non provò dolore. Si guardò il braccio e vide con orrore che la mano e l'avambraccio erano spariti: non c'era più niente di là dal gomito. E il moncherino sputava un fiotto di sangue sulla criniera del cavallo. Il capo dei ribelli ebbe la certezza che sarebbe morto. Subito dopo, la spada nemica gli spezzava le costole, trapassandogli i polmoni. Telis guardò incredulo il generale avversario. Nel suo volto non vide odio, solo determinazione.

Milone sfilò il metallo, causandogli un dolore lacerante.

«Dei», mormorò Telis.

Cadde in avanti sul cavallo. Il maledetto animale continuava a girare in cerchio. Il capo dei ribelli scivolò lentamente e cadde. Rimase sdraiato su un fianco, con il viso sul terreno. Prima che la vista gli si oscurasse, poté osservare uno strano bosco di zampe di cavallo. Tra queste, come frutti maturi, cadevano i corpi dei suoi compagni.

Capitolo 108

23 luglio 510 a.C.

Il massacro si intensificò in modo spaventoso.

Milone combatteva strenuamente a cavallo, cercando di approfittare di quei momenti unici. Passava da un nemico all'altro senza che la spada si fermasse un istante. Considerava che ci fosse poco onore nella facilità con cui aveva già ucciso parecchi cavalieri nemici. *Ma non sono stato io a volerlo*, si disse, affondando la spada in un altro corpo.

Diversi metri più in là, la fanteria sibarita era una massa urlante avvolta dalla polvere, ormai in prossimità della linea del combattimento.

Il crotonese si voltò indietro e vide che la sua fanteria si stava avventando contro le file scompigliate della cavalleria nemica come uno sciame di vespe infuriate. Alcuni cavalieri cercavano di smontare per combattere a terra, o piuttosto si lasciavano cadere in qualche modo dalle bestie disobbedienti. Ma appena toccavano il suolo venivano trafitti dalle spade e dalle lance di Crotone. A pochi minuti dall'inizio della battaglia, più della metà dei cavalieri di Sibari – gli uomini più valenti e meglio armati di quell'esercito improvvisato – si dissanguavano a terra, tra le zampe dei loro animali.

Gli inesperti soldati della fanteria sibarita erano corsi alla cieca dietro la nube di povere sollevata dalla cavalleria. D'un tratto si trovarono di fronte a qualcosa di inaspettato. I loro ufficiali di fresca nomina avevano assicurato loro che i cavalieri avrebbero travolto l'esercito crotonese; il compito dei fanti sarebbe stato solo quello di dare il colpo di grazia ai nemici morenti. E invece di fronte a loro c'era un intreccio pressoché impenetrabile di cavalli danzanti. I sibariti delle prime file ridussero la loro corsa furiosa a un trotto incerto e si fermarono a pochi passi dal muro di animali. Dopo qualche secondo, videro spaventati i primi cavalieri crotonesi che ne spuntavano, venendo verso di loro.

Milone fu il primo dei suoi uomini a lanciarsi contro l'atterrita fanteria avversaria. Poco dopo, la cavalleria crotonese si avventò con ardore contro i trentamila civili inesperti e miseramente armati. *Per Zeus, è come attaccare la folla radunata in una piazza del mercato*, pensò il generale. Sentì che il suo impeto si stava debilitando, ma si ricompose senza indugio. Qualsiasi gesto di misericordia prima che il nemico battesse in ritirata poteva causare la morte di molti suoi soldati. Fece volare la spada a destra e a manca, spalancando una voragine di sangue e di morte. Sentiva lame e punte che gli sferzavano le gambe, ma portava robuste protezioni di cuoio e i suoi assalitori erano armati solo di pali acuminati e coltelli da cucina.

Di lì a poco, nella foresta umana si aprì una radura intorno al suo cavallo. Milone si erse sulla groppa dell'animale per controllare la situazione alle sue spalle. Aveva diviso la propria fanteria in tre reggimenti. I primi due stavano completando lo sterminio dei cavalieri sibariti e cominciavano a unirsi alla propria cavalleria contro l'esercito dei civili. Il terzo reggimento, vedendo che non era necessaria la sua presenza sul fronte, e che risultava impossibile procedere in avanti, si era diviso e marciava lungo i fianchi. Da una parte i soldati salivano lungo il pendio, dall'altra si addentravano in mare, fino ad aggirare il fronte del combattimento. E, una volta dall'altra parte, si lanciavano contro i lati della fanteria di Sibari.

Milone ringhiò, soddisfatto del comportamento dei suoi ufficiali, e osservò di nuovo i nemici che aveva davanti. Molti si spintonavano a vicenda, cercando di allontanarsi da lui. Ma vide un gruppo di uomini disposti ad affrontarlo. Strinse i denti e si lanciò su di loro.

L'attacco frontale della cavalleria crotonese, combinato con gli attacchi laterali del terzo reggimento, costrinse i sibariti più avanzati a tentare di retrocedere. Tuttavia, l'inerzia delle truppe troppo compatte continuava a premere in avanti, sospingendo gli uomini in prima linea contro le spade di Crotone. La maggioranza di quei disgraziati non aveva neppure scudi per difendersi e ricevevano i primi colpi sulle mani e sulle braccia che alzavano nel vano tentativo di proteggersi.

Dall'alto del suo cavallo, Milone poté vedere che per tutta la larghezza del fronte si verificava lo stesso fenomeno: il panico scatenava fra i ribelli un'ondata all'indietro, che si trasmetteva sino alle ultime file. La retroguardia sibarita continuava a spingere in avanti senza vedere cosa stesse accadendo sulla linea di scontro. Erano avvolti da una fitta nube di polvere e premuti contro quaranta file di uomini, senza una precisa formazione. Udivano grida incessanti di terrore e agonia, ma non potevano sapere chi le stese lanciando. Quando si accorsero che la massa li spingeva all'indietro, alcuni si voltarono. E si trovarono davanti le armi affilate di coloro che avevano il compito di impedire la ritirata. In diversi cercarono di scappare lo stesso. Furono accoltellati senza pietà, mentre gli altri riprendevano a spingere avanti con forza doppia. « Avanzate! » gridavano terrorizzati ai loro compagni. « Spingete, per Zeus, o questi ci ammazzano! »

Si produsse un'ondata in avanti che si scontrò con quella all'indietro e le maree laterali dei sibariti attaccati ai fianchi. La massa dell'esercito ribelle era una striscia larga un chilometro e profonda trenta metri, un manto convulso di uomini che erano passati in un attimo dall'euforia a un terrore isterico. Le valanghe si spostavano di volta in volta in direzioni opposte. Nei punti in cui si scontravano, la pressione era soffocante.

*

I musici continuarono a suonare per venti minuti.

In quel tempo, l'esercito di Crotone sterminò quasi tutti i duemila cavalieri di Sibari. L'unica eccezione furono trenta o quaranta di loro che riuscirono a dominare i propri cavalli e a fuggire dai fianchi. In quello stesso momento cavalcavano alla volta di Sibari.

La fanteria ribelle batté in ritirata poco dopo. *Sarà già caduto un quarto dei loro «soldati»*, valutò Milone. Non ne morivano di più perché l'accumulo dei cadaveri nella zona del combattimento rendeva difficile l'avanzata. Gli opliti di Crotone dovevano calpestare mucchi di corpi per continuare l'assalto. In certi momenti dovevano aiutarsi a forza di braccia per farsi largo tra i cumuli di morti che arrivavano all'altezza della vita.

Per la disgrazia dei sibariti che tentavano la fuga, il terzo reggimento della fanteria crotonese li aveva ormai circondati quasi completamente. La massa di ribelli in fuga riuscì a rompere il cerchio in alcuni punti, ma nel tentativo furono abbattuti migliaia di uomini. Il resto si mise a correre in direzione del fiume, dove si trovava l'accampamento in cui avevano sognato una facile vittoria. La fanteria crotonese si lanciò all'inseguimento, anche se, rallentata dalle armi e dalle protezioni, riuscì a raggiungere solo quelli in forma peggiore o già feriti.

Fino a quel momento, Milone non aveva dato l'ordine di prendere prigionieri. Per disarmarli e sorvegliarli occorrevano soldati che erano ancora necessari per la battaglia. Il nemico che veniva raggiunto veniva trafitto all'istante e ci si assicurava che non fosse in grado di rialzarsi e colpire alle spalle. Il fronte era avanzato ed era molto pericoloso lasciare nemici vivi. I soldati crotonesi che si trovavano qualche metro più indietro della linea di combattimento, temporaneamente non impegnati a combattere, si dedicavano ad affondare le spade nel petto o – quando la corazza lo impediva – nella gola dei nemici caduti.

Milone tirò le redini del suo cavallo e lasciò scappare i sibariti su cui stava per avventarsi. Aveva braccia e gambe coperte di sangue, proprio e altrui. Intorno c'erano così tanti cadaveri che a stento si vedeva il terreno. Dal mare fino alla collina, la piana friggeva di uomini che correvano. Il generale agitò in aria il braccio con la spada e gridò per attirare l'attenzione dei suoi ufficiali di cavalleria. « Seguitemi! Bisogna farli prigionieri! » Ripeté varie volte la parola « prigionieri »: sapeva che, se l'ordine non fosse stato recepito, i sibariti sarebbero stati sterminati.

Cavalcò verso il fiume lungo il fianco della collina superando prima la sua fanteria e poi quella sibarita. Lo seguiva metà della sua cavalleria. Guardò verso destra: gli altri cavalieri avanzavano in riva al mare, completando la manovra di accerchiamento.

I sibariti che aveva sorpassato erano in preda alla disperazione. Avevano visto che riuscivano a lasciarsi indietro la fanteria nemica, ma la loro corsa sfiancante non serviva a nulla. Una lunga fila di cavalli li stava cingendo da ogni lato della pianura, con l'evidente intenzione di sbarrare loro il passo. Alcuni si fermavano, ma poi riprendevano a scappare quando vedevano che stavano arrivando gli opliti crotonesi.

Mentre cavalcava, il generale stava pianificando le mosse successive. *Non possiamo raggiungere i cavalli che sono fuggiti*, pensò preoccupato. I cavalieri sarebbero giunti a Sibari sul far della sera e avrebbero avvisato l'intera città. Ciononostante, sperava che i sibariti si arrendessero con facilità. Avevano perso la maggior parte degli uomini idonei al combattimento. Dovevano accettare tutte le condizioni che sarebbero state loro imposte – la prima delle quali era la restaurazione del governo aristocratico – e dovevano accettarle immediatamente. Se fosse stato concesso loro il tempo di reagire, avrebbero potuto utilizzare l'oro confiscato ai ricchi per reclutare un potente esercito di mercenari.

Senza fermarsi, si voltò indietro. Aveva guadagnato già duecento metri rispetto al gruppo principale dei sibariti. Si accorse che alcuni stavano scappando sulla collina. Era impossibile controllarli tutti con i cavalli di cui disponeva in quel momento. Lanciò un segnale alla linea di cavalleria che avanzava lungo il mare, che fece una virata per incontrarsi con lui in un punto intermedio. Avrebbero tagliato la piana a quell'altezza.

Le due linee di cavalleria si congiunsero in una sola, che si rivolse al nemico. I ribelli stavano ancora correndo verso di loro. Molti di quelli più vicini alle colline cambiarono rotta per imitare i loro compagni che si inerpicavano sul pendio. Quando fosse sopraggiunta la fanteria di Crotone, si sarebbe creato un cerchio da cui nessuno sarebbe più riuscito a scappare.

Arrivati a pochi passi dai cavalli, i sibariti smettevano di correre. Guardavano indietro con gli occhi sgranati e vedevano altri compagni che si precipitavano, esausti, verso di loro; e, alle spalle di questi, la fanteria crotonese che stava per raggiungerli. Si voltavano di nuovo e osservavano i cavalieri dalle spade sguainate. Sentivano che la loro morte era inevitabile.

Milone avanzò a cavallo, con la spada in alto. Sibariti e crotonesi rimasero in un silenzio gravato di tensione, così profondo che si poteva sentire il rumore delle onde sulla riva.

«Prigionieri, a terra senz'armi!» Indicò con la spada il terreno di fronte ai primi sibariti. «A terra!»

I ribelli esitarono un istante, ma la parola «prigionieri» aveva destato in loro un barlume di speranza. Quelli che si trovavano davanti a Milone si gettarono al suolo, senza distogliere lo sguardo dai cavalli.

Il generale si rivolse ad alcuni dei suoi uomini. «Cavalcate verso il mare e percorrete la linea, assicurandovi che i sibariti capiscano che, se si arrendono, avranno salva la vita. Che sia chiaro anche per la nostra cavalleria».

«Sissignore!» I cavalieri partirono al trotto, gridando le istruzioni mentre passavano tra la cavalleria crotonese e i fanti nemici.

Milone fece un cenno dall'altra parte. «Voi, alle colline. Trasmettete lo stesso messaggio». Si rivolse quindi a un terzo gruppo di cavalieri. «E voi, con me».

Si lanciò in avanti. I ribelli, spaventati, videro il generale che veniva verso di loro con la spada levata e rotolarono a terra per evitare l'attacco. Ma lui si limitò ad attraversare le linee sibarite fino a raggiungere i primi soldati della sua fanteria. Qui divise il gruppo dei suoi cavalieri e percorse la linea tra i due eserciti trasmettendo l'ordine di fare prigionieri. Dovette fare due volte il percorso, per riuscire a contenere la strage di sibariti.

Alla fine riuscirono a circondare circa diecimila uomini. *Ne saranno scappati cinque o seimila*, calcolò Milone, pensoso. Guardò verso entrambi i lati della piana e d'un tratto gli venne in mente l'angoscia che si doveva provare a Crotone. Chiamò un paio di messaggeri e li mandò al Consiglio e alla comunità perché portassero la notizia della travolgente vittoria, compreso lo sterminio della temuta cavalleria nemica.

Quando i messaggeri partirono, Milone diede ordine di convocare i suoi generali e cavalcò rapido verso il lato nord della pianura. Era soddisfatto della cattura di tanti prigionieri. *Serviranno per fare pressione su Sibari*. I trentamila uomini che in modo tanto insensato avevano deciso di giocare alla guerra erano molto di più di quanto la città si potesse permettere di perdere. Se non avessero recuperato almeno quei diecimila prigionieri, Sibari si sarebbe indebolita senza rimedio.

Pochi minuti dopo, si riunì con cinque dei suoi generali. Il tempo stringeva e non erano nemmeno smontati da cavallo. «Che cos'è successo a Telemaco?» disse, chiedendo dell'unico che mancava.

«È morto, signore», rispose il generale Polidamante. «Il suo cavallo è caduto nell'urto contro la cavalleria sibarita. Da terra è riuscito a uccidere vari nemici, ma alla fine...» Serrò le labbra e rimase in silenzio.

Milone sospirò e scosse la testa. All'inizio della battaglia aveva pensato che l'espediente di far ballare i cavali avrebbe potuto non funzionare. Sapeva che, in quel caso, sarebbero morti tutti. Tuttavia, neutralizzata la cavalleria sibarita, era prevedibile che si perdessero pochi uomini. Aveva sperato che tra i morti non ci fosse nessuno dei suoi generali veterani. «Gli renderemo un omaggio adeguato, ma questo dovrà attendere. Qual è la situazione?»

Anche stavolta fu Polidamante a rispondere. Aveva la fama meritata di saper calcolare con una semplice occhiata il numero di soldati di un esercito. «Per quanto riguarda la cavalleria, abbiamo perso circa duecento cavalli e cento cavalieri. Tra questi, qualcuno è ferito, ma la maggior parte è morta. Della fanteria sono caduti meno di un migliaio di uomini. Forse ottocento. Un terzo morti, il resto feriti».

Milone guardò a terra, accigliato. Le cifre erano buone, per come sarebbe potuta andare, ma dal modo in cui si era sviluppata la battaglia, aveva sperato in meglio. «Va bene», disse infine. «Ora faremo così: la metà del primo reggimento di fanteria si accamperà intorno ai prigionieri. Il resto marcerà verso Sibari. Noi li precederemo con la cavalleria, per cercare di tagliare la strada ai fuggitivi. Calcolo che saranno circa seimila».

Guardò Polidamante, che annuì, d'accordo con la valutazione.

«Speriamo di catturarne almeno la metà», riprese Milone. «Per questo il terzo reggimento deve procedere a marce forzate. Faremo come abbiamo fatto qui: fermeremo i prigionieri con la cavalleria e la fanteria arriverà dopo, per circondarli. Per quanto possibile, senza morti». Fece una pausa e i generali assentirono.

«Se prendiamo prigionieri, li invieremo con una scorta qui nella piana, per tenerli insieme. Poi ci accamperemo abbastanza vicini a Sibari da farli tremare. Stanotte non dormiranno e domani saranno più disponibili a parlamentare».

Guardò verso nord. Sulle colline dall'altra parte del fiume

vedeva uomini che correvano. I cavalli di Sibari, invece, erano ormai fuori vista. « I cavalieri fuggiti metteranno la città sull'avviso, ma non potranno fare fronte contro di noi ». Alzò gli occhi verso il sole. « Voglio arrivare a Sibari prima che sia notte. In marcia ».

Capitolo 109

23 luglio 510 a.C.

Dietro la maschera nera, un paio d'occhi osservavano freddi la piana. Il loro proprietario non si era mosso dall'inizio della battaglia. Respirava piano e teneva le mani poggiate sulle gambe, senza tirare le redini del cavallo. Il sole gli brillava di fronte, nel cielo limpido. Sarebbe stata una giornata calda e di lì a qualche ora la brezza, per ora limpida e temperata, avrebbe portato il tanfo della putrefazione.

Dai piedi della collina fino alla riva del mare si vedeva lo stesso panorama: una striscia di terra impregnata di sangue, fitta di uomini e cavalli morti, con vari soldati impegnati a soccorrere i feriti. Anche alcuni cavalli di Sibari erano sopravvissuti. I militari crotonesi li portavano via dal campo di battaglia per occuparsene più tardi. Dopotutto, per la loro campagna militare contro Sibari non servivano animali che si mettessero a ballare al suono delle trombe.

È stato uno stratagemma davvero ingegnoso... di sicuro ideato da Pitagora. Il vegliardo è ancora capace di buone idee. Non devo sottovalutarlo.

L'incappucciato guardò verso nord. La piana era maculata di cadaveri fino a un chilometro di distanza, dove un cerchio di soldati crotonesi circondava migliaia di prigionieri sibariti. Di là dal fiume, il grosso dell'esercito di Milone avanzava verso Sibari a marce forzate.

«Torniamo al rifugio», sussurrò, girandosi verso Boreas.

Il gigante continuò a guardare lo scenario della battaglia. Dopo qualche secondo, seguì il suo padrone.

Mentre discendevano la collina dal lato opposto alla piana, l'incappucciato rifletté calmo sui suoi passi successivi. Anche se si era realizzata la situazione più improbabile, la vittoria dell'esercito di Milone, in realtà tutto ciò lo avvicinava più rapidamente ai suoi propositi di vendetta e dominazione. Se avessero vinto i sibariti, sarebbe sceso dall'altra parte della collina per unirsi a Telis nella presa di Crotone. Nelle attuali circostanze, doveva tornare al suo rifugio e da lì prendere contatto con Cilone.

Pensò compiaciuto all'oro che aveva messo nelle tasche di parecchi ufficiali crotonesi: glielo aveva consegnato nella remota eventualità che riuscissero a sconfiggere i sibariti. Sarebbe stato uno spreco, se fossero morti. Ma ora quella spesa gli avrebbe garantito una rendita favolosa.

Il potere assoluto sul Consiglio di Crotone.

Tre ore dopo la fine della battaglia, delle urla interruppero la concentrazione di Pitagora, che stava meditando sul concilio convocato di lì a cinque giorni a casa di Milone e che sperava avrebbe consolidato il futuro dell'ordine.

Distolse lo sguardo dal fuoco sacro e prestò attenzione alle voci dall'esterno.

« Maestro Pitagora! Maestro Pitagora! » Nelle grida che udiva attraverso le pareti di pietra risuonavano note di giubilo.

Ha funzionato, si disse, sospirando.

Il filosofo sorrise rivolto alle statue delle Muse, seppure con una certa tristezza. Le guerre implicavano la morte assurda di molti innocenti. Si voltò verso la porta e uscì dal tempio circolare. Vicino alle colonne dell'entrata trovò un assembramento di decine di persone. Discepoli e rifugiati si affollavano intorno a un soldato molto giovane e sorridente. Era chiaro che si trattava di un messaggero.

«Salve, soldato. Ti invia Milone?»

«Sì, maestro». Il giovane chinò la testa in segno di rispetto, un po' intimidito dall'imponente presenza del filosofo. «Mi ha incaricato di informarvi che il nostro esercito ha ottenuto una vittoria schiacciante. Abbiamo fatto suonare centinaia di strumenti quando la cavalleria si è lanciata su di noi e i cavalli sibariti si sono messi a ballare. Abbiamo abbattuto tutti i cavalieri e metà della fanteria in mezz'ora soltanto. In totale, quindicimila caduti dalla loro parte», si accigliò, in preda a emozioni contrastanti, «e cinquecento dalla nostra».

Pitagora sentì un dolore al petto e chiuse gli occhi. Tramite Glauco aveva saputo che dietro la ribellione di Sibari c'era il loro nemico con la maschera. Tutti i morti di quella battaglia erano frutto dell'odio del suo avversario.

Il messaggero continuò. «Abbiamo anche catturato diecimila prigionieri. Sono scappati solo seimila nemici, che Milone sta già inseguendo mentre marcia verso Sibari. Stanotte il nostro esercito si accamperà nei pressi della città e domani esigerà una resa senza condizioni».

Gli aristocratici sibariti gridarono di gioia rabbiosa. Era dal giorno prima che avevano gli occhi fissi sul sentiero del nord, nel timore di veder apparire in qualsiasi momento la cavalleria nemica.

Pitagora ringraziò il messaggero per il suo lavoro. Vari sibariti avrebbero voluto conoscere la sua opinione sulla situazione militare, ma lui li trattenne con un cenno della mano e tornò all'interno del Tempio delle Muse.

A volte fare la cosa giusta risulta molto doloroso.

Era stato lui ad avere l'idea di annientare la cavalleria sibarita per mezzo della musica. Senza dubbio era stato necessario, ma provava un'enorme angoscia a immaginarsi il massacro. La musica svolgeva un ruolo importante nella sua dottrina; la utilizzava spesso per indurre stati emotivi e per curare malattie del corpo e della mente.

Ma questa è la prima volta che la uso per distruggere.

Distruggere per creare, rammentò a se stesso. Era una delle massime della natura, ma questo non gli era di consolazione in quel momento.

Si concentrò sul fuoco eterno della dea Estia. Le fiamme ballavano a una musica silenziosa. Chiuse gli occhi e si obbligò a calmarsi. Stavano vivendo momenti critici e la comunità aveva più che mai bisogno di lui. Riuscì ben presto ad acquietare l'animo. Ma un'altra preoccupazione gli girava per la testa.

Spero che Milone ottenga da Sibari una resa rapida e pacifica.

Capitolo 110

24 luglio 510 a.C.

Mancavano due ore all'alba.

Androclo, ufficiale veterano dell'esercito di Milone, camminava ai margini dell'accampamento crotonese tirando per le redini un cavallo che non era suo. Era teso e contrariato. Il suo piano sarebbe stato molto più semplice da portare a termine, se l'esercito si fosse accampato alle porte di Sibari, come avevano pensato di fare all'inizio.

Sputò con disprezzo. *Cani sibariti.*

Il giorno prima, dopo la disfatta dell'esercito nemico, Milone aveva preceduto gli altri con la cavalleria, per catturare altri prigionieri, riuscendo a intrappolarne due gruppi per un totale di quasi tremila uomini. Entrambe le volte aveva dovuto fermarsi ad aspettare che sopraggiungesse la fanteria per farsi carico dei prigionieri.

Nel contempo, quello stesso giorno, altri gruppi erano partiti da Sibari con l'intenzione di unirsi a Telis, in tutto duemila uomini. Lungo il cammino erano stati informati della situazione dai cavalieri sibariti in fuga dalla battaglia. Ricevuto l'avviso, gli uomini più avanzati erano ripiegati su un fiume a una quindicina di chilometri dalla loro città e, dopo averlo attraversato, avevano distrutto i due ponti che lo solcavano, per appostarsi dall'altra parte; capivano di essere l'ultima difesa di Sibari. In quel periodo dell'anno non era difficile guadare il fiume, ma era tutto quello che potevano fare contro l'esercito crotonese. Sapevano che prima o poi si sarebbero dovuti arrendere, ma volevano alzare un ultimo ostacolo, nella speranza di poter porre qualche condizione alla resa.

Androclo proseguì fino in fondo all'accampamento e guardò di là dal fiume. Si vedevano molti fuochi accesi. Ai duemila sibariti ripiegati in quel punto si erano uniti tremila fuggiaschi del malandato esercito di Telis e altri cinquemila spuntati successivamente dalla città. *In totale, circa diecimila tra vigliacchi, contadini e vecchi.* Androclo non approvava la clemenza di Milone. Fosse stato per lui, il giorno dopo quei diecimila sarebbero scesi nel regno dei morti e le loro donne sarebbero state bottino di guerra per i soldati che li avessero uccisi.

Sorrise malevolo a quel pensiero e si allontanò dal campo di qualche metro. Si fermò alla prima macchia di arbusti. Dall'altra parte sentì un lieve fischio. Rispose allo stesso modo e girò intorno alla macchia.

«Per Ares, Androclo, pensavo non arrivassi più!»

Anche il suo interlocutore era un ufficiale dell'esercito di Crotone, di grado simile al suo, ma appartenente alla cavalleria.

«Tranquillo, Damofonte. È importante che manteniamo la calma».

«Facile a dirsi, per te», si lamentò Damofonte. «È il mio collo a essere in gioco».

«Ci stiamo giocando tutti la vita». Androclo abbozzò un mezzo sorriso. «Ma l'uomo con la maschera ci ha pagati molto bene per farlo. E ti ricordo che a me toccherà spiegare a Milone perché sei sparito. Appena capisce che sto mentendo, mi spezza in due con le sue stesse mani».

Damofonte decise di non replicare. Negli ultimi giorni avevano discusso diverse volte su chi sarebbe stato ad abbandonare l'accampamento. Non gli andava, ma così era stato deciso. Non aveva senso tornare a parlarne. Allungò una mano e prese le redini del cavallo. «Sarà meglio che me ne vada quanto prima». Montò in sella. «Voglio essere dall'altra parte di Sibari prima dell'alba».

Androclo attese che Damofonte scomparisse nella notte, poi tornò al campo, accompagnato dal rumore del fiume. Sapeva che un ufficiale su cinque era al corrente di ciò che stava per accadere. *E spero che gli altri cadano nell'inganno*, pensò a labbra serrate. Quanto ai soldati, quelli che non erano implicati si sarebbero limitati a obbedire ai loro ufficiali. E poi l'esito di tutto il piano sarebbe stato favorito perché andava nella stessa direzione delle passioni umane fondamentali: vendetta, lussuria e ambizione... L'intrigo sarebbe andato a buon fine, in modo naturale e inevitabile; perlomeno così aveva detto l'uomo con la maschera. Androclo gli aveva creduto.

All'estremità meridionale dell'accampamento c'erano i suoi uomini. Li raggiunse in silenzio e passò tra loro. «Svegliate quelli che stanno dormendo», diceva, strada facendo. «Qualche minuto e do l'ordine».

Organizzate le guardie, Milone aveva dato disposizioni che il campo fosse svegliato mezz'ora prima che facesse giorno. Mancava almeno un'ora a quel momento, il comandante in capo aveva riaperto gli occhi già da un po'. Dormiva poco, quando era impegnato in una campagna, anche quando la situazione era sotto controllo come in questa occasione.

Si rigirò nel giaciglio, costituito da una stuoia di paglia coperta da un lenzuolo di lino. Lo infastidiva il caldo nella tenda. Avrebbe preferito dormire sulla nuda terra come i suoi uomini, ma per ragioni di sicurezza tanto lui quanto gli altri generali dormivano al coperto.

Milone era sicuro che non ci sarebbero state scaramucce. Aveva dato ordine che i suoi uomini non attraversassero il fiume ed era improbabile che i sibariti fossero così insensati da attaccarli.

Per loro è già abbastanza averci di fronte.

Era chiaro che l'unica pretesa dei ribelli era di trattenerli per qualche ora. Il generale supponeva che in quel momento stessero evacuando donne e bambini dalla città, nel timore che l'esercito di Crotone la saccheggiasse.

Non sanno che non lo permetterei.

Sfinito dal caldo, si mise a faccia in su e agitò la tunica producendo una corrente d'aria fra la tela e la pelle. Il sudore evaporò, procurandogli una gradevole frescura. Si concentrò per rilassarsi, anche se non sarebbe riuscito a dormire.

Qualche ora prima, quando erano giunti al fiume, aveva inviato un messaggero all'accampamento sibarita. Il testo era semplice e chiaro: all'alba si dovevano arrendere, altrimenti sarebbero stati spazzati via. Non gli importava di concedere loro qualche ora di tregua. I ribelli non avevano più forze da opporgli. Inoltre, preferiva prendere Sibari con le truppe riposate. Avevano combattuto una battaglia e poi erano state costrette a marce forzate, non era né prudente né necessario lottare per arrivare fino alla città quando era tramontato il sole. Si scosse di nuovo la tunica per rinfrescarsi.

Spero che questa storia si risolva in fretta.

Gli dispiaceva profondamente dover combattere contro i sibariti, ma era imprescindibile che la città si arrendesse. Lasciare le cose a metà era un rischio che Crotone non poteva correre. E, con tutto l'oro confiscato agli aristocratici, i ribelli si sarebbero potuti comprare un esercito di mercenari sufficiente a invaderla.

All'alba si sarebbero dovuti arrendere e lui avrebbe assunto il controllo della città. Ma quanto prima avrebbe ceduto il governo agli aristocratici sibariti. *Dovrò lasciare delle truppe di appoggio*, rifletté, *finché gli aristocratici non avranno organizzato forze sufficienti a mantenere l'ordine. Duemila soldati dovrebbero bastare. Il resto dell'esercito tornerà a casa entro pochi giorni.*

D'un tratto si rese conto che era un po' che sentiva voci in lontananza. Riaprì gli occhi e fissò la tenda sopra di sé, illuminata dalla fioca luce di una lampada a olio. Anche se il rumore era distante, gli parve che fosse quello caratteristico della lotta.

Scattò in piedi, prese le armi e uscì dalla tenda. Le due sentinelle appostate all'esterno si misero sull'attenti. Stando fuori, il rumore del combattimento era inequivocabile. Arrivava da un'estremità del campo. «Portatemi il cavallo!»

Milone fece qualche passo fino alla riva del fiume e scrutò nel buio. L'accampamento sibarita sembrava tranquillo. Il problema sembrava provenire dall'estremità meridionale.

Si direbbe una scaramuccia da poco.

Inarcò le sopracciglia. I suoi uomini avevano ordine di non guadare il fiume e sarebbe stato temerario che lo facessero i sibariti.

Una delle sentinelle si avvicinò, tirando il cavallo per le redini. Milone montò senza indugio e si diresse verso il luogo del conflitto. La luce era scarsa, ma quando si avvicinò poté constatare che alcuni dei suoi avevano attraversato il fiume.

«Che succede?» gridò a una sentinella.

«Sembra che alcuni sibariti siano venuti sulla nostra riva del fiume, signore. Poi sono fuggiti e alcuni dei nostri li hanno inseguiti».

Maledizione, chi è stato l'idiota? Gli ordini erano chiari e non potevano essere infranti neppure per incursioni punitive. «Chi è l'ufficiale che ha attraversato per primo?»

La sentinella esitò. «Credo sia stato Androclo, signore».

Il volto di Milone si indurì. Era quasi certo che Androclo fosse uno dei suoi militari che ricevevano soldi da Cilone. Era una pratica così abituale che, se avesse scacciato tutti quelli che si lasciavano corrompere, si sarebbe trovato con metà delle truppe. Era incerto sul da farsi. Forse Androclo aveva avuto una valida ragione per disobbedire agli ordini.

L'unico modo di scoprirlo è andargli dietro, pensò, deciso. Poteva essere pericoloso, ma non poteva restare con le mani in mano. Né aveva senso svegliare tutto il campo per un incidente isolato che chiaramente non costituiva una minaccia per l'esercito. Sguainò la spada e piantò i talloni nei fianchi del cavallo, dirigendosi al fiume. Benché il letto fosse piuttosto ampio, di acqua ce n'era poca. Non ebbe difficoltà a raggiungere l'altra riva.

Qui non c'è più nessuno, constatò, guardandosi intorno. L'accampamento sibarita si era ritirato sul fianco nord, come se avesse reagito a un attacco laterale.

Avanzò con cautela tra i fuochi abbandonati. Le grida provenivano da un punto davanti a lui, a una cinquantina di passi. Era così buio che dalla sua posizione non riusciva a distinguere niente, a parte alcuni cadaveri sparsi sul terreno. *Sono tutti sibariti.*

Le grida si allontanavano. Mise il cavallo al trotto e raggiunse ben presto un gruppo di soldati crotonesi. «Dov'è Androclo?»

Gli opliti sobbalzarono vedendo spuntare dal nulla il loro comandante in capo. Rimasero così sorpresi che si limitarono a indicare più avanti. Milone proseguì, incrociando altri suoi soldati, fino a raggiungerne un gruppo che infieriva con rabbia a colpi di spada su alcuni sibariti caduti.

«Androclo!» ruggì, con la sua voce tonante.

Uno degli uomini si voltò verso di lui, mettendosi subito sull'attenti.

«Sissignore».

«Che diamine è successo?»

L'ufficiale deglutì prima di rispondere. «Alcuni sibariti hanno guadato il fiume senza che ce ne accorgessimo. Sono rimasti nascosti finché non è passato l'ufficiale Damofonte. Si sono avventati su di lui e lo hanno sopraffatto». Da come parlava, sembrava che stesse recitando una parte a memoria. «L'azione è stata molto rapida. Quando è stato dato l'allarme, stavano già riattraversando il fiume. Siamo partiti subito all'inseguimento, ma anziché affrontarci hanno continuato a retrocedere. Un minuto fa abbiamo raggiunto quelli più vicini». Indicò i cadaveri con la spada. «Ma non siamo riusciti a liberare l'ufficiale Damofonte. Prima di morire, questi uomini hanno confessato che un piccolo contingente di cavalleria lo sta portando a Sibari. Credo che lo abbiano scambiato per un generale. Noi non abbiamo cavalli, signore. Stavo giusto per tornare al nostro campo per avvisare la cavalleria».

Milone ascoltò il racconto con espressione severa. Non era sicuro che fosse tutto vero, ma non era il momento di giudicare il comportamento di Androclo. «Torna al campo con tutti i tuoi uomini», disse con freddezza. Poi voltò il cavallo e partì a un trotto leggero. Anche se voleva rientrare quanto prima, non aveva senso galoppare al buio.

Mentre si avvicinava al fiume, si accorse che al campo c'era movimento. Sembrava che tutti si fossero svegliati. Centinaia di torce si agitavano vicino al corso d'acqua.

E adesso che succede?, si domandò. *Altre incursioni suicide?*

Si fermò un momento ad ascoltare. Gli giunse lo scalpiccìo frettoloso di migliaia di piedi, insieme all'assordante grido di attacco di tutto un esercito.

Fu preso dal panico. *I sibariti ci attaccano in massa?* Si era forse sbagliato a valutarne le forze? Oppure la città nascondeva un esercito mercenario? D'un tratto si accorse che erano i suoi uomini ad attraversare in massa il fiume. Era stupefatto. Che motivo avevano tutti gli ufficiali per ordinare un attacco? Che accidenti stavano facendo i suoi generali? Era tutto così assurdo da sembrare il delirio di un incubo febbrile. Spronò il cavallo con forza, attraversò il letto del fiume e percorse la riva gridando agli ultimi uomini di retrocedere. Ma ormai era impossibile fermarli.

A pochi metri scorse un generale che, dall'alto del suo cavallo, stava riprendendo alcuni ufficiali. «Polidamante!» ruggì Milone, avvicinandosi. «Cosa sta succedendo, per tutti gli dei?»

Il generale, solitamente calmo, si voltò verso di lui con una smorfia di disperazione sul viso. «Non lo so, signore. D'un tratto in tutto il campo si sono sentite grida di "Ci attaccano". Le truppe si sono scagliate al buio oltre il fiume per respingere gli assalti».

«Hai visto gli assalti?» gridò Milone, brandendo la spada. «Hai visto sibariti da questo lato del fiume?»

Polidamante si accigliò. «Ecco... io non ho visto nessun sibarita, signore, ma non si vede niente a dieci metri di distanza».

Milone si voltò verso il fiume. Il fragore del suo esercito si allontanava senza che lui potesse vedere nulla. Strinse così forte i denti da rischiare di spezzarli. Intuiva che qualcuno li stava manipolando... ma una volta di più doveva attenersi alle informazioni di cui disponeva. «Che si suoni immediatamente la ritirata», ordinò con determinazione. «Vediamo di circondare i sibariti riducendo al minimo i combattimenti. Li anticiperemo con la cavalleria e sbarreremo loro la strada, come abbiamo fatto ieri. Poi li faremo prigionieri e li condurremo alle porte della città. Sembra che abbiano rapito uno dei nostri ufficiali di cavalleria. Se credono che un prigioniero sia un argomento da sfruttare in un negoziato, vediamo come reagiscono alle nostre migliaia di argomenti».

Capitolo 111

26 luglio 510 a.C.

«Ci troviamo di fronte a fatti che ci coprono di vergogna e disonore!» gridò Cilone dall'alto del podio. «Di fronte all'atto più degradante della storia della nostra città!»

Congestionato dall'indignazione, il politico accompagnava il suo furibondo discorso con gesti energici. Le sue parole tenevano con il fiato sospeso i mille consiglieri. Il veemente Cilone aveva appena fatto un riassunto degli ultimi avvenimenti. Due giorni prima, l'esercito crotonese si era accampato sulla riva di un fiume, non lontano da Sibari. Sulla riva opposta erano appostati diecimila ribelli, perlopiù contadini e anziani senza corazze, né scudi, né spade. L'esercito del generale Milone aveva attaccato i sibariti nella notte, uccidendone migliaia e facendo prigionieri gli altri. Poi aveva marciato su Sibari, i cui abitanti erano prontissimi ad arrendersi. Malgrado ciò, le truppe di Crotone avevano invaso la città, dando inizio a un saccheggio tuttora in corso.

«L'ira degli dei ricadrà su di noi!» tuonava Cilone con le braccia levate al cielo. Sembrava un araldo di Ade, il dio dei morti. «In nome di ciascuno di noi, i nostri soldati hanno messo la città a ferro e fuoco, spogliato i templi dell'oro, sgozzato vecchi indifesi...» A ogni atrocità imprimeva maggiore passione alle sue urla. «Hanno violentato le donne sibarite e ucciso i loro figli!»

Dalla prima fila delle gradinate Pitagora lo stava ascoltando. Era più di mezz'ora che il politico tirava avanti la sua arringa, decorata con dettagli feroci di cui il filosofo stesso non era al corrente. *I suoi messaggeri gli portano più informazioni di quelle che Milone invia a me.*

Continuò ad ascoltare con il volto inespressivo, dissimulando il suo crescente senso di allarme. L'atmosfera emotiva del Consiglio si stava facendo molto pericolosa.

« E io mi domando », continuò Cilone, « io mi domando, stimati consiglieri di Crotone, chi sia il responsabile di tanta sfrenata ferocia! » Fece una lunga pausa, percorrendo le gradinate con lo sguardo e annuendo vistosamente.

« Milone! » rispose infine, in tono sostenuto. « Milone è il generale a capo delle nostre truppe. Pertanto è lui il responsabile di tutto ciò che esse fanno ». La sua voce tornò a essere un torrente inarrestabile. « Ma si suppone che Milone obbedisca alla città, al Consiglio, e quindi le sue azioni insozzano noi tutti. E tuttavia io vi dico – e sapete tutti che è la verità – che Milone obbedisce *a Pitagora* prima che a chiunque altro ». Indicò il filosofo. « Perciò la colpa di questo disonore, di questo orrore infamante, è di Pitagora! » Tacque, perché l'eco delle sue parole risuonasse nelle orecchie dei consiglieri.

Il filosofo rimase in silenzio. Se si fosse affrettato a replicare, avrebbe dato l'impressione di considerarsi colpevole.

« Parla, Pitagora! » si udì dalle gradinate.

« Rispondi alle parole di Cilone! »

L'interpellato si alzò in piedi e fece qualche passo avanti. Quando fu al centro della sala si fermò e si girò su se stesso. Mostrò le mani a tutti i consiglieri, nude come la verità che stava per offrire. « Il saccheggio di Sibari è un atto spregevole, di fronte al quale sono costernato e disgustato quanto voi ». Per un attimo pensò di parlare a nome del Consiglio dei Trecento, ma intuì che fosse meglio lasciarli da parte e cercare di accentrare su di sé le accuse di Cilone. « Come sapete, ho parlato con Milone prima della sua partenza. Abbiamo elaborato insieme lo stratagemma di far ballare i cavalli del nemico ». La sua voce si fece d'un tratto possente e carica di indignazione. «Lo stratagemma che ci ha dato la vittoria nella battaglia della piana, quando sembrava che il nostro esercito sarebbe stato annientato; quando sembrava che il giorno dopo i ribelli sibariti avrebbero raso al suolo Crotone». Fece una pausa perché quel concetto entrasse nelle menti volubili dei consiglieri. «E abbiamo parlato anche di ciò che sarebbe stato necessario fare in caso di vittoria. E vi assicuro che né Milone né io pensavamo ad altro che non fosse negoziare una resa pacifica. Vi assicuro che...»

«Dobbiamo credere alle parole di Pitagora?» proruppe Cilone. «Dobbiamo credergli quando ha mantenuto l'inganno e l'angoscia prima della battaglia? Solo lui e *suo genero* Milone erano al corrente di cos'avrebbe fatto il nostro esercito in quelle circostanze. Solo loro sapevano quali atrocità sarebbero state commesse in seguito. Forse che un esercito fa qualcos'altro, a parte obbedire ai suoi superiori?»

Pitagora, solitario in mezzo alla sala del Consiglio, studiò con attenzione le grida e i gesti di Cilone. Il politico lo stava attaccando con una durezza insolita, ma dietro le sue parole c'era qualcosa in più. Un'intenzione occulta che si sforzava di non lasciar trasparire. *Sta preparando il terreno per ben altro*, concluse il filosofo, socchiudendo gli occhi.

Ricordò la visione che aveva avuto tre mesi prima nel Tempio delle Muse. In essa aveva scorto un futuro di sangue e di fuoco. Era forse il saccheggio di Sibari un segnale che quella premonizione spaventosa stava cominciando a diventare realtà? Non c'era dubbio che il male stesse avanzando, freddo e oscuro come un'eclisse. E lui doveva lottare con tutte le sue forze per fermarlo.

Si concentrò sulle gradinate, sondando la postura dei mille consiglieri. Il suo rivale continuava a vociferare, ma al filosofo non interessavano le sue parole, bensì l'effetto che producevano. Quando ebbe finito l'esame della sala, si rese conto che la lotta sarebbe stata ancora più ardua di quanto credesse.

Cilone aveva l'appoggio della maggioranza del Consiglio.

Akenon si sbagliava di grosso a pensare che quella sarebbe stata una mattinata tediosa.

Conduceva il suo cavallo per le redini mentre percorreva lento le vie di Crotone. Da ogni parte vedeva gruppetti che commentavano le notizie portate via via dai messaggeri. Se ne formavano sulla porta dei negozi, nelle piazze, davanti ai templi... e tutti abbassavano la voce al passaggio dell'egizio e della sua comitiva.

Il drappello che lo accompagnava era formato da diciotto persone, con qualche bestia da soma. Si trattava di quattro aristocratici sibariti, delle loro famiglie e della rispettiva servitù. Avevano ottenuto un passaggio a bordo di una nave mercantile e gli avevano chiesto che li scortasse fino al porto. *Non mi stupisce che si sentano insicuri a Crotone*, pensò Akenon.

Fino a due giorni prima, i sibariti erano rimasti in attesa nella comunità, con la speranza di poter fare ritorno alla loro città in un secondo tempo. Avevano accolto con gioia la notizia della vittoria dell'esercito di Crotone sulle truppe ribelli. *E anche quella che Milone stava marciando su Sibari per chiedere una resa totale*, rammentò l'egizio. Gli aristocratici sognavano di poter tornare ai loro palazzi e riprendere la vita di piaceri cui erano abituati. Sennonché si era poi saputo che i soldati di Crotone si stavano abbandonando a un saccheggio brutale: rubavano il loro oro, massacravano la popolazione – la loro mano d'opera – e incendiavano i loro palazzi.

Ora non hanno più niente cui tornare.

Nelle vicinanze del porto, sul volto di Akenon si dipinse una smorfia. Gli era tornata in mente l'ultima volta che vi si era trovato. Doveva ringraziare gli dei che Milone fosse riuscito a salvarlo all'ultimo momento.

Sulle banchine c'era un'attività frenetica. I lavoratori correvano da tutte le parti, esortati dalle grida delle autorità, perché carico e scarico si realizzassero il più in fretta possibile. Più in là dell'imboccatura, ondeggiando sul mare, una fila di imbarcazioni era in attesa del turno per attraccare. Quella saturazione era dovuta a ciò che era accaduto a Sibari. Le numerose navi con quella destinazione cambiavano rotta quando vedevano che dalla città si alzavano colonne di fumo. La metà proseguiva verso nord, a Metaponto o a Taranto; l'altra metà seguiva la costa in direzione sud, fino a Crotone.

Akenon si congedò dai sibariti e si affrettò a lasciare il porto. Non gli ricordava solo di quando Cilone aveva cercato di esiliarlo, ma anche che per tornare a Cartagine avrebbe dovuto salire su una di quelle maledette navi. Il pensiero di lasciare Crotone evocò l'immagine di Arianna. Quella mattina, quando era uscito dalla comunità, aveva scoperto in lei uno sguardo diverso, come se si fosse tolta la maschera di indifferenza con cui gli si presentava da tempo. *Sembrava sul punto di dirmi qualcosa di importante.*

Akenon si era trattenuto e i loro sguardi si erano intrecciati per qualche secondo. Ma poi lei, all'improvviso, si era voltata, impaurita, rientrando nella comunità. L'egizio aveva proseguito lungo il sentiero con i sibariti, senza riuscire a togliersi quella vista dalla mente. Arianna era più bella che mai. Aveva qualcosa di speciale, una pelle luminosa, una sensualità accentuata...

L'investigatore accelerò il passo, tirando il cavallo per le redini. Voleva rivederla, anche se non era sicuro di cos'avrebbe fatto quando l'avesse avuta davanti. Forse riconsiderare la loro situazione non era una buona idea per nessuno dei due.

« Akenon! »

Si voltò e vide avvicinarsi Pitagora, accompagnato da due discepoli.

« Vai alla comunità? » domandò il maestro.

«Sì», rispose l'egizio, sforzandosi di cancellare Arianna dalla testa. «Ho appena accompagnato al porto gli ultimi sibariti».

Il volto del filosofo si offuscò. «Non li biasimo per sentirsi a disagio con noi».

Akenon lo osservò. Sembrava avere un nuovo motivo di preoccupazione. «Com'è andata la sessione?»

Pitagora scosse la testa e sospirò. «Oggi, per la prima volta in trent'anni, Cilone ha avuto il sostegno della maggioranza nel Consiglio dei Mille. Per quanto non abbia tentato alcuna azione concreta. È come se qualcosa lo frenasse. È in attesa di qualche evento, ma non so quale».

«Pensi che lo stia manovrando l'uomo con la maschera?»

Il filosofo annuì con gravità. «Credo proprio di sì. Se Cilone agisse per proprio conto, avrebbe richiesto subito una votazione contro di noi, per approfittare della sua maggioranza. Le sue mosse di oggi rivelano un'astuzia e una freddezza superiori a quelle che lui possiede». Pitagora si chiuse nei suoi pensieri e proseguì in silenzio verso le porte della città.

Akenon infilò la mano nella tasca della tunica e trovò l'anello di Daaruk. Ci giocherellò per un po', distrattamente, e alla fine lo tirò fuori. Era da tempo che non lo prendeva in mano. Ricordò che lo aveva trovato fra le ceneri della pira funebre del grande maestro assassinato e che Pitagora gli aveva detto di tenerlo. L'egizio aveva osservato a lungo il suo piccolo pentacolo, un simbolo nel contempo semplice e complesso. Grazie ad Arianna, sapeva che in quella figura erano contenuti segreti fondamentali sulla costruzione dell'universo. Rammentava quando lei glielo aveva spiegato. Gliene tornò alla mente un'immagine vivida: mentre cavalcava al suo fianco, appoggiandogli una mano sulla coscia nuda, avvolgendolo con uno sguardo che andava molto oltre le parole...

Devo arrivare al più presto alla comunità, pensò, guardando l'anello nella mano tremante.

Nondimeno, il pentacolo non uscì dalla sua mente e, intanto

che avanzava in silenzio al fianco di Pitagora, si concentrò sui diversi segmenti di quella figura geometrica tanto speciale. Era ammirevole il modo in cui mostravano la « sezione », la proporzione armoniosa e rivelatrice che ricorreva tanto spesso in natura.

D'un tratto, Akenon rimase a bocca aperta. Aveva appena avuto un'illuminazione che gli aveva tolto il respiro.

« Pitagora, devo andare », farfugliò, mentre risaliva frettolosamente a cavallo.

Il filosofo lo guardò. Stava per domandargli a cosa si dovesse tutta quella urgenza, ma già l'egizio si allontanava per le strade di Crotone.

Perché tanta fretta?, si chiese il filosofo, perplesso. Si strinse nelle spalle e continuò a camminare insieme ai suoi discepoli. Dava per scontato che glielo avrebbe potuto chiedere più tardi, quando si fossero ritrovati alla comunità.

Si sbagliava.

Capitolo 112

26 luglio 510 a.C.

«Bambini, continuate a scrivere. Torno tra poco».

Arianna uscì dall'aula senza accorgersi di avere ancora in mano una tavoletta di cera. Per tutto il tempo aveva guardato verso la finestra e aveva appena visto il padre che passava davanti alla scuola. Dovette fare uno sforzo per non mettersi a correre, ma si affrettò ugualmente a raggiungerlo.

Lui stava parlando con Evandro. Pareva un essere divino, sotto il sole implacabile del mezzogiorno che gli faceva risplendere i capelli e la barba come la spuma del mare. Arianna esitò prima di interromperli. «Padre?» Le spiacque che dalla sua voce trasparisse l'ansietà.

Pitagora si girò e si illuminò in volto, come sempre quando la vedeva.

«Hai visto Akenon?» chiese lei, sforzandosi di mostrare noncuranza.

«L'ho incontrato a Crotone, uscendo dal Consiglio. Stavamo tornando insieme, ma lui all'improvviso è montato a cavallo e se n'è andato in tutta fretta, come se gli fosse venuto in mente qualcosa». Il filosofo si accigliò. «Mi è parso un po' strano».

Arianna si trattenne un momento di fronte al padre, mordicchiandosi un labbro in silenzio. «Non importa», disse poi. Si voltò per tornare alla scuola. Faceva molto caldo e usò la tavoletta a mo' di ventaglio.

Ricordò che quella mattina, mentre assisteva alla partenza di un gruppo di sibariti alle porte della comunità, Akenon si era accorto che lei lo stava osservando. Per un attimo l'aveva guardata anche lui, con curiosità. Arianna si era domandata perché lui la trattasse così. Poi aveva ammesso con se stessa che era stata lei a guardarlo per prima. L'egizio l'aveva sorpresa mentre lo contemplava con un'espressione di tenerezza che doveva esserle apparsa sul viso senza che vi facesse caso. In imbarazzo, si era girata, allontanandosi subito dopo senza capire bene cosa fosse accaduto. Se lo domandava ancora adesso. Indagava dentro di sé e notava che era cambiato qualcosa, ma era molto confusa.

So solo che devo rivederlo.

Capitolo 113

26 luglio 510 a.C.

Akenon avanzava con tutti i sensi all'erta.

Come ho fatto a non capirlo prima?, si rimproverò.

Si trovava a un'ora di cavallo da Crotone e procedeva a piedi, tenendo l'animale per le redini, in un bosco in cui non si era mai addentrato. Erano cinque ore che lo percorreva senza posa e cominciava a sentirsi affaticato dalla lunga ricerca. Non lo aiutava certo il caldo umido che gli incollava la tunica alla pelle.

Crac.

Si voltò di scatto verso lo scricchiolio e trattenne il respiro. A quindici passi da lui c'era un folto gruppo di arbusti, un luogo ideale per nascondersi. Lasciò le redini, puntò la spada davanti a sé in posizione difensiva e girò lentamente intorno agli arbusti.

Crac.

Qualcosa di grosso si stava muovendo là in mezzo. Poteva trattarsi di un animale, ma l'udito di Akenon diceva il contrario. Fece due passi avanti. Gli arbusti si agitarono come se prendessero vita e ne spuntarono due uomini che si alzarono in piedi con le mani in alto.

L'egizio fece un balzo indietro. I due uomini avevano vestiti laceri e sporchi. I capelli scompigliati e l'espressione cupa davano loro un'aria feroce. Akenon si accorse però che non dovevano avere neanche vent'anni ed erano spaventati. Forse vivevano soli nel bosco e, dal momento che erano entrambi pelle e ossa, non dovevano passarsela molto bene.

Può darsi che siano fuggitivi.

I ragazzi restavano in silenzio. Avevano visto un egizio alto e robusto, che li superava di trenta chili e girava armato di una spada curva. Si erano nascosti dietro gli arbusti nella speranza di passare inosservati, ma non avevano avuto fortuna; e ora l'egizio era di fronte a loro con la spada sguainata. Anche se avrebbero preferito evitare un confronto, non avrebbero esitato a usare i loro coltelli, se l'uomo li avesse attaccati.

«Non voglio farvi del male», disse Akenon.

La sua voce suonava sincera, ma i due ragazzi non si fidarono. Al contrario, approfittarono di quella manifestazione di buona volontà per abbassare le mani e tenerle più vicine ai coltelli.

Akenon notò la somiglianza tra i due e immaginò che fossero fratelli. Il più piccolo non doveva avere più di diciassette anni. Gli fecero pena. Senza abbassare la guardia, si frugò nella tunica, tirò fuori una dracma e gliela mostrò, tenendola in alto. «Questa è vostra se mi aiutate. Sto cercando una villa abbandonata, piuttosto piccola. Può darsi che ci abiti qualcuno da poco tempo».

I ragazzi lanciarono occhiate avide alla preziosa moneta d'argento. Con una dracma avrebbero potuto mangiare per tre o quattro giorni. Il più grande guardò l'egizio negli occhi e annuì. Poi tese una mano e gli fece cenno di lanciare la moneta.

Akenon la tirò in aria e il ragazzo la prese al volo. La guardò incredulo davanti e dietro, la passò a quello più giovane e puntò un dito alla propria destra. «Vedi quella quercia, quella più grossa?»

L'egizio si voltò nella direzione indicata, poi assentì.

«A un paio di chilometri», continuò il ragazzo, «c'è la casa che cerchi».

«Ho già cercato laggiù», ribatté Akenon.

«È nascosta dalle piante. Bisogna avvicinarsi molto per vederla. Devi andare da quella parte», insistette il ragazzo, tornando a indicare con il braccio. « Arriverai a una radura molto grande. La villa è sull'altro lato ».

L'egizio ricordava di essere passato per la radura di cui parlava il giovane. « D'accordo. Grazie ». Rivolse un'ultima occhiata ai due e si voltò per tornare al cavallo.

« Egizio », lo chiamò il più grande dei fratelli.

Akenon si girò.

« Fai molta attenzione. Noi ce ne stiamo lontani da quando abbiamo visto un mostro ».

Il cuore dell'investigatore accelerò. « Com'era fatto? »

« Tu sei grande e forte », disse il ragazzo, indicandolo. Poi allargò le braccia più che poté. « Il mostro è molto più grande e forte di te. Nemmeno Eracle potrebbe batterlo ».

Boreas! Akenon ebbe un brivido. Non aveva dubbi: era sul punto di scovare l'uomo con la maschera... e il suo gigantesco schiavo.

Annuì, in segno di ringraziamento per l'avviso, e si allontanò con l'immagine di Boreas nella mente. Avrebbe dato tutto il suo argento per disporre di uomini armati con cui seguire quella pista. Sennonché Milone e tutti i soldati di Crotone erano a Sibari. Scosse la testa. *Boreas non è che un uomo. Può essere ferito con la spada come chiunque altro.* Ma non si tranquillizzò. Non solo ricordava la facilità con cui il gigante poteva stritolare una persona a mani nude, ma anche il suo sguardo freddo e intelligente, e la sua maledetta velocità.

Cavalcò fino a trovarsi a mezzo chilometro dal luogo indicato. Scese da cavallo e lo legò a un albero. Nel farlo si accorse che gli tremavano le mani. Respirò a fondo varie volte, snudò la spada e proseguì a piedi, attentissimo a qualsiasi rumore. Di lì a poco, raggiunse la grande radura di cui aveva parlato il ragazzo. La costeggiò avanzando di albero in albero. Giunto dall'altra parte, sbirciò attraverso una muraglia di vegetazione.

Non mi stupisco di non averla vista.

La villa era in mezzo a un nascondiglio naturale. E, in aggiunta, i muri esterni erano stati coperti di rami. Akenon la scrutò a lungo, senza cogliere alcuna attività. Poi si sistemò in mezzo ad alcuni arbusti, da dove poteva vedere la casa, e si accinse ad aspettare.

Mezz'ora più tardi, cominciava a pentirsi di non avere portato con sé l'acqua che aveva lasciato sul cavallo. Faceva così caldo che gli colavano rivoli di sudore. Ciononostante, si obbligò a non muoversi dal nascondiglio.

Un'ora dopo, una volpe passò tranquilla davanti alla costruzione. Akenon, incoraggiato dal fatto che l'animale si muovesse senza timore, decise di aver atteso a sufficienza. *Andiamo.*

Sfoderò un pugnale lungo e acuminato e si eresse con cautela. Strinse saldamente le impugnature delle sue due armi e si affacciò. Davanti a lui c'era uno spazio aperto di sette od otto metri oltre il quale sorgeva la casa di cui poteva vedere una parete laterale. *Non ha finestre, è una buona idea avvicinarsi da quest'angolo.* Si sarebbe accostato al muro e qui si sarebbe fermato di nuovo.

Guardò da entrambi i lati. La vegetazione creava qua e là delle nicchie che restavano fuori vista. Tuttavia, la sua sorveglianza preventiva lo induceva a pensare che non ci fosse nessuno di guardia. Il primo obiettivo era verificare se in casa ci fosse qualcuno. In caso affermativo, si sarebbe appostato in prossimità dell'entrata, o forse addirittura sul tetto, per attaccare a sorpresa quando fossero usciti.

Ancora nascosto tra la vegetazione, Akenon si guardò di nuovo a destra e a sinistra. Respirò a fondo, strinse il pugnale e la spada e si gettò in avanti. Prima di arrivare al muro si mise in allarme. Con la coda dell'occhio aveva appena percepito un movimento. Qualcosa di grosso si avvicinava alle sue spalle a grande velocità.

Voltò la testa e sentì che gli si fermava il cuore.

Capitolo 114

26 luglio 510 a.C.

In quel momento, nella comunità, l'ultimo messaggio del generale Milone stava per cogliere tutti di sorpresa. Pitagora lo aprì speranzoso. Si trovavano a casa sua, nella stanza dove erano soliti riunirsi. Il filosofo aveva davanti la maggior parte del suo comitato di successione: Teano, Evandro, Ipocreaonte, ma anche Arianna. Mancava Milone, così come Akenon, che avrebbe dovuto presenziare a quell'incontro, ma che non si trovava.

Arianna vide che il padre si concedeva un sorriso, leggendo le prime righe.

« Milone ci dice che è riuscito a far sì che l'esercito abbandonasse Sibari e che dunque il saccheggio è finito. Nella città sono rimaste solo truppe di fiducia, per mantenere l'ordine ». Pitagora continuò a leggere in silenzio e si incupì. « Per fermare il saccheggio ha dovuto ordinare l'esecuzione di centinaia tra soldati e ufficiali... molti dei quali ha giustiziato lui stesso ». Interruppe la lettura e si massaggiò le tempie con gli occhi chiusi. Teano si chinò su di lui e gli appoggiò una mano sulla spalla. Poco dopo, il filosofo riprese a leggere con una sfumatura di profonda tristezza nella voce. « Milone racconta che ha fatto torturare vari ufficiali perché confessassero per quale motivo avessero disobbedito agli ordini di non attaccare. Ci conferma che dietro a tutto questo ci sono Cilone e l'uomo con la maschera ».

Evandro intervenne quasi gridando. « E non basta questo a far arrestare Cilone? »

« Questo crimine sarebbe più che sufficiente, s'intende », rispose Pitagora. «E forse per mezzo di Cilone potremmo arrivare all'uomo con la maschera. Il problema è che in questo momento hanno l'appoggio della maggioranza del Consiglio e, a quanto si vede, anche di una buona parte dell'esercito». Si rivolse al grande maestro in un tono più lento e profondo. «Dobbiamo agire con molta cautela, altrimenti corriamo il rischio di scatenare una guerra civile».

Arianna si appoggiò bruscamente allo schienale della sedia. Si sentiva frustrata, irritata. Fino a quel momento avevano scoperto coincidenze che riguardavano veleni, monete ed elementi matematici; avevano portato alla luce le azioni di Arma, Crisippo e altre persone implicate; avevano viaggiato, interrogato, sorvegliato... Grazie a tutto questo lavoro investigativo, *sapevano* che l'uomo con la maschera era responsabile delle morti di Cleomenide, Daaruk, Oreste e Aristomaco, così come dell'ordine di esilio per Akenon, la rivolta contro gli aristocratici sibariti e persino il saccheggio di Sibari. *Ma sapere tutto ciò non ci serve a nulla. Non siamo stati capaci di catturarlo, non conosciamo nemmeno la sua identità.* E il peggio era che ora che potevano cercare di premere su di lui attraverso Cilone, avevano le mani legate, perché i loro nemici dominavano metà delle forze cittadine. La giovane annuì tra sé. *Sono sicura che non è un caso se le tracce dell'uomo con la maschera si fanno più visibili proprio mentre stiamo perdendo il controllo del Consiglio.* Quella era un'ulteriore dimostrazione dello spaventoso dominio della situazione che il loro avversario aveva sempre esibito.

«Milone ci informa anche», proseguì Pitagora, strappando la figlia dai suoi pensieri, «che arriverà domani pomeriggio. Dovremo dedicare molto tempo a stabilizzare la situazione nel Consiglio, ma non possiamo trascurare i preparativi della nostra assemblea».

Mancano solo tre giorni, ricordò Arianna, sorprendendosi. Era un peccato che quel concilio si celebrasse in un'atmosfera tanto confusa. Si trattava di un avvenimento unico per l'ordine pitagorico: vi avrebbero partecipato decine di grandi maestri e i dirigenti di tutte le comunità; si sarebbero designati organi di governo, sarebbe stato pianificato il futuro della confraternita...

Cambiò posizione sulla sedia, irrequieta. La prospettiva del concilio era emozionante, ma la sua mente tornava di continuo ad Akenon.

Capitolo 115

26 giugno 510 a.C.

Akenon si sentì gelare il sangue dal terrore.

Boreas si stava avventando su di lui a una velocità incredibile. Scalzo, con indosso solo un perizoma, il gigante imprimeva una forza incredibile a ogni sua falcata. L'egizio mosse in avanti il braccio con la spada e tenne il pugnale in posizione difensiva. Era impossibile schivare l'attacco del mostro, restava solo da sperare che il filo delle sue lame fungesse da deterrente.

Il tracio non cambiò la traiettoria né diminuì la velocità. All'ultimo momento fece un movimento che Akenon non riuscì a seguire con gli occhi. La sua unica reazione fu muovere la spada verso il punto in cui pensava che si dirigesse il braccio dell'avversario.

Non gli servì a niente.

Boreas gli afferrò il braccio destro e un attimo dopo aveva chiuso in una morsa anche il braccio con il pugnale. L'egizio non aveva nemmeno respirato, da quando era cominciato l'assalto, ed era già in trappola. Si divincolò con tutte le sue forze, ma non riuscì a smuovere il gigante di un millimetro, era come avere a che fare con una colossale statua di bronzo.

Provò una desolante sensazione di impotenza.

Il mostro gli sollevò le braccia e sul suo volto apparve un sogghigno di crudele compiacimento. Sembrava voler dire che da molto tempo desiderava quel momento. Si erse in tutta la sua statura, stringendogli gli avambracci con i suoi pugni di ferro.

Akenon gemette di dolore. Le mani gli si aprirono contro la

sua volontà e le armi caddero a terra. Guardò disperato il gigante. Boreas lo superava di mezzo metro in altezza ed era largo il doppio di lui. Ma la sua forza era anche superiore alle sue dimensioni. Se le credenze dei greci avevano fondamento, quell'essere doveva corrispondere a un semidio, il frutto dell'unione tra un umano e una divinità malevola.

Il gigante alzò ancora di più le braccia, senza alcuno sforzo apparente. L'egizio si vide sollevare da terra fino a quando le loro teste furono alla stessa altezza. Fissò gli occhi spietati di Boreas. E in quello stesso istante cercò di assestargli un calcio alla gamba. Il tracio si girò con l'agilità di un gatto e il dorso del piede di Akenon gli colpì di lato una coscia. Ma subito dopo l'investigatore riuscì a infliggergli anche una ginocchiata alla bocca dello stomaco.

Fu come prendere a calci un albero. L'espressione di Boreas rimase imperturbabile. Il tracio emise solo un gemito lento e profondo, come se la cosa gli avesse fatto quasi piacere. Poi piegò le braccia per avvicinare a sé l'insignificante avversario, ritrasse il cranio enorme e gli scaricò una testata in piena faccia.

Lo scricchiolio di ossa rotte fu terribile.

Capitolo 116

26 luglio 510 a.C.

Arianna si trovava nei giardini della comunità da quando era finita la riunione a casa del padre, tre ore prima. Era seduta sotto un castano frondoso e a pochi metri da lei vari discepoli meditavano in silenzio. Invidiava la serenità dei loro volti.

Aveva deciso di restare lì ad aspettare che tornasse Akenon. Nell'attesa, aveva guardato nel proprio cuore e nella propria mente per cercare di comprendere che cosa stesse succedendo in lei. La risposta era stata sconsolante: si sentiva divisa in due. Da un lato si rendeva conto che una parte della sua anima era terribilmente sensibile, il che le impediva di aprirsi a un rapporto costante con un uomo; dall'altro, l'attrazione che provava per Akenon non solo non si era raffreddata come lei sperava, ma si era addirittura rafforzata.

Aveva riconsiderato migliaia di volte la loro discussione a Sibari, il giorno dopo che avevano giaciuto insieme, quando lei gli aveva rinfacciato di voler andare da solo al palazzo di Glauco, lasciandola indietro per proteggerla, come se fosse una bambina. Anche se era vero che lui pretendeva di decidere al posto suo, Arianna doveva riconoscere che si era trattato di un'eccezione, perché Akenon la trattava sempre su un piano di parità. *Oltre a essere attraente, è anche intelligente, sensibile...* La giovane batté un pugno rabbioso sul terreno. Odiava i suoi violentatori e ancora di più il loro mandante: le avevano sottratto la possibilità di una vita normale. Desiderò con tutta l'anima di conoscere il nome del responsabile.

La gravidanza le rendeva ancora più difficile aprirsi ad Akenon. Non sarebbe più riuscita a togliersi la corazza emotiva che ora proteggeva, oltre lei, la creatura che portava dentro di sé.

E poi non posso dire ad Akenon che sono incinta. Lui aveva un senso della responsabilità così accentuato che si sarebbe subito sentito in dovere di occuparsi di lei e del bambino, anche se non lo avesse voluto. Questo alla lunga sarebbe stato un male per tutti. A parte il fatto che lei non avrebbe voluto stare con qualcuno che non la amasse. C'era un'unica soluzione: Akenon doveva dimostrare, senza che lei gli dicesse niente, di volere che stessero insieme.

E anche così, potrebbe servire a qualcosa solo nel caso che io riuscissi ad avere una relazione.

Lo vedeva impossibile.

Le ore passavano, lui non tornava e Arianna cominciava ad angustiarsi. Non era tanto insolito che passasse tutto il giorno a indagare fuori dalla comunità, ma Arianna provava uno strano sconforto, una specie di allarme istintivo che le diceva che Akenon era in pericolo. Le si rizzarono i peli sulla nuca e, a dispetto del calore soffocante, fu scossa da un brivido. Nelle ultime settimane, la giovane aveva imparato a confidare di più nell'istinto, come se la gravidanza glielo avesse affinato. Guardò verso la città e la costa. Si stava facendo sera e non si riusciva più a vedere lontano.

D'un tratto sentì un disturbo dentro di sé. Allungò le gambe e distese il corpo all'indietro. La sensazione cessò subito, ma tornò un minuto dopo. Si piegò in avanti e il fastidio si commutò in dolore. Emise un gemito sommesso, attenta che nessuno la udisse, e chiuse gli occhi. Poi li riaprì di colpo.

Oh, no, dei, no!

Si toccò l'interno della coscia con mano tremante. La ritrasse macchiata di sangue.

Si sentì impallidire di colpo. Nella pergamena della madre

aveva letto che nei primi tre mesi di gravidanza c'erano alte probabilità di subire un aborto spontaneo. Aveva letto anche che il rischio aumentava se c'erano preoccupazioni o dispiaceri.

Si alzò, lottando per trattenere le lacrime. Il suo ventre contratto e dolente le consentiva appena di muoversi. Strinse i denti e si diresse verso la sua stanza. A ogni passo sentiva che qualcosa stava andando male. Doveva sdraiarsi e allontanare dalla mente l'angosciante sospetto che la vita di Akenon fosse in pericolo.

Capitolo 117

26 luglio 510 a.C.

L'acqua gli sferzò la faccia.

Akenon aprì gli occhi e riemerse bruscamente dall'incoscienza. Non riuscì a distinguere nulla. Era seduto su una sedia e aveva la testa rovesciata all'indietro, gli occhi rivolti al soffitto. Constatò che non c'era nessuna luce naturale. Aveva l'impressione di trovarsi in una sala sotterranea. Raddrizzò la testa e pensò di togliersi l'acqua dagli occhi, ma non poté muovere le braccia. Erano legate alla sedia, così come le gambe. Deglutì e si accorse di non poter respirare dal naso. Gli doleva il volto e stentava ad aprire l'occhio destro. Sbatté le palpebre per schiarire la vista dell'occhio sano.

Boreas era di fronte a lui, a due passi di distanza. Teneva ancora in mano la caraffa da cui gli aveva gettato l'acqua in faccia. Akenon ricordò all'improvviso quanto era successo nel bosco: aveva trovato la villa, poi era apparsa quella creatura spaventosa e lo aveva sopraffatto con facilità, come se fosse stato un bambino piccolo.

La respirazione dell'investigatore accelerò, mentre la testa gli si snebbiava. Si trovava nella situazione che aveva temuto per tutta la vita. Alla mercé di uno spietato demente. Sul punto di essere sottoposto a tortura.

Insieme al terrore, giunsero la rabbia e la frustrazione. Si impose di continuare a tener d'occhio Boreas e serrò le mascelle. Nel farlo sentì una fitta di dolore allo zigomo destro. Gli occhi gli si chiusero e vide una serie di bagliori di luce gialla.

Quando risollevò le palpebre, Boreas era ancora nella stessa posizione. Sembrava che qualcosa lo trattenesse. Akenon guardò verso sinistra.

L'uomo con la maschera!

Contro la sua stessa volontà, il suo viso gonfio e dolorante rifletté ciò che provava a vederlo. Non era solo la paura di trovarsi di fronte al suo probabile assassino, né l'odio che provava verso il nemico più disumano e crudele che avesse mai avuto davanti. Ciò che non poté fare a meno di sentire fu, per un momento, il fascino di quella figura. Quell'uomo irradiava un potere superiore a quello che trasmetteva quando l'egizio lo aveva incontrato a viso scoperto. In quelle circostanze doveva essersi contenuto per non rivelare la potenza straordinaria delle sue capacità. Ora l'imperscrutabile maschera nera sembrava adattarsi a quel mostro assai di più che il volto umano con cui Akenon lo aveva conosciuto.

L'uomo con la maschera si avvicinò fino a trovarsi a un passo da lui. «Lieto di rivederti», sussurrò con voce gutturale.

Akenon si limitò a rivolgere un'occhiata sprezzante ai tratti di metallo annerito. L'altro si protese verso di lui, emettendo un suono che somigliava vagamente a una risata.

«Lo sai chi sono?»

Akenon sentì il suo sguardo su di sé e fu come se un coltello gelido gli fosse entrato nelle meningi.

«Ma guarda», proseguì l'incappucciato dopo qualche secondo. «Sei riuscito a scoprirlo. Come hai fatto?» Il suo tono di voce fintamente amichevole faceva venire i brividi.

L'egizio deviò lo sguardo, ma continuò a sentire nel cervello la pressione del nemico. Chiuse gli occhi e cercò di concentrarsi. La mente dell'incappucciato attanagliò la sua, senza riuscire a entrare. Era la stessa sensazione che Akenon avrebbe provato tentando di tenere la bocca chiusa mentre un paio di mani possenti cercavano di aprigliela.

«Pensi di poterlo evitare?» Il sussurro dell'incappucciato, profondo e ruvido, aveva un'inflessione allegra. Si stava divertendo.

Akenon resisteva, con tutta la sua volontà. Era un profano in quel mondo di forze esoteriche, ma gli parve di poter impedire che il suo nemico entrasse in lui. Quella speranza durò finché l'incappucciato non fece ricorso al potere della propria voce.

Nei minuti successivi, parlò senza interruzione. L'egizio non capiva che cosa stesse succedendo, ma sentiva dissolversi un po' alla volta la sua volontà. Il discorso dell'avversario possedeva una logica implacabile. Utilizzava le parole esatte e ogni frase risultava affilata come una spada, ma molto più pericolosa. A poco a poco riuscì a *convincere* Akenon a concedergli l'accesso ai suoi pensieri e ai suoi ricordi. L'egizio si disse che doveva ribellarsi con più forza, ma non ci provò sul serio. Stava cedendo. Si rendeva conto di quanto accadeva e... cominciava a *volerlo*. Anche se le parole dell'incappucciato erano strumenti di precisione matematica, da sole non lo avrebbero piegato. Ciò che le dotava di un influsso irresistibile era il sussurro che le trasportava, costante, avvolgente, soggiogante. Un mormorio aspro e magico che erodeva l'ostinazione come un torrente sgretola una montagna.

L'egizio cedette.

La mente dell'incappucciato irruppe nella sua come un'inondazione. Esplorò tutto ciò che aveva a che fare con le indagini, frugò in ogni angolo come un ladro in una casa e verificò come avesse fatto a scoprire la sua identità e il suo nascondiglio.

Quando si ritirò, Akenon ebbe la sensazione di risvegliarsi. Poi fu sopraffatto dalla rabbia e dal disgusto, tanto che fu sul punto di vomitare.

«Quanto sei stato imprudente», sussurrò soddisfatto l'incappucciato. «Nessuno sa che sei venuto qui. Così come non hai detto a nessuno chi sono. L'unica cosa che ti distingue da un idiota completo è l'ingegno che hai dimostrato nel trovarmi». Si portò le mani dietro la testa. «Non c'è ragione che continui a portare la maschera anche qui. E fa troppo caldo».

Sciolse i lacci e staccò piano la maschera dal viso.

Benché già sapesse quale faccia avrebbe visto, Akenon ebbe un sussulto quando apparve quel volto madido di sudore.

Il nemico voltò la maschera a passò un dito sulla faccia esterna. Poi parlò di nuovo. La cortesia era svanita dal suo sussurro aspro. «Mi hai causato problemi fin dal tuo arrivo, Akenon. Mi hai obbligato a modificare i miei piani originali e sai già quanto mi è risultato penoso. Poi hai continuato a darmi fastidio, soprattutto quando hai catturato Crisippo». Avvicinò il viso a quello del prigioniero, senza mutare la sua espressione fredda. «È da molto tempo che voglio farla finita con te. Ma, come hai potuto vedere, sono stato impegnato in questioni più importanti, altrimenti saresti già morto. Anzi, dovresti esserlo. Attraverso Cilone ho fatto decretare il tuo esilio e gli opliti che ti custodivano ti avrebbero dovuto ammazzare sulla nave». Sorrise, con una smorfia sgradevole sul volto. «Credi che stavolta verrà qualcuno a salvarti?»

Akenon guardò alternativamente lui e Boreas. Il gigante rivolgeva tutta la sua attenzione al proprio signore, come un cane che si trattiene a stento in attesa dell'ordine di attaccare. *Appena il suo padrone gliene darà il permesso, mi farà a pezzi.* Lo tormentava l'impossibilità di alzare le braccia per proteggersi il volto.

«Davvero hai pensato in qualche momento che la situazione potesse essere rovesciata?» riprese il nemico. «Io legato a una sedia e tu a interrogarmi?» Scosse piano la testa. «Tutta questa arroganza è patetica».

Calò il silenzio, che si protrasse a lungo. Il nemico si limitava a osservarlo e Akenon intuì che stava aspettando che lui lo supplicasse. Era atterrito, ma non gli avrebbe dato quella soddisfazione.

Quando l'uomo riprese a parlare, l'egizio sentì di nuovo quel sussurro rauco e crudele penetrargli nelle orecchie.

«Capirai, mio caro Akenon, che non posso lasciarti in vita, ora che sai chi sono».

Quelle parole sciolsero il guinzaglio invisibile che tratteneva Boreas. Il gigante fece due balzi, allungò un braccio e strinse il collo del prigioniero con una mano enorme.

Poi tirò verso l'alto.

Akenon tese i muscoli, in preda alla disperazione. Sentì i piedi sollevarsi da terra. Boreas lo stava sollevando piano, attento a non rompergli il collo. Voleva prolungare la sua agonia. Dopo qualche secondo, l'egizio pendeva dal braccio del gigante a due metri di altezza. Il peso del suo corpo e della sedia cui era legato minacciavano di spezzarlo da un momento all'altro. Cercava di respirare, ma la gola compressa non permetteva il passaggio dell'aria. Riuscì solo a boccheggiare con un grugnito sordo.

Il tracio si godeva ogni istante. Piegò il braccio per avvicinare a sé la faccia rossastra del prigioniero, i cui occhi sembravano sul punto di schizzare fuori dalle orbite. Lo sguardo dell'egizio stava perdendo tutta la sua arroganza. Mostrava ciò che Boreas aveva visto in tutti coloro che aveva torturato: un terrore provocato tanto dalla sofferenza fisica quando dalla certezza di una morte imminente.

Il padrone fece sentire di nuovo la sua voce, come se volesse intrattenere la vittima nei suoi ultimi momenti di vita. «Vuoi sapere quali saranno i miei passi successivi? Mediante Cilone, controllo il Consiglio dei Mille. Utilizzerò il potere politico contro *Pitagora*». Enfatizzò con disprezzo il nome del filosofo. «E mi occuperò in particolar modo della tua amica Arianna. Prima di ucciderla le porterò i tuoi saluti».

Akenon chiuse gli occhi. La sua mente era un turbine frenetico, un caos in cui si mescolavano il suo dolore, le minacce a Pitagora, la sorprendente identità dell'assassino, Arianna in pericolo, Arianna tra le sue braccia...

Il suo collo produsse uno schiocco spaventoso.

L'egizio spalancò gli occhi. Boreas gli mostrava i denti in un sogghigno. Dietro di lui, il suo padrone assisteva alla scena con aria compiaciuta. L'immagine si oscurò e Akenon smise di sentire il suo corpo.

Un'oscurità molto più fitta gli avvolse l'anima.

La coscienza di Akenon si dissolse nell'infinito.

Capitolo 118

27 luglio 510 a.C.

Il giorno seguente, Boreas camminava da solo per il bosco, tirando per le redini il suo cavallo e quello del suo padrone. Li portava al torrente per farli bere. Era scalzo, come sempre. Aveva la pelle spessa e dura su tutto il corpo, ma la pianta dei piedi era resistente come il cuoio.

Quella mattina erano andati al secondo rifugio, perché il padrone doveva prendere alcune pergamene.

« Vai a ispezionare i dintorni », aveva detto l'incappucciato, voltandogli le spalle. « Io sarò occupato tutta la mattina ».

Boreas fu lieto dell'ordine. Si trovava a suo agio in mezzo alla natura. Il freddo o il calore intensi, come quello degli ultimi giorni, non gli davano molto fastidio. *Potrei vivere nel bosco.*

Si bloccò di colpo. Sentiva il rumore lontano d'acqua corrente, ma gli era parso di cogliere un altro suono. Dopo qualche secondo ne fu sicuro. Non lontano da lui, qualcuno si muoveva seguendo una traiettoria perpendicolare alla sua.

Più silenzioso che poteva, Boreas legò le redini ai rami di un albero e avanzò tra la vegetazione come un lupo. Scorse ben presto due persone che cavalcavano un asino e una cavalla. Una di loro era...

Arianna!

Il cuore del tracio si mise a battere all'impazzata. Non poteva credere alla propria fortuna. *Ieri Akenon e oggi Arianna.* Gli dei avevano deciso di consegnargli i due che più di ogni altro voleva avere alla propria mercé. La cattura dell'egizio era stata un regalo, ma trovare Arianna priva di protezione nel mezzo del bosco era un sogno che si faceva realtà.

La bocca gli si riempì di saliva. La figlia di Pitagora gli parve ancora più sensuale di come la ricordava. Il desiderio lo investì con violenza, accompagnato da un'improvvisa erezione. Non provava niente del genere da quando aveva torturato e violentato Yaco, l'amante adolescente di Glauco.

Li seguì a una distanza di venti passi. La terra scricchiolava lievemente sotto i suoi piedi. Se Arianna si fosse accorta della sua presenza avrebbe spronato la cavalla per partire al galoppo e gli sarebbe sfuggita. Non poteva permettere che ciò accadesse.

Ricordò quando l'aveva vista la prima volta, nascosto in una stanza del palazzo di Glauco. Anche allora era stato colto dallo stesso desiderio. *Ma oggi lo potrò soddisfare*, si disse, snudando i denti. Si avvicinò, attento a restare alle loro spalle perché non lo notassero. Adorava l'emozione della caccia. La giovane si voltò per dire qualcosa al suo accompagnatore. Boreas si irrigidì, ma lei non lo vide.

La sentiva così vicina che cominciò ad ansimare.

Arianna stava cedendo alla disperazione. Era dall'alba che cercava Akenon e non era riuscita a trovarne traccia. Tempo prima, avevano ragionato sul fatto che l'uomo con la maschera disponesse di un nascondiglio non lontano da Crotone. Arianna sospettava che l'investigatore fosse andato alla ricerca del rifugio del nemico. Per questo si era messa ad attraversare quei boschi, anche se procedendo in quel modo casuale intuiva che non sarebbe arrivata a nulla.

Si sentiva stanca e le doleva la parte bassa della schiena. La sera prima, tornando nella sua stanza, aveva constatato che l'emorragia si era interrotta. Erano state poche gocce, ma aveva capito che la sua gravidanza era in pericolo. Si era sdraiata sul letto ed era riuscita a dormicchiare fino a poco prima dell'alba. A quel punto, l'angoscia per la sparizione di Akenon si era fatta insostenibile e aveva deciso di andare a cercarlo. Mentre attraversava la comunità nel grigio azzurrino dell'alba, aveva incontrato Telefonte. Era uno dei discepoli che l'avevano accompagnata a Sibari il giorno in cui aveva conosciuto Akenon. Allora era un uditore e non gli era permesso parlare, ma adesso che era stato promosso matematico il divieto non valeva più. Telefonte si era offerto di scortarla e Arianna non aveva avuto la forza di rifiutare. E poi, quattro occhi vedevano meglio di due.

Nella zona che stavano percorrendo la vegetazione era meno fitta e il sole di mezzogiorno faceva sentire la sua forza. Arianna si rivolse a Telefonte. «Avviciniamoci al torrente. Ho bisogno di rinfrescarmi».

Il discepolo assentì, preoccupato dall'aspetto stanco della figlia del maestro: la giovane aveva il respiro affannoso, teneva la bocca semiaperta ed era molto pallida.

Arianna spronò la cavalla. In quel momento udì alle sue spalle un rumore brusco, come di un grosso animale che si fosse messo a correre. Mentre la sua cavalcatura accelerava, si voltò a guardare.

Le si mozzò il fiato.

Un essere mostruoso si avvicinava a tutta velocità. Sembrava un uomo, ma le dimensioni erano molto superiori a quelle di un essere umano. Era quasi nudo e completamente calvo. Aveva la pelle rossiccia coperta di uno strato di sudore che la faceva luccicare e i suoi muscoli voluminosi lo facevano sembrare una statua sproporzionata. In un attimo, coprì la distanza che lo separava da Telefonte e lo colpì con tutte le sue forze. Si sentì uno scricchiolio spaventoso e il discepolo volò in aria, cadendo a venti passi dall'asino.

Arianna rimase pietrificata. Il gigante sollevò l'asino di Telefonte e lo gettò verso di lei. Arianna reagì premendo i talloni nei fianchi della cavalla, che cominciò a guadagnare velocità.

La giovane si voltò indietro.

Non c'era nessuno.

Tornò a guardare davanti a sé. Qualcosa la indusse a girarsi verso destra. Il mostro stava tagliando in diagonale attraverso gli alberi. Arianna spronò ancora la cavalla, scosse le redini e gridò disperata.

Il gigante emerse fra due alberi e le investì con la forza di un toro. La spalla urtò la groppa dell'animale, che finì con i quarti posteriori contro il tronco di una quercia. Arianna, terrorizzata, cadde dalla cavalla e rotolò sul terreno, temendo di spezzarsi la schiena contro un albero.

Quando si fermò, era confusa e disorientata. *Devo mettermi a correre!*, si disse, cercando di alzarsi.

Accanto a lei apparve un paio di piedi smisurati.

Capitolo 119

27 luglio 510 a.C.

L'incappucciato era di fronte alle pergamene e viaggiava con la mente nell'universo matematico che queste gli avevano aperto. Aveva attraversato velocemente il terreno conosciuto e ora fluttuava nell'infinito degli irrazionali. Intuiva che anche in quell'abisso in apparenza insondabile ci fosse una logica. *Mi occorrerà tempo per sviscerare i suoi misteri. Ma ora non ne ho.*

Avrebbe dovuto aspettare qualche settimana, quando avesse chiuso una volta per tutte la questione di Pitagora e avesse governato Crotone.

Sentì un rumore alle sue spalle. Si voltò, sorpreso che Boreas lo interrompesse. La porta si aprì e il gigante entrò portando in spalla una donna.

L'incappucciato la riconobbe appena la vide in faccia.

«Legala», ordinò a Boreas, con un sussurro secco. Era preoccupato. Come aveva fatto Arianna a trovare il suo secondo rifugio? Rimase a guardarla in silenzio mentre il suo schiavo la metteva su una sedia, stringendole intorno le corde. La giovane non si ribellava, ma non aveva affatto l'aria di essersi arresa. Era una dimostrazione di intelligenza da parte sua: serbava le forze e si manteneva all'erta. *Degna figlia di Pitagora*, pensò, sdegnoso.

Arianna osservava in silenzio i suoi due carcerieri. Non voleva lasciar trasparire la paura. Le risultava evidente che il gigante era Boreas; non lo aveva mai visto prima di quel giorno, ma Akenon glielo aveva descritto. Sapeva anche che Boreas apparteneva ora all'uomo con la maschera, cui Glauco lo aveva ceduto un mese prima. Per questo non si era stupita che il gigante la portasse al cospetto del loro nemico.

Però continuo a non sapere chi si nasconde dietro la maschera.

L'avversario intuì dallo sguardo della donna che lei non conosceva la sua identità. «Come hai trovato questo posto?» sussurrò, avvicinandosi.

Boreas grugnì e il suo padrone si voltò. Il gigante spiegò a gesti che l'aveva catturata lontano da lì e che Arianna non si stava dirigendo al loro rifugio.

L'uomo con la maschera gracchiò una risata sgradevole e tornò a guardare la prigioniera. «Dunque si è trattato di un caso. Sei caduta nelle nostre mani senza sapere dove fossi nascosto. È così?»

Lei si accorse che la mente del suo nemico stava facendo pressione sulla sua. Si concentrò con tutte le forze per non lasciarlo entrare. Dopo alcuni secondi di teso silenzio, l'uomo con la maschera si rimise a parlare. Era un mormorio ipnotico e potente. Le sue parole accarezzavano la mente con dolcezza, ma poi raggiungevano una risonanza assordante che lottava per imporsi ai pensieri e alla volontà di Arianna.

Dopo qualche minuto, l'uomo desistette. «Sei molto più forte di quanto sembri. Ti faccio i miei complimenti. Tuttavia, questo non servirà a salvare tuo padre e la comunità».

La giovane chinò il capo, sfinita. Il suo nemico era di una potenza tale che la maggior parte delle persone dovevano piegarsi di fronte a lui. Questo spiegava come mai Boreas l'avesse condotta sino a lì senza torcerle un capello, malgrado l'evidente desiderio che gli lampeggiava nello sguardo folle.

«Il tuo amico Akenon si è mostrato più disponibile a collaborare», proseguì l'uomo con la maschera, in tono allegro e crudele.

All'udire il nome dell'egizio, Arianna sobbalzò sulla sedia e raddoppiò l'attenzione.

« Mi ha informato di tutte le vostre ridicole indagini. In realtà, l'unico passo avanti degno di nota il vostro investigatore lo ha fatto ieri, quando ha capito chi sono e dove si trovava l'altro nascondiglio, presso il quale lo abbiamo catturato. Quelle due scoperte hanno dimostrato un certo ingegno, ma poi è stato così stupido da non comunicarlo a nessuno, prima di venire a farsi ammazzare ».

Le ultime parole esplosero nelle orecchie di Arianna come il fulmine di Zeus.

Akenon... è morto? Il dolore che provò fu quello di una pugnalata al petto. La sua mente si paralizzò, incapace di accettarlo. Per un po' non riuscì nemmeno a respirare. Guardò il suo nemico con gli occhi annegati nelle lacrime e un odio che quasi la faceva impazzire.

L'uomo con la maschera fu molto compiaciuto dell'espressione di sofferenza e ostilità della giovane. In quel momento si accorse che Boreas la guardava con una lussuria traboccante di brutalità. Il che gli diede un'idea. Afferrò il colletto della tunica di Arianna e lo tirò con forza verso il basso. La tela si lacerò, lasciando allo scoperto uno dei suoi seni, ancora più voluminoso del solito a causa della gravidanza. Arianna cercò di protendersi in avanti per nascondere la sua nudità, ma i polsi legati allo schienale della sedia glielo impedirono.

Boreas ruggì come un animale rabbioso. La visione della donna seminuda lo portava alla pazzia.

L'uomo con la maschera le afferrò il seno scoperto e lo strinse, mentre si voltava verso lo schiavo. « Vuoi approfittare di lei? » Si rivolse di nuovo alla prigioniera. « A quanto pare, desti passioni negli uomini. Mi risulta che anche Akenon abbia ceduto al tuo fascino. E sapevi che Cilone darebbe qualsiasi cosa per possederti? Fu lui a organizzare il sequestro e lo stupro, quindici anni fa ». Il politico crotonese se n'era vantato con lui tempo prima, sperando di impressionarlo. Ora lui gliene era grato: gli forniva un altro strumento con cui ferire la figlia del nemico.

La prigioniera alzò di nuovo la testa e lo guardò con disprezzo. Non poteva fare nient'altro. L'incappucciato rispose torcendole con forza il capezzolo. Il dolore attraversò tutto il corpo di Arianna, ma lei non cambiò espressione. Allora la maschera nera le si avvicinò, fino a trovarsi a pochi centimetri dal suo viso.

«Pensa a tutto ciò che ti ho detto», sussurrò, malevolo. «Adesso non ti possiamo dedicare il tempo che meriti, ma ti assicuro che torneremo da te».

Arianna gli intravide gli occhi tra le fessure metalliche. Comprese subito chi si nascondesse dietro la maschera. Fu una rivelazione tanto sorprendente quanto triste. E inutile.

L'incappucciato le voltò le spalle, raccolse alcune pergamene e uscì dalla sala senza più degnarla di uno sguardo. Era come se per lui avesse cessato di esistere. Boreas invece rimase ancora per un momento a grugnire con la sua bocca senza lingua e a divorarla con gli occhi prima di scomparire dietro il suo padrone.

Quando rimase sola, Arianna scoppiò a piangere disperata.

Capitolo 120

29 luglio 510 a.C.

Due giorni dopo la cattura di Arianna da parte di Boreas, il Consiglio dei Mille stava per dare inizio a una nuova sessione: nel corso dei secoli sarebbe stata ricordata come la più famosa nella storia di Crotone.

Nella sala c'era agitazione. Il mormorio prodotto dai sussurri e dai commenti dei consiglieri era più forte che mai. Sulle gradinate, di fianco a Cilone, si trovava il motivo di tutta quella confusione.

L'uomo con la maschera nera si era presentato in Consiglio.

Più della metà dei presenti lo conosceva già per averlo incontrato nelle riunioni a casa di Cilone, quando avevano ricevuto il suo oro ed erano stati catturati dal suo oscuro carisma. Dal canto loro, i Trecento erano scandalizzati e intimoriti. Pitagora li aveva informati che in base alle indagini risultava che la mente dietro gli omicidi, le rivolte e i saccheggi era un uomo che portava una maschera. Ora supponevano che l'individuo mascherato seduto accanto a Cilone fosse il responsabile di tutti quei crimini.

Pitagora e Milone non erano presenti. Quel giorno aveva avuto inizio l'assemblea della confraternita. Per due giorni, il filosofo sarebbe stato chiuso nella casa di campagna del genero con i membri più importanti dell'ordine. Il giorno prima, nel tentativo di anticipare le mosse di Cilone, Pitagora si era riunito con i Trecento e li aveva avvisati: il loro avversario politico avrebbe approfittato della sua assenza per intensificare gli attacchi.

«Dovete resistere con fermezza», aveva detto loro, con il suo sguardo sereno. «Sarò assente per due giorni, ma il concilio ci rafforzerà. Quando avrò finito, concentreremo tutte le nostre energie nel ristabilire gli appoggi politici che abbiamo perso negli ultimi mesi».

Quelle parole avevano avuto un certo effetto sull'animo dei Trecento. Effetto che però era svanito appena erano entrati nella sala e avevano visto l'uomo con la maschera sulle gradinate.

Cilone si alzò per parlare, ma non si avviò verso il podio. Con un intervento dalle gradinate, circondato dai suoi sostenitori, poteva godere del sostegno di oltre la metà dei consiglieri.

Si sistemò il lembo della tunica sul braccio sinistro e alzò il destro. Poi guardò entrambi i lati della sala, mentre i commenti si affievolivano e si instaurava un silenzio carico di tensione.

«Stimati consiglieri di Crotone», declamò con energia, «ci siamo riuniti di nuovo per analizzare gli eccessi del nostro esercito. Ieri abbiamo ascoltato le spiegazioni del generale Milone, spalleggiato dal suo capo Pitagora...»

Alcuni dei Trecento protestarono per quell'osservazione.

«E oggi è il giorno in cui ci aspettavamo di discuterne con loro».

I Trecento aumentarono le contestazioni.

L'uomo con la maschera sorrise dal suo posto. In realtà, il giorno prima il politico aveva lasciato che Milone e Pitagora parlassero quanto volevano, senza intervenire. Cilone aveva seguito quasi fedelmente le istruzioni del suo alleato: non fare nulla fino al momento in cui il filosofo e il generale sarebbero stati assenti. L'incappucciato gli aveva detto che quello sarebbe stato il momento in cui si sarebbe presentato lui stesso al Consiglio, al fianco di Cilone, e avrebbero concentrato tutte le loro forze in un colpo unico e definitivo.

«Ciononostante», proseguì il politico, senza far caso alle proteste, «Pitagora e i suoi hanno dimostrato una volta di più la scarsa considerazione che hanno per questo Consiglio. Risulta che oggi non si sono presentati perché devono tenere una riunione della loro setta! »

Molti dei Trecento si alzarono vociferando e agitando i pugni alla volta di Cilone. L'uomo con la maschera non stava più nella pelle dalla contentezza. *Gridate, gridate finché potete.*

Cilone rimase in silenzio per qualche minuto, sopportando senza batter ciglio le lamentele e i fischi che gli dirigevano i Trecento. Lo rimproveravano perché Pitagora e Milone avevano avvisato con grande anticipo che in quei due giorni non sarebbero stati presenti in Consiglio.

« Vi lamentate perché il vostro grande maestro aveva già comunicato la sua assenza ». Il politico fece una pausa, percorrendo l'intero uditorio con lo sguardo. All'improvviso gridò: « Forse che un crimine smette di essere tale, perché il criminale avvisa in anticipo che intende commetterlo? »

Una nuova valanga di urla e insulti si scatenò dalla fazione pitagorica alla volta di Cilone. Alcuni consiglieri arrivarono ad alzarsi e attraversare la sala per aggredirlo. Altri invece rimasero immobili sulle gradinate, chiedendosi preoccupati dove intendesse arrivare. L'audacia aggressiva del politico non lasciava presagire niente di buono.

Bene. Molto bene. L'uomo con la maschera assentì lentamente, soddisfatto dell'esibizione del suo alleato, che seguiva alla lettera le istruzioni. Gli aveva detto di concentrare le critiche su Pitagora e non su Milone, e che riscaldasse l'ambiente per propiziare ciò che avrebbero fatto di lì a pochi minuti.

Cilone proseguì, severo. « Pitagora governa la città attraverso i Trecento. Il problema è che ci ha dimostrato fin troppo che i suoi interessi personali e settari sono molto più importanti per lui di quelli di Crotone. Sapete tutti che lotto da molti anni per evitare che la città si rassegni a questa situazione assurda. Oggi però non sarà la mia voce a rendere evidente questo errore storico in tutta la sua gravità ». Si voltò verso l'uomo con la maschera e gli tese una mano, prima di tornare a guardare davanti a sé. « Abbiamo tra noi qualcuno che merita più di ogni altro il nome di *consigliere*. Centinaia di noi hanno già avuto la fortuna di essere guidati dalle sue sagge parole. Inoltre, egli conosce profondamente Pitagora e la sua dottrina perniciosa ».

L'uomo con la maschera si alzò, afferrandosi alla mano di Cilone. I più attenti dei Trecento furono turbati dal silenzio deferente con cui lo sconosciuto fu accolto da gran parte del Consiglio.

Dopo qualche secondo di attesa snervante, una voce tenebrosa uscì dalla maschera nera, un sussurro forte e rauco che assorbì l'attenzione immediata di tutti i presenti. « Chi mi conosce sa quali siano le mie intenzioni ». Si rivolse ai presenti, evitando deliberatamente i Trecento. « Sapete che mi preoccupo dei vostri interessi. Sapete che desidero il meglio per Crotone ».

« È un assassino! » gridò un consigliere pitagorico.

« Non ascoltatelo! È un nostro nemico! »

L'incappucciato alzò una mano verso i Trecento, ma continuò a parlare senza guardarli. « Sono il nemico, sì. Il nemico di Pitagora, che è il nemico di Crotone! »

Di fronte alle nuove ed energiche proteste, si limitò a sfilare una pergamena dalla tunica. « Pitagora, in una delle sue dimostrazioni di egoismo, non vuole che la sua dottrina sia diffusa per iscritto. Tuttavia ne raccoglie una parte in certi documenti che tiene ben nascosti ». Fece una pausa, alzando la pergamena per mostrarla a tutti. « Quello che ho in mano è un estratto del suo *Hieros Logos*, il libro che Pitagora ha scritto di suo pugno e che lui stesso definisce "Parola Sacra" ».

L'incappucciato aveva ridotto il suo tono di voce al consueto sussurro. Nondimeno era sufficiente perché tutto il pubblico lo sentisse perfettamente. Persino i Trecento si erano zittiti, attenti a ciò stava accadendo, senza riuscire a sottrarsi del tutto all'effetto inebriante delle parole del loro nemico.

«Questo testo dimostra che Pitagora è il peggiore dei tiranni».

Di nuovo si levarono proteste dai Trecento.

L'incappucciato alzò la voce. «Dimostra che la buona apparenza non è che un travestimento che lo rende ancora più pericoloso. Nel suo *Hieros Logos* egli definisce se stesso pastore del suo popolo. Dice che la sua funzione e quella dei suoi discepoli è fare da pastori a un vile gregge. Mostra in modo costante il suo disprezzo nei confronti di tutti coloro che non appartengono alla sua setta, affermando che sono esseri inferiori che hanno bisogno della sua mano per non sprofondare di continuo nella bassezza e nel crimine».

Nelle urla dei Trecento si avvertiva una sfumatura di disperazione. Il loro nemico stava utilizzando la più pericolosa delle menzogne: quella che contiene una parte di verità. Era vero che Pitagora si considerava un pastore di popoli e che pensava che senza la sua dottrina risultasse più probabile che un individuo conducesse una vita primitiva. Ma al tempo stesso, il filosofo provava il massimo rispetto per ogni persona e per la libertà di scelta di ciascuno. Pitagora non voleva imporre delle regole di vita, bensì offrirle e aiutare chiunque desiderasse il suo aiuto a metterle in atto. Era vero che sosteneva l'importanza di un governo esercitato da una cerchia ristretta, ma i suoi membri dovevano prima raggiungere un grado elevato di perfezionamento morale. Voleva che il potere fosse esercitato dai più capaci e solo dopo che questi si fossero impegnati a mantenere una condotta giusta e generosa.

Cilone si era seduto all'inizio dell'intervento del suo alleato. Si rialzò accanto a lui per tornare a parlare. «I pitagorici hanno passato trent'anni a ridere del popolo di Crotone!» ruggì con un'indignazione solo in parte simulata. «Questi trecento *pastori*», li indicò con un dito accusatore, «hanno deciso a loro discrezione su tutti noi, che per loro non siamo più che animali. Le loro settecento miserabili pecore!»

Un ruggito di sdegno fece vibrare la sala del Consiglio.

«Pitagora e i suoi Trecento hanno messo a repentaglio la vita di tutti i crotonesi coinvolgendoci in una guerra. Vi ricordo che noi ci siamo astenuti nella votazione riguardo all'asilo per gli aristocratici sibariti, mentre loro», agitò il dito con cui continuava a indicare i Trecento, «hanno votato a favore, il che vuol dire che hanno votato la guerra». Stava gridando a pieni polmoni per imporsi alle urla disperate dei Trecento e al ruggito accusatore del resto del Consiglio. «E, non contenti di questo, i pitagorici hanno poi deciso di radere al suolo una città che si era arresa, caricando sulle spalle di tutta Crotone lo spoglio sacrilego dei templi e la viltà di assassini e stupri in massa. E io vi domando, onorati rappresentanti del popolo di Crotone, io vi domando: lasceremo senza castigo coloro che hanno macchiato la nostra reputazione di fronte ad altri popoli e agli occhi degli dei, oppure laveremo il nostro nome castigandoli come meritano?»

Alcuni dei Trecento non attesero che Cilone finisse di parlare. Capirono che restare in quella sala significava rischiare la vita. Inoltre, dovevano avvisare Pitagora di quanto stava succedendo. Discesero a balzi le gradinate, affrettandosi verso le porte. I tentativi isolati divennero ben presto una fuga generale, in mezzo al clamore aggressivo del Consiglio. I più lenti furono trattenuti e trattati in malo modo, mentre i primi avevano già raggiunto l'uscita, pronti a correre fuori. Ma un attimo dopo tornarono indietro, scontrandosi con gli altri fuggitivi e formando una massa compatta nella sala. Sulla porta era apparso Boreas, che li spingeva con le braccia aperte.

L'uomo con la maschera stava godendo immensamente dello spettacolo. I Trecento si scambiavano sguardi terrorizzati. Il potente corpo politico di Pitagora non era ridotto ad altro che a un mucchio tremante di codardi. Dietro Boreas, intanto, apparvero decine di soldati con le spade sguainate, che circondarono i prigionieri.

«Arrestateli», ordinò Cilone. «Rinchiudeteli finché non avremo deciso cosa fare di loro».

In realtà lo avevano già stabilito, ma per ora non avevano il tempo di metterlo in atto. Alcuni dei Trecento appartenevano alle famiglie più ricche e influenti della città e sarebbe stato loro offerto di abiurare in pubblico le loro attuali credenze. Gli altri sarebbero stati impiccati.

L'uomo con la maschera scese le gradinate, girò intorno al mosaico di Eracle e si diresse al podio. *È arrivato il momento*, pensò con un brivido.

Stava per rivolgersi al Consiglio, ora formato solo da settecento consiglieri, con due obiettivi. Il primo, consolidare la posizione come unico signore della città. *Cilone dovrà imparare presto ad assumere il suo ruolo di subordinato, altrimenti lo dovrò eliminare.*

Il secondo, mettere in marcia la fase più trascendentale del piano. Il vertice della sua vendetta.

Affrettò il passo verso il podio e d'un tratto si ricordò di Arianna. La teneva rinchiusa da due giorni, seminuda e legata a una sedia. Non aveva permesso a Boreas di toccarla, nel caso potesse essergli utile per negoziare.

Cambiò direzione e si avvicinò al gigante. «Occupati di Arianna», sussurrò, senza farsi sentire da nessun altro.

Lo schiavo guardò il suo padrone con espressione ansiosa. Significava forse...?

L'incappucciato assentì. «Fai quello che ti pare con lei».

Capitolo 121

29 luglio 510 a.C.

La casa di campagna del genero di Pitagora era una costruzione grande ma semplice. Le pareti erano di argilla e il tetto di legno. Era a un piano solo, con un cortile interno intorno al quale si distribuivano le stanze. La sala più grande occupava per intero uno dei lati. Era quella che destinavano alle riunioni della confraternita. Vi si accedeva dal cortile e aveva un'unica finestra nella parete che dava sull'esterno. In quel momento erano aperte sia la porta che la finestra, perché la corrente d'aria mitigasse il caldo sopportato dalle quaranta persone che si trovavano all'interno.

Il numero dei convocati arrivava a cinquanta, ma una decina avevano risposto con messaggi in cui si scusavano di non poter partecipare per questioni di trasporto o sicurezza causati dalla guerra tra Crotone e Sibari. *Argomenti ragionevoli*, pensava Pitagora, *ma mi spiace per la loro assenza*. In particolare quella di suo figlio Telauge, capo della comunità di Catania. Non lo vedeva da diversi mesi e sperava che si presentasse, malgrado le difficoltà. Come aveva fatto la maggior parte degli invitati.

In mezzo alla sala avevano disposto un lungo tavolo rettangolare sul quale si trovavano scodelle di olive, formaggio, frutta e tortini d'orzo. I presenti vi sedevano intorno e si servivano da soli. A differenza delle normali consuetudini in qualsiasi riunione fra greci, non c'era vino.

Pitagora fu il primo a intervenire. Riassunse i drammatici eventi degli ultimi mesi e comunicò la sua idea di nominare un comitato di successione. Poi richiese ai rappresentanti di ogni comunità che esponessero la situazione della confraternita nella propria regione.

Gli interventi dei maestri di Imera e Metaponto occuparono il resto della mattina. In quel momento, era passato mezzogiorno, si apprestava a parlare Archippo di Taranto. Aveva quarant'anni, era robusto e vigoroso, ed era stato nominato grande maestro solo da qualche mese.

« Salve, fratelli. A nome di Antagora, capo della comunità di Taranto, vi chiedo scusa se non gli è stato possibile essere presente. La sua salute non gli ha permesso di viaggiare con noi ».

Su udirono mormorii di comprensione. Antagora aveva ottant'anni e già da tempo non lasciava la sua comunità per una malattia delle ossa.

Archippo spiegò che tanto lui quanto Lisis erano venuti in rappresentanza di Antagora. Lisis, seduto al suo fianco, aveva solo trentacinque anni e non era ancora grande maestro, ma Pitagora sapeva che il capo della comunità di Taranto lo considerava un discepolo promettente.

Antagora ha già organizzato il suo comitato di successione, pensò, approvando. Aveva il suo stesso problema: non aveva trovato qualcuno che da solo riunisse tutte le qualità necessarie, ma poteva ottenere qualcosa di equivalente riunendo diversi discepoli. Pitagora guardò alla sua destra: Milone, Evandro e Ipocreonte ascoltavano con attenzione le parole di Archippo. Erano tre dei membri del comitato che avrebbe dovuto dirigere l'intera confraternita. Mancava solo Teano, che era rimasta a Crotone per occuparsi della comunità nei due giorni dell'assemblea.

Chinò la testa e appoggiò la fronte a una mano, isolandosi per un momento dall'ambiente circostante. Era molto preoccupato per Akenon, di cui non si avevano notizie da tre giorni, ma ciò che davvero lo angosciava era l'assenza di Arianna. La sua piccola era scomparsa due giorni prima senza lasciare traccia.

Milone aveva inviato numerose pattuglie a cercarla, ma fino a quel momento non si era ottenuto alcun risultato.

Il filosofo si accorse che gli si inumidivano gli occhi e li nascose dietro la mano. Cominciava a temere il peggio.

L'incappucciato cavalcava nel bosco verso la sua destinazione successiva. Pensava con soddisfazione alla seduta del Consiglio da poco terminata.

Quanto è stato facile manipolarli perché balzassero come belve feroci sui Trecento.

Dopo che i soldati avevano portato via i consiglieri pitagorici, aveva parlato dal podio a tutti gli altri, da solo, perché imparassero a separare la sua immagine da quella di Cilone. Sapeva che in breve tempo tutti lo avrebbero trattato con la stessa deferenza che avevano mostrato nei confronti di Pitagora nei suoi tempi migliori.

La stessa no, si corresse con violenta euforia. *Io sarò venerato come un dio.*

Sorrise, scoprendo i denti sotto la maschera. Provava una sensazione di potere così intensa che gli sembrava di essere immortale.

Guardò alla sua destra. L'espressione raggiante di Cilone dimostrava che anche lui stava realizzando il sogno della sua vita. L'incappucciato rifletté un momento sul suo alleato politico. *Non credo che mi creerà problemi.* Il consigliere crotonese obbediva senza obiezioni e pareva accontentarsi di distruggere i pitagorici. E questo era ciò che gli stava offrendo lui.

Si voltò di scatto, guardando avanti. Qualcosa si avvicinava nel bosco. Un momento dopo apparve uno degli opliti che avevano mandato avanti in veste di esploratori.

«Sono arrivato alla casa di Milone», comunicò questi. «È solo a cinque minuti da qui. Hanno una pattuglia di guardia tra gli alberi, dieci soldati scelti, e altri cinque vicino alla porta di casa. Forse altrettanti all'interno».

L'incappucciato annuì, silenzioso. *Pitagora, vecchio patetico, venti opliti sono l'unica barriera che mi separa da te e dai tuoi «grandi maestri».* Si voltò verso Cilone e vide che il politico lo guardava, in attesa. *Perfetto, attende che sia io a dirigere l'operazione.*

Fece girare il suo cavallo in modo da guardare in faccia i militari che li seguivano. Dovette fare uno sforzo per contenere il proprio entusiasmo.

Trecento opliti armati di tutto punto stavano aspettando i suoi ordini.

Capitolo 122

29 luglio 510 a.C.

Le corde con cui Arianna era legata alla sedia erano così strette che il sangue non le circolava più per i polsi e le caviglie. Non sentiva più mani e piedi. In compenso, tanto la schiena quanto le braccia le trasmettevano un dolore intenso e senza tregua. Per sua fortuna, era in grado di mettere in pratica gli insegnamenti di suo padre per sfuggire alla sofferenza fisica. Grazie a questo, aveva portato la mente a un livello a cui non giungevano le lamentele del corpo.

Ma non poteva liberarsi dei tormenti emotivi.

La morte di Akenon l'aveva gettata in un'angoscia lacerante. Immaginava che sarebbe toccato anche a lei, tra non molto, ma la spaventava di più il fatto che lui fosse stato ucciso. Eppure, nonostante tutto il dolore, non si era arresa. Aveva intenzione di lottare fino all'ultimo. Era probabile che non avesse alcuna speranza, ma la vita che le batteva nel ventre le procurava un'energia tale da spingerla a provarci.

Nei giorni di reclusione aveva pensato molto al padre. La faceva disperare l'impossibilità di informarlo della sorprendente identità del nemico. In certi momenti si abbandonava a sogni a occhi aperti e si immaginava con il padre e Akenon, e ai loro piedi l'avversario in catene. Ma sognare non cambiava la realtà, perciò metteva da parte le fantasie e si obbligava ad affrontare le tragiche circostanze.

Alzò di colpo la testa. Aveva sentito un rumore proveniente dall'esterno, vicino all'entrata. Guardò verso la porta. Nella fessura luminosa sotto di essa vide l'ombra di qualcuno che si era fermato dall'altra parte. Strinse i denti e sentì il respiro che accelerava. La porta si spalancò all'improvviso, andando a sbattere contro la parete. Nella stanza entrò una luce intensa che la costrinse a chiudere gli occhi. Non vedeva niente, ma udì un grugnito che le fece accapponare la pelle. Percepì una presenza che si avvicinava e un odore acre di sudore.

Anche se aveva paura di ciò che avrebbe visto, riaprì gli occhi.

Il terrore di quel momento superò quello degli incubi della sua adolescenza.

Capitolo 123

29 luglio 510 a.C.

Androclo, ufficiale di fanteria dell'esercito di Crotone, camminava verso la villa del comandante in capo con passo tranquillo. Era appena uscito dal bosco e stava attraversando il terreno antistante la casa. Non aveva un atteggiamento visibilmente ostile, sembrava che stesse andando a passeggio.

Ma dietro di lui venivano cinquanta soldati.

Sauro, capo della guardia scelta di Milone, fermo sulla porta della casa di campagna, sguainò la spada e valutò gli uomini che gli si stavano raccogliendo davanti.

Androclo osservò compiaciuto che aveva fatto uscire anche i soldati che si trovavano nella villa, ma non aveva ancora dato il segnale di allarme. Era molto probabile che i maestri pitagorici non si fossero accorti di nulla.

L'ufficiale si fermò a un paio di metri da Sauro, che lo guardò cupo. Era noto a tutti che Androclo fosse al soldo di Cilone, e che fosse anche uno dei principali responsabili del saccheggio di Sibari.

« Per ordine del Consiglio, vengo ad arrestare Pitagora », dichiarò l'ufficiale, con voce tranquilla.

Sauro inarcò le sopracciglia. Non se l'aspettava. Si riprese subito e rispose in tono aspro. « Siamo qui per impedire che chiunque entri nella casa. Sono ordini del generale Milone, comandante in capo dell'esercito e pertanto tua massima autorità ».

Androclo osservò Sauro con disprezzo. Lo infastidivano i militari come lui, sempre rigidi e dediti al compimento del dovere. «Milone non è al di sopra del Consiglio», si limitò a rispondere.

Il capo della guardia squadrò il volto dell'interlocutore. L'ufficiale corrotto non sembrava disposto a intendere ragioni. «Andrò a cercare Milone», disse controvoglia. «Vedremo a chi deciderai di obbedire».

«Non preoccuparti per me», replicò Androclo, in tono burlone.

Sauro esitò ancora un istante. Poi girò su se stesso, pensando rapidamente: *Siamo in dieci contro cinquanta, non possiamo opporci con la forza.* Forse sarebbe stato meglio se Pitagora e i maestri fossero scappati da una finestra, mentre loro cercavano di trattenere i nuovi arrivati.

Mentre Sauro si allontanava, i suoi soldati restavano di fronte a Androclo, con le spade sguainate. Videro che l'ufficiale corrotto dava loro le spalle, ma non si accorsero che stava estraendo il suo coltello e lo prendeva per la punta.

D'un tratto Androclo si voltò e lanciò la sua arma. La lama si infisse fino all'impugnatura nella schiena di Sauro.

Quello fu il segnale perché i cinquanta uomini si lanciassero all'attacco.

Capitolo 124

29 luglio 510 a.C.

Boreas ardeva di lussuria, contemplando Arianna.

Alla giovane tremava la mandibola mentre lo fissava con gli occhi spalancati. La sua paura eccitava lo schiavo, ma a stimolarlo ancora di più era la forza interiore che avvertiva in lei. Anche se atterrita, non era crollata come capitava a molte delle vittime del tracio.

Ma alla fine mi supplicherà di ucciderla.

Boreas le si avvicinò, assaporando ogni istante. Era bella come una dea. La bocca socchiusa sottolineava l'esuberanza delle sue labbra tremanti. La pelle del collo era fine e tersa come quella del suo seno nudo. Si premeva allo schienale, cercando d'istinto di allontanarsi da lui, senza rendersi conto che così teneva ben sollevato il petto abbondante.

La lentezza nei movimenti del tracio faceva paura ad Arianna quanto il suo fisico immane. Lasciava intendere una crudeltà fredda e intensa. Una nuova ondata di terrore la attraversò da capo a piedi. Le si accapponava la pelle e con essa si indurivano i capezzoli. Il gigante allungò una mano e percorse il contorno del suo seno con un dito dalla pelle ruvida. Poi le pizzicò il capezzolo turgido con sorprendente delicatezza. Arianna provò un altro brivido. Boreas si divertiva a forzare le sue vittime a poco a poco tanto come adorava farle a pezzi con brutalità.

Arianna aveva il presentimento che a lei avrebbe mostrato entrambi gli aspetti.

L'enorme testa le si avvicinò a un orecchio e lei cercò di distanziarsi più che poteva. Lui le afferrò la testa con una mano, le avvicinò le labbra e le soffiò addosso un alito caldo e umido mentre le sfiorava l'orecchio, lentamente. Sembrava sussurrarle qualcosa, ma la mancanza della lingua faceva uscire solo un borbottio incomprensibile. A quel suono umido e indistinto, Arianna sentì sgorgare le prime lacrime.

Boreas cominciò a spogliarla. Dal momento che era legata alla sedia, le dovette strappare la tunica. Il gigante lo fece con cura, prendendo la tela con entrambe le mani per evitare di farle del male, come se pensasse che la delicatezza le fosse gradita.

Quando ebbe finito, fece due passi indietro e grugnì di soddisfazione. La sua vittima era completamente nuda. Le corde le mantenevano le braccia dietro il corpo e le gambe semiaperte, come se gli si stesse offrendo. Mentre la guardava, provò una sensazione così intensa che ebbe timore di perdere il controllo.

Devo trattenermi per non ucciderla troppo in fretta.

Arianna singhiozzava di paura e rabbia. Aveva chiuso gli occhi, ma li aprì quando si rese conto che era un po' che non sentiva Boreas.

Il gigante era sempre davanti a lei e la stava divorando con gli occhi. Si tolse il perizoma e rimase completamente nudo.

La sua erezione era eccessiva, come tutto il resto del corpo.

Capitolo 125

29 luglio 510 a.C.

« Silenzio! »

Archippo di Taranto si sorprese nel sentirsi interrotto nel mezzo di una frase, con le mani alzate in un gesto rimasto a metà. Si voltò verso colui che lo aveva fermato in quel modo. *Forse il mio intervento si è protratto a lungo*, pensò, infastidito, *ma ciò non giustifica un comportamento così sgarbato.*

Seduto nell'angolo più vicino alla porta si trovava Diocle di Imera, un grande maestro di sessant'anni e dal volto di norma tranquillo. In quel momento aveva un'espressione corrucciata e si protendeva verso l'uscita, con una mano alzata per richiedere il silenzio.

Milone si trovava nell'angolo opposto a quello di Diocle. Si irrigidì e tese le orecchie, come tutti gli altri. La sua esperienza militare gli diceva che ciò che sentiva erano passi di corsa disordinata, rumori di lotta e grida di uomini feriti.

Scattò in piedi, rovesciando la sedia. Aveva lasciato la spada appoggiata alla parete, vicino alla porta. Attraversò la sala, sotto gli occhi spaventati dei maestri. Prese l'arma, snudò la lama corta e affilata e si preparò a uscire. Prima che raggiungesse la soglia, qualcuno chiuse la porta dell'esterno.

Milone la spinse, cercando di aprirla, ma dall'altra parte dovevano esserci diversi uomini a fare forza. Un attimo dopo sentì che gli intrusi vi spingevano qualcosa contro.

«Che accidenti succede qui?» ruggì, infuriato. «Sono il generale Milone. Aprite subito!»

L'unica risposta fu un rumore di graffi sul legno, da cui si capiva che all'esterno gli intrusi si stavano dando da fare a puntellarla.

Milone si voltò. I maestri lo guardavano intimoriti. Per un secondo nessuno reagì, come se la tensione li avesse congelati.

Poi, in fondo alla sala, si alzò uno dei più giovani. «Usciamo dalla finestra!» gridò con la voce resa acuta dal nervosismo.

Diversi uomini balzarono dalle loro sedie e si precipitarono verso quella che sembrava l'unica via di fuga.

«Attenti!» esclamò Milone.

L'avvertimento arrivò troppo tardi.

Appena i primi maestri si avvicinarono alla finestra, un nugolo di lance volò all'interno della sala. Alcune terminarono la loro corsa senza fare danni, una graffiò il collo di Archippo e la più precisa si piantò nel collo di Ipocreonte. Il grande maestro stramazzò sul pavimento, cercando di estrarsela.

Pitagora si sentì come se la lancia avesse trafitto lui. Si gettò sul suo discepolo caduto e cercò di trascinarlo lontano dalla finestra aperta.

Non vide arrivare la lancia successiva.

La punta metallica gli si infisse nell'anca sinistra con uno scricchiolio di ossa rotte. Il filosofo cadde a terra e, soffocando un grido di dolore, con la mano sinistra afferrò l'asta e la strappò via. Poi diede uno strattone al corpo di Ipocreonte ed entrambi furono al riparo dalla finestra. Si trascinò vicino al grande maestro e lo esaminò. Dovette reprimere un singhiozzo. Anche Ipocreonte era riuscito a sfilarsi la lancia. Ma al centro della gola si apriva una voragine nera e rossa che non cessava di vomitare sangue. Nel tentativo di respirare, il ferito faceva un rumore gorgogliante.

Pitagora si impose la calma. Prese la mano di Ipocreonte e lo fissò negli occhi per accompagnarlo al momento del transito. Il suo discepolo ricambiò con uno sguardo coraggioso e batté lento le palpebre. Era pronto. Pochi secondi dopo, si congedarono in silenzio e il viso del grande maestro si rilassò.

Pitagora gli chiuse gli occhi. Poi appoggiò la fronte sulla testa del discepolo e amico.

Quando tornò a prestare attenzione a ciò che stava accadendo, vide che i suoi erano riusciti a chiudere la controfinestra. Nella sala era scesa la penombra.

Evandro si era inginocchiato accanto a lui. Aveva assistito in silenzio alla morte del confratello. «Maestro, sei ferito», osservò, con voce dolente.

Pitagora si tastò la gamba sinistra. Era inzuppata di sangue e non riusciva a muoverla. Si afferrò a Evandro e si alzò con una smorfia di sofferenza. Poi si guardò intorno, senza dire una parola. Nella sala in ombra distingueva le tuniche chiare, ma non l'espressione dei volti. Ma anche così, l'atmosfera era evidente: per quanto la temperanza dei maestri permettesse loro di mantenere la calma, la paura era palpabile.

Il filosofo chiuse gli occhi, con un peso sul cuore. *Dei, cos'ho fatto?*

Con quella riunione aveva offerto al nemico l'occasione perfetta per assassinare tutti in una volta i membri più importanti della confraternita. Se lui non li avesse convocati...

«Mi consegno a loro», proclamò a voce alta.

Si diresse alla finestra, saltando su un piede solo.

Milone gli si mise davanti. «Pitagora, darei la mia vita con gioia, prima di lasciarti nelle mani di quegli assassini».

«Maestro», intervenne Evandro, sorreggendolo, «non lo permetteremo. Come non lo faresti tu al nostro posto».

La penombra si riempì di mormorii di assenso da parte di tutti i presenti.

Pitagora stava per replicare, quando un grido risuonò dall'altra parte della sala. «C'è qualcuno sul tetto!»

Tutti guardarono in alto, trattenendo il respiro. Sentivano scricchiolii che sembravano appartenere a uno... due... almeno tre o quattro uomini.

«Cosa stanno facendo?» sussurrò un maestro.

La stessa domanda era nella mente di tutti. Milone ascoltava attento, senza accorgersi che stringeva l'impugnatura della spada con una forza tale da sbiancarsi le nocche. Stava cercando di indovinare le mosse degli uomini all'esterno.

I rumori sul tetto cessarono dopo cinque minuti.

Sono scesi, pensò Milone, angosciato. Guardò in tutte le direzioni. I maestri erano un gruppo di anime in pena. A nessuno veniva in mente un modo per uscire da quella situazione. Erano rinchiusi, senza sapere che cosa stesse succedendo fuori, se non che erano circondati dai militari. *Devono essere in molti per avere tolto di mezzo i miei opliti così in fretta.*

A peggiorare le cose, rinchiusi insieme a lui non c'erano soldati esperti, ma una quarantina di maestri pacifici, disarmati e con un'età media di sessant'anni.

Siamo completamente alla mercé del nemico, si disse con impotenza e rabbia.

Fermo accanto a lui, Pitagora percepì che dall'esterno veniva ora un rumore diverso. Tutti i presenti dovevano essersi messi ad ascoltare, in attesa, perché nella sala si era fatto un silenzio improvviso. Il filosofo si avvicinò alla parete ruvida e vi appoggiò un orecchio. Era come se si fosse scatenato un vento furioso. *Proviene dal tetto*, concluse dopo qualche secondo.

Chiuse gli occhi per concentrarsi. E subito dopo li spalancò. Inspirò dilatando le narici e in quel momento i maestri si misero a gridare ciò che lui stava pensando.

«Fuoco!»

Capitolo 126

29 luglio 510 a.C.

Non voleva guardare Boreas, ma i suoi occhi erano come congelati sul gigante. Il mostro era l'incarnazione smisurata dei suoi incubi.

Il caldo e l'agitazione li facevano sudare e le gocce scivolavano sui loro corpi nudi. Oltretutto, le corde impedivano ad Arianna di chiudere le gambe e questo la faceva sentire anche più vulnerabile. Ma ancora le restava una minima speranza.

Boreas non può violentarmi finché sono legata a una sedia.

Il gigante avrebbe dovuto disfare le corde e in quel momento lei avrebbe fatto tutto il possibile per scappare.

Boreas le si mise alle spalle, fuori vista. Per un breve tempo non le riuscì nemmeno di sentire il suo respiro, le arrivava solo un odore di muschio che le faceva rizzare i peli sulla nuca. Sentiva brividi su tutta la schiena, presentendo il contatto imminente.

D'un tratto il gigante le appoggiò le mani sulle spalle, le fece scendere sul seno e cominciò a toccarlo rudemente. Gli avambracci pelosi e grossi quanto la coscia di un uomo erano vicini al viso di Arianna, che provò l'impulso di morderli, ma la paura la trattenne. Poco dopo però la rabbia cominciò a ribollire dentro di lei: quando era stata sequestrata quindici anni prima, il panico l'aveva paralizzata e per questo motivo lei si era sentita a lungo umiliata e colpevole.

Chinò la testa verso il braccio di Boreas e vi conficcò i denti con forza.

Il gigante ritrasse le mani, la afferrò per i capelli e le diede uno strattone verso l'alto. Sul suo avambraccio correva un filo sottile di sangue. Arianna si tese, aspettandosi di ricevere un colpo, ma il mostro si limitò a guardarla dall'alto e a sorridere soddisfatto, come a dire che quella era proprio la condotta che si aspettava da lei. Poi lasciò la presa e si chinò dietro la sedia.

Arianna notò che stava armeggiando con le corde intorno ai suoi polsi intorpiditi.

Mi sta slegando!

Quando Boreas ebbe finito, girò intorno alla sedia e le si inginocchiò tra le gambe. Sciolse i nodi alle caviglie e tornò alle sue spalle, dove lei non poteva vederlo.

La prima idea di Arianna fu di mettersi a correre. Era solo a sette od otto passi dalla porta, che il gigante aveva lasciato aperta perché entrasse luce nella camera sotterranea. Ma i piedi erano così intorpiditi che non si sarebbe nemmeno potuta alzare dalla sedia.

In quel momento capì anche che Boreas le stava dando il tempo per recuperare. *Vuole che io tenti di scappare, per divertirsi un po' di più.*

Arianna si piegò in avanti, appoggiando il seno sulle cosce, e si fregò le caviglie cercando di riattivare la circolazione. Sapeva che avrebbe avuto un'occasione sola e che non doveva tentare la fuga finché non fosse stata in grado di usare bene i piedi. Anche se non poteva nemmeno perdere troppo tempo, perché non sapeva quanto gliene avrebbe lasciato il gigante.

Senza girare la testa, si guardò intorno. Quella camera doveva essere stata una specie di magazzino. A sinistra, vicino alla parete, c'erano i resti di un carro e vari attrezzi da lavoro. I piedi intanto cominciavano a recuperare sensibilità. Continuò a massaggiarsi le caviglie, deglutì e si preparò mentalmente a lanciarsi in avanti. Passò rapidamente in rassegna gli oggetti vicino alla parete, poi guardò la luce che veniva dall'esterno.

Ora!

Strinse i denti e cercò di trasformare paura e rabbia in energia per le sue gambe. Quando mise i piedi a terra, sentì una sferzata di dolore alle caviglie. Ebbe paura che cedessero, ma riuscì a mantenere lo slancio. Si alzò e proseguì il movimento mettendosi a correre verso la porta. Una parte della sua mente era concentrata su ciò che udiva dietro di sé.

Boreas lasciò che Arianna percorresse metà della distanza che la separava dall'esterno. Poi scattò all'inseguimento. Doveva stare curvo, perché il soffitto era un palmo più basso di lui. Si avvicinò a tutta velocità e allungò un braccio per afferrare la giovane prima che arrivasse alla soglia.

Arianna accelerava con tutte le sue forze, senza far caso al dolore alle caviglie. Le restavano solo due passi alla porta, un passo... E all'improvviso appoggiò tutto il peso sulla gamba destra e si proiettò verso sinistra. Le dita di Boreas le sfiorarono la schiena nuda, senza riuscire a fare presa. Il gigante frenò e si voltò verso di lei, ma, obbligato a stare curvo, tardò un paio di secondi.

Il tempo sufficiente perché Arianna arrivasse agli oggetti impilati vicino alla parete.

Mentre era seduta, aveva notato un lungo pezzo di legno attraversato da un grosso chiodo arrugginito. Sperava che le servisse come arma e non aveva il tempo di cercare un'alternativa. Vide che si trattava di un'asse piuttosto larga, lunga tre palmi. Da un'estremità emergeva una punta di ferro di una quindicina di centimetri. Si fermò di colpo, si chinò ad afferrare il pesante pezzo di legno e si girò facendolo roteare. La punta arrugginita fendette l'aria e si fermò... quando Boreas afferrò l'asse, la strappò dalle mani di Arianna e se la gettò alle spalle.

La giovane rimase paralizzata. Era riuscita a ingannarlo, fingendo di correre verso la porta, ma non era servito a niente. Ora aveva di fronte a sé una montagna di carne nuda e sudata che l'osservava con divertimento. Il gigante aspettava la sua mossa successiva. La resistenza che lei opponeva lo eccitava ancora di più.

Arianna si voltò di nuovo verso la parete, cercando di prendere un palo stretto dalla punta acuminata. Prima che ci riuscisse, il braccio immenso di Boreas la avvolse, sollevandola in aria. Lei sentì la schiena urtare il petto del gigante e la stretta che si faceva sempre più forte. L'aveva intrappolata con un braccio solo.

Mentre la teneva sollevata, Boreas introdusse la mano libera tra le gambe di Arianna e cominciò a muoverla.

Le stava separando le cosce.

Capitolo 127

29 luglio 510 a.C.

«Fuoco!»

La mente di tutti i maestri divenne un turbine di paura e confusione. L'istinto li spingeva alla fuga, ma non riuscivano a muoversi. Dietro entrambe le uscite c'erano soldati pronti a ucciderli appena si fossero affacciati. Sembrava che potessero scegliere solo fra due diversi modi di morire.

L'odore di fumo aumentò. Poco dopo cominciarono i primi colpi di tosse. Milone sentiva sulle spalle l'obbligo di trovare il modo di scappare. Avevano a che fare con dei soldati – soldati del suo esercito, per tutti gli dei! – e lui era un esperto nel progettare strategie militari. Oltretutto, quella era casa sua e lui conosceva meglio di chiunque altro i dettagli dell'edificio e dei dintorni.

Di lì a poco scosse la testa, disperato. Il fumo cominciava a stordirlo.

«Chinatevi» gridò qualcuno. «Il fumo è meno denso vicino a terra».

Milone si mise in ginocchio e constatò con gratitudine che poteva ancora respirare aria fresca. Ma il fumo scendeva a poco a poco, implacabile. In breve avrebbe riempito l'intera sala.

Un forte schiocco sopra la sua testa fece sobbalzare il generale. Il tetto sopra la porta si era incrinato. Dalle crepe uscivano lingue di fuoco. Le fiamme lambirono avide le travi di legno, illuminando la sala di una tremula luce arancione. Milone vide che la metà superiore della sala era già occupata da una densa nube nera. I maestri erano tutti sul pavimento, seduti o distesi, in cerca di aria pulita.

Si chinò ancora di più e riprese a guardare il fuoco che entrava dall'alto.

Pitagora osservava il propagarsi dell'incendio sopra la sua testa. Il convegno della sua confraternita, su cui tante speranze aveva riposto, stava per diventare una grande pira funebre per tutti i partecipanti. Ricordò il dispiacere che gli aveva procurato sapere che Daaruk, il secondo dei suoi grandi maestri assassinati, aveva disposto nel suo testamento che il suo corpo fosse cremato anziché sotterrato. *Pensavo che fosse Daaruk l'unico pitagorico a finire in cenere e ora invece il nostro nemico vuole bruciarci tutti.*

Si trascinò a terra, spingendosi con la gamba illesa fino al cassone di legno che bloccava la controfinestra. Vi si appoggiò e rivolse un'occhiata ai suoi confratelli. Erano tutti di spalle, con gli occhi fissi sulle fiamme che avviluppavano le travi. Approfittò di quel momento per appoggiare la gamba alla parete e tirare a sé il mobile con le braccia. Il ruggito del fuoco coprì il rumore del pesante cassone di legno che crollava.

È sufficiente. Il filosofo si alzò e si avvicinò alla finestra, senza che nessuno se ne accorgesse.

Da fuori, i soldati videro aprirsi leggermente la controfinestra e uscirne una densa colonna di fumo. Cilone e l'incappucciato assistevano estasiati all'incendio dai loro cavalli, dietro le linee degli opliti.

Si sentì la voce di Pitagora, potente, inconfondibile. «Voglio consegnarmi!» gridò. «Risparmiate gli altri!»

Vari soldati scagliarono immediatamente le loro lance. Una colpì la parete, altre si infissero sulla controfinestra, che tornò subito a chiudersi.

Dovevo fare un tentativo. Pitagora sospirò, tornando a sedersi sul pavimento. Era chiaro che non vi sarebbe stata clemenza.

Un istante dopo rialzò la testa. «Milone», disse con voce ferma. «Devi dirigere la battaglia più impari della tua vita».

Il generale stava pensando da un po' la stessa cosa: fare l'uso migliore delle scarse forze di cui disponevano, vendere care le loro vite, lottare. Era molto probabile che sarebbero stati tutti uccisi in un minuto, ma preferiva morire combattendo che aspettare che il tetto in fiamme rovinasse su di loro.

L'eroe di Crotone si guardò intorno. Tutti i maestri si erano messi a sedere per terra, in attesa della sua reazione alle parole di Pitagora. Le loro espressioni erano di una calma ammirevole nonostante sapessero di essere prossimi alla morte. *In questo momento mi farebbe comodo che i loro corpi fossero forti quanto le loro menti*, pensò Milone, guardandoli.

«Prendete le sedie», ordinò, risoluto. «Strappate via gli schienali per usare le sedute come scudi. E staccate qualche gamba, per potervene servire come mazza». Afferrò la sedia più vicina e la sfracellò a terra. Lo schienale saltò via. Poi strappò tre gambe, lasciando l'ultima per poter reggere lo scudo improvvisato. Prese un'altra sedia e ripeté il processo. Doveva fornire lui mazze e scudi a tutti i maestri che da soli non avevano la forza per rompere le sedie.

Mentre preparavano più in fretta che potevano i loro armamenti approssimativi, Milone ragionava al massimo della velocità. Non aveva ancora chiaro cos'avrebbero cercato di fare. Il calore insostenibile imponeva di uscire al più presto dalla sala. *Ma come facciamo?* Era impossibile uscire dalla finestra, quindi dovevano cercare di andarsene dalla porta, ma non sapevano se sarebbero riusciti ad aprirla. Era stata puntellata da fuori e il soffitto sopra di essa era in fiamme, trasformando quell'angolo della sala in un forno. Senza contare che il cortile doveva essere pieno di soldati con la lance puntate verso la porta.

Milone guardò Pitagora. *È un peccato che non possa combattere, sarebbe stato uno dei nostri migliori lottatori.* Il filosofo era seduto accanto al cadavere di Ipocreonte. Grondava sudore e tossiva, come tutti gli altri. La lancia gli aveva distrutto l'articolazione dell'anca e riusciva appena a controllare il dolore.

Il generale diede un'occhiata rapida agli altri maestri: vestivano tuniche leggere di lino, non certo corazze di cuoio e bronzo come quelle degli opliti che avevano di fronte. Alcuni avevano già in mano le loro improvvisate armi di legno, ma si vedeva che certi facevano già uno sforzo per sostenerle. *Non possono combattere*, pensò, scuotendo la testa.

Dalla porta si usciva nel cortile interno, che per fortuna non era molto grande e non poteva contenere più di venti soldati al massimo. Se fosse accaduto un prodigio e li avessero battuti, sarebbero arrivati al portico principale e da qui all'esterno dove si sarebbero trovati davanti un esercito.

Scosse di nuovo la testa.

Androclo se ne stava nel cortile interno con venti opliti, pronti con le lance mentre vigilavano la porta puntellata. Ma si rilassavano sempre di più ogni minuto. Grazie all'olio che avevano sparso, il tetto stava bruciando con forza da venti minuti.

Saranno già morti?, si domandò. Di tanto in tanto mandava un soldato all'esterno, perché chiedesse alle truppe appostate sul lato della villa se i pitagorici avessero cercato di fuggire dalla finestra. Lo avevano informato che l'avevano aperta solo una volta, cinque minuti prima, ma la pioggia di lance gliel'aveva fatta richiudere senza indugio.

Se restiamo qui ancora un po', moriamo anche noi. Androclo si asciugò il sudore dagli occhi. Più che il sole in verticale sopra di loro, a tormentarli era l'incendio che infuriava a pochi metri.

Gli sembrò che la porta vibrasse. Non aveva sentito niente, ma il frastuono delle fiamme poteva coprire qualsiasi rumore. Guardò di nuovo. Le due lunghe tavole di legno appoggiate alla porta avevano un'estremità infissa nel terreno.

Si spostarono di un centimetro.

« Attenti! »

La porta andò in pezzi prima che l'ufficiale avesse finito di gridare. Mosse all'indietro il braccio con la lancia. La testa di Milone spuntò per un istante e scomparve di nuovo.

Maledizione! Androclo sapeva che quella breve occhiata era bastata al generale per vedere perfettamente quanti erano e com'erano disposti. *Fa lo stesso. Non possono evitare di finire massacrati.*

In realtà, era piuttosto nervoso. Non gli piaceva doverlo ammettere, però Milone gli faceva paura.

All'improvviso, il generale uscì come una furia e si mise a correre verso di lui, lanciando uno spaventoso grido di guerra.

«Lanciate!» gridò Androclo, terrorizzato.

Tutti gli opliti scagliarono le lance nello stesso momento. Temevano il loro legittimo comandante in capo e sapevano che era lui l'unico vero pericolo con il quale si dovevano confrontare. Erano stati informati che gli altri partecipanti a quella riunione erano vecchi pitagorici disarmati.

Milone aveva preso due sedili e ne teneva unite le gambe con la mano sinistra. In questo modo disponeva di uno scudo che gli proteggeva la maggior parte del tronco e la testa. Lo scudo di fortuna gli salvò la vita, fermando il volo di molte lance. La punta di una trapassò il legno e gli si piantò nell'avambraccio. Altre tre arrivarono a colpirlo; una lo ferì al costato, una all'interno della coscia destra e la terza aprì una ferita profonda sopra il ginocchio sinistro. Ma ebbe la buona sorte che nessuna restasse conficcata. Questo gli permise di continuare a correre a tutta velocità verso Androclo.

L'ufficiale corrotto alzò il suo scudo circolare preparandosi al terribile urto. Non si accorse del flusso continuo di pitagorici che usciva dalla porta distrutta. Appena fuori, correvano verso di loro con le loro risplendenti tuniche di lino, i loro scudi quadrati e le loro mazze di legno.

Androclo immaginava che Milone, all'ultimo momento, avrebbe scostato quello strano scudo e avrebbe attaccato con la spada. Invece l'eroe di Crotone lo investì con un impeto fuori dal comune e lo schiacciò contro i suoi uomini. Lo spazio ridotto del cortile li aveva costretti a stare molto vicini gli uni agli altri e la metà di loro rimase intrappolata in una confusione di corpi e di armi.

I soldati che riuscirono a evitare l'urto di Milone non poterono attaccarlo, bersagliati da una pioggia di colpi di mazze di legno. Ciò permise al generale di fare un passo indietro, scostare lo scudo e far volare la spada da una parte e dall'altra con una forza tremenda. Androclo riuscì a sollevare la propria arma, ma la lama del generale lo colpì di piatto con una forza tale da spezzargli il polso. Con il dolore arrivò un'ondata di panico. Androclo guardò con gli occhi sgranati il suo comandante, mentre cercava di retrocedere. Il colpo successivo della spada di Milone gli spiccò la testa dal busto.

Il generale lottava con più ferocia che in tutta la sua vita. Sapeva che il vantaggio dell'attacco iniziale sarebbe durato solo pochi secondi e che doveva eliminare il maggior numero di avversari prima che questi potessero organizzarsi. Il suo braccio destro si muoveva a una velocità tale che gli opliti non riuscivano a vederlo. Spazzava l'aria davanti a sé, parando ogni assalto e colpendo un soldato dopo l'altro. Lo spazio si riempì di urla, schizzi di sangue e scricchiolii di ossa. Con la coda dell'occhio, vide che i maestri mantenevano la posizione, sostituendo con nuovi combattenti quelli che cadevano. Sul terreno cominciavano ad accumularsi cadaveri con tuniche bianche inzuppate di rosso.

Evandro stava traendo il massimo vantaggio dalla sua corporatura. Aveva sfondato due teste con la sua mazza e abbattuto un soldato con un pugno, ma si rendeva conto che la maggior parte dei suoi confratelli cadeva trafitta prima ancora di aver assestato un solo colpo. Un oplita sollevò la spada per attaccarlo. Il grande maestro si riparò con il suo misero scudo e parò il colpo, ma la gamba che usava come manico si spezzò. Il sedile cadde via lasciandolo scoperto. Il soldato sollevò di nuovo la spada, ma rimase paralizzato in quella posizione. Evandro vide che Milone gli aveva conficcato la sua lama nel costato.

« Prendi uno scudo e una spada », gridò Milone, senza smettere di lottare. Lui stesso aveva raccolto uno scudo vero, con cui respinse due opliti che si trovavano di fronte al grande maestro.

Evandro ne approfittò per chinarsi a raccogliere nuove armi. Quando si rialzò, si sentì pieno di rinnovata energia. Non aveva esperienza con la spada, ma non ne aveva nemmeno con la mazza, eppure con quella se l'era cavata, mettendo fuori combattimento tre avversari.

In quel momento sul terreno c'erano dodici soldati e una ventina di maestri pitagorici. Era impossibile combattere senza calpestare corpi e inciamparvi. Milone si accorse, costernato, che l'oplite più vicino alla porta correva fuori. *Va ad avvisare quelli all'esterno.*

Una volta arrivati i rinforzi, sarebbe stata solo questione di secondi. L'unico fattore che poteva ritardare la fine era conquistare la posizione della porta, perché fosse possibile attaccarli solo di fronte. Spinse con lo scudo in direzione dell'entrata. In quel momento udì un grido dietro di sé. Si voltò e vide Archippo di Taranto con il volto angosciato.

« Non riusciamo a romperlo! » tornò a gridare Archippo.

Milone non sapeva cosa fare. L'idea con cui erano usciti dalla sala in fiamme era che lui, Evandro e tutti quelli in grado di combattere – tranne Archippo e Lisis – cercassero di neutralizzare gli opliti in cortile. Nel frattempo, i due maestri di Taranto e quelli inadatti al combattimento dovevano scappare dalla sala incendiata, attraversare il cortile ed entrare nella stanza di fronte; quella camera non aveva finestre, quindi il compito di Archippo e Lisis era sfondare un muro usando una porta come ariete, poi uscire dal varco e cercare di raggiungere il bosco.

Ma non erano riusciti a rompere il muro.

Evandro si voltò verso Milone. «Vai», gridò senza esitazione. «Salva Pitagora».

Milone lanciò un ultimo attacco rabbioso, poi voltò le spalle a Evandro e si allontanò dal combattimento.

Mentre correva verso la stanza, si rese conto per la prima volta di essere ferito. Perdeva molto sangue dal costato e dalla coscia. Non erano ferite mortali, ma se non le avesse ricucite al più presto si sarebbe dissanguato.

Nella stanza si trovavano sette anziani maestri, insieme a Pitagora, Archippo e Lisis. Quest'ultimo reggeva disperato la porta con cui aveva colpito ripetutamente il muro.

«Tutti e tre», ordinò Milone, deponendo le armi.

Afferrarono la porta e si gettarono contro la parete. Apparvero alcune crepe. Al colpo successivo, l'ariete improvvisato andò in pezzi.

Milone non perse un istante. Raccolse lo scudo e uscì in cortile. Il fuoco irradiava un calore insopportabile. Si mise lo scudo in spalla e diede uno sguardo rapido alla scena: il terreno era coperto di cadaveri insanguinati; Evandro e gli altri maestri avevano preso posizione alla porta principale. Erano rimasti vivi quattro soldati, che non combattevano più: erano usciti e aspettavano fuori l'imminente arrivo dei rinforzi.

Milone indietreggiò di qualche passo con lo scudo sulla spalla, poi entrò di corsa nella stanza e si lanciò a tutta velocità contro la parete.

L'impatto fu colossale.

Per alcuni secondi, Milone rimase steso a terra, senza sapere che cosa fosse successo. Aveva un taglio sulla fronte e un altro sopra l'orecchio destro. Lo aiutarono a rialzarsi. Si trovava circondato da macerie, dall'altra parte del muro. Raccolse lo scudo e qualcuno gli riconsegnò la spada. Era Archippo, che stava sorreggendo Pitagora.

«Correte», disse Milone, ancora stordito, facendo cenno di

andare. A venti passi, il bosco era una fitta muraglia di vegetazione, ma davanti a loro si apriva una sentiero largo un metro.

Lisis era ancora all'interno della stanza, intento ad allargare il varco irregolare nella parete perché passassero i maestri più anziani. Milone guardò a destra e a sinistra. Quel lato della casa non era sorvegliato, e l'edificio stesso li nascondeva alla vista dell'esercito, spiegato sul lato opposto.

La sua speranza svanì all'istante.

Due militari a cavallo spuntarono da un angolo e si avvicinarono veloci. Riconobbero entrambi Pitagora e puntarono verso di lui sollevando le spade. Non a caso, l'incappucciato aveva offerto una ricompensa di cinquecento monete d'oro a chi gli avesse consegnato la testa del filosofo.

Archippo e Pitagora avanzavano con una lentezza esasperante. Avevano percorso solo la metà della distanza dal sentiero.

Non ci riusciranno, pensò Milone. A denti stretti, corse fino a mettersi di fronte al filosofo. I cavalieri si videro obbligati a cambiare obiettivo all'ultimo momento. Cavalcarono verso Milone chinandosi su di lui, con le spade pronte ad attaccarlo da entrambi i lati. Il generale fece ruotare la spada in aria, la prese per la punta e la lanciò con tutte le sue forze come se fosse un pugnale in direzione del cavaliere di destra. La lama gli spezzò i denti entrando per la bocca e gli attraversò la testa dal palato fino alla sommità del cranio.

Un'intensa sensazione di pericolo avvertì Milone che, per lanciare la spada, aveva trascurato la sua guardia. Non ebbe tempo di reagire. L'arma del secondo cavaliere lo raggiunse tra la spalla sinistra e il collo. Il metallo gli spezzò la clavicola e recise parte del muscolo.

Il generale cadde a terra, rotolò su se stesso e cercò di rialzarsi. Sentì una fitta di dolore e rimase a quattro zampe. Tastandosi la nuova ferita, sentì le schegge di osso e la preoccupante profondità del taglio. Cercò di muovere il braccio sinistro. Il dolore risultò insostenibile, ma riuscì a sollevare lo scudo.

Vicino a lui c'era il cavaliere caduto, disteso sul terreno a faccia in su. Milone riuscì a rimettersi in piedi, avanzò barcollando fino al morto e gli estrasse la spada dalla testa. Quando si risollevò, vide che Archippo era riuscito ad afferrare le redini del cavallo del morto e a trattenerlo; lo stava portando a Pitagora che, senza sostegno, era finito a terra.

Alle loro spalle, il secondo cavaliere si voltò, spronò il suo animale a colpi di tallone e riprese l'inseguimento del filosofo.

Archippo raggiunse Pitagora e lo aiutò a rialzarsi. Nessuno di due però si era accorto che il cavaliere, dietro di loro, stava per piombargli addosso. Milone, che avrebbe voluto di nuovo tagliare la strada all'avversario, si sforzò di correre, ma cadde in ginocchio. La perdita di sangue lo aveva debilitato. Si rialzò con una smorfia e osservò la tragica scena. Non aveva nemmeno più la forza di gridare. Riprese la spada per la punta e socchiuse gli occhi per schiarirsi la vista. Il cavaliere aveva capito le sue intenzioni e si proteggeva con lo scudo, senza interrompere la sua corsa verso Pitagora. Milone tirò indietro il braccio e lanciò la sua arma con uno sforzo sovrumano.

Era consapevole che non sarebbe mai riuscito a colpire il militare.

La spada fece un giro e mezzo in aria e si piantò nel petto del cavallo. Le zampe anteriori si piegarono e l'animale crollò in vanti, facendo una capriola e intrappolando il suo cavaliere sotto di sé.

Milone si avvicinò, malfermo sulle gambe, per recuperare di nuovo la sua arma. Il soldato fece uno sforzo penoso per sollevarsi, poi rimase immobile. Archippo e Pitagora erano riusciti a montare sull'altro cavallo e gli gridarono qualcosa che lui non comprese. Fece un cenno in direzione del sentiero. Archippo spronò l'animale e sparì con il filosofo.

La spada uscì con difficoltà. Il cavallo nitrì e si agitò, senza riuscire a rialzarsi. Stava soffocando nel proprio sangue.

Eri la mia ultima possibilità, pensò Milone. Prima di lanciare la spada, si era reso conto che l'unico modo per uscirne vivo sarebbe stato impadronirsi di quel cavallo. Non aveva cambiato la sua decisione, ma provava una certa amarezza. Seguendo il sentiero del bosco per un paio di chilometri, si arrivava a una spiaggia dove si trovava una capanna di pescatori. Erano affiliati alla confraternita e possedevano due barche. Avrebbero potuto far scappare una decina di uomini.

La salvezza è a due chilometri...

Lui, a piedi, non avrebbe potuto percorrere nemmeno duecento metri.

Si trascinò barcollante fino all'imboccatura del sentiero. Nel bosco si intravedeva Lisis che aiutava a camminare un maestro zoppicante. Gli altri erano già più avanti, fuori vista. Milone si fermò all'inizio del sentiero e si voltò. A venti passi, dal varco che aveva aperto nel muro della villa, emergevano i primi opliti.

Hanno ucciso Evandro, pensò con tristezza.

Il varco nella parete permetteva ai soldati di passare solo uno alla volta. Man mano che uscivano, si dirigevano verso Milone, avanzando però con cautela, guardandosi indietro per sincerarsi che il gruppo stesse aumentando. Il comandante in capo che stavano tradendo, il glorioso generale di Crotone, si ergeva di fronte a loro bloccando l'accesso a un sentiero nei boschi. Doveva essere da quella parte che erano scappati i pochi pitagorici sopravvissuti alla mattanza nel cortile. Il loro compito era di inseguirli, ma prima se la dovevano vedere con il più temibile dei crotonesi.

Milone, coperto di sangue, aveva un aspetto ancora più imponente. La sua tunica di lino mostrava solo qua e là il colore bianco originale. Alcune delle sue ferite erano spaventose a vedersi, ma il generale si reggeva ancora in piedi, con la spada e lo scudo davanti a sé.

Gli opliti non potevano sapere che ormai Milone non era in grado di distinguere ciò che aveva di fronte, vedeva solo macchie confuse che si avvicinavano lente. Stava concentrando tutte le sue energie nel mantenersi in piedi. Ogni secondo che resisteva incrementava le probabilità che qualcuno dei maestri riuscisse ad arrivare alla spiaggia.

Più forte del dolore e dello sfinimento, sentiva il suo orgoglio. La sua ultima strategia aveva funzionato. Con una sproporzione di forze inimmaginabile era riuscito a salvare diversi uomini. Abbozzò un sorriso. Cilone e l'uomo con la maschera forse credevano ancora che fossero tutti morti. Tra breve li avrebbero informati che Pitagora e alcuni dei suoi maestri erano scappati attraverso un buco sul lato della casa che nessuno sorvegliava.

Stupidi, pensò con disprezzo.

Il sangue gli gocciolava dai bordi della tunica. La vista gli si oscurò completamente. Non era sicuro se fosse ancora in piedi oppure fosse caduto, ma continuò a sforzarsi di tenere spada e scudo sollevati.

Sentì appena il dolore quando le prime lame lo trafissero.

Capitolo 128

29 luglio 510 a.C.

Arianna provava una sensazione di assoluta impotenza.

Il braccio che la imprigionava contro il petto di Boreas non cedeva di un millimetro ai suoi tentativi di divincolarsi. Le restavano da muovere solo le gambe, che agitava frenetiche per evitare che l'artiglio del gigante la immobilizzasse del tutto. Ma sentiva quelle dita enormi scivolare tra le sue cosce come lombrichi.

Boreas voleva violentarla mentre la teneva in braccio.

Arianna pensò di cercare di dissuaderlo dicendogli che era incinta, ma respinse subito l'idea. Non sarebbe servito. E lei non voleva nemmeno che quel mostro ne sapesse nulla.

Potrà profanare il mio corpo, ma non la mia mente.

Sentì la carne disgustosa di Boreas contro l'interno delle cosce e contrasse le gambe. Lui ansimò con più forza nel suo orecchio e gonfiò il petto per obbligarla a adottare la posizione che gli occorreva. Arianna, con le gambe raccolte, notò che i suoi piedi sfioravano il muro. Li appoggiò alla parete e distese le gambe con tutte le sue forze. Lo scatto improvviso colse di sorpresa il tracio che, sbilanciato, retrocedette di qualche passo con il corpo all'indietro. Cercò di raddrizzarsi, ma il soffitto era più basso di lui e non gli permise di ritrovare l'equilibrio. D'un tratto, qualcosa gli intralciò anche i piedi: la sedia cui Arianna era stata legata. Boreas preferì cadere all'indietro piuttosto che lasciare la sua vittima per cercare di raddrizzarsi.

Mentre Arianna cadeva, stretta al gigante, sentì di nuovo la sua risata gutturale. Fu invasa da una marea di rabbia sentendo che la sua resistenza non faceva che aumentare il piacere del mostro. Stramazzarono a terra e le si mozzò il fiato. Il corpo del gigante aveva ammortizzato l'urto, ma il suo braccio le aveva schiacciato la bocca dello stomaco come se le avesse dato un pugno.

Impiegò qualche secondo ad accorgersi che la pressione era diminuita.

Un altro inganno per divertirsi con me?

Arianna spinse l'enorme braccio con entrambe le mani e rotolò sul suo torace fino a cadere a terra. Si allontanò a quattro zampe, isterica, con la sensazione che la mano di Boreas potesse da un momento all'altro afferrarle una caviglia. Poi si mise in piedi e cominciò a correre verso la porta.

Il grugnito di Boreas le fece rizzare i capelli. Senza smettere di correre, si girò per guardare.

Che sta facendo? Non capiva se quello fosse un nuovo gioco. Il tracio era rimasto sdraiato sul pavimento, con le braccia lungo i fianchi e gli occhi al soffitto.

Arianna arrivò alla porta, mise una mano sullo stipite e si voltò di nuovo. Sentiva il petto sul punto di scoppiare e l'istinto le gridava di scappare via, ma si fermò a osservare Boreas con più attenzione.

D'un tratto la vide.

Sotto la testa di Boreas c'era l'asse con cui lei aveva cercato di colpirlo. Il chiodo era rimasto puntato verso l'alto e si era conficcato nella nuca del gigante. Doveva essere penetrato solo di tre o quattro centimetri, ma a quanto pareva era sufficiente a paralizzarlo.

Approfittane per scappare!, le gridò una voce nella mente.

Rimase aggrappata allo stipite, congelata sulla frontiera tra la libertà e la camera dove per due giorni aveva temuto la tortura e la morte. Non poteva staccare gli occhi da Boreas. Il gigante emetteva un suono debole e i muscoli della sua faccia si contraevano a intermittenza.

Non posso continuare a fuggire.

Si allontanò dalla porta e camminò con cautela verso il tracio. Le paure che le avevano segnato la vita si facevano più intense a ogni passo, ma non si fermò.

La testa di Boreas era leggermente inclinata verso il petto a causa della decina di centimetri di metallo che ancora non gli erano entrati nella nuca. Arianna lo osservò da vicino, ansiosa. D'un tratto, gli occhi del gigante si fissarono su di lei con un'espressione di odio infinito che le fece venire i brividi. Non aveva mai sentito tanta malvagità. Seppe senza ombra di dubbio che, se Boreas fosse riuscito a muoversi, avrebbe smesso di giocare con lei: si sarebbe dedicato a procurarle i tormenti più orribili per tutto il tempo che l'avesse tenuta in vita.

Si impose di sostenere il suo sguardo.

«Ora sono io ad avere il controllo», gli sussurrò.

Boreas grugnì e contrasse brutalmente i muscoli della faccia. Stava cercando di liberarsi. Arianna ardeva dal desiderio di colpirlo, ma sapeva che i suoi pugni e i suoi calci non gli avrebbero fatto alcun male. Peggio, avrebbero potuto liberarlo.

Si guardò intorno, sempre più preoccupata. La sedia si era rotta ed era finita ai piedi del mostro. La sollevò: lo schienale e una gamba posteriore si erano staccati, ma era ancora pesante, dato lo spessore della seduta.

Si mise con la sedia dietro la testa di Boreas.

«Guardami».

Negli occhi del gigante bruciava una minaccia terribile, ma Arianna mantenne lo sguardo su di lui. Voleva che vedesse la sua decisione, la sua sicurezza. Voleva che capisse che era lei a dominare la situazione. Che sapesse che lo avrebbe castigato per ciò che aveva fatto ad Akenon e quello che avrebbe voluto fare a lei.

«Guardami bene, perché sarò l'ultima cosa che vedrai in vita tua».

Prese la sedia per le gambe anteriori e colpì con il bordo del sedile la fronte di Boreas. Risuonò come se avesse colpito una pietra. Lui continuò a guardarla, ma ora aveva gli occhi spalancati per il grosso chiodo gli era penetrato più a fondo nella testa. Grugnì, mostrando i denti come un cane rabbioso. Poi aprì la bocca senza lingua e lanciò un bramito così potente che Arianna fece un balzo all'indietro. Ma si fece subito avanti e guardò dall'alto l'immensa testa del tracio.

La sua faccia esprimeva una ferocia spaventosa. Gli occhi distillavano odio. Boreas si mise a ruggire, rigurgitando schiuma dalla bocca.

«Muori una volta per tutte, mostro maledetto!»

Arianna sollevò la sedia sopra la sua testa, curvando il corpo all'indietro. Si fermò un istante con i muscoli in tensione, come la corda di un arco, e scaricò il peso con un colpo terribile, mentre gridava con tutta la furia che aveva dentro.

Quindici centimetri di ferro arrugginito trapassarono il cervello di Boreas.

Capitolo 129

29 luglio 510 a.C.

È giunto il momento di distruggere la comunità.

L'incappucciato era appena tornato al Consiglio, dopo l'attacco alla casa di Milone. Stava osservando la sala dal podio: settecento volti tesi, rivolti verso di lui, e un grande vuoto sul lato sinistro delle gradinate, dove prima erano seduti i trecento pitagorici.

Dalla maschera nera fuoriuscì un sussurro rauco e carico di ardore che colse di sorpresa i consiglieri. « Abbiamo decapitato il serpente, ma dobbiamo fare come Eracle con l'Idra: assicurarci che non si alzino altre teste ». L'uomo si protese verso gli astanti, prima di riprendere con maggiore intensità. « O volete forse che la confraternita, il mostro che vi ha soggiogato per anni, torni a trasformare la città di Crotone e questo Consiglio nel suo gregge di pecore? »

« No! » tuonarono all'unisono i settecento che aveva davanti.

L'incappucciato assentì soddisfatto. I consiglieri erano ebbri di risentimento e violenza. Avrebbero fatto qualsiasi cosa lui avesse chiesto. Doveva riuscire a mantenerli così il tempo sufficiente a distruggere tutto ciò che avesse a che fare con Pitagora. Alzò le braccia e continuò la sua arringa senza nascondere la soddisfazione nella sua voce. « Allora dobbiamo usare la nostra forza, il nostro esercito, per radere al suolo la comunità. Non deve restare in piedi una sola pietra del covo di chi ha manipolato e disonorato Crotone per decenni! »

I consiglieri lo acclamarono con entusiasmo. L'uomo con la

maschera continuò a infiammarli, malgrado fosse impaziente di passare alle vie di fatto. Cilone aveva insistito perché si passasse attraverso il Consiglio e bisognava dargli ragione. Era necessario un appoggio legale per utilizzare l'esercito... almeno per ora.

Tra non molto, sopprimerò il Consiglio e sarò l'unico sovrano di Crotone.

Dal suo posto, Cilone osservava l'uomo con la maschera, affascinato dal dominio assoluto che esercitava sui consiglieri. Si rendeva perfettamente conto di essere stato a sua volta utilizzato per arrivare a quella situazione. Tuttavia non avrebbe commesso l'errore di lottare contro di lui. *La cosa più intelligente è cercare di continuare a fargli da braccio destro.*

L'incappucciato diceva che avevano « decapitato il serpente », ma la verità era che Pitagora era fuggito. Ne erano stati testimoni entrambi. Passati sopra il cadavere martoriato di Milone, avevano cavalcato lungo uno stretto sentiero che finiva su una spiaggia. Quando vi erano arrivati avevano scorto una barca già lontana cinquanta metri dalla riva e un'altra che stava prendendo il mare. In quella più lontana erano riusciti a distinguere Pitagora. I soldati di Cilone non avevano esitato a spingere i cavalli in acqua e a scagliare le lance sulla barca più vicina, ma senza riuscire a colpire nessuno. Non c'erano altre imbarcazioni con cui inseguirli e non era restato loro altro da fare che rassegnarsi a vederli scappare.

Lo prenderemo, si disse Cilone, non troppo convinto.

Almeno erano sicuri di avere assestato alla confraternita un colpo da cui difficilmente si sarebbe ripresa. Con l'assalto al convegno pitagorico, avevano ucciso la maggior parte dei grandi maestri e dei capi regionali. Cilone aveva passeggiato tra i cadaveri nel cortile della villa di Milone, riconoscendo alcuni dei pitagorici più importanti, come il grande maestro Evandro.

E adesso pensiamo alla comunità principale, si disse, con un brivido di piacere. La quarta parte dell'esercito obbediva agli ufficiali che l'incappucciato e Cilone avevano corrotto. Inoltre, dopo la morte di Milone, non restava nessuno capace di organizzare il resto delle truppe con la rapidità sufficiente a evitare l'attacco successivo. Avrebbero circondato la comunità con migliaia di opliti e avrebbero ucciso tutti i pitagorici in pochi minuti. *Tranne quelli che prenderemo come schiavi*, si corresse con un sorriso.

Cilone ignorava che l'incappucciato tenesse Arianna nelle sue mani. Immaginava che fosse ancora nella comunità e sognava il momento in cui sarebbe riuscito a catturarla. Gli veniva l'acquolina in bocca a fantasticare che due soldati la tenessero ferma, perché lui la violentasse sul posto. *Quindici anni ho dovuto aspettare per assaggiarla*, pensò, ricordando quando l'aveva fatta sequestrare. All'epoca Pitagora era riuscito a liberarla prima che lui avesse potuto godere di lei. Ora non ci sarebbe stato più nessuno ad aiutarla.

Doveva pensare e fare schiava anche Damo, l'altra figlia di Pitagora e ora vedova di Milone. E forse anche Teano, la sposa del filosofo, anche se l'avrebbe mandata alle cucine. Non gli piacevano le donne di una certa età.

Chiuse gli occhi per rivivere meglio il momento cui più volte era tornato con la memoria nella sua vita. Gli apparve Pitagora, in una scena di trent'anni prima, mentre lo umiliava di fronte all'intera comunità, dichiarando in pubblico che lui non aveva le qualità per entrare nell'ordine.

Il suo volto si illuminò, immaginando la devastazione che stava per provocare nel luogo in cui era stato umiliato.

Arianna attraversò al trotto la porta settentrionale della città. Vedendola apparire, i crotonesi si appoggiavano spaventati ai muri delle case. La giovane montava l'enorme cavallo di Boreas, l'unico che avesse trovato quando era uscita dalla camera sotterranea in cui ora giaceva il cadavere del gigante.

Tutti i suoi muscoli si tesero appena vide il palazzo del Consiglio. C'erano più soldati del solito di guardia davanti alle porte aperte. Sapeva che non avrebbero fatto entrare nessuno nel mezzo di una sessione. *Ma ho bisogno che mi ascoltino subito.*

Un soldato notò quell'immagine pittoresca. Una donna dai capelli chiari, su un cavallo imponente, che cavalcava verso il Consiglio a una velocità temeraria. La sentinella scese i tre gradini davanti al portico e osservò perplesso l'arrivo della giovane. Sembrava che avesse indosso una tunica lacera legata con delle corde.

Quando lei fu a pochi metri, il soldato alzò una mano perché si fermasse.

Arianna spronò il cavallo e si lanciò attraverso le porte aperte.

Capitolo 130

29 luglio 510 a.C.

L'uomo con la maschera si interruppe a metà di una frase. Non riusciva a credere ai propri occhi. Arianna aveva appena fatto irruzione a cavallo nella sala del Consiglio. Un attimo dopo entrò anche un gruppo di opliti, ma lei li lasciò indietro avanzando al trotto sopra il grande mosaico di Eracle e Croton, facendone saltare le tessere sotto gli zoccoli.

I consiglieri proruppero in esclamazioni di sorpresa e indignazione. Cilone balzò in piedi. « Arrestatela! » gridò allarmato. Ma la figlia di Pitagora stava andando dritta al podio. Sembrava che volesse lanciarsi con il suo gigantesco animale contro l'incappucciato.

Il podio era alto un metro e mezzo. Arianna si fermò giusto alla base, trovandosi quasi faccia a faccia con il suo nemico. I consiglieri più vicini corsero a circondarlo per offrirgli la loro protezione, ma lui li allontanò. Indicò la giovane con un dito accusatore e parlò al massimo della potenza della sua voce tenebrosa. « È la figlia di Pitagora! La stirpe del serpente! »

Arianna lo indicò a sua volta e gridò così forte da imporsi come avrebbe fatto suo padre. « Quest'uomo a cui prestate tanta attenzione, quest'uomo che si nasconde dietro una maschera per compiere le sue malefatte, è un discepolo di Pitagora! »

Le sue parole destarono stupore e impressione unanimi.

La giovane continuò, mentre guardava con decisione entrambi i lati della gradinata. « È un traditore e un criminale che cerca di manipolarvi con le sue arti oscure per commettere atti indegni di questo Consiglio! »

Si accorse che i soldati stavano per gettarsi su di lei e fece girare in tondo il cavallo per tenerli a distanza. L'uomo con la maschera fece per parlare, ma lei si impose, gridando a pieni polmoni.

« L'uomo che è salito sul podio di questo rispettabile Consiglio è un grande maestro e sta ingannando voi così come ha ingannato mio padre, perché ha fatto parte della sua cerchia più intima, fino a quando qualche mese fa ha simulato il proprio assassinio! »

Molti consiglieri fissarono la figura sul podio.

Arianna si voltò verso il suo nemico. « L'uomo che si nasconde dietro questa maschera nera... » Lo indicò di nuovo e ruggì: « È Daaruk! »

Lo strepito nella sala si raggelò in uno spettrale silenzio. Sapevano tutti che Daaruk era uno dei grandi maestri che avevano sempre accompagnato Pitagora fino al giorno in cui era morto avvelenato. Ricordavano anche che il suo cadavere era stato cremato in una pira funebre, seguendo le tradizioni della sua cultura straniera.

L'uomo con la maschera ringhiò di rabbia, mentre tutti lo fissavano stupefatti. Anche Cilone era incerto. Avrebbe voluto imporre il silenzio ad Arianna, ma sarebbe stato un suicidio politico sostenere quell'uomo se davvero si trattava di Daaruk.

I soldati sospesero il loro tentativo di disarcionare la giovane, che tirò le redini e portò il cavallo di fronte al nemico. Il rumore degli zoccoli echeggiava ben distinto nel silenzio.

« Uccidetela. » La voce dell'incappucciato era uno stridore carico di odio che vibrò per qualche istante nell'atmosfera di attesa della sala e si dissolse senza che nessuno reagisse.

Non aveva smentito l'accusa.

D'un tratto, un oplita veterano che era salito sul podio si fece largo tra vari uomini e afferrò l'incappucciato alle spalle. Prima che chiunque potesse intervenire, gli prese la maschera e gliela strappò via.

Tutti i consiglieri, i soldati, la stessa Arianna sobbalzarono alla vista di quella faccia: la pelle scura, le labbra grosse, il colore degli occhi... senza dubbio era Daaruk. Ma la pelle appariva alterata sulla fronte e sul lato destro, come se si fosse ustionato. Metà della bocca e la palpebra di un occhio erano così deformate che non riusciva neppure a chiuderle.

Daaruk si guardò intorno. Poteva ancora annullare il vantaggio di Arianna. « La ragione per cui... »

Arianna gli troncò le parole, imponendosi al sussurro rauco del suo nemico. « Pretendeva di dirigere il Consiglio e non è neanche greco! »

Quella frase sollevò un'ondata di proteste, immediata e furibonda. I greci avevano una coscienza di popolo molto radicata e chiunque non fosse greco era considerato inferiore.

« Vi dirò dov'è il suo nascondiglio », incalzò Arianna, prima che Daaruk potesse intervenire. « Laggiù troverete il cadavere del suo schiavo mostruoso e oro a tonnellate! » Sapeva che l'ex grande maestro aveva comprato gran parte della sua influenza con la corruzione. Ora lei stava di fatto offrendo ai consiglieri un tesoro di proporzioni incalcolabili perché si rivoltassero contro di lui. Era sicura che quello fosse il miglior argomento per portare dalla propria parte quei politici volubili e corrotti. *Ma non ho ancora finito*, pensò, cercando di occultare nello sguardo il disprezzo che provava nei loro confronti. « Sapete come Daaruk si è procurato tutto quell'oro? »

I consiglieri pendevano dalle sue labbra e nessuno faceva più caso all'uomo sul podio.

« Ha organizzato lui le rivolte di Sibari! Ha sostenuto i ribelli perché loro, in cambio, potessero saccheggiare il palazzo di Glauco! »

Il Consiglio rumoreggiò con fervore.

Arianna proseguì con forza ancora maggiore. « Daaruk ha

ingannato, manipolato e confuso i ribelli, i governi e due eserciti... Tutti gli avvenimenti tragici degli ultimi tempi sono stati provocati da lui! È lui il colpevole di tutto! »

Avvolto da un clamore assordante, Daaruk capì di avere perso la battaglia. Arianna aveva appena sollevato l'argomento definitivo per portare dalla propria parte i consiglieri. I politici sapevano che tanto il popolo quanto l'esercito avrebbero voluto risposte e la figlia di Pitagora aveva appena fornito una spiegazione che li avrebbe scagionati da ogni responsabilità... e in più gli riempiva le tasche di oro. A quel punto, dovevano già essere tutti concordi: ogni colpa sarebbe ricaduta sullo straniero malvagio.

Devo andarmene di qui. Daaruk si guardò intorno come una belva in trappola. Il podio si era riempito di consiglieri e soldati che lo circondavano da ogni parte, tranne che davanti. Da quella parte c'era Arianna, che faceva girare il suo cavallo mentre arringava la sala con un braccio sollevato. In quel momento gli voltava le spalle. Con un movimento fulmineo, l'ex grande maestro raggiunse il bordo del podio e balzò in avanti. Cadde in groppa al cavallo, urtando la schiena di Arianna. Diede una spinta alla maledetta figlia di Pitagora, facendola cadere, e infisse i talloni nei fianchi dell'animale, che si lanciò in una corsa nervosa.

Prima di finire a terra, Arianna si aggrappò al braccio di un consigliere, ma non riuscì a evitare la caduta. Quando alzò la testa, vide che i soldati sulla porta si facevano sfacciatamente da parte per lasciare passare il cavallo.

Daaruk attraversò il portico come un lampo.

Capitolo 131

29 luglio 510 a.C.

Il naso rotto non permetteva ad Akenon di respirare. L'aria gli arrivava ai polmoni soltanto dalla bocca. Cercò di deglutire e si sentì soffocare. In preda all'angustia tentò di schiarirsi la gola, ma il dolore gliela serrò. Notò che il corpo gli si irrigidiva e sopraggiunse il panico. *Soffoco!*

Concentrò tutta la sua volontà e riuscì a rilassarsi quanto bastava a far svanire lo spasmo muscolare. A poco a poco l'aria riprese a entrargli nel petto.

Dal giorno in cui era stato catturato, non aveva più visto né Boreas né l'uomo con la maschera. *Si ripresenteranno per torturarmi, oppure mi lasceranno qui a morire lentamente?* Erano solo due ore che aveva ripreso conoscenza, dopo aver passato tre giorni privo di sensi. Avrebbe voluto quasi ritornare incosciente per risparmiarsi quel tormento di pena e asfissia.

Era nella penombra, con braccia e gambe legate a una sedia. La luce che filtrava dallo stipite della porta indicava che all'esterno era giorno. Abbassò il capo e gli sfuggì un lieve gemito: il dolore al collo aumentava quando muoveva la testa, ma doveva vedere se riusciva a muovere le mani. Con un grande sforzo riuscì a far scivolare le dita sul bracciolo della sedia. Girò la testa e fece lo stesso con l'altra mano. Il suo campo visivo si era ridotto: la testata di Boreas che gli aveva rotto il naso gli aveva fatto gonfiare anche il lato destro della faccia, tanto che non riusciva ad aprire le palpebre.

Chiuse l'occhio sano e ricordò il momento in cui aveva scoperto l'identità dell'uomo con la maschera. Era accaduto mentre camminava insieme a Pitagora, a Crotone. Aveva preso di tasca l'anello di Daaruk con fare distratto e all'improvviso aveva capito che si trattava di lui, una rivelazione che lo aveva paralizzato per qualche istante. Quando era stato in grado di reagire si era congedato dal filosofo ed era andato a far visita a Eritrio, il curatore, e gli aveva chiesto di mostrargli un elenco dei beni di Daaruk. In esso figurava una vecchia proprietà in campagna, appartenuta ai genitori del grande maestro e ormai abbandonata da due decenni. Akenon era andato subito a ispezionarla. *E Boreas mi ha disarmato come se fossi un bambino.*

Daaruk si era tolto la maschera di metallo dopo averlo fatto legare. Il suo viso sfigurato dal fuoco aveva fatto tornare indietro la mente dell'egizio di qualche mese, fino al giorno in cui Arma, lo schiavo del grande maestro, aveva preparato la pira funebre per il suo padrone. Akenon e Arianna erano stati testimoni della fase finale della costruzione della struttura, così come del momento in cui Arma vi aveva dato fuoco. *Ma non ci siamo resi conto dell'inganno.*

L'egizio aveva qualche incertezza su come fosse stata realizzata la messinscena, ma poteva immaginarne la maggior parte. Supponeva che Arma non avesse unto il corpo e le tele che avvolgevano Daaruk di un olio infiammabile, come avevano pensato Arianna e lui stesso mentre lo osservavano all'opera. Al contrario, doveva aver utilizzato una sostanza ignifuga. L'olio era stato sparso solo ai lati della pira perché Daaruk fosse circondato dal fuoco ma senza esserne raggiunto direttamente. Il grande maestro doveva essere stato protetto per uno o due minuti dalla sostanza ignifuga, il tempo sufficiente per gettarsi nel fiume e allontanarsi approfittando del buio della notte, ma non per evitare che si ustionasse mezza faccia. E, a giudicare da come parlava, il fumo rovente doveva avergli bruciato anche la gola.

Akenon immaginava che Arma avesse sistemato il cadavere

da ardere fra i tronchi della pira funebre, sotto il corpo di Daaruk. Erano le ossa calcinate di quel morto che Akenon aveva recuperato il giorno successivo. L'inganno era stato preparato in modo meticoloso, compreso il fatto che Arma avesse messo l'anello del suo padrone al dito del cadavere. *Tuttavia ha commesso un errore*, pensò l'egizio, nella solitudine della sua cella.

Lo aveva sempre avuto davanti agli occhi, ma non se ne era reso conto fino a tre giorni prima, mentre riguardava distrattamente l'anello d'oro di Daaruk. Tutte le volte che aveva visto il grande maestro, questi lo portava alla mano destra. *Il cadavere della pira lo aveva alla sinistra.*

Capitolo 132

29 luglio 510 a.C.

Daaruk fermò il cavallo sull'alto della collina. Con il volto madido di sudore, scrutò il terreno arido e polveroso che aveva appena percorso. *Non mi segue nessuno*, pensò con sollievo.

Spronò di nuovo il magnifico animale, ansioso di raggiungere al più presto la metà del suo oro, i suoi documenti matematici... *E Akenon*, pensò con un sorriso malevolo della sua bocca ustionata. Boreas aveva maltrattato l'egizio con tanta passione che per poco non lo aveva ammazzato. Nondimeno, per quanto incosciente da tre giorni, l'investigatore era ancora vivo. *Perlomeno l'ultima volta che l'ho visto.*

Era stato quella mattina stessa, prima di andare al Consiglio per convincerlo ad arrestare i Trecento e attaccare l'assemblea pitagorica. Akenon era in pessime condizioni e non ci sarebbe stato da stupirsi se nel frattempo fosse morto.

Daaruk strinse le palpebre per scacciare le lacrime provocate dal vento. Le zampe del cavallo volavano sul terreno. Di lì a cinque minuti avrebbe raggiunto la villa dei suoi genitori. Akenon l'aveva scoperta per mezzo di Eritrio, il curatore, ma l'ex grande maestro calcolava che sarebbe passato del tempo prima che altri tirassero lo stesso filo. In quel momento, tanto i consiglieri quanto i soldati dovevano fare a gara a chi arrivava per primo all'altro nascondiglio, quello in cui aveva rinchiuso Arianna. *Hanno sentito tutti che laggiù ci sono tonnellate d'oro.*

Scosse la testa incredulo mentre cavalcava. Non riusciva a capire come Arianna si fosse ingegnata per uccidere Boreas. In ogni caso, anche per una situazione così improbabile come quella, Daaruk aveva già un piano pronto.

Era stato audace sin dal principio, ma anche molto prudente. Oltre alla villa dei genitori, aveva acquistato un'altra casa isolata per dividervi l'oro che stava raccogliendo. E già da prima di scatenare la guerra, aveva cospirato in modo che qualsiasi esito giocasse a suo favore. Così, aveva avuto la precauzione di mantenere separati Akenon e Arianna perché gli rimanesse sempre almeno un ostaggio per negoziare, nel caso che uno dei suoi nascondigli fosse stato scoperto. L'ultima cautela, quella cui aveva sperato di non dover mai fare ricorso ma che oggi gli sarebbe risultata molto utile, era la barca che teneva pronta a salpare in una cala vicina. *Fuggirò via mare e riprenderò il controllo della situazione prima di quanto possano supporre.*

Si fermò davanti al suo rifugio e l'osservò con occhio critico. Era improbabile che qualcuno trovasse la villa, situata nel fitto del bosco e camuffata con rami d'albero. Smontò da cavallo ed entrò in una piccola stalla. Da qui fece uscire quattro muli, li condusse alla porta del magazzino sotterraneo e ne agganciò le redini. Conservava l'oro in sacchi da dieci chilogrammi, per poterlo trasportare con facilità. Fece un rapido calcolo: sarebbe riuscito a caricare le quattro bestie in un'ora e mezzo. Se prima che avesse finito fosse apparso qualcuno, si sarebbe servito di Akenon come ostaggio. *L'egizio può servire ancora a qualcosa.*

Aveva fatto bene a trattenere Boreas dall'ucciderlo, nonostante il tracio ne avesse una gran voglia. Tuttavia, una volta caricato l'oro, Akenon sarebbe diventato inutile.

Un sogghigno si disegnò sul volto deforme di Daaruk mentre si avvicinava alla porta. *Ammazzarlo sarà un piacere.*

Capitolo 133

29 luglio 510 a.C.

La porta della camera sotterranea si aprì cigolando. Akenon alzò la testa e guardò stordito verso la luce.

Daaruk varcò la soglia e gli si avvicinò, sussurrando sarcastico con la sua voce raspante: « Sono lieto di vedere che ti sei svegliato ».

Per tutta risposta, l'egizio lasciò cadere la testa sul petto ed emise un gemito. La luce che proveniva di lato esaltava il suo aspetto miserevole: aveva mezza faccia gonfia e piena di lividi. Un crosta di sangue scendeva dal naso rotto sino al torace.

« Non ti senti bene? » lo beffeggiò Daaruk, mettendoglisi di fronte. « Non preoccuparti. Appena finisco quello che sono venuto a fare, porrò fine alle tue sofferenze ».

Osservò per qualche secondo il prigioniero, che continuava a tenere il capo chino e gli occhi chiusi. Poi si allontanò da lui e raggiunse il tavolo su cui riposavano le pergamene. Si inginocchiò, trovò un anello nascosto nel pavimento di terra battuta e aprì una botola, scoperchiando una fossa di due metri per uno, profonda due palmi. Era lì che teneva i sacchi pieni d'oro. Daaruk ne sollevò un paio, lasciandosi sfuggire un suono rauco per lo sforzo. Sparì all'esterno per sistemarli sul basto di un mulo e tornò poco dopo a prenderne altri.

« Stamattina mi sono presentato in Consiglio e ho fatto arrestare i Trecento », sussurrò mentre passava davanti al prigioniero. « Poi ho fatto in modo che l'esercito di Crotone attaccasse la grande assemblea dei pitagorici ».

Akenon non disse una parola, ma Daaruk si accorse che piegava leggermente la testa di lato.

« Abbiamo dato fuoco alla villa di Milone, con tutti dentro », continuò, mentre prendeva un altro paio di sacchi. « Pitagora è riuscito a salvarsi e a scappare, ma ho visto che una lancia lo ha ferito a un'anca. Con un po' di fortuna potrebbe essere già morto ». Si fermò davanti all'egizio e proseguì con feroce soddisfazione. « Però sono morti Milone e la maggior parte dei grandi maestri dell'ordine. Tra loro, i miei vecchi compagni Evandro e Ipocreonte ».

Sul volto di Akenon apparve una smorfia di dolore.

Daaruk lo osservò compiaciuto, poi riprese il cammino scoprendo i denti in un sorriso deforme.

Akenon gemette, scuotendo appena la testa. *Evandro, Ipocreonte, Milone...* Qualche lacrima amara gli rigò il viso incrostato di sangue.

Daaruk tornò a prendere altri sacchi e parlò senza trattenersi. « Il giorno dopo che ti abbiamo preso, Boreas ha catturato Arianna. L'ho rinchiusa nell'altro mio rifugio ». Tacque un momento per lo sforzo di sollevare l'oro. « E stamattina ho detto a Boreas che poteva fare di lei ciò che gli pareva ».

Si piazzò davanti al prigioniero e cercò il suo sguardo. Akenon teneva gli occhi chiusi, ma gli si vedevano i muscoli tesi della mandibola.

Daaruk ringhiò soddisfatto e cominciò ad allontanarsi. « Da come la guardava, suppongo che per prima cosa l'abbia violentata selvaggiamente ».

Lasciò che le ultime parole risuonassero nelle orecchie di Akenon e uscì. Il sole si avvicinava all'orizzonte e intorno era tutto tranquillo. Sistemò i sacchi sul basto del mulo più vicino, ridiscese nel magazzino e camminò verso la botola, passando di nuovo davanti al prigioniero. Prese altri due sacchi e se ne andò senza parlare.

Ripeté l'operazione varie volte, sempre in silenzio, finché non si ritrovò zuppo di sudore. Si sedette sul pavimento, di fronte ad Akenon. «Sto cominciando a caricare il secondo dei quattro muli che ho qui fuori». Fece una pausa per riprendere fiato e continuò con il suo sgradevole sussurro. «Quando avrò finito con il quarto, sarà il momento di dirci addio».

Akenon alzò lentamente la testa. La metà del viso che non era gonfia esprimeva un odio mortale. Daaruk osservò quello sguardo con compiacimento prima di riprendere il discorso.

«Suppongo che Boreas si sia distratto un momento mentre la stuprava e Arianna deve averne approfittato per dargli una coltellata, o qualcosa del genere. Ciò che non capisco», fece, pensoso, «è perché lui non abbia avuto il tempo di farla a pezzi prima di morire». Alzò le spalle, come se stesse condividendo una lieve contrarietà con un amico. «Si dà il caso che Arianna sia apparsa nel bel mezzo del Consiglio, rivelando la mia identità. L'ambiente si è fatto, diciamo, *un po' ostile*». Emise un monosillabo indistinto, in tono quasi divertito. «Ho preferito andarmene. Ma tornerò presto». Si alzò con uno sforzo per riprendere il trasporto dell'oro. «Arianna mi ha riconosciuto dagli occhi dietro la maschera. Tu ci sei arrivato per deduzione, di questo ti concedo il merito. Però lei ha ucciso Boreas tutta da sola e tu non sei riuscito a fargli nemmeno un graffio. Non ti sembra umiliante?» Scoppiò in una risata carica di disprezzo mentre usciva di nuovo.

Riapparve poco dopo. «L'irruzione di Arianna in Consiglio mi ha obbligato a un breve rinvio della seconda fase dei miei piani. Per fortuna, ho già raggiunto quasi tutti gli obiettivi della prima: farla finita con Pitagora e distruggere la confraternita». Quando sollevò il sacco successivo, Daaruk dovette posarlo di nuovo a terra. Si massaggiò la spalla destra. *Boreas lo avrebbe fatto in un minuto*, pensò irritato. Riprese a parlare nello stesso tono di conversazione amichevole.

«Sono certo che non ci disturberanno», disse, come se per

Akenon fosse una buona notizia. « Arianna ha commesso l'errore di dire in pubblico che nell'altro mio rifugio ho una fortuna in oro. In questo stesso momento, tutte le forze di Crotone saranno in cerca del tesoro. D'altra parte, ho corrotto e ingannato tanti di quei soldati che ce ne sarà sempre qualcuno che mi eviterà la cattura o mi aiuterà a fuggire. Di fatto, dal Consiglio sono riuscito a scappare perché gli opliti mi hanno lasciato passare ». Avvicinò il viso ustionato alla faccia del prigioniero. « Te lo dico per risparmiarti false speranze ».

Akenon aprì l'occhio sano e mormorò qualcosa.

« Cos'hai detto? » chiese Daaruk, accostandogli l'orecchio alla bocca.

« Come hai fatto a simulare la tua morte? » domandò l'egizio.

Daaruk si risollevò, sorridente. « Molto bene, Akenon, molto bene », sussurrò in un tono cordiale che sembrava quasi sincero. « Ti fa onore che ti interessi soddisfare la tua curiosità anche alle soglie della morte. La conoscenza è la via, è sempre la via ». Rifletté per un istante prima di proseguire. « Suppongo che tu creda che io abbia mangiato un tortino avvelenato con radice di mandragola bianca ».

Akenon si accigliò, senza capire. Ricordava quando Daaruk era caduto davanti a lui, schiumando dalla bocca. Forse il veleno non era nella torta, bensì in una capsula che teneva nascosta. Ma l'investigatore aveva usato un reagente e aveva identificato il veleno senza ombra di dubbio. Come diceva lo stesso Daaruk, si trattava di radice di mandragola bianca, fortemente tossica, che in certe dosi poteva uccidere in pochi secondi. Il grande maestro avrebbe dovuto essere morto.

« In realtà », continuò Daaruk, riprendendo le operazioni di carico, « il veleno era in un pezzo di tortino che tenevo nascosto e che ho tirato fuori senza che lo vedesse nessuno. Ho usato lo stesso veleno che aveva ucciso Cleomenide, perché sapevo che sarebbe stata la prima cosa che avresti verificato. Quando ti fossi convinto che era lo stesso, avresti smesso di pensarci. Tuttavia, insieme alla mandragola bianca, ho assunto nello stesso momento anche un antidoto».

Akenon si sforzò di ricordare. Conosceva un paio di antidoti efficaci, ma tutto questo non aveva senso. Lui stesso aveva constatato la morte di Daaruk: il suo cuore aveva cessato di battere.

Il nemico sorrise orgoglioso. «La chiave era nel terzo componente: estratto di radice di mandragola nera. Produce un effetto simile a quella bianca, ma in dosi adeguate induce uno stato di catalessi. Il battito del cuore e il respiro sembrano interrotti, ma se entro due giorni si somministra il controveleno, il soggetto recupera in fretta il suo vigore naturale».

Akenon vide gli elementi incastrarsi l'uno nell'altro. Prese aria e si sforzò di mormorare: «Suppongo che Arma ti abbia messo sulle labbra il controveleno prima di dare fuoco alla pira».

Daaruk assentì, incupendosi. Prese un altro paio di sacchi.

«Arma ti ha reso un grande servizio», continuò Akenon. «Lo hai ucciso perché sapeva tutto?»

L'ex grande maestro attraversò il magazzino e uscì senza rispondere. Lo fece solo al suo ritorno. «L'ho ucciso per quello e perché era un debole. Non avrebbe retto un interrogatorio».

«Non come Crisippo».

«Crisippo ha fatto il suo dovere e si è suicidato prima di tradirmi. Era un buon servo...» Con il volto corrucciato, Daaruk aggiunse per sé: «Anche se il migliore schiavo immaginabile era Boreas. Mi sarà difficile rimpiazzarlo».

Akenon cercò di deglutire. La gola secca e tumefatta gli rispose con una fitta di dolore che per qualche secondo gli impedì di respirare. «Il primo assassinio, quello di Cleomenide», disse, dopo avere ripreso fiato «l'hai commesso perché speravi che Pitagora scegliesse te come successore?»

Daaruk lasciò cadere i sacchi e si voltò con la faccia congestionata. Era la prima volta che l'egizio lo vedeva perdere il controllo ed ebbe paura che volesse ucciderlo.

«Dovevo essere il successore di Pitagora!» La voce sussurrante di Daaruk era più rauca e intensa che mai. «È stata la sua cecità che li ha condannati tutti a morte!» Daaruk riaprì i pugni che aveva stretto e inspirò a fondo per calmarsi. Poi socchiuse gli occhi e rivolse al prigioniero un'espressione ostile che a poco a poco divenne un sogghigno malefico. «Anche tu stai per morire per colpa di Pitagora». Raccolse i sacchi da terra e uscì.

Quando tornò aveva il solito sorriso freddo e cinico. «Come vi ho dimostrato, le mie capacità sono superiori a quelle di qualsiasi grande maestro, Pitagora compreso. Ma lui non lo ha saputo vedere. Voleva nominare suo successore Cleomenide. Gliel'ho letto nello sguardo prima ancora che rendesse pubbliche le sue intenzioni». Fece un cenno di assenso, riconoscendo che Akenon aveva avuto ragione a fargli quella domanda. «Per questo ho detto ad Arma di avvelenare la coppa che sarebbe toccata a Cleomenide».

«Hai fatto tutto questo per vendicarti?»

Daaruk sbuffò sprezzante. «Guarda più lontano, Akenon». Uscì e caricò l'oro sul secondo mulo. Non ce ne stava più, doveva cominciare con il terzo. Lo avvicinò alla porta per risparmiarsi qualche passo a ogni trasporto, poi guardò il cielo. Il sole era calato, ma c'era ancora luce sufficiente.

Per vendicarmi, si disse, pensoso.

Ricordò i suoi primi anni nell'ordine. A quei tempi ammirava Pitagora e dedicava tutto il suo tempo a studiare, pieno di entusiasmo. Era stato molto più precoce di chiunque altro nell'ascendere ai vari gradi, ma quando era divenuto grande maestro aveva cominciato a nascondere le sue scoperte, consapevole che stava dando molto più di quanto riceveva. I suoi confratelli non apportavano nulla e lo stesso Pitagora non gli trasmetteva altri segreti. Li serbava per colui che sarebbe stato il suo successore.

Ho sempre pensato che sarei stato io, si disse, con lo sguardo perso nel passato. Fece uno sforzo per contenere un nuovo accesso di rabbia. La scelta di Pitagora gli era risultata umiliante, anche se tutto sommato non era stata una sorpresa. Il filosofo era consapevole che fosse lui il più capace, ma forse sapeva anche che da diverso tempo nascondeva molti dei propri progressi. E aveva capito che Daaruk non condivideva il suo modo di dirigere l'ordine. *Pitagora è sempre stato un pusillanime.*

Andavano bene la moderazione e i messaggi di cordialità quando si cercavano appoggi politici, ma il tempo di agire in quel modo era passato. La confraternita avrebbe dovuto prendere saldamente le redini dei governi su cui aveva influenza; eliminare i gruppi che le si opponevano e schiacciare ogni idea democratica; riunire gli eserciti delle varie città ed espandersi molto più in fretta, affiancando la forza militare a quella delle idee. La confraternita avrebbe potuto essere la base di un grande regno. *Il* mio *grande regno.* E se non serviva a questo, allora doveva sparire, perché non interferisse con la sua ascesa a sovrano supremo di un mondo nuovo.

No, Akenon, non è stato solo *per vendicarmi.*

Prima di prendere altri sacchi, Daaruk esaminò alcuni oggetti d'oro. *Questa mi servirà.* Prese una daga lunga e appuntita che sembrava uno strumento da cerimonia. Si avvicinò ad Akenon e gliela mostrò. «Avrai una fine lussuosa», sussurrò. Poi appoggiò l'arma a terra, perché fosse visibile al prigioniero.

L'egizio tenne il capo chino ed evitò di guardarla. Il suo respiro era lento e faticoso. «Perché non ti sei limitato ad avvelenare anche Oreste?» chiese con un filo di voce.

Daaruk rise, divertito. «Credi di poter ritardare la tua morte facendo conversazione? Entro un'ora avrò finito di caricare i muli e allora...» prese Akenon per il mento e gli alzò la faccia «... ti trapasserò il cuore con la daga».

L'egizio sostenne il suo sguardo con l'unico occhio che riusciva ad aprire.

«Sta bene», riprese Daaruk, lasciandogli il mento e andando a prendere altri sacchi. «Considererò le tue domande come l'ultima richiesta di un condannato a morte». In realtà, gli faceva piacere rispondere. La perfezione dei suoi piani gli procurava un orgoglio inconfessabile. E poi le sue parole servivano a mortificare il prigioniero.

«Una volta eliminato Cleomenide, ho visto che Pitagora aveva rivolto le sue preferenze a Oreste. In quel momento ho capito che non mi avrebbe mai nominato suo successore e ho cominciato a preparare una nuova strategia. Il tuo arrivo alla comunità ha fatto precipitare gli eventi. Prima che il cerchio mi si stringesse troppo intorno, simulai la mia morte. In questo modo fuggii dalla comunità e riuscii a recuperare il denaro della mia famiglia servendomi di Arma. E potei servirmi della villa dei miei genitori, quella in cui ci troviamo ora, senza che nessuno venisse a disturbarmi. A quel punto avevo già deciso di sopprimere tutti i possibili successori di Pitagora». Uscì con due sacchi, ma tornò di lì a poco. «Eliminare i candidati alla successione era un passo necessario per la costruzione del mio futuro, ma non volevo limitarmi a ucciderli. Volevo che morissero nel modo che a Pitagora risultasse più doloroso. Possiamo dire, per castigare la sua cecità e la sua arroganza». Si fermò per un momento di fronte ad Akenon. «Non sei d'accordo che sia stato sublime far sì che Oreste fosse ucciso dai suoi confratelli? E, ancora di più, indurre Aristomaco al suicidio con la mia lettera sugli irrazionali?»

Il prigioniero inarcò un sopracciglio.

«Guarda guarda», disse Daaruk. «Vedo che Pitagora ha mantenuto segreto il testo di quella lettera». Fece una risata secca. «Lo immaginavo. Tu non puoi capire il problema degli irrazionali, ma la loro esistenza implica che le ricerche di Pitagora sono fondate su una base errata. Con questa scoperta ho sconvolto la sua dottrina matematica, intanto che lo privavo dei suoi patetici successori». Non poté evitare un sorriso pieno di orgoglio. «Dev'essere stato difficile per lui da accettare il fatto che abbia risolto il problema del quoziente, che lui aveva giudicato insolubile. Mi sono dovuto sforzare al massimo per trovare il modo di affrontarlo servendomi del teorema dello stesso Pitagora, però ne è valsa la pena».

Quando Daaruk uscì, Akenon scosse lentamente la testa. *Vendetta e potere*, si disse, schifato. Erano quelli gli obiettivi del nemico. Ogni passo del suo piano macabro gli era servito per fare progressi in entrambi i propositi. E tutte le sue azioni avevano dato mostra tanto di superiorità quanto di disprezzo. Aveva giocato con loro. In ogni mossa aveva lasciato la propria impronta personale, dando per scontato che non sarebbero stati capaci di identificarlo.

Ricordò all'improvviso quello che aveva detto Arianna: aveva la sensazione che il loro nemico non intendesse uccidere suo padre, bensì farlo soffrire, distruggendo tutto ciò che gli importava. Aveva ragione lei. Daaruk si era impegnato a distruggere ogni elemento essenziale della vita del filosofo – i successori, il potere politico, la dottrina... – ma, in più, alla fine, voleva anche ucciderlo.

Osservò la daga d'oro, appoggiata a terra con la punta rivolta verso di lui.

Mi tiene in vita solo per potermi usare come eventuale ostaggio.

Daaruk sosteneva che non sarebbe venuto nessuno prima che finisse di caricare l'oro, ma se ne fosse stato così sicuro come voleva far credere lo avrebbe già ucciso. L'egizio guardò verso la porta. Il suo nemico stava impiegando più tempo del solito.

Avrà qualche problema?

Daaruk tornò in quel momento. «Comincio a caricare l'ultimo mulo», annunciò. Attraversò il magazzino e si fermò ad accendere una lampada a olio.

Akenon notò che la luce che entrava dall'esterno era sempre

più fioca. *Si sta facendo sera*, pensò, stupito. Non sapeva nemmeno da quanti giorni fosse lì sotto. «Hai altri complici nella confraternita?» chiese, con voce debole.

«Sarebbe una stupidaggine. Dovresti sapere ormai che posso guadagnarmi collaboratori in qualsiasi momento lo desideri».

«Come Cilone», mormorò l'egizio, pensoso. «Per mezzo di lui hai controllato le votazioni del Consiglio». Fece una pausa per prendere aria. «Sei stato tu a garantire che il Consiglio dei Mille prendesse la decisione di continuare a dare asilo agli aristocratici di Sibari, sapendo che questo avrebbe comportato la guerra contro i ribelli».

«Spero che tu sappia apprezzare i meriti di questa azione. Per assicurarmi che scoppiasse la guerra, la mossa più semplice sarebbe stata imitare i Trecento e votare a favore dell'asilo. Tuttavia, con l'astensione, ho raggiunto due obiettivi in una volta sola: primo, che ci fosse la guerra, e, secondo, poter accusare in seguito i Trecento di esserne gli unici responsabili. Alla fine dei conti, loro hanno votato a favore, mentre noi ci siamo astenuti».

Akenon assentì, riflessivo. Suo malgrado, doveva riconoscere di essere impressionato dall'abilità di Daaruk come stratega. «E sei riuscito anche a controllare i capi della ribellione sibarita. Il loro sollevamento contro gli aristocratici ti serviva per provocare la guerra tra Sibari e Crotone... e intanto a farti pagare per il tuo aiuto lasciando che ti appropriassi dell'oro di Glauco».

«Quei ribelli non sarebbero arrivati da nessuna parte, senza di me. Erano spaventati e privi di organizzazione, e non sapevano nemmeno loro cosa volevano».

«Avresti preferito che vincessero loro la guerra?»

«Credevo che ci sarebbero riusciti», ammise Daaruk, mentre prendeva un altro sacco per l'ultimo mulo. «Ho assistito alla battaglia da una collina, preparato a unirmi alla fine con il capo dei sibariti. Dovevo assicurarmi che radessero al suolo Crotone e la comunità. Il risultato è stato che i cavalli di Sibari si sono messi a ballare e i ribelli sono stati massacrati. Devo dire che è stato uno spettacolo affascinante». Abbozzò un sorriso di sufficienza. «S'intende che anche la vittoria di Crotone mi permetteva di raggiungere il mio obiettivo. Per mezzo degli ufficiali dell'esercito crotonese che controllavo, una buona parte delle truppe ormai obbediva a me, anziché a Milone. Mi sono assicurato che distruggessero Sibari con una tale brutalità che il Consiglio fosse costretto a trovare al più presto un colpevole».

«E tu glielo hai dato stamattina. Li hai convinti a far incendiare la casa di Milone», ringhiò Akenon, disgustato.

«Non mi è costata molta fatica. Non vedevano l'ora di liberarsi di ogni responsabilità. In fondo, la chiave della manipolazione è mettere gli uomini a contatto con i loro desideri più intensi». Il bagliore nello sguardo di Daaruk procurò un brivido al prigioniero. «E ti posso assicurare, mio patetico Akenon, che gli impulsi egoistici e distruttivi sono sempre i più potenti. Non occorre uno sforzo particolare per indurre un uomo a sopraffare i propri simili».

Akenon distolse lo sguardo e parlò solo dopo diversi secondi, con voce flebile ma aggressiva. «Avevi calcolato anche la possibilità che Arianna ti costringesse a scappare dal Consiglio?»

Daaruk non fece caso alla sua ostilità. «Come ti ho già detto, si tratta solo di un lieve ritardo nei miei progetti. Da un mese a questa parte tengo sempre pronta a salpare una barca, in caso di necessità. Tra qualche ora sarò in mare e in capo a due o tre giorni metterò in marcia un nuovo piano per prendere il controllo di un altro governo».

L'egizio prese fiato e tornò a fare domande. «Intendi partire da zero, o è qualcos'altro a cui hai lavorato?»

«Povero Akenon», sussurrò Daaruk. «Sei sempre stato un passo indietro rispetto a me e nei tuoi ultimi minuti di vita pretendi di conoscere il futuro. Non capisci che la tua curiosità è solo un tentativo di tenerti stretto a un mondo cui già non appartieni?» Tacque per portare fuori un altro paio di sacchi.

«Il quarto mulo è già quasi carico e ci resta poco tempo», disse al suo ritorno. Tornò alla botola e continuò con il suo lavoro, intanto che parlava. «Ti renderai conto, immagino, che la situazione crotonese è irreversibile. Può darsi che liberino i Trecento, ma non concederanno più loro il potere. Inoltre, l'esempio di questa città, che è sempre stata il nucleo della confraternita, incoraggerà altrove i gruppi politici contrari a Pitagora. Mi introdurrò in uno di quei gruppi e farò in modo che i pitagorici siano espulsi dal governo e che le comunità vengano distrutte».

Andò a sistemare gli ultimi sacchi. Quando ridiscese, si avvicinò al tavolo e cominciò a raccogliere le pergamene, piegandole o arrotolandole su cilindri di legno.

«Per tutta la Magna Grecia si diffonderà la voce di quanto è successo a Crotone», gli fece notare Akenon, con voce arrochita. «In qualsiasi città ti arresteranno appena ci metti piede».

«Non credo». Daaruk gli passò davanti con le braccia cariche di pergamene. «Semmai il contrario. Mi presenterò a volto scoperto, dichiarando che nessuno conosce Pitagora meglio di me. Dirò loro che ho visto la luce, che so che il filosofo è l'incarnazione del male». Fece una risata sgradevole. «Mi riceveranno a braccia aperte. Togliti ogni illusione, Akenon. Hai visto con quale facilità ho controllato il destino di Sibari e Crotone. Entro qualche settimana avrò preso il comando di un'altra città e prima di un anno governerò la maggior parte della Magna Grecia. Non mi scorderò di Pitagora, naturalmente. Se sopravvive alle ferite che ha riportato oggi, metterò sulle sue tracce tanti di quei sicari che nemmeno gli dei riusciranno a proteggerlo». Scomparve con le pergamene.

Akenon guardò la porta aperta. Ormai era quasi notte. Il maestro assassino tornò subito e stavolta chiuse la stanza, una volta entrato.

Akenon si voltò verso la daga d'oro puntata su di lui. Il cuore gli batteva all'impazzata. *È arrivato il momento.*

Daaruk si avvicinò a lunghi passi, ma proseguì fino a un grande specchio di bronzo. Il bordo superiore della cornice era decorato con una figura di Cerbero, il mostruoso cane con tre teste che vegliava alle porte del mondo sotterraneo. L'ex grande maestro si accostò alla superficie lucida e contemplò il proprio volto ustionato. « C'è un'altra ragione per cui ho ucciso Arma », sussurrò lentamente, con la sua gola bruciata.

L'eco di quelle parole si disperse nell'aria tesa della camera. Akenon vedeva solo la schiena del nemico, illuminata dalla lampada a olio poggiata sul tavolo. Cercò di deglutire e soffocò un gemito.

Daaruk si voltò. « Sono sicuro che le mie ustioni sono dovute al fatto che Arma era nervoso e non fece bene il suo lavoro sulla pira funebre per proteggermi dal fuoco ». Si avvicinò lentamente al prigioniero, con un'espressione tesa sul volto deforme. « E credo che fosse nervoso perché tu e Arianna lo stavate sorvegliando ».

Si chinò piano per raccogliere la daga. Passò un dito sulla punta, poi guardò Akenon. Il prigioniero era provato dalla disidratazione e dalla sofferenza. Il collo e metà della faccia erano un enorme livido coperto di sangue secco. Era patetico a vedersi, ma a Daaruk ispirava solo odio. « C'è altro che vuoi domandare, prima di morire? »

« No ».

La fermezza della risposta irritò Daaruk, che avrebbe preferito sentirsi supplicare. Si guardarono negli occhi per qualche secondo. Poi il braccio che reggeva la daga indietreggiò per infiggerla con tutte le sue forze all'altezza del cuore.

Il colpo andò a segno, provocando un dolore insopportabile.

Capitolo 134

29 luglio 510 a.C.

Nel Consiglio ci fu una grande confusione dopo la fuga di Daaruk. Arianna era ancora a terra, disarcionata dal cavallo per mano del maestro assassino, quando Cilone alzò la voce, cercando di controllare una situazione che minacciava di diventare pericolosa per lui. « Io non sapevo chi fosse l'uomo con la maschera! » proclamò, circondato da sguardi inquisitori. « Ha ingannato anche me, come tutti voi! »

Consiglieri e soldati fissavano il politico ma si scambiavano nel contempo sguardi diffidenti. Cilone sapeva che era più facile manipolarli fintanto che erano confusi, prima che prendessero delle decisioni. Alzò le braccia e si voltò a destra e a sinistra, come se stesse mostrando l'anima messa a nudo. La sua voce suonò più sincera e ferma che mai. « Vi giuro su tutti gli dei che ignoravo la sua identità e che ho agito sempre per il bene di Crotone! »

Ricorrere ai giuramenti forse era troppo semplice, ma di solito si dimostrava efficace. Continuò a profferirne a iosa mentre, senza farsi notare, osservava gli uomini distribuiti sulle gradinate, il pavimento della sala e il podio. Quando fu sicuro che tutti stessero ascoltando le sue parole, fece ricorso all'argomento più efficace. « Dobbiamo guardare più avanti. E la prima cosa da fare è sottrarre al maledetto Daaruk tutto il suo oro! »

Sentì subito che la tensione calava.

« Arianna ci ha rivelato che Daaruk tiene nascosto *oro a tonnellate*. Nel suo rifugio segreto! Ora sappiamo dove si trova quell'oro e dobbiamo evitare che lui possa recuperarlo ».

L'espressione dei consiglieri si rilassò mentre visualizzavano il concetto di oro a tonnellate. Cilone sospirò di sollievo nel constatare che il pericolo si stava allontanando. *Siano ringraziati gli dei.* In quel momento, come se un vento gelido gli si fosse infilato nella tunica, la voce energica di Arianna lo fece rabbrividire.

« Vi dirò come arrivare al luogo in cui si trovano il cadavere di Boreas e l'oro ».

Cilone si voltò verso di lei. Era al centro della sala e lo guardava con un'espressione imperscrutabile. *Vuole rivelare l'ubicazione dell'oro in cambio della mia testa*, pensò con orrore.

Tutti i presenti la guardavano. Con sorpresa di Cilone, Arianna smise di fissarlo e nei minuti successivi si limitò a spiegare dove fosse il nascondiglio di Daaruk. « Come potrete capire », aggiunse alla fine, « non me la sento di tornare in quel luogo, ma potrete trovarlo facilmente ».

Qualcuno dei consiglieri conosceva la zona in questione e aveva riconosciuto la casa di cui parlava. « È la villa che una volta apparteneva a Ipsicreonte », disse uno di loro. « Il mercante di schiavi morto lo scorso anno. So benissimo dov'è ».

Cilone non indugiò a riprendere la parola. « D'accordo, in questo caso sarai tu a guidarci. Mettiamoci in marcia ». Il politico era al tempo stesso sorpreso e compiaciuto. Arianna, intervenuta con tanta abilità contro Daaruk, ora sembrava più interessata a andarsene che a mettergli contro il Consiglio. La folla cominciava a muoversi.

Arianna ne approfittò per dirigersi verso l'uscita, agile e silenziosa come una gatta. *Non mi sono scordata di te, Cilone, ma per ora ho cose più urgenti.* Quando fu sul punto di uscire, parve scatenarsi un putiferio.

Gli uomini più vicini alle porte fecero un passo indietro, spaventati. La paura riempì l'aria e Arianna si unì d'istinto alla ritirata, guardandosi indietro con preoccupazione mentre correva.

Dalle porte aperte entrò il generale Polidamante, il più leale a Milone. Dietro di lui, come le acque di un fiume in piena, decine di opliti si riversarono nella sala. All'esterno, si scorgeva una folla irrequieta di migliaia di militari.

Tutto questo era cominciato qualche ora prima. Alcuni opliti leali al comandante in capo avevano recuperato nel bosco il corpo martoriato dell'eroe di Crotone. Avevano adornato la salma con i suoi serti di alloro e olivo e l'avevano trasportata al tempio di Eracle. Quando era corsa la voce che Milone era morto, tutti i militari fedeli si erano presentati a rendergli omaggio. Un po' alla volta si era diffusa la notizia che a organizzare la spedizione a casa del defunto generale erano stati il consigliere Cilone e un misterioso uomo con una maschera, seguiti da militari passati dalla loro parte, all'insaputa del resto dell'esercito. Un paio d'ore dopo, Polidamante proclamava che sarebbe andato al Consiglio per arrestare i colpevoli, insieme a chiunque lo volesse accompagnare. Le innumerevoli truppe raccolte intorno al tempio di Eracle gli erano andate dietro come un sol uomo.

I politici, terrorizzati alla vista dei soldati che irrompevano dalle porte, andarono a rifugiarsi all'estremità opposta della sala. I più si sforzavano di non restare in prima linea.

Polidamante fece qualche passo avanti e sguainò la spada, un presagio di morte che raggelò i presenti. «Consiglieri, consegnatemi immediatamente il responsabile della morte di Milone». Sapeva chi ci fosse dietro e anche che questi aveva l'appoggio di molti membri del Consiglio, ma non voleva mutilare l'organo di governo della città. La sua unica intenzione era sradicare l'erba cattiva e punire la mente che aveva concepito quei crimini.

I consiglieri non impiegarono molto a capire che Polidamante voleva Cilone. Gli occhi di tutti si volsero a quest'ultimo. I più vicini a lui se ne allontanarono, come per non essere contaminati dalle sue colpe.

Tra lui e il generale Polidamante si era liberato un ampio corridoio. Cilone tentò la fuga tra i membri della sua fazione, ma questi lo spinsero senza complimenti verso i soldati. Il politico guardò il generale dall'altra parte dello spazio aperto e comprese che doveva far valere prima possibile tutta la potenza della sua retorica.

« Vediamo di non restare vittime di un altro inganno », proclamò con veemenza. « Sono io il primo a deplorare la morte del glorioso Milone, dell'uomo che tanto onore ha portato alla nostra città... »

Arianna era appoggiata al muro, intenta a scivolare a poco a poco verso le porte, ma in quel momento si fermò, stringendo i pugni. La sua volontà si dibatteva tra l'urgenza imperiosa di andarsene e l'impulso di intervenire per assicurarsi che Cilone non ne uscisse indenne.

Non ebbe bisogno di fare niente. Polidamante guardò con disprezzo il politico senza prestare attenzione alle sue parole, poi si voltò verso gli opliti. « Incatenatelo e gettatelo in fondo a una cella. Che non riceva né cibo né acqua ». Si avvicinò a Cilone e gli parlò con aria di disgusto. « Domani sarai sottoposto a un giudizio militare, in cui decideremo in che modo sarai giustiziato ».

Arianna provò un'oscura soddisfazione a quelle parole.

Il politico tentò di scappare, ma venne afferrato da mani di ferro che lo trascinarono con brutalità fuori dalla sala. Cilone si divincolava, gridando prima minacce, poi suppliche. Il resto dei consiglieri si chiuse in un vile silenzio mentre la massa dei soldati circondava il loro pari e lo copriva di insulti e sputi.

Quando il tumulto si fu allontanato, gli altri politici si affrettarono a informare ossequiosi Polidamante e tutto l'esercito del tesoro favoloso che li attendeva in un rifugio non più sorvegliato. Si sollevò un movimentato dibattito per organizzare la spedizione alla ricerca dell'oro di Daaruk. Tutti se ne volevano assicurare una parte. Dopo una lunga discussione, il generale approfittò della sua attuale posizione di forza e impose che la metà dell'oro fosse destinata ai militari, un quarto ai politici e il quarto rimanente al tesoro cittadino.

Arianna intanto si era allontanata dal Consiglio e stava scendendo le scale dell'edificio. Scrutò ansiosa i volti dei militari, fino a trovare un ufficiale di cavalleria che sapeva iniziato alla confraternita. « Archelao, grazie agli dei! Ho appena saputo che la casa di Milone è stata attaccata durante l'assemblea dell'ordine. Sai se sono rimasti uccisi altri, oltre a Milone? Sai se mio padre...? » La voce le si spezzò.

Archelao le rispose senza indugio. « Tuo padre è fuggito, anche se ha subito una ferita... grave, ho paura. Gli altri sono morti quasi tutti. Tra loro, Ipocreonte ed Evandro ».

Ad Arianna venne la pelle d'oca. Per un attimo rimase pietrificata, incapace di accettare le proporzioni della tragedia. « Ho bisogno... » Era così stordita che dovette fare uno sforzo per rammentare il suo obiettivo più urgente. « Ho bisogno di un cavallo e di una spada ».

Archelao, senza fare domande, le consegnò la propria arma e il suo cavallo. Arianna prese le redini e montò con fatica, ancora sconvolta dalle notizie. Poi piantò i talloni nei fianchi dell'animale e abbandonò Crotone al galoppo.

Capitolo 135

29 luglio 510 a.C.

Il colpo gli fece perdere i sensi per alcuni istanti.

Quando riprese conoscenza nella camera sotterranea, sentì la bocca piena di sangue. Cercò di sputare, ma riusciva appena a muovere le labbra e il sangue gli colò sul mento a rivoli densi.

Cos'è successo?

Daaruk aprì gli occhi e alzò la testa. Akenon era in piedi di fronte a lui e si massaggiava il pugno con cui lo aveva colpito.

Come ha fatto a liberarsi?

L'ex grande maestro si sentì preda di gelido terrore.

L'egizio fece un passo avanti e gli diede un calcio alla bocca dello stomaco. « Sorpreso, Daaruk? » Un altro calcio, alle costole. « Le mie corde sono sciolte da ore. » Un nuovo calcio, allo stomaco. « Per la precisione da quando Arianna mi ha slegato. »

Arianna?

Daaruk lo fissò con gli occhi sgranati.

Akenon gli schiacciò la faccia con un piede. Il naso dell'assassino scricchiolò e cominciò a sanguinare. L'egizio si chinò, appoggiando le mani sulle ginocchia, mentre riprendeva fiato.

« Quando Arianna ha ucciso Boreas », disse, ansante, « la prima cosa che ha fatto è stata andare da Eritrio. Gli ha chiesto informazioni sulle tue proprietà e ha scoperto che questa villa apparteneva alla tua famiglia. Allora si è precipitata qui, nella speranza di trovarmi vivo, a dispetto di quanto le avevi detto tu ».

Daaruk si contorceva a terra, gemendo di dolore e di rabbia. Aveva il viso coperto di sangue e respirava a stento.

Akenon si alzò, provò un senso di nausea e tornò a chinare il capo. Inspirò a fondo un paio di volte e continuò, sapendo che le sue parole avrebbero fatto male al nemico quanto i suoi colpi. «Dopo avermi liberato, è corsa al Consiglio per smascherarti. Eritrio le ha detto che ti avevano visto nella sala stamattina. Ma avevamo deciso che io sarei rimasto qui.» Alzò la testa e sorrise sdegnoso vedendo l'espressione furente dell'assassino. «Sapevamo che, se ti avessimo fatto arrestare a Crotone, ci sarebbero stati militari corrotti pronti a liberarti e farti fuggire. La nostra intenzione era lasciarti scappare dal Consiglio e intrappolarti dove nessuno ti avrebbe potuto aiutare. È per questo che mi hai ritrovato qui. Se mi avessi visto in Consiglio, non saresti più tornato a questo rifugio. Al contrario, vedendo solo Arianna, hai pensato che io fossi ancora al sicuro».

Daaruk sentiva il sangue ribollirgli per l'umiliazione di essere caduto in quella trappola. Ciononostante, fece uno sforzo supremo per schiarirsi la mente. Riuscì a concentrarsi e, da terra, analizzò di nascosto il suo rivale. Il robusto egizio era molto più forte di lui. Però era ferito ed era rimasto immobilizzato per tre giorni senza mangiare né bere. *Il maledetto mi ha fatto credere che stava peggio, ma si regge in piedi a stento*, pensò, speranzoso.

La daga era a terra, a due passi. Daaruk si mosse molto lentamente per avvicinarsi e impossessarsene con uno scatto. Poi rimase immobile, concentrato sulla voce di Akenon. Da questa poteva avvertire che la mente dell'egizio era offuscata: quell'uomo era allo stremo delle forze. *Solo che anch'io sono ferito. Devo attaccarlo prima che mi colpisca di nuovo.*

Cercò gli occhi di Akenon e, quando li incrociò, canalizzò in essi tutto il suo potere nel tentativo di immobilizzarlo.

L'investigatore avvertì una forte pressione nella mente e smise di parlare. Vide che Daaruk si muoveva verso la daga d'oro senza distogliere lo sguardo. L'assassino l'afferrò e balzò verso di lui.

Akenon ringhiò a denti stretti e colpì di nuovo con un pugno il volto insanguinato dell'ex grande maestro. Subito smise di sentire la pressione nella testa. L'altro lasciò cadere la daga, urlando di dolore, e cadde all'indietro con le mani sulla faccia. Il pugno aveva moltiplicato i danni al naso già rotto. Si rannicchiò a terra, mentre Akenon riprendeva a parlare.

«Hai avuto successo per troppo tempo e questo ti porta a sottovalutare i tuoi avversari. La tua arroganza ti ha impedito oggi di capire che eri tu indietro di un passo». L'egizio si chinò a raccogliere la daga per lanciarla dall'altra parte del magazzino. «Hai fatto esattamente ciò che volevamo da te. Sai perché non ti ho assalito appena sei entrato? Avevo bisogno che mi dessi delle informazioni e so che non sarei riuscito a obbligarti. Dovevo sapere se avevi complici infiltrati nella confraternita o se avevi preparato altri piani che potessero continuare senza di te. Tu hai una capacità sovrannaturale per ottenere che gli altri ti obbediscano, ma mi è bastato stimolare la tua stupida e smisurata vanità perché mi dicessi tutto quello che volevo sapere».

Daaruk si sollevò su una mano, accecato dall'ira e dalla frustrazione ma cosciente che tutto ciò che diceva Akenon era vero. Com'era possibile che un semplice investigatore egizio – e una donna! – fossero riusciti a ingannare lui, che era all'altezza degli dei? Puntò un dito verso Akenon e parlò con un sussurro tenebroso in cui ardevano disprezzo e collera. «Egizio ripugnante, indegno anche solo di guardarmi, non osare...»

Il calcio dell'avversario gli arroventò le labbra.

Akenon proseguì in tono pungente, mentre Daaruk sputava sangue e denti. «Devo ancora ringraziarti per un'altra cosa che hai fatto per me nelle ultime ore. Indovina quale?»

Gli occhi dell'assassino erano due fessure di odio concentrato, ma la sua testa rimase bassa, umiliata, e il corpo se ne stette rigido.

Akenon si chinò su di lui e sorrise. «Mi hai risparmiato la fatica di caricare i muli».

Capitolo 136

29 luglio 510 a.C.

Arianna cavalcava per il bosco, scura in volto. La sua testa era un mulinello di pensieri ed emozioni. Aveva bisogno di calmarsi per affrontare il passo successivo, ma le notizie che aveva appena ricevuto sul conto di suo padre le avevano formato un nodo alla gola che non riusciva a sciogliere.

Da mezz'ora correva senza fermarsi alla volta della villa appartenuta ai genitori di Daaruk e ormai era quasi a destinazione. Poco prima di presentarsi in Consiglio vi si era precipitata e aveva slegato Akenon. Il piano era che l'assassino, fuggito dalla sala del Consiglio, si rifugiasse nel suo nascondiglio e che l'investigatore lo mettesse fuori combattimento. Nondimeno, Arianna temeva che, date le pessime condizioni dell'egizio, qualcosa andasse storto.

Spronò il cavallo. L'immagine di Daaruk che uccideva Akenon le si dipingeva nella mente con una nitidezza dolorosa. Se quando fosse arrivata avesse trovato il suo cadavere...

Ormai era buio. Smontò, sguainò la spada e percorse in un silenzio assoluto gli ultimi metri. Vide che la porta della camera sotterranea era chiusa. Lì vicino erano legati un cavallo e quattro muli carichi. Si avvicinò, cercando di non disturbare gli animali perché non facessero rumore, e tese le orecchie.

Daaruk ha lasciato Crotone due ore prima di me, pensò, con la testa appoggiata alla porta. C'era stato tutto il tempo perché Akenon riuscisse a strappargli le informazioni che occorrevano, per poi – si supponeva – sopraffare l'avversario.

Era trascorso un minuto e non aveva ancora udito nulla. Eppure il cavallo e i muli indicavano che Daaruk fosse ancora lì. *Cosa sarà successo?*, si domandò angustiata.

Spalancò la porta e si gettò all'interno con la spada protesa.

C'erano due uomini a terra. Sembrava che stessero lottando. Arianna provò una sferzata di panico, ma poi comprese che Daaruk era disteso sul pavimento e Akenon era seduto su di lui, intento a legargli le mani dietro la schiena.

Il sollievo nel vedere che l'egizio stava bene cedette il passo a un'ondata di furia. Arianna corse verso Daaruk e cominciò a prenderlo a calci. «Maledetto traditore, assassino, miserabile! Hai ucciso tutti i tuoi confratelli!» Si voltò verso Akenon, che si era lasciato cadere sulla sedia. «Hanno incendiato la casa di Milone!» continuò, con il viso rigato di lacrime. «Hanno ucciso quasi tutti. Mio padre è ferito, potrebbe essere morto».

L'egizio fece un debole cenno di assenso, appena capace di restare cosciente. «Lo so. Me lo ha detto».

Arianna si girò di nuovo. Ora Daaruk era disteso sulla schiena, con la faccia rivolta verso di lei. La guardava con odio, ma nel suo sguardo fermo c'era una sorta di compiacimento che un po' alla volta si estese a tutto il viso.

«Credevi di scappare, quando mi hai preso il cavallo nella sala del Consiglio?» gli gridò Arianna, cercando di togliergli quell'aria soddisfatta. «Sei stato così stupido da non capire che mi ero messa di spalle proprio perché tu potessi saltare in groppa al cavallo e te ne andassi. L'unica cosa che sei riuscito a fare è stato allontanarti dagli uomini che ti potevano aiutare».

Il volto ustionato e sanguinolento di Daaruk si trasformò in una smorfia di rancore e ostilità, un'alterazione fugace come un lampo. Poi il suo sguardo recuperò la serenità e un sorriso cinico e provocatore gli si disegnò sulle labbra.

Arianna si sentiva infiammare. Strinse i pugni, mentre il volto le diventava una maschera di pietra. In quel momento si accorse che stringeva ancora la spada nella mano destra. La osservò per un istante, poi guardò di nuovo Daaruk.

Il maestro assassino si voltò verso di lei emettendo un suono indistinto per lo sforzo. Arianna gli avvicinò lentamente la spada al collo. Lui la guardò con aria di sfida. La giovane gli appoggiò la punta della lama alla gola ed esercitò una lieve pressione, graffiandogli la pelle.

D'un tratto, Daaruk scoppiò in una lunga risata, dura e gracchiante, nata dal profondo della sua anima contorta. Il suo corpo fu scosso da piccole convulsioni e il filo della lama gli fece uscire dal collo un rivoletto di sangue. In fondo alle sue risa si sentiva un'eco di vittoria.

Arianna serrò con forza l'impugnatura della spada, con i muscoli del braccio tesi al massimo. Senza spostare la lama, si chinò verso di lui. «Lo so», disse, annuendo.

L'espressione di Daaruk si congelò in un allarme improvviso per ciò che leggeva negli occhi di ghiaccio della figlia di Pitagora. Lei distolse lo sguardo e si alzò, lentamente.

Le sue parole successive cancellarono l'arroganza dal viso di Daaruk. «La morte sarebbe troppo rapida per te».

Capitolo 137

3 agosto 510 a.C.

Tre giorni dopo l'assalto alla villa di Milone, Pitagora giunse privo di conoscenza a Metaponto.

Durante il tragitto, la barca che lo trasportava aveva toccato terra in una sola occasione, vicino a Sibari. Si erano limitati a riempire un recipiente di acqua dolce e fasciare la ferita del filosofo, sostituendo il primo bendaggio di fortuna, improvvisato con un brandello di tunica. A quel punto, l'emorragia si era fermata, ma Pitagora aveva bisogno di un riposo che i fuggitivi non si potevano permettere. Avevano ripreso subito il mare e le sue condizioni avevano continuato a peggiorare a ogni ora di navigazione.

Quando infine attraccarono in un luogo sicuro, due membri dell'equipaggio della barca lo trasportarono più in fretta che poterono alla comunità di Metaponto, per affidarlo alle cure di Tirseno, medico di fama che ne faceva parte.

Questi esaminò la ferita del maestro e il suo viso si fece livido e inerte. «Ha perso molto sangue», disse, scuotendo il capo. «Non so se riprenderà conoscenza». Tastò con cautela il contorno della ferita. «Dobbiamo evitare che si infetti, ma l'articolazione è fratturata. Anche se gli salvassimo la vita, non credo che potrà ancora camminare».

Pitagora si svegliò tre giorni dopo l'arrivo e si guardò intorno sconcertato. Giaceva nell'unico letto di una piccola stanza. Sulla parete di fronte al suo giaciglio c'era una finestra dalle imposte chiuse che manteneva la camera in penombra. Malgrado ciò, all'interno regnava un caldo soffocante che lo faceva sudare. A coprire il suo corpo nudo c'era solo una fascia di tela intorno alla vita. Una complessa struttura di legno che andava dalla coscia alla spalla lo manteneva a faccia in su, impedendogli di cambiare posizione o piegarsi in avanti.

Un po' per volta gli tornarono alla mente le immagini degli ultimi giorni, ricordi di quanto aveva percepito mentre era semicosciente. Si trovava nella comunità di Metaponto, un collettivo di poco più di cento membri, con a capo il grande maestro Astilo.

Astilo...

Il dolore gli distorse il volto e gli fece chiudere le palpebre. Il grande maestro Astilo, capo dei pitagorici di Metaponto, era uno degli uomini caduti nell'attacco alla villa di Milone.

« Ti fa male? »

Pitagora riaprì gli occhi e vide davanti a sé un uomo basso che lo guardava preoccupato. Era Tirseno, il medico della comunità. Il filosofo lo aveva incontrato varie volte in occasione dei suoi viaggi e rammentò vagamente che era stato lui a curarlo negli ultimi giorni. Tirseno era sui sessant'anni, ma aveva ancora tutti i suoi capelli neri e ricci e non se ne vedeva uno bianco. Gli occhietti vivaci erano fissi su Pitagora.

« No, non mi fa male », rispose questi. « Stavo solo ripensando all'attacco. Mi sono ricordato che Astilo è uno dei caduti ».

Tirseno sospirò e si sedette su uno sgabello accanto al letto. « Tutto ciò che è successo è... » Fece un gesto con le mani, indicando che non era capace di esprimerlo a parole. Poi sospirò di nuovo e riprese. « Per fortuna tu sei sopravvissuto. Hai un fisico prodigioso. Il tuo corpo si ristabilisce come se avessi la metà dei tuoi anni ».

« È sempre stato così ». Il filosofo fece un sorriso triste. « Ma gli ultimi mesi mi hanno fatto diventare un vecchio ».

«Sono stati tempi duri. Grazie agli dei, i colpevoli non potranno fare più danni».

Pitagora inarcò le sopracciglia e fece per sollevarsi. «Come...?» Una fitta di dolore gli fece lasciare la domanda a metà.

«Non cercare di alzarti». Tirseno gli appoggiò una mano ferma e calda su una spalla e attese che il dolore gli scomparisse dal viso. «L'ultima cosa che sai è che vi hanno attaccati...» Tornò con la mente alle informazioni giunte da poco da Crotone e proseguì. «Cilone si è presentato al Consiglio dei Mille insieme all'uomo con la maschera. Con l'appoggio del Consiglio e di molti suoi membri corrotti, hanno fatto arrestare i Trecento e organizzato la spedizione contro di voi».

«Quanti dei maestri sono sopravvissuti?» chiese Pitagora, temendo la risposta.

«Solo voi sette che siete arrivati alla spiaggia. Tutti gli altri sono stati uccisi».

Il filosofo soffocò un singhiozzo. Strinse le palpebre e sollevò una mano perché Tirseno gli concedesse un momento. Aveva immaginato che Milone, Evandro e gli altri potessero essere morti, ma la conferma non era meno dolorosa.

«Dopo l'assalto, sono tornati al Consiglio», proseguì il medico. «Sembra che il passo successivo dovesse essere radere al suolo la comunità di Crotone, ma l'apparizione di tua figlia ha sconvolto i loro piani».

«Arianna!» esclamò Pitagora, sorpreso e speranzoso. Di lei non sapeva più nulla da quando era scomparsa, due giorni prima dell'assemblea a casa di Milone.

«Sì, tua figlia Arianna ha fatto irruzione a cavallo nel pieno del Consiglio. Dicono che sia stata spettacolare. Ha parlato con tali fermezza e convinzione che era come se ci fossi stato tu stesso in groppa a quel cavallo, lottando con la forza delle parole mentre lo faceva girare in tondo per evitare che le guardie l'arrestassero». Tirseno sorrise, vedendo che Pitagora si animava a quelle parole. «In un modo o nell'altro, è riuscita a scoprire chi fosse il nemico che vi perseguitava da tempo e che si nascondeva dietro la maschera».

Gli occhi del filosofo, impressionato e orgoglioso per quanto aveva fatto sua figlia, e curioso di conoscere l'identità dell'incappucciato, si spalancarono ancora di più. «Chi era?» riuscì a domandare.

«Uno dei tuoi grandi maestri, Daaruk».

Daaruk? Lo stupore lasciò Pitagora senza parole. Guardò verso il soffitto. Poi si accigliò. *Com'è possibile?* Scosse la testa. Lui stesso lo aveva visto steso a terra, schiumante dalla bocca, immobile, esanime. Persino Akenon aveva detto che il cuore del grande maestro aveva smesso di battere. *E poi il suo schiavo Arma ne ha bruciato il corpo su una pira funebre.*

Sembrava incredibile... ma un po' per volta Pitagora arrivò a convincersi che per qualche ragione sapeva che era vero. Anche se non sapeva come Daaruk potesse avere simulato tutto quanto, ora acquistavano senso gli indizi che aveva lasciato, burlandosi di loro.

Daaruk, Daaruk... Il filosofo scosse la testa, rivivendo le impressioni che il suo discepolo gli aveva dato nel corso degli anni. Da giovane iniziato imparava con una rapidità spaventosa, combinando in modo molto originale ciò che apprendeva con le proprie idee. Poi era sembrato in fase di ristagno, come se avesse raggiunto il suo limite, ma Pitagora non se n'era sorpreso: era accaduto anche con altri brillanti maestri. *Ma Daaruk non aveva raggiunto il limite, lo ha solo simulato.*

Pitagora aveva capito che soffriva di una certa vanità e che non era generoso quanto i suoi confratelli. Per questo non lo avrebbe mai nominato successore. Nondimeno, non avrebbe mai neppure sospettato che i suoi limiti fossero falsi e che in realtà avesse fatto progressi tali da superare anche il proprio maestro. *Il metodo di approssimazione del quoziente con l'impiego del mio teorema, la maniera di calcolare le radici, la scoperta degli irrazionali...* Quali altri segreti dell'universo poteva avere sviscerato quel prodigioso demonio?

All'improvviso, il filosofo avvertì che la stanza si oscurava come se il sole si fosse spento. Sentì accanto a sé la voce allarmata di Tirseno. Avrebbe voluto rispondere, ma non ne fu in grado.

Aveva perso di nuovo conoscenza.

La perdita di sensi di Pitagora era stata causata dalle sue condizioni di estrema debolezza. Anche se poi si riprese senza problemi, Tirseno decise che non gli avrebbe dato altre notizie finché non avesse recuperato un po' di forze.

Il giorno dopo, tuttavia, scoprì che il maestro dei maestri non aveva voglia di aspettare.

« Raccontami cos'è successo dopo », disse, appena il medico entrò nella sua stanza. « Prometto di non svenire », aggiunse, in tono scherzoso.

Tirseno lo osservò, prima di rispondere. Il filosofo stava facendo uno sforzo per sorridere, ma riusciva appena a curvare le labbra. *Cerca di mostrare una forza che non ha*, pensò il medico. Sospirò e si sedette sullo stesso sgabello del giorno prima.

« Daaruk è riuscito a impadronirsi del cavallo di tua figlia e a fuggire dal Consiglio. Da quel momento in avanti, nessuno lo ha più visto. Si suppone che lo stiano cercando per arrestarlo, ma da tutte le informazioni risulta che i consiglieri non siano più interessati a vederlo apparire. Sono più che soddisfatti di avere trovato il rifugio di Daaruk grazie alle indicazioni di Arianna, che vi ha passato alcuni giorni imprigionata. Nel nascondiglio hanno trovato il cadavere di un gigante di nome Boreas, che viene descritto di aspetto così terribile che alcuni non osavano avvicinarglisi nemmeno dopo morto. E, oltre a lui, una quantità di oro tale che ogni consigliere si è intascato diverse migliaia di dracme ».

Pitagora chiuse gli occhi per un istante. Cercava di apparire tranquillo, dimodoché Tirseno continuasse con il suo racconto, ma il cuore gli batteva così forte da fargli dolere il petto. *La mia piccola è stata rinchiusa con Boreas, quel mostro brutale!* Si sforzò di sciogliere il nodo alla bocca dello stomaco e di riempire d'aria i polmoni. Almeno sapeva che il gigante era morto e la figlia era scappata. «Dov'è Arianna?» domandò, con un filo di voce rauca.

Tirseno cambiò posizione sullo sgabello, a disagio. Era evidente che Pitagora era molto affaticato, ma non poteva andarsene senza rispondere a quella domanda. Osservò preoccupato il maestro. La sua respirazione era affannosa e il sudore gli appiccicava al collo la lunga barba bianca. «Le ultime notizie sul suo conto», disse il medico con voce calma, «sono che è sparita dopo l'intervento in cui ha smascherato Daaruk».

Dalla sua voce, Pitagora avvertì che Tirseno gli nascondeva qualcosa. «Dimmi tutto quello che sai», richiese, a voce bassa ma con fermezza.

Il medico vide su di sé lo sguardo perentorio del maestro e abbassò gli occhi. Rimase in silenzio per un momento, con la bocca serrata, prima di rispondere. «Abbiamo saputo che ha chiesto la spada e il cavallo a un militare iniziato. È uscita cavalcando da Crotone e nessuno l'ha più vista».

Pitagora chiuse gli occhi senza mutare espressione. Fece un lieve gesto con una mano e Tirseno lo lasciò solo. Quando sentì chiudere la porta, il filosofo rabbrividì. *Arianna è partita all'inseguimento di Daaruk. Si sono affrontati...*

Quel pomeriggio il medico tornò a far visita a Pitagora. Il maestro gli chiese subito di Arianna e la risposta fu che non c'erano novità.

«D'accordo», si rassegnò. «Raccontami cos'altro è successo a Crotone».

Tirseno lo vide più tranquillo che al mattino. Si mise sullo sgabello e si dispose a fare un po' di conversazione. «Dopo la fuga di Daaruk, il generale Polidamante ha fatto irruzione nel Consiglio con mezzo esercito, per vendicare la morte di Milone».

Pitagora si accigliò, temendo che si fosse verificato un nuovo massacro.

«Polidamante è stato pragmatico: ha arrestato Cilone e ha ordinato la liberazione dei Trecento. Nondimeno, i pitagorici non hanno ripreso il potere. Dopo che il generale se n'è andato, i consiglieri hanno deliberato che nessuno governi più al di sopra di loro».

«Qual è stata la reazione dei Trecento?»

«Si sono rivolti a Polidamante. Tuttavia, forse perché non fa parte della confraternita, questi ha risposto che avrebbe garantito la loro incolumità, ma non si sarebbe intromesso nelle questioni politiche. Ora Crotone è governata da un Consiglio dei Settecento».

Pitagora rifletté per qualche istante. «È una decisione saggia», disse, con sorpresa di Tirseno. «Se fosse andata diversamente, in breve tempo tutto si sarebbe risolto in una tragedia». Fece una pausa. «Cilone ha sempre voluto togliere di mezzo i Trecento. Chi avrebbe mai detto che il giorno del suo maggiore successo sarebbe stato anche quello della sua più grande sconfitta? A proposito, che ne è stato di lui?»

«Il giorno dopo il suo arresto, è stato giudicato e impiccato. Poi il suo corpo è stato inchiodato a una tavola di legno ed esposto alla porta settentrionale della città perché lo vedessero tutti. In capo a due giorni, le bestie ne hanno lasciato solo le ossa».

Pitagora osservò con gravità l'immagine mentale del suo avversario politico inchiodato alle porte di Crotone. *Con questa esecuzione, la città ha espiato le proprie colpe*, pensò con amarezza. Più della metà dei Settecento aveva sostenuto Cilone e ne condivideva le responsabilità nella maggior parte dei suoi crimini. Tuttavia, anziché pagare per questo, avevano ripulito il loro nome e le loro coscienze lasciando che fosse condannato a morte il loro capo.

Tirseno guardò il volto corrucciato del maestro. «Per oggi basta, Pitagora». Gli pose una mano sulla fronte. La pelle era sudata, ma non si sentiva febbre. «Devi riposare. Continueremo a parlarne domani».

Il filosofo annuì, senza la forza di rispondere a voce.

Quando il medico fu uscito dalla stanza, si dedicò alle riflessioni sul futuro della confraternita. L'allontanamento dal Consiglio di Crotone, cuore politico dell'ordine, avrebbe incoraggiato i loro rivali di altre città. Avrebbero continuato a controllare una decina di governi, ma in certi luoghi l'equilibrio si sarebbe fatto precario. *E anche nelle città in cui stiamo meglio, la situazione si potrebbe rovesciare con facilità*, si disse, rammentando l'amara esperienza rappresentata da Crotone.

Riempì i polmoni dell'aria calda della stanza e la lasciò uscire lentamente. Dava per scontato che nei mesi successivi si sarebbe creata una marea di movimenti contro i governi dell'intera Magna Grecia. I gruppi oppositori e persino il popolo avrebbero cercato di imitare ciò che era accaduto a Crotone. E si sarebbero ispirati anche alla ribellione di massa contro gli aristocratici di Sibari, alla caduta del re Tarquinio a Roma e del tiranno Ippia ad Atene.

Crotone, Sibari, Roma, Atene... Erano tempi di cambiamento e occorreva muoversi seguendo la corrente oppure rischiare di perdere molte vite per restare aggrappati al potere. *La mia priorità dev'essere di evitare altre morti.* Anche se fosse stato costretto a farlo da quel letto, doveva pianificare e dirigere una ritirata con ordine da tutti i governi in cui si rischiasse di trovare un'opposizione violenta.

Sul volto rimase un'espressione grave mentre prendeva le decisioni più difficili della sua vita. Era cosciente, con un dolore profondo, che doveva seppellire il suo sogno di creare una comunità di nazioni. I suoi princìpi di armonia, sviluppo e giustizia forse non avrebbero mai retto il destino dei popoli.

*

Quando si trovava ormai da una settimana a Metaponto, Pitagora ricevette una grande sorpresa.

Fu di sera, quasi di notte. La temperatura nella stanza aveva appena cominciato a scendere. Il filosofo stava meditando con lo sguardo perso nel vuoto quando la porta si aprì ed entrò Tirseno. Nella mano aveva un documento chiuso.

« È arrivato un messaggio per te », disse in tono serio. Esitò un momento prima di avvicinarsi. « Te lo manda il Consiglio di Crotone ».

Pitagora allungò una mano in silenzio e lo prese. Il medico uscì, chiudendo la porta. Una volta solo, il filosofo osservò il documento e provò un brivido. Gli era appena tornata in mente la pergamena che aveva ricevuto Aristomaco prima di suicidarsi. Ruppe il sigillo ed esaminò rapidamente il messaggio su entrambi i lati. Non c'era nessun pentacolo rovesciato, solo il sigillo del Consiglio. *Un Consiglio macchiato da sangue innocente*, pensò, con un senso di rifiuto.

Cominciò la lettura, temendo di trovare butte notizie riguardanti la comunità di Crotone. Scoprì invece che i Settecento si erano accontentati di avere preso il potere. Non solo non intendevano agire contro la comunità, ma lo invitavano a tornare in città. A condizione, questo sì, che si occupasse solo di questioni che non avessero a che fare con la politica.

Pitagora lasciò cadere il documento sul petto e appoggiò la testa sul cuscino. *Non intendo tornare*, si disse al momento.

Almeno, non come capo della comunità. Era disgustato non solo dal comportamento dei politici, ma anche da quello dei militari e del popolo, che non avevano affrontato certi dirigenti che si abbandonavano a simili abusi e ingiustizie. *I seicento discepoli della comunità di Crotone meritano qualcuno che li guidi con vigore, chiarezza e decisione.*

Riprese il documento e lo mise sul pavimento, di fianco al

letto. *Dirò a Tirseno di scrivere un messaggio per Teano.* Avrebbe chiesto a sua moglie, anziché di raggiungerlo, di restare a Crotone e assumere il controllo della comunità. *Io devo pensare ad altre questioni.* Doveva dirigere il ripiego politico della confraternita da tutta la Magna Grecia e questo gli avrebbe richiesto mesi, se non addirittura anni. E, su un altro versante, doveva rendere nota l'esistenza degli irrazionali. Daaruk se n'era servito per indurre Aristomaco al suicidio, ma non aveva reso pubblica la sua scoperta. Probabilmente la sua intenzione era stata di divulgarla più avanti e, di certo, nel modo che risultasse più dannoso per la confraternita.

Dove sarà Daaruk?

L'ultima notizia di cui si fosse a conoscenza era quella della sua fuga dal Consiglio. E il fatto che Arianna lo avesse inseguito. Scosse la testa, pensando alla figlia: non sapeva niente neppure di lei. *Chissà se è sana e salva nella comunità di Crotone e in qualche momento Tirseno verrà a darmi la notizia.*

Quanto a Daaruk, era scomparso ormai da dieci giorni. Poteva essere da qualsiasi parte, ormai. Forse aveva ripreso a tramare a danno della confraternita e in quello stesso momento stava inviando lettere e ogni comunità, rivelando l'esistenza degli irrazionali.

Pitagora scosse il capo. *Che sia per mezzo di Daaruk o di qualche altro scopritore, l'abisso degli irrazionali diverrà visibile.* L'ex grande maestro aveva precorso il tempo, scoprendo l'esistenza di qualcosa che ancora nessuno aveva visto. Grazie a lui, ora Pitagora vedeva con chiarezza che i suoi studi matematici e la sua concezione del mondo si scontravano in modo inevitabile con la pietra – anzi, con la montagna – degli irrazionali. *Bisogna affrontarli, ma con la massima cautela, in modo da non distruggere tutto ciò cui siamo arrivati sinora.*

Il proposito di Pitagora non era di seppellire la scoperta. La sua volontà era di trasmettere il nuovo concetto a una cerchia ridotta di grandi maestri. Poi, con loro, avrebbe studiato la maniera di diffondere il concetto presso il resto dei pitagorici nel modo meno traumatico possibile.

Guardò verso la piccola finestra della stanza. Le imposte erano aperte, ma dal letto poteva vedere solo il cielo, un amaranto grigiastro di nubi che aveva fatto cadere prematuramente la notte. Tornò a immergersi nelle proprie riflessioni.

Ci sono altri problemi che gravano sul futuro dell'ordine. La sostenibilità economica della confraternita era in crisi a seguito della perdita del potere politico, della prevedibile diminuzione di nuove adesioni e persino della possibile diserzione di alcuni discepoli.

Ricordò tutto l'oro che era passato dalle mani di Glauco a quelle di Daaruk. *Solo con una frazione di quel tesoro la confraternita non avrebbe problemi a sopravvivere.*

La porta si aprì, cogliendo il filosofo di sorpresa. Girò la testa per vedere chi stesse entrando. E il suo viso si illuminò di un sorriso incredulo.

Capitolo 138

8 agosto 510 a.C.

«Padre!» Arianna corse verso Pitagora, si inginocchiò accanto al letto e gli appoggiò il viso sul petto.

«Arianna», sussurrò lui, accarezzandole i capelli. Poi la strinse con forza e pianse in silenzio con lei.

Akenon rimase sulla soglia, rispettando l'intimità fra padre e figlia. Il medico Tirseno aveva appena detto loro che la ferita di Pitagora stava guarendo, ma l'egizio aveva temuto che fosse una bugia pietosa per tranquillizzare Arianna. *Grazie agli dei*, pensò, mentre guardava il filosofo: lo trovava più magro e pallido, ma non sembrava il moribondo che aveva avuto paura di trovare.

Era curiosa la struttura di listelli di legno legati con fasce di tela che gli percorreva il lato sinistro del corpo, dalle ginocchia a metà del torso, per obbligarlo a mantenersi rigido. Una striscia di lino gli copriva la ferita all'anca. Senza farsi notare, Akenon annusò l'aria nella stanza: non percepì tracce dell'odore dolciastro tipico della putrefazione della carne. Tenuto conto che erano passati dieci giorni da quando il maestro era rimasto ferito, era un ottimo segno.

Arianna alzò la testa e rise, un po' in imbarazzo per avere pianto come una bambina. Strinse le mani del padre e rimase a guardarlo senza dire niente.

Poi Pitagora si voltò verso l'egizio. «Amico mio, sono lieto di rivederti».

Akenon si fece avanti, sorridente, e strinse una mano al filosofo. Arianna stava ancora trattenendo l'altra.

«Immagino che quella sia opera di Daaruk», disse Pitagora, indicando la faccia dell'egizio. Il gonfiore dello zigomo destro era ancora visibile, il naso era storto e sul collo si vedeva una striscia marrone irregolare.

«Daaruk e Boreas», rispose Akenon, «mi hanno catturato e stavano per uccidermi. Ma, grazie ad Arianna, non ci dobbiamo più preoccupare di nessuno dei due».

Pitagora chiese loro di raccontare l'accaduto. Gli spiegarono che l'egizio aveva scoperto l'identità dell'incappucciato grazie al suo anello e come Arianna fosse riuscito a liberarsi di Boreas, trovare la villa dov'era rinchiuso Akenon e slegarlo, per poi correre al Consiglio e smascherare Daaruk. La giovane non poté evitare una smorfia divertita ricordando come l'ex grande maestro fosse fuggito dalla sala credendo di rifugiarsi al sicuro, quando invece stava andandosi a mettere in trappola.

«Quando Eritrio mi ha indicato dove si trovava la villa della famiglia di Daaruk», raccontò Arianna, «gli ho chiesto di non rivelarlo a nessun altro. Così mi sono assicurata che nessuno interferisse con i nostri piani. Questo ci ha permesso di passare la notte in quel posto, perché Akenon non era in buone condizioni e non poteva cavalcare. Il mattino dopo, prima dell'alba, sono andata al porto per cercare una nave con cui lasciare Crotone. E in questa occasione ho conosciuto Eshdek». Arianna guardò l'egizio per passargli il testimone del racconto.

«Eshdek è un amico di Cartagine, persona di assoluta fiducia. È un potente commerciante per il quale svolgo la maggior parte dei miei lavori. Per caso si trovava a Crotone, dal momento che la sua destinazione era Sibari. Ma, dopo avere saputo tutto ciò che è successo laggiù, ha deciso di vendere i suoi prodotti a Crotone. Per fortuna, Arianna ricordava che le avevo parlato di lui, così lo ha avvicinato. Eshdek si è offerto immediatamente di aiutarci. Ci ha raccolti su una spiaggia e ci ha tenuti nascosti su una nave per diversi giorni. Nel frattempo, i suoi uomini ci andavano informando di tutto ciò che succedeva. Quando siamo venuti a sapere che eri a Metaponto, siamo salpati con la nave di Eshdek».

«Che ne avete fatto di Daaruk?» volle sapere Pitagora, guardando la figlia.

«È incatenato a un remo sulla nave di Eshdek. Non possiamo consegnarlo alla giustizia di Crotone, perché laggiù ha corrotto troppa gente, che potrebbe essere disposta ad aiutarlo nella speranza di ricevere altro oro». Arianna esitò un istante prima di concludere. «E abbiamo dovuto tenere presente il potere di seduzione del suo sguardo e della sua voce ipnotica».

Pitagora annuì, scuro in volto.

Arianna si alzò in silenzio e si avvicinò alla finestra. Mentre guardava le ombre della sera, provò una malinconia profonda. Aveva sempre sentito di non trovarsi al suo posto, nella confraternita, ma ora aveva la dolorosa certezza che, a causa di Cilone e di Daaruk, la distanza che la separava dall'ordine pitagorico era divenuta incolmabile. Suo padre le avrebbe sempre voluto bene, ma non avrebbe mai potuto approvare alcuni dei sentimenti oscuri che albergavano in lei e ne facevano parte al pari degli altri elementi della sua personalità.

Pitagora la guardò con tristezza. Poi si rivolse ad Akenon. «Tornerai a Cartagine?»

L'egizio rispose affermativamente, ma Arianna non fece attenzione alle sue parole. Stava pensando al secondo giorno che avevano passato nascosti sulla nave di Eshdek. Mentre cambiava le bende al viso di Akenon, uno dei marinai si era presentato con la notizia dell'esecuzione di Cilone. «Il suo corpo è esposto alla porta settentrionale della città».

In quel momento Arianna aveva sentito un bisogno impellente di vedere il cadavere. Scesa la sera, aveva nascosto il viso sotto un cappuccio e aveva lasciato la nave. Non aveva avvisato Akenon perché sapeva che avrebbe cercato di impedirglielo.

Di fronte al corpo del politico, era rimasta un po' delusa alla vista di quel visto gonfio e deformato, appena riconoscibile. Ma era rimasta lo stesso mezz'ora, immobile, a osservarlo, indagando nei propri sentimenti. In quanto figlia di Pitagora, si sentiva in obbligo di provare perdono o compassione, ma non era stato così. Ricordava che era stato Cilone a dare ordine che fosse rapita e violentata, a dirigere l'attacco a casa di Milone, a dedicare la propria vita alla distruzione di suo padre e dei suoi seguaci... E tutto questo le faceva provare un rabbioso senso di libertà, cui seguiva subito una sensazione di vuoto.

Due giorni dopo, Arianna e Akenon lasciarono la piccola comunità di Metaponto. Avevano passato la maggior parte del tempo in compagnia di Pitagora, la cui guarigione continuava a essere buona, grazie alle cure di Tirseno.

I quasi mille chilogrammi d'oro della villa di Daaruk, nascosti nella stiva della nave di Eshdek, erano stati divisi tra Arianna e Akenon. Prima di andarsene da Metaponto, la giovane aveva offerto a suo padre praticamente tutta la sua parte e l'egizio gli aveva ceduto metà della propria. Pitagora si ritrovava a sorpresa con oltre settecento chilogrammi d'oro, all'incirca quattro milioni di dracme. *Questo coprirà le spese di tutte le comunità per diversi anni*, aveva considerato Arianna.

In pochi minuti sarebbero giunti al luogo in cui aveva attraccato la nave di Eshdek. Da quando si erano messi in marcia non si erano scambiati una parola. Arianna osservò il viso di Akenon e pensò di dirgli qualcosa, ma non lo fece. Era evidente che i pensieri dell'egizio lo portavano molto lontano da lì. *Ha in mente Cartagine. Deve vedere il suo ritorno laggiù come una liberazione, dopo tutto quello che ha passato da queste parti.*

Guardò di nuovo davanti a sé. Prima di cadere nelle mani di Daaruk e Boreas, si sentiva incapace di avere una relazione. Tuttavia, dopo avere affrontato il gigante, si accorgeva che qualcosa era cambiato. Continuavano a procurarle apprensione i rischi emotivi di esporsi a qualcuno in modo così intimo, ma erano spariti il blocco e i timori insuperabili. Non c'era più la barriera di un trauma fra lei e Akenon.

Ma non gli devo dire che sono incinta. Se lo avesse fatto, si sarebbe sentito obbligato a prendersi cura di lei. E in quel modo lei non avrebbe mai conosciuto i suoi veri sentimenti.

Le ultime settimane erano state così turbolente e tragiche che tutto il resto era passato in secondo piano. Tuttavia, da qualche giorno a quella parte avevano avuto qualche occasione di parlare con più calma. *Akenon non ha fatto una sola menzione ai nostri rapporti.* E non solo questo, ma lo aveva sentito varie volte accennare a Eshdek che aveva molta voglia di tornare a Cartagine.

Arianna cercò di pensare ad altro e tornò con la mente al congedo da suo padre. Le si inumidirono subito gli occhi. Strinse i denti per non mettersi a piangere, ma sentì una lacrima traditrice che le scivolava piano lungo il viso. Nella stanza di Pitagora, dopo avergli dato un ultimo bacio, si era allontanata da lui, andando alla porta. In quel momento, le era venuta l'idea che il volto di suo padre, ora che lei era di spalle, stesse mostrando ciò che davvero provava nei suoi confronti. Non poteva essere che tristezza e condanna, dato che l'atteggiamento di lei nei confronti dei nemici, pieno di rancore e vendetta, era contrario all'insegnamento morale di Pitagora. Era giunta alla soglia abbattuta e in quell'istante aveva provato l'impulso irresistibile di voltarsi. Meritava la disapprovazione che gli avrebbe letto in viso, il castigo di vedere con chiarezza la delusione del padre. Si era girata di scatto per sorprenderlo. Incorniciati dai maestosi capelli bianchi, i tratti di quell'uomo serio, potente e venerato trasmettevano la stessa espressione dei suoi occhi dorati.

La tenerezza di un padre che vuole bene a sua figlia.

Capitolo 139

12 agosto 510 a.C.

Akenon era appoggiato alla murata con entrambe le mani, soddisfatto per non avere ancora sofferto di mal di mare da quando avevano lasciato Metaponto, due giorni prima. Navigare poteva persino diventare sopportabile, quando il mare era calmo e non si perdeva di vista la costa.

Eshdek gli aveva detto che i pirati erano piuttosto attivi e per questa ragione viaggiavano scortati da una nave militare cartaginese, una trireme lunga e stilizzata. L'egizio ne stava ammirando l'imponente polena rivestita di bronzo e gli occhi enormi e feroci dipinti su ogni lato della prua: si diceva che servissero perché la nave potesse *vedere* e per incutere timore ai nemici. Akenon si immaginò la trireme venire alla carica contro di loro, con i suoi oltre cento rematori che la facevano volare sull'acqua, e dovette ammettere che era una visione terribile.

La nave su cui viaggiavano era invece un mercantile largo e panciuto con un ponte di trenta metri e una fila di dodici rematori su ogni lato. La brezza che soffiava era sufficiente per gonfiare l'enorme vela quadrata, sicché gli uomini ai remi stavano riposando.

Eshdek apparve al fianco dell'investigatore. Indossava una tunica corta con un'ampia cintura di cuoio e sfoggiava un abituale sorriso beffardo. « Sarai uno degli uomini più ricchi di Cartagine. Hai pensato a cosa farai di tanto oro? »

Akenon guardò l'orizzonte prima di rispondere. « Mi comprerò una vita tranquilla ».

Eshdek pensò di fare una battuta, ma qualcosa nella voce dell'amico lo dissuase. Sondò il suo viso malconcio e rimase con lui alla murata, a osservare il mare in silenzio. Dopo un po', si voltò di nuovo verso Akenon. «Sarà meglio che scendiate nella stiva». Indicò la costa con un cenno del capo. «Tra mezz'ora saremmo a Crotone.»

L'egizio assentì. La scelta più prudente era continuare a nascondersi, fino a quando gli uomini del cartaginese non avessero verificato quale fosse la situazione a terra. Sei giorni prima, quando avevano fatto rotta per Metaponto, Crotone era tranquilla; ma in ogni caso era meglio non fidarsi di una città in cui si erano appena verificati violenti cambiamenti alla testa tanto del governo quanto dell'esercito.

Dall'altra parte della nave, Arianna era assorta nella contemplazione di Crotone. Akenon le si avvicinò e le appoggiò una mano sulla spalla nuda. Lei si voltò di scatto e sorrise vedendo che era lui. Per un istante si guardarono senza parlare. La giovane guardò il luccichio degli occhi castani dell'uomo e le sue labbra attraenti dall'espressione allegra. *Torna a sembrare l'Akenon di qualche mese fa*, pensò. Forse ad animarlo era il suo prossimo ritorno a Cartagine.

«Dobbiamo scendere nella stiva», disse lui.

Arianna fece cenno di sì, ma non si mosse. Continuò a guardarlo negli occhi, chiedendosi se gesti come appoggiarle una mano sulla spalla, quasi come una carezza, fossero solo da amico o qualcosa di più. Lui deviò lo sguardo, con aria di lieve tensione.

Quando si apprestavano a scendere nella stiva, Arianna si fermò di colpo. «Voglio vederlo per l'ultima volta».

Senza aspettare una risposta, si allontanò da lui ed entrò nel compartimento dei rematori. Qui l'aria era calda e umida, così appesantita da fetori umani che a stento si poteva respirare. Gli uomini ai remi avevano ferri alle caviglie ed erano uniti gli uni agli altri da lunghe catene che a loro volta li bloccavano alle loro posizioni. Quasi tutti i disgraziati stavano dormendo, chini in avanti sopra i remi.

Gli occhi di Arianna si soffermarono sul primo sulla destra. Benché dormisse con la faccia sprofondata tra le braccia, se ne vedeva la pelle ustionata.

Daaruk... come può avere fatto tanti danni un uomo solo?

Addormentato, incatenato, sembrava inoffensivo. Ma lui, da solo, con il potere ipnotico del suo sguardo e la sua voce oscura, aveva provocato la morte di migliaia di uomini; aveva di fatto condannato alla distruzione Sibari, una città di trecentomila abitanti; era stato la causa delle sanguinose rivolte contro gli aristocratici, della guerra e del saccheggio brutale che era seguito. Ciascuno di quegli eventi aveva decimato la popolazione di Sibari, riducendola a una città agonizzante.

Arianna avanzò verso l'ex grande maestro, avvertendo una tensione crescente. Colui che un tempo era stato discepolo di suo padre, arrivando ad appartenere alla sua cerchia più intima, era stato sul punto di distruggere completamente la confraternita pitagorica. Era riuscito a togliere all'ordine il suo peso politico a Crotone e, probabilmente, in un prossimo futuro, presso i governi delle altre città. Aveva fatto sì che una delle organizzazioni più influenti del mondo corresse il rischio di scomparire. Sentì il proprio respiro che accelerava. Il discepolo traditore aveva assassinato tutti i candidati alla successione di suo padre e molti altri grandi maestri, prima a uno a uno, poi in massa, con l'assalto alla casa di Milone.

Sei stato anche a un passo dall'uccidere mio padre. Arianna si fermò vicino a Daaruk, con i muscoli del viso contratti. *E Akenon.* L'ex grande maestro si agitò, come se percepisse la presenza di qualcuno. *E hai ordinato a Boreas di violentarmi e assassinarmi.*

Daaruk sollevò bruscamente la testa. Annusò rapido l'aria a destra e a sinistra, come un topo nel buio. La superficie degli occhi era opaca: gli uomini di Eshdek avevano provveduto a bruciarla con un ferro ardente. Anche se non poteva più vedere Arianna, d'un tratto puntò su di lei lo sguardo ormai cieco. Le sue labbra carbonizzate si ritrassero, come quelle di un cane minaccioso, mostrando una dentatura incompleta e tremante di rabbia. Emise un grugnito gutturale, con il volto deformato in una smorfia malevola. Trasmetteva un odio così intenso che Arianna si spaventò e fece un passo indietro. Il maestro traditore esplose quindi in un ruggito furioso di maledizioni inintelligibili, scuotendo il corpo con violenza contro le catene. Si fece livido in volto e le vene del collo gli si gonfiarono come fossero sul punto di esplodere. Nella sua bocca si vedevano le contrazioni frenetiche del moncherino di ciò che era stata la sua lingua, strappata con un paio di tenaglie.

Non potrai più fare del male.

Arianna alzò il mento e gli voltò le spalle, senza dirgli una sola parola. I ruggiti furibondi dell'ex grande maestro echeggiavano dietro di lei mentre si allontanava. Daaruk aveva sognato di dominarli tutti ed essere venerato come un dio, invece avrebbe passato il resto dei suoi giorni in catene, senza poter comunicare, accumulando disprezzo e odio contro Pitagora, Akenon, lei e l'intera razza umana, fino al giorno in cui sarebbe soffocato nella sua stessa rabbia.

Due ore dopo, gli uomini di Eshdek li informarono che potevano sbarcare senza problemi. Se qualcuno avesse fatto loro domande, bastava che rispondessero di non sapere nulla di Daaruk.

Arianna era in piedi in coperta, con lo sguardo rivolto verso la comunità. In realtà non poteva vederla da lì, nascosta dagli edifici di Crotone. Ma sapeva che da quella parte si trovava il cuore della confraternita fondata e diretta per trent'anni da suo padre. *Il luogo in cui ho passato tutta la mia vita.*

Malgrado ciò non riusciva a considerare la comunità come la

propria casa. *Specie ora che mio padre non è qui.* Da tempo sentiva che una tappa della sua esistenza si stava chiudendo, senza avere l'impressione che davanti a lei se ne aprisse un'altra. Sospirò e si portò una mano al ventre. Per il momento, sarebbe tornata a risiedere presso la comunità e più avanti avrebbe deciso che cosa sarebbe stato meglio per il suo bambino. Aveva tenuto per sé una piccola borsa d'oro, sufficiente perché entrambi potessero condurre una vita modesta.

Quando si voltò, vide che Eshdek e Akenon chiacchieravano animatamente a prua. Gli affari del cartaginese erano andati meglio del previsto e di lì a tre giorni le navi sarebbero tornate in patria.

Poco dopo, Arianna si accorse che non aveva smesso di fissare l'egizio. *Dimenticatelo.* Chiuse gli occhi e fece un respiro lento e profondo. *Ho fatto bene a non dirgli che aspetto un figlio da lui.* Non sarebbe stato opportuno che restasse con loro solo per il suo senso del dovere.

Notò che stava serrando le mascelle, e fece di nuovo uno sforzo per rilassarsi. Sarebbe stato meglio sbarcare subito e non vedere più Akenon. Arianna sapeva per esperienza che il tempo curava le ferite. *Anche se a volte il tempo dev'essere lungo.*

Si impose di non guardarlo più e si diresse verso la passerella, facendo scivolare le dita lungo la murata.

D'un tratto si sentì afferrare le spalle da due mani forti. Non lo aveva sentito avvicinarsi. Tese il corpo e chiuse gli occhi, senza voltarsi. Non voleva più gesti gentili, le avrebbero reso più difficile cominciare a dimenticarlo.

Le braccia di Akenon la circondarono da dietro. Arianna sentì la pelle d'oca sotto la carezza di quelle dita. Tradiva la sua volontà di mostrarsi indifferente. L'egizio avvicinò le labbra fino a sfiorarla e parlò con un lieve tremore nella sua voce profonda.

«Vieni con me a Cartagine».

Lettera ai miei lettori

15 marzo 2013 d.C.

« È successo davvero? »

Ho sentito diverse volte questa domanda. Me la ponevano le persone che stavano collaborando alla revisione del primo manoscritto del romanzo, man mano che leggevano i diversi eventi narrati. La risposta che davo era quasi sempre affermativa.

« Sì, è successo davvero ».

Ho cercato di essere il più fedele possibile agli episodi storici. Anche se le fonti documentali sul conto di Pitagora e il suo contesto sono scarse, a volte contraddittorie o poco attendibili e spesso molto lacunose. Per questo motivo, durante la ricostruzione storica, in certi casi ho dovuto decidere quale fonte scegliere tra le varie e incompatibili fra loro; e in altre occasioni ho dovuto ricorrere all'inventiva per rimettere insieme fatti irrimediabilmente perduti nella notte dei tempi.

Il mio intento è stato scrivere un romanzo veritiero per quanto si sa e verosimile per ciò che è sconosciuto. Al tempo stesso, ho cercato di offrire un romanzo divertente. Per questo mi sono permesso di introdurre alcuni personaggi e fatti che sono frutto soltanto della mia immaginazione.

Gli eventi narrati ebbero luogo, per quanto ne possiamo sapere, nell'anno che ho indicato: il 510 a.C. Quanto ai mesi, ho utilizzato i nostri – quelli del calendario gregoriano – per facilitare la lettura. A quell'epoca i greci si servivano di calendari lunisolari con un numero diverso di giorni e mesi rispetto al calendario gregoriano. Oltretutto, denominavano i loro mesi in funzione di festività e credenze che variavano a seconda delle città e delle regioni.

Pitagora è, naturalmente, un personaggio storico. Tutto ciò che abbiamo visto di prodigioso in lui e nelle sue azioni è ripreso tale e quale da alcune delle fonti storiche di cui disponiamo. Senza dubbio fu uno dei principali maestri dell'umanità, da un punto di vista tanto intellettuale quanto etico. Ci sono numerose testimonianze che la confraternita pitagorica avesse preso piede in modo spettacolare non solo tra i cittadini comuni, ma anche presso molti governi, convertendo il filosofo in uno degli uomini più influenti della sua epoca. In compenso, la storia non chiarisce quale sia stata la sua fine. C'è chi dice che si lasciò morire di fame dopo essere stato testimone degli attacchi alla sua confraternita e chi sostiene invece che visse ancora per lungo tempo. Io preferisco immaginarlo dedicare i suoi ultimi anni a trasmettere il suo pensiero alle generazioni a venire. Di fatto, il pitagorismo sopravvisse piuttosto bene all'ondata di rivolte che lo scacciarono dal potere politico nella Magna Grecia: le sue scoperte matematiche servirono da base a ricerche posteriori, la sua filosofia ebbe influssi sul platonismo e il cristianesimo – tra le varie correnti – e come movimento religioso fu attivo i primi secoli dell'impero romano. Le tracce del pitagorismo si possono continuare a seguire per duemilacinquecento anni, a partire dall'uomo geniale che lo fondò per arrivare a piccole organizzazioni attive ancora oggi, che conservano molte delle sue idee e dei suoi stimoli, così come la regola della segretezza.

Il termine «sibarita» si utilizza attualmente per indicare una persona che cerca di godere di piaceri squisiti. Proviene dall'antica città di Sibari, che ho cercato di ricreare così come ce la raccontano gli storici dell'antichità. Costoro parlano anche di Telis come di un capopopolo sibarita che guidò la rivolta popolare e che in seguito richiese al Consiglio di Crotone la consegna degli aristocratici sibariti che si erano rifugiati in quella città. Pare che sia stata la risposta negativa del Consiglio a scatenare la guerra tra le due città. Così come sono storici lo stratagemma dei crotonesi di far ballare i cavalli sibariti per sconfiggere l'esercito improvvisato dei ribelli, e il successivo saccheggio di Sibari. Fin qui arriva il romanzo, ma le venture dei sibariti continuarono. Tempo dopo, Crotone deviò il corso del fiume Cratis, facendolo passare sopra Sibari, in modo da distruggerla e impedire ai suoi cittadini di tornare a stabilirvisi. Quella fu la fine della leggendaria città e i sibariti che ne erano scappati – come Glauco – dovettero rassegnarsi a non avere più una patria cui tornare.

Del crotonese Milone sappiamo che fu un colosso invitto per decenni nelle gare di lotta, come possiamo vedere nei registri dei vincitori dei Giochi Olimpici dell'antichità. Fonti documentali lo indicano come genero di Pitagora, così come comandante delle truppe che portarono Crotone alla vittoria contro Sibari. Troviamo innumerevoli aneddoti sulla sua forza erculea; per contro, c'è una leggenda che ne racconta una fine triste, con il suo corpo in pasto agli animali. Dato che la sua morte non è ben chiara nelle pagine della storia, ho deciso di farne un sacrificio per salvare Pitagora, che risulta molto più appropriato al più grande eroe che abbia dato Crotone.

Quanto a Cilone, il meschino aristocratico e politico crotonese, effettivamente pretese di entrare nella comunità pitagorica della città, e fu respinto dal filosofo. Fu un'umiliazione tale che serbò rancore per tutto il resto della sua vita, dedicandosi ad aizzare contro di lui il Consiglio dei Mille. Molti degli argomenti di cui Cilone si serve per espellere i Trecento dal governo provengono direttamente dalla *Vita pitagorica* di Giamblico.

Altri personaggi storici sono Damo e Teano, rispettivamente figlia e sposa di Pitagora. Teano effettuò alcune scoperte e sembra che abbia scritto trattati di rilievo nei campi della matematica e della medicina; occupò un posto preminente nell'ambito della comunità di Crotone dopo che Pitagora se ne fu andato e, alla morte di questi, mantenne per molti anni un ruolo di spicco nell'ordine. La sua posizione importante risultava un'eccezione nella società greca dell'epoca, che considerava compito della donna occuparsi della casa; d'altra parte, la società pitagorica era un'isola di relativa uguaglianza in quel mare di discriminazione.

I semi di questo romanzo furono piantati nel 1989 in un modo non proprio letterario. Le cose andarono così: avevo diciassette anni e avevo seguito una lezione di matematica. Ero un cattivo studente e mi risultava quasi impossibile restare attento in aula, però mi piaceva molto imparare. In quell'occasione, destò il mio interesse qualcosa che disse la professoressa: all'epoca di Pitagora si sapeva solo che Pi greco era tre e qualcosa. Non si era sicuri neppure del primo decimale. Io sapevo che Pi greco era 3,14 e mi sembrava strano che Pitagora, lo scopritore del famoso teorema, non fosse stato capace di ottenere quel paio di decimali. Mi distrassi immediatamente dalle spiegazioni e mi misi a disegnare figure geometriche. Tornato a casa rimasi assorto nel problema. Volevo ottenere diversi decimali di Pi greco utilizzando solo la « tecnologia matematica » di cui disponevano i greci ai tempi di Pitagora. Volevo fare qualcosa cui loro non erano arrivati, ma che avrebbero potuto fare. Mi venne in mente che la chiave poteva essere nel raddoppiare i lati di un quadrato mediante il teorema di Pitagora e farlo diverse volte perché il poligono risultasse via via più simile a un cerchio.

Malgrado non ci sia riuscito, intuii di essere sulla strada giusta e conservai i fogli con i miei tentativi. Nel 2003, a seguito di un trasloco, mi sorpresi di ritrovare di nuovo quel problema di cui mi ero dimenticato. Decisi che stavolta non lo avrei abbandonato senza risolverlo e ci misi tanto impegno che alla fine ci lavoravo senza fogli. Se chiudevo gli occhi mi apparivano le figure che avevo disegnato tante volte. Una mattina mi svegliai all'alba e rimasi a letto servendomi delle ombre sul soffitto per disegnare mentalmente il problema, più e più volte. Mi scontravo sempre con lo stesso ostacolo: un'unica linea sfuggente che si rifiutava di mostrarmi come calcolarne il valore. D'un tratto, come se una luce intensa illuminasse il problema, fui sopraffatto da una sensazione che posso descrivere solo come gli antichi greci: *Eureka!* Balzai nervoso dal letto e corsi a prendere carta e matita, temendo che il puzzle nella mia testa si disfacesse. Disegnai di nuovo tutto e verificai più volte la soluzione... Funzionava, l'avevo risolto.

Sapevo che il metodo non aveva un'applicazione pratica – ce ne sono altri per calcolare Pi greco e i computer hanno ottenuto ormai un milione di decimali – ma mi faceva piacere pensare di aver ottenuto qualcosa che all'epoca di Pitagora si sarebbe potuto considerare una scoperta, qualcosa di così prezioso che sarebbe stato coperto da un voto di segretezza. In ogni caso, dato che non siamo all'epoca di Pitagora, mi limitai a conservare con affetto la mia piccola conquista, pensando che non sarebbe mai più uscita da quella cartelletta.

Alcuni anni più tardi, nel 2009, avevo appena completato un progetto letterario e stavo considerando diverse idee che mi attraevano per il romanzo che volevo scrivere successivamente. Ero deciso a dedicargli un paio d'anni tra documentazione e stesura, motivo per cui gli elementi centrali mi dovevano risultare appassionanti (in una biografia di Darwin avevo letto che alla fine della sua vita si doleva amaramente di avere dedicato otto anni allo studio dei cirripedi. Mi risultò spaventoso). D'un tratto seppi di cosa avrei scritto e il giorno dopo condivisi l'idea con un amico.

« Scriverò un romanzo in cui si parlerà di Pi greco. Può darsi che introduca la mia piccola scoperta come elemento della trama ».

« Che palla ».

Be', come primo commento al mio progetto non era molto incoraggiante, ma mi erano chiari anche altri elementi del contesto e della trama, che speravo apparissero più interessanti.

«È ambientato ai tempi di Pitagora, che sarà uno dei protagonisti. È un personaggio affascinante».

«Continua a sembrarmi palloso».

Questo già mi preoccupò. Da alcuni anni studiavo filosofia e Pitagora era diventato uno dei miei filosofi preferiti. La risposta del mio amico mi fece capire che avrei dovuto stare molto attento con l'equilibrio tra cultura e divertimento. Correvo il rischio di essere noioso, se mi lasciavo trasportare solo dalla mia fascinazione per il mondo di Pitagora, oppure di scrivere un romanzo divertente ma vacuo se mi lasciavo prendere dal timore di annoiare ed eliminavo tutti gli «elementi di conoscenza». Continuai con il progetto, ma presi una precauzione supplementare: chiesi al mio amico tanto scettico di farmi da correttore.

Quando leggo un romanzo, mi piace imparare qualcosa, oltre che divertirmi, e so che è lo stesso per molta gente. Per questo motivo e per la mia devozione a Pitagora ho fatto in modo di abbozzare almeno i principali elementi della sua filosofia. Quanto ai concetti matematici o geometrici – come il pentacolo, il Pi greco o la sezione aurea – ho cercato di illustrarli con profondità sufficiente a darne un'idea generale e a far capire che ruolo hanno nel romanzo. Il lettore che lo desideri potrà trovare con facilità altre informazioni su questi concetti. Tuttavia l'«incappucciato» – quando ancora non se n'è saputa l'identità – compie una scoperta che richiede una spiegazione più dettagliata per essere compresa. Si tratta del mio metodo per il calcolo di Pi greco, per il quale Glauco gli consegna il premio di millecinquecento chilogrammi d'oro, più il temibile Boreas. Il metodo viene esposto nel romanzo quando Arianna, Akenon ed Evandro viaggiano a Sibari per farselo spiegare da Glauco. L'ho illustrato con un certo dettaglio, per la sua importanza nella trama. La spiegazione centrale del metodo la dà Glauco e, per quanto breve, risulta così complessa che solo Evandro e Arianna, geni matematici, sono in grado di capirla. Akenon, malgrado la sua formazione di geometra, è costretto a desistere. Al pari di lui, suppongo che la maggioranza dei lettori abbia cercato di comprendere il metodo e avrà dovuto rinunciare. Per poterne proseguire lo sviluppo occorrono le figure, così come spiegazioni più estese che sarebbero risultate troppo pesanti per il romanzo. Nella mia pagina web (www.marcoschicot.com) c'è una sezione dedicata a questo romanzo in cui spiego dettagliatamente il metodo per calcolare Pi greco utilizzando il teorema di Pitagora.*

Alcuni revisori si sono sorpresi nel trovare numerosi parallelismi tra Pitagora e Gesù Cristo e mi hanno domandato se la figura del filosofo è stata elaborata in parte con elementi del maestro nazareno. Sono d'accordo che può sorprendere vedere Pitagora che predica ai suoi discepoli e alle moltitudini la sua insolita dottrina di solidarietà e fratellanza; e che i suoi contemporanei credessero che facesse miracoli, come il controllo degli elementi naturali o la guarigione degli infermi. E, naturalmente, può essere uno shock che il maestro greco affermasse che le nostre anime immortali erano unite alla divinità fino a quando commisero un peccato e furono condannate ai nostri corpi mortali, nei quali devono condurre una vita retta e austera per potersi elevare di nuovo al divino. Tutte queste similitudini possono far pensare che Pitagora si sia ispirato al Messia dei cristiani; va ricordato però che Pitagora visse e predicò quasi seicento anni prima di Gesù Cristo. Quel che è accaduto, invece, è che gli insegnamenti del filosofo si sono riversati nello stesso fiume del sapere umano cui si abbeverò in seguito il cri-

* Nel corso delle ricerche matematiche che ho fatto per questo libro, ho sviluppato anche il metodo di calcolo della radice quadrata di 2 che nel romanzo attribuisco a Daaruk. Con mia delusione ho verificato in seguito che almeno una parte di tale metodo è conosciuta da tempo, anche se sembra che per i pitagorici sarebbe stata una scoperta importante. Nella pagina web spiego anche questo metodo nel dettaglio, così come alcune estensioni che non cito nel romanzo.

stianesimo, tanto in modo diretto, quanto indiretto attraverso il platonismo.

Pitagora fu venerato nella propria epoca quanto Gesù Cristo nella sua e tra i contemporanei del filosofo ebbe una grande influenza politica e intellettuale. Ciononostante, i suoi nemici politici e la regola del segreto sulla sua dottrina fecero sì che la figura di Pitagora rimanesse sfumata nelle pagine della storia. È un bene che non sia scomparsa completamente. La profonda sapienza di quel maestro straordinario è giunta sino a noi. È vero che la società occidentale sembra avere perduto i valori e le regole etiche che Pitagora, come altri grandi maestri, ci ha trasmesso; per fortuna ciascuno di noi, dentro di sé, continua ad avere la libertà di seguire i suoi insegnamenti.

In questa lettera abbiamo visto che cos'è successo, aldilà dei fatti narrati nel romanzo, ad alcuni dei protagonisti. Non abbiamo parlato però del futuro di Arianna e Akenon. Li abbiamo lasciati sulla nave di Eshdek, dopo avere superato esperienze che per poco non li hanno portati alla morte. Grazie a loro, la sapienza del pitagorismo – a dispetto del duro colpo subito – continuerà a illuminare l'umanità. Il nemico si consuma di odio, incatenato a un remo, e nella stiva della nave si nasconde una fortuna in oro più che sufficiente a garantire una vita comoda ad Akenon, ad Arianna e al figlio che stanno aspettando.

Il loro futuro a Cartagine si presenta luminoso, e così sarà per tre anni, fino a che... Ma aspettate: il nuovo romanzo è in questo momento nelle mani dei correttori e il mio obiettivo è pubblicarlo l'anno prossimo.

Marcos Chicot

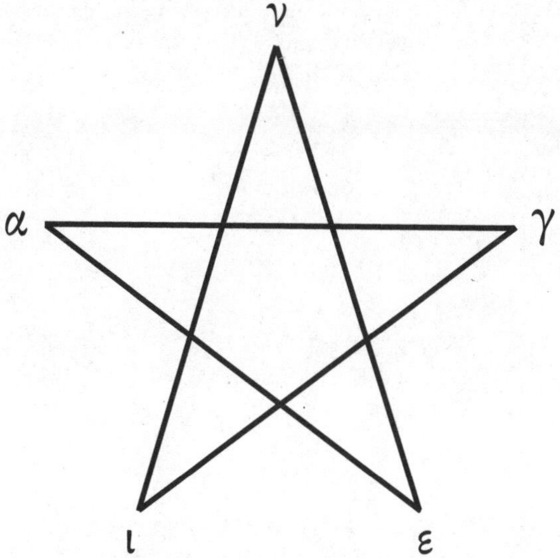

P.S. Nella mia pagina web puoi trovare alcuni aneddoti sul romanzo e i suoi protagonisti che non includo qui per motivi di spazio.

Se entri nella mia pagina vedrai anche un'area di contatto, nella quale sarò lietissimo di rispondere a domande, critiche o suggerimenti da parte tua. Puoi seguirmi su Twitter e su Facebook, mi farebbe piacere, me se vuoi che ti tenga informato sui miei prossimi romanzi è meglio che mi scriva attraverso il formulario di contatto del mio sito.

Infine mi piacerebbe ricordarti che almeno un dieci per cento di ciò che guadagno dei miei libri è destinato a organizzazioni che aiutano le persone con disabilità intellettive. Vorrei esprimerti da qui la mia gratitudine. Non solo sei un mio lettore, ma sei anche mio collaboratore in alcuni progetti meravigliosi.

Di tutto cuore, a nome mio e di tutte le persone che aiutiamo, un milione di grazie.

Ringraziamenti

Le seguenti persone mi hanno aiutato moltissimo durante il lungo processo di revisione del romanzo: in primo luogo i miei genitori, José Manuel e Milagros, sempre i primi a restituirmi le diverse versioni del testo piene di annotazioni in rosso. E poi, in ordine alfabetico: Jesús Álvarez-Miranda, Carmen Blanco, Olga Chicot, Lara Díaz, Arturo Esteban, Natalia García de Soto, Paco Gonzáles, Javier Garrido, Maximo Garrido, Julián Lario, Maria Maestro, Antonio Martín, Carlos Pérez-Benayas, Fernando Rossique, Cynthia Torres e Tatiana Zaragoza. *L'assassinio di Pitagora* sarebbe un libro di qualità molto inferiore se non fosse stato per loro.

Infine voglio ringraziare mia figlia Lucía, per aver illuminato ogni mio giorno con affetto e bontà inesauribili.

Finito di stampare nel mese di maggio 2017
per conto della TEA S.r.l.
da Grafica Veneta S.p.A.
di Trebaseleghe (PD)
Printed in Italy